民盟智库

费孝通域外随笔

费孝通 著

Fei Xiao Tong Yu Wai Sui Bi

群言出版社
QUNYAN PRESS
·北京·

图书在版编目（CIP）数据

费孝通域外随笔 / 费孝通著．-- 北京 ：群言出版社，2017.1
（民盟智库．第二辑）
ISBN 978-7-80256-890-7

Ⅰ．①费… Ⅱ．①费… Ⅲ．①随笔—作品集—中国—当代 Ⅳ．①I267.1

中国版本图书馆 CIP 数据核字（2016）第 297827 号

责任编辑：侯　莹　金　朝
美术编辑：齐立娟
封面设计：逸品书装

出版发行：群言出版社
地　　址：北京市东城区东厂胡同北巷 1 号（100006）
网　　址：www.qypublish.com
自营网店：https://qycbs.tmall.com（天猫旗舰店）
　　　　　http://qycbs.shop.kongfz.com（孔夫子旧书网）
　　　　　http://www.qypublish.com（群言出版社官网）
电子信箱：qunyancbs@126.com
联系电话：010-65267783　65263836
经　　销：全国新华书店

印　　刷：北京鑫瑞兴印刷有限公司
版　　次：2017 年 1 月第 1 版　2017 年 1 月第 1 次印刷
开　　本：710mm × 1000mm　1/16
印　　张：28.75
字　　数：372 千字
书　　号：ISBN 978-7-80256-890-7
定　　价：88.00 元

费孝通

(1910—2005)

著名社会学家、人类学家、民族学家、社会活动家，

中国社会学和人类学的奠基人之一，

曾任全国人大副委员长，全国政协副主席，民盟中央主席

出版说明

1941年3月，中国正处在一寸山河一寸血的艰难时刻。在这风雨飘摇之中，一批情系民族存亡、心怀救国之志的知识分子与爱国精英，发起成立了以贯彻抗日主张、实践民主精神、尊重思想自由、提倡依法治国为政治纲领的中国民主政团同盟（1944年9月更名为中国民主同盟）。

黄炎培、张澜、沈钧儒、杨明轩、闻一多、李公朴、梁漱溟、史良、胡愈之、楚图南、吴晗、费孝通……一代又一代的民盟志士尽心竭力，奔走国是，用自己的赤子之情和卓越智识，追索民族复兴之路。

民盟学人在追索途中为我们留下了经济、军事、外交、教育、社会、文化等领域里丰富而珍贵的“思想智库”。整理、出版“民盟智库”

系列丛书，旨在传承先人们为国家富强努力之精神、光芒之思想；激励当代知识分子忧国之忧、思国之思、行国之行。

《民盟智库》编委会

出版前言

费孝通教授是著名的社会学、人类学学者，学术上取得了举世瞩目的成就，写下了数百万字的著作。他说，他“所体会到的道理是普通人都能明白的家常见识”，“写的文章也是平铺直叙，没有什么难懂的名词和句子”；他还说，“我和文学无缘，我是圈外人物……至今实质上尚在文学的圈外，未敢探头越墙相望”。

其实费孝通的文学造诣是很高的。曹聚仁在《文坛五十年》里有这样一段话：“王昆仑（太愚）的《红楼梦人物论》，冯友兰的《新世训》，费孝通的《民主、宪法、人权》，从内容说，这都是传世之作……费氏的散文‘深入浅出，意远言简，匠心别见，趣味盎然’。都是其他作家所不能及，虽说他们都不以文艺作家见称。”

事实上也确是如此。在学术耕耘之外，费孝通还写作了大量的散文随笔，抒发自己的情怀。我们从费孝通自1926年至1999年70多年里所写的文字中，撷取精粹，结集出版。

从书中，读者可以了解作者如何通过“人人可以看到的事”，表达自己对厚重的中国文化的理解和思考；可以感受作者对亲友、师长一往情深的思念；可以领会一个社会学家眼里观察到的，对域外社会生活多姿多彩的描述。同时，读者也能从中欣赏到费孝通别具一格的写作风采，一览“匠心别见，趣味盎然”的、优美的费氏散文随笔的韵致。

目　录

我们没有分别

——给编者及读者的信

编者：

承你们约我在这次远游中常常寄些通讯，报告一些关于盟国各地战时生活的实况。假定邮件可以畅通，我一定很高兴地接受你们的特约。我愿意尽力地帮助你们。使我们的导报办得内容充实，并不是为了我们私人间的交情。讲起交情来，我们相识还不到一年，说不上太深的友谊。过去几个月，你们的报道常在我心头占一个位置的原因，我记得我曾屡次和你们说过，是别有所在。

我在昆明住上了5年，看见荒凉的南门，一幢幢巨大的高楼平地盖了起来，俨然成了伦敦"片刻蝶恋"式的繁荣中心；我也看见石皮的小巷，变成了车马驰骋的大道。这短短的时日中，我看着一个都市的兴起。我又有不少机会，和在工厂里，在农村里做调查的朋友接触，听到各色各样的故事，从这些故事中我知道有成千成万抛弃了家乡进入这新都市来生活的人。于是我心里有一点慌张。

都市的外形已经具备，可是在这一切物质条件已赶到了20世纪的场合下，住着的是哪一种人？人挤紧了，若是不明白怎样挤来挤去，各得其所，一定会闹乱子的。都市不只是一套建筑和街道，而是一套生活的习惯和做人的态度，有了都市的习惯和态度，这套建筑和街道才能利用来增进我们生活的幸福，不然，就会变成一个可怕的陷阱，成为人间罪恶的渊薮。

我们内地的都市，在战时非常的局面下，实在发展得太快了一点。要很多满带着乡土、家庭等传统观念的人；要很多不明白公民义务，不尊重别人权利的人；要很多只想不劳而获，因循苟且，没有创造兴趣和能力的人，合作起来建设一个现代化的生活集团，其困难是早就可以预料得到的。从社会方面说，我们必然会见到，中古封主在最时髦的西式沙发上发挥他违反人权的威力；我们必然会见到，鱼贯似的摩托车在血汗所筑成的大道上为一二私人累积财富；我们必然会见到，巴黎的舞鞋套上骨节弯曲的小脚；我们也必然会见到，嘴上挂满了新名词的青年在火车上直脚躺着享受他少爷式的体会。这一切，不过是时代的错杂，在中世纪的躯体上穿上现代的时装。

在这种时代错杂中过日子的人，无论他是华屋的主人，或是街头的乞丐，心头永远被各种各样的矛盾占据着。有了威力失去了爱戴，有了财富失去了名誉，有了肉体失去了灵魂。他们一旦在传统的桎梏中解脱出来，并没养成自己管束自己的能力，觉得可以任性所为，以致无法无天，社会制裁失去了效力。一时固然觉得痛快，但是人和人一同生活，终不能永远容忍少数人的作威作福，何况在一个人和人联系得如此密切的都市中。在历史上有无数的暴民从都市中发生。时代错杂，人心惶惑，行动失当，个人的不安造成了社会的骚扰，我们可能是在火山口上讨生活！

现代化其实就是都市化，培养都市习惯和态度是现代化的初步工作。现代知识给了我们伟大的动力，微妙的机器，人的确得到了空前的能力，这能力可以生人，亦可以杀人。我们需要对于这种能力加以指导，觅取适当的用途。

为都市中人民做一些生活指导的工作，是目前极迫切的课题。有些人觉得现在社会上所以有种种不满意的事发生是单纯的政治问题，政治改革是万应丹。我不否认政治的重要性，但是因为我是个念文化人类学的人，总觉得现代政治决不能单独得来，因为它只是现代生活习惯中的一部分。现代生活是多方面的，而且是要逐渐养成的。我们短短几十年中政治上的变动并不能说少，而实际上，变来变去，有多少改革，谁也不敢估计得太高。我们是不是应当反躬自问，这是什么原因？若是我们把现中国的基本问题看成一个文化的转变问题，而把文化看成人民的生活习惯和生活态度，也许就可以扩大一些我们应当努力的对象。我们得多注意一些生活的各方面，多养成一些现代生活中做人处世所必需的观念和态度。这样或比整天高呼政治改革更基本些和更切实些，至少也是互相为辅的。

因为我看到这一层，所以对于你们的导报抱着很大的希望，而且愿意尽我的一点微弱的能力帮助你们。我记得在你们的导报发行不久，曾引起一种攻击，说这是表示后方“文化下流”的趋势，更其指责在大学里执教的人不该在小报上发表文章。我当然感激他们把我们的身分看得过高，但是把“下流”二字来形容这种趋势，我觉得是不正确的。“文化”常被许多人看做是文人们的专利，是一个民族的装饰品。但在文化人类学中却刚刚相反，文化是指人民的生活习惯。一种行为方式或是一种生活态度，没有被社会上一般人所接受时决不能看成这民族的文化。文化中的“化”字就包含普遍性的意思。倘若“下流”是指一种行为方式或一种生活态度之从一部分人传到另一部分人，而并不包含坏的意思，则文化本身不下流是不成的。何况大学里执教的人所负的责任，就在把一种从少数人所得到的知识传给多数人，至于被传的人是否只应限于有资格领贷金坐在教室里的，那是另一问题。在我，至少认为这个限制在任何方面都讲不过去的。

我本来可以不必再把旧事重提，因为经你们的努力，我几个月内确已获得社会上读者的爱护。你们发行额的增加，已证明在新兴都市中生活的大众，需要这种报道。至于这种报道是不是普通所谓“下流”，报纸的内容已够向任何人作证，不必在这里多说。

我在临别写这封信，一方面是临行与你们共勉，努力为都市的人民服务。他们需要你们的报道。我亦相信，这种报道在使我们的文化走上现代化的道路上一定有它的贡献。另一方面，我亦想借此向不少爱护我的朋友解释，为什么我愿意让我的名字在街头上叫卖。若是我靠我这支笔能在建设我们现代都市的工作中尽一分力量，我自己觉得是很光荣的。

若是环境允许我，我还是愿意借你们导报的篇幅，常常有和读者们通讯的机会，我没有和你们分别。

1943 年 6 月 13 日

西行杂写

我们离开加尔各答后，一路在美国军营里住。万里长征，连写信也没有机会。这次旅行太运气，坐着世界上最大最舒服的军用客机，机内可容 40 多人，飞行平稳得比汽车还舒适，在里面可以安睡，可以随意走动。飞机的牌号是 C54。从加城出发，只费一天一晚就到东非，休息一天，又飞一天一晚到南美，再休息一天，在一天一晚的续航后到达了美国南部的迈阿密。世界缩得太小了，使人不能相信。

我们因为是美国政府的客人，所以一路都受驻军招待。司令官带我们参观营房及各种设备，又领我们去看各式的飞机。我们已明白轰炸机是怎么投弹的，空中堡垒里面有些什么设备。最使我高兴的是，一路上常看见往昆明去的大队飞机，昆明的安全是毫无问题的。以一路所见来说，现在美国对东方的战争还只是开头，营房在修筑，飞机在集中，过去是纸上谈兵，半年后就可见真颜色，一年后就够瞧了。我不能多写关于军事方面的事，但有一句可以说的，而且是检查人员也愿意放过的："美国的援华快要成为不是虚言了。"

美国从军的人真多，政府对士兵待遇也非常周到，有糖有电影，就是没有女人。学校里的学生所剩无几，很多教授都参加战时工作。大学毕业生在开汽车，大工厂大公司的经理在管理士兵们的伙食。他们的动员真是彻底。我总觉得东方和西方相差太远，一离开印度才闻到战争的真味。

中国的国际地位是提高了。这次我们到美国做客，更特别受到尊重，弄得我们不好意思。我们从国家到个人，都是机会太多，实力不足。我希望国家和个人都不要辜负这个机会才好。

我抵美前，文化联络处接到太平洋学会，芝加哥与哥伦比亚两大学邀我去工作的函件，我想先在太平洋学会的图书馆，花两三个月写好 *Earthbound China* 一书，交由该会出版。在生活没有安定以前，我还不易有文章寄回去。我不能再写《鸡足朝山记》那样的东西了，所以请你告诉《生活导报》的编者，请他们安心等一下，因为我想另换一种格调，来写我的地球背面的通讯。

我的生活自然很好，吃和住都恢复了 9 年前的情形。从美国到印度没有鸡蛋，很少牛油和糖。美国人的生活情形，知道得还不很详细，物价可说没有涨多少。书和杂志既便宜又好，到处都是新书，报纸一大叠只卖 3 分钱。

我由重庆到迈阿密，一个月中感想太多，多到一时写不出来。我想一年后定要变成另一个人。这几年我似乎消极了不少，但是一走动之后，又发现了自己，不再想到常熟去耕田了。我们得向世界的最高峰爬——不能退，也不容许我们退。

1943 年 6 月 22 日

旅美寄言

这是在战时

撩开座右的窗幕，计时我们的飞机该到了世界屋脊的檐下，四周却只是白茫茫的一片，云雾遮隔了“万水之源”的高峰。刚一转身，一阵头晕，又把我按倒在座上。

东方的云雾这样浓！不只是云雾，还夹杂着烽烟！

昏昏迷迷地，我就这样被载出了国境，那是6月5日。

今天是七七，进入美国国境已经足足两个星期。微雨的黄昏，平居独室，很像是昆明的仲夏天气。遥望万里外的家，这时已该是深夜，孩子在梦里大概还在呼唤我的名字。

我确乎时常记着导报的读者，并没有遗忘许下的通讯。匆匆虽只一月，万里江山一日行，好像已隔得很久。从半个地球上拾来的感想一时都向笔底挤来，反而不知怎样下笔。若是我所有的印象只许用一句话来表达，我愿意写五个字：“这是在战时。”

一出国门，下机不久，永远不会受旅客欢迎的检查员，就会带着抱歉的笑容，用这句话来说明他不能不给我们一点麻烦。旅馆的账房也很顺口地用这句话来解释他不能立刻安置我们的苦衷。战争改变了正常的生活。“这是在战时”一句话是到处会碰着的答案。

出境不过8小时，相隔不过一座高山，然而“这是在战时”五个字的用法却完全不同。这是在战时，所以物价升了翅膀；这是在战时，所以晓东街的灯光可以终宵不熄；这是在战时，所以……爬过喜马拉雅山，同样是这五个字，却被用来谢绝普通的旅客，因为士兵已经包下或征用了“东方伦敦”最华贵的旅馆，同样是这五个字，却被用来压倒金钱的魔力，有钱，没有用，战争第一——我有一点糊涂，也许是一天的航程，加上我还没有全复原的病体，使我糊涂得想不出这五个字一飞过山就会有这样不同的涵义。

离开印度，我们一路都由军站招待，我的疑案在这里得到了一些线索。他们的物资在这里，他们的力量在这里。我们虽然没有看见“力量集中，军事第一”等等标语，可是假如你有机会去看一看他们的军营，不必有人用话来说明，你自然会领略到所谓集中，所谓第一是怎么一回事。以吃的东西来说，普通人有钱不准买或不准多买的东西，在军营里有的是。美国的城市里闹肉荒，并非屠宰场关了门，而是猪肉大批地运到前线去了。一个士兵早晨起来，可以吃一盆“热猫”，热猫是两片麦片加上蜜，一杯茶，一杯牛奶，用糖也没有限制。中午是一块肉或一块鱼、蔬菜、洋芋、甜食，还有一杯果汁，晚餐大致相同。除了这些由军营供给的伙食外，士兵们可以花普通人低一半的代价，在canteen里买到冰淇淋、苏打水、可可糖和啤酒。香烟每人每日限购20支，此外还有从国内送来的慰劳品，可以按份领取，住则两三人一个房间，虽则有地方用帐篷，但大多是临时造的营房，和清华园学生宿舍的布置差不多，只是没有楼。

在某一个军营里，有一位上校带我们去参观各种设备。他们有可以供给两万人用的洗衣房，全套最新式的洗衣机器，10多间冷藏房，里面挂满着宰好了的牛肉羊肉，满房的鸡蛋。那位上校还是很抱歉地说这星期没有咖啡，很对不住士兵。

一个入伍的士兵，每月薪水是100美金。家里若有需要给养的人，另外有安家费，吃住及医疗食品供给。美国是富，然而并非摆阔。他们的人民平均要付35%的所得税，其他的捐和公债在外。有钱的人死了，80%的遗产全给政府拿去。举国集中了力量来维持士兵的生活，士兵的生活怎么不会好？军事第一必须得从士兵的待遇做起，我想这是最简单的逻辑。

不但在吃和住上，士兵的待遇已超过了普通平民的标准，而且在士兵生活的其他方面一样不惜工本。每个军营里有电影院，有读书室，有娱乐场，有礼拜堂和公墓。公墓是简单而庄严，我和朋友们说笑话，我不但愿意在军营里生，也愿意在军营里死——这样才使人乐于从军。人到处是一样的，我们不应当专门以精神力量来维持我们的战争。吃得来苦固然是我们的长处，然而吃苦并不是一个目的。我们没有物资固然无话可说，但是，倘若有物资而被囤积起来或是被行尸走肉者去挥霍，而不送到前方去，那么除了罪恶二字之外，还有什么可说呢？

这是在战时！世界上没有人可以再维持原来的生活程度，除了从事于战争的人之外，也没有人有权利要求恢复原来的生活程度。倘若有人在战时还是恣意享受，甚至提高了原来的生活程度，那我们就不必多去追究他致富的路径，他一定是国家的罪人。

写到这里，我想起了前几个月在村子里见到的我们的士兵。他们在攀折我们住所附近的树枝，我想去干涉他们，可是一见他们缺乏营养的面孔，我缩了回来。后来他们对我说："谁愿惊动老百姓？我们不也是自乡下出来的？可是我们没有法子吃生米，又没有钱买柴，怎么能不出来砍树呢？"——我还有什么话可说？同样是在战时！

1943年9月12日

在东非的昆明

我们的飞机降落在东非的一个高原上，距离赤道不应很远，但是高爽凉快，除了那些米老鼠卡通上常见的仙人掌树外，不像是热带。据说这是非洲的屋脊。我们在屋脊上跳过了两洲，不到10天，真不容易使自己相信。为了保守军事秘密起见，我们到一个地方就提一个中国名字：过了印度的青岛，就到东非的昆明。我没有到过青岛。不知道所谓印度的青岛提得切不切，可是东非的昆明我敢相信决不致有人反对。骤然的阵雨，连天的山峦，除了没有个湖，什么都使我们触景生情，使人反而更觉异乡的寂寞。我记起了小时候写在宫窗上的一首诗来：“长拟求闲未得闲，又劳行役出秦关，逢人渐觉乡音异，却恨莺声似故山！”这地方相似故山之处，何止莺声一项！

主持这军站的上校在我们到达之前已经知道我们要经过这地方。等我们住定了就开一辆小车来邀我们去便饭。我在上次通讯中已说过美国军队里的伙食，不管味道好不好，东西总是不差的。我们和很多弟兄们一起吃，有很道地的欧仆殷勤侍候。我们觉得很奇怪，在这个战地，哪里来这么多的人工。一问原来都是投降的意大利士兵，意大利人矮矮胖胖，本是最适合做这种工作，最难得的是他们高高兴兴地当差。上校对我们说，这些人真不差，又自由，又有事做。他们不但有工钱，而且还可以有在国内梦想不到的牛肉和牛奶吃。这种优待俘虏也使我们觉得相当惊异。意大利士兵本来对这次战争不起劲，在这些欧仆脸上已露出了法西斯蒂快要崩溃的预兆。

饭后我们先到上校自己的宿舍里去。他一样一样地指点给我们看，什么是美国运来的，什么是他自出心裁在当地制造的。一个巨大的冰箱真不知他们怎样运上这高原，可是后来参观了他们的飞机修理厂，才觉得这件小东西实在算不得什么。我们团团坐在沙发里，抽着他送给我们的雪茄，随意地谈起天来。

“我真想离开这地方。”他说，很正经地。

“是想家？”老金回头指着我向他说，“他没有出来就想回家，真是你的同志。”

“家当然想，但想离开的原因倒不是这个。”

“这个地方太冷了，不是？而且太高，也有不舒服的地方。”

“也不是。”

“是为了？”

“这地方都弄好了，没有意思了。我来的时候，这是个意大利的破军营。这一年，我一样一样地安置妥当了，现在就没有意思了。我想再去找个破军营，荒山也好，再弄一个军站去。”

我们不知道怎样接口。我想说的是：“这家伙真是。”可是我没有说，因为我觉得有一点异乡的怪味儿。这是美国几百年传下“向西去”的拓荒精神显然是深入了他们的血液。新鲜，冒险，硬干，向前，加上了他们特具的组织力，在这短短的几百年中，开辟了一个新大陆。现在这精神又使他们在世界各个角落里得到表现的机会了。

“上校，你是西点军校出来的么？”

他笑了，“我本是个公司的经理。我在此地不是一样，在经理这几千个孩子们的生活？”

这又使我们大家没有话了。在中国总好像从军就得是军校出身。做买卖的赚钱，平时赚钱，战时赚得更凶。念书的念书，开了战，头也埋得更低。我们似乎从没有想到过军事中同样是要有组织力的经理，有昆虫知识的专家。军事若成一门学问，这门学问一定比人类学更是包罗万状，无所不需的。

他说得高兴，“我们一起看看去，我们的洗衣房是世界最大的！”于是我们大家冒着突然下降的暴雨，从冷藏库一直看到修鞋厂。他满面笑容地告诉我们：“两万人在此不成问题。你瞧，这件军服洗得多么干净，烫得多平挺！”可惜的是那位洗衣房的管事却对我们说，他在美国经办那个厂比这个还要大十几倍。我们都同声否认说：“这是世界上最大的！”上校哈哈大笑。美国人一切形容词都要加一个est才觉得痛快。他们有最高的摩天楼，他们出最多的麦子，他们也有最凶的流氓和最漂亮的女人，只有一个他们却加不上最字，那就是他们的历史。最长既不是，最短也不是。

关于飞机修理厂，我还是不多说的好，多说了怕这封信又寄不到。若检查员让我说一句，这句话是：“望尘莫及。”只要这厂的1/10搬到中国去，就大得空前了。

参观了这一周，虽则有车坐，也已经够累了。你想：从猪圈看起看到他们怎样把旧的啤酒瓶改造成玻璃杯，怎能叫我们不筋疲力竭呢？我们回到宿舍，刚想休息，那位好客的上校又打电话来说，晚上有电影，他会派车来接我们。他们的娱乐是天天有的，那天晚上是电影，而且说主角是加莱柯柏。美国人精神真好，我们怎能扫人家的兴致呢？于是答应了。到晚，我们全体出席。

这回电影的片名我已记不起来，可是真巧，好像是特地为我们选的。故事是这样：有五六个教授合作编一部百科全书，他们自以为无所不知，每个字都能引经据典，原原本本地加以注释。可是有一天有个汽车夫不知怎地冲进了这间书房里去，一口土白，博学多才的大教授一字不懂。于是其中有一位就决心要去搜集活的文字。结果碰着一个女流氓，她因为要躲避帮里老头子的什么事，逃到了教授的家里。这两套文化碰了头，混闹了一场。这本是个喜剧，可是却正讽刺着了我们这五个东方文人。

一回到房里，我们的夜话也就开始了。大家都忘记了要早些休息的话。

张先生摇着头说：“晚上这套文化，我们怎能要得！白天的那一套非把它弄来不成。”

"这是一套呀！要白天的也就非要晚上的不成。"这是老金的哲学。

"可是这怎么成呢？简直是胡闹，我们看着就不顺眼。"

"问题就在这里。你要他们的大工厂，就会有大都市。有了大都市，女人的腿就会架在教授的头上。你怎么可以截长补短。这本是一个东西，一套。要就要，不要就关起门来。门关不住了还是要开，你怎么办？"

我们人虽少，意见却很多。白天文化和晚上文化，机械生产和都市罪恶，有人说不但应当分，而且可以分。有人说非但可以分，而且非分不可。夜话不会有结果，也只能使教授们兴奋得不能入睡而已。我怕的不是得不到结论，而是白天文化没有生根，晚上文化却已深入。至少，我想，要有西方这样的大工业，四五十年还不一定有希望，可是要把上海造成一个罪恶中心，一两个月就得了。

夜深了，下一天半夜还要起程，一跳要跳过非洲，连着再一跳要跳过大西洋，还是早一些睡罢。年纪轻的人想睡时，怎么也睁不开眼皮。何况，西洋的文化还为我们预备下席梦思的垫褥，洁白的被单，等着我们疲乏的四肢和腰骨。第二天早上并没有刺耳的军号来搅人清梦。虽则是在军营里，我睡得比在学校里还香。

1943 年 10 月 17 日

一张漫画

我没有到过美国，这是第一次。关于这个新大陆，我听得很多。离国之前，还有一位英国的朋友听说我要去美国，特别叮嘱我不要忘记到了之后就写信告诉他，没有了汽车的美国人是否还记得怎样走路。也有年轻的朋友用着羡慕的口吻，向我的太太说："你能放心他去么？"我也不敢为此起誓，若是美国全是像好莱坞，谁敢担保自己呢？

虽则世界在这一日千里的航空率下已经变成了一家，可是这家人还是带着中古天方夜谭的神气互相猜度。俄国人好像都是红脸，德国人好像都是戴钢盔，法国人好像整天坐在咖啡馆里，英国人是板着脸在想你的钱。这样漫画式的认识，果然活现，也许正是四海大同的真正障碍。很显然，一个长袍马褂，拖辫子，抽长烟筒的老翁，怎能和一个袒胸露脚的舞女讲交情？

当我每次想写通信时，我总是有一点迟疑，我不是又在画一幅漫画给我的读者么？我又怎能避免不这样做呢？假如有一个第一次到中国去的美国朋友，在昆明下了飞机，到城里逛了一转，回旅馆写信给他太太，一定说中国女人都是不知道害羞的。因为在车上，在门前，在客厅里，随处都会解开衣服喂奶给孩子吃。我们听见了自然不高兴。而我在这里写信给你们是否也会专门挑些“奇形怪状”来描写给你们看呢？尽管我自己可以认为读过社会学，教过人类学，但是要我保证说我在这些通信中不致犯这种弊病，我决不敢。

话自然也可以说回来。要我们自己来说中国人是什么样的，永远也说不上来，倒不如听外国人给我们的描写，不管走样走到什么程度，也有时候有些我们从不注意的事情会给他们一语道破。在一个生疏的地方，我们为了日常的需要总是有意无意地要为当地人寻一个标准，对付时有一点把握。在熟悉的社会中，这种标准就不需要，我们可以知道每个人的性情脾气，不必虚加综合。我在这新大陆上自是一个生客，不但我开口闭口会提到我在这短短的几个月里所杜撰出来的所谓“美国人”，而且更会向这个“理想人物”说长道短。

我记得我初到美国的迈城，一切都新鲜得很。迈城本是他们南国的一个名都，在他们游览指南图上用一个穿着游泳衣的美女来代表的。这地方气候暖和，有钱的人造下别墅用来避冬，沿海滨不知有几百家华贵的旅馆。我想不出用什么中国的地名来给它提个别号，我们根本没有这种豪华的去处。必要时，大概历史上的扬州差可比拟，可是扬州在冬天并不温暖。

一个下午，我拖住老金一定要带我去逛这花园般的都市。我们跳上一辆TAXI，可是说不出到哪里去。“你开好了，什么地方都可以。”

“我们上海边去？可惜现在都住了军队，好逛的地方不多。”

“随你开就是了。”

车子向海边驶去，路出一条幽径，夹道紧接着的是怒放的红花，密密地盖着树颠。我想起了北平长安街的夜合花来，就问老金：“这是什么花？”老金本是个花草名士，这一问，就滔滔不绝地指着路旁花草，满口的怪名字，中文是什么，英文是什么，一部《镜花缘》好像一下都背了出来。我是个俗人，非但不辨美丑，连一打花名都数不上口，谁知道我们的车夫却是个知音。

“你也喜欢这玩意？”他把车停在一丛香花的旁边。

“是呀。你也是么？”老金很高兴。

他们就攀谈起来。梅兰竹菊一直到松柏冬青，无所不讲。老金描写他北平院子里的荼，又说起北非访花冒险队怎样在虎口里抢出一种花卉，价值连城。我们的车夫，不但沿路列举各种花草的名目、妙处、来源，又把他自己在园地上所费的资本都说了出来。他本来是在纽约经商，娶了个太太，身体不好，可是喜欢园艺，所以就搬到这地方来。听来正是个多情的隐士。

我们本来是没有目的的漫游，谈花说草起了劲，我们的老金就提议到汽车夫的家里去参观他的花园。我对花草虽是外行，可是对于“汽车夫也有花园”这件事发生了兴趣，加上我意想中还有一个多愁善感爱花恋草的美国林黛玉，怎不想去拜访一下呢？于是我们的汽车夫就把车子开向他郊外的家园。

花园并不大，若是围了短墙则不过是个苏州的天井。但是细草如茵，点缀着一丛丛不同的花木，确是精致雅静。老金欣赏花草的时候，我却偷眼在评赏这一对人物。那位车夫一立起来，他突出的大肚子先就使我吃了一惊。接着他那位晒得深黄的胖太太出来招呼我们时，真使我大大地失望了。自然人不可以貌相，谈起话来，除了园艺，我是外行不懂，什么都引不起我的趣味。我这时似乎又忘了他本来不过是个普通技工。但是在我的观念中，好像有一点不匀称。这样雅静的住宅，这样考究的家具，这样美丽的园地，在我的成见中一定得住个能诗善赋的人物才相称。然而，这是在美国！我是错了。

“不要见笑，我们是苦人家。”那位太太很抱歉地说。

“这还是苦人家？”我想说，可是没有出口。

“因为我太太多病，所以我也不想再去城市里混了。种种花，生活能过得去就算了。”

“我们当教授的也享不着像你这样的福。”我终于说了。

我默默地在心上勾出了一张漫画，美国是真富！

这是一张漫画：一个小巧的花园，肥健的太太手上拿着一个药瓶，瓶上写着维他命ABC，半裸着在晒太阳；一个大肚子男人弯着腰在种花；门前停着一辆待租的TAXI。我想将这张漫画标题为“美国的苦人家”。

我说这是张漫画，因为我并不敢自信这是代表了美国的标准。至少，有些美国朋友听见了这故事，听见了我想画的漫画，会摇头说这不是美国。我不知道美国苦人家究竟怎样，但是我相信即使和美国人所画关于中国的漫画一样地走样，一样地引起中国朋友的摇头，多少也许可以代表一些确乎存在的特点罢。

我回想到一路所见的情形，更回想到我们自己所住的房子。我愿意祝福美国的苦人家，能长久在饥荒的世界中维持他们繁荣的孤岛。

1943年10月24日

人情与邦交

从司机的家中回旅馆，时间已经不早。三位同来的教授们已在房里等我们，这天早晨约好大家一同去吃中国馆子。我们自从离开加城之后，还没有尝过国味。假使我们中国将来真会有一天全盘西化的话，别的我不知道，至少我一定会做吃火腿白菜，荷叶粉蒸肉的梦。我记得在英国时的确曾体验过弗洛伊德理论的破绽，白开水里煮熟的沙丁，带血的白切牛肉片同样会使人心理变态。这次来美国，到过新大陆的朋友都保证我说，去美国，你不用担心，到处有中国馆子，在纽约就有几百家，比战时的昆明还热闹。这话是不错的。像迈城这些偏僻的城市，你若是天天想吃家乡味都不成问题。

在馆子里坐定，坐柜女主人特地亲自来招呼我们这一批一望而知是新到的同胞。可惜我们中间没有会讲台山话的（台山话是美国的唐话，是通行的国语），只得仍用英文翻译出我们所要的菜名。菜好像煮得特别慢，也许是厨师不愿马虎的原因。坐着没事，我就把不久之前所学会的花名搬了出来。

“我们也有一个故事。”蔡先生没有等我把司机太太的病态说完，接着就讲他们这天下午的故事。

“我们三个人找不到你们，就到街上去闲逛。在家吃冰的小店里坐了下来。吃完了我去付账，掌柜的说账已经付了，我们问他谁付了钱，他说是两个水手。我们想那一定是水手喝醉了把账都付错了。可是掌柜的却说：不，没有错，他们说中国人辛苦了，干得好，得请请他们，小意思，说完就走了。我们觉得怪不好意思的，想去找那两位水手，但满街都是穿白制服戴黑领结的，不知哪两个是替我们会钞的。”

这故事说完了，不知为什么，大家很静默，静默得有一点叫我难受。那几个十几年前到过美国的人，大概心里有一点不自然。像我一般感觉过分到在一个变态的人听来有如讽刺。精神比较正常，态度比较老成的除了感激之外，似乎也没有什么可以说的。

这时候自然不该再算旧账了。也许愈是不提往事，受过亏的一方面也愈是大方，这种大方正是叫别人觉得过意不去的地方。邦交和人情究竟有很多相似处。若是我们无愧于中，而被人轻视侮辱根本是无伤于己的，人不知己，有何患乎。总有一天反而会使骄狂的人觉得自己的浅薄。很多人觉得甘地迂阔，我却不这样想，他的绝食也许是从东方文化中体验出来对于历史不平情态最严厉的谴责。当然这是对于一个无端受委屈的人说的。若是自己不争气没出息，被人家看轻那是咎由自取，怪不得人。若把自己的坏处归罪于人，或者是把别的人看轻自己作为自己不争气的原因，那才真是不争气没出息了。

过去的是过去了。在这次艰苦的受难中，我们是在别人眼前得到了应有的尊敬。可是，别人的尊敬也好，白眼也好，总是身外的事。做人最怕是看人眼色，若是一个人一举一动都要以别人的褒贬来决定，最多不过是个讨人喜欢的奴才罢了。不管舆论固然会变成狂狷，可是太随和了，才是孔子所最看不上眼的乡愿。在这一点上，我很喜欢英国人。他们总好像很稳很自信。因为他们能够自信，所以不怕别人对他们的批评。批评得对也好，不对也好，他们都会好像很温和地领教，都会好像很客气地掩饰。他们有勇气能和你一同对他们这股顽固劲儿笑一阵。和英国人讲话千万不要口是心非地恭维他们，他们觉得高兴的是搔搔他们不太重要的弱点，这就是叫幽默。不在表面上认真，要认真得在骨子里。可是要有这一点本领，不管是好是坏，一定得充分有自信。自己做自己上帝的人，才有勇气用幽默的神色来听取别人毫无理由的中伤。一个人一听见了别人恭维就摇头摆尾起来，一听到别人讪笑就面红耳赤，一听见别人批评就动肝火，这个人一定在心虚，一定会上当，也一定会自己给自己苦吃的。

做人不该耳朵根软，立国也不必把别国的一笑一怒太当真了。自己有长处，不宣传，人家反而觉得可敬。有短处，愈是用宣传方式来包藏，丑事愈传愈响。德国是最会宣传了，宣传技术之高，精妙已极，但是结果，不但打不了胜仗，反而自己中了毒。我们呢？我相信我们老百姓是最不喜欢宣传的；甚至觉得广告愈多东西一定愈坏，好东西何必费钱去吹打。这种见解自有它不合时宜的地方，但是根本的精神是要得的。我们抗战了 7 年，并没有在国际上吹得怎么样，但是连小城里的水手都愿意破费请客，而且付了账都不愿意人家知道他是谁。诚则信，没有别的秘诀。

事实最雄辩是句老话，现在好像已经不太时髦，因为这话若是正确的，则宣传也简单到成了表白事实而已。表白事实自然用不到多少技巧，宣传家怎能甘服呢？醉心宣传的人有时会把别人都看成是瞎眼，是傻子。戈培尔就相信他可以用话来造事实。好像是上帝，依《圣经》上说，是说什么，什么就有了。可惜人不是上帝，最聪明还是有什么才说什么。没有的事，不说比说好得多。譬如说，人家说我们身体不好，穷，我们若是真的不强壮，没有钱，千万不宜装出有力量的样子，摆阔。我们不妨说我们的确是亏了，可是这不是没有理由的。若是说得有理，反而会受人敬重。像甘地一样瘦得剩下一副骨头，也没有人因为他没有肌肉而看轻他。

我是从小在苏州长大的。苏州有一种破落的少爷，死要面子，家里什么都已卖光，还要在人前穿着长衫，坐茶馆。他最喜欢人家的恭维，可是恭维他的人，肚子里不是在发笑，就是在算计他，这要面子的人最后连他那件长衫都保不住。也许是我从小听惯了这类故事，所以凡是听着有人恭维时，身上总会觉得一阵冷，他们不是在讽刺我么？不是在算计我么？这自然不是健全的心理。我希望有一天能把这毛病治好了。你想，听得这水手的故事而联想到苏州少爷的长衫是多煞风景的事！

殷勤的女主人也许注意到了我们大家那种不太自然的静默，我保证她并不会明白我们所讲的一切，以为我们等候得不耐烦了，所以特地走来向我们道歉，用着一半英文一半唐话很动人地表示她已经几次派人去催促厨师了。老金在旁边推着我的臂说："你的广东话呢？"我茫茫不知道怎样回答他们。

1943 年 11 月 13 日寄

限购课榜

在迈滨我们曾小住了四天，我们得换换行装，老金和我还是穿着咔叽，在街上走动太惹眼。头上那顶软木帽更是威武得带有一点殖民地统治者的神气，在自由之邦不合人和。因之，在进京之前，不能不改变行头。我还想买一双鞋。在加城买的那双鞋，老金硬说是女人穿的。给他这样一说，出街都不好意思。可是在迈滨想买鞋都不成。不是店里没有鞋，而是不能卖给我，因为皮鞋已经限购，我拿不出课榜（coupon）。

课榜是政府发给居民的购物证。凡是一种货物在市面上减少了，或是大批给政府征购去了，或是因运输困难，而同时又是人民日用必需品，政府就下令将这些东西列为限购品，每人只准买一定数量。购物证就是用来达到这目的的工具。限购课榜有好几种，一种是用来规定一个人准买某物数量的。譬如皮鞋，一个人在一年之内只准买三双，政府在第一本购物证里有一个小方方的印花——就是课榜——上面印着"18"那个号数，你要买鞋，付了钱之后，还得加上这个印花。买了一双之后，你就不能再买，一直要等到政府发给你另一个课榜。

那种定量定物的课榜还可以分为两类。一类是不分等级的。皮鞋就属于这一类。任你是什么人，能买的数量是一定的，因为在实用上鞋的需要并没有太大的差别，至多不过时髦女郎不能常常换花样罢了。可是有些东西，各种人的需要不同。譬如汽油，普通人没有汽油至多是不方便，有些人没有了汽油就会影响工作。凡是与生产有关或公务必需的交通和运输所需的汽油不能过分限制。因之，购汽油的办法，不能不分成等级。你在路上若注意汽车玻璃上贴着的小方号码，就可以见到这种差别。有的是A字，有的是B字，有的是T字。贴着A字的是普通民用汽车，每星期限购一张课榜的汽油，在东部只有3加仑，西部比较多一些，但最近据说因为太平洋战事紧张也减少了。有B和C字课榜的每星期可以多买若干，专给生产和公务之用。T字课榜是特别给TAXI的。限购的数量因时因地依消耗量而定。汽油课榜只发给有汽车的人，并不包括在普通的购物证的小书中。

第一本购物证书中除了皮鞋之外，还有购买糖和咖啡的课榜。但是自从南美运输畅通之后，咖啡的供给已经恢复，不必再加限购，所以在我们到美国一个月之后，就由政府下令取消限制。糖的供给虽然增加，但是美国人吃糖的本领太大，所以不能完全放任，只是增加了限购的数量。事实上，已经没有多少人感觉到糖的缺乏了。

第二本购物证比较更复杂。里面有两种课榜，一种是红的，一种是蓝的。每四个课榜合成一条，用一个英文字母记着。从A起到X止一共红蓝各24条。每个人每星期用一个字母，譬如这星期翻到了B，大家就都得用B字课榜去买东西。过了两个星期若不用就失效。24个星期这本书就用完。每条上有四个课榜，上面印着1258四个字，这是叫做点，一个人每星期有红蓝课榜共16点。

红课榜是用来限购肉类，油类和罐头荤食的；蓝课榜是用来限购罐头果品和罐头蔬菜的。每星期政府公布每种限购货物所需点数。譬如，干牛肉每磅12点，带骨或不带骨的火腿每磅11点，这篇账单很长，而且常常变，最近牛油涨到了每磅16点。

每个人一星期既然只能买16点肉类和油类，所以每次上街就得细细算一算。若是买一磅牛油，则一个星期就没有肉吃了。分配调排，最是煞费主妇们的心计。若是有人请客，端出一大块牛肉来，你的面子就不小，因为这样一顿客请下来，主人家要有一个星期不吃肉，面包上也不能有牛油了。

这样麻烦干什么呢？是的，主妇们若是在小学里没有学好算术，真会天天叫苦。可是这样一限购，物价却可以不必像我们国内一般飞涨了。他们有涨有跌的不是物价而是课榜上的点数。譬如咖啡多了，课榜根本可以取消，牛油少了，从 8 点涨到了 16 点，整整一倍。这是说从这星期起每个人都得少吃一半牛油。牛油的需要既然减少了一半，物价自然可以不必涨了。全国人民，上至总统下至小学生，每个人都得依限额用课榜买东西，这样也就根本解决了必需品的囤积问题。

听说白宫里管采办的老太太最怕贵客上门。别人都欢迎丘吉尔，她一听那位大胖子要来就发愁，总统请客似乎不好意思没有肉，面包上更不能不搽一些黄油，可是他们家里人口不多，所有课榜有限，客人一多，就难于应付了。

第三本购物证发下还不久，内容更新奇。除了像第二本一般的有红有蓝两种课榜外，还有四种不同的课榜，印着不同的花样：飞机、航空母舰、坦克和大炮。每种有一页，排好号码。它们的用处临时公布。譬如最近公布了飞机课榜第一号从 10 月某日起可以用来买鞋一双，其他的课榜用法还不知道。原因是有许多东西若是供给量缺少，政府就可以下令限制，指定用哪种课榜买哪种东西。

限购不过是限于日用必需品，有许多不是日用必需的东西，若是政府认为应当全部充作军用的，就老实不客气地全部买走了。打字机和闹钟除了旧货外，市面上根本就买不到。经过人民很多的抗议，政府允许在年底放出一批闹钟给人民购买。铁器稀少得很。我出国时有位朋友的太太托我买一些头发上的夹针寄给她。我到了之后就到杂货店里去买，他们说这东西已经好久没有了。政府并不是禁买，只是制造这些东西的工厂买不到原料，或是已经接受政府的定单制造别的东西了。

最有意思的是牙膏。牙膏的管子是用锌和锡制造成的，这种原料差不多完全充作了军用。可是没有牙膏却又不成，后来想出了一个办法，凡是要买牙膏的必须带一个空管子去交换。空管子交回工厂，然后再装进牙膏，供给人民应用。我们初期根本就没有旧管子，走了好几家，都被拒绝了，我屡次说明这种办法对于新来的人是不该适用的，我拿出护照来证明，我是初到美国，至少该给我买一管牙膏。那些女店员似乎很想不通有人会没有旧牙膏管子带进美国，都摇头表示她不能破例通融。后来总算有个通道理的老板，卖了一管给我。

坏人是到处都有的。所谓道高一尺，魔高一丈。有限购就有黑市。可是普通人都知道若是限购制度失败了，物价就不能控制，物价一飞涨吃亏的还是消费者自己，所以很能守法。政府也想尽了各种办法防止黑市。小学生们集团起誓不买黑市东西，不用别人的课榜。同时，限购也有很严密的检查制度。不久之前发生了一件大规模的黑市案子：有一批奸商直接向人民买了牛，私自宰了，分发给零售商，用高价出售给没有课榜的买主。这件案发觉了，主犯就被政府一网打尽，而且把这件案子从头至尾摄成电影，公开放演，激起公愤，使人民普遍明了黑市的害处，使每个人都能负起检举的责任。我曾看过这电影，看完了，直拉着坐在我身边的朋友说："我该运到中国去，让大家也看看黑市的危险。"若是我们已快走到经济的危境，我们得回头问问自己，有多少火坑是我们自己造下来，让自己跳的！

限购课榜是战时的措置，在开始实行的时候，自然会觉得麻烦，可是实行不久，就有很多人对这种制度发生特殊的好感。听说在英国已经有很多有力的人物出来主张：战争结束之后这个制度的原则非但要保留而且还要加以扩充。为什么呢？说来是很简单的，这制度实在部分地实现我们传统的“各取所需，各尽所能”的理想。这小小的课榜实在引起了物资分配的一个重要革命。

1944 年 1 月 1 日

关于女人

提起美国的女人，大家好像很熟。在银幕上我们常看见她们。这真是件很不幸的事，从电影上去认识美国，或进而去了解美国，我们就大错而特错，最错的当然是关于女人的事了。我想我们上海的和一部分现在昆明的女人也许比普通美国女人更近于电影里的范型。

这几天因为要编写一本关于中国农村经济的书，我需要请一位能和我修改英文的助理。芝加哥大学社会科学学院院长的太太来找我说，她愿意不要酬报帮我工作。为什么原因呢？她说她一定要找点工作做，她每天在大学附属医院里尽义务替病人叠床，做了好久，没有多大兴趣，想换一点比较有意思的事，知道我需要一个帮助编写的人，所以来和我接洽。我听来有些奇怪。她若觉得叠床换褥太单调，尽可以在家闲散闲散，怎么好像非做些事不成呢？她整天忙，并没有一点经济上的酬报，究竟为什么呢？在中国太太们听来一定会觉得真是傻得厉害，可是在她却认为在这世界上活着不做些对社会有益的事就过不得日子了。

她是不是没有家务，闲得发闷么？又不是。美国人力缺乏比我们更显然，别说教授家里没有佣人，连做到司长的大官家里一样是没有佣人，除非要请客才临时请人帮帮忙。当然，他们家里设备比我们好，有煤气有电，样样都方便，但是家务还是不轻。譬如说，我有一天在那位太太家里吃饭，饭后大家坐着闲谈。那位太太却忙着在和先生补袜子，孩子要睡觉了又得去照拂，可是她并没有借口家务把自己对于社会的责任忘了，也没有挂着在外工作的牌子把家务丢了。

我笑着说，我们以为美国的女人除了跳舞、交男朋友、结婚、离婚之外没有别的事了。大家跟着我笑。可是我忽然回想到我们自己国内的摩登女子，她们在做些什么？除了加上一项打麻将外，还有什么可以加得上去的呢？

美国的女人是自由，可是她们对于两性关系却远没有我们的摩登。16 岁之前她们是受着父母监督的，父母可以禁止（若是他们觉得应当的话）女儿的滥交。16 岁之后就得自己负责了。许多人说美国小姐们很少是处女，那也许是真的，可是她们对于婚姻却一点也不胡干。据说在大学里的女生结交男友，假若对方不是她愿托终身的对象，她们一点也不会热上来的。

最近因为战争发生，大批少年男子却在服兵役，生活改变了常态，出了很多风流案子。政府方面已经屡次宣布犯罪指数增加，督促社会和父兄注意。接着，重要的都市先后指派了委员会来防止这种堕风，设立了许多正当的娱乐场所来供给男女青年们消遣，还拟下种种教导办法。他们认真地在对付这问题。

至于结了婚的女子，行为上和那些少女可以说全盘两样。我知道有好几个丈夫在前线服务的太太们，白天从事工作，晚上就聚了几个太太一同做做针线，看看电影，谈谈话，除了正当的交际外，安分得厉害。若从电影上来推想这些女人的生活，必然是相反的。

在这次战事中，女子的贡献实在是大。职业女子的数目在 1940 年是 1200 万，到今年已增加到 1700 万。三年中有 500 万本来在家里工作的女子动员到各种战事职业中去了。她们的职业也大大地扩展了。重工业里好像冶铁、机器制造，运输工业里好像司机，都有女子参加，在军队里女子也不只是做看护了，我有一位中国同学的太太，她是生长在美国的华侨，就在一个兵工厂里做技术员，她的母亲也在一个无线电器材厂做工。我也认识一位中国太太在玻璃制造厂里工作。

不要说美国本国的妇女，就是华侨也大批地吸收到工厂里去了。美国能成为同盟国的兵工厂，能供给世界各地战线上的消耗，怎会可能的呢？单有原料是不够的。重要的关键也许就在这1700万的女工。

上战线的自然还是男子多。在战线后面就有好几十万的娘子军（关于这次战争中的娘子军，我以后还有长篇通信）。再在后面就是这几千万的女工。这种阵势实在是女权发展的最好机会。我有一次在地底车里和一位朋友说："你看同车的这些男子多难看？哪里像同车的女子们有精神。"我的朋友一注意车内的情形，也觉得惊异了。他说："我真不觉得，战事发生还不过二年，已经有这样的现象。"

1944年1月15日

向西去

——人家走了100年的路，我们10年就得赶上

我记得临行时候有位朋友曾这样对我说："你也该有个假期了。出去休息休息，养养胖，回来再干。"我到美国已经有四个月了，说是享乐罢，真是天知道，当然，主人们给我们的盛情款待再也不能更加添了。香烟和牛奶从来没有吝啬过，可是，不知怎地我们害了病，有个黑影追着我们，永远也不能使我们心平气和地消受这朱门的酒肉。

我自己都觉得奇怪，在这次旅途上怎么会到处都有惊心的事物。不要说那摩天的高楼；那如梳子般的烟囱；那肩肩相擦，歌舞迷人的百乐大道；那琳琅满目的国会图书馆——我们对此瞠目结舌，简直不知怎样说才好——就是那百货店里小孩子们的玩具，公园里如茵的绿草，也已够使我们感到一种威胁。"人家这样，我们呢？"

说来我在过去10年中总算也走过不少地方：绮丽的威尼斯，豪

奢的巴黎，繁闹的伦敦，古雅的牛津，以及现在正在狂炸下的柏林，战雾笼罩中的巴藤湖。可是回想起来，这些地方尽管曾使我留恋不舍，曾使我沉迷颠倒，但是从来没有引起过我的恐惧之感。然而5年内地的生活，战时的经验，的确把人改变了，老了。我再也不能像孩子们那样用着惊异好奇的眼光来欣赏这新鲜的世界。忧虑自动地会袭入心骨，怪别扭的。哪里是假期，哪里有休息的闲情，实是一回磨难。心头总是沉着一块丢不掉的石头：我担心这地球背面那四万万人的前途。

一个晚上，在一个茶会里坐下，主人感觉到我有点恍惚。"这里生活还惯么？我想伦敦和这里差不了多少，你在那里住过，想来不致有什么特别水土不服的地方罢？美国不致太不舒服罢？"

"美国不太舒服？刚相反。我有点想家，我想我那孩子将来会过什么日子。"

"假如你太太一同来了就好了，都是这战争。可是战争总是要结束的，而且你孩子长大了，也送她来。"

"也许是，可是你容得下我们四万万个孩子么？这下一代大概免不了都得送到这个文化里来，我怕，不论我们愿不愿，我们不能不这样做。可是这个旅程却没有像坐飞机那样方便罢了。"

换一个地方是容易的，我们已经有各样的交通工具，有保险制度，甚至于已有交通警察。可是要换一套生活方式，要接受这套从现代科学里生长出来的生活工具，却不是一件轻而易举的事。没有指路牌，没有红绿灯可以做我们的向导。我们面前是一条黑路，而又是一条无法避免的旅程。这使我心地不能安定的黑影。人家并不在等我们，他们天天在加速地向前。人家走了100年的路我们10年就得赶上。多匆忙。我最明白匆忙的可怕。这一生匆匆忙忙的已造下了多少永远无法填补的创痛。个人如是，国家也何尝不是如此呢？

我那位朋友知道我到了美国之后生活太紧张。她认为我那种多少带些“杞人忧天”的不安是都市病。离开一下都市就会恢复的。因之，她劝我到中部乡下去走一趟。她知道我是写过关于中国农民生活文章的人，所以更坚决地说我得看看美国乡村。我接受她的好意，所以在纽约城住了一个多月之后，就向他们所谓的西部出发了。

所谓西部其实并不是一个地理上的名词。这和我们所说“下江”、“内地”的区别相同，谁也指不出一条明确的界线。若是翻开美国地图，他们所谓东部只指靠大西洋海岸一带，而且南方的几省似乎又不包括在内，因为这些是“南部”的区域。美国的东北才是老牌“东部”。这是和我们“下江”一般的意思，是工商业中心。在历史上讲，他们重要的界线是南北。我们都知道他们的南北战争，林肯的英名就在这次战争中获得的。南北之分其实也就是工农之分。南方是农业区，有广大的棉田，有著名的烟草。农场上需要人工，而且必须便宜的人工，于是在早年发生了黑奴制。南北经济基础的殊异，一直到现在还反映到政治的分歧上。南部多共和党，多少是要和大资本工业家作难的，北部多民主党，多少是和大地主农业利益不接近的。

可是西部呢，在早年美国人脑中这是一个“去处”。从海滨向西是密西西比流域，土地肥沃，山水秀丽。我们知道美国现在所占据的那片土地，在250年前是属于普通所谓“红人”或“印第安人”的。新大陆的新字是欧洲人说的。可是自从“发现”了这“新大陆”，一批一批的欧洲人坐了船，渡过大西洋，迁移过来。最早的居住地方自然是靠近大西洋的一边，这是东方上了岸。向西都是化外之区。赶走了土人就能住下来开发。谁住厌了一个地方，谁感觉到“故乡出不了状元”的，向西去！西部之西还有西部，一直到太平洋岸为止。因之，西部是随着时间一直推出去的。而西部两字也总是带着一点拓荒的意味，西部是新天地，是可以自由发展的去处，是摆脱传统的旷野，空气也清凉些。

当然，日子久了，在表面上，至少靠东的西部，和海滨区域早已看不出什么大的分别。以西部中心的芝加哥来说，有什么地方赶不上纽约。若是摩天大楼没有那样高，它的犯罪指数却是最大。但是若问一个美国人，哪里可以去看看美国农村，他一定指着西方。因之，我坐了两天两夜的快车到了密里苏里。

我有位旧同学老徐在这地方，他特地到车站来接我。但是我一见他，他却涕泪纵横，好像是重伤风。我想这真不巧，这样子怎能要他伴我去农村呢，他却说他正要逃避这种“草热”。原来这是西方中部的一种地方时症。据说是一种草开花的时候播散花粉，有些人一和这种花接触就会接连地打喷嚏，一下子可以几十个。于是苦了，睡也不舒服，鼻涕眼泪流个不停。这病是怪有意味的，有些人见不得某种花，一见就会流泪，有些人见了女朋友，鼻子也就通了，可是女朋友一走，病又来了。中国同学在这里的有不少害这时症。一直要到下了霜，草枯了，病也结束。这种草在中部最多，近来慢慢侵入了东部。

于是我就问他怎样逃得了呢？向北去就成。北部天气冷，这种草长不活，所以就没有事。他等我到了一起走。这样我才安心。我们准备停当，预备开了老徐的车到瑟湖边上的杜萝丝去，老徐突然记起了他一位女同学的约会，她的家就在杜萝丝附近，现在学校放了假，想搭我们的车回家去，我们把她接来了一同走。

从密里阿巴里西到杜萝丝要坐半天车，在车里我们谈了一阵话，太阳已偏到西天，我肚子很饿。我建议在附近市镇上停下来吃了晚餐再走，可是那位小姐却归心似箭，说她已打了电话给她母亲，杀了两只鸡等我们。她自己家里有鸡，而且很多，有牛，有马，是在农场上。我听了心里真高兴。我宁可挨一次饿，去拜访一下美国的农家。女儿在大学里念书，父母在家里耕地的农家。

这天晚上，我们就见到美国的农家了。

1944 年 1 月 30 日

如此农家

最近英国请了美国商会的会长和芝加哥大学的副校长到伦敦去交换意见。有一次在席上有位朋友和他们闲谈起一个轮船公司老板的身世。

英国的朋友带着惊异的口吻说："你知道，这位老板开首只有5万镑资本，现在居然经营着80多条船。"

"这是什么时候的事？"

"只有80多年。"

这位美国客人并没有感觉到主人的惊异，因为那位经营着四大公司，拥有1700个雇员的美国商会会长，20年前手上只有2500元美金，即以美国首屈一指的福特老兄来说，也是从2.8万美金起家。

美国是个年轻的国家。几十年前，这个天府之国有的是机会。谁有本领谁就能出头。白手起家的人在一生中可以成为百万巨富。在这充满着机会的世界中，自然养成一种独来独往的气魄：合则留，不合则去。大家拿出真颜色出来。因之，他们最重视的是不受牵掣，这是美国个人主义的根源。所谓民主，所谓自由，就是说大家干大家的，比个雌雄。他们到现在还是相信最好的经济机构就是每个人都能自由竞争的方式。最近威尔基的演说还是高唱没有竞争就没有公平的调子。他们最高兴的是同一路线上有两三家铁路公司在竞争，大家要讨好顾客，大家要求进步，结果也就不会腐化。

我在前一次寄言中已经说过，在早期西方有的是荒地，谁在老家觉得没有出路的就向西去。向西去的也因之都是些不屈服的好汉们。倘若我们要寻一个标准美国人，他决不是在我们国内的传教士，或是香港上海的商人，而是在美国西方中部的农夫。

我们经过杜萝丝的近郊，转入一个肥沃的平原。美国的农村和我们的在外表上就看得出很大的区别来，一家一家四散的分布在这平原上，并不像我们那样一村一村的聚居在一起。各家的房子就筑在他自己的农场上，不像我们云南的农村一般住宅和农场是隔开的。其实，我们若把我们的一村算作一家就近于美国的情形了。这个比拟实是真情。美国农民平均一家有地折合500华亩。他们一家抵得过我们100家。一家不是一个村子了么？这话在我们乡下人听来，真是和山海经一般不可信的大话。谁会相信一家人能种500亩地，可是在美国这一点都不觉得奇怪，大农场可以大到几千英亩，合起华亩来要有近万亩。这些数目里有的是机会，自由，竞争，孤立，美国人的性格是从这种大农场上养成的。

读过我以前寄出的几篇通讯的朋友们，不免会觉得我这几年穷慌了，所以见着美国的形形色色都有些眼红，由眼红而甚至带着一点妒意。这自然怪不得我。“朱门酒肉臭，路有冻死骨”，这世界上差别确是太厉害了。可是为什么我们的命这样苦呢？不是的。我们人多，他们地多。同样500亩地上他们只有一家人，我们却有100家人。用500亩地来养一家人，这家人自然可以：

> 朝洗白石池，夕睡席梦思。堂有沙发椅，壁储雪莱诗。狂饮不用吝，歌舞何须私。客来摩托响，挥手耕马嘶。北美之农家，起居却如此。

同样的一片农场上要养活100家人，这100家人哪里能有子弟在大学里念书？哪里能开了汽车上街？哪里能靠着收音机听音乐？哪里能吃得结结实实，穿得体体面面，住得舒舒服服？这种人除了子孙满堂之外，怎能知道生活上还有其他有意思的事？

我们到达那位小姐的家里，天已经快黑。主人们在客堂里等我们。一家四口：一对中年夫妇外，有两位小姐。他们说朝上接到大小姐的电话，知道我们要来。这地方还没有中国客人到过，所以很高兴见我们。已经烤熟了两只鸡，还有新鲜的红柿，都是自己农场上的土产。主人们穿得虽不讲究，但是很整齐。我们确是很饿了，就上座大嚼起来。

主妇很会谈话，从蒋夫人访美一直讲到下一次大选，她说她一定要选威尔基。主人是中等身材，宽肩结实，寡言鲜笑的人，坐在沙发里听我们说话。二小姐是在附近中学里念书，快要毕业。她不愿进大学，想出嫁了。大小姐是标准大学生，怪神气的，讲起学校图书馆怎样大，男同学怎样好，体面得很——这样一个生趣盎然的安乐的家庭，生活有保障，子女有教育，言论有自由，正是美国过去一世纪里创造出来的成绩。这使我羡慕，也使我有一点妒意；我知道这一点成绩决不是随意拾来，偶然天赐的。他们为此流过血，为此现在还有几百万的男女在海外拼命。用血来造成，用血来保护，可羡的是他们在敌人没有围城，敌机没有临头的时候，已经知道怎样不怕牺牲去防止他们这点宝贝被人毁灭。引起我妒意的是自己的心。我们这种家破人亡的世界里，还有多少短视的人在想逃避，在想偷生，在想发国难财！我自省自问，又怎能不叫我心慌？

那位寡言鲜笑的主人，新近才从冰天雪地的冰岛回来。他是应征去那里修筑军事根据地的。讲起这事他高兴了。我问他："你有这样一个好家庭，还愿意去受苦？"他笑着回答我："没有什么，我不怕冷，这才有意思，倒是在海上有一点担心。可是苦也好，不苦也好，我们不去，这样好的家也没有了。"

第二天有一位邻居的少年来做客，他曾轰炸过西西里，这次是回来休假，下一天又要去上阵了。他们讲起本村从军的人，屈指一算已有几十个，有的已经死了，有的已经失踪，有的还在前线。后方的人自己的子弟，朋友，爱人在那里肉搏，怎会有心为非作恶？对国家多一分损失，也就等于给自己骨肉多一分被害的机会。家家户户为战事尽力。战事和他们是这样亲密！最近募战债，结果竟会超过定额。为什么？因为这次战事是每个人的，每个人都在参加，每个人的利益都靠这次战争来保障。这力量怎能不惊人？我记得五六年前多少人觉得要讲强国不能不走黑衣宰相的路线。现在呢？我想再不会有人怀疑民主国家只是能富不能强的了。英美确是表现了集中人力的自动参加。这是值得我们注意的。我们所以能打这 7 年仗，还不是靠大众一致的努力么？

那位主人对我们很热诚，可是他始终不随意恭维我们。说起了中国，他就不很说话。后来他摇着头："我不知道，我没有到过中国，我也没有和中国人接触过。有很多东西，好的或是坏的，我不能相信，我没有意见。"这是美国拓荒精神的余绪。他们生活在事实里，成功失败就靠自己的判断。经验告诉他们最可靠的判断是根据看得见，摸得到的事实。很多人觉得美国人是最耳软，血热，有时会胡干，这是好莱坞电影上的美国，不是真正的美国。真正的美国人是像我们那位主人一般的人。也许正因为太注意了事实，所以广告才如此发达（倘若全是耳朵软的，广告也就不用讲技术，也不必花这样多的钱了）。也正因为如此，在千钧一发的危机中，还是有孤立派的存在。

大小姐要我们留宿在她家里，天已经很黑，走也不容易。何况我们还要看看他们农家的生活呢！所以就住下了。晚上我梦了一夜的家，醒来写了一首诗：

异国农场客里游，平冈鸣鸟草如油，雏鸡未识啼初晓，梦里乡情片刻留。

下楼主人已经出去工作了。他们是小农，一共不过 60 多英亩（360 华亩）地。这土地若在中国，总得 30 个人才种得过来。但是在美国只要一个人。一个人种三四百亩地，一点都不算是大规模的。他们并没有大的耕地汽车，只有一辆两匹马拖着的小车，这一点机器已经足够对付这大片土地了。据说那位主人在北冰洋的时候，家里只有他太太一人。只有太忙的时候请一位助手帮一下。有一次和乌格朋教授谈起这事，他说这并不算稀奇。他有一位朋友晚上住在大旅馆里，白天一个人种着1000多英亩的地。叫我还有什么话可说？

那天下午我们建议请他们吃中国菜。老徐下厨房的本领是靠得住的。小姐们和女主人高兴得了不得，可是我们那位主人却并不做声。他并不反对，可是他屡次声明，他最喜欢的是自己家里的菜。别国的菜他全不在意。大小姐偷偷和我们说："不要管他，吃了他才知道好处。"

老徐的拿手菜是红烧鸡和红烧白菜。这天晚上本领都显出来了。那主人吃着这味儿，脸上露着满意的微笑，一块又一块，最后大声地说了："中国东西真好，从此我知道了。"这坚决的声调是典型的。他尝着了，他有了经验，他不怕下断语了。他决定了他的态度，也就负责了，不容易再改了——让我们记着，美国人是相信事实的。我们有好的，他们自然会赏识我们的。那位主人大概是吃得太多了，饭后在床上一倒，一直睡到我们告辞他去。

1944年2月5日

雾里英伦

偶尔也常常想起伦敦：不是花草，是雾。多年没有浸染着伦敦的雾，生疏了的老友，想起了怎能不觉得若有所失？

雾到处都有。每天早上，推门出呈贡山头的默庐，东边一抹淡峰，沉拥在白濛濛的雾海里；望着，不免自喜：娇懒的山冈，比我还贪睡。独醒之感，有时也使人难受。伦敦的雾不是这样。去年在北美诗家谷过冬，不敢早起，早起了出门，四围在朝阳里发黄的尘雾兜着我，扼着脖子，不咳出口，会窒息；想咒诅，出不出声。若逢有事，等不得雾散了才上街，手帕按住嘴，急急忙忙，两步并作一步走，沿途有什么也不会勾留住我。不熟悉我的，不知道我鼻子有毛病的，定会笑我：岂习俗之移人哉，半年不到已涂上花旗色彩！伦敦的雾不是这样。

想起：初到伦敦，已属深秋。黄昏时节，晚雾方聚。车过海德公园，平冈野树，棱角隐约，游人憧憧往来其间，黯淡难辨。到客寓里坐定，侍女容笑相问：“伦敦怎样？”我茫然不知所答，“我见了伦敦么？”——是的，人岂能貌取，外表上修饰的不是暴发，也是轻薄。摩天的高楼，突兀的华表，给人的是威势，引起的是渺小的自卑。谁甘心当蚂蚁？尊严屈辱了，跟着的是虚妄的自大。雾里伦敦掩没着她的雄伟，是母亲的抱怀，不是情人眼角的流盼。

深藏若虚，靠了雾。不明白英国人的，也许会觉得英国人城府太深，太喜藏；一见之下，似乎有着相当距离，捉摸不定他的真相，真如我初次在雾里过海德公园一般，茫然不知怎样去描述我的印象。记着：雾并不能隔绝你和平冈野树相接触，和往来人士相交谈。等你走近时，不但隐约模糊之感顿然消失。而且，我总是这样觉得，在雾里看花，才能对每一朵花细辨它的姿态和色泽，雾把四周分散我们视线的形形色色淡淡地抹上了一层薄幕，我们对于某一事物的注意也会因之集中，假若你在雾里还是睁着眼，你有机会时不妨试试，你决不会感觉到疏远，隔膜，空虚；在你身边的会分外对你亲切。雾把我们视境分出了亲疏，把特殊的个性衬托得更是明显。你可以在清晨立在山头望着眼前起伏的山丘，靠了朝雾，不但峰峦层叠，描出了远和近，即是山上的一树一木，万里一碧的晴天所不易瞩目的，也会在雾层上端孑然入眼。黑夜所搓混的距离，雾把它分出层次岗位，强烈的阳光所拉平了的个性，雾把它筛滤出棱角姿态——会交朋友的喜欢英国人。

英国人重个性，讲作风。一个作家的文章要写到不用具名一望而知是出自谁人的手笔。一个人远远走来，不必擦眼镜，端详眉目，只要窥着一眼，步伐后影里就注定了必是某人，不可能是别人。张伯伦的洋伞绝不能提在别人手上，丘吉尔的雪茄谁衔了也没有他那股神气。英国卡通的发达，岂是偶然？Low 只能生长在英国，也只有在英国能编得出 *Punch* 杂志。英国人是在雾里长大的，雾里才能欣赏个性，雾里每个人才必须讲究作风，喜好雾的人才能明白英国人。

雾叫人着重眼前，这是不错的，很少英国人高谈多年计划，隔着一层雾，你有什么兴致去辩论 10 尺以外的天地？有雾的天气，地面也不会干燥，滑溜溜的，看得太远；忘了鞋底，一脚高，一脚低，不翻身就得说是侥幸。眼前的现实是每一个雾里走动的人所不能不关心的。英国人是短见的么？不然。在黑夜里摸路的人，失足跌入深沟里，会爬不起来，我们怪不得他，他看不见深沟，跌下去不是他错；雾不是黑夜，每进一步，眼前展开了一层新的现实世界，每步都踏得实，当他举步前进，过去的渺茫已经化为具体，这是一个推陈出新的世界，如果出事，怪不得别人。走惯了雾路的人，对于前途有的是警觉和小心，决不能是虚妄。拿破仑，希特勒不会是英国人。大英帝国是几百年雾里积成的版图，若是要瓦解，也不会在丘吉尔一人手上。英国的民主可以保留皇帝，英国人民可以跟着主教在十字架前祈祷前线胜利。说是保守罢，当然。他们的回答是：没有必要，何必更张？大学生上课还要披道袍，多麻烦？可是披着的道袍并不挡着显微镜，并不遮住耳目，听不清教师的宏论，何必一定要连袖子都卷起，烧了道袍才甘心呢？雾里长大的人，不怕改变，可是明白改变也有多余乏味的时候，保守不一定是顽固，死硬；进步也不一定是时髦，年轻。

雾里行路的人才明白可靠的只有自己，你踯躅在艰难的道上，举目是白漫漫的一片，也许朋友并不远，可是你不能拿稳了说在你困难和危急的时候，一定有人能看见你的失足，听见你的呼援；更说不定，咫尺之间就有等待着你的敌人。英国的国运的确不是个轿子。小小的孤岛，四面是恶浪汹涌的海洋，和大陆相隔不过 14 英里，可是这遥遥可望的海峡，却是天下稀有的险道。岛上的生存倚于海外的供给，他们的安全也就寄托在这多事的水面。若是英伦已经很久没有被侵，那不全是靠了盟友的代守代攻。每次有战争总有一个援军不及，自力撑住的危期。靠自己，靠自己；处危能安，履险如夷，从容沉着的劲，我不知道多少是在雾里养成的。

笼罩在雾里的英伦，雾不消，英国人的性格大概也不会变。你要认识他们，你得在雾里走走。

我曾问过昆明的英国朋友：“你觉得昆明的天气怎样？”

“真不错。”

“还想回老家？那多雾的英伦？”

“可惜昆明没有伦敦这样的雾。”

我记起在下栖的泰晤士畔，雾里望伦敦桥；我又记得在巴力门广场上，雾里听巨塔的钟声；纷扰中有恬静，忙乱中有闲情。没有了雾的伦敦，我不能想像，我也不愿再去。

我怀念英伦：没有纽约的显赫，没有巴黎的明媚，没有柏林的宏壮，没有罗马的古典；她有的是雾，雾使我忘记不了英伦。到处都有雾，可是到处都没有伦敦的雾一样的使人忘不了。

1945年1月28日于昆明

自由应无垠

去年9月里，戴高乐将军访美返北非，准备重返巴黎时，带着他16岁的女儿一同去看《白雪公主》，他看到白雪公主因皇子的一吻，突然苏醒时，他回头向他的副官说："好，我喜欢能觉醒过来的人！"这小小的故事传出来，使人闻到了大革命时代法兰西的传统精神："不自由，毋宁死。"这精神里曾产生过多少鼓舞着世界上被压迫，剥夺了自由者的希望，就在这精神中也产生过多少法兰西著名的英雄，我们从小就熟悉罗兰夫人的故事，到现在一提起法兰西，面前好像站着一个一手执着火炬，满面慈祥，洁白长袍，赤着脚的自由女神。戴高乐是恢复法国的英雄，该是一个传统精神的象征。

可是，这又怎能不使我怀疑呢？"好，我喜欢能觉醒过来的人。"这一句话还在人间流传的时候，就在说这句话的口中却又向世界宣告："法兰西海外殖民地不容改变。"能觉醒过来的人难道只许是白雪皮肤的人才能使戴将军喜欢的么？本来，不知为什么自从苏伊士运河开通之后就成了西洋政治标准的一条界限。自由，平等通不过这狭小的运河。我们不希望帝国保护者的丘吉尔会成为自由世界的功臣，可是我们却不能不为以传统法兰西精神的象征者自居的戴高乐惋惜，更不能不为自身经过了几年亡国惨痛的，爱好自由平等的法兰西人民惋惜，他竟会跟着英吉利海峡的暗流，在这解放时代说出了这维持帝国利益的声明。

殖民地制度在阻碍我们的胜利，又将使这次战争成了一个没有结束人类厄运的一场恶斗。我在1938年的冬天，从西贡登陆，那是我初次访问越南。下船来，有着警察把一船的中国人一起用武装押送到一个法国官吏的大桌前，我们没有犯罪，只是想取道友邦归国。可是，这是我平生第一次在武装警察的监视下受到审问。我那时离开法国还不到一个月。凯旋门的雄姿，Notre Dame一带咖啡店里的幽闲，还在我眼前。法国人的热情和亲切，永远是我不能磨灭的印象，可是一过了苏伊士运河，为什么可爱的法国人会用着可憎的面孔对着一个过境的客人呢？

我本来不必再提这些过去不痛快的琐事，可是我自己觉得为了我从小在罗兰夫人故事中所养成对法兰西自由女神渴慕敬爱的心情，使我不能对这些丑恶的琐事更为深恶痛绝，更叫我惊心的是第二天在西贡海关上，穿着制服的殖民地官吏，竟会伸手向我们索取几十比阿斯脱的贿金。"殖民地对于法兰西人民有什么好处呢？"我回国后写给一位法国朋友的信上曾这样说："这是你们的耻辱。我不想从政治的原则来批评殖民地制度，可是为了法兰西的尊荣，你们不该在东方留下这一个使你们的朋友会痛心的罪薮。"

去年我从印度回来，我在悲痛的心境中，把同样的话又写了一遍给我英国的朋友。我厌恶殖民地，因为它腐化了我敬爱的朋友。我那时又加上了一句："你一定明白，你为了这愚妄的制度付下太大的代价了。"

是的，在这次战争中，不但殖民地的属主在用他们儿女的血来偿赎他们的愚妄，连我们一切为自由而战争的人民，都在付这笔血债。你想：若是广大的印度民族不采取"这不是我们的战争"的态度，我们后方受难的人也不会像现在一般的困苦，日本怎能这样容易占领同盟国东方的脆弱的一边？现在我们固然有不少理由不能正视这同盟国严重的错误，可是将来的历史家必然会说：这是一个自己解除自己武装，让敌人来屠杀的例子！人不是完全的。错误和愚妄原是我们的本性。但是，使我不能了解的是在任何地方都能令人钦佩的朋友，其不能悔改一个不太难于发现的愚妄。

我在现在又提起这套话来，因为在这几天里我们同盟国又吃了殖民地制度的一个大亏。当我在报上读到越南法国军队被日军解除武装的消息，我不能不又想起这常使我厌恶的殖民地制度了。若是戴高乐不学丘吉尔而学学罗斯福，越南不成为印度而成了菲律宾，日军怎能在一两天内解决 3 万法军的武装呢？

东京的广播本是不可靠的，可是所传越南人民为了独立而狂热的情形，不能完全说是不可能的。当然，我们在局外看去很清楚，这是日本的政治攻势。越南的独立是假的，正和当初朝鲜的独立同一性质。可是，谁使日本能采取这一着显然不太失败的政治攻势呢？若是越南人民觉得他们只有在两暴之间择其一，他们是有理由选择一个假冒伪善的暴君。我们应当问自己，为什么同盟国连这一个可以制胜敌人的政治攻势都不能采取呢？相反的，同盟国所许下他们的将来是一个永久不变的奴隶身分呢？

假如戴高乐真是法兰西传统精神的象征，是一个清算过去错误的新生力量，他应该早就用他看《白雪公主》时的腔调："我喜欢能觉醒过来的人"来向越南广播，他在北非的名言可以拯救 3 万法国儿女的性命。可是他并没有这样做，他不能在越南发动几百万不愿做奴隶的人民的合作，像菲律宾一般和盟军协力来驱走压迫他们的日军。反之，他使这些曾经贡献他们血汗于法兰西帝国的越南人民会受口是心非的诺言所欺骗。我实在不能不说是同盟国的一个错误。

或者不肯做清算帝国的大臣会回答我说，这是他们的"内政"，我们管不着。我确实很诚恳地告诉他们：我们在这艰苦抗战的中国人民和他们的殖民地太近了。为了我们自己切身的愿望希望同盟国早日胜利，我们是否有权利追问，我们在远东战场是否已动员了一切可以促成胜利的力量？假使有疏忽的话，不但会增加同盟国军民死伤的数目，而且会使将来的和平无法建筑在永久的基础上。我们的盟友，我们有这个善意规劝朋友的责任。

亡羊补牢，还是有益的。远东的大战刚刚开始，我深切期望戴高乐将军所代表的新兴法兰西民族能有勇气清算他们过去的错误和愚妄。这次流血这样多，痛苦这样深的战事，应当是世界新秩序诞生的母体，在新秩序中自由与平等是不能分割的，更不能以苏伊士运河为分水岭。

1945 年 3 月 18 日

初访美国

人生的另一道路

10多年前，我接到过庆堃的一封信。庆堃是我在大学时期里朝夕在一起的朋友，他一毕业就去了美国。这封信是他初到美国时写给我的。信不知已丢到哪里，可是我还是很明白地记得信上的话。他说：

> 我已从西岸到了东岸，走了有一星期多的路程，一路我并不觉得生疏。在香港、上海生长的，在未名湖畔（燕京大学）住惯的人，不会觉得这是个异邦天地。不过，我真希望你来看一次。在这相当单调缺乏地方性的旅行中（怎能说不单调？每个城市都是一般的建筑，一般的布局；连小镇也都是都市的缩形），你会觉到人类创造力的伟大。你只要想一想：这只有三四百年历史，不，从每个都市小镇说，三四百年在美国还算是远古洪荒的时代。在这样短的时间中，人类会造出这一个神工鬼斧所不易完成的巨业。什么巨业？在这万里草原上造下千百个大上海，小上海。你尽管可以不承认这是个艺术品，其实你若不被美妒蔽了眼，清洁的街道，没有臭气的路角，平凡但实用的小住宅，沿街大玻璃

窗里的彩色和棱角，晚上，你不用提心吊胆脚下的污泥和路边的扒手……这一切也有它的美。即使你不承认这些，你也绝不能忽略了在这千百个大上海、小上海的成就中所表现出来的人类的创造力！

我们小的时候，伏在屋角里看蚂蚁搬家，看它们忙忙碌碌地衔泥筑窝。引诱着我们童心的岂不就是宇宙里含着的那股创造力。我们有时故意地用了我们超越蚂蚁的力量，给这些小生命来一个无妄之灾；一投足，一举手之间，把它们所创造下的一切捣乱成稀烂的一堆；我们觉得高兴了。这高兴也不就是出于我们在和蚂蚁的较量比力之下，所发现自己超越的力量？我现在刚被蜿蜒疾驰像一条长蛇似的火车载到了这世界最大的都市中心；在摩天高楼的顶上，俯视着细长的街面上来往如小甲虫的汽车，童时的情绪又在心头复生。这时，可是，我开始了解蚂蚁在孩子手下时所具的慌张和惊骇了。我认识了一个超越的力量，我确有一点慌张和惊骇；但不仅如是，当我记起目前的一切不过是人类的创造时，一种骄傲和自大安慰着我，我也是人类的一个，不是么？这些不过启示了我自己潜在的力量，这又怎能不使我兴奋和高兴呢？

我真愿意你在这里，我怕你在乡下住久了会忘记这种潜在于我们人类里的创造力。我记得你有一次从乡下调查回来，曾经很得意地和我谈，你好像发现了什么新鲜的真理一般。夜深了，洋烛都点完了，还不肯住口。你说：每一个人重要的是在知足。文化是客，人生是主；人生若是在追求快乐，他必须要能在手边所有的文化设备中去充分地求满足。满足是一种心理状态，是内在的。像我们的老乡，一筒旱烟，半天旷野里的阳光，同样地能得到心理上的平静和恬适。你说你并不一定反对用“开末尔”（骆驼牌香烟）来代旱烟，太阳灯来代旷野里的阳光，可是若是为了要去创造“开末尔”和太阳灯而终天要关在大厂房里听烦人的机器声，满心存了阶级斗争，人家在剥削自己的心理，那才未免太苦了，未免主客倒置，未免对不起人生了。你说，做人是一种艺术，这艺术的基本是在迁就外在的文化，充实内在的平衡。你发挥了“知足常乐”的文化观。我当时似乎给你说动了，可是当我经过了这次旅行，我不能不希望你也赶快来一趟。这世界会告诉你人生的另一道路。若容我最简单地说就是在动里，在创造里，在理想的外形化的过程里，在永远不会厌足的追求里，一样是有人生的乐趣，若再容我说一句：你的说法，应当再推进一步，连旱烟，连旷野的阳光都不必，死才是最平静、最恬适的境界。我不敢反对你，也许死后我会同意你。可是，你不致否认我这样说吧：假使死是最高艺术的完成，这是不必追求的，因为很快我们总是会得到的。何必愁？可是既然我们在死之前有这几十年的时间，在这个世界里，这个世界是属于还没有死的人的，不是么？则何必不利用这短短的时间，在生里，在动里，在不厌里，在追求里去体会另一种死后绝不能再得的乐趣和境界呢？我也许不能在字里行间传达这另一种乐趣和境界给你，所以我只有希望你早一些来这个世界，这个在地球另一面的世界里，我相信会给你看见人生的另一道路。

我依靠自己的记忆，默出了这10多年前的一个朋友从美国寄来的一封信，不但是因为我想在这里用另一个人眼睛里所见的美国来作为我这本关于美国的小册子的引言；同时，这信里的确包含了我多年来一个矛盾的想法；也许不只是我一个人，我相信这是每一个认真为中国文化求出路的人，说得更狭小一点，每一个认真要在现代世界里做人的中国人，多少会发生彷徨的一个课题：我们是维持着东方的传统呢？还是接受一个相当陌生的西洋人生态度？东方和西方究竟在什么东西上分出了东和西？这两个世界真是和它们所处地球上的地位一般，刚刚相反的么？它们的白天是我们的黑夜，它们的黑夜是我们的白天？它们的黑暗时代是我们唐宋文采，它们俯视宇内的雄姿是我们屈辱含辛的可怜相？历史会和地球一般有个轴心在旋转，东西的日夜，东西的盛衰是一个循环么？我们有没有一个共同的光明？这光明又是否全盘西，或是全盘东？这又会成什么东西？

也许正因为我心头老是用这些课题麻烦自己，所以10多年前所接到的一封信，至今还好像是很清楚明白地记得，虽则事实上早已和原信差落得很大，也许，庆堃会否认他曾这样说过这些话。

我记得在这次去美国的旅途中，同行的几位先生中有不少人也注意这些问题；这些问题常是我们闲谈甚至争论的题目。在北非的一个军站中，我们大家足足为此谈了一个黄昏。我在《旅美寄言》中曾记着当时的情形。我想不妨把这段记录抄在这里：

> 我们回到宿舍，刚想休息，那位好客的上校又打电话来说，晚上有电影，他会派车来接我们……美国人精神真好，我们怎能扫人家的兴致呢？于是答应了。到晚，我们全体出席。
>
> 这回电影的片名我已记不起来，可是真巧，好像是特地为我们选的。故事是这样：有五六个教授合作编一部百科全书，他们自以为无所不知，每个字都能引经据典，原原本本地加以注释。可是有一天有个汽车夫不知怎地冲进了这间书房里去，一口土白，博学多才的大教授一字不懂。于是其中有一位就决心要去搜集活的文字。结果碰着一个女流氓，她因为要躲避帮里老头子的什么事，逃到了教授的家里。这两套文化碰了头，混闹了一场。这本是个喜剧，可是却正讽刺着了我们这五个东方文人。
>
> 一回到房里，我们的夜话也就开始了。大家都忘记了要早些休息的话。

张先生摇着头说："晚上这套文化，我们怎能要得！白天的那一套非把它弄来不成。"

"这是一套呀！要白天的也就非要晚上的不成。"这是老金的哲学。

"可是这怎么成呢？简直是胡闹，我们看着就不顺眼。"

"问题就在这里。你要他们的大工厂，就会有大都市，有了大都市，女人的腿就会架在教授的头上。你怎么可以截长补短。这本是一个东西，一套。要就要，不要就关起门来。门关不住了还是要开，你怎么办？"

我们人虽少，意见却很多。白天文化和晚上文化，机械生产和都市罪恶，有人说不但应当分，而且可以分。有人说非但可以分，而且非分不可。夜话不会有结果，也只能使教授们兴奋得不能入睡而已。我怕的不是得不到结论，而是白天文化没有生根，晚上文化却已深入。至少，我想，要有西方这样的大工业，四五十年还不一定有希望，可是要把上海造成一个罪恶中心，一两个月就得了。

像北非军站里的夜话，我相信迟早会发生在中国每一个角落里。美国的士兵已到了我们的穷乡僻镇，我们要避免这问题已是不可能的了。

以我自己说，10多年来没有多大改变，还是庆堃在那封信上所描写的头脑。我还是在乡下往来，还带传统的性格和成见，对于上海的嚣尘，香港的夜市，生不出好感。苏州长大的人，生活的理想似乎走不出：绸长衫，缎子鞋，和茶馆里的散懒。我曾在《鸡足朝山记》里有过一段自白。我借了长命鸡的故事，提到我读杰克·伦敦（Jack London）《野性的呼唤》时的感想说：

这时我正寄居于泰晤士河畔的下栖区，每当黄昏时节常常一个人在河边漫步。远远地，隔着沉沉暮霭，望见那车马如流的伦敦桥。苍老的棱角疲乏地射入异乡作客的心上，引起了我一阵阵的惶惑。都会的沉重压着每个慌乱紧张的市民，热闹中的寂寞，人群中的孤独。人好像被水冲断了根，浮萍似地漂着，一个是一个，中间缺了链。今天那样地挤得紧，明天在天南地北，连名字也不肯低低地唤一声。没有了恩怨，还有什么道义，文化积成了累。看看自己在向无底的深渊中没头没脑死劲地下沉，怎能不心慌？我盼望着野性的呼唤。

若是我敢于分析自己对于鸡山所生的那种不满之感，不难找到在心底原是存着那一点对现代文化的畏惧，多少在想逃避。拖了这几年雪橇，自以为已尝过了工作的鞭子，苛刻的报酬；深夜里，双耳在转动，哪里有我的野性在呼唤？也许，我这样自己和自己很秘密地说，在深山名寺里，人间的烦恼会失去它的威力。淡朴到没有名利，自可不必在人前装点姿态，反正已不在台前，何须再顾及观众的喝彩。不去文化，人性难绝，拈花微笑，岂不就在此谛？

这段话是我启程去美之前五个月时写下的。我借这段话来说明我去美之前的心境。这心境也许不限于我一个人。想逃避现实，多少已成了多年抗战，退居在后方的人士相同的心理。在这个国家存亡的关头，不能执干戈卫社稷，眼对着一切的腐败和可耻，在无力来改变现实的人，最容易走上这消极的路。我在《鸡足朝山记》的后记中说："自从那次昆明的寓所遭了轰炸之后，生活在乡间。煮饭、打水，一切杂务重重地压上了肩头，又在这时候做了一个孩子的父亲。留恋在已被社会所遗弃的职业里，忍受着没有法子自解的苛刻的待遇中，虽则有时感觉着一些雪后青松的骄傲，但是当我听到孩子饥饿的哭声，当我看见妻子劳作过度的憔悴时，心理好像有着刺，拔不出来，要哭没有泪；想飞，两翅胶着肩膀；想跑，两肩上还有着重担。我沉默了，话似乎是多余的。光明在日子的背后。”

我自觉着这袭人而来的对于文化的厌恶。这战争更使我寒心，文化把我们带到死亡。庆堃信上所描写的超越的力量，确是在玩弄我们人类的生命。我们这些蝼蚁，不是在一个无知的小孩子手上遭到了不经意的毁灭么？庆堃在 10 年前还能感觉到自己是属于这超越的力量；可是我，经了这 7 年被时代所遗弃了的生活，怎能不发生了被动的无能之苦？竟在被自己造下的小孩子所作弄？我不能不在《长命鸡》的那篇小文后面加了一句：“既做了鸡，即使有慈悲想送你回原野，也不会长命的罢？”因之潘光旦先生在那本小书的序中说：“孝通写到‘长命鸡’最后可能的归宿时，更无异否定了一切的‘不惮烦’。”其实，正如潘先生所说的，我何尝是真的否定了一切的“不惮烦”？我在当前的矛盾里，正和大多数的中国人一般，在东西文化碰了面，我们那种“知足常乐”的处世之道已带来了毁灭的消息的警报中，有一种踟蹰的苦衷在烦恼我们。我相信很多的朋友们会和我一般，要求一个新的、彻底的翻身，要寻一个凭据使我们从此在现实里接受一个积极为人的态度。也就是庆堃初次在高楼上下视时所得到的一个人和文化融合的信念。这信念也就在童时的情绪里复生：对创造、对动、对生的积极的爱好。也就是我们要能“不惮烦”。潘先生说：“所谓‘不惮烦’也者，原是宇宙人生的一大事实，所由支持宇宙人生的一大力量。就是硬要否定它，也正复是‘不惮烦’的一个表示。”

美国所代表的现代生活岂不就是从这“不惮烦”三个字里产生出来的？Devonport 在 *My country* 里不是说出这一个钥匙？“我们活在动里，动消磨了我们的生命！”

“不惮烦”最后也移动了我这个爱好散懒的苏州人，跋涉万里地向地球的另一面出发。我写了一封信给庆堃：“我来了。我要来看看人生的另一道路，10 年前你所希望我的事在这个战云密布的时节实现了。我希望这 10 年后的今日不太迟，我还能看、还能想，必要时还能恢复童年时的情绪，即使我不能改变我 30 多年来养成的性格，也愿意用我的性格来反映，对照出地球那一面所表现的人生的另一道路。”

在这引诱中，我到了美国。

贫困的早年

我们是坐了 Baltimore and Ohio 铁路的火车从华盛顿到纽约的。这路的终点是在纽约对面的新泽西。新泽西是个工业区，烟囱像梳子一般地排列着，车就在这些梳子里穿来穿去。不像坐 New York Central 的车，一近纽约就向地下一钻，黑洞洞的窗外什么都看不见。从新泽西到纽约要坐渡船，你站在船面上，四面望望：后面是烟雾笼罩下的巨大厂房，海中心是个美丽的自由女神，对岸是曼哈顿一片耸天高楼，像积木般地堆砌着，这幅景象也许是美国文化最简单的“文摘”。文化联络处为我们安排下这个行程，很可以说是想给我们这些东方客人一个文化的下马威。

这文化的下马威确曾使我瞠目结舌。后来我写信给安排这行程的朋友说：“你若是有意要在最短促的时间使我们对于美国有一个深切的印象，你是成功了。”过了有半年多，我又在另一封给她的信上说：“我在新泽西渡船上所获得的对于美国的印象，曾费了半年才慢慢冲淡了，才慢慢对美国有了一些认识，让我再加一句多余的尾语，才慢慢使我喜欢美国。若是以后你还有机会介绍美国给我们东方人士时，我虽则不知道你应当先叫他在什么地方上岸，但我愿意很坚决地向你建议：若必须从华盛顿到纽约，坐 New York Central 车比坐 Baltimore and Ohio 车好一些。在地道里进入这大都市，可以使他糊涂一些，不致因曼哈顿的奇观，误认为美国之成为美国就在这并世无匹的大都会里。我不知道你是否同意我，美国不是在纽约这种大城市里吧？”

当然我绝不敢否认美国具有庆堃在10多年前已告诉我的那种庞大的，超越的创造力。正如我在到纽约时的渡船上和张其昀先生所说的话：“这地理才真是人文的了，你瞧，到处都没有一块自然的本来面目，哪一个角里找不到人工加上去的色彩？”可是这种摩天高楼其实只是这伟大创造力的表现，决不能说是创造力的本身，更不是培养创造力的动力。即使我同意美国人的确是具有比其他民族更大创造力的话，我不愿意把这种性格作为和烟雾一般同是都市的产物。我更不敢苟同的是那些想得到这种性格的人，在梦里先造下几个都市来。上海和纽约相差不多，可是上海并没有造成有创造力的中国人。都市没有创造美国，是美国人的性格造出了都市。下半句话，其实还是不确切的，应当是说美国人性格中的一部分表现在纽约那种都市里罢了。

若是我说在夕阳晚霞里在新泽西望曼哈顿的夜景是人间的奇观，这“奇”字只是美的意思而已，并没有半点突然之义，因为每一个中国人到这地方去欣赏这夜景，心里早已有了准备，都市的伟状到这里来证实一下而已。在我们的观念中，美国是“千百个大上海，小上海”，是都市的集成，典型，标准。在没有亲临其地之前，在银幕上所见到的，在百货商店里所接触的，在收音机前所听到的，凡是可以加上花旗徽号的，哪一件哪一样不是代表都市生活的？在美国看都市，决不能引起“奇”的感觉，“自然”得很，好像是应该如此，非如此不成其为美国。使这些客人发生惊异的倒是有人说美国的基本精神并不在这种都市文化这句话。

其实，都市之成为美国所具引人注目的特色不过是最近25年的事。25年前住在2500人以下乡村里的美国人还占他们全部人口的一大半。愈往前推，乡村里的人数也愈多：1870年，现在70多岁的老年人出世的时候，74%的人口住在乡下，若单以种田务农的人说，那时也占全体职业人口的一半之上；和我们现在的中国相比，差别尚不能说太大。再推上 80 年，美国独立方成之时，拥有 1 万以上人口的城市，在美国境内只有四个，最大的是纽约，不过 3 万人，比现在的昆明还要少 6/7。那时五个美国人中有四个是务农的。这还不过 150 年前的事，“而北美在 300 年前已经是一个欧洲人民所关心的新世界了”。

也许是因为美国的飞机在我们天空里太热闹了，我们似乎不容易保持正确的时间尺度。让我举几个年份把中西历史配一配：1492 年哥伦布发现美洲，在中国正当明太祖定都金陵后 124 年，孝宗皇帝的弘治五年，天下无事。若要找一件比较大的事来相配，只有 10 年前宪宗皇帝置西厂，缉奸宄的政治设施了。可是一过明代，事情也就多了。明朝的永历帝被杀后 5 年，牛顿发现了地心摄力（1666）。再隔 104 年瓦特发明了蒸汽机（1765）。清朝乾隆皇帝开四库全书馆后 10 年，美国独立成功（1783）。过了 24 年，美国赫得逊河内第一艘汽船下水（1807）。7 年后斯蒂文生的火车试验成功（1814），也刚是第一次欧洲大战开火前 100 年。又 14 年美国第一条铁路，也就是我刚才提到初次送我上纽约的 Baltimore and Ohio 铁路筑成（1828）。不过那时，有时还得用马来拉车。我们的国运从那时起走上厄运了。过了 12 年鸦片战争开始，而美国却正在庆祝电报成功（1840），是第二次欧战开始前 100 年。又 20 年林肯当选总统，而我们却正遭英法联军的攻击，天津北京失守（1860）。林肯被刺前一年洪秀全自杀（1864）。可是 5 年后，美国第一条横断新大陆的铁路却筑成了（1869），参加落成典礼的小孩可能到现在还有活着的。下一年煤油大王洛克菲勒创办他的美孚油公司，钢铁大王卡内岐的炼钢厂也在这年开始出货。太平天国失败后，西太后再度垂帘听政（1875）的翌年，美国的电话发明成功。美国工业开始大规模发展的 25 年中，我们却给日本打了一个败仗。马可尼发明无线电时（1897），美国的工商业已成年了，号称 10

亿金元的摩尔根钢铁公司准备出世（1901）。这几年中，我们是闹变法，闹立宪，杀了不少人，最后法未变，宪未立，发生了义和团。这是45年前的事。

这过去的100年事情是真多，因之使我们觉得时间过得特别长。可是我们配合了历史尺度来看一看，美国的工业是在上一世纪的最后25年中拔脚起步的，是他们的南北战争之后的事，也是我们的太平天国之后的事，关于“长毛”的故事，我们还是觉得很亲切，那末工业兴起在美国也不能算是有悠久的历史。何况，美国工业的成年须排在本世纪的初年，是和我们颐和园差不多新的东西。

美国的工业，和工业所造就的大都市，尽管有惊人的成就，以年龄说还是轻得很。现在活着的老年人和中年人，大多数还不致忘记早年熟悉的乡村生活。立国的精神是蓄积在每个人民的经验里的，尤其是早年所熏染的习惯和态度里。“三岁到老”是句老话，也是被心理学所证实的原则。因之，若忘记了美国的历史，被爆发的都市文化挡住了视线，我们会误解美国的国民性。大企业，大工厂，大都市在美国确有它们的势力，它们表示了美国的力量，可是只是皮肤和肌肉，并不是骨骼。骨骼还是它们在早年工业尚没有发达之前，在拓殖时代乡村生活中所养成的。那种粗放旷达的生活环境养成了独来独往，不卑不亢，自负自骄，耐苦耐劳的性格。这性格归结于它们崇尚平等，爱好自由的精神。美国的创造力并不是凭空获得的，而是从这种对生活的认真，对自由的爱好中长成的，更因为有了这种性格，这种精神，所以它们所发生出来的创造力并不像西欧日耳曼民族那样爆发成为人类的破坏和毁灭。我们要认识美国，不在它外表的耸天高楼，而是在他们早年的乡村里。

现在在中国一提起美国，真像是西天极乐世界，“上有天堂，下有美国”。从美国回来而没有发财，似乎是件奇事。自然，我也不能不承认美国一般人民的生活程度确是比我们，尤其是战时的我们中国人，富裕得多（我并不是指在战争里发财的人而言）。一个刚从中国的大后方，几天之内被飞机送到像迈阿密那种花园般的海滨胜地时，怎能不咽一口气，半天才说得出声："美国真富！"我在《旅美寄言》的《一张漫画》中曾把我最初的印象记下：

> 我默默地在心上勾出了一张漫画，美国是真富！
>
> 这是一张漫画：一个小巧的花园，肥健的太太手上拿着一个药瓶，瓶上写着维他命ABC，半裸着在晒太阳；一个大肚子男人弯着腰在种花；门前停着一辆待租的TAXI。我想将这张漫画标题为"美国的苦人家"。

美国人自己可以谦虚地说这张漫画毫无根据，可是我却觉得美国人很可以骄傲地说，"是呀，我们虽不算富，但是的确已经不像你们东方人一般常受饥饿的威胁了"。我们东方人在现在若是觉得美国的富是值得羡慕的，就该知道美国的富并不是从天上掉下来的，而是从贫穷中自己打出来的天下。我们看得到的是吃得面孔红喷喷的老美，看不到的是他们曾在饥饿里挣扎的洋克。

前年感恩节，我在芝加哥休士先生家过节。当我用冰水硬硬地送下一块又老又生的火鸡肉时，主人却在讲给我听，为什么在感恩节家家要吃火鸡的掌故。据说是当新英伦的移民初到这大陆时，这新大陆有的不是温暖的自由，而是严酷的寒风。他们带来的种子，刚下土，就很快被几尺厚的白雪掩没。人在饥饿中度过北国的冬天，死得和狗一般的容易。幸亏这地方有野生的火鸡，给初来的移民充饥，他们才能维持下去，没有死完。后来土地有了收获，为了纪念这苦日子，所以定下这感恩节，一年一度，要吃一只火鸡。我虽则觉得为了要感激火鸡而每年得一家杀它一只，似乎不太说得过去，但是我想到当年在垦荒时发现火鸡时的高兴，嘴里的味儿也增加了不少。美国并不是一个河里流着牛乳，树上结满葡萄的天堂。假定现在已近于天堂，那是从地狱里升上去的。

早年美洲移民的生活究竟是怎样的呢？这里我只有借别人的话来交待了。罗素在《自由和组织》里曾描写过这种人的生活。他说：

> 例如林肯的父亲当肯塔基不复是边陲区域以后，便决定在1816年移往伊利那。他为便利迁居起见，曾经编就一道木筏，将全部家私（一副垦荒器具，和400加仑威士忌酒）载上。后来木筏倾覆，但总算还捞得大部分家具。他从最末一间移民的住宅出发，筚路蓝缕，经过森林，在一片合意的地方把威士忌酒和垦荒器具安置下来。他的妻和两个孩子带着一床被褥，几个瓦罐，几只铁锅，亦接踵而至。他们所住的茅棚只有三面遮蔽，第四面敞着，饱受风霜雨雪的吹淋，如是者一年。在这一年中间，他开辟了一个农场，并造了一座像样的木房，但依旧想不到木房内应该有几扇门，几扇窗，或一层地板。尼古来和海伊（美国历史学者）说：“他的木房就跟别的垦荒者的一样，几张三脚凳，一张木床（床的一端附在屋角木柱之间，另一端由插在地上的弯树条支撑着），一张大木板下装着四条腿的桌子，一只瓦罐，一只铁锅，一只长柄壶，几只铅碗和铅盘，全室家具，尽在于此。入晚，孩子亚伯拉罕从一张两条木柱间装着木钉的扶梯上面，爬到顶阁里，在树叶堆成的床上过夜。”当地的垦荒者好多死于热病，亚伯拉罕的母亲也因热病而死在这木房里面。

这段文字里描写的情形还只是125年前的事，也许有人觉得125年是太远，我们不妨推后100年看看。我在哈佛大学遇见过一位外籍的教授，讲起第一次大战时代的美国。他说他那时曾带了孩子们大小一家到美国南部去旅行。有一次他的车坏了，就停在一个小镇里，找了半天才找到一家可以称作客店的小屋。他们想洗个澡，没有，全家在一间大房里过夜。他预先打听了一下，究竟要多少房钱，他得到的回答是 1 块钱。美国普通的规矩是以人作单位算账的，所以他一想花六七块钱住这种店子真是冤枉。第二天，他们大大地吃了一顿早餐，付账时，店主人一起只收了 1 块钱。这地方的生活程度可想而知了。

你若要知道一些真正的美国苦人家（当然不是像我上面所勾出的漫画），最方便的是到纽约百乐大道去。百乐大道，在 42 街附近，也许是全世界最繁荣的中心了。可是就在这纸醉金迷，歌舞升平的时报广场斜角有一家有名的戏院里在上演一出话剧，这出每天每晚上演已有 10 多年的名剧叫《烟草路》。这出话剧是描写当时南部出烟草地方的人民的穷苦情形，是一出写实的剧本。我自以为是曾经在最穷苦的地方住过的人，江南的乡村且不说，瑶山里的佃户应当是人间最穷苦的记录了罢？但是一看了《烟草路》，我才初次警觉一个人穷到一个程度，除了食和性之外，可以什么都没有。一个人成为禽兽时，身上既没有光彩的皮毛，又脏又臭，比任何别的动物都难看、丑恶。这出话剧引起我这个理解，其内容已不言而喻了。

《烟草路》给我的感想很多，最重要的并不是在认识贫穷的罪恶，而是发现美国在富有时并没有忘记穷苦的日子。你想，为什么这一出看了会使人心里十分不舒服的剧本能在百乐大道上一直上演了 10 多年（我曾为天天要扮演同样一套的演员抱屈），获得戏剧界最高的票房纪录。论艺术，我不懂；可是以普通观众的立场说，既没有伟大场面，又没有惊奇布景，连美国人所喜欢的大腿也没有，可是每天有观众，差不多天天客满。有人看了一遍，过一时又去看一遍。我问过很多朋友，没有说没有看过的。一个小孩子到纽约，必然去参观自由女神，天下雨也不管；一个成年人到纽约，假定有时间去看戏的，《烟草路》是一定得消磨一晚的。这话剧号召力之大，显然不只是一出戏而已，不只是剧本高明，演员出众而已，而是在它具有迎合美国人民心理的魅力。

什么心理呢？你自己不妨试试，你聚精会神地看了《烟草路》出来，重新走到时报广场，向北望一望这行人如流水的百乐大道，灯光如昼的不夜城中（一直到我快离开美国时，百乐大道的光禁才开），你自然会觉得一种骄傲，像拿破仑征服了欧洲，在凯旋门前，马上独步时那样的骄傲！人力定能胜天，这《烟草路》一变而成百乐大道了。干！创造！靠自己的努力。

你在这时会有一种勇气，似乎得到了保证，努力是有报酬的，努力里会消灭贫穷，努力里会出现快乐。工作，不断工作，前面有一个更好、更美的天堂。你在这时也会发生一种幻想：在不久的将来，这百乐大道也会被人看成《烟草路》。进步！进步！还是进步！

美国人的骄傲就在这里。不但他们愿意记得他们的祖先曾在饥饿里靠火鸡过日子，他们的父母曾在荒凉的沙地上求生存，而且他愿意向你说，用节日来纪念，用名剧来广播，为的是要使每个人觉得努力是有收获的。假若杜鲁门不生在美国，不在美国竞选，他一定得把早年的历史遮掩得干净，然后造成一些莫须有的祖宗，来抬高自己的身分了。在美国，他不必这样，愈是你父母是贫贱，愈是你早日生活艰难，愈是你祖宗里没有名人，你有能力，你有成就，才表示你一切是靠自己努力得来，这才是值得人崇拜，值得自己骄傲的。

美国的历史其实就是一部不靠祖宗余荫，靠自己，不买账，拼命、刻苦创造出来的记录。这种人是有胆量每年吃火鸡，每个人去看《烟草路》的。也是这种人才会在沙滩上造出个世界最大的都市，在年年泛滥成灾的美国“黄河”（田纳西河）流域里造成一个将要改变世界经济的 TVA。

他们的创造力是哪里来的？第一，我是这样想，不怕承认自己的贫穷，不接受贫穷，恨透贫穷，最后才能克服贫穷。美国原是苦人的世界，在这世界里苦人变成富人了，至少和我们比是可说是富人了。

世界上穷苦的人不少，可是有些人并不恨穷，只怕别人看见他们穷。他们会掩饰，会装点，别人不说他们穷，他们也就安于穷苦了。这不是美国人。美国人不怕别人妒忌他们富，因为他们可以很坦白地说："你也能富的呀，谁叫你不求富呢？"他们不必掩饰，因为他们自觉他们的富有是靠自己的劳动得来的，以正当的手段向自然争取来的。

我们在东方看他们，千万要记住，他们人民生活程度的提高是他们努力劳动的报酬，不是天，也不是人，送给他们的礼物。

自由之邦的传统

在新泽西的渡船上，我已说过，除了背后的一片厂房和烟囱和面前曼哈顿的耸天高楼外，同样会使你感觉到深刻印象的是兀立在海面上的自由女神。我也已经说过，每一个美国的孩子到纽约，他们的父母决不会忘记带他到这自由女神的岛上来瞻仰一番。这巨像是法国给美国的赠品，因为在美国革命时，有很多法国热心的人士，不辞劳苦，不避危难，来帮助美国这件历史上的伟业。为了纪念这个自由人民共同的决心，亲密的合作，所以在法国铸成了这个巨大的铜像，送到美国，立在纽约港入口的大门前。这个巨像中间是空的，人可以从圆梯一直攀登到女神帽子的边缘，据说以前还可以一直走入女神的手掌，在自由的火把下，俯视人间。

从自由女神的火把下，展开了这一个被人视作世界上的"自由之邦"。其实，liberty 这个字译作"自由"不如译作"解放"为妥。解放是指一种过程，在这过程中一个人抛弃了原有的束缚，享受着没有这些束缚时的自由。这次世界大战被称为 War of Liberation（解放战争），因为纳粹的暴力把种种抹煞人权的桎梏束缚住了被它征服了的人们的生活上，同盟国的战争目的就在取消这暴力的桎梏，使人们得到解放。美国在 19 世纪在欧洲人的眼中是一个可以得到解放的去处。在保守的人看来，美国在当时，是一个叛徒的罪薮，可是那些在旧秩序里受到束缚的人，则把美国看成了天堂。因之，肯冒着大西洋凶恶的风浪到这新世界去的，多少都是些不肯安分守己的，说得不好一些，无赖。

说起来原是历史上的一件偶然的事。北美之成为今日世界的强国并非是出于某些人的计划。200 年前，也许 100 年前，说这种大话的还会被人笑话。最初，哥伦布并没有要发现美洲；他登了陆，相当失望，因为他想要到达的是我们中国，是衣服上都穿着珠玉，满地都是丝和茶的天堂。他一见这片荒凉的大陆，认定不会是中国，所以以为是印度。到现在美洲的土人还称作为 Indians，我们为了要分别于印度人所以译作印第安人，其实在英文里印度人和印第安人是分不出来的。

发现北美的哥伦布是失望了，可是北美给人失望的却不只是哥伦布。最早招募了民夫去殖民北美的英国阔佬们也对北美失望了。殖民北美的动机是想发洋财。当时，美洲比较发达的区域是墨西哥湾流域。这地方的居民，据历史和考古的材料看来，很有一点像我们中国。有很发达的手工业，肥沃的农田上养出了一大批悠闲无事的富户，文弱得见了血都要发抖。西班牙人一到墨西哥，就放弃了一切人道观念，赤裸裸地摆出海盗的面目，劫掠烧杀，把整个墨西哥的文化摧毁了，只得到了这地方人民历代所积下的金银珠宝。在欧洲那面的人，没有闻到血腥，只看见一船船的珠宝，怎能不眼红？于是英国的阔佬们也想到北美去依法炮制一番。可是不幸的是，北美的土人不像墨西哥的人民，他们非但不富，而且是特别好斗，绝不屈服的勇士。这怎能不使发动殖民的阔佬们失望呢？人已经去了，若要接回来，又要费他们的钱，殖民公司只能将错就错地留着这批人在“新世界”里受罪了。

当时的北美使那些有钱有势的欧洲上等人摇头。16、17 世纪是农业时代，在农业国之间实在是没有什么东西可以成为贸易对象的。当时，所谓海外贸易实在只是贵重品的抢来抢去。西班牙是最早在海外称雄的国家，可是几百年的海外贸易并没有造成一个工业的西班牙。在这时代，北美在经济上怎能引诱人？

我说北美在经济上不能引诱人是指欧洲的上等人而说的。至于欧洲的穷苦人，这却不然。北美有的是土地，虽则荒凉，虽则有土人的恐怖，但是土地却有的是。若是欧洲的农民有土地足够他们耕作，他们也未必会冒这个险。可巧是英国发生了一种圈地运动，把很多本来可以在旧制度中生活的农民弄得颠沛流离，无地可耕。我们要知道为什么北美的人口逐渐增加，不能不知道当时欧洲，尤其是英国的农民的痛苦。

在 18 世纪的上半期里面，英国还实行一种条地制度。一个农民向地主租得若干条地后，便可以在公共荒地上畜牧采樵，豢养几只家禽，一两头牛，一两头猪。假如克勤克俭地做人家，还可以衣食无缺。换一句话说，英国的农民一部分收入是从公共荒地上得来的。到了 18 世纪的下半期，国会操纵在地主们的手里，通过了一项法案，把公共的荒地圈了起来给地主们养羊。这样一来，农民就丧失了一项主要的收入。生活的压迫，使他们不能不在别的地方去找土地了。北美对他们才具有引诱人的力量。

我历述这段史实，因为想借此指出美国早期的移民是哪一种人。北美当时不但是个苦地方，而且也是专门吸收苦人的苦地方。没有钱的苦人，出不起路费，只能把自己出卖几年，叫做“立约奴隶”，到了期满才恢复自由人的资格。全体殖民中可能有一半是这样到美洲的。这短期卖身的制度中又出现了人贩子，他们把这些“立约奴隶”运到美洲，在《新闻报》上登着广告招徕，甚至系成一串一串地带到各城各乡去叫卖。

这些在老家走投无路的苦人，又经了多年奴隶的生活，终于在新世界里获得了自由和土地。他们在荒原开垦，利用着极粗陋的工具，在人口稀少、森林遍地的地域里过着孤独的生活，在出产极薄的农地上谋生。同时，他们又遇着枭悍残忍的土人。我想再抄一节罗素在《自由和组织》中描述过的当时垦荒者的生活：

> 林肯总统的祖父，早先在杰斐逊郡向政府买得一方土地，定居着，并在林中开辟一个小小农场。1784年某天早晨，他率领摩德克、约西亚及托马斯三子来到农场边，开始一日的工作。林中飞来一粒子弹，将父亲打死，长子摩德克随即赶往家中，约西亚亦奔向附近的堡垒求援，最小的托马斯只有6岁，留在父亲的尸体旁边。摩德克走进茅屋，抢下来福枪，从枪眼里瞥见一个武装的印第安人正在俯下身躯，想抓起地上的孩子。他悉心瞄准那野人的白胸饰，一枪把他打倒。孩子这才得救，逃往茅屋里来，此时野人们相率冲出林子，摩德克重新放枪，直到约西亚从堡垒里回来助战，野人们才都逃散。

艰苦的环境中，他们体悉到了自由的可贵，也领会到了它的代价。他们从欧洲中古的封建制度中解放出来，他们没有主人可以依靠，没有传统的耕地可以取给了。生活得靠自己，土地得自己开垦，生命得自己保护。在这种环境中最可以依恃的只有自己的体力和机警。他们必须在最低的生活程度中谋取自足的经济活动。这样便产生了广大的自恃自足的不与人苟同的自由农民。

这种早年殖民时代所养成的性格，到现在还是到处可以碰得到。我在《旅美寄言》的《如此农家》中曾记着所拜访的一位叫杜洛斯的农民：

> 那位主人对我们很热诚，可是他始终不随意恭维我们。说起

了中国，他就不很说话，后来他摇着头：“我不知道，我没有到过中国，我也没有和中国人接触过。有很多东西，好的或是坏的，我不能相信，我没有意见。”这是美国拓荒精神的余绪。他们生活在事实里，成功失败就靠自己的判断。经验告诉他们最可靠的判断是根据看得见，摸得到的事实。很多人觉得美国人是最耳朵软，血热，有时会胡干，这是好莱坞电影上的美国，不是真正的美国。真正的美国人是像我们那位主人一般的人。也许正因为太注意了事实，所以广告才如此发达（倘若全是耳朵软的，广告也就不用讲技术，也不必花这样多的钱了）。也正因为如此，在千钧一发的危机中，还是有孤立派的存在。

后来，我同去的朋友，下厨房弄了两碟他拿手的红烧鸡和红烧白菜出来。“那位主人吃着了这味儿，脸上露着满意的笑容，一块又一块，最后大声地说了：‘中国东西真好，从此我知道了。’这坚决的声调是典型的。他尝着了，他有了经验，他不怕下断语了。他决定了他的态度，也就负责了，不容易改了。”

这种信任自己经验，向自己判断负责的精神是民主的基本要义，和封建精神刚相反。在封建社会里个人守住他在社会里一定的地位，他“非礼勿视，非礼勿听”的结果，对于自己经验不加信任，信任的是传统的标准。“非礼勿言，非礼勿动”的结果，对自己的判断和行为放弃自主，一切依着传统标准去思想，去活动。可是在传统不能保证个人生活的安全时，传统必然会失去它的威信。非但如此，传统会使这些在荒原里的人遭遇打击和危险。于是他们不能不发现“自己”，信托“经验”，重视“判断”了。民主不是从理论里产生的，而是从生活需要里发芽，长成的。美国的环境解放了欧洲封建的传统。我们与其说是爱好自由的人到美洲来，不如说是到了美洲的人才充分认识自由的可贵。在殖民时代的美洲，封建的势力并不是不想支配这新世界，可是封建势力无法在新世界里立足，因为在新世界里生活的人，因生活的需要，不能接受这桎梏。

美国的民主基本上就是这种拓殖时代养成的精神。这原是一种解放运动，积极方面是在人类认取独立的个人人格。这独立的个人是最适宜于拓殖时代。可是这种自给自足以至自恃自卫的人民并不感觉到和别人合作的需要。这种人有时会流于孤僻和忧郁。他们厌恶人事的复杂。为了工作效率和行动方便，在农业经营中，生活的单位时常是很小的家庭。不喜别人干涉的结果，对于政治尤其是权力，不但不爱好，而且憎视。

在美国孩子中流行着一种游戏叫“作弄警察”。有一个孩子装作警察，其他的人就千方百计地取笑他，给他当上，尽恶作剧的能事。而那个警察却是装成个呆子，有一点像我们的呆女婿。我也听到过种种中伤警察的话，说他们的脚是平底的，是流氓，是不务正业的讨厌家伙。这些民间的游戏和笑话，反映出他们对于权力和干涉的厌恶。据说，这种普遍的情绪的确曾成为警察的大问题。在美国的路上根本就很少看见穿着制服的警察，摇摇摆摆在人面前走动。好人不愿当这丑角。因之，有一次政府里特地请了很多有地位的人加入警察局，想改变人民的成见。事实上，还是不成。

从这件小事上很可以看得出美国人的特性来。在英国，谁也不会忽视警察的雄姿，穿得最整齐，身材也总是比普通人高，更戴了威风凛凛的高盔。我曾说，英国的美男子不在别地方，就在街头。三三两两地在大街上踱着方步走动，有时还骑了高大的马，像装饰品一般参加各种游行。在德国，警察则更加威风，你要搬家，要走动，先得通知警察局。我在英国和德国出门身上总是带着护照。出门时得摸一摸：护照、钱袋。可是一到美国，护照竟是多余的。你若不出国，大可把它锁在箱子里。警察局在什么地方都没有问过，有没有都没有关系。他们决不来麻烦你。只有一次我接触到警察：那是我和庆堃一同开了车去买东西，把车停在一条小街里，过了时限，回来在车上发现一张小纸，要这车的主人在下一天到警察局去。可是，除了这张纸条外，我并没有遇见警察。

厌恶权力和干涉实是美国的传统精神。在大的地方就表现在他们“层层钳制”的政府组织。制定宪法的人简直把政府里的人都看成是坏东西。他们决不让总统自由使用政权，国会的钳制不够，还要给法官以否认总统命令或国会法律的最高权力。他们的政治哲学是“最好的政府是最不管事的政府”。

若是早年没有土人的捣乱，我怀疑美国人会不会接受一个比乡镇更大的政府。《独立宣言》的起草者杰斐逊就是一个反对权力的人。他在《独立宣言》里开头就说：“全人类生来都平等，他们都有天赋不可夺的权利，这些权利包括生命，自由，与幸福的追求；人类为要保障这些权利，所以才组织政府，政府的适当力量，须由受治者的同意中产生出来：假如任何种政体有害于这些目标，人民即有改革或废除任何种政体之权；这些真理，我们认为是不证自明的。”这几句话中充分说明了权力是消极的，是防止个人权利的被侵犯。若是权力本身侵犯了个人的权利（不但生命和自由，而且个人认为追求幸福的正当行为），人民就可以推翻这权力。在这种政治哲学之下，不要说做总统，就是做警察自然成了一件不易讨人好的职务了。

在美国政治史上，这种厌恶权力，讨厌干涉的成见，总是一度再度地引起重大的风波。美国并没有停止在拓殖时代的农业经济上，工业的兴起，生活的复杂，事实上不能不逐步走上集权和干涉的道路。但是这传统的成见，一直到现在还是根深蒂固成为政府头痛的阻力。我们在下文中还有机会提到，这里不去详述了。

我们要了解美国，我们千万不要忘记美国一直要到上一次大战时，拓殖的机会才告结束。而拓殖运动所养成的精神，离开结束还远。

年轻文化的前途

华盛顿的天气是冬寒夏热，挑这个地方作美国京城的人，心里必然是讨厌和害怕政治的，正是个传统的美国人，好让气候来减低政客们的耐心和活动。在昆明住久的人，到华盛顿去总是件头痛的事。假若没有慰梅太太的客厅，只为了我有容易在蒸热天气里伤风气喘的宿疾，已够是我拒绝到华盛顿去的理由了。

慰梅太太的客厅是很简单的一间白壁淡蓝色的小房间。一个装饰用的壁炉，一架竹编的屏风；壁上有一幅中国的神轴（不知哪家破落的子孙竟会把祖宗的遗像都卖给洋人），表示这客厅的主人与中国有一点关系。在一个刚从中国来的客人，对这奇异的装饰品，反而会感到异乡的风味。让我补一句，慰梅太太并不是中国人，虽则她常喜欢用这中国名字。

这幅用来做装饰客厅的神轴（绘着一个清代朝服的官员，和我幼时过年时挂在中堂的那些祖像，容貌都差不多），曾引起过我在一次小小的晚谈中长篇的议论。记得那天我刚从一家名叫“开西诺”的中国饭馆里和恩勃里先生吃了饭回来。恩勃里先生是一位人类学家，他到过日本，写过一本《须惠村》的调查报告。因为这本书的内容和风格和我的《江村经济》很相似，又在同时出版，所以常被人认为是姊妹之作。我到了华盛顿自该去拜访这位“姊”或是“妹”了。我见了他就说：“这几天，我真辛苦了，一早到晚，拜访那些白头发的老先生们，谈论些冠冕堂皇的文化合作等大题目。可是，你知道，我是初次到美国，我总得先去认识认识美国才再谈得到文化合作之类的正经事。今天你得带我去认认美国。”

不久我们两人就在开西诺吃饭了。到中国餐馆去认识美国似乎怪不合适的，可是，他既然这样提议，我自得尊重他。下面是我在《旅美寄言》中所记关于这顿夜饭的情形：

说是中国菜馆罢，除了那些过分和惹眼的装饰外，并不能使我感觉到一丝家乡味儿。以菜单上的名字来说，Chop Suey，Chow Mein，半似翻译，半似洋文，实际是非洋非华的特殊菜肴。Chop Suey是肉丝和各种菜蔬混成的炒品，有时是用虾肉，或是牛肉来炒。其实是极平常的，但不知为何一定要用这个不中不西的雅号，反正我是不喜欢这菜的，吃了一次之后没有再试过。Chow Mein是炒面的音译，本无足奇，然而怪的是有生的炒面可买，把面条在油里炸了一下，烤干了把炒面卖给外国人。有几家馆子炒面的味道还不差，好像苏州小吃馆子里的两面黄。

桌面上全盘西化，刀叉俱全。可是因为我是刚来的同胞，所以特地给我们预备了几副毛竹筷，上面还印着Made in China。使我不舒服的是一杯冰水。美国冰水，除了芝加哥的水带有漂白粉的味道外，确有它的妙处，可是和油腻的中菜一同喝下去，实在是有点犯忌。我真奇怪外国人的肠胃怎受得起冻了的油腻的侵犯。也许外国人说中菜不易消化的原因就在这上边。可是无论如何，没有冰水他们是吃不下饭的。

离开桌面一看：在当中正有一队穿着半裸衣裙的舞女在跳西班牙舞。我在伦敦时曾经去看过一次西班牙舞，看客里还有穿着礼服的，至少大家是观舞而来的，正襟危坐，跳完一节，拍一次手。这里可不然，一面吃着炒面，一面在和女朋友谈笑，一面斜着眼就可以看这许多大腿在摆动。伴着西班牙舞的音乐却是美国时髦的爵士。我是不懂音乐的，可是更不明白为什么这种称作爵士的响声也被称为音乐。一忽舞罢，在同样的“音乐”下，却又来了一位说是从中美古巴来的女郎，引吭高唱了一曲她的乡歌。在台上手脚不停，用着扬声筒报告节目的人，一望又可知是南欧的产物……

就在这一刹那，这一角，多少不同来源的文化横奔齐集，斐然杂陈，似乎全忘了这是中国欧仆，东土刺绣，西班牙舞蹈，古巴歌声，爵士音乐，南欧面目。形形色色，林林总总，全合在一起，难分难解。一片欢笑，一尝畅饮，一种新的文化！

我回到慰梅太太的客厅里，面对着那家祖宗的遗像，脑子一直在反复地想刚才和恩勃里先生所说的结语："真胆敢，年轻的文化！"

这一句话也就引起了慰梅太太客厅里半晚的议论。

我虽则不赞同斯班格勒的文化周期论：文化和生物机体一般由幼而老，由老而衰，由衰而死的定命过程。但是我却常认为文化有两种不同的类型，一种是扩张的，一种是生了壳，停止了生长的。我所谓"年轻的文化"就是指第一种。美国是一个最好的例子。我刚才所提到的慰梅太太客厅壁上中国的神轴，以及开西诺饭馆中的形形色色，正是年轻文化的面目。

在以上两章中我强调美国在历史上的尺度正是想烘托出年轻两字的骨子。若是北美在早年有着像墨西哥一般的珠宝，吸引了些像西班牙人一般的海盗，北美到现在可能还是一个劫后的残尸；若是北美的印第安人文化水准高一些，挡得住像海潮般送来的欧洲移民，以及后来的各色人种的移民，哥伦布所用来称这大陆的名字也许不会太错，该是一个美洲的印度。可巧北美不是中美，也不是印度。这广大的陆地上，在哥伦布到达的时候，人口稀少，加上这些土人的顽固，不屈服，不同化，以致从文化上说，在一定程度上这里可说是一个真空。向这真空驰入的，不是有组织的文化单位，而是一辈对于传统制度已失去好感的亡命者。北美的移民不像我们到南洋去的移民。南洋的华侨们始终是以作客的心情在新地方寄居。他们在寄居的客地，辟出一方，依着原有的生活形态造下一个小中国。北美早年的移民并不存衣锦还乡的愿望。他们要在新世界求得新生活，而当时的环境，如我在上章所说的，也迫使他们确立一个和传统不同的生活方式。所以美洲的文化基础不是原原本本从欧洲移植来的。

说得远一点，北美这个文化的真空，给欧洲中古封建中所解放出来的两股新势力以实验和实现的机会。这两股新势力就是“自然的发现”和“人的发现”。换两个名词来说是“科学”和“民主”。中古的封建使欧洲农业得到安定的发展，可是1000年后，人已不能再禁闭在这块土地的圈子里了。农民在用简单的工具和手脚来耕植的技术中，需要的是安定。这安定的生活囿闭了他们的眼界，忘记了人类潜在着的可能的发展。这个保障着生活（虽则生活资料这样稀少，生活程度这样低）的硬壳终于被科学和民主的要求所冲破了。可是蜕变是个痛苦和艰难的过程。在封闭制度中握有特殊权利的人们，怎会愿意痛快地抛弃这保护他们特权的硬壳，虽则在新的制度里他们假若努力的话，同样可以获得更好的生活。可是人是短见的。在欧洲，新文化的生长得经过一番破坏和骚动。可巧的，也许是上帝有意留下的，有北美这一个文化真空，可以让这两股新的势力得到实验和实现的机会。

18世纪的欧洲，尽管经过了文艺复兴和宗教改革，还是一个烟雾迷漫的土房，最大的墙壁是自然资源的吝啬。每一个人感觉到除了接受传统的地位外，若是想自辟新路，新路前面并没有可靠的机会。冒险者尽管可以置生死于度外，可是他至少要有一个引诱他的目标。在一个被技术封锁了的经济中，冒险是不会有结果的。在这种生了硬壳的文化中，除了安心在壳里求存，有什么别的生路呢？于是，聪明的人“克己复礼”，把生活托付给传统。他们只能在控制自己的欲望的方法下求一个平静恬适的生活了。“知足常乐”必然会成这种人的立身要诀。

北美这个字是和机会同义的。在早年，在农业阶段上，北美有的是荒地。在一个古旧的农业国家，一个农夫一生只能在一定的土地上求生活。他没有扩充他的田园的希望，更没有换一块田地耕种的希望。他得尽力地保持地力，因为土地的贫瘠就是他的冻馁。在北美，他可以不愁这些。只要他有体力，他可以开垦新地。而且，他若是厌旧一块地，另外可以再去开垦一块新的。这就是农夫们的“机会”。在这种充满着机会的环境里，知足是没有意义的，若要给它一个定义，必然是“没出息”而已。

“自然的发现”在这世界中才能兑现。在这里知识才是力量，才是财富，才是生活。新世纪的曙光就在和知足相反的不餍求得中的。在英文里有这个字：aquisitiveness。Tawney 教授称现代社会是 aquisitive society，用以和知足社会相对照。不餍求得必须求而有得，换一句话，必须有机会，有充分的机会才能发生这不餍的精神。北美是现代新社会发生的理想环境。

一个社会，或是文化，有时可以用生物机体来譬喻的。一个孩子在生长过程中，每个细胞都在扩大和繁殖时，他的心理是和一个已经长成的人不同的。孩子们胆敢，他有尝试的精神，他可以不考虑后果，而且只有在尝试中，他得到他机体和知识的粮食。一个健全的小孩很少挑剔食品的，这是出于他机体的需要，他需要各种养分。孩子们被新鲜所吸引，他固然会因弄火而烧痛手指，但是他生活经验的需要使他不怕奇异。一个年轻的文化也是这样。

当我每次在谈话中用美国文化这个名词时，坐客中常有一种不太同意的微笑。“美国也可以称为一种文化么？”他们会这样问我。这问题我自然不敢回答，可是他们发生这问题的意思正是在怀疑美国已有一个定型的文化形态。我们不能用脾气或性格来加在孩子们身上，因为他们的性格，也就是心理学家所谓人格，还是在形成中，在变化中。他们只有一种劲道，一种倾向，一种力量。美国的文化也是如此。有时我们会在孩子们的语言中发现，在成人们听来，怪刺耳，怪不顺的字眼儿。在学说话时，孩子们并不经心这刺耳和不顺。这不就是我在慰梅太太壁上和开西诺饭馆里所得到的印象么？所不同的：一个新的文化不一定要长成一个已有的文化定型，而孩子的说话却总要接受成人的标准而已。

用机体来譬喻文化容易引起误解的就是在每个机体的形态是由遗传所决定的，生长过程不过是完成这定型而已；文化则不然，它是个永远累积，永远变化的东西。我们固然在某种程度之内，为了方便起见，用年轻或年老等名词来形容文化，可是一个年轻文化究竟会生长什么形态出来，却不能用一个已有的定型来预测的。

慰梅太太客厅里的谈话，也可以说是辩论，就从这一点上发生。金老先生和我毕竟是东方客人，总觉得外界的机会总有一个尽头的日子。像美国现在所表现的劲道和心理，只是在扩张过程中的暂时现象。一旦机会告罄，美国文化成年了，有了个定型，每个在新秩序里的人，碰到了无可再新的时候，自然也会平心起来，甚至和我们老大帝国的人一般，讲起“知足常乐”的口号来了。我还举出了在哈佛大学和小 Whitehead 教授的讨论的结论来助证。据他说，英国在近年来大多数的人已经表现了在他们的地位上寻求恬适和满足的心理。他们不再像美国人一般，每个人觉得可能做大总统，可能做福特，做洛克菲勒了。大英帝国的扩展时代已经过去，成了年，有的是心平气和、冷眼看世的神气了。我举出这个观察来助证我的文化成年论。金老先生也相当同意我的看法。我们中国在春秋时代，不是也有过一些年轻的气色的么？可是在农业成年之后，我们就生了个硬壳。一有这硬壳就表现出那股老气横秋的神气来了。我们承认工业时代已超过了农业时代，在过去 100 年中，也许正因为有这新大陆作尾闾，工业文化还在生长，还属年轻。可是成年时代已经近了。我们很得意地说：“美国享受一世纪的拓殖之福，可是在这世纪的开始，不是已经在西部碰着了大海洋了？哪里还有荒凉的边区来发挥你们扩展精神呢？”

我继续说：美国的情形我知道得很少，可是假若我所说的可能是事实，根据这事实来推论，美国不是已经有点窒息了么？那就是早年拓殖时代所积累的习惯，所养成的扩展心理，在机会业已缩紧的环境中，不是很容易发生一种不安的情绪，反映在社会的纷扰里？当然，假定你们内在的边区业已消失，不想在南美，或其他地域，再辟边区，你们大概还得向东方学习安分知足的人生态度了。

我在这里不能不加一段说一说我所担心的事。那就是我在某杂志上所读到的那篇论文所引起的。这位作者是一个大公司的推销员，在这篇十分坦白的文章中，他提出了这次大战的意义是在再辟边区。美国在这次战争中已经长成了世界上第一位的强国，海军和空军暂时是不会遇到一个可以相抗的敌国。这力量，在他看来应当和美国传统的拓荒精神相配合，来给美国一个第二期的膨胀。

我说我不能不为这种论调担心，一个年轻的文化，配上无比的强力，毕竟不是件太可以放心的事。何况，若是拓殖的心理没有修改，它再度的扩张，是否是世界的幸福呢？我想向这位作者说的就是现在世界上已经没有300年前的北美了，没有文化的真空区了。若是按照18、19世纪的老方法去扩展的话，说不定会遇着很大的阻力，把人类在封建制度所解放出来的力量消磨在无谓的争斗之中。

在这客厅里有一位现在耶鲁大学教书的Turner先生，他微微地露着笑容，可是笑容并不掩饰他的深思和严肃。我不能不在这里附注一笔，这次游美时间虽短，和他接触的机会虽少，可是每次和他交谈之后，总是使我的见解和看法，得到一些修改。这天晚上，他照例用着他十分美国化的英语，很洪亮地开口了：

“是的，我同意你一部分的分析，我想你所描写的文化类型的确可以说明过去社会的性质，可是——”他这样开始。

他在“可是”底下接着指出了文化发展到一个程度，机会是不会消失的。若是我们脑子里所谓机会只限于平面的土地而说，那末，机会的限制的确总是会到来的，地球的面积是一个无法扩大的限极。可是农业时代是过去了，生产的动力不再限于太阳和泥土的结合，我们的工厂不再只限于在叶绿素的小细胞里了。工业展开了的前途是可以说是无限的。美国的问题是在怎样从地面上的扩展变为动力的扩展，量的扩充变成质的扩充。

在农业的逻辑里，你有土地，我就没有份；人在资源面前是互相排斥的。可是工业的逻辑是相成的，电器事业的发达增加了造电炉、电灯、电气冰箱的需要，电气冰箱使偏僻地区可以多植水果。工业的繁荣是整个的，是建筑在全人类的生活需要的增进上，在生活程度水准提高的推动上。

文化是没有国界的，我们没有理由独占某种发明，某种能增进人类幸福的设施；我们也没有理由因为某种发明不是出于本国人而歧视这种发明。在这种意义下，文化的扩展是不必害怕的，所要担心的倒是文化的独占。

美国有着特殊的机会使科学能得到很快的发展，这是事实；这次大战之后，我们的问题是应当怎样使科学所给予人类的力量，实现在建设里，实现在人类生活程度的提高上，怎样使科学成为全人类公共的东西。使古老的世界重新获得前进的勇气。美国也许不致停留在这阶段上，退而在心理上求调适。美国人拓殖的心理换了个方向，会领导这世界进入另一个新的世界。使每一个人，不论在亚洲或非洲，都产生北美早年解放时代的气魄。

“这样的扩展，你们不觉得可以反对了么？”他在诚恳的微笑中结束了他的意见。

“可是，”我也用同样的开始，继续这场辩论，“科学并不一定带来了幸福。”

“这是另一个问题，”他又说了，“科学给我们力量，给我们机会，给我们不必回到传统知足心理的时代，不过，人是否已经用这力量，这机会，这时代去实现科学所允许我们的幸福，那是另一回事。我们尽可承认现在人类还没有好好用这力量，甚至用错了这力量，可是大可不必怀疑这力量，排斥这力量。我们得有勇气去征服这困难。没有人满意于现有人类的成就，正是这不满意在推动我们，要我们努力。我们得创造一个能使科学造福于人类的方法。以往若没有这现存的方法，我们自然更不该回头。历史是不能倒退的。”

在这点上，我是同意的，可是古老文化的传统还在我的血里。我需要在美国多住几年。我希望这位先生的话是正确的。

幸福单车的脱节

“科学并不一定带来了幸福。”这也是美国历史上的一个事实。

我说，美国并没有全盘移植欧洲的文化，可是它却带来了两股从封建制度里解放出来的新势力，一是科学，一是民主。这两股势力，依我们看来，应当兑现在平民生活的幸福里。可是这个单车的两轮，走到半路却发生了龃龉。

龃龉是这样发生的。美国拓殖时代所养育出来的民主是消极的，是反抗封建的。我在上文中已交待过，美国传统的民主是出发在对权力和对干涉的反感。人类生活和幸福以个人为中心，个人有他不可侵犯的基本权利，政府不过是用来保障这些权利的工具。这是种对社会消极的看法。可是科学的发达产生了很多复杂的机器，在生产活动中个人变成了一个配件，成果依赖着集体活动的配合。消极的个人主义在这集体生产中无法保持，可是为了生产的效率和技术的进步，人们没法拒绝这新时代的集体生活，个人和社会在这里好像是处于对立的地位了，也因之形成了美国文化中的一个裂痕。

为了方便起见，我们不妨把早年美国的民主分成两派不同的解释，一是偏重平等，一是偏重自由。在大部分的人民中，尤其是在开垦新土地，在经营农业的独立小农中，对于民主的看法是着重在平等两字上。最好的典章就是上述的《独立宣言》。可是另一方面，科学发达所引起的工业革命在新大陆造成了不少都市。都市居民要求经济的自由发展，在他们，民主就是这种经济自由。都市在殖民时代的早年是无从发展的。都市的兴起必须靠乡村在粮食和人口上加以维持。在耕地出产贫乏，劳力没有过剩时，粮食和人口都不会向都市跑，所以北美在早年并没有大都市的出现，这一点我在上文中业已提到。可是18世纪的末年，欧洲工业影响到了北美，新兴的工业向农业要求原料，因之，农产物在商品化中得到了较高的价值。北美的烟草，棉花，羊毛等大量地流到英国去，把早年殖民地上那种自给自足的农业打破了。都市也随着逐渐发展成贸易中心。19世纪初叶，工厂制度在北美出现，美国的经济基础开始发生重要的转变。靠海岸的地方和西部的边区在经济上分化成两个地带。边区的人民在传统的拓殖精神中一直在向西发展，而在海滨的都市中则集居了不少靠金融，靠工业起家的财主。当美国要求独立的时代，这些都市里的财主们已经近水楼台地握住了政权。代表平民要求的势力发动了独立运动，结晶在《独立宣言》的典章中；可是独立成功，政权却落在财主们手上。制定宪法的时候，民主的解释，由平等观念一变而成自由观念。美国的宪法，依比尔德说，实在是一部经济文件，用来保护特殊资产阶级利益的法典。起草《独立宣言》的杰斐逊根本没有参加制宪会议。这时平民组织“爱国党”的领袖帕特里克·亨利拒绝代表弗吉尼亚省去参加制宪会议，因为他说：“我闻着有老鼠。”意思是这会议的味儿不对劲。

这时的新兴的资产阶级需要发展工业的自由。这里所谓自由并不是罗斯福所标榜的四大自由，而是19世纪的“经济自由主义”。经济自由主义和美国拓殖时代所养成的民主在早期并没有太大的区别。可是发展起来却分道扬镳了。经济自由主义是什么呢？我们不妨在这里作一个简单的摘要：

一、理想的社会秩序是发生于各个人依其特具的才能，追求其一己的利益的活动。一己利益中最主要的是物资的争取，自由竞争可以使各人充分表现其能力。竞争所得的利益——私人财富的累积——是胜利者的报酬。他有充分的权利可以自由支配他所获得的报酬。社会只有在给人以这种报酬时才能使每个人竭尽他的才能从事于社会活动，维持这公平的秩序。

二、竞争失败的人是社会的低劣分子，应该加以淘汰，所以社会上财富分配的不平正是选优汰劣的机构，足以奖励人民努力上进。

三、政府的责任就在保障个人能自由施展其才能和别人竞争，所以政府对于经济活动是不应干预的。政府的干预不但可以使竞争者丧失自由的发展，而且阻碍社会选择其优良分子，也就是阻碍社会的进步。

四、私有财产是社会进步的保障，因为这是社会给予个人努力的报酬，是优秀分子的标识，所以政府必须予以保护。个人对于他所有财产有支配的自由，贸易是财产所有者之间的自由契约。劳工的被雇也是贸易的一种，雇主决定给予雇工的报酬是雇主的权利。契约的自由政府应当绝对尊重，而且应当阻止雇工对于契约自由的阻碍。

个人主义的传统民主在表面上是符合于这种经济自由主义的。可是在自由竞争之中，若不含有平等的事实，财力雄厚的资产阶级所享受的自由却消灭了平民向他们竞争的可能。人类经济活动在平等观念中看去应当是每个人生活的提高。正如《独立宣言》中所说的每个人都有相等的追求幸福的权利。经济自由主义的基本假定即是达尔文的生存竞争，优胜劣败的原则，为了一个抽象的进步观念，剥夺了许多竞争中失败者的幸福和生存。非但如此，若是竞争者参加竞争的时候没有平等的机会，所谓胜败并不根据于个人的能力，而是决定于发脚的前后。譬如赛跑，起点不同，终点则一，在距离较远开步的人，即使比别人跑得快，加倍地飞跑也赶不上已等在终点，一步即到的蹩子。这里显然是违反了常识所保证的公平。

而且在平等观念中，最主要的是对人的尊视，没有人应当比别人低卑，而经济自由竞争主义不但事实上造下了富者愈富，高高在上，享受社会的机会和尊荣，而且观念上承认了这些富有者是优越的人才，他们的享受是合理的和必需的。

因之，美国早年民主中所包含的平等和自由的两种解释，在基本上是矛盾的了。

美国的宪法里的民主精神是采取经济自由主义的解释。最早的政府是握在联邦政府派的手中，其中最能干和最彻底保护资产阶级利益的是哈密尔顿。哈密尔顿和杰斐逊是华盛顿的左右两手，而这两人已代表了对于民主的两种不同的解释。哈密尔顿最得意的杰作是债券兑现政策。当独立战争期间，联邦政府和各州政府都举行借款，印钞票来支付国家的费用。当时的士兵和公务员都用这种纸币给薪。换一句话，就是我们现在熟知的通货膨胀。据说那时买面包都得用车子载纸币。那些平民今天拿着薪水就得去换生活必需品，纸币价值跌落，生活程度也随着跌落。哈密尔顿上了台，决定要以票面价格把那些债券赎回。说来自然是堂皇冠冕的，维持联邦政府信用当然得从债券做起，可是事实上这些债券已经在极低的价值下集中到了富裕者的手里。政府若用票面价值赎回就等于给这些握有债券者几十倍的利益。而且，当这个决定在国会通过之时，政府方面关防不严，这消息早已泄漏出去，于是快船快马载着许多投机家，向各乡出发，用贱价收买退伍士兵的债券。这时实价只合票面价的5%到20%。哈密尔顿这个政策在顷刻之间赠送了富裕者和投机者4000万元的礼物。这笔账还是得纳税人来担负（可是哈密尔顿自己或是他的太太却一分没有沾着光）。他的第二件得意之作是设立联邦银行。他的办法是用私人资本来获得国家银行的特殊权利。那时，联邦银行的资本是1000万元，可是政府只供给200万元。哈密尔顿不但在债券政策中把纳税人的财力白白地送了一笔资金给富裕者，而且更用联邦银行的机构去保障这些人的既得利益。更有意思的是联邦银行有一笔公积金，它的用处是用来收买银行自己的股票以防止股票价值的跌落，有损投资者的利益。他更主张利用女工和童工来生产以减低成本。他说：妇女与儿童因工厂而变得有用，儿童的有用期因工厂而提早了。这种彻底的财阀政治在民主的外衣下统治了美国开国的最早的12年。一直到杰斐逊做了总统，创立了所谓弗吉尼亚朝，平民的势力才一度抬头。可是财阀政治的基础已定，在宪法的保护之下，已经逐步可以顺利发展了。

美国的自然和社会的环境实在是经济自由主义最容易发展之地。美国毕竟是一个新大陆，一个移民来源复杂的殖民地。新大陆上有着未经开发的丰富资源，科学一发达，工业一兴起，真是个得天独厚的区域。殖民地上住着没有传统束缚的人民，相互之间语言都可以不通，自然说不上道义两字，自由竞争在欧洲多少还受着传统身分、社群道德的拘束，自由得不彻底，各种社会主义很早就发生；可是在美国那真可以无拘无束。翻开美国历史一看，早年工商业间的所谓“竞争”真是无异于“械斗”，所采取的手段从雇用流氓动武起，一直到欺骗敲诈，无奇不有。在铁路建筑时代，这种竞争表现得十分露骨。官商勾结，买空卖空，投机取巧，名目真是写不尽。铁道大王凡德俾尔特以一艘二桅小帆船起家，一生积到1亿元的家产。他的手段比海盗还毒辣。有名的伊利铁路竞争中，朋友之间反复出卖，使人觉得这些人（尽管达尔文学派愿意抬举他们作优秀的超人），除了金元之外不承认人间还有其他任何价值的存在。在这里我们不能不想到煤油大王的父亲的高见了。他教导儿子的原则是：“一有机会我便哄诈我的孩子，我要他们变得伶俐。我和孩子做买卖，总要哄诈他们，总是乘机剥削他们，我要他们变得伶俐。”这样教育出来的人才，是“自由竞争”中理想的人才。

我们不能不承认在1800年时代，工业勃发的初期，美国工商业竞争是相当自由的。不必去追究在这种竞争中胜利者的人格是否合于我们的理想，可是有一点是事实，每个人赤手空拳都有出人头地的机会。只要看看已经加上大王冠冕的人的出身就可证明这话了。我已提到铁道大王凡德俾尔特出身是一艘帆船的主人。煤油大王洛克菲勒是一位游方的外科医生的儿子。这个走江湖的父亲行为怪僻，出外时家里囊空如洗，他的妻子不能不亲自操作，可是一回来却又囊橐充盈。洛克菲勒在幼年时的经验是：贫穷屡迁无定，母亲的悒郁，父亲的无赖和邻里的仇视。钢铁大王卡内岐是苏格兰手机织工的儿子，因为机器的竞争，失业而移居到美国来的移民。汽车大王福特是个机器匠出身。只有金融大王摩尔根是英国有声望的世家子弟。我们若看看这些成功人物的传记，总不免会发生项羽“彼可取而代之”的雄心。舜亦人耳，大家有此机会。在这些人自己看来也确是任劳任怨，克苦克勤，含辛茹苦，一步一步爬上来的。有为者亦若是！他们享受到自由竞争的滋味，也证实了自由竞争是富有选择作用的过程。可是问题是等他们一做大王之后，在他们的一行中，另外一个人，即使凭个人能力比他们还高的话，再也无法问鼎中原了。他们是自由竞争的结果，可也是自由竞争的结束。权倾王侯的托拉斯独裁着经济的一个部门，谁敢不低头。

在林肯时代，托拉斯这个名字还没有人知道。家里的用具是熟悉的工匠的作品，鞋是向邻近鞋店里定做的，肉是某家屠户卖出来的。可是在40年内，天下已经大变，吃的、穿的、住的、用的，一件一件都会牵连到某种大王。肉是芝加哥有名的屠宰场里送出来的，糖是由太古公司包办的，连火柴都是由金刚钻火柴公司制造的。

究竟美国工商业已集中到什么程度，一个普通的小企业家还能享受多少竞争的自由，我不能简单的作答。据说在上一次不景气时的调查，美国全国1‰的公司，握有全国公司资产的52%，纯收益的50%。5%的公司有87%的资产。4%的公司占纯收益的84%。假定这调查是可靠的，集中的趋势已经十分可观了。

事实上，集中的实质是不容易在几个数字中看出来的。美国有反托拉斯的立法，所以实际已经被托拉斯所操纵的企业，表面上尽管可以保持着独立经营的名义。而且很多小的独立企业常常有一部分的工作受着大公司的支配。我熟悉一个华侨的洗衣房，一看之下，小得只是一个人经营的企业。可是这位老板自己却并不洗衣。把所有衣服都送到一个极大的洗衣厂里去洗干净了才拿回来自己熨一道。这个洗衣厂究竟有多大，和其他洗衣厂是否同属一个经理管理，我没有问；可是我们若说这华侨是个充分的独立小企业家也就不合事实了，因为他的企业和利益随时可以受到那大洗衣厂的控制。

在战前这位洗衣房的老板在他的企业中能享受多少自由呢？并不是没有：没有政府来统制他；他要加价，成；他要拒绝哪位顾客，成。可是他所倚靠的大洗衣厂却也有加价的自由，也有拒绝他送衣去的自由。大洗衣厂规定了一个价钱，他有自由可以接受或不接受，可是没有能力向他讨价还价，他若不接受这价钱，若是那个大洗衣厂是独占的，他就找不到另外一家价钱便宜的洗衣厂了。他自己动手洗，成本高；他对顾客加价，顾客就走到别家洗衣房去了。他可以自由选择的只是继续不继续这小小企业而已。

科学发达，技术日新月异；新技术扩大了生产的规模，大规模生产能利用新技术，出品好、成本低；可是大规模生产需要资本大。于是大鱼吃小鱼，吃得愈自由，小鱼被吃得愈快。经济自由的结果是能享受这自由的人数愈来愈少。

经济自由主义其实是指不受政治权力干涉而言，可是，可以限制竞争自由的不单是政治权力，最重要的是经济权力。独占经济是在政治权力不干涉，甚至保护之下，所发生的经济权力。在经济权力所统治下的社会，每个人是否还有《独立宣言》中所规定的平等和自由的基本权利也就成了个严重的问题了。在我看来，科学和民主，或是平等和自由之间，在这个时代，确是已发生了龃龉。我并不承认科学和民主冲破封建的两大势力，不能成为两个轮子，构成一个完成平等和自由的幸福单车。可是独占的兴起，在经济帝国的独裁下，科学和民主似乎是成了矛盾的对立了。这幸福的单车的双轮暂时在美国的历史上脱了节。

机器和疲乏

“北美和机会同义”，原不过是一种想法，一种信念，一种引诱。在这具有强烈希望的信念中，年复一年，大批的人，从世界各地移入这新大陆。可是尽管现在在小学里读书的孩子们依旧觉得将来会做到总统、做到大王，事实上，北美这新天地所给予每一个人的机会并不是完全相同的。当然，我们得承认，除了从非洲绑来、骗来、拐来的黑奴之外，到北美来的大多数移民，他们不但在生活上享受着相当人权的基本保障，而且在早期，大家享有着相同的艰苦的遭遇。假若在18世纪初叶，工业并没有在北美发展起来，过海来的移民只能在荒原的开垦中去寻求机会，美国人民很可能实现更平等更自由的生活。杰斐逊所想像、所企图创造的自由之邦，确是一个独立小农、个别经营的集团。他到过伦敦和巴黎。当时这些名城还是和地狱相离不远。人在机器的威力下被磨难，被奴役（即使在这次大战之前，东伦敦的贫民窟还是使人会错认是上海杨树浦）。他曾说：“当我们有田地可以劳作时，让我们不要希望看见我们的人民坐在厂房的板凳上，或去转动纺线竿。”他当了总统，不顾他原来反对中央权力的成见，坚持着购买路易斯安娜州，因为他相信，有了这块新的土地，特别适宜于农业的土地，几千代的美国人可以不必走上工业的路上来束缚自己了。可是杰斐逊的乐观并没有实现，路易斯安娜土地尽管肥沃，仍敌不住科学在技术中所允许人的财富，机器发明，都市兴起，这个个人自由主义的美国被推到了西方；被隐盖在厚厚的一层工厂烟囱里所放送出来的煤灰里。这煤灰也许有时会使人感觉到一些窒息，可是比起了封建的黑暗，以及欧洲工业初期平民的饥饿，却已是一种引人的曙光了。没有这新兴的都市，北美也绝不能吸收这样多的移民。从1820年到南北战争（工业在北美确立的时期），一共有500万的移民从爱尔兰、英国和德国到达北美。从1870年到1920年（工业勃兴时期）外来移民有2000万。在这2000万新移民中，主要的来源是南欧和西欧，意大利、奥地利、匈牙利、俄国和波兰。

这许多移民不断地从各地方涌入美国，使美国的人口成了一个大杂拌。1870年时的比例是：1000个美国人当中，435个是在美国出生，而且父母也是生在美国的；292个在美出生而父母却是移民，127个黑人，1个印第安土人和1个中国人。

这些新来的移民大都是受不了欧洲社会的穷苦和束缚，到这世界来追求机会的。有一次我被一个朋友带到了一位作者组合的编辑家里。他是纽约新闻界中相当有地位的人物。我们谈到了他早年的生活。他告诉我们说：他是生长在中欧的一个小国。幼年，他还明明白白记得清楚，全家靠他两个长成的哥哥出外做工来维持生活。一清早他的哥哥离开家，从乡下很远地走到城市里，找工作。若是找到了工作，晚上，天暗了，带几块面包回家。这是一家的食粮。逢到天雨，严冬，愈是会使人感觉到饥饿的日子，他的哥哥们找不到工作做的机会也愈多。他顿了一顿："我对于幼年的记忆大概只有饿和冷。"后来他们搬到了北美。这新大陆没有使他们失望。他说："我们对于故乡没有留恋，没有怀念，饿和冷不会使你有亲密的情绪的罢？在美国，我才有今天。若是我的哥哥们不下决心过海洋，我也许已不在人间了。"

我没有统计来证明有多少美国的移民是像这位朋友一般的。可是我相信他决不是例外。"美国在别的地方也许没有什么成绩，可是饥饿两字在这里已是偶然的了，即使还没有完全消灭。"

在纽约港口，自由女神的脚下刻着这样一首诗：

你们这些疲乏、穷困的人，
你们这些拥挤的人群渴望真自由的气息，
你们这些被家园排挤出来的可怜的人，
你们这些被暴风雨颠簸的，来我怀里吧，
我举起我的灯，在这金门的旁边。

我怕读者在上一章里得到一个错误的印象，以为工业代表了奴役，农业代表了自由（多少和杰斐逊一般的见解）。工业的独占是限制了经济自由主义所规定的自由竞争，可是它并没有剥夺人民的职业和生活，也并没有直接剥夺了《独立宣言》中所举出的人权。在我们中国，尤其是在战时，听见了统制就会联想到政府包办，或是检查充公某一类的事情，这不是美国的“独占”。美国的独占是经济生活最高权力的形成，这权力并不在法外作恶，普通人在日常生活中感受不到这权力的威风。只要你不想开火柴厂，你绝不会和金刚钻火柴公司冲突；你不去开油矿也领教不到洛克菲勒手段的毒辣。这是企业家们勾心斗角的战场，和小民并不直接相干的。一个人若只想找一个职业，求一个太太平平、安安逸逸的生活，他所关心的是职业的安定。工业愈发达，甚至可以说，愈独占，他的生活就愈安定。在这一层里，职员和劳工可以享受到富裕的生活，以及择业的自由。我想谷春帆先生的观察是正确的，他说：“普通人本来只有少数资本，本来只希望得一相当职业，在其意识中（我觉得‘事实上’代‘意识中’三字较妥），本来没有侵夺煤油大王、钢铁大王地盘的梦想（‘梦想’不如说‘可能’），因此独占大王与他们似在两个世界中，对于他们的自由，可谓没有社会关系（也许可以在‘社会关系’上面加‘直接’两字），也就不发生作用。”我固然不同意谷先生后来所说经济统制和个人自由不能相容的意见，可是我却认为自由有层次这一点是可以说的。在独占企业之下，每一个人的生活并不是全部被“统制”，一切活动都被“大王”们所干涉。因之，一个从封建、从贫困中逃出来的人，到了美国，即使进入都市的工厂里去做工，并不完全像杰斐逊所想像的那样变成了机器的奴隶。职业的保障和饥饿的消逝是足够满足那些疲乏、贫困、曾在厄运里颠沛流离的人们，使他们感觉到一进“金门”，在女神的火把下闻着了自由的气息。

可是，我尽管承认工业曾消灭了饥饿，曾提高了人民的生活程度，我也尽管可以不做和大王们竞争的噩梦（什么是噩梦，竞争的结果如果必然是破产），我还是不能立刻推崇在美国（以及西欧各国）所发生“机械时代”的生活方式。我若有一个选择的机会：上纽约工厂去做工，还是在昆明教书，即使前者报酬大，生活有保障，我还是不干的。为什么？我的理由得从头说起。

我在前面说民主和科学两个轮子发生了龃龉，我的意思并不是这两者在本质上有矛盾，而是这两个轮子的速率上有迟速。科学跑得快，民主没有赶上。上一章，我是从民主所包括自由和平等两个概念的关系上分析，曾说因为大企业独占的发生，自由竞争的结果限制了自由和阻碍了平等。现在我想在另一角度中去讨论同一现象。这里我将从劳工的立场来说明这幸福单车怎样在个人生活上引起脱节。

科学的发明推进了技术：第一是新动力的利用，第二是把每个劳工的动作化繁为简，第三是加强了各劳工间动作的组合。以往，不论在农业或工业里，体力是生产活动的主要动力。身体是生产的惟一的基本机器。手脚之间，手指之间，耳目手之间，成为一个有机的配合。两只手，创造了人类的文化。在两百年前，我们整部人类的历史是靠生物进化里人体构造上的特质而发展的。但用体力，用手脚来工作，不但所能供给的动力在量上有限，而且当生产活动依赖有机配合时，个人终究是活动的单位。当然，人类很早就有分工合作，可是我们仔细想一想，单以工作本身来说，少数人配合在一起已经不很便利。最好的例子是一句俗话：“一个和尚挑水吃，两个和尚抬水吃，三个和尚水都没得吃。”要把许多人的体力集合起来做一件事，到一定程度是不可能的。科学在体力之外给了我们许多利用其他动力的技术。液体化气的膨胀力、电力等利用的结果，动力在量上已经可以无限地增大。

机械学的发展，使我们在生产过程中，不必全靠有机体的配合了。一个滑车，一个活塞，都可以在一定有规律的动作下加以配合。这样，我们才可以把一个复杂的动作化成许多小动作，每一个小动作本身看来是单纯而简明。然后再在一定的机械原理中把许多小动作集合起来成为一整套的动作，来完成一项生产活动。这种技术的发明，大大地增加了人类的生产力。可是从生产活动本身说，有机配合，靠人的神经系统的配合，一变而为机械配合，靠力学原理的配合了。这样把人在生产过程中的地位完全改变了。以往人总是主，人可以被奴于人，可是在对物而言，总是主动者。现在，技术变质后，主要的配合离开了人，人成了整个配合中的一部分，甚至是从属部分了。机器自然是人造的，人去运用的，那不错；可是在生产活动过程本身，参加活动的劳工却是在简单的从属动作中去服侍机器。各个人的动作因为机器的总配合中也得到了配合。配合的中枢不是人而是机器。

“人可以变成机器的一部分”——这是一个大发现。人这个东西是相当麻烦的，他身体的每一部分都关联着。头痛时手也会抖；加上脾气，兴致，在动作的组合中，常常不易加以纪律的控制。现在把每个人的动作靠了机器的复杂性加以简单化了。一个在车床上切铁的工人，只要在一定的时间在某一个把手上按一按，他就了事了。一天只要做同一的单纯的动作，只要肌肉不发生毛病，这动作总是可以继续的。从生产活动的本身说，很多个人的简单活动配合了起来，成就自然比每个人多种复杂活动各自配合容易而且效率高了。我说这是一个伟大的发现。因为现代文化之有今日就靠了这一个发现，这是科学给予人类的恩典。

这里我要提出的问题并不是人做了机器的配件有损人的尊严，或是说个人参加了外在的配合系统使我们丧失了自由；更从而说民主的基本精神是在获取个人的尊严和自由，所以机械时代是不合于民主的。那是曲解之论。我想指出的是每一个人的动作还有一种配合，那是个人各种动作的相关性。我总觉得人有一个所以为人的特点，那就是在我们每一动作背后都有一个意义的存在。人不是单单动作，而是做事。做事固然离不了动作，可是做事是有目的的，每一个动作只对这目的发生价值。要吃饭才烧饭、才举筷。没有事做，时间会成为累赘，我们会觉得无聊，坐眠不安，睡都睡不着。人可以做很多事，每一件事之间又不能是孤独的，想不想做一件事，有没有劲，要看这件事和别件事有没有关系，事事之间还要有一个综合的意义。一个人人格的健全与否就在他能不能在生活中得到一个综合的意义。我并不敢说每个人都有这一个综合的意义维持着他所做各件事的关系，使他对于每件事有兴趣，做起来有劲。尤其是在这时代，我不敢这样说。可是我想说的是若是一个人没有了这个综合的意义托得住他所做的各种事，他会对人生失去认真和爱好。罗素在《快乐的征服》中用 zest 这个字来指由综合意义中所表现心理上的情态。

我知道要用文字来表达这种人性的深处是相当困难的，可是我相信读者们至少都有一个母亲的。我们或者都可以看见或记得一个母亲在为孩子做事时的那股劲道。夜里会起来几趟，自己喜欢吃的东西会留起来，操作到不知道劳苦（现代女性也许会觉得这是一种愚蠢），可是维持着这许多动作和事务背后显然有一股力量，这力量出自孩子。孩子给了母亲生活的一个综合的意义。

一个人决不能为生产而生产，为看戏而看戏的。换一句话说，一个人不能把他的各种活动分割成许多不相关的部分，在部分中求满足。生活是整个的，动作是关联的。这就是我所说的一个人生活中各项活动的配合体系。在机械时代，至少在它的早期，在我们的生活中发生了两个配合体系：一个是由机械生产所组合各个人动作的配合体系，一个是个人各项活动的配合体系。在家庭经济时代，这两种体系是相成的，因为生产体系也是以个人作中心的；每个人在从事于生产时，他不但了解各项动作为什么要联结起来，而且明白这一套生产活动对于其他生活有什么关系。在这种情形中，个人和社会并不是对立的，而是相成的。机械生产既把生产体系的配合中心交给了机械，人的动作简单化了之后，每一个人在机器上动作着，可是并不容易（并不是不可能）了解这动作和其他人的动作的关联（这里的关联不是指物理上的关联，而是意义上的关联），更重要的，他们在生产中所处被动的地位使他们不容易找到生产活动和其他生活部分的相关性，看不出一个生产活动的道理来。

有人或许会说，怎么看不出道理来呢？做工的拿工资，有了钱可以养家口。我觉得一个劳工参加生产过程的意义似乎应当多于劳力的出售。他是在参预一个为社会创造生活的过程。若把劳工的动作看成一种商品，那是否认劳力的社会意义。劳工对于所生产的效果对于社会有什么贡献，在劳力商品化的情形下，是不必，也无由置喙和顾问。所以我们并不能说劳动者的“人”参预了生产过程，而只是他的劳力加入了生产活动而已。这成了一个破坏个人活动配合体系的力量，因为它把个人的生活在意义上分割了。

从单纯的经济观点上看，若是人真的能变成一个机器，在动作和效率上能受到严格的控制，参加机械配合体系时自然方便得多。我们只要看 19 世纪以来的经济学理论，它就反映出这“经济人”的要求。“经济人”不但是一个理论上的假定，而且是配合机械生产时的一个待实现的标准。经济学因之也在相当程度中，或是在一部分经济学家的理想中，成了不是研究“人”的科学了，它的对象是一个超出于人的配合体系。在我看来这是必然会发生的，因为在技术上，生产活动配合的中心已转移到了机械，整个经济的配合似乎也就超过了人，人不过是配件；理想的配件应该是机械化的，机械化的人就是单纯的

"经济人"，剔除利害之外一切人性的东西。

无疑的，现代社会是在向这方面运动着。若是能贯彻，社会生产力，在这些人想来，必然可以大大的合理化、大大的增加。可是问题就发生在人这个麻烦的东西不能单纯的经济化，不能彻底的机械化。劳力不能安于成为商品。人还是会要求一个个人生活配合体系。

我在哈佛商学院里住过两个月，日常和他们做工业研究的学者们交谈。他们自从上一次大战到现在继续不断地在研究现代工业里的效率问题。据他们研究的结果，认为一个工人在现代的工业制度中工作，他们的效率很不容易提高，因为一旦参加同一生产体系中的人若缺乏了一种自觉的合作意识，他一旦不能在他个别的动作里发觉生活的意义时，他会很容易地感觉到疲乏。疲乏本身是一种生理状态。可是在人，这种生理状态的发生却受他的社会意识所支配。一个人起劲的时候，不容易疲乏。怎样能使人起劲呢？那就得要看一个人对于工作的态度了。若是一个人老是觉得所做的事和自己没有什么干系，心里存着为人忙作嫁衣裳的反感，他是鼓不起劲道来的。工作的效率要像做母亲的为孩子工作时那样高，必须使工作者对于工作的意义有充分的了解，而且有感情上的休戚相关。哈佛工业研究所指出了现代工业里缺乏效率的原因是在劳工的动作和他的人格的综合脱了节。换一句话说，那些想在把个人动作机械化以求提高生产效率的人，终于会发现人性无法完全加以单纯化，硬要这样做时，生产效率也会达到一个限度，无法再加以提高了。

人本是一个麻烦的东西，他自己创造出了一个庞大的互相依赖的体系。各个人的生活靠着无数其他人工作的配合来维持，可是在每个人实现这依赖性时，却并没有在意识上感觉到这集体参预性，反而有一个倾向要每个人在生活中割裂一部分出来，归纳在这集合体系中，让其他部分在这集合体系之外个别经营。结果使每个劳工失去了对他的工作应具的意义，对于工作本身没有了劲道。

我不愿意做着自己不觉得有意义的工作，因为只有在有意义的工作中，我才愿意消耗我的生命。譬如我可以在深夜里，在旅途上，不觉得疲乏地写这本书，因为我在写这本书的过程中，我心目中很明白这工作有什么意义，而且这意义就在这书的本身，而不是在从这工作所得到的报酬中间接得来生活上的满足。

运动一样可以使我们觉得累，可是这些动作却并不发生动作之后的疲乏。这区别并不在动作本身的性质，而是在我们人对于这些动作所加上去的意义。现代工业在目前这种形态中是一套使参加者很容易发生疲乏的工作，不是一套使人发生愉快的生活。这是我个人不愿选择到纽约工厂里去做工的理由。

我在这里记起了 Turner 先生所说的话：民主是积极的，目的是在完成个人在社会里的参预。所谓个人在社会里的参预，就是充分地承认每个人间的相依性和互相的责任；把个人动作的配合体系贯通于集体活动的配合体系之中。这样讲来，科学所发展出来人和人的相互性也就是扩大民主内容的力量。可是当我们把生产活动分割在其他生活部分之外，单就这一部分的活动去组合一个已近于全球性的分工合作体系，同时又在别的部分上鼓励着个人化的时代，科学的发展，技术的日新月异，会使民主的积极性落在后面，造下目前这种不十分适合于人性发展的社会情态出来。我们若在这方面去看美国，不能不感觉到杰斐逊的焦虑是有道理的。当然，历史不会退回去，尤其是在美国是如此，我们不能盼望科学慢一点发展，等等另一个轮子，迁就一下传统的消极民主；出路似乎只有在速率较慢的一方面加快，怎样使消极的民主能早日蜕变为积极的民主。

劳资的鸿沟

美国是个民主国家。若是有一个人敢在美国人面前说是要破坏他们的民主，那必然会激起每一个人的强烈反抗。可是民主两个字所指的内容是什么，美国人并没有完全相同的见解。我在上面已经指出传统的见解是消极的，是指限制政治权力对个人权力的干涉。这是反抗中世纪封建制度的过程中所发生的见解。这种消极的民主自有它在历史上的贡献，现代经济能得到惊人的发展不能不说是自由竞争的结果；此外，更重要的，是确立了人民控制政府的政治。我在后面还要提到，美国在经济上即使发生了与民主精神有严重脱节的时候，只要美国人民坚守着政治民主的信念和制度，经济上的设施最后总不能离开人民幸福的标准太远。

我在上章指出，民主的积极性已经逐渐深入美国人民的意识。积极的民主是注重个人的社会性，个人幸福的兑现不但是生活所赖的物资的丰富，而且是要在精神上觉得个人活动的社会意义。在战争中，每个士兵能守纪律，能够服从，不是因为他怕禁闭，怕刑罚；而是要出于自发、自动的心理。自发自动的心理只发生于个人觉得这样做是达到自己所具目的的最有效的方法。在战争中士气的决定是在士兵是否衷心地接受战争的目的。凡是不能接受战争的目的的人最好是不要加入军队，因为他会影响士气的。在两次世界大战中，英美征兵法中都规定凡是良心觉得不能参战者得请求免役。我就知道有一位念人类学的朋友，因为这个理由，到现在还没有穿军服。军队是如此，其他社会活动亦是如此。所不同的是战争的活动所具的目的比较明显，而其他社会活动不然；战争中士气决定胜负的力量也比较容易见到，而其他社会活动不然。譬如说：在战争中每个小单位的长官不能以个别的胜利而满足，可是在社会的经济活动中，每一个小工厂的老板很可以不必关心其他工厂的成败。在经济活动中，大多数的人还没有意识到这是和战争一般的有一个参加活动者所共同的目的的存在。共同的目的，虽则存在，若是参加者不意识到，而要他们守纪律，尽责任，只能从消极的强迫和刑罚中下手了。

我们回头看看19世纪的经济学家，他们为了要从封建的硬壳中解放出个人的能力来发挥科学所允许给人类的富裕生活，所以一贯地主张让个人尽量依最大利得的冲动中去谋发展。可是像亚当斯密那种深思远虑的学者也不能不考虑到个人最大利得是否就是社会经济活动的目的。人是为了聚积财富而去经营生产的么？在这个问题上，他只能信托上帝了；冥冥之中自有一个主宰来配合每个人个别目的的大计划，至于这个大计划是什么呢？他也明白，应当是最大多数人的最大幸福。他所不明白而要求助于上帝的是个别目的怎样配合于大计划完成这大目的的过程。在当时，这问题并不严重，所以还可以不必深究。

可是，个别目的配合于社会目的的过程一旦不加深究，参加经济活动的人也就把社会目的搁置不问了。有利可得的还可以靠人类的本性，或社会的奖励来发现自己所做的事有什么意义，那些出卖劳力的工人就不容易维持他们的士气了。要他们做工只有让生活的需要来压迫他们，用失业来威胁他们。当然一个人迫于饥饿不能不接受工作，可是这决不是经济活动的社会目的。这种人就是参加了经济活动也不能在高度的士气里发挥经济的能力。

积极民主是在使个人积极地参预社会活动，要实现这积极的参预，必须要参预者觉察到他们个别活动的社会意义。在经济活动中做事的必须要觉得他一己的工作是可以提高最大多数人的最大幸福的。美国在过去的工业史中并没有达到这境界。

美国工业是在消极民主的精神中发生出来的。这种精神庇护了大企业的长成，而大企业的目的是在为投资者创造利得。这些利得固然也是社会的财富，他提高了美国人民的生活程度，可是因为大部分的利得是交给投资者，所以没有资本的人并不能充分的和均等的享受到由工业中创造出来的幸福。这种分配方式，对于社会有没有好处，那是另一个问题，可是至少可以使一般在工业中从事工作的劳工们感觉到这些工业并不是属于自己的，他们不过是不得不做工的被雇者罢了。这样在心理上划下了劳资的鸿沟。

有一次我和几位20多岁的在工厂里做事的小姑娘们一同去游泳。在沙滩上，她们很得意地告诉我，她们已在厂里组织了一个工会，有一位是当会报的编辑，为了下一期的社论在发愁。我就问她们这工会的目的是什么呢？她们的回答可以归纳到三点：一是维持工资的标准，工厂方面不能随意升降；二是保障职业，工厂方面不能随意开除工人；三是工人们合作谋生活福利的提高。这里我们可以看见劳资的鸿沟了。关于生产的计划，制造什么东西，怎样才能销出去，销出去对于民生有什么关系，有多少利益，生产者方面可以得到多少报酬……这一类的问题，劳方是似乎不关心的。他们在现行制度之下是没有资格过问的。厂方既然把他们的劳动力看成了商品，他们所念念不忘的也是商品的价格怎样，市场怎样。工资能提高，职业有保证，他们的问题也解决了。

在厂方看来，劳工自然成了个讨厌的生产因子了。若是这个因子规定了价格，又规定不能随意开革，他们就不易在这因子上来调适经营的需要了。譬如一种货物因为某种原因社会上的需要减少了，他们得少出一些货，价格得定得低一些；可是他们在劳工上的成本不能缩小的话，他们也就不容易张罗了。在一个企业家看来，劳力最好是和其他生产要素一般能支配自如，涨缩随意。但是劳工是人，人会组织起来，用集体的力量要挟、交涉，使这一个生产要素的性质和其他的生产要素不同。

美国早年是倾向于限制劳工在经营上发生阻碍的。最有意思的就是国会里所立下的反托拉斯法对于独占企业的兴起并没有发生阻遏的效力，可是却用来作禁止劳工组织的法律根据。劳资两方面既发生了鸿沟，一方面的组合自会引起另一方面的组合，可是在时间上说，美国的情形是资早于劳。1890年资方可以说已经有很坚固的独占组合，而健全的劳工立法一直要到两位罗斯福总统手上才算立下基础。以往的劳工运动的目标，还是不出沙滩上几位小姑娘所告诉我的三点。不过在这次大战中，新的倾向已经发生，我将留在以后再讲。

以西洋几个大国来说，苏联和美国处于东西两端，从经济组织上论，这东西两端正代表社会和个人的两种偏重。美国对于东方这偏重社会的经济组织，在这次大战之前，成见很深。现在虽因罗斯福的领导，社会上一般的见解已有很大的改变，但是已经改变了多少，还是不易说。所谓改变也不过是认为这两种经济形式可以并存互助，并不是美国愿意接受苏联的形式。因为过激的社会立法，在英国这些社会立法已被认为是保守的东西，在美国还常有人指斥为“共产”。

美国劳工运动的落后原因很多，最重要的我们在上文曾一再提到的，在工业兴起的1890年左右，美国西部还没有完全开发。凡是在工业里感受到不痛快的，可以向西去。美国最后一州新墨西哥到上次大战前两年才成立。我在上文中也曾指出，美国的工厂是靠欧洲移民来维持的。新入境的移民，语言也不太通，在举目无亲的窘状中，谈不到团结。何况新大陆有工作可做已经比了故乡的生活高出无数，绝不敢轻易冒险和雇主作对。即使劳工有力量能影响立法机构通过劳工法案，可是在罗斯福当政之前，还是各州各自为政的。某州若保护劳工，那就等于驱逐企业家到别州去，对于本州似乎是有害无益的。既有此顾忌，法案自然不易通过。

若是美国有开垦不完的边区，工业的繁荣又是一帆风顺，每一个劳工能得到合理的工资和就业的机会，劳工运动是没有必要，也没有意义的。财富分配固然患在不均，可是还得看不均到什么程度，假若最低的收入也能丰衣足食，即使在上的享受过于王侯，社会上所起的不平之感，也不致太严重。假若最低的生活程度不能保障，即使没有什么富人，大贫和小贫之间还是会发生冲突的。

美国拓殖时代事实上在这世纪之初已经结束了。工业的发展，在技术上讲，本是可以无限的，但是因为现有的经济制度包含着矛盾，以致不能继续不断的繁荣，不景气的威胁使劳工对于职业失去了安定和保障。现代工业的矛盾是在生产和消费的配合里。企业家经营工业的目的是在于获取利得，增加财富。生产是为了再生产。每生产一次，就得扣下一些利得为再生产之用。可是从一次生产到另一次生产之间，必须有消费者去购买生产品，给生产者以利益，才能继续这生产再生产的过程。若是一个社会中财富不能普遍的分散，则购买力也就不能增高。每个人的消费量究竟是有限的，大量的财富集中在少数人手中，这辈富人不能把所得都用来购买消费品，所以有一大部财富消费不了，变成了生产资本。生产资本扩大，要发生利得，也必须有相配的购买力，一旦生产资本太大，社会上的购买力赶不上，所生产出来的东西销售不出，企业家无法获利，只有停止生产，经济活动停顿，劳工失业，这就叫不景气。在以利得来作企业目的的经济结构中，繁荣和不景气好像有一定的循环。美国工业发达过程中每隔若干年必然有一次不景气：1837—1841；1873—1878；1893—1897；1904，1907，1921；1929—1933；这些都是不景气的年头。每逢一次不景气，大量的工人因工厂关门而失业。企业家、资本家在不景气中固然要倒霉，可是真正会遭遇饥饿的是那些因为企业家没有利益可图而关闭工厂之后失业的群众。在1932年有1200万人失业，满街都是找不到工作做的流浪者，他们家里都是愁容满面的妇女和为了饥饿而哭闹的孩子。情形极惨。

美国人民对于失业是颇有经验的。在我们中国因为最大多数的人民是在乡村中，而且大多有家庭、氏族、亲戚、朋友们互相通融，使失业不成为一个严重得使人谈虎色变的事体。有一次我和一位在大学里教书的美国朋友谈起。我说做中国人真不容易，责任太大，美国人多舒服？他笑了一笑："各有各的苦衷。我看你们不常忧虑职业问题，我们谁也不敢有此自信：不景气像鬼一般降临，大学的经费来源断绝，不能不缩紧；我们自己若没有积蓄，根本就不知道怎么办。你们可以有哥哥、弟弟、伯伯、叔叔等家里人，他们会觉得有帮你忙的责任。我们呢？谁也管不着，职业完全没有保障。”大学里教书的尚且是这样说，其他的劳工更可想而知了。

尽管美国人保守着传统的消极民主，但是，这是个具体而且切身的问题：职业的保障。因之，劳工运动虽则比了欧洲是落后，但总是免不了的。

美国的劳工运动中主要的是职业组合。同业的工人组成一个工会，各职业工会组织联合会，像美国的各州合组联邦一般。职业组合主要任务是“集体交涉”，用以提高工资和缩短工作时间，全美的总会叫AFL（American Federation of Labor）。我对于这个组织曾有不太好的成见，因为这个工联是主张限制华侨最有力的团体。他们反对东方人到美国去，也并不一定是瞧不起我们，而是因为他们要保障职业。他们怕生活低、工作勤的竞争者，所以排斥华工。其实这正反映了美国劳工眼光的浅近。他们不想在增加机会中去谋职业保障，反而流入消极的态度，想用经济以外的手段来消灭竞争。这组织在两次大战之间的20年中，在美国劳工运动中势力最大，在1924年，会员有300万。

美国劳工并不是没有眼光较远的人。差不多和工联同时兴起的有一个当时很有声誉的“劳工武士会”，名称很怪，英文是Noble Order of the Knights of Labor。这个工会是包括一切劳工，除了赌徒，开酒馆的，银行家，律师和掮客。他们主张8小时制，禁止童工，社会公用设备的公有，增加累积直接税和土地制度的改良，换一句话说，他们是想在广义的社会改革中去提高劳工的生活和地位。他们主张用立法手段，从政治入手来改良经济制度。在政策和作风上，在我个人看来，是最可取的。可是19世纪的时代，这些社会改革还是太早，时机未熟。以童工来说罢，我已提到过在美国独立的时代，哈密尔顿曾公开地奖励童工，他觉得工业的兴起可以提早一个人能工作的年龄。他不过是当时企业家的发言人罢了。代表着当时一般的见解。在20

世纪开始的时候，美国有 75 万从 10 岁到 15 岁的儿童在工厂或其他职业里工作。有一个人调查了 8 个纺纱厂，发现了有 556 个 12 岁以下的儿童在工作。另外一个人见到有六七岁的孩子，半夜两点钟时还在罐头公司里做工。反对童工的民意虽则逐渐增强，而且工业成年之后，对于童工的需要也降低，但是在 1930 年还有 200 万在 18 岁以下的儿童在做工。一直要到罗斯福的新政实施，美国的童工问题才算解决。我举这个例子来说明广义的社会改革在早年只是属于理想的范围，所以这些“武士”们不易得到广大的同情，他们的组织也无从发展。一直要到这次大战中，“武士会”的后身 CIO 的组织才在劳工运动中产生重要的力量，这是后话。

关于华侨

在辞别文化联络处的会上，金老先生站起来致辞，他曾这样说：20 年前，在美国提到中国人，多多少少总会联想起洗衣房和菜馆。这联想固然不坏，清洁和美味，谁也不能否认是人生的基本享受。可是现在我们美国的朋友们的希望和要求似乎已超过了这两项的服务了。这自然使我们更高兴了。

在中国看美国电影的人最怕是看见电影上有我们中国同胞的镜头。说来大概是我们要面子的心作祟，总会使我们觉得外国的导演们太喜欢挑那些奇形怪状的平脸扁鼻的丑相来代表中国人。在我们自己，即使拿了镜子照着自己，还相信没有这样难看。在导演的立场说，他并不是有意和我们为难，他要一个中国的角色，扮演的人必须使人一看就是中国人。在美国人的眼光中，依一般情形来说，确有个典型的中国人，这典型的概念使导演不能不依据来选择他的演员。

美国对于中国人的典型是从哪里来的？一言以蔽之，是从他们用偏见挑选出来的。他们中间到过中国来的并不多，他们的偏见是出于他们与华侨的关系。

华侨到美国去为时很早，最大多数是在美国建筑贯通东西、衔接两洋海岸的铁路时招去的。1862 年美国国会批准了太平洋铁路法案。土地和资本都有着落，只欠劳工。工作相当苦，普通已经成家立业的移民对此并不踊跃，欧洲人吃不起苦，非洲土人不灵巧，不能胜任，所以大量的到中国来招工了。输入的华工在 1 万人以上。我不知道是什么因缘凑合，应征的大多是广东的台山人。即是以现在的几万名华侨说，台山人还是占绝对的多数。美国华侨中通行的“唐话”是台山话。广州话还不算正牌，国语一直到最近方才通用。

我们不难想像当时愿意远涉重洋，给洋鬼子做工的是哪一种人。我们所谓体面的人大概不会为了几文工资背井离乡，离去父母之邦的。和美国其他大多数的移民一般，早年的华侨是偏于穷苦的人，在教育上，不可能是太有造就的。我们却就靠他们作代表去和美国人民发生亲密的接触。

若是我们平心静气地看一看，我们得感谢这些耐苦勤俭，重许诺，讲义气的华侨。他们并没有丢我们的脸。固然，我不敢说在体格和在容貌上，这些华侨是我们中国的理想代表，可是他们的性格实在无愧于我们国内的同胞。他们的刻苦和努力使美国其他的移民都吃惊了。若是给华侨平等的机会和他们竞争，他们没有稳操胜券的自信。由于这个威胁，铁路修成之后，排华的空气随着高涨起来。他们觉得和一个愿意接受较低生活程度的人民竞争是不合算的。因之，华侨在各种职业中受到了有组织的排挤，结果只有两个行业留给华侨，一是洗衣，一是菜馆。在机器引用到家庭里之前，洗衣和煮饭是相当费事的。这些麻烦而且不太高尚的职业落入了我们华侨手里，维持我们几万华侨的生活。

我们若觉得美国的排华是件不幸的事（罗斯福总统在提出废止限制华侨入口的法案时，也曾说这是件美国历史上的大错），就该明白这不幸所以发生的原因。若是这些原因没有剔除，一纸立法还是不会发生效力的。

我们讨论这个问题时必须要能设身处地地替人想一想，人都是人，我们自己容易犯的过失不应当希望别人不容易犯。若是在我们的社会中有一群言语和我们不同，生活程度比我们低，教育水准又落后的人和我们一起住，我们会有什么感觉？再加上这群人在生活上有许多方面都和我们不同，我们认为应当这样做的，他们却不觉得应当这样做，讲理讲不通。我们又怎么办？若是我们想像不出这个可能的境界，不妨看看我们的历史：为了回教徒不吃猪肉，我们曾经怎样对付过他们？

人都是人，对于生活习惯不同的人，最容易发生疑惧。我记得我家乡有若干湖南的移民住在太湖边上。湖南人和江苏人在生活习惯上相差不能算远；可是，不时就有谣言流传说湖南人会放蛊，甚至如若真有其事一般，说某人在湖南人的网船上看见纸剪的小人，晚上放出来勾小孩的魂。我幼年听见了就害怕，甚至不敢单独在床上睡。这一类的事情是人性之常，若是愚蠢，这也是人类在某一时期最容易犯的愚蠢。

我乡下在二三十年前普通人的确相信洋鬼子是直脚，像僵尸一般，转不得弯。有一次有人看见一个西洋人手里拿根杖，就把这杖当作洋鬼子直脚的证明，大家认为千真万确了。假若脚不是直的，转弯不成问题时，为什么要拿根手杖呢？洋鬼子要挖眼睛，开肚子，这种信念不知有什么根据，大概和他们的蓝眼睛有一点关系。至于洋鬼子和洋婆子拉着手在大街上走，那是说明了他们是毫无廉耻的。

民族和文化的接触初期，这些现在我们觉得怪可笑的附会是免不了的。我们自己既然这样，我们自不能希望别人不是这样。假若你是一个外国人，不常到外乡去的，一天看见了一些男的拖着辫子，女的裹着小脚，奇奇怪怪模样的人，你会不加以注目？若是这时你乡间正有时疫流行，你会不联想到时疫和这对怪物有相当关系么?

美国本是一个文化和民族的大熔炉，各色各样的人混合在一起，对于异族的反感和猜忌比了其他地方的人民实在已经浅得多。加上了法律上对各种族有平等的规定，即使在事实上没有做到，至少生命财产在法律上是大家有保障的。所以除了早年对黑人有过残暴的待遇外，大体说来，是一个相容相谅的新世界。相容相谅是可以用法律来规定，可是要大家亲热爱好则不能强制的了。华侨们若保守他们原有生活习惯的话，要能积极参加当地的社会还是不容易的。文化差别即使不发生冲突，也够使人在生活上隔离。美国的大城市中都有中国城，华侨集居在中国城中，也就表示了他们生活中和当地社会的距离。

提起中国城我想补插一段话。中国城的形式是几条街，走进去使我想起香港或广州的风味。我到过纽约和芝加哥两处，据说最漂亮的中国城是在洛杉矶。这些中国城满街是菜馆，有中英文的招牌，晚上霓虹灯下加上一些红漆绿花的雕阁。在外国人眼中，不失引人的东方色彩。中国城在美国看来是一种游览区，到纽约的旅客，总要去观光一下，吃一盘 Chop Suey，领略一下中国风味。自然有很多地方，好像拥挤，满街是人，以及赌博等特色，在我们见到心里不太舒服，可是喜欢新奇的美国人并不把中国城当作一个隔离区。假定中国加以改良一些的话，也很可以成为一个东方文化的标本。

话说回来，若是华侨和当地的人民只有文化上的距离，这距离慢慢就会靠近。我认识不少年轻土生的侨民，他们是美国籍，从美国教育中长大，除了形体相貌外，大部分已经美国化了。他们慢慢地参加了美国的社会，逐渐进入洗衣和菜馆之外的其他职业。我很熟悉的朋友就在青年会做社会服务工作。这次战争更把各种职业开放了，工厂里、政府里，都有华侨在工作。可是在战前，职业的门开得并不宽大，所以我不能不用“慢慢地”和“逐渐地”等形容词来说明这过程。

排斥华侨的主要原因是经济的。华侨之所以被招到美国是为了经济的原因。美国西部开发时需要能吃苦的劳工；这需要一过去，华侨就成了其他劳工的竞争者了。华侨不准买地耕种，所以，至今从农业社会中出去的儿女不能接近土地。华侨在战前不易在工厂里做工。因为有工会反对招募华工。中国人生活程度低，不争工资，厂方自然不反对这种便宜的劳工，可是做工的人逢到了这种人就头痛了。所以反对华侨入口最烈的是职工联合会。另一方面说是华侨自己也不争气，因为他们没有团结精神，不尊重劳工的共同利益。若是华侨自己有组织，能保证不接受比普通较低的工资，同时又能守信用，我觉得美国的劳工也不致特别反对华工。美国工人怕华工是由于竞争不过，我们要能使他们不觉得华工是可怕的竞争者，也许还得下一些工夫。

最后一点使华侨受歧视的还是华侨本身的教育水平。当过留学生的人会告诉你，他们在国外，除了误会和特殊情形外，并不致受到太难堪的待遇。假如不幸而有此经验的也必然是在学校范围之外。若是对方有机会知道你是个学生，你也在行为上、态度上，表示出是个有教育的人，你可以得到很密切和平等的友谊。可是华侨中，除了土生者以外，很少是有高等教育的。没有教育使他们不能在大社会中得到社交的机会，于是不能不把自己封锁在自己人里面，用低级的娱乐来消磨孤独的生活。愈是向这方面发展，像赌博甚至抽大烟等等，他们也愈是加入不了美国人的社会，被外界的社会所遗弃。生活是苦闷，气味是又土又俗，连我们从中国出去的人都不愿和他们交往。

华侨中肯努力的，求上进的，在美国社会中并不是没有出头的机会。我认识的一位华侨朋友，他的母亲为人和气，正直，同她丈夫一同经营一家洗衣房，在四邻得到了大家的器重（他们并不在中国城住），她的儿女都进了大学，她自己被推作法庭的陪审员。战争发生了，她参加了军火工厂，两个儿子都到军队里服务。有一次政府奖励她工厂里的工人，她就当了代表。这不过是一个例子。纽约市的工程处处长是华侨，其他著名科学家中也有不少是华侨。

普通说来，华侨的处境，除了生活有相当保障外，发展是不太容易。初入境的人，只有咬紧牙关，拼命工作。他们看见美国的繁荣和机会，自己却不容易得到，所以把一切希望都放在子女身上。他们结婚时常很迟，所以到现在大体说来还不过是三四代。大多数还不过两代。这些子女接受了美国的教育，在知识和文化上赶上了美国的水准。他们有志气的自然知道生活的艰苦和努力的必要。在这第二代的侨生中，我们可以盼望他们能在社会上表现出中华儿女的才能，能在美国的文化上作出最大可能的贡献。也只有从他们的努力中使美国人对于中国人的看法能慢慢改变过来。这次战争是华侨表现他们才能和忠诚的最好机会。我们希望太平洋两岸的盟国能在这次战争中结束以往所有不幸的误会。

文化的隔膜

在说到华侨的处境时，我曾提到文化的隔膜。这其实是当前世界上的一个十分严重的问题，我在这次访美的一年中，感想最深的也是这个问题。

几十年，几百年之后，这次战争的惨痛经验，逐渐在时间里消失了，回头再来看这段历史，或者有人会说，若没有这次战争，世界上文化的混合决不会有如是之速。地球上各地方，各自在个别的历史里孕育成的人们，在这短短的 10 年中，利用了现代的交通工具，为了战争的需要，大规模地互相渗透往来，结果必然会引起世界文化的一个新纪元。可是在这混同初期，大家多少会发生那些早年的华侨在客地生活的苦处。我们若是对己对人没有亲切的了解，没有容忍的怀抱，势必沦入惶惑紊乱；立身处世，缺乏标准；患得患失，无所适从；道德沦亡，事业沮败，成为后来者的鉴戒。北美的印第安人现在已经很少人提到他们了，文化的接触，几乎把他们消灭了。

说到了解自己和别人的文化，修养容忍欣赏的态度，真是谈何容易。我在上文中所申述的美国人生活处世的方式，虽已费了相当笔墨，可是还是在皮毛上发挥，甚至是和盲人摸象一般，远非全貌。文化的深处时常并不是在典章制度之中，而是在人们洒扫应对的日常起居之间。一举手，一投足，看是那样自然，不加做作，可是事实上却全没有任意之处，可说是都受着一套从小潜移默化中得来的价值体系所控制。在什么场合之下，应当怎样举止，文化替我们早就安排好，不必我们临事考虑，犹豫取决的。愈是基本的价值，我们就愈是不假思索。行为时最不经意的，也就是最深入的文化表现。文化的用处就在使我们做人处世时毫不费力而全合符节。可是正因为文化的基本价值体系是深入了我们的习惯，不必我们费力思索，所以生活在一个文化体系里的人，对于日常实践的标准也时常是最不自觉的。我们的习惯不需要理由，这可并不是说养成习惯的文化没有原则。我们不自觉自己文化的原则是因为在日常的生活当中，没有这需要。可是一旦我们和不同文化接触，我们需要互相谋适应的时候，却得各自检讨自奉的原则了。

我在这本小册子中很想找出一个美国人生活方式的脉络来。过去的几章多少是出于这种企图而写下的。在寻求他们文化的来龙之后，曾大胆地举出了几个主流；可是写到这里，我不能不担心自己所见到的种种和原样可能已经差得很远。当我初到美国时曾在《旅美寄言》中说出我这心事：

当我每次想写通信时，我总是有一点迟疑，我不是又在画一幅漫画给我的读者么？我又怎能避免不这样做呢？假定有一个第一次到中国去的美国朋友，在昆明下了飞机，到城里逛了一转，回旅馆写信给他太太，一定说中国女人都是不知道害羞的。因为在车上，在门前，在客厅里，随处都会解开衣服喂奶给孩子吃。我们听见了自然不高兴。而我在这里写信给你们是否也会专门挑些“奇形怪状”来描写给你们看呢？尽管我自己可以认为读过社会学，教过人类学，但是要我保证说我在这些通信中不致犯这种弊病，我决不敢。

在我继续叙述美国人民的生活之前，我不能不先申说一番了解别人基本文化的不易。这里不妨举些实例来说明文化的隔膜。

有一天晚上，我在剑桥一位在哈佛大学里教社会学的教授家里吃夜饭。饭后围着炉子闲谈，不知怎样说到了中国人的性格。我就问那位教授，他觉得中国人是怎样的。他说：“中国朋友似乎是很拘谨，很不易亲热。”我问他：“何以见得如是呢？”他想了一想：“譬如往来很密的中国朋友，见了我总是称我作 ×× 教授。这样称呼，我们怎能觉得有亲密的友谊呢？”

称呼是最平常的事了。普通人从来没有自觉过每一种称呼都反映着全盘的社会结构。我在美国才初次感觉到见了人称呼的不易。我在事前并没有注意到这问题，也没有人告诉我在美国见了人应该怎样称呼，我只有用自己在中国所熟悉的体系用在美国了。在初见一位生人的时候，我总是口口声声地称人作院长、教授、先生、太太、小姐，似乎没有多大问题。可是住久了和那些日常接触的朋友们依旧用这些称呼时，他们似乎很窘。依美国的方式，在这种情形之下，大多得改口互相用不带姓的名字相称了。很多名字还得缩短了相称，例如 Robert 称作 Bob，William 称作 Bill（这真是难为了我这从书本上学会英文的外客了，你想：这种缩法有什么理由？叫人怎么会明白）。他们很顺地叫起我“孝通”时，我不知道什么道理改不上口。譬如，帮我写书的那位院长太太，本是我以前一位老师的女儿，现在已有 40 多岁，她屡次和我直说不要老是称她作 ×× 太太，该直称她作 Greta。她更告诉我说，若是我总是规规矩矩地 ×× 太太长、×× 太太短，她会觉得我有意和她生疏了。她的确待我和家里人一般，我没有理由生疏她，所以下了几次决心要改口了，可是刚要出口，就觉得无论如何向一个年纪比我高，我十分尊敬的太太直呼她的名字是不成的。这时，我才亲切地明白了文化的作用了。理智上，我明知我非按着美国的方式做不可，做了能增进相互间的感情，但是我的习惯不允许我。我只能向那位太太道歉，说我实在没有法子改口，同时，我又声明我的不改口，并非对她不领情有意生疏。

那天晚上，哈佛的那位教授又提起了这称呼的问题来了，我就借此机会问他，美国社会上关于称呼有没有一定的规则？他又想了一想，笑起来说："我们并没有注意过这问题，大家逢着什么人应当怎样称呼时，不必思索地就开口了。规则么？不能说没有，可是我们并不需要成文的规则，所以也没有人把这规则弄得很清楚。"

我们就在这晚上互相把中美两个文化中关于称呼的情形比较了一下。我先问他们假若他遇见一个老师，他怎样称呼？他说在学校里，时常是称某某教授或是某某先生。出了学校之后，若一同做事，相熟了，也就可以改口称名字了。除了那些老教授，有时大家还是用教授来称呼他们。可是另外一位朋友却插口说："就是在学校里，学生用名字来称老师的也是有的，老师也不会觉得唐突。"最后使我更惊异的是那位教授说他的儿子并不称他作"爸爸"，而用绰号来称他。他又举了不少例子，儿女是以名字称他们的父母的；至于媳妇见翁姑时，用名字相称更是普遍。

其实稍稍注意美国人往来的信札就可以见到他们对于先生、太太，或其他职位名称的厌恶了。罗斯福总统给他属员或国会里议员的重要信件常常是Dear John一类开头的。有一次居里先生和我讲：在华盛顿别人若称你作某某教授，你在政府里做事也做不稳了；称你作某某博士，还是不成；称你作某某先生稍微好一些，要等人家用你名字相称时才行。居里先生大概就是从这类称呼中蜕变出来的人，应当也是最明白这些称呼的社会意义的人。

中国人大概都像我自己，要我向一个比我年长，辈分高的人，不论用中文或英文，直呼其名，是决不能油然出口的。这是因为我们的社会里这种称呼是不许可的。从小的训练已使我们不必思索地遵守着这规则，即使在我们明白了美国的方式之后，在美国社会中生活，还是无法很容易改口的。

我还知道一个实例可以说明我们对于美国这种称呼方式的反感。有一位从美国生长的中国朋友，很自然地养成了这种用名字来称呼人的方式。他的年纪和地位还不过和我差不多。有一次他到了哈佛去住了一回。中国同学们背后对他很不满意，说他傲慢。我就问他们何以见得他傲慢呢？有一位朋友说："他满口的适之、适之，我就听不惯。他有什么资格称胡先生作适之？"

我把这件事讲给了哈佛的那位教授听，接着我说："谁不用自己的文化中养成的习惯应用到别的文化中去，而去批评别人'太拘谨'或'太傲慢'呢？"

为什么像称呼一样的细节，中美两个文化中，可以有此差别？这问题我将留在以后申论。这里我所要读者记着的，就是一个人和文化不同的人相处时就不免有这类困难发生；不知不觉之间，用了自己文化中养成已经不很自觉的标准，来推测另一文化中生长出来的人的行为。愈是和不同文化的人往来密切了，这种困难也愈多。试看有多少异族婚姻的夫妇是美满的？可是文化不同的人在现代世界中不能画地自处，老死不相往来了。我们怎么办呢？岂不是永远将在不美满的婚姻中相互磨难终生了么？

我自然很希望世界上有一天所有的人类会真的成为一家人，一家人的意思是指文化上大家相同。可是这不是顷刻可致的。我们至少还得有相当长的岁月，要时常和文化不同的人合作同工。在这时期中，我们一定有烦恼，连日常的称呼都会使我们发窘。我们惟一可以希望的只有用理智来克服感情，用了解来培养容忍。譬如上述称呼的例子中，若是我们明白了中美两种方式，各有各的背景，各有各的理由，美国朋友能了解我们不容易改口以名字相称并非表示我们“不近人情”或是“太拘谨”；我们能知道他们对长者用名字相称并不是“过分”、“逾位”或是“太傲慢”；大家用自己习惯的方式相处，也就不致发生误会了。

我这样说，并不是主张各行其是，不求自身的改革。我们自然可以考虑尊老敬长是否合于现代的精神。那是另一问题。也许美国人得向我们这方面走一步，我们也得向他们的方向走一步，这是相互了解了各种文化之后的事。在目前，我们应当极力先做到的是相互的了解，相互的容忍。在了解里得到容忍，能容忍才能谈得到相互观摩，相互取长补短。

世界上各式各样文化里长成的人现在已开始急速地渗透往来，我们必须能相安相处，合作同工。可是在我们的心理上却还没有养成求了解，讲容忍的精神，说不定我们因之还会发生种种烦恼，种种磨擦。在将来的历史家看来，也许会说我们在建立天下一家的世界过程中曾付出了太大而且不必需的代价。

老而不死

称呼固然是社交的细节，可是这细节却反映了东西文化基本差异的一点。让我们在这类细节上再细细想想：

我们见了人总有几句客套，其中之一是“贵庚多少？”这本是所谓寒暄，无关宏旨。可是这些不经意的口头禅岂是偶然的呢？不是的。在我们的社会里各人相对的行为时常是依着长幼之序来安排的。以我自己的经验来说：有比我年长的人在旁，他若不坐，我坐着就不安心，很自然地会站起来。走路时，也是长者在前，幼者在后。我们要恭维人家必然是说这人很老成。长长的胡子是一种德高望重的标记。在我们的社会结构中总是分有尊卑的，年龄是尊卑的标准。从这个基本原则上，我们可以明白为什么我对院长太太无法改口称她的名字了。称呼在我们是规定人们相对地位的符号。对于长者得尊尊敬敬地称声老伯。只有在上的人才能用名字直呼在下的人。在下的人若用名字称在上的人就表示违犯了社会的结构原则，怎能不引起反感。

中国社会中敬老是一项基本道德，用来维持长老统治的方式。我在美国住了一年，暗地里不免庆幸自己是中国人。日子过得快，年纪跟着长。假若我是美国人，我会怎样心慌？当然，我每次看见自己两鬓渐生白发，也会感觉到一点凄凉寂寞，年华逝水，"朝如青丝暮成雪"，人事渐非。可是我还记得很清楚，当我在乡下和父老们闲话，听他们说"贵庚快到 50 了罢"时，我并不认为是一种讽刺，虽则离 50 还有 10 多年，反而觉得很有面子。若是我不留心向美国人说了这句话，即使是向男子说，也一定会引起不高兴的反应。

"千万记着不要问别人的年纪。他们的女子最高的年龄是 25。"这是我临行时朋友给我的一条诫言。但是这次旅行中，我总是遇着些长辈，头发白白的或是秃顶的学者们。有时为了要表示我的敬意，偶一不慎就直接或间接地犯了这条诫。入国问禁是不够的，问了还得记住；记住还是有时不够，非像他们一般根本把"老"字译作"快死的"、"没有用的"和"怎么不知趣些，还不滚蛋的东西"等等意义不成。一天若把老字联上可敬的态度，那随时都会出毛病。

幽默的老者知道东方规矩的，也有时特地欣赏我偶然露出来的"不敬"。我在哈佛遇着 Elton Mayo 教授。他那支长长烟管不禁使我想起我们乡间老年人那种闲情逸致的神气。后来我在写给另外一位朋友的信上带了一句："梅岳先生的微笑在我怪熟的，很像我们中国的老者。"不久，我接到梅岳教授的一封短简："我很爱看你们名画上老年人智慧的表情。我真高兴我会被这个国家里的人归于这类老者的一类。”

高兴得特地要写信来道谢，或是不高兴得连话也接不上，面孔都红了起来——这都表示了美国人对于年纪的感觉过敏。年纪一把的老太太，搽粉点口红，妖妖娆娆地装作少女；腰大数围，穿着高跟鞋，听人说她年轻美貌，就快活得嘴都合不拢。连男人都白发红颜，跳跳闹闹的，一点也不过虑别人“不识余心乐”，老是“偷闲学少年”。这是怎么一回事呢？你想，和儿女互相用名字称呼，辈分都不分，在我们看来，真是太那个了，不是？这里东西文化的分别实在太清楚了。

我老实说很早就看不太惯这种装年轻的风气（我常说，到外国去了，才知道自己真是中国人），可是再看一看，装年轻的也有他们的苦衷。他们实在怕老。在他们社会里，年老了实在太苦。不但美国如此，欧洲各个工业国家多少都有这种情形。我记得10多年前，我和哥哥一同在柏林过暑假，正住在一个公园的前面，开窗就看见一些老太婆们寂寂寞寞地在公园里从早到晚地闲呆着。我常说：“天下没有比公园里硬板凳上坐着的老太婆更苦的了。”她们除了公园里的太阳外（北欧的太阳已够微弱的了），简直没有半点温存。她们的儿女们这样忍心！我想起家乡的老牛，耕作一生，主人们还有时记念它们的辛劳，不愿自己宰了吃它的肉。世上人情的厚薄可以相差得这样远！

美国是一个年轻的文化，是一个从移民中长成的社会，是一个从原野里创造出来的国家。丰富的资源亟待开发的早年环境里，机会虽多，可是蛮荒未辟，因之须奖励个人独立创制的性格。凡是囿灭个性发展的各种因素都视作当时拓殖精神的阻碍，加以贬值。重视乡土，服膺长老等观念，在他们是等于没有志气。而且在事实上，他们一生的成败的确大部系于一己的能力。一个贫困的少年在十几年中成为百万巨富。在最近的过去还是件极普通的事。每个美国孩子至少在理论上都有做到大总统的机会。在机会丰富的社会中，个人的出路不必依靠若祖若父的余荫。美国人崇拜的不是身出名门的望族，而是白手起家的好汉，所以 self-made man 被视为社会英雄。各人既凭一己能力来创立事业，年龄也成了一个威胁。愈老，可以利用的时间也愈短；精力衰竭是落伍的预兆。老了，也就不足畏矣。

若是一个社会里事业的成败靠体力智力的竞争，老者怎能吃得消年轻人的排挤？Ogburn 教授有一天搔着他的白发说："统计上的数字的确有时会威胁老年人。"在美国，游艺技击最有成就的是从 25 岁到 30 岁的人物。诗人最多是出在 30 岁到 35 岁，35 到 40 岁是技工们最有贡献的时期。40 岁之上，就没有什么了不起的了。议员的年纪固然平均在 50 岁左右，但是有多少老头能坐在国会里出风头？就以学术界来说罢，65 岁必须退休，白发教授讲书也许讲得好，但是研究工作远没有少壮教授们狠了。言下这位老教授很有一点感触。

我接着说："当然，用体力和智力来竞争，老者怎能不吃亏？可是你们怎么不利用老头们的特长呢？"

"有什么特长，除了年纪？"

"难道年纪不表示经验丰富，世故深长，眼光老到么？在我们中文里，'世故'，'老到'，都是好字眼，用来恭维人的。一个社会中成败若取决于经验的话，老年人就不致活活地被淘汰了。"

"在西洋是讲新、讲标准化；在东方是讲传统，讲经验；我们就分了家。"

在年轻的文化里，你想，经验有什么可以宝贵的呢？牛顿花了一生才发明的物理定律，现在的大学生一星期就学会了，有公式，有教科书。经验提出了精华，像维他命一般做成了丸药，一口就吞了下去。这话在我们中国人听来固然近于可笑，人事岂也有如此简单？可是在美国什么都在"摘要"、"拔萃"，销路最广的杂志是《读者文摘》。最近我读到一本小说，说有人发明了一种"无愁丸"，凡是心情不快的，吃了一粒丸药，就心平气和。我们虽则可以把这种企图看成狂想（在美国狂想成为事实的的确不少），可是我们可以看到在他们的梦中，还是念念不忘公式和丸药。

谁也不能说美国这种重公式不重经验的文化要不得。科学的目的就在整理私人经验，变成大家可以得到的公式。靠了这精神，美国的生产才可以有这样惊人的发展。可是我因为离开老年已经不远，总觉得除非人们真的能发明一种不老之方，在一个使人会怕老的文化中生活究竟不是玩的。一个社会不给老年人一个安心之处，也就使每个人心里永远得不到着落。你想：若是你明明知道你总会被人奚落，掉在冷宫里受罪，而且这运命一天近一天，你能平心地过日子么？一个人若把老年看成不幸，我觉得，他决不能真正安心过日子的。

我记得感恩节那天晚上，请我去参加过节的那位主人为了要用东方的空气来款待我，所以找出了他父亲遗下的日记，把从 1901 年起每个感恩节的记录都念给我听——

这位父亲很高兴地写着他儿子都快成年了，可是接着却很萧条地加了一句："他们也快离开我们了。"我是明白大家庭一切悲剧的，可是在这一刹那我却成了一个保守分子，觉得辛辛苦苦把孩子领大了，眼瞧着他们像燕子一般分飞，自己只能在公园里坐冷板凳，喂鸽子，也是太惨了。有位太太曾和我说："我女儿出嫁了，我总觉得缺了什么似的，可是，这又有什么办法呢？"

你说美国的老年人不觉得寂寞么？人都是人，根本是一样的。那位太太又告诉我说："现在美国有了个母亲节，是 5 月里的第二个星期天。我们都得送东西给母亲，我知道我的母亲收到了礼物真高兴。"我就问她有没有父亲节呢？她说有的，可是她却记不起来是哪一天了。她接着说："没有关系，他们的母亲们会买了东西用孩子的名字送给他们的父亲。"

"一年只有一个母亲节！母亲们还是这样高兴。"我忍不住加了一句，"我幸亏不生在美国。"

在这种没有退路的社会里，退休会成为最厉害的刑罚。Linton 教授和我说："真是奇怪，在美国，老头们都不愿退休，一退休不久就会死。"——我想想都可怕。

我们若觉得在中国社会里可以不怕老，假定这是使人能安心生活的张本，这也是有它的社会背景的，而且为了这一点，我们所付的代价也不轻，是否值得还是很成问题。

维持我们尊敬老年人的就是我们这个经济上已经不易有新的扩展机会的社会。我们的人口这样多，资源又这样有限，个人生活的机会多得一一地从上代的手中接承下来。在农业经济中，基本的资源是土地。若是没有像美国一般广大的西方可以开垦，土地的面积无从增大，每一个人想在土地上谋工作和经营的机会，必须向别人手上去取来，最自然的自是求之于和自己有亲属关系的父兄了。父兄既然握有我们生活机会的权力，我们当然不能把他们视作无足轻重的人物了。

在经济机会不断在扩展中的社会里的人们不会感觉到长辈的权力。他们有父兄的地位和财产的荫庇固然方便，但是没有的话也不要紧。我在上面也说起过美国很多成功的大企业家是白手起家的。在机会丰富的环境里，早年愈是艰苦的人，成功的可能性似乎也愈大。人间的事，有好的一面，也必然有坏的一面。有父兄荫庇的人，固然有安全，可是因为生活有安全，他也就不会受新机会的引诱，肯冒险尝试新的企业；安分使他不能有发展，他至多不过能守成罢了。一个社会中若都是些守成的人，这社会也必然停滞在现状上。早年吃过苦，明白不自力更生，一生就没有出路，一不小心就会尝着失业和饥饿的味道，这种人是最能冒险的。假若这社会的客观环境已经定型，没有发展的机会，则这些铤而走险的人也是不会有着落，甚至会成为社会上的破坏分子：成则为王，败则为寇，成功的机会却又远没有失败的多。若是他们正逢着社会的经济基础在膨胀，他们的冒险正是拾取新机会的动力，比较容易收纳在社会的正规上，成为新秩序里的英雄。

东方和西方的分化也许就在这一点上，东方的农业封锁了经济发展的机会，而西方的工业却打破了这封锁线。在经济封锁线内生活的人，聪明一些就该承认传统秩序，在已有秩序里求地位，因之他们必然会对这秩序的维持者的老年人表示尊敬和感激；不这样，他们是自寻烦恼和灭亡。

我看了美国人那种爱好新奇，勇于尝试的精神，使我常想起我幼年时的一位倒霉的朋友。他是我们熟悉的船户的儿子，常到我们家里来和我们玩的，名字叫万年。不知什么原因，他的性格里有着和美国人相近的精神。年纪大了，不肯结婚；他觉得家庭是一个无聊的累赘。我那时不懂得这意思，跟着别人笑他脾气怪。其实就是这一件小事已够说明了他不肯接受既存秩序的性格了。他到我们家里来，总带着一些被人笑话的怪想头。我记得有一次我和他说若是有一个人能想出一个画椭圆形的仪器，他一定能成一个大科学家。他听了，足足费了半年，见我面就和我讨论，他在试验，结果是没有。不消说，我也笑过他。可是现在想起了，万年若是生在美国，他决不致后来被人奚落，一直到死在异乡。他的结局是相当惨。他父亲常和我祖母说：“这孩子，正业不做，将来总会连累老人家。”这话是实现了。他被人捉住，不知在什么罪名中，关在牢里。牢里出来，就不知去向了。留在我家里的是祖母对我们的教训：“不要胡闹，看看万年。”万年生错了地方，生错了时代。他必然会痛心，他的一生竟会被用来作他小朋友的鉴戒。

承认传统成为美德原来也是有实利的。谁愿意做万年？可是承认传统的结果，在个人说，固然可以使我们在经济封锁线内得到我们的生活和安全；从整个社会说，却是一个增强经济封锁的力量。常有人问，为什么中国不发生科学？不发展工业？我们在聪明才智上并不落人之后！这似乎是鸡生蛋、蛋生鸡的问题。究竟是因为我们经济被封锁在农业里之后才使我们尊重传统，敬爱老人呢？还是为了我们尊重传统、敬爱老人而使我们打不出农业所给予我们机会的封锁呢？我自然不能回答这问题，可是一旦我们走入了这圈子，就会永远团团打转了。

依我这样说来，经济的封锁线既然已经被科学打破，人类的机会可能会有增无已，老年人所持以获得尊敬的基础似乎已经动摇了。我们不是会都走上美国路线：时间、年龄会成为我们的冤家了么？我并不愿意这样预测，我已说过，这是我私心的打算，因为我自己不愿给时代所遗弃。我虽则不知道在新的世纪里老年人将怎样去恢复他被尊敬的地位，可是我觉得今后的老者若还是受人尊敬的话，决不能依靠他占社会地位的权力去收买年轻者的尊敬了。这种时代，即使我们快老的人还不忍放弃，决没有理由可以希望它永远不变的了。我们若找不到新的被人尊敬爱好的凭借，我们会在白发满头的时候，在公园里坐硬板凳等死神的解脱。那时，我们会体会到现在西洋这些老年人的苦处了。

老年是不应当使我们胆怯的，可是老年也不应当是传统的权力，什么时候我们能和白朗宁一同吟诵：

和我一起长！
　　最好的在前面。
生命的结束，
　　为它我们才有早年。
我们的时间是在这种人的手上，
　　他能说：
我绘画这整个，
　　青年不过是一半；
信赖上帝，看到全面，
　　不要胆怯。

鬼的消灭

我应芝加哥大学之约到他们那里去写我那本 *Earthbound China*。到了这大学之后，一位书记小姐把我带到社会科学大楼五层楼的 502 号，很客气地说："若你觉得还可以将就的话，这就是你的书房。"我在门上一看，一小方的铜格里写着 Robert Park 字样。这位机警的书记立刻补充了一句："我还没有把你的大名写上去，要等你来决定。"

"不要换，我喜欢这名字。"我说了句她不容易了解的话。

原来派克先生是我的老师。他曾在我在大学里念书时到过燕京来。我那时虽则还是个莫名其妙的学生，在他班上，除了怨恨这老头偏偏喜欢在清早 7 点钟上课，既不缺课，又不迟到，弄得我早点都吃不成外，我对他可以说是十分崇拜的。就在他的课上，我决定了此后 10 多年的运命，苦的甜的都不能不归功或归罪于这老头。他是芝加哥学派社会学的始祖，他主张社会学的主题是在了解人。我喜欢他的理由也许是在他不要我多读社会学大纲而多读一些小说，小说不够，得自己去实地体验各色各样的生活。我总是记着他的这些话，奉行了 10 年。这次到美国去就想再去听听他的课。可是各地的奔波，一直到半年后才到芝加哥。这位老先生受不住芝加哥的寒冷，已经到南方去了。我就安置在他的办公室里。

在我，这件有意或无意的安排是深有意义的。我在派克老师班上是一个未受青眼的小学生。这自是一件憾事。经了这 10 多年，虽则依旧没有什么成就，可是总是还希望老师能说我一句好话。私心窃喜，在他常坐的椅子上，一定会得到一点他余下的灵感，希望写出一本能自偿以前辜负他起早谆谆教导我们的苦心。这里似乎有一种历史的因缘。目前的情境因过去的纪念而发生了超出于现有一切之上的意义。我坚持着不要把门上的名牌取下，我需要具体，生动，活着的历史。我感觉到这门牌，这些围在墙壁上的旧书架和架上的书，甚至这屋内的空气，都动不得，在这一切活着的过去里，我看到了在几个月之后，在桌上可能有的那本 *Earthbound China* 的稿纸。动一动，一切可能都会完了。

这其实就是我在上一章所提到的“传统”，传统并不一定是阻遏新生的。它有它的坏处，若是年老的，以及过去的种种为他的尊严和特权，维持着不准变动的已成局面，那就发挥了传统坏的一方面，可是，事实上，一切新的都是从旧的里面诞生出来的。这种亲属关系也绝不应该抹煞。在认取这关系时，我们给予新旧之间一种承续和绵延的意义。若是我们能发生那种历史的感情，我相信这个世界，这个人生可以丰富得多。我们若去游山玩水，我们可以只在当前现象的美中欣赏这景色。若是我们曾经在这山水中留下过一段人生中值得纪念的往事，当前的景色可以更加上一层使人留恋的亲切之感。若这是一个故迹，我们更能因别人曾在这地方发抒过的情意，加重我们当时的心境。人并不是活于当前当时的，生命不是片刻的串联。我们需要历史，历史是灵感的泉源。我们若在这方面去接受传统，我们所得的是传统的积极的一方面。

有时，我觉得世界是很奇怪的。我们东方承认传统，可是我们接受的却是传统坏的一方面。西洋似乎有意的漠视传统，结果连好的方面也丧失了。

当然，我说西洋似乎有意的漠视传统，并不完全是事实。从大处讲，他们每个人对于自己国家的历史知识比我多得多。每一个孩子到纽约总是要去瞻仰自由女神的巨像，回来就必然会寻访那华盛顿常到的教堂。在华府，有着高矗百尺的华盛顿纪念塔，有林肯的纪念堂，现在，还有杰斐逊的纪念堂。凡是只有几百年历史的建筑，甚至会加上古迹之名来加以保存。从小处讲，他们会记日记，他们会写自传。我已提起过前年过感恩节时，我的主人还抱出一大叠他父亲的日记来。我在雷德斐教授的家里，派克太太也特地要我去看在客厅的角里所有雷氏祖先的照片。乌格朋教授的楼梯壁上一代一代的祖先遗像排列得整整齐齐。也许是因为我在某一次夜会里发挥了一篇美国人缺乏历史感情的谈话，我所接触的朋友似乎有意地要矫正我的错觉，每每特别要我注意他们对于祖先的关切。这都是事实，可这我总觉得他们的认取传统，多少是出于有意的，理智的，和做出来的。这和我们不同。我所以这样感觉的理由，因为我发觉美国人是没有鬼的。传统成为具体，成为生活的一部分，成为神圣，成为可怕可爱的时候，它变成了鬼。这等于 Durkheim 所说社会团结力的表现是上帝。

我写到这里，我又衷心觉得中国文化骨子里是相当美的。能在有鬼的世界中生活是幸福的。让我在这里说一些自己的经验。

我在幼年时，因为家道中衰，已经不住在那种四五进厅厦的大宅里面，可是所住的那一大座楼房，至少有一半是常常锁着留给不常光顾的什么伯伯叔叔们回家来住的；还有一小半是太阳光从来就没有到过的黑房，日常起居所到的其实没有几间，至于柴间背后的大厨房，花园后落的小屋等，更是有如神话中的去处，想起了都会使孩子发抖。在这种冷落暗淡的房屋中，人的世界比鬼的世界小得多。譬如从书房去卧室，一定得经过一间“纱窗间”，才能上楼。这间纱窗间（我一生也忘不了），即使在正午也黑得辨不清墙角里堆着的东西，也许是我从来没有敢好好睁开过眼睛从这里走过，可是无论如何，这是我每天不得不冒险的航程——这里，我至今还不敢否认，是鬼世界的中心。恐惧是我年幼的日常经验，连我睡的床背后就有一间被认为无时无刻能保得住没有鬼伸手出来的套房。

这环境，本来已够发生恐惧的感觉了，加上了没有一天没有人不用鬼来恐吓，或是娱乐我们的这批孩子。在床上哭得不肯停，大人们就一撒手：“让套房里的鬼伸手来捉你去。”发脾气顽皮时，耳边就有“关他到纱窗间里让鬼去捉他”的恐吓声。夏天在院子里乘凉，拉着人要讲故事，哪一个故事里没有半打鬼？我对于草木鸟兽之名识得不多，可是要我来写一本《续何典》，或者很可以胜任，背出一大串鬼名来一点不觉得困难。

我绝不夸大，像我这种小市镇里长大的人，幼年时节，人和鬼是一样的具体，真实。人事忘得了，鬼事却磨灭不了。我至今还清清楚楚地记得，我哥哥怎样在楼上看见了我们的丫头关了房门，可是下楼来看见那个丫头明明白白在楼下，从没上过楼——现在想起来还是亲切得好像是我自己的经历一般。

正因为从小一半在鬼世界里长大，我对于鬼也特别有兴趣。慢慢地从恐惧变成好奇，由好奇变成爱慕，甚至有一点为生长在没有鬼的世界里的人可惜。这次在美国住了快一年，最觉得生疏的，就是没有人和我讲鬼故事。我绝不愿意恭维这个世界，虽则我承认在他们这种世界里生长的孩子是比我们舒服些，不会整天在提心吊胆中过活。可是也许他们为此得付一笔很大的代价，这代价我是不愿意付的。

我对于鬼的态度逐渐改变是开始在祖母死的那年。祖母死后不久，有一天，我一个人坐在庭前，向祖母的卧房里望去。这是近午的时刻。在平时，祖母总是在此刻下厨房看午饭预备得怎样。她到厨房看了以后就快开饭，这是我那时熟悉的情景。祖母死后一切日常起居程序还没有变。一几一椅一床一席都没有改变位置。每天有近午的时刻，这时刻我也照例会感觉到饥饿。潜意识里这整个情景中缺不了祖母日常有规律的动作，于是那天我似乎看见祖母的影子又从卧房中出来到厨房中去。若说是我见了鬼，那是我平生的第一次。当时我一点也不觉得异样，因为这情景是这样合理和熟悉。过了一会儿，想起了祖母已死，才有一些怅惘，决不是恐惧，而是逢到一种不该发生的缺憾竟其发生时所有的感伤。同时好像又领悟了一种美的情景既已有了就不会无的认识。目前的遗失好像只是在时间上错隔了一些。这个错隔，我又觉得，好像是可以消除似的。永恒不灭的启示袭上心来，宇宙展开了另一种格局。在这格局里我们的生命并不只是在时间里穿行，过一刻，丢一刻；过一站，失一站。生命在创造中改变了时间的绝对性：它把过去变成现在，不，是在融合过去，现在，未来，成为一串不灭的，层层推出的情景——三度一体，这就是鬼，就是我不但不怕，而且开始渴求的对象。

我不太看得惯现在那种只知道此时此刻的人。把此时此刻当作存在是虚幻的感觉。我们的一举一动中本身就累积着从宇宙原始时起一直进化到现在的整个历史，而且这一举一动又就在决定我们无穷继起者的运命。在此时此刻，片断地，抽象地，虚假地来估计生活，这生活也必然是单薄，卑劣，至少也是空虚的——此时此刻既不能留，纵情也好，狂欢也好，刹那已逝，还有什么？

美国的孩子们已听不到鬼的故事了。他们花 1 毛钱到 Drug store 里去买 *Superman* 看。“超人”是个足智多谋的万能博士，他能克服一切困难。我们且不论“超人”教育出来的会成什么样的儿童，有一点值得我们在这里注意的，“超人”并不是鬼。“超人”代表现实的能力，或是未来的可能，而鬼却象征了对于过去累积的服膺和敬畏。派克老太太尽管为了要减少东西的距离，特地领我去看客厅角里褪了色的相片，可是雷家的小弟弟却告诉了我美国文化重心，这重心是在“超人”不在鬼。

鬼怎能在美国这种都市里立足？人像潮水一般地流动，不要提人和人，就是人和地，也不会发生死不了的联系。两代之间的隔离我在上章里已提到过。孩子们长大了不需要父母的荫庇是一件客观存在的社会事实，这事实反映在家庭里的是孩子们的要求独立。有一次我在一位朋友家里闲谈，他的女儿陪着我们坐，接连不断地抽烟。父亲偶然说了一句，这样抽法是没有意思的。可是这位女儿毫不在意。后来，她和我说她已经 18 岁，老头子管不着，她抽她自己的烟。18 岁是女孩子的重要年限，过了这年限，父母可以不供养她，可是也不能再管她了。

我还知道一位年老的教授，儿子在同一大学里教书，可是分开住，分开住还犹可说，连望也不常去望。在战时家里已用不着佣人，那位教授的太太，龙钟老态，两只抖动的手，捧着咖啡出来飨客，使我们心里发酸。

我在哈佛宾馆里住的时候，每天早上总有一位白发老翁同桌。他一个人住在楼上，看上去已经不久人世，我每次见他，总为他抱不平。他一定是个有名的教授，教育了多少人，为社会尽了这许多力。年老力衰，就被世界抛在这楼上，没有亲人扶持，更说不到承欢，简直是等死。有一天，他轻轻地对侍女说："明天我不知能不能下楼了。"我后来问她："这位教授的家在哪里？"她不知怎样作答，只摇了一摇头。在他们，儿女长大了有自己的家，在他们的家里父母只是客人。

家庭之外，社会的接触固然是极多，可是，每个人都在约会里来往。在我办公桌上有一本案头日历，每 15 分钟一格，每一格是预备填一个人名的。公事之外，各色各样的会名目就不少，可是你若到这种会里去，你就会明白，这不过是交际；和这人谈几句，和那人谈几句，连名字都不容易记得。我并不敢说美国人都是这样过日子的。有一次我曾问过一位比较熟的朋友，问他有多少朋友可以随时到他家去而不必预先约定的？他屈指一数，不到一手。事实上，没有事，没有会，他们在家的时候多，在家里他们是不大愿意客人去打扰的，这至少是我朋友劝我不要老是去串门的话。

在这种人和人的联系中，死后还会见鬼的自然很少了。而且，他们行动这样方便，接触的人数量上这样多，很少会像我和祖母的关系一般在同一情境中久长的和反复的相互生活，使这些情境成为似乎是不可变的自然秩序。流动，流动把人和人的联系冲淡了，鬼也消灭了。

以住的联系说罢，那又是我在美国不舒服的地方。我的不舒服并不是床褥设备所引起的；这些我相信没有比美国更舒服的了。我的不舒服是我这一年东跑西走，足迹所到的地方不算少，可是我坐定想一想，好像一个地方都没有到过，因为我从没有对一个地方留恋过，到处是一般的，所差的不过是房子高低一些。每个大城市差不多是一个样子的，至少对于旅客是没有多大分别：你下了车，有戴着到处相同帽子的黑人帮你搬行李（你可以碰不着这种人，可是决碰不着别种人），你坐入到处相同的汽车里，送你到到处相同的旅馆里，不论什么旅馆，你只要在任何地方曾住过一次，你绝不会再成外行。旅馆的房间都是相若的，大小是有的，可是缺不了一间洗澡房，吃冰水的龙头，席梦思的软褥，考究的信封信笺。到处既然没有什么差别，你也永远不会对于任何一个旅馆留下特有的印象了。

旅馆并不是例外，美国都市里的住宅根本是旅馆的性质。搬家并不比开旅馆为困难，一个电话什么都解决了。搬来搬去，房子还是差不多。我在纽约曾经想自己租一座房子住，所以一连看了有十几家有招租的空屋，最后我和伴我去的朋友说："何必一家一家去看呢？抽个签不是更方便么？"搬来搬去，使人对于住宅的联系冲淡了。

我每次回家乡，总是要去看看幼年时节所住的老屋。我会对于那棵梧桐，那棵枇杷，问很多话。梧桐上还有我刻的字。就是在伦敦，搬家没有那样勤。我到现在还想起下栖和莉芹路的住宅，我在美国听说下栖的老屋被炸了，还为此不舒服了几天。在美国至少以我自己说是从来没有过这种会使我关切的住宅。

我也住不惯那种灯光洞明，一目了然的房间。在这种房间里住着，你会发生一种虚伪的自信，觉得这是世界的一切，世界只是这已经明明白白地摆在目前的一切。我似乎觉得西方人士对于那一部分未知的宇宙所有的态度和东方人很有些不同。他们觉得这部分是静止的，像等候人去开掘的矿产一般，不但不可畏，而且是他们将来更好的生活的资源。他们很有把握。我们东方人多少对于这未知之数有点敬畏；敬畏天命，使我们安分，使我们自知人的极限，而注目于人力所可及之处。我虽不敢说这种态度是养成于我们幼年时代的住处形态，可是我却相信我自己早年对于大厨房，后花园的渺茫之感，对于纱窗间的恐惧之感，一直到现在没有消灭，不过是扩大了一些，成为我对宇宙对世界的看法罢了。若是在我们传统的中国里很多人和我具有相同经验的话，则这种经验自是构成我们传统做人对事的态度的基本要素。

没有鬼的世界里，人生是轻松的。他们的眼睛可以一直望着前面。可是我总觉得它缺一点东西，使我不愿羡慕他们的生活。

男女之间

读者看了以上的两章也许会有一种印象：美国人民似乎是冷酷得不近人情的。他们可以不侍奉年老的父母，他们往来的人大多是泛泛之交。我也听见有人说过，美国朋友过眼就忘，薄情得很。这印象其实并不是正确的。人情是自然的，除了像我们传统的社会里，有系统地遏制我们的感情流露外，社会上总是预备下一条发展感情的康庄大道。发展的对象可以不同，任其奔放以完成生活则是一样的。西洋文明中，尤其是美国，在感情生活上的发展，实在使我们望尘莫及。

让我在这里再补充一点：我们对于传统、对于父母，所具的感情，敬畏多于敬爱。密切的联系是社会所加之于我们的，并不常是出于自发的。而且亲子之间尽管怎样相爱，情感的内容有它一定的限度，决不能引导到两性之爱的范围里去。以亲子关系作为发展情感基础的社会，性爱时常会被摒弃。我虽不完全承认一个人的感情归根是性的表示，其他都不过是推演出来派生的支流（像心理分析学派所说的，亲子之爱本来也是两性之爱，因为受到社会的限制，才转向而寻求男女之爱），但是两性之间的感情确是最原始的和最自然的。我们社会中摒弃性爱对于每个人感情生活健全发展必然有很深刻的影响。

若是我们觉得美国人对于两代之间社会关联没有我们的合理，使年老的人们失其所养，我们要知道我们为了要偏重亲子关系，却在另一方面损失了我们两性间的合理关联，甚至影响到我们感情生活的健全发展。他们因为没有亲子关系的拖累，在两性之间可以充分地发展他们自然流露的感情。

对于别的文化最不容易了解的是他们的感情生活。我们可以很快学会开汽车，可是我们就很不容易了解他们对于时间、机械等感情的内容；结果，我们买了他们的汽车来兜风，我们的司机可以关了油门下坡，把车子翻在山沟里。同样地，我们可以很快学会擦口红，在中国电影中，可以有接吻的镜头，可是我很怀疑在中国的男女间是否有人真的懂得西洋式的恋爱。这必然是学习西洋文化的最后，也是最艰难的一课。也许只有真的全盘西化之后，这一课才学得会。我在这方面可以说全盘是中国传统里养成的人，说老实话，我实在无法体会到西洋人恋爱时的情绪。自己没有这种经验也就永远也不能体会别人的这种感觉；在中国，西洋式的恋爱，在我看来，近于不可能的；因之，我们要讲这个问题，自然也十分困难了。

让我先从社会对于感情的看法说起。若说一句笼统的话，西洋人见了别人的高兴也会高兴，而我们呢，别人的高兴常会使我们自己不高兴。你只要看，人死了我们可以放声痛哭，不哭会受人背地里说话。可是久别重逢的夫妇，在人前却不能做出一点高兴的样子出来，不然，人家会批评你肉麻，不庄重，轻薄。在西洋，却刚刚相反。你高兴时，尽管尽情流露。在车站上，可以和情人拥抱接吻，熟人会鼓励你。可是，在你悲痛的时候，你却得忍得住眼泪，在人前号啕大哭是没有修养的表现。若要解释这点东西文化的分别，我又不能不归源于农业社会和工业社会的基本区别了。农业社会中，尤其是像我们这种老大的农业国中，机会稀少，大家在极低的生活程度上过日子，向有限的资源竞争，别人的得益常是自己的损失，嫉妒成了基本的精神。幸灾乐祸，不愿成人之美就是这样成了传统。这种人可以怜惜别人的苦难，其实这并不是同情而是一种自觉安全的慰藉。只有在别人的成功会增加自己的机会的社会中，人才能为别人的高兴而高兴。

在这种社会里，我们逐渐变得“庄重”了，感情是人们内脏的活动，像人们四肢的活动一般，若是从小就不给他操练，是会麻木不仁的。在床上病了一个月，走路都觉得不自在。庄重的结果，除了眼泪（中国人一说到感情似乎缺不了眼泪），我们的感情确是麻木得厉害。我们不易激动，相骂和诅咒代替了打架。我们不会欢呼，拍手时都不自然，冷讥和热讽代替了雀跃。我们是这样实际：利害、权衡、过虑，斤斤计较，使我们失去了感情畅泄时的满足和爽快。因之，我们对于感情成了外行。

我们不容易明白爱字，因为爱的前提是无我忘己。利害得失是爱的反面。母爱不在预备老年时有个可倚靠的子女，不在投资，而是把自己变成别人，把这一代变成下一代。从客观的立场来说，这无疑的是损己益人。在母亲不断的消耗中才能有孩子的生长。可是从为母者看来却是自我的充实，和一己的扩大。两性间的爱在性质上是一样的。可是在我们这文化中，两性之间的结合，除了本能的冲动外，被占有欲所支配时，爱找不到它的地位。在传统社会里婚姻是合两家之好的外交结合。在农村里，娶媳妇是雇一个不付工资的女工。夫妇相敬如宾，使他们之间永远隔着一层亲密的障碍。在我们传统社会里如果有一些近于两性感情结合的却在那些被小说中所描写的风月场中，可是这种建筑在买卖关系之上的感情，真情的流露纯属例外。何况爱和占有是互相排斥的，在男女不平等，没有相等的人格，不互相尊重的关系中，现代西洋式的爱是无从发生的。晚近恋爱这个名字是传入我们的中国了。表示恋爱的行为也多少已通行在我们的马路上。可是我们传统的重视实用和占有的欲望却依旧阻碍着我们获得恋爱的真义。

西洋朋友若向我们自述他们恋爱的经历，我们会像看电影一般，充满着“天方夜谭”式的新奇。譬如有一次，有一位美国来中国的朋友和中国学生讲起西洋恋爱的浪漫精神，他自述他在学校里有一次打电话给一位朋友，把号码打错了，在对方出现了一个极动人的声音，一位不相识的女郎接了电话，将错就错地谈了一阵，就这样两人相熟，后来相爱，竟结了婚。同学们听了，在新奇之感中发问："这种婚姻结果是圆满的么？"这问题表示着那些现在学校里读书的青年男女中，在和异性接触时，心里总是存着："这是我婚姻的对象么？和这人结婚，生活会美满的么？"两性的交际中，隐隐约约地总横着这一个实际的考虑。我是从这种经验里长出来的人，自然明白这种考虑的背景。社交是求偶，以往我们有父母为我们做主，我们可以不必管自己的终身大事。现在父兄不再顾问了，婚姻自由是到手了，可是我们传统的公式，从结婚到相爱（不是从相爱到结婚）还是没有离开我们。即使我们自己可以跳出这公式，社会上还是这样看我们。若是你有了一个异性的朋友，感情相当好，人家必然，善意的恶意的，假定对方是你配偶的对象了。感情拖着严重的社会责任，在没有把握之前，自不能轻易流露。婚姻是一件终身大事，那是不错的。我也相信没有一个健全的社会对这重大的事不加以慎重规划的。若是两性的往来中，永远横着这个人生大事的门闩，怎能自然流畅？

中国人没有恋爱的经验可以在"浪漫"两字的涵义中看出来。浪漫是一个音译，原字在英文中是一个代表着某一时代的特殊精神。它是和古典两字相对，指着人性的流露。用到两性的关系时，是一种不求后果，只讲爱慕的骑士精神。浪漫本身是超出于婚姻的，可是并不妨碍婚姻。这是一种情痴式的"意淫"，是宝玉所说的沉湎的境界。这字一到中国，因为它是超越婚姻，所以立刻被视作一种法外的结合，一种不负责的乱交，和贞节相反。我并不想为这字的不幸抱不平，它竟从高洁降入低贱。可是桔子过了淮水变成苦枳，并不是桔子的不幸，而是淮北人的不幸，他们的泥土里长不出甜橘。没有尊重女性，欣赏感情本身的人怎能领悟浪漫两字的涵义！

美国的电影喜欢用一见倾心的题材来编写剧本。从电影上去认识美国固然不是正道，得到的误会多于领悟。因为剧本是像漫画，时常故意选择一些不平常的题材加以渲染，使在常态里生活的人，感觉到兴味。这些不平常的题材也时常就是他们文化的特点，我们固然不应当因此推论美国的男女都是热情得一切不加过虑；为世俗的目的而发生的“方便婚姻”在美国有的是。可是这并不是他们认为好的方式。理想的婚姻是恋爱的结果；在恋爱的时候连婚姻都不是考虑的问题。

有一次我和一位年纪已经相当大的太太讲起这问题。她说：“在恋爱的时间，人真是会狂的。”我不明白这狂字，可是她也没有法子形容这境界，又只加上了一句我更不了解的按语：“世界上的一切好像都不在念，连自己也在内，只有他。”我明白了我不能领悟这狂字的原因了：我没有狂过。我希望我不是一个中国人的代表，也许没有狂过是因我个人感情上的缺点，可是我还没有看见过自己的朋友中有过这类似于狂的现象，所以我也不敢说，不会狂不是中国人普遍的“病态”。

我并不愿意奖励我们的青年“能狂”，这不是可以做作的；做作出来的免不了肉麻。这也不是一个人可以求得的境界。我已说过，在一个讲实际的社会里，婚姻的终身大事横住在青年男女的心头，感情的自然流露是不易发生的。当然，婚姻本不是感情的结束，夫妇的爱自有它的境界，可是夫妇的关系终究是一种责任，是一件成家的事业，不能、或不易，成为无所为而为的感情生活。像《浮生六记》的作者，我们固然可以羡慕他们夫妇之间感情生活的丰富，可是这种浪漫性的感情似乎对于成家的事业上并没有太大的帮忙。尤其在我们这种社会里，夫妇并不是一个被人认可的独立的生活单位，两性之间结合太深，不免会使他们不易和共同生活单位中的其他分子互相调适。

我们得知道两性感情发展的自由是现代的特色。在西洋，中古世纪下层的农奴中，婚姻是封建主所支配的，谈不到自由。即在上层社会中，即在50多年前，像托尔斯泰在《战争与和平》中所描写的，婚姻也是“合两家之好”的外交手段。没有嫁妆的女孩子，在帝俄时代，也是不配和人讲恋爱的。在婚姻决定之前，西洋的男女有一点择偶的自由，这有限的自由，所能发展的感情也有它的范围。歌德这类的人究竟是时代的例外。

美国早年也是承袭着西洋一般的传统，更因为早年殖民中清教徒的势力宏厚，在新英伦一带，对于两性生活的限制很严。一直要到工业发生，都市兴起，女子的职业发达之后，两性的交际才能逐渐不成为择偶的手段。我虽不是女子，可是我还能想像，若是自己一生的安全全部系于丈夫身上，我怎能不对于择偶小心谨慎，惟恐失足呢？若是女子自己可以有职业，经济上可以独立，事业上可以自求发展的话，她对于丈夫的要求也必然可以减低，这时，脾气的相合，理想的相同，感情的和洽才能成为婚姻的基本条件。在这时，男女的交际也可以不必横着一个婚姻的门闩；可以先讲感情，不必在感情之外过虑到对方若成了配偶之后的后果了。

我在纽约有一位相熟的朋友，她在一个学术机关里做事，我起初并没有知道她是位太太。有一次到她家去，她介绍我见她的丈夫。他是个商人，他们感情极好。我当时就想，若是这位太太自己没有可以独立发展的事业和兴趣，一定要靠丈夫为她去开辟一个社交的范围，她似乎是不容易和她的事业兴趣根本不同的丈夫相处得这样好。这也回答了那天晚上那位同学提出的问题：“这种婚姻的结果会美满的么？”

我们若在现存的中国社会中，学时髦，在电话里认识了一位朋友，讲起恋爱来，结了婚，结果不圆满的机会必然很大。不圆满的原因并不是我们的感情不易持久，而是使感情持久的条件不够。一个圆满的婚姻在我们所需的条件太多。婚姻决定了我们女性的整个人生，她们怎能让感情奔放，让自己的一生，以及她们儿女的一生，交给命运和机会？若是有人说，中国的女子不懂得，或不需要感情上的满足，若容许我替她们辩护的话，这是她们的不得已，怪不得她们。

中国的贫乏使我们不能不注意实利，不注意实利的人会在颠沛流离里淘汰。感情生活多少是生活上的奢侈品。婚姻成为解决生活的手段时，哪里还能谈得到恋爱？这是一件事实，即使我不愿承认，也怎样能逃避呢？我们若羡慕别人生活丰富，我们应该努力的方向，也许还不在学人家的狂，而得造下一个可以狂的环境要紧。

我在这时想起了国内很多要求解放的女性，她们在法律上要求平权，她们多少是成功了，可是她们解放了没有？她们要求女子职业，中国社会在这方面比起任何国家来漂亮得多，女子在职业上所受的歧视并不能算多。可是女同胞们的处境却并不见得改善得太多。原因在什么地方呢？依我看来，我们的女同胞若是羡慕美国女子的生活，她们先得把中国造成一个美国。这话是这样说的：一个女了变不成男子，那是天意；她要生育，她得抚养孩子，于是她抛离不了家庭。女子要像男子一般往来自由，因之也就不容易。我并不反对有一天男女换一个岗位，男的在家里，女的出去做事。可是要做到这一个掉换，我们在生理上还得起一次革命，在目前说还是不可能的。女子要解放，要能在社会上发展她们自己的兴趣和事业，这个家必须不必费她全部的精力去照顾才成。我们传统方式中固然有把全部家事托付给老妈子，太太们在外交际，打麻将的办法。可是这办法却又并不能满足认真的太太们。在这次战时，最受苦的该是太太们了，她们为了家，什么兴趣、事业都谈不到，整天洗衣煮饭。凡是太太不勤苦耐劳的，先生们的事业也就发生影响。这个实践中，充分表明了女子的贡献，也说明女子的苦处。怎样可以解放女子呢？决不是男子的分劳可以做到。最后的解放者是科学、是工业。我在美国时常到朋友家去帮着太太们煮饭，美国在战时家里的帮工根本就请不到。可是煮饭是这样容易：菜蔬鱼肉，酱醋油盐，只要用电话去订购，一早送到你家里。水就在灶上，火只要扭动油门，或是电门。二三十分钟，一家人的午餐已经齐备，最麻烦的只有洗碗，普通人家还不常用洗碗机。

洗衣扫地，有着灵快的机器。一个家，夫妇两人每天大家费两个小时即可井井有条了。家务交给了机器，女子才能真的解放出来；那时，要谈平等，要谈感情生活，才是顺水推舟，水到渠成。我们在法律上，在老妈子上去求女性的解放，可能得到解放的能有多少人，能有多少程度？

女子不能在家务中解放出来，她们的婚姻也必然会是一件决定终身安全的大事。婚姻既这样严重，谁能不小心翼翼地在择配时考虑到感情之外的条件？我们的公式是先结婚，再讲爱，能爱固然好，不能爱也是活该。为了防止活该起见，还是爽性把爱这个字取消了安全。夫妇相敬如宾，大家在家务世俗中做个合作的同工。这样，我们的感情生活麻木了，看见外国人男女双双在街上挽手走路，自己都会脸红。我们妒忌他们，这又有什么用？现在的中国还不是美国！

眼睛望着上帝

若我们不容易体会美国人男女间的感情，我们当然更不容易了解他们对于上帝的感情了。在我们生活中至少还有男女，我们生理上和他们没有多大差别，即使说我们没有他们发展恋爱情感的机会，至少我们还能想像一下。可是在宗教上，我们实在没有和他们相似的上帝。因之，讲到这方面，我们未免更困难了。可是我们若要了解美国人，不知道他们男女之间的关系，并没有多大重要，若不明白他们的宗教精神，我们根本就捉摸不到他们重要决定的脉络。

从表面上看，美国人在目前对于做礼拜这件事似乎已经不很认真了。我遇着美国朋友总问他们星期日到不到教堂里去，大多的回答是："偶然去去，有朋友结婚，有熟人做丧事，才去走走。"也许因为我早年所接触的外国人都是些传教士，所以无意中总觉得外国人和宗教是分不开的，一到外国看见他们连礼拜都不很做的情形，未免会有一点奇怪，因而觉得以前的想法是错了。其实，宗教信仰并不一定要在口头上或是在仪式里表现出来的。从口头或仪式上去判断一个人的信仰，则最虔诚的基督徒应当是我们内地那些吃教的师母们了。我们若说基督教是西洋文化中重要的一个柱石，决不是因为他们教堂多，赞美诗唱得好听，祈祷文背得流利。主要的是他们具有一种基督所象征的精神。

我在上一节讲恋爱时，曾想强调感情生活是一种无我忘己的生活。爱人爱物就在把一己的范围推广出去。在非我的外界认取一个比自己更有价值的实在，使我们可以为这对象生，为这对象死。正如那位太太所说的："世界上的一切好像都不在念，连自己也在内，只有他。"这个他字可以代入任何东西，若是一个异性的话，就是恋爱；若是一个完美的理想，在美国就是上帝，就是宗教。

我时常觉得我们中国太注重实利，非但使我们的感情生活贫乏得可怜，除了母爱之外（很多把孩子交给奶妈去抚育的母亲，有没有这最基本的爱，还是很成问题），人和人之间似乎充满着利害的考虑，使我们不容易理解美国人的宗教。当然我们并不是没有鬼神的信仰。我们对鬼神也很实际，供奉他们为的是风调雨顺，为的是免灾逃祸。我们的祭祀很有点像请客、疏通、贿赂。我们的祈祷是许愿、哀乞。鬼神在我们是权力，不是理想；是财源，不是公道。我们尽管每一个村角里有一个土地，每一个县城有一个城隍，我们可是没有美国人所有的那种宗教。

美国人所信奉的耶稣基督据说是一个舍己为人的象征：他同情世界和人生的不完全，他把自己供奉出来，想填补这缺憾。他要求上帝把一切罪恶担在他的身上。他为残杀他的人求饶赦，不讲报复，因为他把自己扩大到了整个人类，甚至包括残杀他的人。在这种宗教的精神里才有牺牲这个字眼。一个跪在送子观音前磕头的妇人，她的心头里绝不会有牺牲这两个字。她的行为无异于在街头上做买卖，香烛和磕头是阳冥之间的通货。

美国早年殖民中就有大批为了要自由信仰而渡海到这荒凉的新大陆来的。所谓自由信仰就是要求摆脱基督教在欧洲大陆和权力相结合成的教会。他们并不是要摆脱宗教，而是要在自由的空气中充分发展他们所认识的基督精神。他们厌恶借宗教之名而形成统治人的权力和仪式。所以在清教徒中，仪式是简单到只成了一个普通的集会。我自己没有参加过这种没有仪式的礼拜，可是我到过美国所特有的Congregational（公理会）教派的礼拜堂。他们的礼拜，除了一些音乐之外，实在只是一个演讲会。那天，演讲的题目是“国际主义”。宗教在美国已经有大部分从仪式中解放出来，而且企图把基督教的精神扩大到了人生的各方面去，不再囿于一部有限的《圣经》里了。

有一次有一位到过中国的美国朋友和我说，他最看不惯的是中国人的虐待家畜。他曾看见过赶马车的人，在他的马已经滑倒在路上时，还是拼命用鞭子打他的马。这是在我们任何地方都看得到的事实。赶马人从没有感觉到马也是会痛的，至少在他，马的痛不痛和他是无关的。其实这种不愿扩大自己感觉的根性，何尝只限于人畜之间？尽管孟子有远庖厨的说法，可是在我们的生活中，何尝会因别人的痛苦而发生不舒服的同情呢？我们乡下凡是逢到枪毙甚至杀头的盛典时，刑场上会挤满了人看热闹。我虽不知道看热闹得到些什么满足，可是在别人的头落地的时候，从来没有人自己摸摸自己的头。人己之间有着这样大的距离，真可使人惊骇。

美国人所说的基督精神本是和我们“莫管他人屋上霜”的古训刚刚相反。你想别人坏，若坏不到你的身上，你管他干么？这话在我们听来是似乎有点道理。若是耶稣基督也存了这念头，他也决不至于被钉死在十字架上了。他所以死，并不是恨任何人，而是爱一个概然的爱，恨一个概然的恶。普通人可以爱一个人，或是恨一个人，可是很少爱一个概然的对象，或是恨一个概然的对象。同样一种行为，在某人身上可以恨，可是若在另一个人身上，就可以不恨，甚至于爱。一个人可以骂某人作弊，可是若是自己的父亲作弊，还是向他要作弊的钱，不再恨这种行为了。轮到自己作弊时，甚至会觉得自己能干和聪明。这就表示了这种人对于作弊本身并没有爱恨。换一句话，他没有概然的好恶。这是以自己作中心来衡定价值的方式，只有利害，没有是非，那也就没有理想，在美国人就会说，没有宗教。

我们时常会觉得美国人喜欢管闲事，而且老是同情于受罪的under dog，即在国际关系上，他们也时常表现出这种锄强扶弱的脾气。或者有人会说孤立主义，以及厌恶干涉等不是和这精神明明相反么？在他们看来却并不相反。孤立主义是他们觉得好心不得好报之后的反感。这是热心人招累是非之后自怨自艾的心理。若是他们一贯地以一己利益为前提，有利则动，无利则罢，这种反感也就无从发生。有人可以说，美国的几次参战，何尝不是为了保全自己？这话是对的，在客观立场上看去，美国自然说不上为他人牺牲，可是我们也要看到这是推动着美国人民的主观看法。在还没有碰到敌人时，就挺身而起，甚至因而招致狙击，在他们可以相信是一种义举。而且，我们值得注意的，每次外交或是战争的行动，政府方面必须肩出一些抽象的大题目来才能获得人民的拥护，这在有些国家是不必如此的。我不太相信，在赤裸裸地为了扩大领土，伸张势力的自私的名目下，美国人民是会批准政府的行动的。

有理想并不是说理想一定成为事实。美国和别国一样的不完全，不够理想的。若说平等，美国种族的偏见造下了黑白的悬殊；若说自由，美国独占经济的发展划下了个人发展的界限。可是美国和别国有点不同，他们并不在价值上认可这些不完全，英国人可以辩护他们不给印度以自由，即是很开明的英国朋友也不肯承认英国在印度的设施是一件愚蠢的事。可是你在美国若提起了黑白的不平等，你不容易碰着有人理直气壮地向你说黑白是不应平等的，很少有人会因黑白问题而根本否认人类平等的理想。我在美国所逢着的朋友差不多一致地认为这是美国的耻辱，是美国的不幸。在维持独占利益的人中，他们所用的理由，还是自由两字。若是有人公开地说，像希特勒一般，自由是要不得的，他绝不会在美国获得同情的。美国人愿意承认自己不完全，可是大体上，很少以理想去迁就现实。这一点，我认为可以用以说明他们的宗教精神，就是人们可以天天做违背《圣经》上规定的事，但还是要个完美的上帝。

我所能了解的美国人的基督精神就在承认不完全而不放弃完全的理想。在没有上帝的人，即是自己知道有欠缺，他还觉得可以瞒得过人的，这就是所谓“面子”。你想，假使你眼睛望着上帝，一个全能的理想在召唤你，你自然会觉得掩饰弱点是无聊，因为上帝是瞒不了的。人既有弱点，你承认如是，也就不会因别人的不完全而耻笑人家。同情中面子问题也消失了。我们古语中有“人比人，气死人”。人上面有了一个大家不能及的理想，人和人相比时，就会只有勉励和观摩，何从气死?

孔子说一个富有的人应当知道怎样把自己所有的东西施舍给人家。这一点我们中国人会说，却不会做。中国是穷，那是就平均数来说的。若要找富人的话，我们也并不是没有。我们的富人们把围墙筑得高高，大门关得紧紧，金银向地窖里藏，或是向南美洲送。在他们心理上，不论这些钱财是用什么手段得来的，不论这些钱财搜刮到了一人一家手里之后，别人会有什么影响，他总是觉得这是自己运道好，别人苦是活该。他们不把孔子的话当作神的意志，因为儒家不是宗教。

世界上财富的分配，在承认私有财产的时候，总是不会平均的。若是我们根本放弃平均财富的理想，对于不平均的现状必然会视为当然。运道好的人自不会顾惜到运道坏的人了。我在上面讲到自由竞争的个人主义时已说过美国有这种潜伏的信念。可是这种信念并没有毫无约束地发展，因为他们还有他们的宗教精神在阻碍他们明目张胆地不负责任地搜刮财富。人类都是上帝的儿女，是杰斐逊所说“全人类生来就平等，他们都有天赋的不可夺的权利”这句话的底子。这个信仰使他们不能承认财富集中的事实为当然。不但比较穷苦的人觉得有权利要求更平等的分配，即是富人们心中对于自己的财产也会发生不大自然的感觉。我并不想恭维美国人，他们也是人，生活的优裕和安全是大家一样喜欢的，但是在得到了优裕和安全的生活之后，看到别人不优裕和没有安全时，有些人是可以漠然的，有些人却会感觉到不舒服。在有宗教精神的社会中很容易发生第二种人。我们可以说这些人是猫哭老鼠假慈悲，可是这慈悲，不论是真是假，确会使这个财富不平均的秩序不能凝固，不能僵化。

在中国很少有人向有钱的人去捐钱办学校，就是有这种人也是像叫花一样去乞讨来的。这在美国可不同。他们的富人会自动把大宗款子放出来，请了人来经管，专门去寻社会事业来做。有人说，这是富人们逃脱捐税的办法，因为美国有法律，这种做社会事业的基金是不征税的。这当然是事实，可是他们不同样可以像我们的富人们一般，名义上捐出一笔学款，而自己来经营，侵吞更多的利益？他们不是也可以为自己造一个显赫的坟墓，留传后世？他们不是也可以把这笔钱用另外一个名字到南美洲去买橡胶园？他们若完全是为自私的动机，成立社会事业的基金，似乎是太蠢了。

美国的大学，最有成绩的几乎全是私立的，就是由富人们捐出来的。美国的很多研究机关是受着大小基金的支持。美国的医院又大多是私人兴办的。美国社会工作的发达表示了富人们有钱后心里不太舒服的情绪。我也常说，社会工作，救济事业，并不是解决社会问题的基本办法，这些都是在百孔千疮的社会中，用了人道主义的名目去修漏补隙，结果反而维持这造成痛苦的社会秩序。可是，社会工作，救济事业，至少已经做到了对现存秩序“不承认”主义的初步。

理想并不是在天空里盖宝殿，而是一种不肯安于现状的动力。理想固然不常实现，可是它改变了现状，使现状不能生根。基督精神对于西方文化最大的贡献就在把一个完善不缺的理想，广被深入到每一个老百姓的心中。在这种不满于现状，企求更合乎理想的新秩序的心理中，发生了所谓“进步”的观念。进步，进步，他们的眼睛向着未来，这是从宗教精神中推衍出来的。科学兑现了这企求，坚强这信念。他们否认或轻视传统是这样形成的。

我是个受着中国传统影响极深的人，眼睛里没有上帝，不能梦想一个地上的天堂。我怕不惮烦，我对于不满意的现实想逃避，逃避不了时，讽刺一下文化，厌恶这人造的累赘。儒家和老庄可以在我心中并行不悖。偶然，在痛苦的时候呼几声“天呀！”神鬼不是我得到鼓励的源泉，我没有宗教。

我们现在对于西洋生活的享受开始羡慕了，可是，让我们扪心自问，我们对于科学不还是像我们对于鬼神一般，要求的是一些实利，对付这一生的手段？我看着西洋的科学家，总觉得科学是他们的上帝，是一个未来的保证，是一个要实现的理想。科学并不是发生于实利的期望，而是起于求真的热忱。科学固然已经改善了人的生活，这可说是副产。在我们骨子里有没有这种求真的热忱？我不敢说。若是西学只是为用，我怕的是我们永远不会使科学成为我们社会进步的动力。

科学和民主造下了现代西洋文化。这是一辆单车，两个轮子的配合还需要一个看上去似乎不动的三角杆。这三角杆就是理想，在美国人中就是基督精神。他们所说的基督精神里包含着人类的同情，和未来的保证。这在感情上是一个爱字，在社会上是推己及人四字，在生活上是理想二字。我不是基督徒，我的眼睛并不望着上帝，因之，我觉得更有资格来说这番话。我并不是为基督教作义务宣传；我也不相信要得到爱心，要能推己及人，要有理想，非做基督徒不成。我更不相信基督精神只在教堂里。可是，我看到了地球那一面所表现出人生的另一道路，不能不深刻地自剖，觉得我们所缺的还是这维持着幸福单车的三角杆。最难得到的也是这种东西。

美国并不是一个天堂，不是一个理想的世界，可是他们是一个有理想的民族。因为他们眼睛望着上帝，他们有勇气承认自己的缺点，肯不惮烦地想在人间创造天堂。这一点，我自信，并没有夸大。

美国是在变，他们要求不断的进步，所以我在这里所说的许多话，可以是已经过去了的事。我在以下几章中想指出美国人民想怎样去矫正以往的不完全，怎样去追求更自由，更平等的理想。我们若是羡慕他们，值得我们羡慕的，决不是他们已有的一切，而是他们创造的过程，和推动他们去创造的劲。还有，我们值得向他们学习的，我想没有别的，是他们所具的理想，一个以基督为象征的爱的世界，同情的人间！

民主的沉睡

我在《幸福单车的脱节》里曾说，科学所激起的工业在美国发展得太快，以致形成经济权力。人民对于这种经济权力无法控制，因为他们传统的精神是反对政治去干涉经济的。政治不干涉经济，等经济权力坐大了，反而过来干涉政治了。美国人民逐渐感到在经济权力控制下不能获得充分的自由和平等。因之，他们要求改革了。

美国财阀对于政治的支配是无从否认的。有一本著名的书名字叫《美国的六十富豪》，描写这些财阀怎样去左右美国政治。共和党和民主党都受财阀的津贴。每次总统竞选时，他们总在后台操纵。我们说美国在过去是财阀政治，并不是指美国的财阀是像某些我们熟悉的国家的财阀一般一定要亲自出马来独占政府。他们并不是以做官来发财的，所以不需占据政府。其实像那种以官作商，搜刮民脂来发财的人，本来说不上财阀政治，这不过是合法的劫掠而已。所谓财阀政治不过是政府庇护财阀的利益罢了。财阀们并不热心于做官，他们花钱来帮政客们上台，然后要政客们保护他们的利益。所以他们并不维持一定的政党，他们很可以同时津贴不同的党。只要受津贴的人答允他们的条件。在财阀看来这也不过是一种交易。交易是要两相情愿，双方有利的。财阀和政客勾结出卖了平民的利益。

我说美国过去是财阀政治，也不过是从比较财阀和平民的政治力量来说的。在罗斯福新政之前的美国政治是偏于庇护资本家的。若说得更正确一点，美国传统的政治，尤其是在1890年之后到罗斯福新政为止的一段时间中，是偏于财阀政治。我用这个“偏”字是要指出平民政治的力量并不是完全不存在的意思。

为什么美国过去会偏于财阀政治呢？这是两种因素凑合而成的。一方面是美国经济集中的局面在19世纪的最后10年中已经确立。这一点我在第五章中已经说明。经济集中成熟期间，同时发生的是美国的拓殖碰到了限度。美国广大的原野展开了拓殖者的机会，所以在工业里因独占而减少了普通平民发展的机会时，西方的荒地还是在吸收要求发展机会的平民，因之，独占的压力并不太严重，并不易很快地引起平民的反感。加上传统经济自由主义还是深入人心，所以独占趋势可以顺利开展。等到拓殖碰到了限度时，独占势力封闭了经济机会的事实才被一般平民所感觉到。这种感觉反映在20世纪初年的劳工运动。独占势力遭遇到平民的反感时，才需要利用政治势力来庇护。美国政治在财阀的需要中，担负起了财阀保护者的责任。

若是当时平民的政治意识和财阀一样的发达，美国财阀政治能否确立尚是问题。所以我觉得财阀政治的确立和平民自己轻视政治是有关系的。美国自立国之始就承认人民是政治权力最终的所有者。政府里一切做事的人，不是由人民直接选举，就是由人民选举出来的人委派的。所以政府是向人民负责的。凡是拿薪水，拿工资过活的，以及小农和小商人，就是我在这里所说的平民，占着绝对的大多数。在数目上财阀和平民相比真是相差太远了。财阀，大小都在内，包括一切靠财产生息来生活的人，大概也占不到 1%。即是我们再把收入较高的人算入财阀集团里去，还是占极少的数目。民主政治是以选举来决定政策的，是大多数的统治，而且每一个公民一张票，在理论上，穷人富人是没有差别的。所以假若平民认真投票，用选举票来保障自己利益的话，财阀是决没有机会去控制政治的。财阀所以能控制政治，多少也因为平民自己放弃他们控制政治的机会。有投票权的最大多数还是平民，可是他们不是弃权，就是很多有意的和无意的依了财阀的主意去投票。

我们在局外只注意美国选举资格的逐渐减低，选民逐渐加多，觉得美国的政治是在渐渐平民化。其实有选举权是一件事，能不能选举，愿不愿选举又是一件事。譬如美国宪法上明明规定不能以种族来限制公民的权利。我们也找不到任何一州有禁止黑人投票的法律，可是每次选举时总有无数在事实上排除黑人投票的例子。这是说人民单单有选举权是不够的，要实现民主，还得要人民使用他们的权利去投票。投票还是不够，一定要投票者认真地用他这张票争取他自己的利益。要做到这一个程度就需要普遍的政治教育。美国在这方面还刚刚开始。以往普通人并不把自己的选举权看得很重，所以很多人根本就不使用他们的权利，不去投票。

美国民主政治不能充分实现的原因固然很多，选民的弃权也是其中之一。在美国到现在有 8000 万人是有选举权的，可是 1940 年选举总统时，投票的只有 5000 万；1942 年选举国会议员时只有 2800 万人投票，2/3 的选民弃了权。著名的例子是相当保守的 Martin Dies 是以 Texas 第二选举区中选民 5%的票子当选议员的。为什么他只有这样少的票子就能当选呢？那就是因为大多数的选民对于选举没有兴趣，弃了权。平均说来，在乡间的县长选举中投票数只有选民的 1/10；在城市里市长选举中投票数只有选民的 5/10。这些数目实在表示了民主政治的基本困难。权利可以争取，可是要每一个有权利的人都利用他们的权利却不是在国会里通过一条法律就可以做到的。

最容易弃权的自然是家庭里的主妇，开店的小商人，工厂里做工的工人，和机关里的小职员们。他们一天忙到晚，没有闲工夫来研究当前社会经济等问题，来听取和比较各党的言论和政纲。他们若是有问题又没有询问解疑的地方。因之，他们对于自己的投票发生怀疑。哪一个政党的政纲是合于自己的利益呢？若不能明白回答这问题，即使投票也决不能是一种合理的政治行为。大多数的美国平民的确有此苦衷。

平民们要在美国复杂的政党政治中作合理的政治判断是不容易的。传统的政党界线却并不是划分在平民和财阀的利益分野上。以经济利益来划分政党在美国还只是一个新近的趋势，没有成为清楚明白的事实。大体上说来，民主党将变成收入较小的人的政党，其中将包括有组织的劳工，小农，小商人和薪水阶级，有一天可以成为美国的平民党。共和党很可能成为收入较高的人的政党，包括企业家，大农，及那些不需政府补助或支持可以独立经营自己事业的人们。我说这只是一种可能，因为在目前，例外还是很多。以 1940 年大选的情形说：南方的上层阶级和有体面的人还是民主党的台柱，北方的平民依旧有很多投共和党的票。黑种人里帮人的老妈子，艰苦的小农，工厂里的粗工似乎是再也没有理由去维持共和党了，可是他们偏偏拥护共和党——换一句话说，美国人民还是有很大部分的政治见解没有脱离林肯时代的旧窠臼。内战时的仇恨使他们不易用经济利益来选择他们的政治联系。

美国政党分野的因素太复杂，不论共和党或民主党本身都包含着各种方面利益（经济、社会、宗教等等）相冲突的分子。因为这个原因，在重要的几次大选中，愈是局面严重，竞选时各党所公布的政纲也愈是模糊，甚至不敢提出主要的争点。譬如南北战争前夜的竞选，黑奴解放问题却避而不谈。又譬如1920年大战结束后，美国是否参加国际组织问题又是半遮半掩。罗斯福初次上台，袋里早预备下新政的方案，可是在竞选时，始终不愿详细说明方案内容。他的两个对手兰登和威尔基也同样地不愿对这方案有明显的和具体的攻击。再以最近这次大选来看，主要的争点，无疑是战后的经济政策，可是罗斯福和杜威所说的话中，实在看不出什么太大的分别——这是规避作用，就因为美国的政党是历史堆积成的东西，不是依某一清清楚楚的利益为分野的。

投票时各个政党既以半吞半吐，模棱两可的姿态出现，投票者若对于美国政治内幕没有深刻研究，也就难于依理智来作判断了。这时财阀的钱发生效力了。美国在选举时并没有人拉了选民去吃面，他们用钱的方法是间接的，不是直接的。有钱的人可以要报纸做什么样的宣传。美国的报纸大多是靠广告。办报是做生意，目的在挣钱，所以不敢得罪登广告的顾客。于是大企业家可以从登不登广告中，干涉到报纸的舆论了。假若太相信了美国普通的报纸，你会预测上一次大选，杜威会胜利的。这就表明了财阀怎样用钱来干涉舆论的一端。广播在美国是一个重要的宣传工具。可是广播公司是私人经营的，你要想广播多少时候，就得花多少钱。其他如演说会、宴会，都是要钱的，有钱的人就拿出钱来津贴政党活动，条件是照顾照顾他们的利益。

一个普通的平民只有靠报纸，靠广播，靠各种集会去决定他应该选谁。在这情形中，“天下乌鸦一般黑”也许是最入情理的结论。所以他们弃权了。好坏自己不负责。次一些的就依平时对候选人的感情来决定自己选举票上写哪个名字。威尔基曾说：“美国人并不根据政策投他们的票，而是依对候选人的感情来决定他们政见的。”谁是候选人，这人顺眼不顺眼是主要考虑。所以在竞选时，报上常有种种议论说某某候选人其貌不扬，不容易得女子的票。某某候选人声音好听，讨人喜欢，很有被选的希望。某某候选人多了一撮胡子，使人想想希特勒，不成。诸如此类的说法，我们从局外看去，有如以前上海滩上大学里选皇后一般神气。民主政治流到这地步时，结果可以使多数的平民选出庇护财阀的政府了。所以我说美国平民政治一直到目前才抬头，原因是在以往平民自己不在政治教育上用功夫，以致无法去利用民主政治所给予他们的权利来保障自己的利益。财阀政治得以确立，平民的弃权和盲从是一个重要的因素。

150年的美国历史中最基本的趋势是财阀和平民两大势力的赛跑。在开国的时候，哈密尔顿和杰斐逊，代表这两种不同的势力。他们是华盛顿总统的左右两手。财阀的贡献是造下美国国富的基础，平民的贡献是奠定美国民主的磐石。每当财阀势力跑得太快的时候，平民警觉了，就利用大选的机会，拥出一个反财阀总统来，像杰斐逊，约克逊，老罗斯福，小罗斯福，都是著名而且富有魄力的平民总统。但是，平民的政治意识薄弱，只要财阀稍稍让步，他们也就懒得再去顾问这“卑鄙和污秽”的政治了。于是财阀的势力又抬头了。就是在平民总统的任内，财阀的力量即使控制不了白宫，他们会退守议会，在互相牵制的宪法中，使平民总统无法行使权力；若是议会都控制不了时，他们还可以退守最高法院，把立法机关通过的法案加以“不合宪法精神”的名目予以阻挠。所以我们若单就白宫而论，过去的美国政府并不常是站在财阀身边的，但以行政、立法和司法的三部合起来看，财阀控制政治的事实也就显然了。

财阀政治最发扬的时间也许是在第一次世界大战之后。哈定接着威尔逊入主白宫，提出了“恢复常态”的政策。他所谓恢复常态是民营企业的自由发展和政府尽量津贴民营事业。在战时有很多企业是因战时需要由国家投资兴办的，一到哈定手里，就以极便宜的价钱卖给私人，换一句话说，把纳税人的财产差不多白送给了财阀。可是这时财阀们还有一个很麻烦的问题。在战时，美国借出很大的一笔钱给协约国作战，战事结束了，协约国开始要还债。要他们还债，一定要让协约国把货物运到美国来销售。这样，美国的企业家不是要遇到竞争了么？于是他们要求增加关税。这是一个最矛盾的政策，一方面要协约国赔款，一方面不许它们货物运入。可是庇护财阀的哈定和胡佛居然实行这政策。著名的 Fordney-McCumber 和 Smoot-Hawley 税则是美国史上空前的保护税则。这税则是使上一次大战之后世界经济无法恢复常态的主要因素。这样还不够，哈定总统订下种种法案去津贴私人企业。政府哪里来钱呢？他又订下新的税则把国库的担负分配到中下层人民肩上。这样地庇护企业家，使企业家大得其利，造成了 1920 年前后的所谓“企业繁荣”。

企业繁荣是社会病态的一阵虚火。大量财富集中到了少数人手上，发生了大量的储蓄，刺激投资和企业扩张。可是平民的收入却在减少（以农民来说，1920 年到 1932 年，他们的总收入从 15.5 个 10 亿元降到 5.5 个 10 亿元）。一般人民的购买力赶不上生产力的膨胀，造成了生产过剩的现象，总结于长期的不景气。这情形，我已在前文中说起过。

企业家的利益不是在企业的繁荣而应当是在社会的繁荣。社会的繁荣是平民生活程度的提高。即使我们不走极端根本取消私人企业，私人企业的发展也必须跟着在社会繁荣的后面。只有在平民利益的基础上培养财阀的利益。所以美国经济的发展势必走上庇护平民利益的路子。罗斯福的新政并不是“共产”，并不是取消私人企业，而是在给予私人企业一个繁荣的基础。因之，罗特威格在《罗斯福传》中说他是资本主义社会的最后保护者。平民政治并不是无产阶级专政，在平民政治中是可以包含资本主义、可以容忍而且培养私人企业，因为平民政治的目的是在保障平民利益，提高平民生活程度，和私人企业可以不发生冲突。美国是在试验这一种节制资本以保障平民的经济组织，能不能成功，那是以后的人所要作的判断了。

平民世纪在望

民主政治最后的归宿必然是平民世纪。平民在社会中总是占绝对多数，民主的基本原则是多数统治，所以最后必然是平民统治，我用“最后”两字因为平民要实现他们的政治地位，必须能合理地使用民主政治所给予他们的权利，这不是旦夕可致的，必须经过一段时期的政治教育。财阀统治很可能是一个平民世纪的预备时期。当然，少数特殊权利的享有者，为了他们自身的特权，可能否认民主政治的原则，建立法西斯蒂政权。可是这在英美是不容易做到的。他们民主的传统太深，就是那些握有特权的人，在他们传统的教育中，也不能内心无疚地踏上希特勒的道路。他们虽然不会痛痛快快地自动抛弃特权，可是只要他们在民主原则下斗争，他们至多只能利用平民的弱点，延迟平民世纪的实现，决不能改变这世界迈进的方向。

美国平民的政治意识慢慢在成长，在这次大战中，他们已开始自觉他们的政治责任了，这自觉可以说是发生于他们每个人对于自己生活的焦虑中。

自从大战的胜利有了把握以来，最大多数的美国平民心目中的严重问题是战后的职业。现在在兵工厂里做工的，在前线杀敌的，面对着一个矛盾：战争早一天结束好一天，可是战争一结束，他们不必再造轰炸机、坦克、吉普车；不必再在远离家乡的异国军站里等候命令了。那时到哪里去呢？现在每星期 30 元至 40 元的工资，养家之外尚有一点储蓄；即在军队的，每月也有 50 元养家费，40 元零用。战争一旦结束，若是找不到工作，怎么办呢？失业，是的，这是个老名字，美国工人听来那样耳熟，又那样可怕。胡佛任内的不景气，还不过 15 年前的事，人人记得。这次战争结束后，会不会又重演这一幕惨剧呢？

他们这个忧虑并不只是受惊后的弓蛇之感，事实上不能不使他们着急。这里是一些数目字：

1939 年，美国工业里和农业里所有劳工人数不到 45 个百万，1943 年已增加到 55 个百万，还有 11 个百万的人在军队里。2000 多万本来不做工的人现在或是做工或是当兵了。换一句话说，在这次战争中全人口中 16%的人民就了新业，职工里添了原有数量的 1/5。

1939 年美国生产总值是 100 个 10 亿元，1943 年已增加到了 188 个 10 亿元，差不多加了一倍。在这数目中政府收买的工业品占 85 到 90 个 10 亿元。换一句话说，普通工业还维持着战前原状，增加的是战时工业。

战争结束了以后，若是恢复了战前常态，则一半的生产力要缩小，1/5 的工人要没有职业。若是再有一次不景气，那就更不堪设想了。何况技术进步，即使维持战前生产水准，所需劳工数目一定会大大地减少。假定“常态”恢复了，或是不景气降临了，谁受到损失呢？大企业家不过少挣一些利益；直接受到冻馁的是失业的工人，没法出卖农产品的农民，商店倒闭了的小生意人，开了差的小书记、小职员。愈是收入小的受到不景气的打击也愈重。在美国战前有职业的人中每年收入在 1000 元以下的还有 21 个半百万的人。这些人是现在对于战后经济最担心的人，这些也就是美国的平民。

这情形若发生在我们的这种国家，那只有袖手等待这厄运的降临了，至多也不过用求饶的口吻，哀告左右战后经济的势力，不要太狠心。可是在美国这个具有民主政治机构的国家，平民可以思考这样一个问题：我们能防止这厄运的降临么？这样，平民的政治的意识提高了。他们可以在合法的政治斗争中去控制战后的经济计划，使这庞大的生产力不但不必缩小，而且可以作为改善平民生活之用。

要使88个10亿元在战时增加的生产力用来提高平民的生活程度，在以“谋利”为动机所安排的经济秩序中，是不容易做到的。其间必有一个时期需有一个权力能保证这大量消费品的生产一定有市场，另一方面又得保证人民可以在工作中创造得出这一大笔购买力来。这是要有一个力量能维持住就业的人数有增无减，工资也有增无减。这个权力只能是政府。政府能担负这责任，在必要时可以用税收来兴办公益事业，以增加就业；低利放款，或甚至用津贴来维持短期间无利的企业；用保险和救济来维持暂时失业或无法工作者的生活。怎样去建立这一个肯担负、能实行这些战后经济计划的政府呢？平民们开始自觉他们要使用民主政治所给予他们的权利了，他们要在投票中得到一个庇护平民利益的政府。

我在上面已提到过在上一次大战结束之后所发生的财阀统治。这是可能在这次大战结束后重演的。而且假使平民们不在这时候争取政权，最自然的结果是财阀们再来一次“企业繁荣”。

1944年的大选是平民政治的一个试验。怎样能使最大多数的平民利用他们的选举权来争取他们生活攸关的战后经济安全？假定每一个选民都不弃权，平民政治也就有了成功的把握。平民人数多，票子多，所以必然发生决定哪一党上台的作用。“假若这次大选能和1940年一般有5000万选民投票，拥护平民利益的政党一定得胜。”这是在大选前，有政治眼光的人同意的结论。所以内行人在大选前都注意到选举票的总数上，杜威的朋友Gallup、美国民意测验的主持者，只能盼望选民登记那天下雨，不然杜威的失败是决定的了。

结果，罗斯福胜利了，8800万合格的选民中，有6000万人依法登记，有5000万人投了票。按Gallup的预测不过3700万张票子。因为在战时，大量人口流动之下，公私事务重压之下，没有了汽油不能自由往来的限制下，若没有特别的力量去鼓励选民投票，Gallup的预测是不致太差的。可是，结果有5000万人投了票，决定了罗斯福连任，为什么呢？这问题的答案大概是很复杂的，但是事后的评论，没有人能忽视了 CIO-PAC 的成绩。这是美国政治中的新运动，我们要了解今后美国的政治，决不能不明白这个组织，这个运动。

去年年初，大选的空气已经弥漫了美国。我本是美国政治的外行，每天翻看报纸，五花八门，真是摸不着头路。尤其使我这种外行觉得困难的是那些缩写的名字。那时我到处都看到这 CIO-PAC，可是望文无从生义，从各报社论看去这一定是个怪物。有的报痛骂这东西是法西斯蒂，想包办工人投票。有的说这组织的负责人 Hillman 是犹太，是立陶宛的原籍，闻得到红味儿。有的说这组织的钱来路不明，可是巨大无比，预备收买总统。有的说 Hillman 既占领了工会，又要占领民主党了。可是另一方面，Hillman 的演讲光明正大，实在动人。他要求国会检查这组织的言论，公私信件，以及出入账目。美国检查机关 FBI 检查了几次之后，找不出破绽，证明了他们政治活动完全合法。至于 *PM*，*Nation*，*New Republic* 等我所喜欢的进步派报纸又极力推崇和辩护这 CIO-PAC。有一次在报上甚至见到一张 Dorothy Parker，Henry Wallace 和 Hillman 一同吃饭的相片。Dorothy Parker 是金老先生最崇拜的女作家，华莱士是不用说，大家熟的。金老先生所崇拜的作家大概决不致和闻得到红味儿的人在一桌用饭的吧——因为这种种矛盾的宣传，使我不能不追问一个究竟：CIO-PAC 究竟是个什么东西，值得大家大惊小怪？

CIO 是 Congress for Industrial Organization 的缩写，译出来是工业组合联会。这联会是发生在罗斯福任内通过了 Wagner Act（1935 年）之后。这法案保障工人有权组织工会和雇主作集体交涉，禁止雇主开除工会会员。于是以前的“劳工武士会”改组成了 CIO，同时组织了钢铁、纺织、汽车业等工会，和 AFL（American Federation of Labor）分别成为当前美国最强的劳工组织。

美国工会的主要事务是在保障工人的利益，增加工资，减低工作时间。他们对于政治并没有特别兴趣，不过是一个普通影响政治的团体。这可以说是一种传统，我在上面已说过。1942 年国会改选时，工会照例并没有积极参加政治活动。在这政治兴趣的低潮中，三个选民之中有两个弃了权，弃权的大多数自然是平民（包括工人）。结果这个国会立下了许多和工人利益相反的法案。罗斯福总统虽则极力奋斗，很多重要的政策无法通过。好像罗斯福要以增税来代替公债，平民的负担减轻的法案被否决了。又像补助农产的法案也被否决了。1942 年的国会正遇着战争，平民弃权的结果，使这次战争中有很多设施袒护了大企业家的利益，也因之使行政和立法两系统间时常发生摩擦。这教训使 CIO 感觉工人的利益不只在厂内，必须参加厂外的政治活动了。而且工人不过是平民的一部分，和家里的主妇，店里的小职员等等有着共同的利益。何况战争已接近胜利，战后经济的规定已成了平民所焦虑的对象。若是平民要争取自己的利益，在 1944 年的大选中必须联合起来才能发生决定作用。

平民之中，只有工人是有组织的。平民政治有抬头的一日，也必须从有组织的平民中发动。CIO 认清了这责任，组织了一个委员会，叫政治行动委员会，Political Action Committee，缩写是 PAC。

CIO-PAC 不是一个政党。美国劳工党还没有组成的希望（虽则美国曾经有过一个劳工党，但只限于纽约州内，后来内部分化，已经没有什么重要性）。这是因为我在上面已说过，美国的政治虽则已有向经济利益基础上分化的趋势，但是还不是一个事实。在这时若成立一个新党，新党的力量本身不足以取得多数选民的拥护，反而会减少接近工人利益的政党的票数，给敌党一个取得多数的机会。CIO-PAC 不成一个政党是出于环境的限制。它将来会不会成一个新党，那是以后的事。不少人在猜想 1948 年可能有个以 CIO-PAC 为基础的新党产生，甚至会推华莱士做候选人。那不过是一种预测罢了。这四年内的变化，谁敢说得定？

CIO-PAC既不是一个政党，它有什么政治行动呢？他们的口号是"每一个工人投一张票"（Every Worker A Voter），至于投什么人的票，这不是PAC所要管的事了。CIO一共有500万个社员（1934年），有工会组织的工人在美国一共有1400万。若是每一个工会会员都投票的话，可以占选民总数的16%，或实际投票者的28%。这个力量已够惊人。若是他们能动员所有工人都去投票，一共可以有5400万，加上每个工人的家属，其数更是庞大，几乎超过现有投票者的总数——让我们再推想一步，若是他们都选一个人，这个人一定能当选总统，不成问题。美国是个民主国家，绝没有人能反对从投票获取政权的公式。这样说来，工人支配政府是有把握的了。最大多数的统治，必然会造成平民世纪。凡是和平民利益相冲突的特殊阶级也必然会在民主原则中消灭。在美国已到了决定阶段，只要平民认得清自己的利益和不放弃他们投票的权利，CIO-PAC就要做到这一点。

1943年11月1日至5日，CIO的第六届大会通过了PAC的组织，1944年这组织开始工作了。到过PAC办公室里去参观过的人出来摇着头说："这哪里是个委员会，简直是一辈十字军。"紧张的空气使任何人，不论是赞成或反对的，全都觉得这是一股美国政治上的活力。就从那时起，全国的舆论开始对CIO作种种批评和攻击，也就在这种种矛盾的批评和攻击中，使我这到美国去观光的人也不能不发生兴趣了。

CIO在这狂潮中坚决地立下了几个纲领：一、一切活动绝对公开；二、绝不强制工会会员选择他所投票的对象；三、尽量和一切平民利益的团体相合作，不居功。

这几条纲领他们确实做到了。

他们不但欢迎任何负责的个人和团体去参观，而且自动地要求国会来检查。Hillman分别在众议院和参议院出席调查委员会答复问题。FBI两次派检查员到他们办公室审查一切文件和账目。Hillman

在 1944 年 9 月 28 日众议院的调查委员会前作了一篇动人的演说，其中有一段话说："我不知道有任何政治团体像我们一样一切活动一贯地在光天化日之下进行的，像我们一样愿意给政府机关一切的情报。也许这是我们的奢望，因为我们想在这公开和合作的精神中立下一个别的团体可以取法的榜样。但是，若是果真能这样，即使我们别的竟无成就，这一点对于美国的政治上已有卓越的贡献了。"

他们的工作是在供给一切人民作政治判断时所需的真实材料。譬如某州要选举议员了，各党都提出了候选人。CIO-PAC 就把各个候选人的传记、言行、政绩公开发表给当地的选民看。这不是宣传，更不是"拉票"，因为所发表的事实是公开的，若是有捏造的话，当事人自可提出诉讼。至于当地人民愿意选谁，PAC 绝不加以干涉。他们崇尚民主精神。民主精神的要义应在尊重每一个选民的意志。

他们知道从获得选举权到行使选举权之中，其间有很多事实上的阻碍。譬如选举前要登记，普通人可以因故忘了去登记，或是不知道日期和地点，没有同伴，不愿意麻烦等等。所以 PAC 最重要的工作就是派人去挨户指导和引起他们对政治的兴趣。这件事他们叫 canvass，招徕的意思。招徕员是自愿的。PAC 预备下种种手册教这批招徕员如何去招徕。*Life* 杂志上曾有过一张全幅的照相，例证一个十七八岁的姑娘如何挨户去招徕。

他们更预备下一个具体的政纲叫 The People's Program For 1944。这是经 CIO 执行委员会所通过的政治要求。他们并不从政党立场来立政纲号召选举票，而是借此宣布人民的要求，让各政党自己去采取。任何政党若能采取他们的纲领，他们就拥护谁。1943 年各党大会选择总统候选人时，CIO 的代表都参加。等到两大党的政纲决定之后，CIO 就宣布民主党的政纲合于他们的纲领，拥护罗斯福的竞选。可是这并不限制工会会员投杜威的票。

CIO 明白他们不过是平民中的一部分，所以自始至终都和其他劳工组织相合作，后来为了推广这种政治服务运动起见，组织了一个“全民政治行动委员会”(The National Citizen's PAC)。那是 1944 年 6 月里的事。任何人都能参加，其中有很多有名的作家和教授们，Dorothy Parker 就是其中的一人。到 8 月里，NC-PAC 又成立了一个宗教联合会，很多教士参加了这平民阵线。

CIO-PAC 是 1944 年开始活动的组织，到现在还不过一年半。一个新生的婴儿，又遭着有计划、有财力的反对，居然成了没有人能忽视的政治势力，那实在是一个美国政治史上的奇迹。它已诞生，还要时间去培养它，使它成年，使它完成政治服务、政治教育的任务。

为什么它会有这些成功的呢？它的招徕使 1944 年的大选达到 5000 万票子的数目，成为罗斯福连任的决定因素。它又改造了一个比较进步的众议院，监督政府保障平民利益，制订战后经济方案，压倒种种种族偏见、国际离异、独占企业的势力——它能得到这些收获，理由是很简单的，那是因为美国的政治在过去的几年中已开始发生了一件重要的变化，那就是有选举权的人民开始利用他们的权利来保障他们的利益了。这也就是华莱士所谓“平民世纪”的序幕。平民政治意识的成熟必然会发生平民政治。CIO-PAC 不过是执行这时代的要求，促进这过程罢了。

要了解美国政治的动向，我们绝不应忘记了这根本的趋势。这趋势也不会限于美国。现在是一个天下一家的世界，没有理由可以相信，和平民利益相反的政权能在这世界的任何角落里长久维持下去。今后将是平民的世纪。

经济的修正

自由和平等不是消极的。在政治上，美国的平民已经逐渐觉悟，他们消极的厌恶权力并没有保障他们所渴求的自由和平等。牵制和平衡的政治组织固然使要做事的总统们无从放手做事，但是在消极性的政治中培养出了强大的经济权力，笼罩了全社会的活动，大多数的人民失去了生活的保障，在失业的威胁下战栗。经了一个半世纪，平民的力量在政治上逐渐有所表现了，他们不再在选举里弃权，他们要使用他们传统精神所授予他们的权力来参预政治了。这是积极的民主，积极的民主在参预两字。

平民若控制了政治，政治的力量是否会遏制经济的发展？我们可以想像的是平民对于经济权力的反感，这反感很可能转变成私人企业发达的阻碍。在美国历史上已经表现了好几次。最著名的是杰克逊的反对国家银行，我在上面说过国家银行制度是哈密尔顿的杰作，他集合了私人资本，用国家的名义，得到特殊权利。这无疑是为财阀谋利益的设施，可是限制国家银行的活动，固然可以使平民称快一时，同时却阻碍了美国经济的发展，受损失的不只是财阀，平民也在其内。这其实又落了消极民主的窠臼。杰斐逊所希望的小农民主，在科学发达工业勃兴的19和20世纪是不可能实现的了。消极的经济民主忽略了这事实，因之，在美国历史上像昙花一般，一现再现，总是没有结果的。用政治力量去限制私人企业的过分膨胀是可以的，但是若没有其他的道路可以引导经济的发展，一切的愿望都会落空，像老罗斯福的反对托拉斯一般，全无实效。

在美国，除了极少例外，差不多没有人在原则上反对私人企业的。在我们，电信、铁路全是国有的，没有人觉得这些社会公用事业应该由私人经营。可是在美国，若有人主张铁路国有，一定会引起强烈反感。这是传统。所以他们的问题不是国营和民营的问题，而是私人企业的发展怎样能普遍地提高人民的幸福。

私人企业并不一定是有违人民幸福的。可是因为以往的私人企业是以“谋利”为目的，所以有时可以违背人民幸福。所谓谋利是指投资者一定要有利息，利息愈高，企业愈顺利。企业发展的路线也是依利息较高的方向走。投资者得不到利息时，企业也得停顿。谋利的利字既限于这狭小的定义，所以有时会和较远或全社会的利益相左。举一个例子说，为企业本身着想成本愈低利息愈大，工资上能低一些就能降低一些成本。在工业突起的早年，童工和女工成了最有利的劳力，因为儿童和女子并不是家庭的正常挣钱的人，他们可以在较低的工资中出卖他们的劳力。在企业本身说没有理由反对这成本较低的劳力，可是为了社会的利益着想，没有教育机会的儿童长大了，不但社会不能得到他们最大可能的贡献，而且死亡率、犯罪率的高涨，增加了社会的费用。女工的利用可能影响她们的家庭生活，若是工作环境不良，她们过度劳作的结果，可以影响社会上第二代的健康和教育。这是极容易明白的道理，所以现在任何文明国家都已经禁止利用童工，以免预支和浪费社会的本钱，对于女工的利用也必须加以种种条件，使她们不成为便宜的劳工了。

私人企业为了要求眼前的较高利润，他们可以用种种方法维持他们所定的价格。这是发生独占的一个原因。可是在维持某一商品的高价时，可以减少能享受这商品的人的数目，同时也限制了其他商品的市场。电力是一个很好的例子。电力公司为了它本身的利益，不愿降低电价。所以一直到现在，美国的农家中还有 2/3 不能使用电力。没有电力的家庭，自然不能有电灯、电气冰箱、电炉。在这种人家，做主妇的就得费很多的时间和劳力去经管家务，限制了这社会的文化水准。同时，因为没有电，电工材料自然也就不能销售到这些人家去。没有公共的电气冰箱，很多的农产品不能种。比如杨梅，若是不能保存，就不值得种。为了电气公司个别的利益，使社会整个生产力无从发展。

私人企业对于资源的利用也会发生浪费的弊病。美国 Ducktown 的铜矿是一个例子，这个铜矿附近有极好的森林，炼铜厂就砍下来作燃料。同时，炼铜时所发生的硫磺从烟囱里散布到四周，把剩下的森林都熏死了。雨水接着把土层冲洗，沙土淌在河里，把鱼赶跑了。下游的水电厂，因为水里的泥沙太多，常常停电。结果，这地方的铜矿是开发了，可是其他的种种实业都受到了坏影响。若是这个铜矿的经营者心目中不只是炼铜，他们可以保存这森林，可以把硫磺作为副产，则这地方的渔业、农业以及电力都不会受损失。

每一个公司追求它自身最高的利润并不能保证社会经济最大的发展，并不能保证对于资源的最大利用。纯粹站在经济的立场说，私人企业的方式并不能实现科学所允许人类的最大收获。

有很多反对私人企业的人是站在财富分配不公平的伦理基础上说话的。这自然是应当注意的。科学知识是社会的产业，从科学知识里得到的财富也应当归之于社会大众，可是很多答复这攻击的可以说，私人企业并不一定排斥财富的公平分配。假如公司的股票能分散在大多数人的手上，这问题不就解决了么？我有一次在纽约一条街上走，抬眼望着一座摩天楼，顺口问和我一起走的朋友，谁是这高楼的主人，他笑着回答我："你要不要也做个主人？"我惊异地望着他，还以为他是在说笑话。他接着说："我是认真的。你有钱，就可以在股票交易所去买这座高楼的股票。"其他的工厂、铁路都是如此的。现在，美国的趋势确是在尽量地想做到资本家的大众化。譬如，他们一方面奖励储蓄，指导投资，以及把劳工的奖金购买了本公司的股票发给工人；另一方面征收累进财产税和遗产税，一扬一遏，逐渐可使财产分配趋于平均。这样说来，私人企业和财富分配不平均可以是两回事。

我在这里所给予私人企业的责难却不是从财富分配观点上来立论的。私人企业的专为个别企业的利润着眼，可以和社会整个的利益相左。它不容易实现科学所允许我们对于资源最有效地利用和开发。我在美国曾和不少朋友讨论私人企业的问题，我觉得美国人并不根本否认私人企业的原则，而是想怎样去避免私人企业可能发生的弊病。换一句话说，他们觉得以往个别的企业确是不足完成现代社会的经济使命。可是补救的办法并不在以其他原则来代替私人企业，而是要在私人企业之上加上一个社会的目的。他们认为缺乏社会目的的私人企业确是会发生有损于社会的结果，可是在社会目的之下，私人企业同样地可以获得利润。社会目的和私人目的并不是矛盾的，因为他们并不在一个层次里。社会目的给私人目的一个范围，在范围之内，两者是相合的。私人企业的繁荣最后是靠社会的繁荣。社会不繁荣而私人企业讲繁荣会引导到搁浅私人企业的不景气。社会繁荣所以是私人企业繁荣的前提。若是在短期间私人企业因要顾全社会目的而遇到限制，这并不是两者的矛盾，而是私人企业轶出了轨道，会遭遇打击的警告。

美国的一部分进步的人是在想，怎样去给私人企业一个合于社会目的的范围。社会目的并不是一个抽象的伦理观念，而是在经济组织中生活的人所能在生活中感觉到的利益的综合。譬如上游铜矿公司去设计它的企业时，能顾虑到在同一社区中开发资源的人所具的利益，它就可以不会浪费森林里的木材和炼铜时所得的硫磺了。最理想的自然是在各种相关的企业之上有一个相互讨论的机构。不但企业之间应有更合社会目的的配合，而且在从事于共同经济活动中各种职务的人之间也得有这种讨论的机构，使他们能共同完成大家的利益。换一句话说，只有共同的参预才能达到社会目的的确立。这是经济民主的基本原则。

以往私人企业的经济的确有许多弊病，到了20世纪的中叶，各个国家都在设法矫正这些弊病了。同一的目的之下，可以发生种种不同的方法。每个国家有它不同的传统和不同的处境。在某一传统和某一处境中所试验成功的方法，并不一定能应用到另一传统和另一处境之中。事实上世界各国怎样去达到在社会的共同利益下最有效地发展它们的经济，大概是不会采取同一方法的。我们自然应该去向各种方法一视同仁地去学习，但是若忘记了自己的传统和处境，就不免会有画虎成犬的结果。美国在试验它们的方法，正如苏联在试验苏联的方法。我们没有理由有任何成见，为了美国的方法和苏联不同而分别我们的好恶。重要的是在从各国的传统和处境中去了解它们为什么采取某一种方法，更从领略各种方法的妙处中去为自己社会寻求一个适合于自己传统和处境的方法。这就是我所谓“邦各有其道”的真谛。

美国在这方面试验最有成绩的是罗斯福最得意的杰作 TVA。TVA 是 Tennessee Valley Authority 的缩写，译出来是田纳西河流域管理处。1933 年罗斯福受命于美国的人民来征服当时的不景气。这是美国传统经济弱点暴露得最明显的时候。美国的人民下了改造的决心，拥护罗斯福所提出的新政。新政之中最永久和最具有基本改造美国经济意义的设施就是 TVA。我在将要离开美国的时候，文化联络处的朋友建议我们去参观这会决定美国经济出路的实验。她更加了一句：“罗斯福太太曾说，一个到美国来观光的客人，若没有参观 TVA 就回国，是一件最大的遗憾。”可是我就抱着这遗憾回国了。为了要减轻我的遗憾，在美国的朋友们陆续寄了不少关于 TVA 的书来。我愈看就愈觉得罗斯福太太的话是一点不错的。我这本《初访美国》的小书也不能不用我最后一个遗憾来作结了。

田纳西河在美国相当于黄河之在中国。这是一条吃人的河流，位于美国的东南部，集五条支流的水量，流经七州，并入密西西比河中。这个区域是美国东部雨量最高的地方，水量大，水流急，可是出口却极为狭小，所以每逢大雨的年份，这拥有 450 万人口的流域就遭殃了。这里是美国的贫民窟，我在前面所提到的百乐大道上上演纪录最长的《烟草路》一剧，就是取材于这个区域里的实况。

罗斯福的试验是想用科学来改造这吃人的“黄河”，变成一条生财的大道。就是这些经常泛滥为患的水，若是纳入正轨，可能发生巨大的电力。这电力用到生产事业上去就可以增加大量的财富。这财富分散到人民手中就变成了巨大的购买力。这购买力可以刺激生产，维持工业的活动，获得繁荣，克服不景气。这些话说说是容易的，做的时候就不是那样简便了。要使泛滥的水变成推动发电机的力量，就要筑坝，筑坝不能零散、个别进行，必须把整个区域通盘筹算，测量水位，择地分段兴筑。使水流在一定的速率中流动，在坝上需筑巨大的蓄水库，因之要把原有的村落、铁路、农田改位变道。不但所需的资本宏大，而且在权力上也决非私人企业所能经营。电力产生了，怎样去推动生产？谁去经营？怎样使这自然动力所生财富能分散到人民手上变成购买力？这些问题更不是普通私人企业所能回答的了。

罗斯福要求国会通过一个法案设立田纳西河流域管理处。这管理处有权执行如何利用、保育和发展田纳西河及两岸的资源，用以促进国家的社会和经济利益。这管理处是独立的，直接向总统和国会负责。有一定的事做，有一定的责任要负。到 1944 年年底，21 个大坝完成，一共费了 475 个百万元，除了少数公债外，全部是由国库担负的。10 年里动员了 20 万劳工，挖掘了 17.5 万英亩的地面，筑成湖泊。搬动了 1200 英里的公路和 140 英里的铁路。筑坝所用的石料和洋灰比埃及七个金字塔还要多 12 倍。单以洋灰论，比巴拿马运河所用的多两倍半。这工程在历史上是空前的。到 1944 年，这河上的水力发出了 120 亿千瓦的电力，合美国在上次大战时代全国所有电力的一半。每 1 千瓦电力相当人力工作 10 小时。所以这曾经带来无穷灾祸的田纳西河，在这工程完成时，发生了 1200 亿小时的人力，相当于我国全国人口去服务 13 天。在这区域里的人每人平均每年所用电力在这 10 年里从 400 千瓦增加到 2500 千瓦（美国平均每人 1530 千瓦），换一句话，每一个人经常有七个工人每天做工 10 小时来服侍他。这个巨大的动力用来开发这流域的资源，真是非同小可。单以电力本身说，每年可以获得纯利 1000 万到 1500 万元，30 年之后就能把投资总额回清；至于因为有了电力而增进的人民收入那是不容易算了。在没有兴办这水利以前，每家每年平均收入只有 150 元。现在平均的收入至少已增加了10倍到20倍。举一个实例来说，有个10年前每年收入200元的农家，去年，用了拖拉机来耕种的结果，一年得到了4600元，增加了22倍。

怎样使电气变成平民的收入的呢？我在这里不能详尽地介绍，只能举一个例子。田纳西河连年水患，土地已冲洗得很瘦，加上种植玉蜀黍和棉花，地力更是消耗得厉害，所以农业出产极低，这种瘠地需要从事培养。管理处一方面解决水患，有了蓄水库，不致再有泛滥，另一方面利用电力制造大量的磷质肥田粉精。这种肥田粉精和石灰加入了土里之后，可以培养一种豆类植物，豆类植物根上的微菌从空气里吸收氮，制成氮化物，增加土地的肥料，1磅磷肥在这过程中可以产生3磅氮化物。地力恢复了，然后改变农作物。以前这流域多种玉蜀黍和棉花，现在他们可以因地制宜地改种经济作物了。譬如有一个地方杨梅长得极好，以前无法保存所以不能多种。管理处请了专家发明急速冷藏法，建立公共的电气冷藏库，这问题就解决了。

这管理处虽是政府设立的机关，但是和普通的国营性质不完全相同，它等于一个公司，不是一个衙门，而且这许多发电水坝很可能由政府发行公司债，把所有权转移到私人手上去。政府不过是垫一笔款，负兴办时的风险，一等这企业上了轨道，有了可靠的赢利之后，就可以脱手，归于私人的资本去维持了。这是指水坝而言，至于其他因为有了电力而兴办的农、工、商业，则完全以私人企业来经营，管理处只处于协助和联络的地位。

先从农业说起，管理处负责研究土壤，和恢复地力的技术问题。试验成功之后，就由当地的县农业处召集农民，把这个道理讲明，农民中有自愿接受这新技术的可以成立“示范农场”。管理处于是派专家到这些“示范农场”去，和自愿实验的主人讨论出一个程序。管理处最初送他肥田粉精，在这示范农场上逐渐地把新的农具输入，可是一切都要由农民自动来采取，不许强制。凡是在当地表现了成绩的

"示范农场"自然不愿再放弃，他的亲戚、邻居、朋友们也可以放胆跟着做。管理处并不津贴"示范农场"，因为惟有实在在经营中证明有利的才值得推广。从"示范农场"扩充成为"示范区"，由几十家人联合试用新工具，试种新作物，管理处不过是一个技术顾问。农民自己组织"农场改进会"来合作自助。他们并没有实行集体农场，更没有把集体农场国有化。可是，在技术上他们得到现代科学所可以给他们的好处，生活程度提高了 20 多倍。

管理处对于工业和商业都是采取协助性质。譬如肥田粉精试验成功了，管理处并不独占这商品，而奖励私人公司去制造，使产量可以增加，受益的农田面积也可以扩大。有一个码头为了交通的便利，亟需有个轮船公司，可是这地方的人并不起劲。管理处宁可不方便，并不考虑自己去开办个轮船公司。他们用各种方式去鼓励私人出来经营。这原则是极重要的。一切计划是否真正合理，真正对于人民有利，最好的判断者不是计划者，而是实行这计划的人民。若是一种肥料确实会增加生产，增加生产是人民的要求时，这肥料自然会受人欢迎，也自然会有工厂肯制造的。若是需用权力来强迫的话，计划本身大概颇有毛病。这是一个"计划"的最好的试验：信任人民。

田纳西河流域管理处不是一个国营的独占事业，而是无数小的私人企业的咨询、提倡、协助、联络机关。因为有这种超于私人企业的服务机关，才能使各种企业在为本身求利润的条件下不致损害社会的公共利益。而且在开发资源的整个观点下，使各项私人企业能获得互相依赖的好处，不致浪费资源。这种机关可以不限于当前的利益，看得远些，作种种研究和试验。所研究和试验的也可以是直接可以实用的问题。田纳西河流域管理处所发明的急速冷藏法和提炼水分法对于这次大战的贡献极大。战后可以引起食料生产和运销的大改革。

田纳西河流域管理处并不只是一个水利公司。它是从具体的、有效的动力供给起，使人民先改良他们的经济生活，在改良生活中使他们对于科学技术有认识，发生对于改良生活的自信力。更在参预社会共同的目的中活动，使他们发觉生活的提高有赖和别人密切合作。于是他们不致再对一切公共事业不闻不问，对于政治发生消极的反感了。民主是要在参预中体悉到它的意义。经济的民主必须实现在共同的经济活动中。只有共同的经济活动能把各个人的利益清清楚楚、明明白白地摆到眼前，人才会觉得经济民主之可贵。经济生活也许是最容易自觉的生活，贫困饥饿是一点不含糊的，所以从经济民主的实际经验中也最能训练一个能和别人合作、尊重别人意见的精神，经济民主可以充实和维持政治民主。从消极性的民主变成积极性的民主之间的桥梁就在这里。

TVA 是成功的。它描出了一个新的经济模式。至少可能是美国将来经济模式的一个模型。可惜我没有在离美前几天里去参观一趟。这真是我初次访美中的美中不足，令人遗憾的事！

余　笔

写完了以上的文章，从头又看了一遍，虽则名称是《初访美国》，可是写下的既不是游记，又不是论文，至多不过是我个人在美国的一年所搜罗来的一些零星的感想。在一年里想从这复杂的文化中去找出一个头绪来，其实已经是奢望，何况，我在美的一年大部分的时间又是用在写作上，观察和阅读的机会实在太少。在离美码头上，我曾对送我上船的庆堃说：“我抱了要认识认识美国的心愿来此，结果，我比刚到美国时更糊涂了，人家若问我美国是怎样的，叫我怎样回答？我真有一点心慌。”这担心的事，果真碰着了，我本来打算免得盲人骑瞎马，爽性拒绝回答这类问题为是。可是，看到了国内对于友邦既这样隔膜，同时和友邦事实上的接触却又这样密切，这距离确使我寒心。似乎有一种责任心推着我，要我做着我自己觉得并不能胜任的事。

我终于写下一些介绍美国的文章，分散在各报纸和各杂志上发表了。在这暑假里，有几天闲工夫，把它们又整理了一下，成了这本略有系统的《初访美国》。

美国朋友们或是熟悉美国的朋友们看了这本小书也许会觉得我并没有了解美国。这正是我想要以这本书来引起的批评。我想借此和美国朋友或熟悉美国的朋友们说，中国人对美国还是缺乏了解，连那些在大学里教书的，甚至到过美国去的，对美国也是隔膜得很。这本书若被用来例证这句话，我心里很满足，因为我自觉这句话确是不错的。若是我这本书果然引起了这批评，我希望作此批评的朋友们不要就停住在这里，而能进一步想想：中国人对于美国不了解，不认识，或是美国人对于中国不了解，不认识，会有什么结果？为什么中美有了这样长的接触，有不少人到过美国，或来过中国，而两国还是这样陌生？若是我们认为缺乏了解并不是一件好事情，我们应当怎样才能增加一点相互的认识？我愿意在这本小书的结尾，提出这些问题来说一说，也所以说明为什么我愿冒着别人的指责而发表这种印象性质的介绍文字。

我这次旅行回来，我知道我的性子变得更急了，人家看我这匆忙的神色，为我担心，做学问的念书人连一点悠闲的味儿都没有了，像什么，书怎么念得好？我怎么不知道，又怎么不想悠哉游哉一些，可是我一想起了这世界，我心神真是闲不下来。世界变得太快了！

威尔基周游全球回去写了一本《天下一家》。地球这样小！那是每个空中旅行过的人的同感。地球上任何一点到任何别一点，以现在的飞机速度论，不能超过60小时。飞机速率还在加速，一年之后，又不知快到什么程度了。在这门户洞开、瞬息可至的小天地里，人们的生活自然会密切得像在一个家里一般：痛痒相关，休戚相系。像密支那，片马，那些蛮荒之区，已成了世界最热闹的空运站，两三年前谁敢作此预言？不知这些地方的人民，仰头看见那和蜻蜓一般多的飞机会作何感想!

世界真是小得很了。我听见朋友说过一件事:纽约百乐大道的咖啡馆里面有一群客人正在谈论轰炸柏林。大家嘻嘻哈哈地好像是在说山海经,远得在另外半个地球上的事。说到一半,旁边桌上两个英国空军移座过来。“柏林的火焰真高,”他们插口说,“气流急得像大风暴,飞机逃得不快,会吸进去似的。”旁边的人问道:“两位参加过么?”“是的,昨天晚上那次最凶了。”——大家瞠目结舌,不相信他们是活人。他们忘记了纽约离开伦敦不过十几小时了。

世界缩小得太快,快到我们心理上竟赶不上有此准备。不要说密支那、片马那些偏僻之区,或是我们内地这类被国事和政治封锁了相当久的地方,就是像美国那种交通便利、新闻自由的国家,离开海岸一两天的内地,同样还有“孤立主义”的遗老,他们一生没有见过冲绳人,没有听见过塞班岛,而他们的孩子却在这些名字都说不准的地方冲锋陷阵,为的却又是要去解放一些没有见过的人民。在他们看来,怎能不是荒唐?我们又怎能盼望他们不主张“莫管闲事”?我们自己也何尝不是这样?天下一家是个外形,内里住着的还是小门墙隔开着,各自起炉子的多房媳妇。我们传统的大家庭很有点像这时代世界的缩影。身世不同,互不了解的妯娌们,偏偏要住在一个家里,经营共同生活,于是误会、口角、骂街都是免不了的日常事务了。大家庭还可以分家,兄弟阋墙,至多也不过是断绝往来。这个天下一家却分无可分,逃无可逃,因之更麻烦了。

假定缺乏互相了解的人民间自己承认对别国人民不太了解,情形也就好得多。“不知为不知”,然后可以知。若是对方有一种行为或是一种意见,看来或听来,不太合自己的脾胃时,先假定自己可能误会别人,正可慢一慢激动自己意气,平心静气地想一想,很多无谓的争执也就可以免除了。可是普通人却并不如此。在一种传统里长大的人不容易承认世界上还有其他不同的活法。自己是这样,别人也不能不是这样。于是不同文化的人碰面时，问题就多了。

我想，经过了这次战争，大概没有多少人会觉得还能闭关自守，也大概不致再有人会因怕家丑外扬而有意阻碍国际间相互的了解了。可是，一直到现在为止，却还没有任何专门的机关和专门的人来担负分析文化和促进文化间相互认识的责任。我们到现在还只是靠一些旅行者偶然得来的印象来沟通民族间的了解。我这本小书就是一个例子。这显然是不够的。有时甚至是会曲解，反而增加误会。可是在没有有计划和有系统地介绍各国文化之前，也只能靠这些不完全的印象来担负这责任了。我希望从这小书的缺点里能引起负有沟通各国文化责任的机关和人员的反感，而促进他们在这方面更完善的工作。

严格讲来，做介绍文化工作的事并不是容易的。介绍文化不是宣传，而是分析。宣传所引起的是感情，爱好或憎恶，可是分析所引起的是理解，超出了爱恶，而入丁欣赏。分析所要根据的是全盘事实，决不是短期的观光者所能胜任的。以目前的学术传统说，实在还没有培养这种人才的科目。我在美国曾参加过几个大学里为军队所特设的区域训练班。在这里不妨介绍一下。美国政府明白这次战争是全球性的，美国将在世界各地进行战争，而且现代的战争不能缺少当地人民的合作，为军事上的需要，作战的部队必须对于战区的人民有较深的了解。而且他们也知道军事胜利之后，对于解放区的种种设施，都得根据当地的民情来擘划，来推行，所以召集了各种专门人才设立区域训练班。譬如，他们对于日本，对于朝鲜等区域，早就得预备下行政人员。在区域训练班里，地理、历史、文化各方面全得顾到。于是专家之间得互相配合，贡献他们各人的专门知识，来完成对某一区域的介绍。这就是我心目中所想的文化介绍工作。

我参加这些训练班之后的感想很多，其中有一点值得在这里提及的，就是凡是有关于文化方面的分析困难很多。譬如你若为一个美国朋友解释中国文化，你时常会发现他们会发生种种你从来没有注意过的问题。有很多我们觉得极平常的，可是在他们却正是最不能了解的地方。原来，我们所谓文化介绍，其实是在用自己文化来和别人的文化相对照。所以要介绍美国文化给中国人，介绍人不但要明白美国文化而且还要能明白中国文化。为美国人解释中国，我们中国人自己反而有时不及美国人。要有这种贯通两国文化的人才实在不容易。

若是我们在这时发觉为什么中美接触了这么久，竟其没有一本解释美国的书流传在中国读者间，我们不应当认为这是出于疏忽，真正的原因是在我们还没有这种人才。要有一个对于中美文化都有了解的人，必须加以特殊培养的。以往，以及现在，我们并没有培养这种人才，怎能希望有这种书问世呢？

我们以往并不是没有关于中西文化的讨论，可是所讨论的却偏于原则的问题。讨论的内容不能不限于原则的原因，就在于我们还没有先做一步基本的、也是必须的工作：详细地、有系统地介绍西洋文化。因为没有这步基本工作，所以结果发生了“全盘西化”等说法。我们要不要西化的判断是必须根据我们对于西方文化的认识。全盘西化也就必须全盘了解西方文化。试问，在中国有谁敢自己承认了解了全盘西方文化呢？什么时候我们才能根据事实来讨论怎样去接受西方文化呢？

这次战争是快结束了，战争给我们明明白白看到的就是我们对于怎样毁灭的知识长进得实在太快。当我写这余笔时，报纸又送来了原子炸弹的消息。原子力的运用已产生了人类整个毁灭的可能性，要避免这可能性的实现（这应当毫无问题的是人类共同的目标），我们实在只有用同样的努力去发展可以促进人类合作的知识。若是沟通文化是可以消弭国际误会的话，这无疑是我们不应再事延缓的工作了。

我怎能不心急呢！我们这一代处在这一代历史的考验里！

1945 年 8 月 8 日于云南呈贡

重访英伦

行前瞩望

这是痛苦的，麻痹了的躯体里活着个骄傲的灵魂。这痛苦也许曾降到过每个临终易箦的人的心头，只是僵化了舌头，挡住了这心情的泄漏。一个国家的弥留却不是这样容易解脱。呻吟里有字句，挣扎里有节奏。当我读到丘吉尔先生富尔顿的演词，怎能不发生无限的迟暮之感。

我是爱慕英国的。两年的英伦寄居，结下了这私心的关切。在战云还没有密盖到这岛国的上空时，徘徊在汉姆斯坦高地的树林里，野草如茵，落叶飘过肩头，轻风里送来隔岗孩子们的笑声，有的是宁静。一个成熟了的文化给人的决不是慌张和热情，而是萧疏和体贴。我爱这种初秋的风光，树上挂着果子，地上敷着秋收。可是英国的成熟却令人感到太仓促了一些，使人想起古罗马的晚景，在蔚蓝的地中海上，竟成了一座蜃楼。为了我对英伦有这一点私衷，未免起这忧心，尤其是当我接到新近从那边的来信，描写着劫后的伦敦，繁华中的废墟，这样地不敢令人相信。历史太无情，岂是真的又要重演一次帝国的兴亡轨迹？

煤、铁、水筑成的帝国

英国人有他们足以自骄的过去。罗马帝国除了寿命之外，有哪一点可以和大英帝国相比呢？当世界第一次大战发生的时候，大英帝国拥有 1200 万平方里的领土，满布全球，42500 万的人口，占全人类的 1/4。罗马帝国在领土上只有它的 1/5，在人口上只有它的 1/4。永远没有落日的帝国在文化、经济、武力上支配着整个世界。这雄飞宇内的帝国实在是历史上的奇迹，它发迹得这样的迅速！ 300 年里长成的帝国竟如是的壮健，跋扈！ 300 年前的大西洋，这滋养培植大英帝国的波浪，是西班牙巨舰纵横出没之区。渔人，海盗，亡命者蚁集的岛国，靠了海峡的天险，才能苟延残喘于强邻的姑息之下。他们怎敢仰首伸眉，问鼎欧陆？可是历史却挑中了这三岛，这海岸线最长、煤藏最富的三岛竟成了一个新世纪的摇篮。

“我们的帝国是无意中产生的。”英国人喜欢说这句话。至少在早年这是不错的。帝国的母亲，女皇伊丽莎白少女时没有敢做过诞生这贵子的美梦。她犹豫再三，不敢拒绝西班牙菲利浦的求婚。拒绝，那将是英国的灾难；不拒绝，那将是英国的屈辱。菲利浦的缺乏耐心解救了她的难题。1588 年 7 月，历史转捩的日期，西班牙无敌舰队的 132 艘艨艟巨舰迫近了英国的海岸。这是一个谜，神风还是战士，击溃了这似乎是致命的打击？无论是出于什么原因，赔了夫人又折兵的西班牙白白地送出了一个永远收不回的礼物给这位帝国的母亲。海上霸权从此转移到英国手里，直到威尔斯亲王号在新加坡海外沉没为止，350 年的帝国历史！

我愿意相信这三个半世纪的帝国繁荣，并不是出于哪一个人的擘划。谁能预先布置下这两个前后媲美的女皇，一个统治了 45 年，一个统治了 64 年？伊丽莎白，维多利亚，两个名字加起来岂不就等于大英帝国？当然，一个神秘主义的历史家可以面对这些巧合附会着阴阳盛衰的道理，一个靠着水德的帝国缺不了女性的君主，但是，帝国的基础其实却在比较而言极为平凡的配合上：煤，铁和水。伊丽莎白在无意中得到了水上霸权，维多利亚也在无意中得到了利用煤铁的工业霸权。

维多利亚刚庆祝过她 18 岁的生日，很疲乏地一觉醒来，皇位正在轻轻地打她的房门。她披着软绸的睡衣接受了帝国的宝座。这是 1837 年 6 月 20 日清早 5 点钟。这时候，科学已经把实用的技术带到了人间；瓦特的蒸汽机（1765），倭克瑞脱的纺锤（1771），卡脱瑞脱的布机（1785），富尔顿的汽船（1807），斯蒂文生的火车（1814），都已经替工业革命预备下一切必需的条件。维多利亚女皇坐上皇位时，英国 12 哩的多灵顿到斯多克顿的铁路已经通车。在她 21 岁生日的时候，电报也发明了。她无意地接受了科学的礼物。这礼物也出于她意料地带给了她一个历史上最大的帝国。

科学的技术在铁和煤丰富的地区结成了工业。工业需要原料和市场。水上的来往是最便宜的运输，海外的原料从各处输入这 19 世纪的工业中心，工厂里制造出来的货物，又从水上运到了世界各地。贸易是帝国的主要活动，国旗跟着商业插上了羊毛产地的澳洲，棉花产地的印度，黄金产地的非洲海岸，水上霸权这时不只是帝国的光荣而且是帝国的财源了。谁能说英国不是在无意中产生了帝国？他们有意的是商业，无意的是帝国，可是从此帝国和商业又就分不了手。

帝国挡住了前程

19 世纪的中叶，英国的商船已经在军舰保护之下，驶入了世界每一个港口，在事实上帝国已经成熟，尽管有小英国主义的格兰斯东拒绝收生，还是延迟不了它的诞辰。1876 年春天，狄斯累利为英国购得苏伊士运河的翌年，又把印度女皇的冠冕加上了维多利亚的头上，似乎是无法逃避地走上了这命运已注定的路子。狄斯累利怎么不明白他给英国一个重大的担负，他又怎么不明白格兰斯东在耳边响亮的声音：“这样的帝国是必然会瓦解的。”他不能不向巴力门里为他欢呼的人说："你们有了一个新的世界，新的势力，也有了一个新的、也不可预知的目标和危险要你们应付……英国的女皇已成了东方最强的主权了。"欢呼的声音掩盖了危险两个字，英国多少青年的生命从此将埋葬在这两个字里。70年后，这危险却暴露了，而且竟是一个全人类要共同应付的危机。

格兰斯东所预言和狄斯累利所暗示的危机是什么呢？他们知道大英帝国的基础并不是健全的。煤、铁和技术并不能由英国独占，工业会在世界各地发生，会超过工业的老家；而且英国工业的原料和市场却又远在海外。生产原料和购买英货的人民大多并不是英国人，要保证原料的获得和市场的稳定，英国必须永远维持它的霸权，不但在海上不能有敌人，而且在海外要有武力去保护没有别人敢于争夺的原料和市场。换一句话说，大英帝国必须有殖民地的维持。赫斯克逊早就说了："英国是不能小的，她必须维持这样子，不然就没有她了。"

危险就在这里。维多利亚时代的膨胀是值得骄傲的，但是这却把英国置上了没有退路的绝地。它能永远占住水上的霸权，保持住殖民地，光荣是它的，不然，它就完了。这是每一个帝国的首相所不能或忘的格言。狄斯累利创造了这局面，麻烦了接着他当政的每一个首相。而且这局面也愈来愈严重，因为英国没有独占煤铁和技术的可能。科学没有国界。它抵触着英国的愿望，在世界各地兴起了工业。每一个工业国家的兴起，都成了大英帝国的威胁。这威胁造下了帝国维护者的备战心理。丘吉尔在1924年就明白地说："人类的故事是战争。除了简短的，朝不保夕的插曲，世界上从来就没有过和平；从历史开始以来，屠杀性的斗争是普遍的，而且是不会完结的。"

在这种无可退守的境地作战，英国自从获得霸权以来，从来不能容忍一个可能超过它的强权出现，当法国要抬头时，它立刻去扶持德国，当德国要抬头时立刻又去扶持法国。这种外交使欧洲永远处于分裂和萎弱的境地，英国的霸权才能确保不替。一直到1939年，这种基本的权力平衡还没有改变。可是以分裂，破坏，压制，残杀，战争来应付大英帝国的危险是消极性的，而且我们可以说是逆流的，是和人类文明的进步相抵触的。人类并不能以维多利亚宫廷的光辉为止境，这并不是文明的极点，亿万细民还在穷困、恐怖中喘息，人类还得使每一个人都能享受维多利亚宫廷里的华贵和风雅。这却不是大英帝国所能许诺的世界。我们不能不承认英国在人类文化中的伟大贡献，科学，技术，民主，风度，哪一件不成为19世纪以来人民的模范；但是，它若一定要站在世界的前排，不能容忍别人争光，它也就成为文明的绊脚石了。我自然不是说英国人的心胸这样狭小，英国人从个别来说是最能尊重别人，容忍别人的，可是他们为了帝国地位的安全，却又是“无意”地着着走上和他们风格不合的方向。每一个认真的英国人都避免不了这内心的矛盾，正如我一位很亲密的英国朋友所说：“谁喜欢在印度这样搞下去？可是我们怎样脱手呢？”

另一新世纪在等待你

翻出这两次世界大战的历史来重念一遍，我尽管爱慕英国，也不能饶赦英国。英国人眼中似乎只有帝国的安全而忘了还有世界的和平，握有盟主地位的国家把世界和平放到了帝国安全的下面，战争是绝难避免的。英国在欧洲以德制法，以法制德的结果，发生了这两次差一点毁灭了人类文化的恶战。英国在两次战争中得到些什么呢？战争并不能解决帝国的基本矛盾，只加深了格兰斯东所预言的危机，在殖民地基础上的帝国是总会瓦解的。

第一次大战结束，大英帝国并没击溃威胁它的新兴工业势力，相反地却促成了东西两个新兴工业国家，美国和苏联。美国的不景气和苏联的被冻结，固然暂时缓和了当时的严重冲突，但是，第二次大战中，这两个工业国家的潜力却表现得使英国战栗了。何况，战术的发达，水上的霸权，并不足以保卫岛国本部工业的安全。空中降下的破坏使海峡的天险失其效用。英国在第二次大战中工业设备的破坏是致命的。它是以世界工业中心的地位起家的，现在这帝国最主要的本钱却丧失了。工业的基础已经由煤和铁转变到了汽油和化学品，武力的基础已从水陆平面转到了立体空间。这转变使大英帝国的基础翻了身。科学和工业造成了大英帝国，也是科学和工业使大英帝国式微和没落。

人是会被过去的光荣所迷惑的。承认丑恶的现实需要勇气，而这勇气却不是被过去光荣所迷惑的人所容易得到的。过去的半年里我在等待英国人民的觉悟，可是传来的消息却常常相反。英国的安全，现状的维持，还是他们不易的政治课题，而且，题解的方程式却还是那传统的分裂，牵制，压迫和战争。这方程式已使人类濒于危境，继续使用下去，除了毁灭还会有什么呢？

若是英国还是在旧公式里看世界，它怎能不觉得前门送狼，后门迎虎呢？隔着大西洋的美国，工业的膨胀已完全压倒了英国，而且超越的距离又这样远，英国实在已望尘莫及。所幸的，英美之间还有血浓于水的传统；美国的势力也还没有伸入帝国心脏的地中海和印度洋。两国正面冲突在短期内不易发生，但是经济上的矛盾虽则潜在却并不轻浅，这次美国对英国的借款中已充分表示了这矛盾在作祟。

大英帝国直接的威胁来自另一新兴的工业国家。这国家不但毗邻于地中海的生命线，而且具有煽动殖民地反抗的魔力，那就是苏联。今后工业和武力的血液是汽油。大英帝国的油库却在中东，正处在苏联的门口。苏联在另一种经济制度中工业发展的速率是惊人的。在10年之后，没有人可以预料它的生产力会达到什么程度，而且，它发展工业的原料，靠了它广阔的领域，竟可以大部分自足自给。这个新兴的工业国家若容它发展，无疑地将是大英帝国无法收拾的竞争者，也可能是帝国瓦解的执行者。若是要维持“英国是不能小的”的话，这个帝国心脏里的刺自得及早拔除。丘吉尔的使命就在这里。

丘吉尔和他的承继者做着一件劳而无功的苦差。拔除了法国，产生了更强的德国；拔除了德国，产生了可能更强的苏联。即使拔除了苏联，谁知道不会又产生一个比苏联更强的国家呢？这不是办法。英国并没有做战争制造者的必要，只要它在另一逻辑里打算他们的前途。

我是爱慕英国的。我也相信英国人民有着他们卓拔的才能。我永远在盼望他们的才能不必在战争里求表现，而在人类共同的幸福上谋发展。同时，我不但希望而且相信，这转变方向的时机已经成熟，只要英国人有自信，他们的光荣不必建立在武力上。

英国所需要的是原料和市场的稳定，英国的生命线不是在哪一个交通线，而是在能自由运输的商业。商业本是买者和卖者双方有利的事。有无的交换，本是应该以和平为前提，同时也是和平的保证。英国不幸在早年的贸易上发生了殖民地制度，结果把商业和武力混在一起，一若没有殖民地的支配权就会不能和其他工业国家相竞争。这在目前也许是事实，可是这事实的发生却是在英国用特权来保障了工商业，使工商业不必在技术的改进上求稳定，于是结果反而阻碍了技术的发展。没有特权就会丧失市场，造下了饮鸩止渴的悲惨局面。特权是会使人中毒的。要得到新生，毒素必须取消。

在这个时候放弃特权，可能是艰苦的，尤其是他们的工业方经战争的破坏。但是这特权又怎能和平地维持得下去呢？若是妄想从另一次战争中去求出路，那时，即使再度胜利，处境必然比目前更为困难。英国人民必须下定决心，就在这个时候放弃特权。

英国若是放弃了以武力来维持的贸易特权，他们必然是主张国际和平的重要力量。他们岛国的环境规定了他们得在制造业中求经济的繁荣；他们因之必须从国际组织中谋原料的公平分配，以国际力量求贸易的自由，所以成了国际组织的热忱维护者。他们也因之可以成为另一新世纪的柱石。英国的光荣不在地图上而是在历史上。他们既已领导人类进入过一个新世纪，为什么要轻易放弃另一个新世纪里的主角地位呢?

英国人民是有远见的，即使迷惑一时，必能及时看到他们新的使命。我为了私情的依恋，更使我不能不这样寄托我的希望。帝国的结束不是英国的屈辱，而是英国光荣的再造。英国的雄心不要再在已麻痹了的躯体中去磨折那骄傲的灵魂罢！解脱了这陈旧的躯体，还有个晴朗的天地任你翱翔。

1946年4月5日

途 中

欧太太的烦躁

“护照，护照，海关，海关……”欧太太遏制不住她烦躁的心情，带着诅咒的口吻，把她疲乏的身体斜倒在机场休息室里的沙发上。穿着便服的一个海关职员并没有注意到她不耐烦的表情(叫他怎么会注意得到呢，除了这种面貌他在这里会见到些什么其他的表情)，机械地递给她一张油印的通知，用法国口音的英文，说着他一天不知道要说过多少遍的习惯语：“赶快去报告你带了多少外国货币。”欧老太太失去了原有的礼貌，把这通知，当着那位职员的面，向手边的小桌上用劲一抛：“上帝，我受不了这些了。”那位职员一点也不见怪，不怒，不笑，移转到另一个旅客的面前。

我自然很同情欧老太太。我们是半夜2点钟在开罗的旅馆里被叫醒的。为了护照，海关，一直到天亮才起飞。旅客们已经不高兴，若是5点钟飞，为什么要剥夺我们两个多钟头的好梦(睡觉在长距离空程旅行中真是分外甜香)？到了马赛，太阳还没有下山，多少对法国怀着幻想的人，很想在这南欧的晚秋有个闲散的黄昏，甚至像电影里一般逢些奇遇。尤其是那些在热带的沙地和丛林里告假还乡的兵士们，带着一说起法国就会吃吃嬉笑的渴望，被护照和海关耽搁在休息室里，确是件很为难人的无聊事。夜幕在海面上下降，这恬静的晚景对这些不耐烦的旅客是无关的。

到旅馆吃完夜饭，已经8点。欧老太太特别放大了嗓子和伙计说："对不起，没有小账，你们政府不给我换钱。"这一晚她连酒都没有喝，气愤愤地回房了。10多小时的飞行，5小时以上的耽搁在海关上，怎能使她对马赛有一丝好感呢？

马赛是我们在路上第四个歇夜处，也是最后一个。疲乏和烦躁已经超过了一个普通旅客可以忍耐的极限。退任回家的香港警察局长，那位富于幽默的老先生，偷偷地问我："你还有勇气从空中飞回去么？"我摇了摇头，等一等接着说："若是孩子们等我过圣诞节的话，没有勇气的人，也会上机的。不是吗？明天你到家了，圣诞节还有好几天哩！"他笑了。他看了欧老太太一眼："假若你觉得路上太寂寞的话，回去时坐在这位太太旁边就是了。2月初，你准会在这原机上听她说再也不坐飞机的话。"

不错的。人是无法拒绝这种新的工具，不论这新的工具带给人的是烦躁还是满足。

是时代所带来的

世界上哪一个角里找不到欧太太的烦躁？

没有人想和欧太太作对。这点我很愿意保证。欧太太有事要早一点从远东到西欧，两个月里打个来回。几十年前是个幻想，现在已是事实。再急一些，一星期来回也做得到。看了试验火箭的新闻片后，谁也不敢说，不久以后，广寒宫的摄影不会列入旅行社的窗饰里招揽游客。自从原子能被利用了来做武器，没有人可以对于这"无穷可能"的人类文化再作会停留在某种阶段上的预言了。不是上天，就是入地。繁荣和毁灭之外似乎已没有其他选择。就难易说，入地有捷径，上天却无便道。我曾听过BBC念John Hersey所著的《广岛纪实》。入地的捷径在这里描写得清清楚楚。一个城市怎样在刹那之间化为灰烬。可是一说到上天，这历程的艰难，已使每一个魂灵在战栗。欧太太的烦躁不过是微之又微的一端而已。

我很想安慰欧太太，所以曾这样说：“我们是坐了飞机在为海运所组成的机构里穿行，怎能不发生无谓的摩擦。”欧太太是有礼貌的，很轻快地能用微笑来原谅我因语言的困难所说出她所不太能了解的话。她的微笑每每使我不很舒服，我感觉到人和人间个别习惯所树下的障碍，也许就是这类障碍在阻挡着人类的上天之门。

“欧太太，你是什么时候去香港的？”我补充地问她。

“20 多年了，那时我是最喜欢旅行的。我曾回国过好几次……”她有一点感伤。我知道她丈夫是死在日本集中营里的，旧事重提，徒然使她眼睛潮润，所以赶快打岔：“那时护照、海关不会这样麻烦人吧。”

回忆使她诧异，护照，海关，似乎在战后才引起她的厌恶。“不，不这样麻烦。坐了几天船，船靠了岸，到了一个新码头。停上一两天，一路玩玩，买些土产，海关上的人也客气得多，好像一下就弄好了。我们不带东西上岸，海关上只看看护照，打一个橡皮章子。至少我不太觉得这是件令人厌恶的无聊事。”她沉默了，也许她感觉到人事已非，心情难复。或是她又想到了上一天和我所说的：战争是疾病，病后的世界，人心已经和以往不同。可是她至少已同意，护照，海关，这一套入境手续是由来已久，但是从来没有像这次旅行一般引起过她如是的厌恶。这套手续的麻烦似乎并不是在它的本身，除了新添的那些关于兑款的节目，重要的关键是在飞机。飞机速率使旅程所需的时间缩短了。海运时代一星期才穿过一道国境，现在一天可以穿过好几道。以前偶然遇着不讨人喜欢的面孔，现在一天要碰上好几次。以前可以用时间来冲淡的烦躁，现在却被飞机的速度所累积了。以前受得了，或是可以耐得住的，现在却成了不易承受的了。以前隐藏的，现在显著了。时代在前进。

“欧太太，你觉得入境手续是多余的么？”

她想了一想：“也不能这样说，除非没有国界。”

“你以为这是可能的么？”

“我没有想过。”

“那么，旅行的麻烦是注定的了。”

欧老太太是现实的，并没有幻想过遥远的可能性。遥远，在她是曾这样觉得的，但是飞机的速率已经把这距离缩短了。因之她在现实经验中已初次遭遇了国界的麻烦。不论这是不是免不了的。她确是没有想过这问题，可是现在已不能说这是个不必想的问题了。

确是不太合理

天下一家，以前是一个理想，现在却成了一种需要，也可以说是空运时代人类生存的必要条件了。这个理想变成一种需要，原是威尔基先生在空中旅行之后才定型的。也许这句口号在我们传统的理想中太熟习，所以对我们并没有什么特别的刺激。我们可以觉得这不过是老生常谈。可是在西方的传统中，这却不然。现代的新秩序是诞生在四海一体的中古观念的否定中。列国的成立是新秩序的基础。主权的神圣，是带着宗教色彩的政治观念。第一次世界大战结束时所标榜的主义不就是民族国家的独立么？这主义最明切的表现是捷克的立国，马萨立克能在海外建国，看来像是奇迹，其实不过是这基本政治观念的具体化罢了。只有 20 年，世界确实变得快，高速的交通工具已动摇了根据这国家主权观念所建成的政治体系。

当然，天下一家，在很多人眼中还不过是一种好听的理想，可是让我们现实些，看看日常的问题，也许不难承认否定这基本概念的人是无法解脱日益加重的烦躁的。欧老太太不过是其中很小的一分子。

欧老太太是经商的。为了她要想在香港做生意，所以要坐了飞机到伦敦来订货。她心情在上飞机时已经不太好。为的是美国选举结果可能影响她的计划。有一天无意中我们谈起了美国选举的事。她很带感情地说:“美国共和党得了势可不得了。这些孩子们简直胡闹。”原因很清楚。共和党上了台，美国统制政策会放弃，物价会高涨，英国向美国的借款因之要打折扣，英国靠美国供给的货物要减少，尤其是农产品，英国会更缺少，于是英国在进出口方面一定要另做打算，根据选举前所计划下的方案不能不重新考虑，欧老太太的生意也受了影响。在她的口气里听上去，美国选举结果于她一定是不利的。

“不合理！”欧老太太自言自语。

“这有什么不合理呢？美国人的事美国人去决定。”警察局长在旁插了一句。

“当然，我又没有法子去投票。美国孩子们发脾气，赔本的却是我们。”欧老太太似乎很委屈。“我们没有投票呀！”

这两位都是标准的英国人。他们认为凡是有关于自己利益的事，一定要有争取的权利。这是英国民主的第一课。他们承认社会上利益是并不一致的。但是在决定一项有关于众人之事的政策时，不同的利益都得有机会发表意见。在选举票柜里称一称，谁票子多。这样，受损失的人才甘心。若是有一个集团不经过这个手续，硬要剥夺另外一个集团的利益，他们是不肯领受的。没有投票，没有责任。但是现在的英国人开始感受到一种外来的力量，这力量会决定他们的生活，而他们对这力量却并没有直接去左右的办法。这里有着一条国界，美国的选举是美国人的事。民主关在界线里，造下了这确乎不太合理的国际关系。这界线不但使喜欢旅行的欧老太太感觉烦躁，而且可以使她全盘丧失这次旅行的意义。曾经用来保护可以自足的单位的界线，进入了这个时代，却成了弱者的束缚。

我在马赛旅馆食堂里，望着欧老太太匆匆离座的背影，也感觉到了难受的烦躁。我冒着晚凉，出门溜达。人行道上堆满了黄叶。人影稀少，连咖啡馆里都寂然无声。无疑的，旅途里的烦躁将一直带到阔别8年的英伦了。我愀然回来，时已午夜。

1946年12月1日寄自伦敦芦叶寨

拉斯基教授没有败诉

伦敦经济政治学院四楼学生休息室到饭堂的走廊里，这天人特别拥挤。围着一个桌子，多少青年学生，很愤慨地在谈论。我挤进人群，一看，桌子上有一只匣子，匣子里有钞票，有银角子。匣子旁，用条椅子垫高了，贴着一张白纸，纸上写着 Laski Fund（拉斯基捐款）。耳边只听见“这真岂有此理，不公平”。

在前一天晚报上有着大字标题：“拉斯基教授败诉，诉讼费15000镑。”学生情绪的激动和桌上的捐款，显然是为这件事发生的。

报纸造谣

去年6月20日纽淮克一张报上有下面一段关于拉斯基教授为工党竞选演说的报道：

> 暴力革命
>
> 拉斯基教授的答复
>
> 星期六纽淮克市场上，拉斯基教授演说时，他和戴先生有生动的对话。戴先生诘难拉斯基教授说：“你为什么在战时公开地主张暴力革命？”拉斯基回答说，若是劳工不能在共同同意的方式中得到所必需的改革，“我们只有用暴力，即使是革命，亦在所不惜……英国必须改革，若是不能在同意中做到，只有用暴力了。从这位诘难我的先生的火气看，当暴力革命发生，他正是最自然的对象之一”。

那几天拉斯基教授到处为工党演说，保守党的报纸尽力地在找题目攻击他。这段新闻一发表，对于工党的地位很有影响。英国的传统是厌恶暴力的。他们最骄傲的是能用语言代替枪炮。若是当时的工党的执委会主席公开威胁选民说：你们不选我们，我们要革命了。英国人民的反应必然是"岂有此理"。于是保守党就有办法了。在大选的时候谁敢得罪选民？所以拉斯基教授立刻否认他曾说过《纽淮克报》上所记载的话。非但否认，而且认为这歪曲的报道是诽谤他。若是主张暴力革命而且公开煽动群众是有罪的，《纽淮克报》有意要加罪于他，他就以诽谤罪向法庭起诉。这案子到最近才开审。

在我们看来也许会觉得这是小题大做，但是在英国这确是个大题目。第一，这是一个富于政治性的问题。在用舆论，用选举票决定政权的民主国家，政党的立场必须明白清楚。工党是并不主张暴力革命的，这一点决不能给人民一毫误解。拉斯基教授是工党的台柱，他的政治主张不但是有关他自己的地位和名望，而且有关工党的前途。第二，也许更重要的，这是有关英国言论自由的基础，言论机关的信用。在以舆论来左右政治的国家，影响舆论的言论机关必须有最起码的道德，就是不造谣。若是所有报纸大家有造谣的自由，所谓"宣传攻势"，舆论将无所适从，将把民主政治从根翻起。为了要保障能以选举票代替枪炮来决定政治的民主基础，对于报纸造谣一事是绝不能轻易放过的。拉斯基教授既然没有说主张暴力革命，就该依法起诉了。

政治与司法

这案子一起诉，就引起了一般的注意，认为这是对现行司法制度的一个试验。第一，是试验司法是否独立，或是司法是否超越政治。这案子是发生在竞选之中。这是保守党想在舆论上打击工党时所采取战略上发生的案子，而且这案子很可以利用来影响人民对两党的看法。譬如说，若是在法庭上证明了拉斯基的确是主张暴力革命的，则不喜欢以暴力来革命的人就会厌恶工党了。这不是说案子本来是可以作为竞选活动了么？第二，另一方面看，现在执政的是工党，工党在这案子上是否会利用他们执政的地位去影响司法？

在这背景里，法官的处境是相当为难的。所以首席法官公开在庭上说："在一个富于政治意味的案子里，法官是最为难的，因为法官的责任是要不存有和不表示政治见解的。"可是英国司法制度却不能拒绝这一个试验。

法官的为难在英国司法制度中并不太严重，原因是为了要防止政治干涉司法，英国人民早就立下了很多预防的办法。在英国的历史上曾经因为那时的皇帝利用司法机构侵犯人民的权利，人民已在12世纪的时候确立了陪审制。盎格鲁—萨克逊民族似乎是天生猜疑权力的：在他们看来，不管好人还是坏人，一旦握有权力，同样会被权力中毒，侵犯人民权利。所以不但治理人民的法律必须得到人民的批准，而且在引用法律来拘束个人时，人民也得参加。于是发生了陪审制。

陪审制的原则是这样：法官只负责法律问题，事实问题由陪审官负责。举一个例：我们若捉到了一个小偷，他究竟有没有偷东西，那是事实问题。偷了之后应当依法受到什么样的处分，那才是法律问题。在我们中国这两个问题都由法官决定。在英国，这两个问题是分清楚的。陪审官先决定了那个小偷确是偷了东西，然后由法官宣判他犯什么罪，关几天，罚多少钱等等。

陪审官是从人民中挑选出来的。事实上不能不限制陪审官的数目和资格。审判一件案子时普通的陪审官是12个人，在有资格做陪审官的公民中随意挑出来，目的是在得到对于这案子没有偏见的人可以公平地听审原告和被告双方的意见。要达到没有偏见的程度，关键是在陪审官的选择上。关于这一点已经有了避讳和要求撤换的办法。但是陪审官的资格上还是有问题。在英国，陪审官资格的规定是：年龄在21至60之间，有房屋或土地的财产，所住的房屋须每年纳税20镑之上（伦敦的资格定得较高）。另外还有一种特别陪审官，所需资格是：绅士，有学位的人，银行家或商家，住所纳税每年在100镑之上等。原告或被告可以申请要求特别陪审官陪审，换一句话说，可以要求更有地位和更有钱的人来做陪审官。

我们自然应当承认陪审官资格必须加以限制，我们也可以承认有钱的人教育程度高，不容易受物质上的引诱等等，而且依以往的经验讲，这些资格规定的结果确是利多弊少，而且经济情况困难的人也担负不起这无偿的公民义务。说老实话，没有人愿意多事的，何况是白赔精神又费时间的事，结果还要得罪人？因此，关于资格问题并没有受过太大的批评。

还有一点我们应当知道的是，在英国，打官司是件费钱的事。为了二三十镑的债务可以费去几百镑甚至几千镑的律师费和诉讼费。普通人没有这本钱去上法庭起诉。因为这个经济的原因，穷人避之惟恐不及，打官司的大多是富人，所以更谈不到请穷人来陪审富人们的官司了。

发生问题是从拉斯基的案子开始。

辩论和定谳

11月27日是拉斯基教授自己受被告律师询问的日子。拉斯基教授的口才是素来有名的，他的对手是著名皇家律师彼屈立克海斯丁爵士，这场辩论自然是英国历史上少有的精彩节目了。

被告律师把拉斯基教授所著的书大概都逐句读过了（不知费了多少时间），他摘录很多句子，想来证明拉斯基确是主张暴力革命。他念了一段之后，就问拉斯基说：“你意思是说要叫资本家让步是不可能的么？”他要拉斯基说声“是”。一说是，他就可以说：拉斯基一面说资本家不让步，劳工会用暴力，另一方面说，资本家决不会让步。两句话一加起来，拉斯基是在说：劳工一定要用暴力了。可是拉斯基明白这圈套，所以向法官说：“我是不是应该在断章断句之前说是或否，还是应当向陪审官解释我整篇的意义？”这一问使法官很为难，他只能回答说："我想你是有权利解释的，但是我不想把这案子变成个社会主义的讨论。"其实，即使拉斯基把法庭变成了教室，我也很怀疑这些陪审官会在几十分钟里弄得明白拉斯基一生的政治学说。所以，拉斯基只能很简短地说："我的看法是，社会和平的维持和暴力的避免是社会所应当趋向的最重要的目标之一。这是我加入工党而不加入共产党的原因。"这句话陪审官应该是听得很清楚的了，可是大概还是太深奥。

这两位舌客愈迫愈紧。

律师："在社会主义政党里也有特权的人物的么？"——这是讽刺工党的话。

拉："当然，爵士，当你加入社会主义政党的时候……"

律师："不要粗鲁！"打住了拉斯基的答语。

拉："这是在这世界上我所愿意做的事中最后的一桩。"

律师："也许要你客气是困难的，但是不要粗鲁。你对每一个人都不讲礼貌的，不是么？"

拉："我想并不如此。"

这位爵士拿了那本《当前革命的检讨》，问说："这本书的基本论调不是说在战争进行中是有机会实行同意的革命的，但是到战争一结束，这机会就丧失了么？"发问的目的还是我在上面所说的，要拉斯基说在英国只有用暴力革命才能达到社会主义。

拉："减少了。"

律师："我说：丧失了。"

拉："我说：减少了。"

律师："你不接受丧失两字么？"

拉："不接受。我说减少了。"

拉斯基教授并不认为在社会的改革中暴力是必须的，但是他并不否认暴力革命的可能。他像其他的英国人一般希望政治中没有暴力这成分。他和其他人不同的是在他看来，若是资本主义的国家不自力更新，在和平的同意方式中求社会主义的实现，暴力革命可能不易避免，所以他要求资本家顾全大局，自己退让。他说得很清楚，英国政治的特点，就在握有特权的人能在革命前夕自动放弃特权。他所主张的是：现在社会主义已不能避免，希望不必发生暴力革命。念得懂他书的人，决不会误解他的一片婆心，主张和平。但是被告律师却断章取义，使没有念和不懂拉斯基著作的陪审官有一个印象，他是主张暴力革命的人。

拉斯基教授一定忘记了听众并不是他的学生，经一阵辩论之后，他冷冷地说："这是诊断，不是警告。"在这些陪审官看来，这两个名词有什么不同呢？

拉斯基教授败诉了。陪审官在20分钟之内回答法官说：《纽淮克报》所载是正确的，于是这和事实不合的记载被断为不是谣言了。拉斯基教授非但不能得到诽谤的赔偿，而且要付1.5万镑的律师费和诉讼费。

法官在陪审官定谳之前声明了几点：他认为在竞选中报道演说是报纸对于国家的责任，在热烈的辩驳里感情激动和有意气的话是难免的。而且他说，"诘难是有趣的，对此我自己也并不是外行。"他知道在争着发言的情形中，记录是困难的，但是并不应因之歪曲事实，记载演说的人没有说的话。至于拉斯基教授在书里用暴力用革命等字眼和讨论这问题，那是他当政治学教授的责任。就是他说了像报上所记的话，也并不能说他煽动或是危害社会安全，他说："法庭不知道陪审官的政治意见，这是对的。但是大家得记住：无惧地和有力地说出他所喜欢说的话是英国人的权利。不论他们（陪审官）怎样不喜欢一个人的意见，不论这意见怎样和群众或政府不合，这意见决不应构成这人唆使的罪名。"这说明了拉斯基教授败诉并不是拉斯基教授言论的不当，只是说《纽淮克报》并没有诽谤之罪罢了。

改良司法制度的要求

伦敦的报纸天天把辩论的详情发表。除了12个陪审官外，有着无数的人在庭外“听审”。从所发表的辩论来说，被告并没有提出充足的证据可以使庭外的听审者感觉到拉斯基教授的确在演讲中说出了报上所记的话。这是伦大的学生议论哗然、感情激昂的原因。根据大多学生们的看法，这个对司法制度的试验，证明了英国的司法制度还是受政治的影响。这影响并不是出于政府的压迫，工党政府始终没有对这案子表示过一丝意见；而是出于陪审官的资格，使有钱的人左右了司法。让我补充一点，拉斯基的案子是应被告要求由特别陪审官陪审的。特别陪审官的资格是住所纳税每年要在100镑之上，那是属于上中层阶级的人，是保守党的后台。

以往陪审制度的确已把私人间偏护的因子尽可能消除了，但是因为陪审官资格的财产规定却把阶级间的偏见注入了。在这个案子里，这弊病暴露得十分清楚。

拉斯基教授的败诉引起了英国人民对于现行司法制度的检讨。依12月6日《标准晚报》的报道，英国政府已决定组织调查委员会研究这个问题了。他们将对陪审官的资格，尤其是特别陪审官的资格，加以检讨，是否会影响陪审制所要达到的公平原则。很可能会提出修改的办法来给国会去立法。

修改司法制度是拉斯基教授败诉的可能收获。他的名字可能在英国司法制度史上占一个光荣的地位，但是这位穷教授当前的问题却是怎样去交付那笔惊人的诉讼费和律师费。他即使每星期写一本书，也不能在短期内还清这笔债务。工党能替他付么？可能性并不大，因为工党不会愿意直接参预这件案子。他们是在朝党，多少要避一点讳。于是有拉斯基捐款发生了。同情拉斯基教授的人，捐钱帮助他清理这笔冤枉钱。这办法不但在经济上替拉斯基教授解决了困难，而且是对现行司法制度一个有力的控诉。舆论的表示也可以促成司法制度的改良。

看着到食堂去的廊上学生的情绪和桌上的捐款，我觉得拉斯基教授实在并没有败诉。

1946 年 12 月 8 日寄自伦敦芦叶寨

英雄和特权

3 日下午 4 时，我在国家艺术馆的前廊里等候一位朋友。前廊面对屈拉法尔加方场。方场中间高耸着一个华表，周围伏着四只铜狮。我跟着华表举眼上望，表顶站着一个戎装的铜像。8 年前我常经过这伦敦中区的胜地，但是似乎没有注意过顶上的铜像；我眼睛停住在这上边，自笑过去的粗鲁和匆忙。旅行是应当先读卷历史的。

这是海上英雄纳尔逊的铜像，屈拉法尔加是他最后一次击败拿破仑法西联合舰队的地方。为了纪念这奠定英国百年海权的大功，在这一面通皇宫，一面通巴力门（英国国会）的方场上筑此纪念华表，把这次海战中的巨炮熔铸成四只雄狮，匍伏在这华表周围。

当我在意味这一代英雄的威望，百年帝国的雄姿，再想到当前英国的处境，海权的萎缩，不免感到“而今安在”的喟叹时，久等的朋友在背后拍着我说：

“纳尔逊的时代是过去了。”

我愕然。

“不是么？”他指着东面的白屋街底，“在街那头，正在讨论要停发纳尔逊的恩俸。这是工党的得意之作。”

巴力门里

3 时 41 分，财长唐尔登在下院站起动议，屈拉法尔加财产案两读。

他说："这是项很短和很简单的案件。但是我在报告这法案的内容前不能不说几句有关这案历史和感情背景的话。这是件英国历史上富于感情的事迹。有位著名的史家曾说，纳尔逊天才的英姿带来了不列颠水上的英雄时代，安定了帝国威震全球的海权。这伟大、勇敢的水手能屡次睁着眼睛面对危险的降临。他三次大捷，尼罗河之捷，哥本哈根之捷，屈拉法尔加之捷，奠定了英国海军无敌的传统，一直经过19世纪，到两次击败德国后的今日，永维不坠。纳尔逊挫败了拿破仑征服三岛的雄心，和现在我们的三军挫败希特勒同样的雄心前后媲美。回观往事，我想我们能说纳尔逊胜利的收获实在远甚于拿破仑。

"1805年10月21日，胜利在望的顷刻间，他死在'胜利'舰船底的伤兵室里。他的水手把他安放在格兰威的'画堂'里，唱着哀歌：

'让这躯体埋葬在和平里，但是他的名字将长久地活着。'

'千古悠悠，没有减弱这光辉，变改这荣耀，不朽的英雄。'

"今天下午的讨论是有关于1806年的法案（纳尔逊恩俸法案）。我不知道这百世难见的英雄对这原案会有什么感想！这法案并没有实现他的遗嘱。他临终时的过虑，在他极大的痛苦中所念念不忘的，不是他的弟弟（在这法案中得到恩俸的人），而是他所爱的一位女士，和这位女士所生的女儿。在那天可纪念的胜利日的早晨11时，纳尔逊悄然回到他的案头，发布应战的命令。有一个水兵把哈密尔顿太太的画像从壁上取了下来，纳尔逊向他说'小心这天使，我的护神'。他在那时写下了他的遗嘱：10月20日，1805年，当法西联合舰队已经在望，敌我相距10浬的时候……我将遗下爱眉，哈密尔顿太太，托付给我的皇上和国家，相信他们会给她充足的供给以维持她的地位。我也将把我的义女华瑞夏托付国家。这是我在这即将献身之顷，对于皇上和国家惟一的请求。

"他在案头和这遗嘱一同留着的是两封信，一封是给爱眉，一封是给华瑞夏。"

永远不缺乏诗情雄辩的巴力门里，又一度振荡着历史的爱慕和遗恨。财长唐尔登趁这感情的高潮，轻轻一转，他念了一段史书的记载，似乎为这不朽的英雄申诉不平，因为他的遗嘱并没有遵守。这西方的虞姬在英雄死后，潦倒一生，客死异乡。她的坟地曾被用作堆放木材的场所。她的爱女，纳尔逊的骨肉，下嫁平民，湮没无闻，死而无后，真是一片凄凉。英国皇上和人民为什么这样薄情呢？不是的。国家从1806年起每年付出纳尔逊恩俸5000镑，还有几百亩的地产和宏大的广厦赏给这英雄的后裔。纳尔逊除了这华瑞夏外并没有子息，而这女孩却又是法外的收获，所以继承这厚恩的却是个平庸无能，不相干的弟弟。

唐尔登请求国会在现有继承人死后把这恩俸取消，把地产收归海军部。这并不是说纳尔逊的功绩已被遗忘，这点现任财长很小心地一再申述，只是要使纳税人民所有的负担得到最大的代价。他建议这笔钱将用在实际能发扬纳尔逊精神的事业上。

合理的成了不合理

巴力门内几百议员费了整个下午，热烈辩论这只有5000镑一年的账目，岂是表明这帝国的匮乏，门第的破落么？不是的。英国可以费几十万镑向各国去聘请学者来观光，绝不会吝啬这5000英镑的恩俸。岂是英国厌恶战事，想把这争霸的偶像打倒，另立英雄的标准么？不是的。英国虽则并没有像美国一般把胜利将军捧到天上，横行一世，但是对蒙哥马利的敬慕还是超过罗素和拉斯基。他们在这5000镑的恩俸上大做文章是为什么呢？在我看来这是日渐雄厚的平民势力在向传统的特权阶级挑战的号角，同时也反映出英国在这次战争中基本态度上发生的转变。以前认为合理的，现在被认为不合理了。在纳尔逊的故事里，现在的政府找到了很可以借口的把柄，反对党的议员看得很明白，所以紧接着财长的声明立刻指出：“这不是政府收支的问题，而是原则的问题。”

以前认为合理而现在认为不合理的第一项是为什么哈密尔顿太太得不到恩俸？在巴力门里公开地提到这名字是空前的。英国绅士们会觉得唐突无稽。这个不体面的女人！这种名字只能在小说上看到，历史上不该有份。她是谁呢？下面是她的简史：

爱眉是个铁匠的女儿，出身微贱，在乡下当保姆、婢仆之流。年方二八的时候，她出现于伦敦街头，行为暧昧，姿色可人，结果是做了一个弃儿的母亲。丽质难掩，又入侍某放荡的男爵。在她刚要生第二个孩子时，被男爵的家人逐出。可是在这豪门居住时，曾获识了个冷矜自负的青年，格兰维尔。爱眉却一见倾心，愿托终身。一旦被逐，就投奔格氏。格氏在伦敦辟屋藏娇，教以歌舞。在这个时候，她和画家隆乃相值，惊为绝代美人，替她绘像，至今留传。想起来，爱眉之美确是没有疑问的。可是自持颇甚的格氏，明白此娇难藏，供奉不易，所以假装游历，把她引到意大利，交给了他舅父哈密尔顿爵士，当时的驻意大使，自己却溜了。爱眉只能在老绅士前强颜承欢，逐渐由姬妾而成为夫人。芳名日高，出入宫廷，飞上枝头变作了凤凰。1798 年，爱眉 37 岁，徐娘风韵之时，在大使馆接见刚从尼罗河凯旋回来的英雄纳尔逊。

正像是一回小说，英雄传记里缺不了美人。当爱眉一见这英名远播的海上枭将，在一刹那间，她昏倒在纳尔逊的臂上。没有人知道这是否系爱眉的装作，但是这一倒，却结下了一段英国绅士们心里羡慕、口上难言的姻缘。在这次巴力门的辩论中，剑桥大学的议员还带着半同情半惋惜的口吻说："纳尔逊在哥本哈根战役中曾以一眼不明，漠视战令，难怪他对这位太太既不少又难隐的弱点熟视无睹。"在"既不少又难隐"的弱点中，也包括着爱眉已在肥胖中遗失的妖娆。但是我不明白的是，为什么中西无别，这项体格上的弱点，并不会阻挡历史佳话的发展。

两年后爱眉成了第三个孩子的母亲，惟一她可以自己抚育的孩子，就是华瑞夏。她虽则名字里有哈密尔顿，但是体格和面貌却泄露她真正的父亲，在名义上只是她的义父，纳尔逊。英国的绅士绝不吝啬他的宽容和体面。驻意大使和海上枭将始终维持着亲密的友谊。三个人时常在一起往来于欧陆。又二年，哈密尔顿爵士握着爱妻和良友的手，微笑而逝。

纳尔逊和他爱人同回伦敦，这一对没有名门底子的人物，很客气地被排斥在宫廷和上流社会之外。虚伪和架子本是维多利亚朝的遗风。阶级之分，尊卑之别，阻挡着社会的往来。英国统治阶级若是有长处的话，必然是他们当国家危急的时候可以退让一下。为了帝国，他们不能不起用这不太重视礼教的纳尔逊。纳尔逊在完成他的任务时，死了。他也明白，他对付法西联合舰队是有把握的，他所没有把握去应付的是这根深蒂固的英国传统。他念念不忘鼓励他，给他勇气的天使，他的护神，爱眉。他近于哀求的，想以他保护帝国的功绩来换取他爱人和爱女的前途。可是，这一个要价却太高了。纳尔逊漠视战令，可以原谅，但是漠视传统却不能宽容。他的遗嘱不加考虑地被独身的庇得一手压住，至今已 141 年。爱眉在纳尔逊死后，失去了整个上流社会的同情，被迫着走向赌窟。美人迟暮，抱恨终天，对现实既不能积极的反抗，只有消极的放纵。这更增加了上流绅士的奚落。爱眉负债累累，1813 年被拘入狱。后来逃狱去法，客死异地。

这是传统的英国所认为合理的结束。一个乡间的少女，依她的美貌可以被爵士们玩弄一时，若是忘本妄求，就该受到残酷的教训。对国家的功绩尽管大，变不了这传统的逻辑。

这传统经历了多少世纪，一直到这次大战的结束，才发生动摇。一个社会的真正改革，不在换个国旗，也不在换个宪法，而是在每个人的心上，以前认为合理的被认为不合理了。纳尔逊死了 141 年，没有人想到过这位英雄在地下死未瞑目。高大的华表，雄壮的铜狮，丰厚的恩俸，一切面子都给他了，但是他在遗嘱上所要求的一点却很有礼貌地被抹煞了。

代表平民的工党并不是吝啬这5000镑一年的开支，而是在道德上有责任去否定这传统的逻辑，去揭穿绅士阶级的虚伪和负义。让人民看看以往的统治阶级是怎样薄待保护国家的英雄。巴力门内能公开在道德上打击英国绅士的假冒为善，这是初次。它表示了英国社会本质正在蜕变。人们不应在假面具背后活动，体面是次要的，因为人还有感情，有爱，有人性。平民政治的抬头，使英国人接近了人性的标准。

特权的剥夺

在这下午的辩论中，我们不但可以体味到绅士标准的被否定，而且一个新的标准已经出现。工党的议员强调地说，我们并不是吝啬这5000镑的恩俸，但是财长的责任是在保证人民所付的税，每一文都要用在发展个性，维护社会利益上。这5000镑的恩俸受益的是几个对社会无益的寄生虫，对于继承人没有好处，对于纳税人是一项没有意义的担负。

这种论调是针对着整个特权社会而发的。对于有功于社会的人应当给予合理的报酬，但是把功绩变成特权，子子孙孙可以不劳而获，埋没了他们的志气，养成他们挥霍豪奢的习尚，那是不合理的。在英国，一方有传统的封建特权，一方又有从资本主义中产生的新特权。那些从祖宗手上遗传下来握有大宗股票的人，每年可以不必从事生产，坐收巨宗的息金，构成了阻挡社会前进的保守阶级。这不是特权是什么？英国的社会主义就在要确立“各尽所能，各取所需”的原则。

一点都不错，财长提出这停发纳尔逊恩俸的案件并不是为了要节省支出，而是要确立一个原则。什么原则呢？在我看来是社会上不准有继承的特权。保守党议员所争的也不在这5000镑，而是几万万镑英国特权阶级的权利。显然的，工党挑了纳尔逊恩俸作为题目，一个最容易表现特权的不合理的题目，来确立废除特权的原则。从这意义看去，巴力门费半天去辩论似乎还太短了一些。

有一个议员很幽默地说："我们讲到纳尔逊的时候，不应忘记他的胜利并不是他赤手空拳得来的，船上还有不少水手拼过命的。"他接着说："我并不过分对哈密尔顿太太抱不平。这里还有人可以告诉我们，她葬在哪里，墓碑上刻着什么字。可是那些拼了命的水手们的妻儿怎样呢？谁知道他们的坟地，他们的墓碑？"

社会主义是一种看法，一种态度，在这里表现得很明白。传统的看法是个人英雄主义，历史是少数人创造的。没有人想到希腊罗马的文化是无数奴隶日夕劳动积累积出来的一种表现。只看见花，不看见泥土。因之，社会的报酬属于个人，属于少数的人，构成特权。表面上看似乎很合理。但是要花开得好，不应该把它剪下来，放在花瓶里，而是应该多加肥料在泥土里。特权的报酬是剪花的方式。社会主义是浇花施肥的方式，有好泥土，自会有好花。

唐尔登在他的提案中虽则没有明言将怎样把从屈拉法尔加地产上所得到的钱用在海军的福利上，但是工党的确在这次辩论中，把社会主义对人对事的基本看法再一度用具体的事实来说明了。在这次战争里的士兵和他的家属，生的或是死的，都可以因之放心，这个政府决不会像庇得一样做下这类张功李赏的办法来，而且也决不会使人再感觉到一将功成万骨枯了。历史的追述常是未来的保证。纳尔逊恩俸的翻案不是件玩弄古董性的消遣，而是确立社会主义的过程中，对特权原则和英雄观念的正面攻击。

辩论将告结束时，反对党议员又责问说："我能否询问财长为什么在政府曾屡次说过巴力门的辩论时候太少太宝贵之后，他会提出这个案子，消耗这许多时间？"

唐尔登站起，很沉重也很简单的答复："因为，在政府认为这是件重要的案件。"7 点 26 分，该案两读以 271:102 通过。

这时我正和我的朋友在一家小饭馆里吃饭。我们还不知道巴力门内的结果，但是我的朋友却很坚决地说：“这英国已不是10年前的英国了！”

1946年12月19日于伦敦芦叶寨

煤荒

决定搬到南郊芦叶寨来住的原因当然很多，其中之一是我看中了书房里的大壁炉。伦敦的冬季是冷的，那我早知道。我特地挑定了这寒冷而且多雾的季节到这地方来，除了怪癖外，似乎没有多大理由可说；一定要找个理由的话，可以说是我很爱闲坐着，在炉旁看火焰。窗外的浓雾使人很安于室内闲坐；炉前凝视，别有滋味。芦叶寨在郊外，平民的居住区，没有现代的暖气设备，还留些壁炉，动了我的心。

我搬来时，房东太太问我要不要装个煤气炉，或是电炉，我最不喜欢这些“烤鸭”的小炉子，不但煤气炉的味道不好闻，点着的时候，砰砰呜呜地像开火车，而且，背上烤焦了胸前还是冷，所以我拒绝了。“我喜欢烧煤。”房东太太很尊重我的意思，每天替我引火加煤。我很得意。

圣诞节前后的一个星期，英国的严冬开始了。招待我的主人知道我有喘病，受不得冻，加紧地去请求“课榜”。带着我跑了三个最大的公司，在这严冬降临之前，总算买到了一件厚大衣。不然，我这个在昆明养娇了的身子，大概早就客死异乡了。入境三星期就买得到一件大衣，多侥幸？“毕竟是上宾”，朋友们羡慕地说（英国衣食迄今限购，连黑市都难找）。可是运命还是不佳，房东太太有一天晚上，很抱歉地向我告罪说：“煤完了。我们起坐室里已经一星期没有生火。先生的书房里的火也不能再生了。下个月也许有希望。”我没法接她的口。欣赏火焰的怪癖竟要把这间书房冻成冷斋。

是的，几天前在报上看见奥斯丁汽车厂宣布若是煤的供给不能提高，即将闭厂的消息。我那时还觉那些报纸把这新闻做成头号标题是太不知轻重，谁知道燃料的缺乏竟会威胁到我的书房。

煤是大英帝国的基础。这个帝国十足是建筑在煤基上的。现代工业的开始是靠了煤。机器的原料是钢铁，要炼钢铁一定要煤。煤又供给机器的动力。就以近年来说，煤虽已经不是独占动力的供给者，但是全世界动力的65%还是靠煤，汽油只占21%，不到煤的1/3。在1910年，90%的动力是靠煤。所以在过去100年中，煤是决定国家财富和势力的宝贝。英国这个岛却正是一个煤库。储量上讲它固然占不上前5名（美、苏、加、中、德），产量上讲（以1937年说）也不及美、德，但是在历史上讲，它却是开发得最早，而且在这样一个小的区域里，有这样多煤却是世界上所少有的。

工业在这岛上兴起来了。在欧洲和美洲还和中国现在一般是农业国家的时候，英国的机器制造品已经在世界各地分销，国旗跟着插出去，大英帝国享受着工业的宝座，强权的光荣。可是这帝国的基础并不太干净。不但多雾的三岛，煤气氤氲；一片乌烟，笼罩这没有落日的帝国的心脏。而且，煤层里的工人们，生活里没有天日。英国每20个工人中有1个是挖煤的。英国早年工业是由劳工的血汗中培养出来的。工资低，生产成本低，利益大，资本从这个方程式里累积起来，才有今日。矿工的贡献最大。可是以血汗来培养工业，相当残忍，工人们对于煤，不会有好感。生活苦，兴趣低，效率小——也成了一个方程式，抵消了上面那个似乎有助于工业发展的方程式。英国煤矿工人每日出品的指数，1938年只有113（以1913年为基数），而德国在同年却高至164，荷兰高至201。

英国制造工业在组织上，因合理化的要求，固然日趋进步，但工业基础上的煤业却散漫无章。据战前的调查，英国1750个煤矿中，有706个规模小得只有50个工人。雇用500个工人以上的煤矿只有566个，其中只有45个雇用工人在2000人以上的。这许多煤矿又分散在许多煤业公司手上，有些公司只有一个矿，有的有近百个矿。这许多煤矿不但产量相差很大，而且生产成本也相差极大。大矿可以利用较进步的机器，小矿却没有改良设备的能力。结果，在没有统筹的市场上，互相竞争。成本高的地方只有压低工资，甚至被迫停工。英国煤量出产最高纪录在1913年，28700万吨。一直到现在没有超出过这数目。煤矿留不住工人，1913年煤矿工人超过100万，1946年却只有60万。当然英国煤业停顿和衰落的原因并不很简单。而且其他动力燃料的应用，使煤在工业里的重要性也减少了相当程度。但是我们也不应轻视以煤起国的三岛煤业停顿的意义。

战后的英国若是要复兴的话，工业的基础——煤业，必须加以整理，这是无法否认的至理。英国这三岛上没有油藏。现在所需的油都得从别处运来。这一点需要使英国不能不尽一切力量，不管别人怎样说法，去保持中东的势力，因为这里有英国惟一可以自由取给的油矿。同时也说明了英国的工业决不能再从石油上去求更大的支持。他们还得在自己国土上设法，尽力利用煤，这英国传统的保姆。

煤业国营是负有复兴英国战后经济责任的工党政府第一个具体的经济政策。煤业的停顿最基本的原因是业主分散，相互竞争，没有统筹的生产计划。关于这个弊病，英国的煤业也曾设法改良过：1930年国会曾通过"煤矿法"强制煤业设立一个机构，统筹生产、运销和价格，使矿工的工资能提高；后来又设立销售局，把各矿出品批发包购，然后分销各厂；1938年又通过一个法案，设法由国家来购取煤矿，但是成就不大。一直到战后，工党执政才断然采取国营政策。

工资提高，改良设备，使工作的困苦减少，再加上服务国家的观念，使工人可以对他们的工作有好感，增高效率。据政府统计的报告，自从宣布国营政策之后，果然已有很好的成绩。虽则政府接收煤矿要到今年1月1日开始。去年正月里每周产量是325万吨，到12月已增加到400万吨，做工的矿工数目1月里是62万,12月里有了64万。工人请假的频数，1月里是18.3%，12月里减低到13%。若是依这比率逐渐提高上去，可以希望达到每年25000万吨产额的标准。

工党的国营政策从煤业开始，成败也系于这一个试验。他们要证明社会主义是比了资本主义更能充实国民的财富。每个社会制度有它一定的效率限度。资本主义的限度已到，所以若要提高英国工业效率，一定得改变这制度而采用社会主义的国营政策。这是个理论，若没有实际的证明，工党的政权是要动摇的。所以对于这政策的实行，工党政府自然要全力以赴。可是实行这政策是相当艰难的，因为工党挑了一个很艰苦的环境去试验这新的制度。当然，环境若不艰苦，他们怎么会有试验的机会呢?

煤是工业的食粮。英国的工业在战时，尽量的供应，把所有的储煤已经用尽，本质已亏。工厂大都要依靠每天每天的接济。战争一结束，英国债务累累；要还债，它得拼命生产，把东西运出去。这是说有多少生产力就得用出多少来，不能保养。有多少煤，就得充分地分发出去，推动这生产机构，不能节省存储。煤的产量固然有了增加，但是消费量也随着增加。生产和消费之间所留余地不多。有人说，煤区里若有一次轰动的足球比赛，就可以使若干工厂因缺煤而停工几小时。

战后工业复元，各业都竞争雇用工人。英国人力本已缺乏（在海外还有庞大军队没有解甲），各业的竞争中，煤业很不易占优势——工作本身又苦又脏；不需技术，没有前途；地方又不在都市，没有吸引力；传统的名声不好，当矿工不体面，工资也不及别业。1945年中矿工改业的有1.7万名，工党政府极力设法，在过去一年中，好容易才招得了8万个新工人。

还有一个困难是运输。挖煤已经要费力，可是把煤挖了出来，还得运出去。煤是个最笨重的家伙。英国在战时运输机构损失很大。车皮、车头的缺乏，使铁道运输力减低。汽车的运输更成问题。多年来所制造的坦克，现在一无用处。大卡车的生产已少，而且大多在海外做军用。运输力的减低影响最大的是那些笨重的家伙，煤自然最倒霉。

这许多困难，工党的政府正在集中了力量来应付，还有克服的把握。因为这些在事先可以看得到，而且可以估计得出，统计，计划，都用得上。估计不到或估计不准的有两端：一是天的阻力，一是人的阻力。

在英国是最不易讲计划的。因为他们有一个最拿不稳的对象，著名的雾。雾重的时候，10 尺之外不辨人物。交通得停止，至少车子都得慢慢开。每个车站本来都有一定的时刻表，但是到了雾季，没有人再去看这有名无实的数字了。车子脱班是不足为奇的。工党政府讲求计划，就碰到了这天的阻力。

有人说工党挑定新年初一开始煤矿国营，犯了迷信日历错误，因为这是个最坏的日子。新年初一附近正是雾季中心。果然，圣诞节前后，雾来了。煤车停的停，脱班的脱班，闹出了煤荒。燃料部长辛威尔仰天长叹："我怎样能预测明天没有雾呢？"

人的阻力也不少。工党要实行社会主义，大多数的英国人固然全力拥护，但是少数反对的人却正是握着经济权力的大老板。英国人政治的道德固然高，代表经济权力的政党在选举失败后，乖乖地下了台，一天也不恋栈；但是他们也不是甘于失败的。他们知道若是工党的国营政策一失败，人民就会对工党失去信仰，于是他们又有上台的机会了。他们想打击工党，这是不成问题的。政府要煤矿国营，他们就得在合法的范围之内，难为一下政府。辛威尔在几个月之前早已声明，英国并没有储煤，所以要求每个厂家都尽量不要浪费燃料——"大家帮帮忙"的意思。若是厂家都能节省，都有一两个星期的储藏，天的阻力不致形成断煤之虞。但是厂家为什么要帮你这忙呢？他们有一定的准许的煤量，不怕政府不运来，煤不到，就嚷。嚷得响，也就使人民感觉到政府没有效率。奥斯丁汽车厂就是一个例子。雾重，路断，煤不到。厂家就宣布要停工了。他们说："天气这样冷，我们的煤单够使工人不受冻，机器是动不成了。"工人们却回答他们说："我们冷一点不要紧，多穿几件衣服，还是能做工，不要借口闭厂。"后来还是政府把煤运到了，才解决了这件纠纷。

离开国营的日子一天近一天，煤荒的声浪也一天响一天。在保守党控制下的报纸上，大字的标题，宣传煤荒，不巧的又是时逢佳节。英国人谁也不肯放弃圣诞节。矿工们劳苦了一年，这几天也该休息一下了。据说矿工有一种迷信，圣诞节下了矿，要倒霉一年。可是一休息，煤荒，煤荒，愈叫愈真了。这真使辛威尔食不甘味了。他不能要求矿工放弃圣诞，但是假如全国工厂真的因煤荒而停工，那不是给他煤业国营的开张吉日来一个下马威么？

英国的政治真是个足球比赛，在旁观者看来实在精彩。

英国的工业并不会因煤荒而停顿的。圣诞节的下一天，矿工们又在挖煤了。在重雾里，司机们忙着把这黑黝黝的宝贝，运到各个厂家。工人们知道国营政策会提高他们的生活。工党政府是他们的代表。煤荒的威胁反而增高了他们工作的意义。他们不但是在挖煤，而是在发掘他们的幸福。代表自己利益的政策是要自己的血汗来保持的。辛威尔是矿工出身。每个矿工都知道他是自己人，怎会让他为难呢？新年初一，矿工已决定用工作来庆祝矿业国营政策的成功。这成了英国新政权表演的机会。

房东太太抱歉的告罪之后，似乎还有一些话要向我解释。我知道她要说的话："我们要让工厂开工，我们冷一些不要紧。"但是她知道我并不是他们本国的人，所以说不出口。

我点了点头，向她说："不要紧，我的太太和孩子在中国也没有煤烧，冷一些是应该的。”

1946年12月31日于伦敦芦叶寨

为了下一代

没有笑容，没有激动

中年人的梦里多的是失去了的青春。青春不在，迟暮之感自会引起我们对过去的怀念，对当前的淡漠和惋惜，对将来的惆怅、恐惧和逃避。生命中充满着打击，丧乱，自信心逐渐消蚀的人，更容易触景伤情，发生这类的意境。到达这阔别10年的英伦之初，我在圣保罗大教堂前徘徊俯仰之际，看四周残垣断墙，一片疮痍，想当年巨厦华星，石像雕栏，现已烟消云散，似乎象征着这百年帝国的残体。我料想华贵世家式微时节的子弟们，大概不会缺乏《桃花扇》余韵里的空虚情调。当我在一位牛津的旧友欢迎我的信上，读到这样一句话“这里的朋友们都盼望你来讲《庄子》”时，我似乎觉得我的料想大概有了着落。大英帝国至少已经进入中年了。

周末稍暇，我偕友到“高门”去重游我初到伦敦时的寄寓。房屋依然，但是人物已非。我退回车站，在一家以前常到的小茶社里去稍坐。人很少。我坐定了，向着掌柜的姑娘说：“这是我10年前常来的地方。”我预想这一句多少带着怆感的话，必然会引起对方的惆怅。事实却不然。她很淡然地不经意地接口说：“10年前我就在这里。”并没有笑容，但也没有半丝激动。好像这是件多么平常的事，好像这10年里没有任何可以值得提起的，可以挂得上久别的朋友们絮絮话个不停的遭遇。平常得很。我很有一点拘束，显然的，我所期望于英国朋友们的心境在他们的平民中并不存在。他们并不像我这样多感。我茫然了。

从英国的处境说，哪一点不类于式微的世家，久经磨折的中年人？丘吉尔在这次巴力门闭会那天辩论缅甸的独立案时，开头就说："当我们祖父的时代，人们都想早些起身，怕赶不上帝国领土扩大的官报，现在，相反的，迟起了会在梦里溜走帝国失地的消息了。"看看日常生活吧。住：炸坏的房屋每条街上都可以见到。据说10年之内要修葺这些房屋还赶不及，新房子更谈不到。吃：胜利后快要两年，限购制度非但没有取消，反而连面包都限制了。圣诞节前因为美国罢工，粮食部长本来打算连夜去美乞援，深怕每人每顿两片面包的供给都担负不起。饭堂里挂着"面包战争"的口号。衣：从鞋子起到领带，全得用"课榜"，每人每年有定数的课榜，用完了就不能再买。大体说来，一个人一年至多全身换一次。帽子没有限制，但是普通人却多是光头，头发留长一点来御寒。我不必一项一项地描写英国物质上的拘紧，总之，10年之隔已经在每一件生活的小节上感觉到了区别。

在这匮乏的事实前，为什么除了牛津的少数少爷们愿意听庄子之外，普通人并不抱怨，也不那样多愁善感，怀念过去的乐园呢？我在初到的时候，实在不知怎样解释。

街上没有了孩子的吵闹

一天中午，我坐在窗前闲看街景。伦敦的平民区我是相当熟悉的。10年前，我在家读了半天书，不用看表，只要听见窗外一片儿童的嘈杂声，就知道是12点了。因为附近有个小学，而我的窗对面正是一家熟鱼铺。孩子们从学校出来，就挤到这店里去买3个铜子鱼，带了面饽在油里炸出来的那么一块，和2个铜子洋芋。我也有时去买来吃，味儿当然说不上，营养也不比一块面包为强。孩子们在街上一面闹，一面吃，乱哄哄地使我没法再工作。因之，这种街景对我印象很深。这次到伦敦，熟鱼铺面前在中午时没有孩子们来闹了。我在窗前闲望时，看到了这一点差别。

房东太太刚有事来和我谈话，我就问她，"你那位孙少爷中午不回家吃饭的么？”她很得意地摇了一摇头：“这归学校管了，他们吃得很不坏，我哪里有精神来照顾他？学校若是不备伙食，还不是只能让他在街上买些东西喂饱小肚子就算了。现在他们花样多了，我也弄不清楚。什么维他命，什么钙质——你知道，那一套。孩子们回来说得头头是道。老师们每天还要按着什么科学方法喂他们哩。”

“要不要给钱的呢？”

“钱现在还是要的，6个铜子一天，6个铜子在家能吃些什么呢？孩子们中有些穷苦的，不给钱也可以。听说新的教育法案通过了，大家可以不必给钱了。一星期也要3先令，一个月不是半镑钱么？其实学校不止供给6个铜子的东西，每天每个孩子可以喝一瓶牛奶，不要钱。”

我本来打算在英国住几个月，养养身体，像我前年在美国一样，每顿喝一杯牛奶，两个月，我增加了5磅重。谁知道这次到英国一看，牛奶已受了限制，每天每个成人只有这么一点刚够加在红茶里。我当时想，大概德国的飞弹把英国的乳牛炸死了许多，那种笨重的牲口当然不会进防空洞。因之英国的牛奶出产减少了，不能不在消费上加以限制。听了老太太的话，引起了我的疑问。

“每个孩子在学校里有不要钱的牛奶喝，哪里有这么多牛奶呢？”

老太太并没有回答我的问题，她是不很管闲事的。她惟一的希望是买座房子，在战前她虽有这希望，但是没有这可能。可是战后却成了事实。为了鼓励人民修葺房屋，政府借钱给人去收买炸坏的房屋。房屋的修理费由政府担负。房主不过只是经营一下和添置一些室内设备就得。我们这位老太太就整日地工作，修好一间，出租一间，收了租钱，再布置另一间。一年来，全屋已经都修好，布置好。她很得意地觉得多年的梦想是完成了。政府是好的，她信赖它，投票时投工党，因为这政府给了她成为房主的机会。其他的事，她一样信任，也不很过问。她知道我对于教育有兴趣，所以说：“我有一位朋友，康利小姐，她在小学里教书。你要知道这些问题，我请她来喝茶，和你谈谈。”

和康利小姐的对话

过了几天，康利小姐来了。我们一同喝茶，以下是我们的谈话。

我：“我听说 4 月 1 号你们的新教育法案要实施了。这是你们这次战事的收获。恭喜！”

康：“是的，其实这新法案没有什么新的地方。很多改革方案早就立了法，也早就该实行。但是你知道我们英国人是因循的。非打一次仗，受了一次苦，才明白这些事应该赶快做了。教育改革法案在第一次大战时已通过了一次，是 1917 年。可是实际成就很少，没有抓住问题的本身。我是说，第一次大战之后，英国虽则损失很大，但是没有多少人觉得当时的社会制度出了严重的毛病。可是这一次不同了。我们大多数人明白，英国若还是走旧路是会灭亡的了。”

我：“你说严重的毛病是什么呢？”

康：“我是小学教员，不很知道其他的问题，我所说的是关于孩子的事。以前我们说改革教育只是关于课堂里的事。我们觉得孩子们应该多知道些事情，品性上应该好好发展，但是我们并没有像现在一般感觉到孩子应当成为英国社会上最重要的人物。我不知道你能不能看得到，我们现在的确把一切希望都寄托在这些孩子们身上了。我们这一代的责任不过是过渡的，是保育下一代。英国的新社会要现在这些孩子们长大了去创造。”

我：“你不是说，把国家大事交给下一代，你们自己没有把握去创造了么？”

康：“也许你说得不错，像我这样年纪的人，已经完全觉悟英国旧有的一套是靠不住的了。至于理想，我们有。但是我们，又是英国人的性格在作祟了，并不相信把旧的推翻，新的自然会出现。新的得慢慢养成，像孩子一般。昨天我听广播，关于煤矿国营的事。那位燃料部长也不是说，我们现在着手，还得一代之后才能见效么？机器要逐渐改装，资本要累积，人才要培养。有效的工业基础，现在还是理想，要一步步向前走，才能实现。”

我：“但是你不是也说，你们不能再耽误了么？现在就得动手？”

康：“当然，在教育里也是如此。我们有理想，就是每一个英国孩子，不管他父母的经济情形怎样，都得依他的能力得到他服务于社会最好的机会。我们先得把这个原则实现了，其他社会事业才有基础。我刚才不是说这是战争的结果么？我们在战争里才认识人才的重要。说起来，真是我们的耻辱。我们入伍的年轻人的体格远没有德国的好。我们以前的社会把保育孩子的责任交给父母，同时又在各种方面降低父母的收入，结果孩子得不到应有的营养，身体羸弱。等到国家要他们去保护时，他们的弱点暴露了，差一点，我们几乎支持不了。所以战时政府在1944年就决定把孩子的教育问题好好地整理一下，才有现在的新法案。”

我：“新法案的基本精神是在由社会来担负孩子们身心发展的责任么？”

康：“一点不错。譬如说：我们在战时已经实行了学校供给牛奶的办法。要发展孩子的知识，第一步是使他们身体得到常态的发育。我不知道你已看见过一些关于这方面的报告没有，我自己就遇到过这类事情。以前在我班上有个孩子，不肯用心，捣乱，不交朋友，成绩很坏。我罚他，愈罚愈不成。可是自从供给了牛奶之后，这孩子面色红润了，脾气也变了，现在是我班上最好的学生之一。这真使我不能不相信孩子营养的重要了。我不是专家，但是我的经验是这样。”

我：“我是很同意你的，但是哪里来这么多牛奶呢？大人们都吃不够，孩子们怎么能够呢？”

康：“这是我们英国在这次战争中最重要的胜利了，我们已经征服了自己的弱点。孩子的牛奶是我们大人们节省下来的。英国牛奶的产量其实并没有减少，但是以前是给有钱人喝完了，穷孩子们吃不到。现在政府限购了，先让孩子们吃够了，然后再分配给其他的人。我们固然希望大家有牛奶喝，但是在不能供给全体的时候，应该先给最需要的人去喝。”

我："一个重要的原则！我们中国有所谓各尽所能，各取所需的古训。这是说物资的分配不根据财富，而根据需要。”

康："这就是我们所谓社会主义。关于供给牛奶这事，不但是工党极力支持，保守党都赞同，因为效果太清楚了。现在你到学校里去看，孩子们的面色多可爱！去年体格检查已经证明，孩子们的健康比了战前已经大有进步。我们英国也许别的都退步了，但是孩子们的健康却进步了。我觉得那就成了。我们有希望了。我们的希望在下一代！”

嫩芽在黄叶底下

康利小姐有很多话和我说，好像从 1947 年起义务教育将要延长一年，一个孩子可以免费从 5 岁起读书读到 15 岁。我一面听，一面想，我的感想可走远了：什么维持了战后英国的士气？人不能老是在伤感中过生活。伤感一路通颓废，消沉；一路通悲愤，发泄。这两条路固然好像南辕北辙，但是有一点是相似的，那就是每个人生活永远不得着落。我虽没有到过欧洲大陆，从去过那里的朋友们口边听来，似乎就有这种情势。英国在战争里的损失固然浩大，人民的生活普遍地降落了，但是英国的特权阶级脑子里不单有个人的特权，还有一个国家的共同幸福。他们还珍惜英国文化里特有的作风，他们能及时退让。他们能把牛奶在自己口头省下来，交给全国的孩子去喝。他们增加所得税，收入愈多的付税愈多，这笔国家收入却用来改良煤矿，健全工业的基础；规定最低工资，保证工人阶级的物质生活；发展保险事业，减少生老病死灾祸的打击。最重要的一项，在教育法案的序言中明白说明，就是不使国家任何的灾难降到孩子们的身上。在战时，运输孩子们疏散的优先权可以超过军火。郊外所有阔人们的别墅全部征用给孩子们住。工党政府努力地这样做，不是迷信任何主义，而是维持人民的士气，让每个人觉得眼前吃一些苦是有意义的。生活一有意义，就甘心情愿地发奋工作了。人本来是个奇怪的动物，为了来世上天，却可以把现世的幸福舍弃。人是有将来的，因为他们愿意为将来而受苦。

我耳边似乎只有“为了下一代”五个字。也许是我那天累了，整天没有出街，显得又兴奋，又疲乏。康利小姐看我靠着沙发，不发一言地望着她，感觉到有一些不自在。她看了看手表，起身要告辞了。我也清醒了一些，跟着站起来。

“康小姐，我很想出去走一下，活动活动。”

“我就住在小学附近，从公园那边抄出去很近。”

我陪着康利小姐走到了小学校的门口。门口正停着一辆教育局的运货车。工人们忙着在卸货，有蔬菜，黄萝卜，鲜红柿，牛肉。康利小姐指着这车说：“每天这时候，孩子们下一天的食物就送来了。厨房在学校里。听说曼彻斯特比伦敦组织得更好，全市有一个集中的大厨房，请了营养专家监督，每天要预备好几万孩子们的午餐。”

我笑了：“我可不愿吃这种大规模生产的伙食，根本没有味儿。”

康小姐：“你们自己不煮饭，有太太来侍候的人，自然可以讲究味儿，反正不劳你们的手，对不对？但是多少女子就为丈夫和孩子们的口味，关在厨房里了。我们现在正需要小学教师，不能不请你们这类丈夫们吃吃没有味道的伙食了。”

“我并不打算讨论我最不懂的妇女问题，但是为了下一代……”

“对了，你记住这一句话，就懂得我们了。”

运货汽车卸下了东西，又匆忙地开走了。这是英国复兴的保证。公园里满地是黄叶，黄叶覆盖着明年的嫩芽。

1947 年 1 月 4 日于伦敦芦叶寨

悼爱玲·魏金生

“爱玲死了。”像是一阵严肃的煞风吹走了茶室里女同学们脸上的笑容。2月6日，本是英国妇女们得意的日子：29年前就是这一天，英皇宣布了妇女参政的权利。50年来不住的奋斗，得到了胜利。权利的获得却也正是责任的开始。还不到30年，为妇女们证明争取参政权利并不是为了点缀或嫁妆，而是为了要分任男子们服务社会责任的爱玲·魏金生女士，却就在2月6日与世长辞了。责任是重的，服务是苦的，爱玲就在这责任和服务底下，消耗了她的青春，抛弃了她的家庭幸福，最后积劳而死。三十而立，英国妇女的政治生活应该快成年了。在成年前夕，谁知道上帝是什么意思，一定要挑定这一天来警告已获平等权利的英国妇女，而且用那妇女运动最成功的榜样，爱玲的死亡来作此警告：要权利的不要忘记了责任，权利不但要人的生命来争取，而且要人的生命来维护。

爱玲·魏金生女士是现任英国的教育部长。我在上一次通讯中刚提起过英国怎样在努力去保育他们的下一代。若容我重复一遍，这努力不但表现了英国骄傲的魂灵并没有挫伤，而且使现有种种贫乏和艰难都成了过眼的云烟。更具体的说来，教育的民主化是维持目前刚发轫的社会主义的英国的必要条件。现代政治趋势已否认了一个不是平民自己组织的政府能为平民谋幸福的。换一句话 for the people 的政府一定得 of the people 和 by the people 的。可是问题是在平民的教育，很多怀疑民主政治甚至民主社会的人，认为平民缺乏远见，缺乏程度。他们不能担任领导人类走上更理想的路程。最近英国卡车工人不接受工会劝告而罢工的事，又给若干怀疑民主的人士，振振有词地说，工人没有政治责任感，在这运输已因天气的冰冻而发生阻碍，真不应该再来这一手和工党政府为难。这套批评并非全无根据。可是即使假定是正确的话，也只说明了，在过去的社会中，平民没有机会养成他们的政治程度；没有给他们足够的教育，以致他们不能有效地表现他们对政治的责任感。罪不在他们，而是在过去的社会制度。要改变的不是平民已争得的表现机会，而是以往的社会制度。这话在理论上是立得稳的，但是站在民主岗位上的人，却应当在事实上促进平民的责任和兴趣，这是教育。

英国的“贵族政治”建筑在不平等的教育机会之上，托尼教授的《平等论》一书中分析得很清楚。一个工人的子弟没有希望进“贵族学校”，而英国传统的上层阶级却差不多被几个著名的贵族学校的毕业生所包办了。工党政府决不能长久维持在“贵族社会”的基础上，他们必须开放教育机会，必须使国家的人才可以自由发展。所以他们立下了在今年 6 月里要实行的教育法案：提高强迫教育的年限，依智力和成绩给优秀学生奖学金，以资深造，扩充基本教育的教材和设备，增加教师数目。这保育下一代以保障社会主义英国的责任却降到了身高不及 5 呎的爱玲肩上。这是她战后的任务，是她正式入阁的初次，1945 年开始，那时她已 53 岁。有名的红发已经灰白。

漏网之鱼

以爱玲来担负教育和培养下一代人才的任务，实施民主教育，是最适宜了，因为她一生的奋斗和建树的经过就是一个见证，见证平民中是有人才的。只要有适当的教育使这些人才不致浪费和埋没，社会可以从这些人中间获得最有力的热忱服务者。若是没有人能说爱玲从政的成绩赶不上任何其他的教育部长（事实上，即是丘吉尔也是她的赏识者），也就没有人敢说贵族社会是培养人才的有效结构了。爱玲是曼彻斯特工业区里的平民。她的父亲是纺纱厂里的工人。家里一共有四个孩子，爱玲排行第三。工人们的孩子绝没有靠他父亲的工资获取高等教育的可能。她受完小学教育之后，就面临了失学的威胁。那时曼彻斯特的中学和大学有很少数的奖学金。她侥幸得到了。可是她记得有很多和她能力相同甚至更高的同学，却因种种原因没有升学的机会。她是贵族教育中的漏网之鱼。她自己的经验使她坚信，社会最不公平的事是教育机会的差别，更不公平的是这差别建筑在孩子们父母的财产上。孩子无辜，有什么理由，除了生错了地方，使很多有才干的孩子不能为社会尽他们最大可能的贡献呢？她更觉悟，不幸的不只是孩子们个人，而是整个社会浪费了它最重要的资本——人才。

穷苦出身的人才在历史上并不少。但是这些人一旦爬出了自己的穷苦邻舍，也就忘记了他们的同伴，好像世界上不再有穷苦的人了。爱玲显然不是这种人。她侥幸得到了高等教育，她的志愿在使穷苦子弟得到高等教育并不成为侥幸的事，而是应该的事。在她 53 岁的暮年，她的志愿已成了国策，可是她并没有看见在她尽力奠定的基础上，将来会建筑出怎样的宫殿——“爱玲死了”。

小火点儿

爱玲不但是工人的孩子，而且是个女孩子。她要为她同伴争取社会的政治的权利，但是既是女孩子，本身就没有争取这些权利的权利。当她得到了高等教育之后，她发现她只能去做一个待遇清苦的教员，她不能投票，政治并不是女人的事。是的，爱玲并不是觉得教员的职务太低，她自觉的责任是在教育；但是她明白这不合理的教育制度并不能使她达到她的目的，给每个有为的青年，不论贫富，相等的发展机会。改革教育是政治问题，不是一个教员可以做得到的。在女子没有顾问政治的权利的时代，像爱玲这样一个人怎样能影响政治，实现她的理想呢？于是她一面要为工人的利益奋斗，一面还得为妇女争取参政权。1912 年，这个 21 岁的少女加入了独立劳工党，她的雄辩和身材赢得了“小火点儿”的绰号。下一年她组织了妇女参政全国总社。经了第一次大战，妇女参政的权利是获得了，可是“小火点儿”年龄太轻，1918 年初次妇女参政，她却没有资格投票。一直到 1924 年她才被选为国会议员。从那时起，除了 1931 到 1935 这四年，她没有脱离过威斯敏士特的巴力门。

1935年送她重入巴力门的是曼彻斯特附近的加乐。加乐本是一个造船业的小城，这小城的人民都是靠这行业生活的。第一次大战之后，不景气的狂潮逐渐卷到英伦。造船业的大王们要维持他们的利益，决定紧缩政策，把几十万的工人生活置之度外。加乐首当其冲，成了英国不景气时代最严重的"萧条区"之一。爱玲是加乐的人民代表，她面对着这不景气的狂潮，眼看这些没有人性的特权阶级出卖工人的生存权利，她不能不负起抵抗的责任了。这责任是沉重的，因为在巴力门里她的声音被绅士们的冷笑所掩盖了。于是她组织了英国历史上著名的"饥饿请愿"。英国各地失业的工人，步行到伦敦来游行。这红发女郎却站在加乐队伍的前列，一步步地走向巴力门，背后是2000失业的工人。

天上下着雨，队伍在泥路上前进。"雨打落不了我的精神！"爱玲领着大众唱着歌，歌声激起了他们的勇气，进入了已有万人会集的海德公园。保守党的绅士摇着头，奚落她，可是他们读了爱玲的《被屠杀了的市镇》，也没法替他们的良心洗刷了。当前政府的《工业地点分配法案》就是"饥饿请愿"的收获。

徒手的空战

"小火点儿"有的不但是动人的雄辩，感人的笔调，而且有办事的才干和服务的责任心。丘吉尔在敌人已经扫荡欧陆之后，受命组阁时，他排定了爱玲做保安部的国会秘书（相当于政务次长之职）。保安部的职务是在保障空袭时人民的安全。谁也不会忘记希特勒对英空中闪击的严重，同时谁也不能否认希特勒失败的开始是在"英伦之役"。在这闪击中，英国人民能在巨火和重弹下从容地疏散妇孺，维持士气，固然是无数人民共同造成的奇迹，但是这身高不到5呎的"小火点儿"所贡献于这奇迹的实在无可限量。她为了职务，愈是空袭得紧，她的事务也愈繁重。她自己开着一辆小汽车，向着被轰炸得最惨的地方开行（她不要汽车夫，因为她不愿见任何人冒着不必要的危险）。有一天，大火正在狂烧，一个消防队员，在火光中看见一个小小的影子，急促前进。“站住，这是危险区，快停。”走近一看是大家熟悉的爱玲。在职务下，对于爱玲是没有“危险”两字的。一个组织防空设备的人决不能享受这设备。爱玲冲过了火焰。她是徒手在向纳粹的空军作战。多少生命被她所保护了。丘吉尔在纪念她的演说中，追忆这位战士说：“她以忠诚、热忱和同情去担负她的任务。勤劳、勇敢，熟练和亲近是她的特长。”

55 年的生命对于爱玲似乎是太短了，可是她并没有浪费过这短促的生命中任何一刻。她可以瞑目，因为在这 55 年中，她所梦想的已逐渐成了事实。英国已在她的一生中变成了另一社会。很多人羡慕英国可以不必流血获得它的进步，他们应当知道英国确是有无数的人贡献出了整个生命去求理想的实现。53 年前有谁会相信这曼彻斯特的小屋里所诞生的女娃娃会在 53 年后主持着民主教育法案实施的巨任？在英国能有这种事迹出现，说明了这个国家在现代历史上所以能占重要地位的原因。

“爱玲死了”。但是爱玲却已善用她短促的生命奠定了无数爱玲可以像她自己一样发展她们才能的教育制度了。

1947 年 2 月 8 日于伦敦芦叶寨

访堪村话农业

在决定要回国前的两个星期，我到离牛津 20 里的一个村庄里去拜访我在中国早就相熟的一位老朋友。他约我到那村庄里去的原因是在要我知道英国并不是一个偌大的都市，也有乡村的。我曾写过几本关于中国农村的书，所以他极力主张我必须费一个周末去看看英国的乡村。我也很愿意尊重他的意思，除了私人的感情外，我已很久听到英国要增加农业生产和改良乡村生活的话。譬如说，政府已定下了农业里的最低工资，在乡村里开始建筑现代化的住宅，低价租给农民居住等等，这些早就引起我的注意。不幸是我碰着这大冷天，住定了实在不想动，若不是我那位朋友的怂恿和邀约，我不会在下雪天下这下乡的决心。

都市的后园

这个村庄名叫堪德灵顿。我那位朋友温德先生在那里已住了半年，借了两间房，写了一本书。我提到他不但是因为他是带我到这村子里去的人，而且我也想藉此指出英国乡村的一个特色，那就是英国乡村多少已成了为一些不需要常住在城市里，而又想暂时享受一些清闲生活的人预备下的一个短期避世的别墅。在局外人看来确乎是很有意思的；在乡村里生长的人一批一批地离乡入城，但是在城市里住厌了的人却偷偷地避入了乡村。所以我在到车站上来接我下乡的小汽车里曾笑着和温德先生说："你希望我看到一个英国的乡村，但是我怕我看见的也许只是你们都市的后园。"

英国人至少有一点和美国人不同，他们有着和泥土接触的爱好。理想的老年是在后园里种花。我在云南呈贡乡下居住的时候，也常有些英国朋友来找我，他们来了就很起劲地帮我挑水种菜。在英国，就是在拥挤的市房背后也常常能见到相当精致的小花园。在这传统之下，我们很可以想像得到，像伦敦这样热闹的都市附近，自然会发生许多"后园"性质的乡村了。我所谓后园性质就是指那些乡村在经济上并不能自足，并不是靠经营土地，出售农产品来维持生活的，而是靠许多在外边寄钱来乡下享清福，种种花草的人来支持的。

我这样一说，温德就向开车的克太太说："你说是不是？"原来克太太是堪村的审判官，又是最热心公务的绅士太太；她若不热心公务的话，也不会特别开了汽车来接我这个国外的访问者了。温德问她的原因是在她多少也是这种后园里居住的人物。她的先生是伦敦的一个富商。他们向原来堪村的大绅士买了那所犹如博物院的大宅子和几千亩农场，而且还有一个据说是模仿中国亭园的大院子。克太太是极能干的，她住在大宅子里经营农场，有几十头乳牛，有几百头羊，可是，她尽管这样努力经营，农场的收入并不能维持这大宅子里的开销。这个新式的乡村绅士依靠伦敦的市场。伦敦的大商人愿意破费一些在乡下维持一个大农场，目的显然并不是经济的，而是社会性的，多少和平民住宅背后有三尺地种花的性质相同。

农业的式微

尽管温德先生想要我有一个英国也有乡村的印象，英国的骨子里实在已经很少土气。在乡村里住的人只占全国人口20%。这数字很有意思，因为这和中国刚刚相反，我们只有20%左右的人不住在乡村里。中国若是一个乡村国家，英国自然可以说是都市国家了。

英伦这个岛多少已成了一个大都市，但是这也不过几百年来的事。500年前他们和我们也差不多，大家是靠土地吃饭的。自从这个岛国的海上交通发达之后，他们就发现向海外去买粮食回来比在自己的土地上长粮食来得便宜。英国的气候和土质很适宜于长了草养羊。有一个时候，英国的羊毛算是最好的，于是他们把农田圈了起来养羊了。这本来极合乎土地利用的经济原则；要地尽其利，必须分工。世界各地在自由竞争里去发现最适宜于当地的出品。综合起来，消费者可以得到最便宜的用品。譬如我们要在北极长橡树，并不是不可能，若是我们肯费钱去造个大温室，像伦敦植物园里的热带室一般。但这是不经济的，因为在热带长橡树不必造温室。同样的理由，英国大可不必去种粮食，用土地来经营别的作物，得利更大。

英国工商业逐渐发达，而且在第一次大战之前，可以说世无其匹。它控制着海上的运输，可以向世界任何地方去收买最便宜的原料。本来觉得有利的羊毛都觉得不如向澳洲和印度去输入了。牛乳不如北欧，肉类不如荷兰和丹麦，一步一步，英国在农业上撤退下来，成了个不必自己耕植畜牧的国家了。农业的式微使乡村的经济基础彻底改变了。若是没有那些像克太太或温德先生一般的人带了钱下乡，在农业里赔钱，或津贴乡下的房东，乡村也就留不下人，留下的生活上也必然见得更寒酸，绝不能和都市里的摩登人物并立了。

英国农业的式微并不是英国经济的没落，相反地，倒是表示英国经济的扩展，在工商业里得到了充分的发展机会。这机会是靠两个柱子顶住的，一是工业技术的优越，一是海上运输的畅通。在这两个柱子上加上一根横梁，自由贸易，就是英国过去所享受的经济结构了。

从第一次大战起，这两个柱子已经出了毛病。在战时海上运输受到阻碍，英国的粮食立刻发生恐慌。这倒还是暂时的现象，更持久而且更危险的是英国在工业技术上已拿不稳优越的地位了。这一层也许还能靠自己努力来克服。最严重的问题是起在横梁上，先是关税壁垒，后是统制经济，把英国经济基础自由贸易打得落花流水。英国的粮食大部要靠人家供给，而粮食又是急不待缓的东西，自然是容易被人控制的把柄。于是，英国不能不重新注重农业了。英国要注重农业，表示了他们的经济已走出了扩展的时期。

社会的重心

复兴农业在英国是十分困难的。若说一纸公文就能改变社会的风气，那就容易了，因为现在执政的工党，确是想向稳定经济力求自足的政策上求出路的。问题是在乡村本身缺乏肯担负起繁荣和建设地方的重任的领袖人才。在战时，政府已经尽力地用津贴政策提高农民的收入，这政策能否持久固然还有疑问，即使可以继续，至多不过做到经营土地有利可图，但是这一点经济上的利益，并不能使乡村里的青年不向都市跑，并不能使农业成为一个有吸引力的职业，除非乡村生活能达到都市里一般的现代化。物质建设上政府还可以设法鼓励，好像近来的乡村水电计划等。主要的是在乡村的人民能自动和自发的努力，使在乡村里居住的人能感觉到生活不但有着落，而且有希望。这并不是像住厌了都市的人来乡下隐居，或是有钱的富商想在乡下买个大宅子做绅士，而是要认真地把乡村建设成一个生活中心。这又要一种新风气，有人才出来领导。我到堪村去访问的原因也就在看看英国乡村中是否已有了个社会重心。

我记不起不知在什么书上读到过，英国乡村里主要的社会人物是绅士（大地主）、牧师和小学教师。因之，我就请温德先生介绍我和堪村里这三种人物见见面。堪村以前确是有一个大地主，村子里的人全是他的佃户和帮工。在英国传统的封建制度中，地主的权力是极大的，他不但是经济上的主人，而且其他社会生活他都可以干涉；但是这种地主已经过时了。现在那位买得这田产的克先生，每星期只回来一次，和村子里的人并没有直接接触的机会。克太太是极热心服务的人，村子里谁有病痛，她会开了车来送病人进医院。在战时，她照顾了几十个孩子和许多疏散出来的人家在她的大宅子里住。

像她一类的人在英国乡村里并不少。我在克太太的客厅里还见到一位曾经到过中国为中国海关设计和组织防疫工作的医生，现在年纪已经很老了，退休在堪村附近。他忙着为地方的公益服务。但是他们究竟并不是乡村里生长大的人，更不会真正地进入乡村的社区生活。他们不到小酒馆里去喝啤酒，也不常去邻居闲坐。在道德上至多不过是一个榜样而并不是一个领袖。

使我失望的并不是像克太太那样的新地主，而是已失去了作用的旧牧师。当然我希望我所遇着的那位牧师是个例外，如果我所见的确能有些代表性的话，我实在不敢相信教会在乡村中还能有多少的领导作用了。我曾预备了一套问题想请教那位牧师。可是交谈之下，我发觉他的兴趣显然并不在于他教区里活着的人。他也许是一个很好的历史家，或是建筑欣赏家。他对于这地方的历史相当熟，各地教堂建筑的长短，娓娓能道。比这一切更有兴趣的却是鬼。至少在他的谈话中，我已知道堪村有三个鬼。起初我还以为他是说着消遣的。第二天，我从他教堂里做了礼拜出来，他要我走到一块坟地旁的小道上，问我有没有感觉。原来每次他立在这地方就有鬼来接近他的。他很认真地问我，我不能不回答他："我并没有觉得什么，也许他和我是属于同类的。"让我补足一句，那天做礼拜的除了我在上一天拜访的几位绅士外，大概只有两个年轻人我是没有见到过的。

我在堪村去参观过他们的小学，还替一群孩子讲了不少关于中国的话，他们要我写中国字，后来一定要我唱一支中国歌，把我弄窘了。孩子们是到处一样的可爱。我又费了一个上午和那位教师谈话，他知道得很多，但是即使像他一般在堪村已经教过10多年书的人，据他说，学生们一出学校，并不再来请教他解决他们的生活问题了。他是个很负责的教师，但是并不是社会的重心。

此路困难

我那天晚上在一家小旅店里过夜，旅店的女主人很殷勤地招呼我。她很得意地告诉我，她有两个儿子，都复员了，在工厂里做工。她说话时很高兴。我就说："为什么不留一个在你身边，在堪村种种田呢？现在工资不是也提高了么？"她摇摇头："在乡村里有什么意思呢？一辈子种田！"温德先生也告诉我，他房东的儿子们都已进了城。一个工业化了的英国，文化的中心已经建立在都市里了。离开都市不但享受不到现代的设备，而且丧失了社会梯阶上升的机会。"一辈子种田"成了一句表示没有出息的话了。

英国想提高农产，不惜加以大量的津贴，消费者虽没有直接感觉到这笔账，但是纳税者却免不了为此增高了担负。纳税者不还就是消费者么？英国人不敢反对这实际上在降低生活程度的办法，因为战时的经验太近，粮食缺乏的威胁太重。英国若卷入战争，第一个难题就是粮食。于是他们不免要想自给了。其实，他们是可以在避免战争中获得安全的。这条路容易得多，而且合理得多。英国想在短期内改变几百年来历史所造下的风气是困难的。尽管政府想复兴农业，奈何没有多少人肯下乡去。据说现在农业里的工人 1/3 是德国的俘虏。这批俘虏若一旦回国，农业里缺乏人力的情形立刻会十分严重。

若是英国政府果真能在津贴政策下把农业工作的报酬提高到在工业工作之上，劳工可能向乡村里跑，但是津贴政策究竟是暂时的。到头来，也许问题更加复杂也说不定。在旁观者看来，英国还不如继续走工业的正路，以三岛的土地去和大陆在农业上相竞争是不上算的。英国的乡村终究会成为都市的后园，让退休的公务员去满足他们传统喜欢和泥土接触的癖好，多些花园式的丛林旷野，点缀这三岛吧。

1947 年 3 月 14 日于清华新林园

不愁疾病

“无病就是福”。——这句话说明了无病的可贵和无病的不易。稀少是可贵的由来，健康是生活的例外，可以偶得而不能常享，否则生活就要等于幸福了。在我们这个国家，这怎么可能？至少，在我们，病是和生，老，死等无可避免的生物现象相提并论的。其实这种齐物论还是委屈了病。生老死固是无可避免的，正因为它们和四季循环一般地来去自然，我们也很能受之自然，至多不过引起一些悲哀，不是忧虑。病却不完全如此。在我们，病固然是生老死一般无可避免的，那是事实，但是多少我们觉得“尚可为力”。真是能为力了倒也罢了，麻烦的是在“尚可”两字。于是求神买卦，药石乱投，目的不完全在医好病人，而是在心理上求些安慰，成了病者的亲人们的安心之术罢了。

病久了的人会说：“死了倒好了。”这是真心话。人最苦的是忧虑，负着一项自己没有能力来控制的责任。忧心如焚，比身体上的痛苦更难受。我们有人割股疗亲，其义是在以肉体上的痛楚代替或转移心理上的忧急。

若是医学不发达，病不过是死的开始，人只得练习耐性，应付这无可奈何的人生。“尚可为力”的“尚可”成分减少些，就不必勉为其难，忧急之情也可以变成悲而不愤。在一个医学昌明，疾病确是可以治疗，而同时却又因种种阻碍得不到治疗的情境，才是最使人痛心，尤其是那些没有多大理由的障碍，好像没有钱，请不起医生，买不起药。

在抗战那几年，我自己就亲自尝过这苦味。当然我还算是幸运的，孩子生了病，还有朋友肯借钱给我。但是在开口借钱去求医买药的时候，我怎能不感觉到世界的不合理？想到那些因为缺乏几个钱而眼看亲人可治而不得治的人，更不能不感觉到这个社会的可憎了——这种感觉我相信一定是十分普遍的，试问现在世界有多少人能有病得治？我也因之想到，若是每个人都有了一个保障：凡是有病，必然可以得到人类知识所已经允许的疗治，人对于病也就不会忧虑了。我并不敢奢望人间没有疾病，但是要人间没有因疾病而引起的忧虑，那是应当可能做到的。

这次我到英国去，最受感动的也许就是他们正在计划实行的全国健康保险的政策了。

一个穷孩子的自誓

大概在四五十年前，英国威尔墟地方有一家贫民，姓比万。他家的孩子安内林整天不痛快，因为他的父亲老是生病，一病之后就不能去上工。又因为他们没有钱请医生，他母亲心情极坏，弄得一家生趣索然。他默默地想：这究竟是怎么一回事呢？世界上没有人愿意生病，疾病找到了人家头上来。有人是工作过度，有人是营养不足，有人是被传染了，都不是他们的过失。但一生了病，却要这已经倒霉的病人自己负责了。社会上非但不帮他医治，而且高利贷的人乘机来剥削他，走方郎中乘机来愚弄他，太太向他发脾气，邻舍把他看成危险人物，远远地躲开他，儿女跟着失学，受冻，受饿。疾病是人类共同的敌人，可是社会却并不合作了去应付它，反而利用它来谋少数人的利益，让多数人受罪……这孩子好像受到了启示，他自己发誓，他要在一生中去征服这敌人。即使不能把疾病驱出人间，至少也要把社会组织起来共同对付它，使任何一个病人不致在疾病本身给他的痛苦之外受到任何额外的磨难。

安内林·比万（Aneurin Bevan）就是英国现任的卫生部长。他已经在国会里通过了他的健康保险法案的初读了。

社会保险的意义

让我先借这个机会讲一讲什么叫社会保险，换一句话说，怎样把社会组织起来合作应付各人相同的个别危机。这个原则其实并不是什么新奇的西洋景。在我们乡下原是很普遍的，只是我们没有像西洋国家一般扩大利用这原则，增加这原则的适用范围罢了。

在我们乡下，婚丧大事必须大大地花一笔钱，一个普通的人家一下子拿不出这笔钱来；若是借债，利息太高，最通行的方法是结个钱会，云南人叫“上賨”。钱会的办法是聚集若干人，每期每人都拿少数的钱出来，合起来交给一个需要钱花的会员。全体会员先后都轮得着，所以没有人会吃亏，而同时把每个人的整个担负分成了若干期去支付了，也就把危机性消弭了。

社会保险的原则就是这样。每个人都有生病的机会，若是每个人生了病单独由他一个人去应付，可能没有这笔钱去请医生了。若是很多有生病可能性的人合作起来，每逢有人生病，大家凑钱出来请医生，从每个人说，就不会有请不起医生的危险了。再进一步，若是合作的人多了，有钱可以为大家包一个医生，谁有病就可以去找他。这个医生既然向这些人负了治疗的责任，他要减少求治的病人，他必然会对种种预防的办法有兴趣了。

以往的医生都有个矛盾。一方面他的责任是在治病，另一方面他的收入却是靠有人生病。坏的医生会因顾虑生意经起见，把一天治得好的病，拖几次方治好它。而且在一个以治病作为生意的社会里，有医学知识的人对于卫生事业总不会太热心的。要用医学知识去消弭疾病，就是取消依靠疾病得到收入的职业，这就必须把医生的职务变成社会服务。治疗是不得已的善后，卫生才是真正的任务。

英国现在想大规模全国举办的就是这件工作。

劳合乔治的成就和限制

英国用保险原则来应付疾病已有相当长的历史。最著名的是劳合乔治在上次大战时所立的劳工保险法。这个法案规定了一切雇员每星期都要付 4 便士的保险费，他的雇主再赔上 6 便士，合成 10 便士。每个工人有一本小册子，每星期贴上这 10 便士的保险印花。有这本小册子就可以有权利在失业时得到失业保险金，在疾病时不必付钱可以得到治疗和医药了。

劳合乔治的保险法案只包括工人。假若工人的家属有人生病，他们就不能享受免费医治的权利。而且凡是没有雇主的人也就排斥在外。小学教员自己有另外的组织，可是其他公务员，农民，小商店的主人等就得自己掏钱请医生了。比万所提出的法案就在想推广这原则，包括全体人民。

保险方法可以做到的是征服因疾病而得不到医治的忧虑。可是基本的问题还是在怎样加紧对疾病本身的征服。那是医学的发达问题。事实上，医学知识和实用的治疗方法之间还是有很大的距离。不但是做医生的大多还是用 10 多年甚至半世纪前的医学知识在治疗病人，而且即使有够得上现代医学水平的医生，他们也时常没有适当的设备去应用所有的知识。在中国这些困难的严重性固不待言，即是在英国也并不太比其他国家为强。

英国的医院大多是靠私人捐款维持的，不但规模小而且分布又极不均匀。据现在的调查，不满 100 病床的医院占全数 70%。不满 30 病床的尚占 30%。分布上说：在 South Shields 每 4100 人有一医生，在 Bath 每 1590 人有一医生，在 Hastings 1200 人即有一医生。又如在 Bristol 3.4 万人的社区里不久之前一个医生都没有，可是离这地方不远的 Taunton，人口相等，却有 18 个医生。在这种情形下，医药现代化是不容易的。为了要增进医院的设备和医生的素质，就得把整个医药制度的经济基础根本改造，从捐款和做生意的原则变为公益和服务的原则。只有由国家从保险费和国库来支持和根据人民的需要加以计划，才能达到现代化的目标。

比万方案的阻力

比万的方案进行得并不太顺利。他的方案在人民的立场上看固然是再好没有了，但是这是革命性的，因为这个新的医业国家化制度会使许多依靠传统制度得到利益的人受到损失。这些人不肯接受这新的方案。他们并不是病人或是可能害病的人，而是医生。当我们到伦敦不久，就在报上看到医生协会举行投票：反对这法案的医生却占多数。这使比万很为难。若是多数医生不接受这方案，他的方案即使在国会里通过了，还是不易实行的。

有一天下午我在一个茶会里遇见了一位新从医科大学毕业的实习医生。我就问他的意见，他告诉我说："若是你分析一下这次投票的结果，就可以明白为什么这些医生要反对这方案了，反对这方案的医生在年龄上说是较老的，在业务上说是自己挂牌的。"

"为什么他们反对呢？"我还不明白。

"在英国要自己挂牌是不容易的。医生的排场必须相当阔绰，所以收入不能太少。要把稳一定的收入就得有一批老主顾。英国的医业发达得很早，每个可以有主顾的区域里都早已有老医生占据住。一个新出笼的小医生是不可能找着足够维持他业务的主顾的。他若进医院，工作忙，薪水少；若想自己挂牌，立诊所，只有向老医生出钱顶他的熟主顾。这笔顶费相当大。老医生拿这笔钱作为养老费用。这个办法已经成为习惯。现在医业若是国家化了，没有钱顶诊所的小医生，或是本来在医院里服务的医生，自然没有关系；可是已经出了顶钱的人可不是要发急了么？”

“政府不是规定了退休的医生有养老费的么？”我问。

“可是这数目是一律的，而且不会像顶费一样高。”

“他们若不愿为国家服务，不是可以继续他们自己的业务么？比万不是屡次声明决不对私人营业加以限制么？”我又问。

“这是理论，实际上普通人民每星期出了几便士的保险费之后，可以保障在失业或患病之后得到照顾，谁不愿意？他们怎么会花几十先令去请私家医生呢？而且公家的医生所需的设备由国家供给，技术上也可以比私家医生高明，私家医生哪能顺利地继续他的业务！”

我接着说：“那不是一般人所希望的么？有病一定能有医生疗治，而且医生的医道又可以提高，那是多好呀！”

“可是这些花过顶费的人却不愿意，他们为了私人的利益不能不出来反对了。”

“先生，”我说：“他们反对的理由并不是这个，而是说若是医生成了公务员，就会不认真看病了。”

没有等我说完，那位小医生好像受到侮辱一般的抗议了：“这样说，医院里的医生不及挂牌的医生了。事实恐怕刚相反！也许说这些话的人，在自己诊所里可能并不是认真治疗而是在生意经罢。”

当我离开伦敦时，比万已经允许和医生协会作恳谈，问题也许真的并不在公私方式的长短上，而是在政府必须保证这些已经在业务里投了资的医生不致因新方案的实施而受到损失。关于这一点，素以善于让步和宛转的比万必然会和这些医生得到协议的。重要的是英国一般的人民绝不会为了要维持几个老医生的特殊利益而愿意把自己的性命交给命运去决定。在比万的背后有着坚强的舆论，这一个使人民不愁疾病的法案，在我想来，必然很快就会成立的。

1947 年 4 月 4 日于清华新林园

从《初访美国》到《重访英伦》

我在两年多前写《初访美国》时，曾以罗斯福总统的政治和经济设施作为平民世纪的发轫。依我的看法，政治民主，每个公民都能用选举票去影响政治，必然可以确立为大多数人民谋幸福的政府，这个政府所采取的经济政策也必然会限制私人财富的无限累积，必然会提高一般人民的生活程度，于是也必然会走上以社会福利为目的的经济道路，以达到经济民主。我用自由和平等的两个目标来说明政治民主和经济民主的要义。在美国历史中，自由和平等的“幸福单车”曾经出过毛病，但是罗斯福的加强工人组织和提倡 TVA 一类的经济修正，使这“幸福单车”的两个轮子，自由和平等，重又配合上了——这是两年前的话。在这过去的两年里，在美国连续地发生了一连串在我看来不太使人高兴的事。罗斯福死后，新政有关的人员差不多都退出了政府，而且新政竟成了个“红帽子”。不久，罗斯福的反对党在国会里占得了多数，反劳工的政策已跃跃欲试，呼之即出。使富有者多担负国家费用的所得税的累积率要减低了。在国际上，我在《初访美国》所担心的“美国世纪”主义抬头了。这一切似乎把我在那本书里所提出的乐观看法罩上了一个黑影。

美国在过去两年里的政治对于世界民主运动有着很坏的影响。也许美国人民自己并不觉得，但是在我们想在尚没有达到民主政治的国家中建立民主政治的人看来是很痛心的。美国政治上的民主有着光荣的成就，那是没有人否认的。但是在经济组织上，虽则确已提高了人民生活程度，但是独占事业的发达，不景气的循环，失业的威胁，在

"平等"的尺度上讲，很有理由相信，他们的组织并不完美（我们且不提种族偏见所造成的社会不平等）。爱好美国的人，如我在《初访美国》一书中所表示的，总希望美国的自由和社会平等并不是相冲突的，即使过去两者并没有平衡的发展，在将来，两者还是可以相互并进，相得益彰。不幸的，战后的两年，美国对内对外的政治动向显然是抛弃了罗斯福的进步主义，开始走回头路了。这使我哑然，使我感觉到分外的不安。

在这种局面下，不免使我想到另一种理论了。欧美民主所标榜的自由并不是全体人民的自由，而是少数人的自由。最初这少数人用自由的许诺以获得人民的拥护，以克服中世纪封建所给他们的束缚，但是一旦得到了自由，就独占了这权利，变成了自由竞争，自由压迫人，自由剥削人的自由了。在资本主义的国家，政治民主不过是一种烟幕，不过是"以财富获取权力"的公式。政治民主如果要威胁到资本主义经济中的特权阶级，这个阶级就会破坏政治民主，而走上法西斯的道路。德、意是个前例。特权阶级绝不会自动放弃他们的特权。从资本主义到社会主义的过程中免不了要有暴力的争斗。无产阶级的革命是必然的。

美国这两年的趋势，不幸得很，似乎在佐证这种理论了——这使我写完了《初访美国》之后，默然了。

于是，我的眼睛转向了英国。英国怎样呢？英国过去的历史似乎也佐证了社会主义不经过革命不能实现的说法。麦克唐纳的工党政府一无成就，结果不但没有做出一毫社会主义的政策，甚至比劳合乔治的自由党政府都不如。劳合乔治还立下了劳工保险法，而麦克唐纳除了自己受到了英国上层阶级的恭维外，只是宣告了不流血革命是个梦想，一个很可爱的梦想。

但是，这次战后，工党又执政了。是否会又是一个麦克唐纳的政府呢？如果工党执政之后能实施社会主义的政策：能把财富重行公平分配，能把决定经济生活的权力从少数私人转移到选民手上，能普遍地提高人民生活程度，能解决失业的威胁，能给每一个人在社会里充分发挥他服务社会的机会，能使人民达到无虞匮乏、无虞威胁的自由……如果能做到这些，而所有的手段并不包含暴力，并不新奇，仍是一个选举柜；如果能这样，我们至少还可以希望经济民主是可以从政治民主中诞生；我们还可以希望一个平等和自由并驾齐驱的社会实现。

我们对于英国战后的情形太少事实的报道。报纸上所不厌发表的是英国的对外关系。工党上台之后在对外关系上，在今年以前的确没有什么改变，即使是袒护英国的人也不能在他们对希腊的政策上看出什么和保守党政府不同的作风来。我在《行前瞩望》一文中，已经说出了我们和其他朋友们那时对英国的惋惜。但是英国在一年半中对内是否有些新的措置呢？在报章杂志上实在不容易找，结果我觉得非去亲自走一趟看看不成了。

朋友们中有人说我是属于“软心肠”一类的人。我想他们说得很对的。“软心肠”的人才希望不必开刀，吃些“消治龙”就能医治盲肠炎。“软心肠”的人愿意在别人性格中看取“有希望”的一方面。《初访美国》表现了我忽视了美国的反动势力，而太偏重了进步的倾向（虽则我一直到现在还是维持着对美国进步势力的信念），以致过去两年的美国动向有一点出于我意料之外。这些是“软心肠”者的弱点。但是如果我们想向人家学习，该学习的自然不应该是人家的坏处。在教育的立场说，责己须严，责人须宽，确是有见地的。“人家都这样坏，我亦何妨坏”，决不是劝人为善，或是自己勉励的道理。

凡是预备读我《重访英伦》的朋友们不妨明白我的弱点。我不愿使人有一种印象，以为天下有十全十美的东西，但是为了互相观摩，我们也不妨多取人之长，少说人之短。我的心目中无疑的是在我们自己国家的成长。

从长处去看英国，这次战争确是给了他们一个自新的机会。他们在战后所开始的社会主义的试验，正是给我在上面所提到的疑案的一个正面的答案。我在回国途上很高兴地自慰说：几万里的旅程，三个月的光阴，并没有白费。我又可以相信，如果人肯努力的话，社会主义的目标是可以从政治民主的道路上达到的。英国是一个摆在眼前的例子。

在我《重访英伦》的8篇通讯中，自然不能把工党在过去一年半中所做的事全部记下来。而且因为写作的时间和环境都不能容许我多思索和多参考，所写的不免感想多于事实。让我在这小册子的背后，提纲挈领地把工党执政的经过和所有对内政策的原则大略说一说。

工党是1945年7月26日得到了在国会中多数党的地位，在这次竞选时，德国已经投降，而日本还在进行战争，普通人民还不知道战争要维持多久。丘吉尔挑定了这时候要求大选，据说是有作用的。他想，在战争将完未完之际，他的功绩和才干可能成为决定性的政治资本。他似乎在事前很有把握，而且从宣布大选到投票的时间很短，工党有一点措手不及的感觉。

有一位英国朋友知道我回国之后一定会写文章讲英国，所以他特地叮嘱我不要忘记告诉中国的朋友们当时选举的情形。他说："我们那时真不敢预测保守党是否会失败，我想丘吉尔一定以为他会胜利的。你没有看见当丘吉尔旅行演说时人民对他热烈欢呼的情形，大家真是狂了，这位挽救英国的英雄。也许太热烈了，他的演说内容大家都不去注意了。从当时民众所表示的热情来看，保守党继续执政可能毫无问题。保守党也太看重了丘吉尔的声望，所以在政策上，选举策略上不免忽略了。7月26日那天选举揭晓，真是个晴天霹雳，工党竟以393席绝对优势得胜了。保守党损失了181席，也是空前的，和丘吉尔声望之高一样空前。"

他语气加重了，声音放慢了和我说："这是我们英国可以引以自骄的一点。我们可以热情，一点不是假的，感激一个有功的人，但是就在这天，我们可以静悄悄地在选举柜前投下另一党的票子。人和政策是两回事，过去的功绩和将来的服务又是两回事。”

是的，英国人民的政治程度也许没有别国可以赶得上。他们每个公民都知道投票不是件发泄感情的动作，而是一项公民的责任，是决定自己和决定英国命运的大事，绝不能苟且。他们听各党的言论，比较各党的政策，从理智得到决定，冷冷静静地去完成公民的任务。这样，政治民主才有内容，不是个烟幕弹。这次美国的普选，不但弃权的人这样多，表示了不关心，随意人家摆布，或是消极的不知所从；而且据说有很多只因为“不满当前政府”为理由去投共和党票的。如果这是真的话，美国这两年来不能继续罗斯福的进步主义，并不是民主本身有问题，而是美国人民政治程度有问题，实行民主政治的困难，不在制度而在能力。

英国有这样的人民，才有尊重民主的政治家。丘吉尔得到了出于意料之外的失败时，脑中绝没有想到恋栈的意思。我们可以不同意丘吉尔的政见，但是他尊重英国宪法的精神是可以佩服的。譬如最近有一件小事情，国会里一个共产党议员被一个新闻记者打了一记耳光。这消息传到议院里，首先发言，认为这件事的严重，必须查办的是丘吉尔。他反对共产主义是政治立场，但是对共产党员的保障却是宪法所规定的，他绝不因自己的政见而影响到对宪法的拥护。能做这件小事的人，也是能接受“出于意料的失败”，乖乖下台，让工党去继续执政的人。

保守党继续执政了 10 多年，工党在野的时间很久，一旦被人民托付了整理战后英国，实行社会主义的责任，绝不是一件轻易担负的事情。英国在这次战争里受到的损失实在不轻。每个在战后去访问的人都能看到已往繁华的市区，如今成了一片片的焦土。如果一查他们的国库的账目，更会令人发生今昔之感。在战争开始时，国库里有 6

亿镑的资产，债务只有4.96亿镑。一仗打下来，存款只有4.5亿镑，而债务却有35亿镑。单单欠印度的债就有11亿镑。英国在战争期间忙着从事军火生产，所以输出额在1944年只剩了1938年的1/3。在战前英国在海外有投资，所得的利息可以支付输入的1/3。战后海外投资全部给了人，以后想在海外买一文货物就得输出一文的货物了。他们想恢复战前的输入额，他们必须一年输出12亿镑的货物，比目前要提高一倍以上。这是说英国穷了。这个工业国家一穷，问题就多了。他们的粮食是无法自给的，甚至香烟的原料都得靠输入。他们必须大量输出才能换得生活必需品。要大量输出，必须提高生产。生产要动力，人工，原料，技术——这许多生产要素，在英国现在已都成问题了。动力吧：煤的产额在减少，石油得向中东去运，而中东的政治背景又特别复杂。人工吧：在战争里损失的不算，现在还有大量军队不能复员；德国俘虏却要送回去了，人口逐渐在降低。原料吧：远不能自足，大部得靠输入。最后，英国工业赖以起家的技术，在过去几十年中也到处落后，赶不上后起的工业国家了。工党政府在保守党手中承继了这一个国力亏损，千疮百孔的国家——他们没有埋怨的可能，不这样没有办法，工党也不会能这样容易得到个社会主义试验的机会的。

就是这严重的局面使英国传统经济组织中的特权阶级明白自己已没有法子维持政权了。最简单的事实摆在眼前，如果要动员劳工努力生产，他们绝不能压低劳工的工资，压低工资必然会引起罢工，罢工可以使生产停顿。当然他们如果把国家的利害放在脑后，只顾眼前，只顾自己少数人的利益，他们可以剥夺劳工罢工的自由，用武力去压迫劳工，这样就必然要停止民主，走上法西斯，而引起革命了。英国特权阶级并不这样，这是他们的长处，也是他们的聪明之处。

工党上台之后，第一是继续战后的限购制度，使有限的物资能公平地根据人民的需要加以分配。这是一个社会主义的基本原则。资本主义的经济组织是根据购买力来分配物资的。如果供给少，需要多，价格就上涨，肯出大价钱的才可以买得到。英国物资已经缺乏，如果让大家争购，物价一涨，势必走上通货膨胀的道路，而引起富者愈富，贫者愈贫的现象。工党为了要避免这有害的现象，所以继续限购。限购是使政府有权决定物资的分配，他们可以因孩子们需要营养而实行公家供给小学生牛乳的办法。

第二是继续有计划的生产。他们想把原料、人工、资本作合理的安排，充分地利用来增加生产，提高输出，使英国的经济恢复战前的地位。这是计划经济。要实行计划经济，他们逐步地要把金融，动力，运输，以及基本重工业收归国有。在一年半里英格兰银行和煤矿收归国有了。铁路和运输国有的法案已通过了。最近土地利用受到国家监督的法案也通过了。电气、钢铁一时还没有收归国有，但是已在计划中了。

第三是承认工作和健康是人民的权利。在资本主义的社会里，失业是被认为个人自己在竞争里失败的结果，贫穷是对失败者的惩罚，甚至一般认为失业救济是违反社会进步的。这一套的看法已经因劳工势力的抬头而被否定了。社会主义者认为有工作做是每个人应有的权利。如果社会不给人工作做，那是社会的不是，应由社会负责。所以由劳工自动的互助保险变成了社会保险，再进而成了政府的责任了。

同样的，每个人的健康是人生的权利，社会有责任使疾病不能任意袭击人；如果预防不周，有人害了病，社会有责任使他能得到人类知识所允许的治疗。

第四是承认每个人有受充分教育的权利。工党政府一方面提高国民教育的年限，依相等于中国的制度说，每个英国人都有权利受到初中程度的教育，不但如是，凡是优秀的青年可以得到地方公费，依他们的能力一直向上升学。这是最基本的自由，每个人有依他的能力在社会上尽最大服务的自由。

以上不过是工党政府已经做，或是已经定下了开始做的日期的重要设施。我们应当记得，在时间上说，至今年7月工党政府才满两年，在这样短的时期内，能做这样多的事，真是少有的；而且，这两年并不是平静的两年，工党的对内对外的处境并不是一溜顺水。

我已说过工党向保守党继承的遗产是个在解体中的帝国，是个式微中的工业组织。而且，他们多年在野，一时不易得到许多有经验的政治家。当然，在他们所得的遗产中也有着无价之宝，那就是一个保证他们能放手试验他们社会主义的宪法，政治程度很高的公民，守法认真的国民性，此外还有一个健全的文官制度，一辈有效率的公务员。当他们上台之初，的确到处发觉人才不足的苦处，在许多部门里，不能及早改变作风的一个原因也是人才不足。据说当时手忙脚乱的情形使90岁的萧伯纳都摇头了："一个穷人掘到了金子，是会不知怎么办的。"可是这副穷相并没有维持多久，不到一年，保守党已没有话柄可以攻击政府能力不足了。

社会主义并不是魔术，工党上台不能立刻把英国的经济健全起来。可是传袭下来的严重的危机却要当前政府负责处理的。英国都市发达得早，所有的房屋也因之破旧不堪，有名的东伦敦的贫民窟，在战前已成了活地狱。德国的炸弹和飞弹把已经十分严重的住的问题弄得更不可终日了。在国会里有一位女议员报告说：她亲眼看见一间房里住着一对夫妇和八个孩子。在战争结束时的估计，有50万个平民住宅立刻需要重造，有400万个住宅已经有80年的寿命，在农村里，如果要吸收足够的人力来经营农业，就得增加30万个农舍。造房子要原料，要人工——原料和人工两缺的战后，政府怎么办？负责应付这问题的贝方在提出了建屋法案后，很冷静地向国会说，1947年年底，虽则我并不能给每一个英国人应当有的舒服的住宅，但是住的问题决不会再使任何一个人觉得伤脑筋了。当时听见这句话的人，真不免为工党政府捏了一把汗。但是我到伦敦时，1946年年底，沿着郊外铁路两旁已经有着大规模的市民大楼出现，在农村里已有一排排的公家出租的小住宅。贝方的支票可能是会兑现的。想想这件工作的伟大，使我呆了半天。国内讲政治的整天在空谈主义，或是在记录宦海的升沉。其实是政治应该从最基本的衣食住行等日常事务上入手，也在这上边去证明得失。工党的成功不是在挂上一块社会主义的牌子，而是在每一个人的生活上表现出社会主义所能给他的利益——生活程度的提高。

煤荒又是一个工党从保守党接收下来的烦恼。英国煤矿在技术及在组织上的落后，以致产额日减。经过了一个战时，再加上了要拼命增加生产的战后一年，储备着为不时之需的煤量差不多都用完了。一到冬天，老天又不帮忙，50年来所未有的奇寒，冰雪阻碍了运输，于是大城市里闹煤荒了。其实不论哪个党出任政府都会碰着这问题的，但是工党却正在台上，自得负责。我们应当注意的倒并不是煤荒的起因，而是政府怎样在这近于棘手的情形中，能安然渡过危机。这使幸灾乐祸的隔海友邦，也惊异了。工党是撑得住的。

工党最大的阻碍不是在国内，而是由国内的处境而引起的对外关系。在战时，英国有罗斯福的租借法案，不必用外汇来购取英国所需的输入品；但是罗斯福一死，战争一停，杜鲁门把租借法案也停止了。一把把英国的喉咙握住。英国在重大的负债之下，绝没有能力靠自己的输出来换取输入。没有了输入，不但英国人将没有烟抽，没有电影看，连面包都会不够的。所以不论哪一党执政，必须向美国（惟一可以向别人放债的国家）借款。而美国又在杜鲁门执政的任内，金元外交开始抬头的时候。他们不再记得胜利是爱好自由和和平的人共同争取来的，恢复和平也是应当全体和衷共济的，这些在突然发现自己金元力量的山姆大叔全不理会。不但不理会，而且竟想乘着人家打仗打得筋疲力竭的时候，确立他的“美国世纪”了。“美国世纪”是一个经济无政府的世纪，他们不愿看见任何国家实行和资本主义不合的社会主义。他们可以用各种宣传告诉美国人，苏联是如何可怕。苏联也确有它不完全的地方，所以一到宣传家手里文章也容易做；而且美国人中明白苏联的不多，传统的歧视也助成了对社会主义攻击的气焰。但是英国的社会主义若是成功了，对于美国人民的印象是不同的。不乏远见的美国资本家，自然不愿意工党政府在英国太得意。当英国要在经济上乞援的时候，山姆大叔的机会来了。

工党政府自从向美国借到了11亿镑的债款后，在经济上和外交上真是有苦说不出。他们答应了美国放弃对英镑区内美元统制的办法。一旦放弃了这办法后，美国在英镑区内就可以和英国竞争了。譬如英国向印度购买了1万镑的货物，在统制办法下，印度只能向英国购买同值货物来清算这笔债务。现在不然了。印度可以向美国购买同值的货物，由英国去向美国支付美金，这也就是所谓多边贸易。

英国也允许放弃帝国优惠关税。以往在帝国圈子内，英国货可以靠关税的保护得到对美国货竞争上的优势。这办法一旦取消，英美就在相等的地位上竞争了。事实上是很清楚的，英国在战后经济基础已经动摇，怎样挡得起美国的竞争？所以这些条件等于是把帝国出典给美国了。

外交并不是理想的追求，而是决定于利害的考虑。工党的外交在过去一年半中已成了美国的小伙计。在工党后排议员中也已经屡次表现不满，甚至已屡次“反叛”。但是工党政府有什么办法呢？如果我们分析国会里执政党议员的“反叛”，就很可以使我们明了他们政府的苦衷。本来同属一政党的议员，在主要政策上总是同意的，即使不同意也只在党内会议中发生辩论，很少公开在国会里表示异见。如果这些“反叛”是表示工党内部纪律不严，那么我们很可以怀疑工党本身的能力了。事实上，依我个人看来，这是前排议员（工党中负行政责任的议员）和后排串演的一幕戏。负政府责任的在美国压力之下，无可奈何地只能跟着美国走。但是若是一味跟着走，不但和工党标榜的主义不合，而且可能失去人民的信任。于是不能不让后排议员不断地表示出对政府的不满了。这样一方面向人民说工党并不是甘心做小伙计的，一方面对美国说，不要再压迫了，压紧了可能会走极端的。英国是政治上的老手。如果“反叛”只是纪律问题，我不相信像贝文像摩里逊这些魄力和手腕十分高明的政治家不能制服少数年轻的工党议员的。

政府答复从“反叛”议员口中所表现出来的一部分人民的不满是：除了加紧充实国力，谈不到独立外交。他们最近在帝国内部的殖民地政策上表示出了有清算帝国的勇气，在对国际的局面中却只能忍气吞声，苦了贝文。

我在英国常问起许多朋友，工党政权是否安稳？依英国宪法，国会中如果不发生不信任的事件，一直要到5年之后才重选。所谓不信任是要多数议员否决政府的提案。工党内部如果不发生严重的裂痕，他们拥有超过所有其他政党总数148票的优势，绝不会有不信任的提案通得过的。即是以“反叛”的事例说，他们至多拒绝投票，并没有投过反对票，所以并不会影响到工党政权。5年的期限使工党有充分时间去实行他们的长期政策，而且他们相信在这期内必然可以做出成绩来的。

工党政权安稳了么？并不。他们从美国借来的11亿镑的债款，本来是打算可以用来安定英国经济的。“这个债款必须是一块跳板，不是沙发。”——这是丘吉尔的话。英国固然并没有把这笔借款消耗在内战里，也没有用来买口红和冰淇淋粉，成为暂时享乐的沙发；但是这个跳板的弹性并不如预期的那么大，并不能使他们从这跳板上一跳而入于平衡的经济。他们用这笔款来买了许多救急的消费品。而且因美国通货膨胀，实际购买力也降低了。依今年年初的估计，还有18个月，这笔借款就可能用完了。用完了怎么办呢？

英国人早就有些发急了。美国共和党的得势使他们感觉到威胁。

18个月之后可能碰着个共和党的总统。如果想向美国续借一笔大款，条件可能比第一次更苛刻。上一次还没有太显明的政治条件，下一次谁知道！如果美国说除非保守党出面不肯借款时，工党政府怎么办呢？为了人民生活的着落，是否必须接受这类条件呢？这是谁也不敢预言的。

美国，美国，为了你发愁的岂只是英国的工党！

历史是曲折的，在短距里是难于预测的。但是一个软心肠的人，不愿意世界不断遭受战争的惨痛、甚至可能毁灭的人，眼睛总是向着光明看，即使这光明只有一线。向光明看的人，还是记得罗斯福在美国所做的一切，所允许给世界的一切，以及他所铺下的道路，我在初访美国时所见到的那一条不必流血而可以达到的自由和平等并驾齐驱的道路。就是这副眼睛，这副心肠，又在世界的另一角里看见了同一方向的努力，同一道路上的伙伴，我这样写下了这本《重访英伦》的小册子。但是我似乎已丧失了两年前的天真，我已隐隐约约看到了这道路上的绊脚石。真如拉斯基教授所说的：暴力革命是可能发生的，但是我们为了文化，总得向避免暴力的方向前进。

1947年5月4日于清华新林园

传统在英国

英国朋友们喜欢和我们攀交情，说是我们这两个民族都是有传统和爱好传统的。我听了这话心里实在觉得不好意思，在这方面中英两国不但不相像，甚至可以说是刚刚相反。英国表面上是爱好传统的，但是传统在他们只是个装酒的瓶子，外貌古雅，可是瓶里装的却常常是新酒。我们中国人特别对于外表重视，名字上一点都不肯放松，注重牌子，只是内容却常是腐旧不堪的传统。英国人客气要拉拢我们，我只觉得脸红。

我们要民主第一件事是自称为民国，把故宫改为博物院，皇帝的名目取消了——这些自然是要紧的，“正名”是不错的，可是以此为止，却弄成今日这个局面。英国到现在还保存个国王，表面看去也是认真得很。皇宫门前常有不少子民，会站着老半天等御驾出宫。一出来还要提高了嗓子欢迎一阵。如果说国王是个傀儡，谁也不肯承认。但是自从查理上了断头台之后，国王的政权却剥夺得快完了。他的用款要受人民代表的批准，这还算不要紧，连恋爱都要受首相顾问，不但顾问，恋爱错了对象，可以受到警告，甚至连国王的头衔都可以因之取消。我们当然还记得那位不爱江山爱美人的爱德华。现在谣传很多的伊丽莎白公主又在为恋爱烦心了。国王的仪表仍旧，只是权力没有了。他们的民主是这样得来的。

传统在英国政治里的牢固时常引起外国去观光的人的注意。让我再讲几件巴力门内的小节目，很能借此看到英国政治所倚附的精神。

英国以前的国王也是很专制的，要杀人就杀人。巴力门是英国人民费尽了力量逼着国王召集的民意机关，它的目的就在剥夺国王的权力，它和国王之间自难有友谊可说。当初，议员们在巴力门里辩论时，墙上长着耳朵，谁骂了国王，出了门可能就失踪了。所以在巴力门内发生了一种避讳的规矩，在辩论时从不称名道姓。指着辩论的对方时就说“这位议员先生”（The honourable member），若是要指不在眼前的人，可以加上议员所代表的选区的名字。一直到现在还是这样，没有提到别的议员的名字的，虽则议员的保障已是绝对的稳固了。

要有自由言论，人权保障是绝对不能少的。巴力门是个代议机关，是用口头辩论来代替用枪子决胜的保险机构。这避讳名字的传统，虽则已失时效，徒具形式，但是却成了一种有意义的象征。在巴力门内议员的言论须有绝对保障，不论说什么话，都不能引用来构成说话者任何罪名的。我记得在1938年，有一个议员，丘吉尔先生的女婿，同时在防空部队里当军官的，在巴力门里质问政府时列举事实说明伦敦防空准备的空虚。他所引用的数字却和军部秘密文件里的计划完全相合。军部大为震惊，认为秘密文件一定已经泄露，不能不赶紧彻查，所以用命令要这位议员穿了军服（意思是以防空部队军官的身分）出席军事法庭。他拒绝了这命令，一口气跑到巴力门里报告被传经过，认为政府违反了基本宪法精神，干涉了议员在巴力门内言论的自由。那时欧洲风云虽则很紧急，国会却因为这案子停止了其他的讨论，临时划出三天来辩论这违宪案。所有的议员差不多全体认为军部大逆不道，甚至要求张伯伦内阁立刻辞职。结果是政府引咎，但是因为时局关系，准免辞职。这场风波表示了英国政治对于基本民主精神的认真。国会永远不放心政府，片刻不肯轻易疏于防范。这种防范权力被滥用的精神，也充分表现在避讳称名道姓的传统里。

英国人民虽则享有全世界最民主的政治，但是他们却比任何国家的人民都念念不忘民主没有贯彻时的经历。下院和上院间的关系又是一例。在早年，由贵族所组成的上院具有很大的权力，远超过由平民代表所组成的下院。平民和贵族间曾经长期的争斗，结果是平民胜利了。在争斗期间上下两院形如敌人。他们虽则在威斯敏士特同一个大厦里分别开会，但是互相不相通话的。在下院里说起了上院时只说“那边”，好像一个受气的媳妇用指头指指隔壁代表婆婆的意思。到现在下院在政治上完全制服了上院，而且感情上早已很融洽，但是照例还是用“那边”来指上院。我有一次去找上院的一个议员，不知道战后下院的会议厅被炸在修理，借用了上院的会议厅议事，所以找到了下院的通报室。那位警察看了看我所要见的名字，摇了摇头，向我冷冷地说：“我们不管他们的。”把那条子还给了我，不再指点我去向了。后来我问起朋友为什么这位警察这样不客气？他和我说，这是传统，上院和下院在表面上是没有往来的，他们“算”是冤家的呀！

下院的权力尽管已大过了一切，但是他们并不摆在面孔上的。表面上看去下院还是怪可怜的媳妇。每届国会开幕时，国王照例要发表一篇训词。这篇训词其实就是政府的施政方针，是下院多数党领袖，政府里的首相起的草，预备在下院里提出来公开辩论的。但是他们的传统却不是这样简单。在下院没有权力时已定下了规矩。国王到上院，皇后坐在旁边，下面是穿了紫袍的贵族们，靠两面的板凳上坐下。国王开始念他的训词。在贵族们背后站着几个下院的议员，包括他们的主席。是下院派来“窃听”的。他们没有座位。国王念完训词，下院主席急急忙忙赶回下院，登台宣布：“我已听到了国王的训词了，而且为了准确起见，我还取得了一份记录——”于是他开始念他的“窃听”来的训词了，其实就是下院多数党领袖所起草的施政方针。

这些富于戏剧性的传统是英国政治里的特色。可能是因为他们喜欢这些花样来点缀这太缺乏趣味的政治，但是这些传统的用处显然并不限于艺术兴趣的满足。他们爱好传统是要人记得，现在生活中所宝贵的一切是经过一番辛苦，付过一笔代价才得来的，这样方能使人对于现有的权利看得重要，不肯轻易放弃。

人民的权利得之不易，而失去却不难。德国人民可以莫名其妙把魏玛宪法埋葬，拱手让希特勒来套上锁链。就是以现在美国情形说，只要有人拿了红帽子来一吓人，他们可以安安静静让邻居被政府检查，被检查处诬告，甚至连职业都可以被政府夺去。人权是要争的，争得了还是要时常防着点，一不留心就会被人偷走了。英国人民在这方面是最老练了。这许多传统表面上似乎只是有趣，谁明白它们也是有用的呢？

旧瓶子里装新酒，不是为了装潢好，而是为了要使新酒不变质。我们是用新瓶子装旧酒，自己欺自己说是酒已经不是以前的了。中国的传统在新名目之下腐化，发霉，而英国却能用传统来警惕人民不走回头路。中英两国即使有很多相像的地方，但是决不是在这上边。英国朋友的好意，我们实在承当不起。

1947 年

留英记

我是1936年作为清华大学公费生到英国去留学的。进伦敦经济政治学院，读人类学。1938年毕业回国。这里要追记的是这一段留英生活。但顺着回忆的思路联想到许多和这段生活有关的事，不受题目的拘束，也把它们写了下来。

一

先说我是怎样得到留学的机会的。

30年代，我在大学里念书时，周围所接触的青年可以说都把留学作为最理想的出路。这种思想正反映了当时半封建半殖民地的旧中国青年们的苦闷。毕业就是失业的威胁越来越严重。单靠一张大学文凭，到社会上去，生活职业都没有保障。要向上爬到生活比较优裕和稳定的那个阶层里去，出了大学的门还得更上一层楼，那就是到外国去跑一趟。不管你在外国出过多少洋相，跑一趟回来，别人也就刮目相视，身价十倍了。留学已多少成了变相的科举。有些大学生着了迷，搞得颠颠倒倒，这些形象对于读过《儒林外史》的人似乎是很熟悉的。

但是以留学和科举相比还有点不同：封建时代有资格大做其金榜

题名美梦的人范围似乎广一些，至少传统剧目里足够反映出状元公这个人物在群众的想像中也并不是那么高不可攀的；熬得过十年寒窗，百衲的青衫也会换得成光彩夺目的紫袍。留学却没有这么容易。这是个资本主义的玩意儿，讲投资，比成本。最便宜的是留东洋，一年也得五六百块白洋，要留西洋就得五六千。如果要取得个洋博士学位，至少也得两三年，没有千把万把白洋，只好望洋兴叹了。

留学要花钱，钱从哪里来？这里有“官费”、“自费”、“公费”等等的不同。初期，清朝政府要培养洋务人才，派留学生出洋，但是当时社会上有地位的人还很多不愿离父母之邦，入鬼子之国，更少愿意自己掏腰包送子弟出洋。因此，留学生的费用全部得由官家负责，此之为官费生。留学回来的人，官运亨通，洋翰林比土翰林更吃香。学而优则仕，原是当时知识分子的守则，留学回来有官可当，群焉趋之。官费留学的机会逐步就被达官贵人所把持，用来培养他们自己的子弟，扶植自己的势力，和这些有权选派留学生的权贵没有关系的就沾不着官费之光。沾不着光而又有钱的人家，要送子弟出洋，就只有自己出钱，此之为自费生。

除了政府遣派的官费生和自己家里出钱留学的自费生之外，还有一条让既没有钱又靠不上势的青年可以得到留学机会的路子，这是一条帝国主义安排下的路子。帝国主义者拿钱出来收买中国的青年，为了要培养为它服务的工具。但是它不能太明目张胆地这样做，必须找一些好名好义来掩盖一下。所以这条路子的花样多，走起来也比较曲折。其中最重要的是美国利用“退回庚子赔款”的名义建立起来的“清华学校”（最初叫清华留美预备学校，后来改称清华学堂，又改称清华大学）。这段历史我自己不熟悉，另外有人可以叙述，不必在这里多说。我要在这里指出的是它和官费、自费有所不同。它是采取公开考试的方法来招生的，因而使得许多原来在钱和势上都不足以走上留学道路的青年有了留学的机会，使他们也可以大做其留学美梦。

这种通过考试取得别人的钱去留学的则称之为公费生，以别于官费和自费。

我是靠清华的公费出去留学的，但是又不同于经过“留美考试”的公费生。为此，得把清华公费留学的情况简单说明一下。

清华留美预备学校或是后来的清华学堂，都是专门为准备出国留学的学生进行补习的学校，是一个“加工厂”。招收的是十四五岁高小毕业程度的学生，要经过七八年才送去美国留学。凡是考得上这个学堂的就取得了留学资格，加工期满，照例一定放洋（除了招收这种小学毕业生之外，也有少数年龄较大的，在清华园住上几个月就出洋的，此外还有已经在美国的留学生可以申请清华补助等）。1925年这个办法改变了，清华学堂成立了“大学部”，1928年学校的名称也改成了清华大学，意思是不再做加工厂，而是个出成品的工厂了。清华大学毕业本身并不是个公费留学的资格。但是另一方面清华还是每年要为美国遣送一批留学生。于是另外定出了一个留美考试的办法，报考的资格也由小学毕业提高到了大学毕业，而且不仅清华大学毕业生可以报考，其他大学的毕业生也同样可以报考。每年在报上公布当年招考哪些科目，每科多少名额。这叫做“留美考试”。另外，清华还保留一些公费名额给自己研究院的毕业生和各系的助教。我是以研究院毕业生的资格取得公费的。清华的研究院招收大学毕业生，规定至少学习两年，提出论文，经过考试及格就可以毕业。每年在毕业生中按平时的学习成绩和最后毕业考试的分数，经学系的推荐，挑选若干，给予公费留学的机会。

当时这种性质的公费留学，除了清华的留美考试之外，还有中英庚款的留英考试，听说中法大学也有类似的公费遣派留学生的办法。在30年代下半期，这类公费留学生的数目在留学生的总数中占相当大的比例。

此外，在我国各地所设立的许多教会学校和青年会等团体，也为外国吸收我国学生安排一些路子，但是这些路子并没有上面所说的那样明显，而且也比较分散。因为我在进清华大学的研究院之前在燕京大学读过三年书，所以对这些路子也知道一些。

原来美国各大学里有一种助学金和奖学金制度，钱的来源是私人的捐款。美国这样的资本主义社会，资本家常常要逃避捐税，假冒伪善地捐些钱做做“功德”，帮助清寒学生上学和奖励成绩优秀的学生是其中之一。各大学也以此做广告来招揽学生，每年在“校览”上公布，说明给予助学金和奖学金的条件，符合条件的人都可以申请，受惠的学生不受国籍的限制，甚至也有专门指定给哪一国留学生的。

这一类助奖制度并不采取公开考试的方式，而是由各大学所设的审查委员会根据申请人所提出的机关或个人的推荐书来挑选。推荐书自然都是为申请人说好话的，所以真正起决定作用的是哪个推荐机关或推荐人腰杆子粗和哪个大学的关系深。推荐人也就举足轻重，成了经纪人。美国教会在中国设立的这些学校、青年会等就利用这个经纪人的地位为他们的学生或朋友找留学的机会。由于这种助奖制度本身并不是统一的，也不是固定的，有资格推荐的人可以推荐也可以不推荐，推荐了有没有效也不一定，所以在这些教会学校里虽则表面上并不像清华一样标出留学科目的清单，公开号召角逐，而实际上为了争取留学机会也对师生关系、教师之间和学生之间的关系发生深刻的影响。比如说一个学生想得到推荐，他就得多方接近有势力的教授，博得他的青睐。那些教授就又利用这个经纪人的地位在学生里发展他个人的势力。而且同学之间为了争取这种留学机会，勾心斗角，费尽心机。

当然，除上面所提到的之外，还有自己刻苦积蓄，到外国去半工半读的留学生，以及更有组织的“勤工俭学”等等路子，我在这里不再一一去说了。

二

我到英国去学的是人类学。在此可以谈一谈我怎么会选上这一门学科的。

我在燕京大学读的是社会学。从燕京的社会学系，进入清华的社会学与人类学系的研究生院，又到英国去学人类学，虽则是我个人的一个经历，但也反映了中国学术界这一个小小角落里的一段历史，这里把它记下来或许也是有意思的。

燕京大学之有社会学系是一个名字叫甘布尔（Gamble）的美国人创始的。他是“象牙”肥皂公司的老板，到中国来做青年会工作，在北京进行社会调查，后来和伯吉斯（Burgess）合写了一本《北京调查》的书。他进一步，想培养一批中国人能像他一样一面做青年会工作，一面进行社会调查，反正他的“象牙”肥皂在中国所赚去的钱已不少，就拿出一笔来做这件事。拿这笔钱出来还得有个名义。于是拉住他的母校，美国的普林斯顿大学，成立一个叫“普林斯顿在中国”的基金，交给燕京大学，作为培养社会服务的人才之用。燕京大学拿了这笔钱先办社会服务系，后来改称社会学和社会工作系，在这个基础上逐步添设经济学系，政治学系和法律学系，合成为法学院。

这一段历史说明燕京的社会学是从青年会工作和社会调查这两个底子上建立起来的。它是从美国传入的，培养目标是社会服务的人才。这一套字眼在美国人听来很容易懂，因为这是美国资本主义社会的构成部分，但是对于在社会主义社会里生活的人，这些字眼的含义不加以注解也就不会明白。青年会工作是“社会服务”的一种，它的活动表面上看来是电影院、浴室、弹子房、运动场、业余补习学校，一直到旅馆的综合体。青年会是基督教主办的，所以是教会工作的一部分。它实际的作用就是通过满足一些市民社会生活上的需要来进行基督教的宣传，也就是从生活服务入手来进行意识形态上的传教工作。在资本主义的社会里，尤其是在美国，这一类的社会服务特别发达，那是因为在资本家残酷剥削下劳动人民的生活受到了严重的摧残，出现了各式各样的所谓“社会问题”。这些问题如果让它发展下去，就会充分暴露资本主义的罪恶，激起劳动人民的觉悟和反抗。为了缓和阶级矛盾，剥削阶级拿出一些钱来，针对这些“问题”加以“救济”和弥补。要进行这项工作，一方面要有一批人去了解社会情况，发现“社会问题”，这叫做社会调查；一方面又要一批人去发放救济款，去做“思想工作”，去办理儿童教养所等等，这叫做社会工作。燕京大学最初传入的“社会学”，就是这些名堂。

我是1930年从苏州的东吴大学转学到燕京社会学系的。当我挑选这个学系时，并不明白社会学是什么东西，我当时抱着了解中国社会的愿望投入了这个学系。我在东吴时读的是医预科，为了鼓动反对校医打人的一次风潮而受到学校当局要我转学的暗示，离开苏州的。当时正是大革命失败，白色恐怖之后，南北军阀混战的时期，在文化战线上正在热烈展开社会史的论战。这许多刺激使我抛弃了当医生的想法，决心要研究一下中国社会。所以到了燕京，注册进了社会学系。

我这个愿望并不是个别的，特殊的，在当时的形势下具有这种愿望的青年人是不少的，而且有许多青年接受党的领导走上了革命的道路。但是也有一些像我一样的人，还不能接受马列主义，又被白色恐怖所吓倒，要求另外寻求一个出路。所以在这时燕京社会学系冒出一种发展理论社会学的要求，现在看来也并不是偶然的。所谓理论社会学者是和上面所说的那种社会服务、社会工作的实用社会学相对而言的，实际上指的是那一套进行社会改良的理论。

回想起社会学在西洋的历史也一直有这两个方面，例如19世纪50年代写过《社会学原理》和《社会学的研究》（即严复所译《群学肄言》）的英国的斯宾塞就是这种所谓理论社会学的祖师之一。他想尽各种理由来证明社会发展到了资本主义就到了最完善之境，资本主义是不可避免的，而资本主义以前的社会全都不及它的优越。这样就在思想战线上巩固了资本主义的社会。但是资本主义的好景不长，它本身所包含的不可克服的矛盾日益严重，百孔千疮，昭昭在人耳目。为了要缓和阶级矛盾，麻痹无产阶级的意识，不能不对所谓“社会问题”进行“社会调查”。以英国来说，19 世纪末年就有蒲斯（Charles Booth）对伦敦工人生活进行过规模相当大的调查。这一类社会调查的目的一方面是暴露资本主义社会的矛盾，并加以解释，一方面为资本主义的社会设计“改良”的方案。前一方面就形成“社会理论”，后一方面就形成“社会工作”，譬如说，资本主义社会的贫富两极分化，出现了所谓贫穷问题，一些理论家就出面来说工人阶级贫穷并不是出于资产阶级的剥削，而是出于孩子生得太多，话当然要说得更复杂些，但当时的“人口论”骨子里就是这句话。这就算是社会理论。另一方面也就采取了许多所谓“最低工资”、“人口节制”、“贫穷救济”等等具体措施来减少工人们“铤而走险”闹革命的危险。这就是社会工作。

燕京大学社会学系一部分不满足于社会工作的师生，我也是其中之一，提出了“要理论”的愿望。但是又感到英美资产阶级的“社会理论”不合中国情况；怎么办呢？于是想从“社会调查”入手。但是当时又认为甘布尔、伯吉斯以及清河和定县这类“社会调查”太肤浅，解决不了问题，想另求出路。在摸索中却找到了人类学这个冷门，提出了所谓“社区研究”的新路子。

人类学究竟是一门什么样的学科？它比社会学也许更是模糊。人类学，研究人类之学也。望文生义，凡是和人有关的全可包纳在内。事实也确是这样，上自几十万年前的人猿化石，下到民间传说，风俗习惯，都可以在人类学的教科书中找到它们的地位。但是在第一次世界大战之后，英美的人类学中专门研究殖民地上土著生活的一部分称作社会人类学的（欧洲大陆称“民族学”），特别发展了起来。燕京社会学系提倡的人类学也只是指这一部分而言。这一部分所谓社会人类学之所以发展也是应形势的需要。第一次世界大战之前帝国主义者分别占据殖民地，对殖民地上的人民摧残掠夺无所不用其极。殖民地分割完毕，帝国主义间发生了一场争夺殖民地的大战。战后面临着一个新的形势：一是帝国主义要在它已占领的地区开发资源供他们掠夺，必须利用土著的劳动；一是殖民地人民开始更有组织的反抗，使帝国主义者想直接单靠武力来统治遇到了困难。如果长期维持着战争状态，不但军费浩大而且不便于进行剥削，这个算盘是打不过来的。因此，老牌殖民主义者的大英帝国带头搞起所谓“间接统治”来了，就是利用当地的部落上层，维持当地社会秩序；吸收当地劳动，开发当地资源。要实行这个殖民政策，不仅需要做资源调查的自然科学工作人员，而且需要懂得当地语言能对当地社会进行深入研究的社会科学工作人员，后者就是所谓人类学者。从第一次大战之后，英国的人类学者在殖民部的直接和间接的支持下，对非洲的英国殖民地开展了很广泛和系统的实地调查研究。在这项工作里冒出了人类学中的功能学派。他们搞出一套实地调查研究的方法，做出了许多研究成果，还有一套所谓“理论”，这套理论主要是用来指导他们怎样去调查一个土著部落的一些经验。我们在这里不必去详说，要说的是，他们这一套东西看起来比从美国社会服务里学来的“社会调查”深入得多。原因是美国式的“社会调查”是以资本主义社会为基础发展出来的，着重在数量的统计，各项统计之间的关系在资本主义社会中是不言自喻的，但一应用到非资本主义社会，不但数量统计不易正确，而且各项统计之间的关系不一定相当于资本主义社会，于是这类调查显得支离破碎，不能说明问题。人类学调查着重在不同性质的社会的解剖，用到中国来似乎更适合一些。为了和“社会调查”作出区别，后者称作“社区研究”。

为了发展这种“社区研究”，燕京社会学系在1935年还向国外搬了一位当时功能学派的大师布朗（A.Radcliffe-Brown，英国人，后来当牛津大学人类学教授）到中国来讲学，在《社会学界》（燕京社会学系的刊物）连续出了两期专刊，极尽鼓吹之能事。

在说到我留学英国的事之前还得加一个插曲，就是我到清华研究生院去读两年书的原因。我在燕京读书时，可以说是个拥护“社区研究”的积极分子。但是当时社会学系的当权者是社会服务派，所以毕业后想由社会学系推荐去外国留学，还不具备条件。支持我的老师吴文藻先生出了个主意，并且为我奔走，设法送我进清华大学研究生院，使我一则可以在人类学这门学科里打个底子，二则可以在研究生院毕业后得到公费去英国直接跟功能派的大师学习。

这个主意是实现了的。只是清华研究生院里收我做学生的人类学教授是个俄国人，名叫史禄国（S.M.Shirokogoroff），他的人类学是帝俄时代的老传统，和英美很有差别。帝俄的学术是传袭大陆的系统，人类学包括的范围首先是体质，其次是语言，再其次是考古，最后才到社会文化的“民族学”。他为我制定了一个长期计划，第一个时期专门学体质人类学，其实这是门生物科学，幸亏我曾有两年医预科的基础，所以还算衔接得上；一面补习解剖学，动物学，一面向他学人体测量和人体计算学。他打算第三年才教我语言学，谁知清华研究生院改了章程，两年就可以毕业，而且他自己第三年就要休假，所以我在清华只完成了他替我规定的计划的第一阶段。这两年我所学的和上面所说的“社区研究”关系不大，但是由于这两年的学习，满足了清华规定的公费留学的条件，使我能到英国去留学。

三

1937年夏天，我从上海出发去英国。到英国去留学这一点还得说明一下：按清华的制度，研究生院毕业生符合规定条件，给予公费留学机会的，可以自己提出留学计划，并不一定要到美国去。当时有一种流行的成见，认为真是要讲学术，最好到欧洲国家去留学，对于美国的学术水平不太看得起。这个成见有什么根据很难说，可能是由于美国留学生太多了，物以稀为贵，到欧洲去留学回来身价可以高一些。这是我要去英国的一个原因，但主要的还不在此。上面我已经说过，我的留学计划酝酿已久，是和燕京社会学系里那一批搞“社区研究”的人一起策划出来的，这些人中间带头的是吴文藻先生。他心里有着一个培养徒弟的全盘计划，分别利用各种不同的机会，把他们分送到英美各个人类学的主要据点去学习，谁到哪个大学，跟谁去学，心里有个谱，后来也是逐步实现了的。他认为我这个人最好是去英国跟功能派的大师马林诺斯基（B.Malinowski）去当徒弟，理由之一据说我这个人的性格和这位老师有点相像。实在的原因是英国没有美国那种助学金制度，派人去留学的机会不多，我当时既然有机会去英国，当然不能错失。去英国的计划就这样决定了。

这里可以提一笔，我这个事例也说明了在30年代后期，留学制度确是有了一些新的变化。早期的留学生出国时的水平很多是比较低的，在国内只是准备了一般的基础，专业训练比较差，到了国外才选择专业，选择老师。但是到了我出去留学的时候，不论是经过留学考试或是研究生院毕业之后才出去的，都在专业上花过了一番工夫；学什么，跟谁学，这些问题在出国之前都经过一番考虑的。这样加强了目的性和计划性，对于专业培养和提高质量，看来是有帮助的。

为什么要跟马林诺斯基去学呢？这里得介绍一下这个人。他的原籍是波兰，早年在波兰的古都克拉科夫大学学物理和化学，由于体弱多病和精神抑郁，医生劝他摆脱些正科，涉猎些旁门。他挑了本人类学家弗雷泽（Frazer）的名著《金枝》，从此他沉溺在这一门学科里，到德国和英国去留学。世界大战发生前夕他正在美拉尼西亚的一个小岛上做调查研究工作。大战发生，波兰和英国处于敌对地位，他不能自由离开这个小岛，于是他就学习当地的语言，和当地人一起生活，很仔细地记录下他对这个岛上居民生活的观察。就是这样他发展了深入地对一个人口不多的部落亲密观察的调查方法。由于他的活动范围受到限制，不能像过去的人类学者在各地搜集比较材料，他就着重注意一个小部落里政治、经济、宗教信仰、风俗习惯等等各方面的相互关系，从而发展了他的功能主义的理论。大战结束，他带了很丰富的第一手资料回到英国，1922 年出版了轰动当时人类学界的《西太平洋航海者》。

他的这套方法，这套理论，这套著作，过去在人类学里并不是没有，但是并没有受到重视，而他却一举成名；所不同者时也，即形势也。我上面已说过，帝国主义第一次世界大战之后在殖民地上碰着了新的问题，如果维持原来的直接统治的政策，殖民地人民的反抗愈来愈不好应付，而且更重要的是无法进一步利用当地劳动力来开发当地资源取得更大的利润；因此，提出了“间接统治”的策略，利用当地原有部落组织和原有统治势力，制造可以依赖的社会支柱，来加强对当地人民的剥削。这是个很毒辣的反动政策。为了执行这个政策，就需要深入了解殖民地各部落的实际情况，考虑怎样去利用原有的制度来为殖民主义服务。马林诺斯基的一套恰巧符合了这个要求。

马林诺斯基在英国学术界一帆风顺地取得了很高的地位，这是很少前例的。英国人对外籍学者的偏见极深，他作为一个波兰人，虽则后来入了英国籍，而能一跃被选为教授，在英国学术界是少有的（英国各大学中设立社会人类学教授的讲座是从他开始的）。不仅如此，他在伦敦经济政治学院培养了不少门生，一个个都成为各大学人类学系的台柱，而且受到英国殖民部和美国罗氏基金会的直接支持，每年掌握着大笔调查经费，调度大批的调查工作者，到非洲各地进行研究。不到 10 年，功能学派的声势压倒了人类学里任何其他的派别。

这一切如果离开了历史背景是无法理解的。

在英国要跟从一个老师学习并不是那么容易。因此先得讲一讲英国学校的制度。英国的大学并没有一个统一的制度。我能讲的是我所进的伦敦经济政治学院。提起这个学校，老一辈的英国绅士们是要摇头的，认为有点“左倾”。这当然完全和事实不符，因为它正是一个社会改良主义的大本营。但是从学制上说,19世纪末年却算是有点“改革”味儿，也就是说它不按传统办事。英国的教育制度阶级路线十分明显。最初只是贵族和有钱人家的子弟能念书，这种学校叫做“公学”，最著名的有伊顿、哈罗等有数的几个，收费极高，限制极严，据说贵族子弟在没有出世之前就得报名。但是这些学校却保留一些名额给殖民地的统治阶级，包括尼赫鲁一类人在内。这些“公学”公开承认是专门培养统治人才的，而且事实上历届内阁阁员除了工党政府外，几乎全是由这几个公学的毕业生所包办。各学校以毕业生进入内阁的人数多少来比赛。我记得我在英国时正碰上鲍尔温上台，他在就职演说里曾说，使他特别高兴的是内阁成员中母校的同学占了多数。从这些“公学”毕业后就可以到实际政治中去活动了，其中一部分要深造的，进牛津、剑桥等大学。这是一个上下相衔接的系统（伊顿毕业的一般升牛津，哈罗毕业的一般升剑桥），平民无与也。一直到了19世纪的70年代，议会里才通过国民普及教育的法案。公家设立的学校却叫做“私学”。凡是英国公民按法律都得进这种“私学”，所以也称“义务教育”，意思是受教育是一种义务。但是当时一般平民出了“私学”就没有上升的机会了。高等教育还是被上层社会所垄断。到了19世纪末年，一些参加工人运动的知识分子，最著名的如韦柏夫妇、萧伯纳、威尔斯等人组织了费边社，主张为中产阶级和工人阶级办高等学校。费边社是一个社会改良主义的团体，反对马克思主义，妄想通过合法斗争，实现“社会主义”。他们所办的学校就是伦敦经济政治学院，曾培养出许多工党的骨干，工人贵族。

伦敦经济政治学院的校舍也说明了这段历史。到过牛津、剑桥大学参观的人没有不被它们古雅的建筑所吸引的，而这个学院却有如我们解放前上海的弄堂大学。它的大门是在荷尔本商业区的一条小巷里，大门旁就是一些茶馆，学生们可以在这里喝茶和吃饭。这个学院的门面实在没有什么气派可言。英国人却有这个风尚，喜欢保留原来的外形，尽管内部的设备不算坏，而这个门面几十年来一点也不肯改造。

它的学制也不同于牛津、剑桥等老大学。据说创办人是有意吸收了一些美国的大学制度，由于我当时并没有关心大学本科的制度，所以现在也说不出来。我所知道的是它的研究生院的那一部分。我说本科和研究生院其实是已经用了我们自己的学制来说话了。在他们不是这样说法的。按他们的说法是读什么学位，自己是什么学位的待位生，注册时就是这样注册的。根据每一种学位规定他应当参加什么考试，提出些什么论文。至于你怎么样才能满足这些条件那又是一回事了。以我所注册的“哲学博士”学位来说，那是最简单了，规定两条：一条是从注册到毕业至少要有两年，一条是提出一篇论文，经过考试认为合格就可以取得那个学位。这两年里你应当读些什么课程完全不加规定，从章程上说，你交了注册费之后尽管可以不到学校，到期你能提得出论文，考得过，一样可以得学位。这是一方面。另一方面，学院每年公布一系列课程，哪一个系什么教授或讲师开什么课。你既注了册，就可以自己去挑选课程。表面上没有人来管你，你爱听就听，不爱听就不听。名教授开讲时，整个大教室坐得满满的，甚至窗台上都坐满和站满了学生。我是个爱串课的人，毫不相关的课，只要按公布的时间、地点，坐在教室里就可以听上一堂课。当然，如果都是这样自由散漫地搞，也就不成其局面了。实际的关键不在章程上，而是在一套不成文的习惯上。你注册时入哪一个系，读什么学位之后，注册科就介绍你去找系里的一位负责人，他就给你指定一个业师，这位业师就是有责任帮助你去取得学位的人（我用业师这个名字因为要和导师有所区别。英国的导师制〔tutorial system〕有它专门的意义。导师是 tutor，实行于大学本科。业师是指指导写论文的老师，称 director；被指导的学生可说是门生，业师和门生之间存在着学术上的师承关系)。他根据你的具体情况，建议你去听什么课，参加谁的席明纳(即讨论会)，怎样写论文。通过这种业师制，做得好，确是可以因人施教的。这也有点像我们的师徒制度，师徒之间的关系，一般是十分亲密的。英国社会上特别注重私人关系，这可能是封建的残余，介绍一个人的时候常常要搬出一系列的关系来，这位是谁的儿子，谁的学生，谁的朋友等等，而这样的介绍也就说明了这个人的社会地位。在学术界里最重要的就是“谁的学生”，意思是“他是在谁的指导下学出师的”。另一方面当老师的也以自己有好的徒弟为荣，谈话时也常会听到用“他是你的学生”来作为一种恭维的话。

伦敦经济政治学院在这一点上并没有学美国，而保持了英国的传统。我并不太知道美国的情形，听起来其师生关系也富于资本主义性质，就是花钱买教师，而英国多少还有一点封建，光是花钱不成，师徒关系的建立比较曲折。收不收一个徒弟是师傅的权利，你在学校里注了册，系里有责任替你指定一位业师，但是如果被指定的业师对你不满意，随时可以要系里另外换人来指导你，一个一个地换，永远出不了师，这是一方面。另一方面，一个系里的教师学问地位不同，通常一个新来的学生，总是由一个讲师或比讲师高一级的“读者”(相当于副教授)来指导。经过一个时候，如果这个学生表现得好，有培养前途，给教授看中了，也可以换业师，由教授自己来做业师。

能拜得上有名的教授做业师，好处可大了。且不说学术上的受益，只说取得学位这件事也就有了把握。按英国的制度，给学位是大学的事，譬如在伦敦经济政治学院读书，取得的学位是由伦敦大学给的。当你的业师认为你的论文有资格可以提出来申请考试时，伦敦大学就为你组织一个委员会来考你。这个委员会里的人是从各方面请来的，你要向他们答辩，答辩过后，投票决定。否决一篇论文并不希奇。否决后你可以下次再申请。被否决一篇论文，对学生固然是件倒霉的事，对业师也不很光彩，因为学生申请考试总是先要得到业师同意的。自己的业师在这个学科中如果地位高，他的眼光当然也准些，他认为过得去的论文，在他的同行中也不容易有不同意见，而且必要的时候，他还可以出来为学生辩护一下。在答辩时"考官"之间引起争论也不是希奇的事。所以，业师腰杆子粗，学生也容易过关。学生最怕的是"考官"中有自己业师的老师，祖师爷发起脾气来，那就完蛋。

英国这套制度也是他们从经验中积累出来的，其中也有些怪有意思的东西，业师制是其中的一个，在促进学生学习的积极性和老师的责任心上都有它的长处。但是，这也是造成学术界里宗派主义的根源之一。

言归正传。我到英国去是有目的的，目的很明确，要跟马林诺斯基去学他的那一套社会人类学。但是在英国这个制度之下，怎样拜得到这个业师呢?

我在清华研究生院里是跟史禄国学习的，他对于欧洲学术界的情况比较熟悉。他原来的计划是想一手把我培养成他的学生，所以制定过一个长期计划，但是后来他也明白客观条件并不容许他贯彻这个计划了，主要是他在清华呆不下去了。他同意我在清华的学习告一个段落之后到英国去。但是他坚持一点，我在出国之前必须先在国内做一年实地调查，带了材料出国。这些有欧洲传统的学者都有一种怕他自己的学生在他同行面前丢脸的顾虑。我出去一定会说是跟史禄国读过书，他不能否认这一点，如果我大出洋相，他的面子也就不很好看。所以最后他得补救一下，要我"临时上轿穿耳朵"，为出国多做一些准备。我听他的话，1935 年清华研究生院毕业后，请假一年到广西瑶山去调查了一次。这次调查是失败了的，和我一起去的我的爱人死在山里，我也负了伤。转回家乡，看看手边调查所得的材料很不充实，心里很难过。恰巧这时我有个姊姊在我家乡一带的农村里推广蚕丝业的改良工作，我去看她，她劝我在乡下住一个时候，一则恢复一下情绪，一则休养一下身体。我在乡下，住在她帮助农民办的一个小型合作丝厂里。反正没有别的事，开始问长问短，搞起“社区研究”来了。

这里不妨附带说说这个插曲。我这个学蚕丝的姊姊，在苏州附近的浒墅关的一个蚕业学校毕业后，到日本去留学，留学回来就在这个学校的推广部做工作。推广部的工作就是在附近农村中推广改良养蚕制丝的新方法。江浙太湖流域原是“上有天堂，下有苏杭”的好地方，其所以富庶的原因之一就是农村里的丝绸业十分发达。有些农村，农业只够供给农民一些日用的粮食，其他生活费用全是从养蚕、制丝、织绸以及有关的手工业中得来。这地方出产的生丝闻名海外。海关报告上有一项叫辑里丝，就是这地方的产品，在对外贸易中一直占着重要地位，但是在20年代却受到了日本丝业严重的竞争，出口锐减。主要原因是土法生产质量太差，这也就影响了广大农民的生活，同时也影响了出口商人和用质量差的蚕茧来制丝的工厂老板。所以从制种、养蚕、制丝每一个环节都需要用洋法来代替土法，这就是蚕丝业的改良运动。这个运动固然是农民所需要的，但是如果只有这需要在当时还是无法实现的，其所以能开展起来，还是由于民族资本家的利益所在，蚕业学校提供了一批技术人员。这些因素的结合，使30年代蚕丝业的改良运动在江浙这个地区确是做出了不小成绩。我在了解这些地区的农民生活时，特别引起我兴趣的是农村的生丝制造和运销合作社，这种合作社是这个改良运动的产物。为了要采用比较科学的养蚕技术，在幼蚕时期要控制温度和湿度，最方便的是稚蚕公育，就是各家在一起养幼蚕，这就是集体化。收了茧，如果不把蚕蛹烘死，就不能储藏，必须脱手出售，这样就会吃中间茧商的压价。为了要卖好价钱，农民自然会愿意一起来解决烘茧的问题。茧子既然可以储藏了，为什么不自己制丝呢？合作的方法一引进，很自然地发展了起来，因为这样做的利益是十分具体的。同时，民族资本家也乐于鼓励农民这样做，因为这样做被挤掉的是一些中间小商人、收茧商和土丝行，而另一方面农民生产积极性一起来，民族工业的原料问题，出口丝商的进货问题都得到了解决。换一句话说，在资本主义社会里发展合作事业，和大资本家的利益并不矛盾，而且替大资本去挤小资本，给大资本更多的剥削机会。我当时当然没有看得这样远，只看到农民收入有所增加，生活有所改善，就沾沾自喜，认为找到了解决农民问题的门路。我就在这个农村里把这个过程记录了下来，搜集了一些有关的资料。在从上海到伦敦的路上，把这些资料整理出了一个草稿。

我到了伦敦，就投奔伦敦经济政治学院，被介绍去见人类学系的弗思博士（R.Firth）。他是马林诺斯基的第一个徒弟，所谓第一个徒弟者就是在马氏手上第一个得博士学位的人。他当时在系里当"读者"（即副教授），是新西兰人，为人很和蔼，但具有英国传统的拘谨。我手上并没有私人的介绍信。私人介绍信是英国社会上建立关系的必需品，没有这个就只能公事公办。我相信我给他最初的印象是很不妙的。那时，由于伦敦的气候关系，我的背伤又发作，精神很不振作。一口苏州音的英文，加上了紧张，大概话都说不清楚。他和我交谈之后，第二天注册处给我一个通知要我去参加一次英文测验。我的英文程度固然低，但用笔来回答还可以敷衍过去。大概根据测验成绩，他认为还可以接受，所以又约我去谈。这次才谈到我在中国的学习情形，史禄国的名字还算吃香。我又大体上把在瑶山的调查讲了一遍。因为我估计既然要读人类学，而人类学主要是研究当时被侮称作"原始"的部落，我这些材料也许更符合于要求。讲完了，才谈起我在出国前还在农村里住了一个时候，也搜集一些关于中国农民生活的材料。这一通话却引起了他的注意。他是个含蓄的英国绅士，毫不激动地要我把这两方面的材料都给他写一个节略，但是他的口气里面，注意的却是我第二个题目。后来果然经过几次谈话，他替我把论文题目肯定了下来，写《中国农民的生活》。

看来这是一件很平常的事，后来才明白，他这个决定有着更深一层的意义，这里值得提一笔。从人类学本身来说，当时正在酝酿一个趋势，要扩大它的范围，从简单和落后的部落突入所谓“文明社区”，就是要用深入和亲密的观察方法来研究农村、市镇，甚至都市的生活。在地区上讲，过去人类学家研究的范围大都是在非洲、大洋洲和北美，新的趋势是想扩大到亚洲和拉丁美洲，而这些地区主要是文化较高的农民。第二次世界大战前夕和初期，在人类学的出版物里就可以看到许多关于中国、日本、印度、南洋以及拉美农民生活的调查报告，说明正在我编写《中国农民的生活》的同时，各地都有人在进行类似的调查工作。这个趋势是当时人类学的一个新的动向。拿弗思本人来说，他原来是以研究太平洋里的一个小岛上的土著起家的，但是在第二次大战之后却也转入了马来亚的农民生活的研究。所以当时他决定不要我写瑶山调查而写农民生活作论文，决不是偶然的。导师，论文，都这样决定了，但是我还没有见到马林诺斯基的面。

四

我第一次看见马林诺斯基是在他的席明纳里。

提起席明纳，我得先说说这个东西。席明纳是欧洲传统的一种教学组织，也是一种教学方法，在欧洲各大学指导高年级学生时常被采用。英国大学里教师们怎样去教他们的功课，完全由他们自己做主，他们愿意怎样教就怎样教，很有点八仙过海各显神通的味道。以我自己接触到的来说，大家熟悉的罗素也在伦敦经济政治学院开过课，他是登台念讲稿，一字不漏，讲完一个课程就出一本书。我就听过他的“权力论”。我也旁听过一门逻辑课，这位教师的名字忘了，但是我的印象很深，因为有点像我们的小学，许多公式要学生大家一起念，还要指着学生的名字站起来答复问题。我看情形不对，第二堂就没有敢再去。马林诺斯基不喜登台讲课而善于搞席明纳，当然搞席明纳的不止他一人，但是他的席明纳有它的特点，而且在伦敦经济政治学院相当有名，在人类学界当时也是为大家所推崇的。席明纳简单的可以译作讨论会，但是讨论会这个名称还传达不出它的精神，所以用这个音译的名词。

他树立了这样一个不成文的习惯，每逢星期五(除了假期)，他总是坐在伦敦经济政治学院那间门上标着他名字的大房间里。这间房说是办公室不很合适，因为满墙、满桌，甚至满地是书籍、杂志、文稿，到处是形式不同的沙发、靠椅、板凳。到了那个规定的时候，他的朋友们、同事们、学生们就陆陆续续地来了，相当拥挤。这批人中有来自各国的人类学家，有毕业了已有多年的老徒弟，也有刚刚注册的小伙子。他有他一定的座位，其他人就各自就座，年轻的大多躲在墙角里。这里没有禁止吸烟的告示，因而烟雾腾腾，加上这位老先生最怕风，不准开窗，所以烟雾之浓常常和窗外有名的伦敦大雾相媲美。

为什么有这么多人来呢？有些是马林诺斯基自己邀请来的，凡是要和他谈学术的朋友就在这时候到这里来。其他场合当然也可以谈学术，但是在这里是公开的谈，大家一起谈。绝大部分是自动来的，凡是他的门徒到了伦敦，逢到那一天就争着要来此会会老师，主要的目的是要在这里闻闻人类学的新气息。这个席明纳作为一门功课，名称就叫“今天的人类学”。在当时人类学范围里来说，这个名称倒也不能说不名副其实，因为在这里讨论的，是不但是书本上还没有写，课堂上还没有讲，甚至一般的人类学家还没有想到的问题。这类问题为什么在这里会提得出来，与其说是靠这个老头子学问高，倒不如说靠参加的人多，他们四面八方从实地研究中带来了新问题。他们遇到困难，或有了心得，在老师的席明纳里发言，经过讨论得到了启发，又回去工作，解决问题，提高质量。大家得到好处。不知马林诺斯基哪里学来的这一套办法，使他的席明纳成了他这一门弟子所喜爱的东西。

马林诺斯基自己在席明纳里不多说话。他主要是起组织作用，就是事先安排一两个主要发言人。这个发言人首先念一篇准备好了的文章，有的是调查报告，有的是对于一个问题的意见。换一句话说，这个老头子首先抓的是在席明纳里要提出什么问题，大体上有一个方向。我在伦敦的第一年，席明纳里主要是讨论怎样解剖一个文化的问题，他称之为文化表格，内容后来翻译成中文在燕京的《社会学界》发表过。第二年主要讨论的是文化变动。他死了之后，有位学生把这些讨论整理出来，也已经出版。他的特点是不喜欢讲空理论，什么时候都不许离开调查的“事实”说话，所以讨论时，都是那些亲身做过调查的人摆材料。老头子听得高兴时，插上一段话，这些插话就是大家所希望的“指导”了。他写的文章和写的书中有不少就是当时插话的记录。

我最初参加这种场合，真是连话都听不懂。听不懂的原因有二：一是这里的人虽则都是在说英文，但是来自世界各地，澳洲的、加拿大的、美国的、欧洲大陆的之外，还有亚洲的、非洲的，口音各有不同，而且在席明纳里都是即兴发的言，不是文言，而是土话。其次是材料具体，富有地域性，地理不熟，人类学知识不足，常常会听得不知所云。我们这些小伙子就躲在墙角里喷烟，喷喷就慢慢喷得懂了一些，也觉得它的味道不薄了。

回头来讲我第一次见这位老先生的事。那天席明纳里照例已坐满了许多人，马林诺斯基坐在他的大椅子里在和别人讲话。他是一个高度近视、光头、瘦削、感觉很敏锐、六十开外的老头。弗思把我叫到他的跟前，替我作了介绍。他对我注视一下，说了几句引人发笑的话，这也是他的特长；接着说，休息时跟他一起去喝茶，说完他又去和别人说话了。

喝茶是英国社会生活里的一个重要制度，每天下午4点到5点都要喝茶。喝茶是引子，社交是实质。学校里也是这样。到了这时候，教师和学生都停止工作到茶室里去聊天。教师有自己的茶室，就在这时交换意见，互相通气；有时教师也约学生去一起喝茶，增进感情。

喝茶时才知道他刚从美国回来，他是去参加哈佛大学300周年纪念会的，在会上还得了个荣誉学位。他在美国遇见了吴文藻先生，已经知道我到了英国。过了不久，又有一次约我去喝茶，这次不是在大茶室里，雅座中只有我们两个人，他问了问我到伦敦以后的情况，我告诉他已经跟弗思定下了论文题目。他随手拿起电话，找弗思说话，话很简单，只是说以后我的事由他来管了。这是说他从弗思手上把我接收了过去，他当我的业师了。接着回头问我住在哪里，我把情况说了之后，他立刻说：赶快搬个家，他有一个朋友可以招呼我。我当时觉得很高兴，终于达到了跟这个著名的学者学习的愿望了，但是为什么他这样看得起我，不大清楚；同学们听到了这个消息都为我道贺，也觉得不平常，因为要这个老师收徒弟是不容易的。据说多少年来，在我之前，在他手上得学位的不过十几个。我的幸运当然引起同学们的羡慕。

马林诺斯基主动地承担起做我业师的任务，并不是我在他面前表现出了什么特别的才能，我那时连席明纳里讨论都跟不上，话也听不太懂，正是躲在墙角里抽烟的时候。原因是他在美国和吴文藻先生会了面。吴文藻先生是代表燕京去参加哈佛300周年纪念会的，有着司徒雷登给罗氏基金会的介绍信。马林诺斯基一直是罗氏基金培养的人物，他的学生们在非洲进行的大部分调查就是罗氏基金给的钱。吴文藻先生到美国去，后来又到英国来，口袋里就有一个在中国开展“社区研究”的计划，我这个人是计划中的一部分。这个计划深得罗氏基金的赞许。这些，马林诺斯基都知道。他是个感觉敏锐的人，在这里卖一个人情，正可以迎合老板的用心；而且培养一个自己的学生在东方为他的学派开拓一个新领域，又何乐而不为呢？如果没有这一段背景，他那一双高度近视的眼睛根本可能一直看不到这个其貌不扬、口齿不清的外国学生。

其次要讲一讲搬家的事。伦敦经济政治学院是没有学生宿舍的。学生都在伦敦市内自己找房子住，学校不管。伦敦市内有一种叫“膳宿寄寓”，专门招待单身房客。有些是房主人因为有空闲的房间，租出去可以收一些房钱贴补家用。更多是那些下层的中产人家，以此为业，向房产公司租一幢房屋，招四五个房客。女主人自己管理，煮饭侍候他们，收得房租，除了付去给房产公司的租金外，可以有一笔收入，用以维持生活。我在伦敦的时候，普通一间房，包括家具、床褥在内，早上和晚上两餐，每星期从 11 个先令到 1 英镑。在市内没有家的学生就找这种寄寓住。每个街道角上的杂货店里有一个小小的广告板，板上揭示着附近出租的房屋。住几天到几年都可以，你要搬家，就搬家，很方便。这种下层的中产阶级种族歧视并不显著，特别是学校附近，各国的留学生不少，对不同皮肤颜色的人也看惯了，甚至有些特别欢迎中国学生，因为中国学生很讲人情，和房东会拉交情，平时送些东西，很能讨得欢心。当然，也碰着过去找房子时吃闭门羹的：“对不住，已经租出了。”但是依我的经验说，在这方面受窘的并不常见。这是和房东的阶级成分有关，有钱的剥削阶级不会干这个行业，很多是工人和小职员的家庭，才需要自己的老婆操作招呼房客。这个阶级在种族歧视上成见不深，而且一旦接触到了以平等待人的房客，不论属于哪个国籍或种族，很容易打破那种不合理的成见而交起朋友来。

马林诺斯基要我搬家就是要我改变我在伦敦生活的社会环境。他介绍我去住的是他的一位朋友的家。这位朋友是一位 40 多岁的夫人。她父亲是位人类学家，而且是个贵族，写过很有名的著作，名叫

John Lubbock Averbury。她嫁给一位陆军军官，第一次世界大战中当过师长，在前线阵亡，所以她有很丰富的抚恤金。她的儿子在银行里做事，银行老板和她有亲戚关系。女儿是一个有名的新闻记者，写过关于捷克斯洛伐克的报道，风行过一时。家在伦敦的下栖道，下栖道是个文化艺术家聚集之区。一座房屋有四层楼，雇有厨师、女仆和管家。在英国社会里，不算阔绰，属于中上，或是上下的那一阶层。她在经济上并没有出租房屋的需要，但是这位中年寡妇却极喜欢和文化人往来，由于她父亲曾是个人类学家，所以她认识不少印度的学者。她和尼赫鲁也相识，他的女儿来英国留学就拜托她招呼照顾，她也以此为乐。在她家里有些青年人，生活可以更丰富些。马林诺斯基把我介绍去，算是对我的照顾，而其实是要我和这个阶级接触，感染一些英国统治阶级的气息。

这位夫人受了朋友之托，对我管教颇严。她心目中英国文化是最高的，有意识地要我“英国化”。她请客时我得和她的家人一样参预其间；她有朋友来喝茶，我也要侍坐在旁。而我这个人生性就不喜欢这一套，在这种场合里总是别扭得发慌。记得有一次，她约我去她娘家的乡间一个别墅，我听说在那里晚上吃饭要换礼服，而我哪里有这一种东西呢，拒绝她又不成，只能临时托故不去。她竟怒形于色。自从这一次之后，大概她觉得“孺子不可教”了，对我也放松了一些。

我在她家里住，一个星期要交管家两个几内（1 个几内值 1 英镑又 1 个先令），较一般“寄寓”高了四倍。这还不算是“房租”，因为我是算那位夫人的客人受招待的。实际上，她在我身上花的可能还要多一些，不但供我膳宿，连社会生活，比如请朋友喝茶、吃饭都不另要我付钱。在她是一片好意，在我却负担很重。清华公费每月 100 美元，学费书费一切包干在内。所以不但精神上感到拘束，经济上也同样不觉得宽裕。后来，卢沟桥事变发生，我托辞经济可能发生问题，才摆脱了这个“好意”，重新回到普通的寄寓里去。

我提到这个插曲，目的是想揭发那个老大帝国主义怎样做殖民地工作的。像尼赫鲁这样的人从骨子里浸透着英帝国的气味，这不是偶然的。殖民主义是整个英国统治阶级的中心活动。一般看得到的是它的军旗和炮舰，而看不到的是无数细致、复杂的社会活动。通过日常的、看来十分平易的社会接触，英帝国把殖民地的上层人士的灵魂勾引了去，也就是说在意识形态的深处收服了这一批在殖民地社会上有势力的阶层。这批人口头上和表面的行动上尽管要求独立，反对英国统治，但是在骨子里是跟着英帝国走的；像被摄了魂的人，不知不觉受着巫师的调遣。英帝国表面上是崩溃了，而一个无形的帝国依然存在，几百年的殖民经验中修炼出来的魔道还在新的躯体上作怪。

五

接着谈谈我这位业师怎样指导我学习的。伦敦经济政治学院人类学系的研究生一般都可以去参加马林诺斯基的席明纳。席明纳是他指导学生学习的主要场合。他在席明纳里从来没有长篇大论地发过议论，但是随时用插话的方法，引导在场人的思路。这些指点固然是很重要的，但是更重要的是在善于组织别人互相启发，互相辩论，他自己也就在这里学习。给人印象最深的是在示范地表演出一个人怎样去分析问题，怎样去发展自己的思想。已经解决了的问题在他的席明纳里是没有地位的。在争论新问题的过程中，他用他自己的思索，带动学生们的思索。这一点是使学生们最佩服他的地方。也就是通过这个方法，他把立场、观点灌输给了学生。

直接受他指导的学生除了参加席明纳之外，还有机会“登堂入室”，那就是到他家里去，参加他自己的著作生活。师傅是在他自己作坊里带徒弟的。这位老先生是个鳏夫，他的妻子已经死了好几年。他一个人住着一所普通的住宅，生活很孤独，而且没有规律。想到要吃东西时，自己开个罐头，烤些面包也算一顿。大多时间是在外边吃的。工作时有一个女秘书帮助他。我们这些学生到他家里去，有时也替他搞搞卫生工作，清理一下厨房，把瓶瓶罐罐扔出去一些。他的书房卧室更是乱得叫人难于插足，不但桌子上，连地板上都是一叠叠的稿纸。不准人乱动，只有他知道要什么到哪里去摸。我已说过他是个高度近视眼，事实上他的眼睛已经不能用来工作。他的秘书和学生有义务给他念稿子。他闭了眼睛听，听了就说，说的时候，有秘书替他速记下来。

他同时在写好几本稿纸，有时拿这一本念念，改一段，添一节；有时又拿另一本出来念念。这些稿本很多到他死的时候还没有定稿。有些后来经过他学生编辑出版了，有些可能还没有。

在旁听他怎样修改他自己的著作，对一个学生是很有好处的。普通我们读的书，都是成品，从成品看不到制造的过程，而一项手艺的巧妙之处就在制造过程里。成品可以欣赏，却难于学习，但是谁有机会看到一个学者创造思想成品时的过程呢？上面所说的席明纳是创造思想成品的一个步骤，单靠这个步骤还是完不成成品。"登堂入室"又看到了这个过程的另一工序。他有时也要征求学生的意见，这样说成不成，那样说好不好，一字一句全不放松。这样的学者尽管立场、观点有很多可以批判之处，但是在做学问时，严谨刻实的态度确有值得学习的地方。

还有一种场合他也要打电话把学生叫去，凡是有朋友来和他讨论问题，他觉得哪个学生旁听一下有益处时，他就要把他传呼去。有一次，他和一个波兰学者谈得高兴了，忘记旁边还有异乡人，大讲其波兰话。他曾和我说，学术这个东西不是只用脑筋来记的，主要是浸在这个空气里。话不懂，闻闻这种气味也有好处。不管这种说法对不对，他所用力的地方确是在这里。他是在培养一个人的生活、气味、思想意识。在我身上，他可能是失败了的，但是有不少学生是受到了他这种影响。他从来没有指定什么书要我念，念书在他看来是每个学生自己的事。他也从来不考问我任何书本上的知识，他似乎假定学生都已经知道了似的。但是当他追问一个人在调查时所观察的“事实”时，却一点也不饶人，甚至有时拍着他的手提皮箱（英国大学生和教授们手里提的是一种小型的皮箱），大发雷霆。他对我可能是有点另眼相看，但是被他呵责也不止一两次。当我写论文时，写完了一章就到他床前去念，他用白布把双眼蒙起，躺在床上，我在旁边念，有时我想他是睡着了，但是还是不敢停。他有时突然从床上跳了起来，说我哪一段写得不够，哪一段说得不对头，直把我吓得不知所措。总的说来他不是一个暴躁的人，最善诙谐，谈笑风生。他用的字，据说比一般英国人还俏皮和尖刻。他最恼我的是文字写不好。他骂我懒汉。其实我已尽我所能了，但总是不能使他满意。他实在拿我没有办法，又似乎一定要保我过关，只好叮嘱一位讲师，替我把论文在文字上加了一次工。现在回想起来，如果不是另有着眼的大处，肯这样“培养”一个学生实在是太难为了他。

现在回想起我身受到的那一套马林诺斯基的“教育”，如果要找它的关键，也许可以说在于从各方面来影响我的世界观和方法论。所用的方法不只是靠说服，而是通过社会生活，学术实践，并且用他自己作具体的榜样，“潜移默化”地从思想感情上逐渐浸染进去的。因之我想，任何人世界观的形成和改造，也必须通过生活和学术的实践才能见效。

最后，到了 1938 年的春天，他催促我，要我赶快把论文写完。他是个性格很矛盾的人，表面上有说有笑，而骨子里却抑郁深沉。据说他有一种恐惧死亡的精神病症，所以当欧洲的战云密布的气氛袭来的时候，他紧张得受不住，准备去美国了。行前打算让我考过了，好告一结束，所以为我举行的考试完全是一种形式。伦敦大学只派来了一个“考官”，记得是叫丹尼森·罗斯爵士，是一个著名的“东方学者”。考试是在马林诺斯基的家里举行。他为这次仪式预备了几种酒。这位“考官”一到，就喝起酒来，举杯为这位老师道喜，说他的这位门生在学术上做出了贡献。接下去使我吃惊的是，他说他的老婆已细细读过这篇论文，一口气把它读完，足见具有很大的吸引力。这句话也可能表示，他自己根本没有看过这篇论文。他说完了这段话，就谈起别的事来了。在他要告辞时，还是马林诺斯基记起还有考试这回事，就问他是不是在他离开之前完成一点手续，在一张印得很考究的学位考试审定书上签个字。他欣然同意，又喝了一杯酒，结束了这幕喜剧。

送走了这位考官，马林诺斯基就留我在他家里吃晚饭。在吃饭的时候，他又想起了一件事，在电话上找到了伦敦的一家出版公司的老板。他开门见山地说，这里有他的一个学生写了一本论文，问他愿意不愿意出版。这位老板回答得很妙：如果他能为这本书写一篇序，立刻拿去付印。马林诺斯基回答了“当然”二字，这件事也就定下了。书店的效率并不坏，在我回国之前，清样都打了出来。这本书就叫《中国农民的生活》，还加上一个中文书名《江村经济》。

一个作家在英国要出版一本书并不是容易的事。我在下栖道住的时候，认识过一些角楼里的作家，他们带我去参加过一些经纪人的酒会，所以也知道一些内情，在这里不妨附带说一下。在英国，作家和书店之间有一种经纪人。一个作家不通过经纪人而想找到出版的机会是近于不可能的事。经纪人每星期有一个定期的酒会，凡是经过介绍的作家都可以去参加。在这个酒会上许多作家在这里碰头会谈，经纪人就在这种会里放出现在需要哪一种稿子的暗示。经纪人是熟悉行市的专家，他有眼光可以看得出市面上要哪一种书。作家受到这种暗示就琢磨怎样能迎合这种需要，在这种酒会上他也放出风声，自己在写什么。经纪人听得对头就来接头，他提出各种意见，怎样写法才能畅销。作家有了稿本就交给经纪人，由经纪人去考虑送哪个书店出版。如果这本书出版了，经纪人照例扣作家所得的10%。一个经纪人如果能经手 10 本销路广的书，就抵得上一个名作家的收入，他所花的成本只是每星期一次酒会的开销。作家是离不开经纪人的，因为作家不知道市场的行情，写出的书不合市场要求，根本找不到出版商的门。出版商也离不开经纪人，因为经纪人掌握一批作家，能出产所要的成品。经纪人其实不仅懂行情，而且是操纵行情的人，他们有手法可制造畅销书，可以奴役作家。作家如果不听经纪人的建议，多少岁月的劳动可以一文不值。所以住在角楼上的无名作家见了经纪人是又恨又气，背地里什么咒语都说得出，但是每逢酒会的时候还是要抱着一举成名的侥幸心理，打扮得整齐一些，陪着笑容，在那里消磨一个午夜。

我那天晚上，听着老师挂电话，出版一本书那么容易，又想到下栖区里啃硬面包的朋友，觉得天下真是有幸与不幸。当时我哪里懂得就是这个“幸与不幸”的计较，多少人把自己的灵魂押给了魔鬼。

放下电话，马林诺斯基沉思了一下，说这本书叫什么名字呢？他嘴里吐出一个字来，Earthbound，后来又摇了摇头说：“你下本书用这个名字也好。”Earthbound 直译起来是“土地所限制的”，后来果真我第二本书就用了这个名字叫 *Earthbound China*，用中文说，意思可以翻译为“乡土的中国”。他这短短的一句话，不是在为我第二本书提名，而是在指引我今后的方向，他要我回国之后再去调查，再去写书。我的确在他所指引的道上又走了好几年。这是后话，不在这篇《留英记》里说了。

1962 年 4 月 3 日于北京

赴美访学观感点滴

今年四五月间，我随中国社会科学院代表团赴美访学一月，历经 10 城。飞机旅行似蜻蜓点水，短期中接触面颇广，拉手道乏，举杯祝酒的人数，每城以百计，数量冲淡了质量，思想交流少于礼仪交欢。即在专业座谈会上，话题方启，思路方通，散场之刻已到，如谓访学则难入堂奥，因此，这次访问实际上只起了个重建联系的作用。

我个人的特殊条件更使上述情况较为突出。一是社会学和人类学在美国是两门学科，一般是各自设系，井水河水各有其道。我却是个两栖类，两门学者都以同行相视，不宜轩轾，因而须兼顾双方，任务加倍，未免顾此失彼。二是少壮好写作，狂言拙作流传海外已有 40 年，同行后起者大多读过这些书，加上 20 年来有关我个人的谣传颇多，此次出访，多少有一点新闻人物的味道，要求一见之人为数较众，难免应接不暇。三是我 30 多年来和国外学术界实已隔绝，最近几年虽然接触一些外文书刊，也没有时间精心阅读。接到访美任务后，佛脚都抱不及，仓促启行，心中无数。新名词、新概念时时令人抓瞎。四是旧时相识，多入鬼录；幸存者众多退休。现在这两门学科的主力几乎全是我同辈的学生。后辈之歌，曲调舛异，领会费神。五是两种文化、两种社会，在讲文化、讲社会的学科里要找一套能相互达意的语词原已匪易，而我又得借用本来没有学好，又是荒疏已久的英语作为交流工具，当然难上加难。

以上是这次赴美访问个人所处的不利条件。为了克服这些困难，我想惟有找个我认为可靠的引路人当向导。他是我在燕京大学读书时（1930—1933）的同班同室的老同学杨庆堃。他是美籍华人，从 40 年代起即在美国各大学里任社会学教授，现在匹兹堡大学任教，是该校六个荣誉教授之一，在美国社会学界有一定地位，认识的人多，堪当识途老马。由于美国大学教授退休年龄延到 70 以后，所以和我年岁相若的这位朋友还能在这门学科中活动（退休后就不同）。我在出发前就把我要了解美国社会近年来的变化及当前美国社会学的基本情况的问题提纲寄给了他。他为我向我所要访问的各大学里的同行熟人进行了联系（为此他打了 100 多次长途电话），使一些学界同行能事先安排和我会晤的日程和根据我的要求进行准备。

我在结束华府访问的序幕后，即同薛葆鼎同志同去匹兹堡（他是匹兹堡大学毕业生），各就老关系，摸索门道。我找到杨庆堃，在三天中，除受到该大学隆重款待外，向该校社会学系诸教授深入长谈。杨又怕我年老记忆力衰退，约请相熟的教授三人分别为我编写备忘录，其中有关美国社会变化部分长达 160 多页。这样热心相待，在美国是少见的。这三天的集中学习为我这次访学打下了有益的底子。

同时也得到一条经验，在调查研究的工作中，必须找到熟悉调研对象的向导，依靠他去建立群众关系，发动他们的积极性提供资料。学术访问也应采取这个方法。

重点访问

通过老杨的事先联系，我抓了三个重点（匹兹堡除外）进行比较深入的了解。每个重点都抓住一个人，他们是：纽约，哥伦比亚大学的弗里德教授（Merton H.Fried）；波士顿，MIT（麻省理工学院）的皮蒂教授（Lisa Redfield Peattie）；芝加哥大学的特克斯教授（Sol Tax）。

弗里德解放前曾在中国研究中国社会，能讲中国话，懂汉文。他现在任哥伦比亚大学人类学系主任，他的著作以概论著名。关于中国社会的研究有一本 *Fabric of Chinese Society*（1953 年初版，1970 年再印）。我是两三年前在一次招待某一美国学术代表团的宴会上初次和他相见的。他当时就送了几本著作给我，这次我到纽约，适逢他去加拿大出席一个学术会议。为了要和我见面和组织一次讨论会，特地请假返回纽约。我跟他在一起有一个上午和半个下午。我在他主持的一个较大型的座谈会上发了一次言，主要是根据我去年在京都（日本）的发言稿朗诵的，接着答复听众提问。会后反映答复问题印象比发言为深，但感到时间不够（实际上答复问题时间长于发言）。以后，我吸取这个经验，发言以少而明确为上，多留讨论时间，可加强针对性，效果好。弗里德总结时说这是 30 多年来中国社会学者向美国学术界第一次的学术演讲，说明了中国社会科学是有成绩的，值得学习的。《华侨日报》对这次座谈会有连载两天的报道。会后，弗里德约了几个教授请我吃中国馆子，在亲切的气氛中交换意见，并于饭后驱车巡视有名的纽约黑人聚居区哈兰姆，为我讲述黑人问题，坦率诚恳，得益匪浅。

皮蒂教授是前芝加哥大学社会科学院院长，美国社会科学研究理事会主席雷德斐尔德（Robert Redfield）的女儿。雷氏是美国人类学界从 40 年代到 60 年代初期的挂帅人物。在学术上倡导对农村的乡土社区进行实地调查研究，卓有成绩。他的调查基地是拉美的农村。不幸早死。我和皮蒂可说是有三代的交谊，皮蒂的外祖父派克（RobertPark）是建立芝加哥社会学派的主帅，1933 年到燕京大学讲学，我听了他的课，受他的影响，开始提出实地调查中国社区的主张，和杨庆堃等同学一起编印《派克社会学论文集》。1943—1944 年我初访美国，在芝加哥见到派克的女儿，即雷德斐尔德的夫人，皮蒂的母亲。雷夫人自告奋勇，帮我编写 *Earthbound China* 一书，当时我根据中文底稿逐句口译，她边记边问，然后写成英文，半年脱稿。我又在雷氏的乡间旧居写该书最后一章，日夕相处，情谊颇笃。当时皮蒂还是个中学里的小姑娘。1949 年雷德斐尔德应约到清华讲学，携眷及幼儿詹姆斯住在燕京大学招待所。我又和他夫人口述我当时在各刊物发表的文章。她回国后，汇编一书即 *China's Gentry*（《中国的士绅》）。当时詹姆斯还在小学。解放后，我和他们断绝来往，其间雷氏夫妇相继逝世。雷夫人经常向其子女及友人表示对我的怀念，并于死前遗嘱将我在芝加哥大学出版社出版的两书版税保存，中美复交后归还我。其女皮蒂继承父学，是 MIT 第一个女教授，曾在拉丁美洲调查研究，著作受到人类学界的重视，主要是研究第三世界工业化所引起的社会问题。现在 MIT 人类学系研究波士顿的公助住宅问题。她把人类学研究开展到现代城市规划中的人事工程的领域，是一棵人类学里的新苗。其弟詹姆斯已在芝加哥大学任古典文学教授，有著作，用人类学观点研究古代希腊文学，别树一帜。

我到达波士顿，皮蒂即来寓所相访，驱车到她所研究的地区巡视，一路介绍研究经过和她的见解。我向她说：我在 30 年代没有认识她的父亲，天各一方，但是到 40 年代一见面，却发现我们平行地在研究同一个领域，得到很相近的体会。现在又见到她，30 年的分隔，又走到一处去了。但是，现在是她已走在我的前面，对第三世界现代化过程中社会问题研究已经做了有 10 多年了，目前又开始研究美国都市问题。我还说，她的治学像她的爸爸，她的文采像她的妈妈，写一手简洁流利的好文章，在幽默处胜爹娘一手。她又带我去拜访退休中的美国社会学老辈，我初访美国时的名教授，休斯（Everett Hughes），派克的接班人。他送了我一本他写序、跋的《派克传》。皮蒂的谈话使我对美国社会多了一些较深的认识。

特克斯教授早年是雷德斐尔德的助手，继承后者的学业，60年代是美国人类学界的挂帅人物，历任美国及国际人类学会的主席和国际性权威刊物《当代人类学》的主编，现年73岁，已退休。我过去没有见过他的面，1943—1944年我在芝加哥时，他正在拉丁美洲调查。但由于我和雷氏一家的关系，他对我是十分熟悉的。这次见面分外热情。我和他在芝大召开的人类学座谈会上相见，当即约我于下一天到家相叙。翌日，一早，他偕夫人及女儿女婿四人亲自来迎接我到他女儿家做客。他的女婿弗里曼（S.Freeman）是芝大人类学系教授，年轻健谈，议论新颖，常不苟同其翁之论。其女苏姗是另一个大学的人类学教授，当天收到一本她新出版的著作，就送给我，作为纪念。我坐定后，陆续有他相约的知交来到，包括和特克斯齐名的同事伊根（F.Eggan）。这次家叙，谈得透彻。弗里曼夫妇分析尖锐，如指出“行为科学”这名词的产生是由于美国社会科学者想拿福特基金的钱，而这个基金的董事们却认为“社会科学”这个名词和“社会主义”太接近，这些人因而制造了这一新名词。他也同意我的看法，社会科学中许多新名词是旧货上贴上的新牌子。他很痛快地点出：美国人类学的理论是通过英国输入的大陆货，特别是法国产品。这些都是一针见血的提法，给人启发。

特克斯是年老持重的人，他的一生以提倡行动人类学（Action Anthropology）出名。其实这并不是一种新的理论，而要求人类学必须为其研究对象即文化较落后的民族，起建设性的作用。他反对把这些民族作为“掠夺”学术资料的对象。因此，他听我介绍我国的民族研究时，十分兴奋。我讲完了，他接着就向我提到一件事，就是美国的一些人类学者已商量要在明年3月份召开的应用人类学会议上给我“马林诺斯基纪念奖”。马氏就是我在英国读书时的老师，我表示这是过奖，我这些年来实在没有什么学术成就可言，而且要在会上发表一篇论文，我也准备不好。他立刻说：“你今天讲的就很好，再讲一遍就行。”

这次家叙还有一个意外的收获值得一提。我的一位燕京时代的老同学卢懿庄（女），现在芝大任社会学系副教授，也被邀参加这次家叙。她一进门，苏姗抱住她，高兴地向她说：“费教授已经来了，他一个人独自来的。”原来在美国的国民党报纸放出谣言说我在美访问是受人监督的。苏姗发现这是谣言，所以高兴得在卢懿庄面前跳了起来。有特克斯这位有名望的教授做证，此事传出，是对国民党最有力的一个驳斥。

几点体会

从访问的面来说，历经10个城市，大学有匹兹堡、哥伦比亚、耶鲁、哈佛、MIT、密执安、芝加哥、加州、斯坦福、夏威夷等。每到一校，除全校性负责人接待外，分别就专业组织座谈会，以我为主宾的社会学与人类学各一次，每次一般是半天，亦有加班达一天的。大学之外还有以研究机构为主人约请座谈的，计有社会科学研究理事会、全国科学院、美国学术团体理事会、威尔逊研究中心、布鲁金斯研究所、国会图书馆、兰德公司等。研究机构的座谈会以听取主方报告为主，各大学的座谈会一般是宾主对话；而在社会学及人类学座谈会上却常是主问宾答的局面，因此宣传较多而了解较少。从点滴的观感中得到一些不全面的体会，略述如下：

理论烦琐，各家分立。这种基本情况可以从老杨替我翻译问题提纲时提出的一个意见说起，我在问题提纲里用了“学派”一词，老杨来信中说美国已无“学派”，只有不同“理论”，所以建议不用school而用theory来翻译。这触起我的注意。原来“学派”被用来指我所熟悉的30年代以来英国人类学的传统，指的是一个师徒相承的门户，有祖师立说，掌握学坛，在理论上有一套，在学术界有一派势力，代有主帅。一个学派是一个职业性的垄断集团，可说是学阀，如功能学派就是以马林诺斯基及拉德克利夫—布朗前后为主，把持英国各大学的讲座达30年之久，几乎是独霸天下。直到60年代才发生世代交替，马、布及门弟子（第二代）于70年代几乎全部退休，告一段落。在美国并无此种情况，40年代我初访美国，各校分别有名教授，各树一帜；如哥伦比亚的林顿（Linton）、哈佛的克拉克洪（Kluckhohn）、芝加哥的雷德斐尔德、加州的克罗伯（Kroeber），还有两位能干的女将：本尼迪克特（Benedict）和米德（Mead），这些人都已去世。70岁以上的人物尚为学界所尊重的，惟特克斯和伊根等少数宿儒而已。现在各大学任教的像上述哥伦比亚弗里德一样的人已经不多，大多是第二次大战中复员军人。战后美国实行的办法是复员军人按入伍年数公费入学，为学术界培养了一批新生力量，构成当前社会科学界的主力，现在是50岁上下。这一代似乎和上一代不同，理论修养底子浅些，学究气少，善于标新立异，各言其是。特克斯说，现在美国开人类学会有点像置身于联合国会议的气氛。百家争鸣，群龙无首。这是老杨之所以不愿用school而想用theory来译“学派”一词的客观背景，也提示了美国社会科学的一项基本情况。

所谓工业化之后的时期，其特征之一就是知识的应用。在工业里，科技知识成了生产中决定性的要素。影响所及，社会科学里也出现“知识生产”（knowledge production）的概念，和“知识企业”（knowledge business）的组织，兰德公司就是典型例子。这就是把知识作为商品，公开接受定货，进行生产的公司组织。这种新型的服务行业的出现，为社会科学工作者开辟了一条就业的渠道，也就影响了学科的本身。过去大学里的社会学课程是作为公民必修的常识而得到普及的。1978年美国设立社会系的大学有215个，教授、副教授共4582人。这是各大学研究院销售博士级毕业生的主要市场，在上述新型服务行业出现之前，大学教师是这些社会学博士的主要出路。为了培养这些每周要登台讲上三小时以上的教师，必须具备一套言之成理的学说，也就是所谓“理论”。设立研究院的大型大学或称高级学府，为了维持其自身的存在和发展，也有必要占领一批大学，容纳它们的毕业生。有点像不同工厂生产的货物各有其垄断的市场，其产品也须标上不同牌号，同是饮料，可口可乐之外还有 7-up 等等。这是各大学的社会科学要制定一些特别的配方，即所谓“理论”的原因所在。在商品经济的社会里，竞争是推动力，标新立异，贬人誉己也就相率成风。自从“知识企业”发展以来，显然又产生了一种变化，那就是崇尚“应用”。大量学者，如匹兹堡大学里给我上课的几位教授，都在致力于所谓效果测定学（各种 assessment）。在兰德公司我曾听一个专业小组讲他们怎样测定对贫民公费医助的效果（这是向政府承包的一项定货）。围绕这些研究工作，大量利用电子计算机，发挥所谓“模式论”。

所谓模式论（model）是指规定一些作为前提的事实条件，然后演算其对社会发生作用的程序和规律。这套作为前提的条件并不完全是主观假设，但也不是客观上已出现的现实，而是各种可能出现的事实，演算是根据被证实的事物间存在的关系，如果这种关系尚未证实，就得按各种可能性来推测。演算的程序和可变因素的处理十分繁重和复杂，电子计算机的运用使这些演算成为可能。就其演算表演来说，确会使人有神妙之感，但看完之后，对其结论来说，却又会使人有故弄玄虚之讥，因为不经过这一番电子世界里的折腾，似乎单凭人体思维，甚至已有常识，也可以得出同样结论。对此，我是门外汉，乡巴佬，不敢多赘一词。

这种模式论在我看来可以认为是实用主义的产物，和通过实践，总结经验，提高理性认识的唯物辩证法是不同的。还应当指出的是由于转移了相当大的一部分力量到了这种应用社会学，已经相当贫乏的理论园地，更显得萧条萎靡了。特克斯为我组织的“家叙”中，有一位女人类学教授为我解释当前流行的所谓“象征理论”（symbolic theory），我听完后，发生了一个问题：这理论在哪些方面突破了马林诺斯基在 *Coral Gardens and Their Magic* 一书里关于语言的作用论呢？在我听来，在这一套新的名词的装璜下，还存在着似曾相识的燕影。

事物必须一分为二，美国社会学和人类学还是有值得我们学习的地方。其实它的弱点里也包含着它的长处。它的弱点是见木不见林，抓战术而忽略战略，但从见木和战术上讲确是认真，锲而不舍，颇有成就的。知识之有别于空想是在其反映客观事实，在学术工作上，就是理论必须从实际出发，具体说来必须充分掌握资料（data）或“情报”（information），这里包括资料的搜集、核实、整理、归类、储存、应用。我们旧时的考据之学也就是当前广义资料学中的一部分。美国社会科学在资料工作上有很大的发展。其所以能大发展者一是由于现代科技的飞跃，二是由于尊重直接观察得来可以考核的事实的精神。他们能不惜工本地大量搜集实物、文字、口头记录等等第一手资料，反复核对考证，系统分类，归档储存，随时可以提供查阅应用。近年来电子计算机的发展更使这方面的工作得到惊人的飞跃。我参观了许多图书馆、博物馆，印象极深。不说别的，只就我们一般研究工作而言，大量时间耗费在查找资料，为了一段话要找个出处，就可以费上一天，甚至几个月都借不到所要的那本书。而在美国现代化的研究机关里，凡是已经储存在情报系统里的资料，在几秒或几分钟之内，就可以显示在案头的荧光屏上。

从资料到结论的分析综合过程又是美国社会科学者着意重视的焦点之一。不妨举几个我这次访问中听到的实例来说。4 月 24 日在华府参加社会科学研究理事会的座谈会上听到一篇关于中国人口问题的研究报告，这篇报告的主题是怎样利用已有的不太准确的资料来取得接近于实际的结论。研究者细致地分析这些资料可能发生错误的因素并提出误差程度，然后逐一校正这些资料。其洞察入微、思考周详处令人折服。这种治学精神和所循的方法值得我学习，我过去同样接触过这些资料，每每因其不太准确而丢弃不理。物尽其用，在于用之者的水平，我愧不如。

在密执安大学社会研究所座谈会上基希（Kish）教授讲统计中的选样法的运用和效果。统计中的选样法是要解决以点概面的问题，要了解全国的情况，不可能一一调查，只有选择少数重点作为样本，根据这些样本的情况，用统计方法来取得反映全面的结论。如民意测验，他们只在两亿人口中选取几千个样本，测验结果往往是很符合全面情况。怎样选择是大有讲究的，对此基希教授颇有研究，而又津津乐道。一再表示愿意接受中国学生，推广这种方法于社会研究工作。我也表示在幅员广阔、人口众多的中国，社会调查中点面问题是必须重视的，选样法值得我们学习。

在旧金山加州大学遇到人类学系的施坚雅（G.W.Skinner）教授，他是以研究中国传统市集组织著名，进一步根据中文历史资料研究历代城市的发展过程。乡村市集组织最早是杨庆堃在1933年调查山东农村时的研究对象，后来我在江苏和云南农村调查也接触到这个题目，但都未能继续，也没有用这些直接观察到的资料联系到历史资料来分析，探求它对中国社会经济发展所起的作用。施坚雅花了10多年的时间和精力钻研这个问题，成就也就超过了我们。值得提到的是他向我提出一张开列有10多种我国的地方志，每本书后注明现在中国何地和哪个图书馆。他说这几本书，中国之外是没有的，希望我能帮他看到这几本书，允许他照相，作为研究资料。我答应他向有关方面反映他的要求，同时，使我佩服的是他那种探索资料锲而不舍的精神；显然，他对中国地方志的目录是谙熟的，不但知道书名，而且知道在哪里。不下工夫哪里能做到这一点。他能超过我们就是在于这种精神。由于他在搜集资料上花尽力量，得之不易，也自然会珍惜资料，想尽办法，加以利用。这也就促进了研究方法的发展。

接着可以讲几句关于对中国的研究。美国学术界对中国的研究是多方面的。最早所谓“汉学”着重的是语言、文学和古代历史和哲学。对当代中国社会的调查研究不是重点。最早在中国，教会大学教书的学者们做过一些这类工作，如北京市调查的甘布尔（Gamble）、南京金陵大学巴克（Buck）的农业调查等。中国学者早年也有用英文发表有关当代中国社会调查的著作，我那本 1939 年出版的 *Peasant Life in China* 就是其中之一。《中国农民的生活》（《江村经济》）这本书被美国各大学的人类学系定为入门必读参考书之一，因而这一代的人类学者都知道我的名字。这本书受到重视的原因，在我自己看来并不是在理论上有什么创新（这是我的博士论文，处处跟着老师的方向走），而是为人类学研究开辟了一个新的园地。30 年代及其之前的人类学都是以殖民地的土著民族为研究对象的（在美国早期主要是研究北美的印第安人，30 年代后期扩展到拉丁美洲；英国早期是研究印度洋及南太平洋各岛屿的土著，30 年代起主要研究非洲民族，50 年代扩及南亚但重点还是在非洲）。第二次世界大战后原来的殖民地人民纷纷独立，民族主义高涨，西方人类学者可以进行实地调查的地区日益缩小。他们迫于形势不得不走上研究经济比较发展的社区，也不得不把眼光投向自己的社会。当前美国人类学里就有所谓都市人类学、医疗人类学，以及上面提到过的参预城市规划的人事工程研究等等。而我早年的著作都是以中国人类学者的身分研究中国农村社区的，所以也就被认为起了先驱的作用。另一方面，又因为我国人民得到解放后，国际地位臻臻日上，在国际形势中举足轻重，加上我们社会主义的革命和建设引起了全世界的重视，不论出于什么目的，都想要了解中国的社会情况。记载着解放前中国农民生活的那些书，也就成了有助于了解当前社会的历史背景的重要参考资料了。这种书在西方中为数不多，有关的著作也就容易受到注目了。

中美关系中断时期那些想研究当前中国社会的人只有到台湾和香港去进行调查。在过去10年里出版过不少这类的调查报告，在方法上大多以我那本书为样本，但立论上却有不少是以批评我的姿态出现的，有一部分是要驳倒我“中国农村的经济衰落是出于帝国主义经济势力的入侵”的论点。比如不久将来我国作为交流的研究人员的波特（Potter）就是如此，他强调西方工业的影响对中国农村带来了繁荣和发展。不论他的立论怎样，他见到我时曾说，他过去就是用我这本书作为模本，并唱反调的。这些在台湾学中文和汉语，和在台湾或香港进行过研究的人，确是不免受台湾的影响，加上当时美国反对我国，这新的一代对我国的感情和上一代是有所不同的。我们除了要注意这种情况外，我认为，有必要主动培养立场公正的学者来研究中国社会。这是一个值得切实研究的课题。关键应当是在加强我们自己的调查研究，才能吸收别人正确的观点和资料，反驳别人错误的观点和资料。学术战线上只有以学术来取胜，别无他途。

我还感觉到美国的社会学者和人类学者向我提出的希望和要求有所不同。社会学者不少是希望在中国找到服务的机会，如表示在人口调查、社会效果测定等等方面他们能出力，提供新技术。也许可以说是想开辟一个应用社会学的新市场。有不少大学和研究机构提出为我们训练使用计算机的技术及研究人员，这是开辟新市场的第一步。我认为这也符合我们的需要，可以考虑的。很少社会学者向我提出要求研究中国社会。提出这类要求大多是人类学者。而人类学者提出的要求又很少属于研究少数民族的问题，绝大多数是要研究汉族的农村、家庭、人口以及老年人问题等社会学方面的问题。

1979年5月29日

访美掠影

释题代序

西方有句俗语：到过一天的地方可以说上一辈子，住了一辈子的地方连一句话也说不上。这原是对旅游者的讽刺。越是不熟悉，话就说得越多，越说多就会越离真失实，甚至信口开河，荒诞无稽了。可是这也不能完全责怪说者，人们就爱听和习惯见闻不同的新鲜事儿。有人从外地回来，拉住不放，挤些新闻，用以解闷，也是人之常情。所以一个无意写游记的人，也会因别人的催促而无法拒绝，至少我这几篇《访美掠影》是这样给人逼出来的。

自知访美期短，见闻局限，理解肤浅，所以只够称为掠影。坐飞机走码头，真是蜻蜓点水。所见种种无非都是些浮光而已。浮光者表面现象也。大千世界高速度地掠眼而过，所得印象安得不是些浮面的浅显波纹！不敢言文，说些杂话，不受章法的拘束，想到什么写什么，倒也自在。

这次访美是高速旅行，时间短，到的地方不少。前后一共是一个月出一点头。4 月 14 日晚从北京向西飞行，清晨到达巴黎，休息一日，于 15 日下午越大西洋到美国首府华盛顿。如果在巴黎不逗留，离北京的下一天午前就可以到达美国。我们从美国东海岸，绕道东北，再横越大陆，到西海岸，共约四个星期。然后在太平洋中间的夏威夷岛上停了三天，取道东京返国，到北京是5月17日晚。绕地球一周，其间停了10站。这样的速度可谓高矣。

我这次是参加中国社会科学院应美国与中华人民共和国学术交流委员会的邀请而组成的代表团去访问美国的。邀请我们的这个机关，我们的主人，是由三个群众性的，或说是民间的学术团体，为了和我国进行学术交流而组成的。它们是美国学术团体理事会、美国社会科学研究理事会和美国科学院。这些机关的名称应当怎样翻译我不敢自擅。按字来译也颇有困难。比如说我们主人的名称中有学术交流四字在英文是 scholarly communication 二字，第一字是个形容词，直译应是“学者派头的”或“学究式的”。第二字普通是译作交通，也指交换消息的行为，如通信等。直译出来似乎不那么好，因为我不知道怎样一种交往才够得上“学者派头”。在茶余酒后，我也半开玩笑地请教过主人，得到的却是一种“会心的微笑”。我说，我希望今后我们之间的交往能认真地守住这个形容词。

所谓“主人”是指负责为我们安排和美国对口的学术界进行学术交流的机关。我们所接触的除了这个当主人的团体之外，访问了一些大学和一些社会科学的研究机关。访问的方式多少可以说合乎“学者派头的”这个形容词的，而且对方对此也是十分认真准备的。到一个研究机关于相见如仪后，开始座谈，由他们的研究人员就他的专业发言，几乎都有手稿或提纲。发言后再和我们进行讨论。到了各大学，由负责人和我们集体会晤，然后，我们各就专业到各系去“交流”，方式和研究机关相同，但大多要问我们这方面的情况，交谈较多。我在国外被认为身兼两科的学者，一是人类学、一是社会学。在美国各大学里除了极少数两科合在一个学系里，一般都各自立系。所以我要接触的对象也就比别人加了一倍。每到一校，至少要有两次“交流”

的座谈。重点大学还要加班加点。

据说美国的高等院校有 8000 到 9000 所，有名气的“大”大学有 300 所。大多数的大学都有社会学系，设有大学程度以上课程；200 多所大学有给硕士、博士学位的研究院。这是社会科学中的热门。人类学系比较少，但也有 300 多所大学设立这门学科的学系。我这次只访问了 10 所大学，在数量上说，只是个零头。交流座谈会分大小型两种。小型是以 10 来个教授为度，大型是包括一部分研究生在内，多至三四十人。小型座谈是以主人专题发言为主，大型座谈则以我答复问题为主。此外我还作了一次听众在百人以上的演讲。所以尽管我加班加点，接触面还是很狭小的。在这种座谈会上要进入深入的讨论是不大可能的。以 10 个人谈三小时计算，每人只占一刻多钟。我还得说说话，占去一些时间。10 分钟的话能有多少分量呢？怎样做到学术上的思想见面？至于社会情况，匆匆一个月，接触到的更是有限。我用掠影为题，非谦词也。

这次访美是旧地重游。我没有在美国留过学。我的社会学是在中国学的，社会人类学是在英国学的。但是在 1943 年，美国和日本宣战后的第二年，它以盟国的名义向我国邀请了 10 名教授去建立“文化关系”（那时不叫“学术交流”），我代表云南大学应邀访美，在美国住了一年，1944 年初夏返国。在这一年里，我主要是利用各大学的设备和一些教授的帮助来编译我那本在芝加哥大学出版的 *Earthbound China* 一书。我在哥伦比亚、芝加哥和哈佛三个大学呆的时间较长，也到过其他一些大学作短期的访问或演讲，所以当时在美国结识了不少同行的学者。我在访美期间，又用通讯方式给昆明的一些报纸写了一些介绍美国社会的小文。返国后，整理成《初访美国》一本小册子出版，抗日战争后期在西南大后方曾流行过一时。有些朋友还记得这本书，所以这次我返国后，就约我再写一本《重访美国》。但由于这次访问为时太短，见闻有限，不敢采用此名。

从初访到重访相隔35年。35年对我个人来说刚占了我过去岁月的一半。35年前还是东华一小生，年华正茂，现已饱经风霜，垂垂老矣。当年在美国相识的学者大多也已经登上鬼录，尚在人间而还没退休的真是凤毛麟角了。

尽管这样，旧地重游还是有方便之处。目前当令的一代不少是我相识的老一辈的子弟。他们虽然没有见过我，但从老一辈的口中听到过我，这次相见也就倍加亲切了。至于那些久别重逢的老朋友，一见面有的甚至含着泪，拉住我的手久久不肯放。他们很多已不相信此生中还会见到我，甚至有人把我早年给他们的通信都交给图书馆作研究资料了。我胖乎乎的形象在他们面前出现时，他们那种惊喜交集之情，反而使我不知所措。

但是当我开始写《掠影》时，我才发觉旧地重游对了解这地方的社会面貌虽然容易入门，但也有它不利的一面。因为是重游，所以心中总是有个新旧对比，注意力也就被吸引到新旧差别之处。我在出发之前曾写信给在美国的老同学，就说我30多年没有和美国接触，这样长的时间里美国不知变成什么样子了，我很想亲自来看看。变化成了我注意的焦点，也就使我的观察产生了局限性。这个局限性在一定的条件下是可以很严重地影响我对美国社会的理解，有时也许还会本末倒置。

美国在这30多年里确是有很大的变化。但是那些没有变的方面有时却更为重要，如果由于眼花缭乱而忘记了这一点，那就会迷惘了。从前后对比着眼就容易只看或多看它的变化，而不见或少见它没有变的一面，这就是我说的旧地重游时容易发生观察上的局限性的原因所在。

为了免于使读者被我的掠影导致错觉，我想不妨先把我在离开美国时在飞机上对同行的朋友们说的话，提前写在这里，开门见山地说一说我这次访美所得的总印象。

我们这次一起去访问美国的人不少是上了年纪的。这些老头身边大多怀有一个“保健匣”，里边装着硝酸甘油一类的药片。这是刻不离身，随时备用的必需品。当我想总结我对当前美国的看法时，也就想到身边这一匣东西了。如果说美国这个社会已经面临崩溃，谁也不易相信。它的生产力还在上升，尽管增长率有时停顿，有时下降。这是事实。所以可以说这个社会表面上是健旺的，说它的健旺是表面的，那是因为它之所以能保持生产力的继续上升，并不是出于解决了它原有的基本矛盾，而是不断采取一套缓和矛盾的措施。这就有点像我们这些老头了，我们的心脏在衰老，随时可以发生使它停止跳动的生理变化。但是有了经验的老头在有一些不正常的感觉时，立刻掏出经常准备着的“保健匣”，把一颗硝酸甘油含在嘴里，闭目养一会儿神，就打回了上帝的请帖。美国这个社会不也就是这样一次一次渡过它越来越频繁的危机么？硝酸甘油据说根治不了心脏病，但能把心肌放松一下，不致一命呜呼。美国这样的社会对付危机的一系列办法，并没解决这种社会的基本矛盾，而是头痛医头、脚痛医脚地带病延年，维持着它表面的繁荣。

以他们的失业问题来说就是一个例子。他们不能消灭这种社会现象，总是有那么6%以上的人拿不到工资。他们对这个失业问题采取的办法就是救济，名目和方法是多种多样的，而实质就是由社会上拿出一笔钱来养这批失业的人，把他们的生活压在最低的水平上，只要他们不闹事，就行了。如果到了失业人数太多，要影响社会的稳定时，就像含硝酸甘油一般，采取一些办法，如扩大公共工程，雇用一些劳动力，把失业率压低一些。

我这种看法不妨说是掠影感想，是否符合事实还得从长研究；好在这原是本旅游杂话，不必登大雅之堂，有啥说啥，不避陋俗，作为一家之见可也。

颠倒了日夜

要说30年来的变化，作为一个旅行者当然首先会想旅行的本身。时间还得推早一些说起。我第一次出国是1936年夏天，赶到英国伦敦去上学。当时坐的是海轮，从上海出发到意大利的威尼斯登陆，转坐火车，然后渡英伦海峡到达目的地，一共走了一个月。第二次出国就是上面提到的初访美国。那是在战时，由美国官方安排，可说是海陆空联运。从昆明出发到印度加尔各答是空运。从印度东部到西部的卡拉奇是陆运，坐的是火车。然后坐军用飞机，经非洲，渡大西洋到美国，是空运。我们一路停了好几次，前后走了有两个星期。回程是走海路到印度，是海运，然后再飞昆明。由于要防德国潜艇袭击，我们这条船并不走通常的航线，所以一共走了一个多月。第三次出国是1946年重访英伦。大战已止，我往返都是空中旅行，但是晚上却要落客店过夜。所以从香港起飞，一路停了三次。回程是坐从伦敦到新加坡的直航飞机，一天一晚除加油着陆外不打尖。在新加坡住了几天，另坐飞机到香港。这次访美是全程空运，而且是高速。我们因为怕老年身体吃不消，所以中途在巴黎休息一天；回来时挑了檀香山作为返程起点，不然从北京到华盛顿一天一夜就可直达。今后中美通航后当天到达的旅行将是极普通的了。

旅行讲究速度应当说是合理的，人们从这里到那里到处奔走，一般不是为了要奔走而奔走，总是为了要办些事，在旅行本身能少费些时间可以多办些事，或把事情办得快些，不是很好么？现在就因为有了高速旅行的条件，国际的政治活动才能十分频繁。报上我们天天可以看到各种国际会议的报道，在电视上天天有外宾访问的镜头，没有喷气式大型高速飞机，这些都是不能想像的。

从工作效率上讲，我当然赞成旅行越快越好，但是说实话，我心里还留恋着海上旅行的日子。那时一上船，心里就踏踏实实的，理直气壮地准备把在船上的那一段时间划出来作为可以自由处理的“外快”。在船上没有生活上杂务要自己处理，有吃有睡，吃得也分外丰富。没有不得不接待的人来打搅，船上都是些不相识的旅客。更重要的是可以和原来的世界隔绝一段相当长的时间，那是多难得的世外桃源！海上固然有些风暴，而我并不晕船，别人吐得好苦，我还是吃得好香。这样过上个把月，身心得到充分休息，上岸精神百倍。

我没有长距离坐火车旅行的经验，最长也不过在车上睡了两晚。火车上当然不如在轮船上。轮船上可以随意走动，可以看书，可以写文章。我在初次出国的旅途上就写完了后来作为毕业论文的那本《江村经济》的初稿。火车上写字是写不成的，看书也伤眼力，所以只有找同座的人聊天，或是打盹。我不大喜欢这样的生活。

飞机的舱内条件和火车车厢相似。现在国际间长距离飞行的飞机设备是相当讲究的。座位、服务等等都比高级的软席火车为优越。前几年坐小型飞机旅行，起飞降落会使人耳力暂时失常，现在大型飞机在这方面也大有改进，旅客不致有这类生理上的变化了。这样说来，我为什么还要留恋海上旅行呢？原来高速本身产生了一种新的使像我这样年纪的人不易适应的因素。英文里有个新字叫做 jet-lag。jet 是指喷气，也就指超音速的喷气式飞机。lag 是延滞。两字连起来是指由于飞机的运动与地球本身的运动之间的差距所引起时间上的延滞。在东京海边向东看见太阳出现在地平线上的那一刻，站在我们山东泰山上看日出的人向东望去还是一片漆黑，要过了大约一个多小时才能看到太阳跃离海面。这一个多小时就叫时差。这是出于太阳对地球上不同经度的“时角”在同一时刻上的差别。现在坐在喷气式飞机上环球西航，追赶太阳，飞了一周，“延滞”了日历上的一天，环球东航，顶着太阳，飞了一周，要在日历上多翻过一张。

这样讲来，像是在答复“十万个为什么”，增加一点常识罢了。

而坐了这种飞机去旅行，就因为运动速度太快，日历上的“延滞”在生理上产生了新的问题。那就是如果你向西飞行，当天到了美国，你事实上是过了一个漫长的黑夜。晚上从北京起飞，早上到巴黎，其间不是 12 小时，而是 20 多个小时。到达美国还是白天，而中国已是晚上。一个人什么时间醒，什么时间睡着，一般是有个由习惯形成的生理规律。这个生理规律固然与日夜的变换相配合，但是却并不决定于日夜的差别。刚到美国那几天，明明是白天，可是我就是老想睡，睁不开眼皮；到了夜里，我却又毫无倦意。那是因为我生理上习惯并没有改变过来。这个后果就出于 jet-lag。听说年轻人生理上的适应力强，几天内就又恢复日醒夜睡了；而我们这些有了点年纪的人可就苦了，要好几天的日困夜醒。

我们到达华盛顿的第二天就开始活动了，不是茶会、酒会、宴会，就是座谈、会客、家访。这次我们访问有个“学者”的规格，所以很少娱乐活动，看来娱乐和“学者”似乎不太搭得上，所以一般晚上还是要见人会客。只有一次我有个机会出去看美国芭蕾舞剧团演出的《天鹅湖》。谁知道我的眼皮到时就不听指挥了，越是台上表演得精彩，我的一双眼睛越是睁不开。结果还是未终场而不得不自动离座了。在自己讲话时当然不能打盹，听别人说话也不好意思闭眼。一整天，用咖啡提神。美国人又没有午休的习惯，餐桌上还是以谈话为主。这种高效率的社交，加上这 jet-lag，真把我整得够呛。从此我对超音速航空旅行视作了畏途。当然，这种留恋于海上的低速慢行的感情不免要挨太顽固的批评，而且飞机成了常用的交通工具后，人们在生理上也许也会适应过来的。至于我们这种老年人还有点保守思想大概情有可原，但不足为训。

两个“皇后”的下场

飞机成为一种高速的交通工具，应当说是人类科技发展的重要成就。人们对鲲鹏高翔的羡慕是很早就存在的，但是借用机械的力量使人们能像鸟一样在空中飞行这件事，最早是发生在这个世纪的初年。第一次世界大战中，飞机开始被用来作为作战的武器，到了第二次世界大战，飞机才成为重要的运输和交通的工具。而在旅行上，压倒轮船和火车，则是近十年二十年里的事。

到50年代后期，飞机在美国国际旅行和国内长途旅行，逐渐成为主要工具。70年代初，一年的乘客超过1亿人次。民航机场9000多，有定期航线的民航公司近100家。美国人有事要出国很少去订船票了，一般是坐飞机。可以说，在人们的出国旅行的工具上，飞机基本上已代替了轮船。

第二次世界大战之前，轮船在国际旅行上有过一段黄金时代。有两条出名的豪华的海轮，是那个时代的明珠。它们的船名是“玛丽皇后”和“伊丽莎白皇后”。它们以最高速度和最高级的服务往来在大西洋上，有时也偶然到远东来一次。当它到达香港时，报上都会特予报道。现在这些“皇后”已改业了。听说“玛丽皇后”停在英国某港作为旅游的大饭店，让一些怀古的游客来领受一下昔年的风采。“伊丽莎白皇后”年轻一些，还在海洋上活动，但不是作为交通工具，而成了游览船。它载了游客走码头，到一处停上十天半月，游客们可以上岸游览，然后再到一处，绕着世界的胜地转。前年有一位这个“皇后”的旅客，到北京来见我，还送了我一支刻着船名的金笔。她对这个“皇后”的晚景不免有无穷的联想。

这两个“皇后”的际遇并不表示轮船在海上的威风已经丧尽。飞机取得的只是它在人们旅行工具上的优越地位。至于在货物的运输上，轮船这个老大哥依然比飞机这个后起之秀高过一着。它在速度上固然赶不上飞机，但是在运输成本上却比飞机便宜得多。近30年来，飞机和汽车的发达，大大地增加了汽油的消耗。汽油的运输，几乎全靠海轮。油船越造越大，大到有些海峡都嫌太浅太狭了。资源的流通还是轮船所霸占的王国，非飞机所敢问鼎的。

在陆上，火车的处境也有点像海上的轮船。从历史上说，这对海陆弟兄最早都是蒸汽机的产物。轮船诞生略早于火车。美国第一次有实际意义的轮船旅行是发生在1807年，第一条铁路是在1828年筑成的。这一对弟兄为美国开拓了新世界的工业化时代，其功不小。以美国的历史尺度看来，它们都已是相当古老的东西了。

但是以火车来说，我40年代初访美国时，它还是国内长途旅行的主要工具。火车站上人头济济，摩肩接踵，是人群最密集的场合。这次去一看，大大地今不如昔了。

我们代表团有一部分人从纽约去纽黑文访问耶鲁大学，然后再从那里去波士顿。这两截路是坐火车旅行的。纽约的火车站当然远没有当年那样的拥挤，但还不算稀稀落落。这是个交通中心，多少还能维持一点像样的门面。但是在纽黑文和波士顿则大不如前了。在纽黑文上车的，除了我们这几个外宾外，只有一群到野外去旅行的中学生。我们坐的是头等车厢，设备已陈旧，哪有当年的富丽堂皇，更出乎我们意料的，这段并不太长的路程，竟然误点了好长一段时间。我们下车时发现我们的车厢停在月台的后面，我这个胖子也不得不跟着别人高高地从车门挡蹬上向下跳跃。这一切都给我以而今安在之感。

火车和轮船相比，处境更为艰苦。它碰到的对手除了飞机之外还有汽车。一般说来，在相距较远的城市之间的交通已由飞机取代，在相距较近的市郊及市镇之间，由于下面即将说到的公路建设的发展，也被汽车所取代了。不但在人的流动上火车处于劣势，在货物的流动上，火车也有大型运货汽车的竞争。大型运货汽车把货物从一个仓库运到另一个仓库，只要装卸各一次，而火车运输则没有这样送货上门的方便，这又是火车吃亏之处。

当然，飞机在旅行事业上声势很旺盛。新的机场气魄宏伟，设备也在精益求精。比如现代化的机场，是个圆形建筑，外周一圈是停放飞机的出入口。飞机停妥，即有活动的走廊接上舱门，旅客不必像我们现有的机场那样上下飞机都要用舷梯。旅客的行李有传送带自动运入行李室，旅行者看到传送带送来了自己的行李，取下就行，不像我们机场的行李室那样嘈杂混乱。

但是飞机旅行还是有它一时难于克服的弱点。第一是机场离市区距离远，而且似乎越来越远。市民讨厌机场，它是污染都市环境的一个要害。离市区远，下了飞机还得坐好长一程汽车。日本东京的国际机场到市区要走三四个小时。华盛顿和纽约的机场离市区较近些，但也要走好久。所以飞机速度固然快，两头要加上两段坐汽车的时间，总起来也就不一定比直达的汽车或火车为快了。第二是起飞和降落的时间似乎不易搞得很准。原因很复杂。空中航行多少要受人们还不易控制的自然条件的限制，误点还是司空见惯的。

航空旅行的安全目前似乎已不成为一个人们所要担心的问题了。在事故率上和汽车相比，飞机要低得多，多少已近于火车。如果说已经万无一失，那亦未必。我们从底特律去芝加哥的飞机，一起飞就发生引擎故障，斜着机身降落，幸免出事。过了一个星期，就是这一个型号的飞机在从芝加哥去洛杉矶的空中失事，死了 200 多人。据说这是美国民用航空史上最大的一次事故。因之，这一型号的飞机全部复检，停止飞行。

值得附带提到的就是当我们的坐机被迫降落时，全机旅客没有一点声音，神态自若，秩序井然。直到安全着地时，才听到有些人在“感谢上帝”。

车、油、路的三位一体

交通和运输工具的变化无可避免地会引起社会的一系列变化。前个世纪之初利用蒸汽力推动机器，发明了轮船和火车，大大地提高了社会生产力，促进了工业革命。这些是上一代人所经历的大事。内燃机的发明又是一个技术上的突破，它使小型快速的如汽车、飞机等交通工具成为可能。这些是这个世纪初发生的事。后来被称为汽车大王的福特，在 1908 年试制成功有效和廉价的汽车，并大量生产——“把美国装上了轮子”。

汽车当然不能算是件新事物了。在美国，现在活着的人很少不是从小就见过它的。但是汽车成为大多数美国人的生活必需品，那么深入地影响着美国社会，则还是第二次世界大战之后的事。或者可以这么说，这 30 年里汽车这种交通工具在美国大为普及，为美国人的生活带来了很大的变化。这些变化发生在我两次访美之间，前后对比，给我的印象也特别深刻。

为什么在这世纪之初已经装上了轮子的美国，要过了半个多世纪才引起美国社会在最近二三十年里发生的巨大变化呢？我看到了美国当前那种像蛛网般覆盖全国的平坦宽阔、四通八达的超级高速公路，才明白了这个道理。陆上行车，不仅要有能转动的轮子和推动轮子转动的能源，而且还要有轮子能在上面转动的路面。路面平硬，车子才能跑得稳、跑得快。所以要汽车跑，就得有汽油和公路。车、油、路是三位一体。美国固然早就有汽车，但是这种布满全国的、规模宏大的高速公路网，却是在第一次大战前开始，到第二次大战后才建成的。70 年代初，这种公路已有 170 万公里，如果并行地横贯这个大陆，可以往返 380 次。除了高速公路外，还有其他一般的公路 100 多万公里。到现在，大规模的公路建设计划还在继续进行。

高速公路是用高级混凝土筑成，往返都是单行道，好几辆汽车可以同时并行前进，并且设计了称作“苜蓿叶型”的立体交叉点，使得纵横的道路不相交割。汽车上了这样的公路，就碰不到红灯，一直向前开，在你离开高速公路前不用停车。因之可以开足马力，高速前进，每小时80多公里到100公里是通常的速度。这样高速前进中的汽车如果突然煞车，由于惯性，坐在里面的人就会向前倾而发生事故，所以现在美国的汽车里的座位上都有条皮带，把坐客当胸勒住。我最初坐这种车时，对这条引起我被捆之感的皮带颇有反感。但为了安全，我的主人还是说服了我，乖乖地钻进圈套里。这是我的新经验，上一次去美国坐汽车时没有受过这种罪。其实那时已经开始在建筑这种高速公路，只是因为我那时的生活里没有使用这种公路的需要，所以以我本人说还没有这种体会。

美国建造高速公路有一段历史。在20年代末，30年代初，美国爆发了一次严重的经济危机，工厂纷纷关门，机器停止转动，社会上到处是失业的人。岌岌不可终日的形势下，罗斯福被选为总统。他出了个主意，由联邦政府拿出大笔钱来兴办公共工程，建筑这种高速公路就是其中的一项。很多失业的人有工作可做，有工资可拿，这些钱又回到市场上去买东西，工厂里的出产有了销路，开始生产；于是工厂的烟囱里又冒烟了，经济危机总算渡过。初访美国时我还认为罗斯福的这些被称作“新政”的社会福利政策真了不起，并没有发生过他怎么会挑中建设全国高速公路网作为“新政”的一个重要项目的问题。这次我看到了汽车加上了高速公路，使已经装上了轮子的美国如虎添翼地大大地改变了社会的面貌，才想起了罗斯福下这只棋子实在是胸中大有文章的。

我们都知道美国这座财神庙里有哼哈二将，就是汽车大王福特和煤油大王洛克菲勒。他们象征着两大企业：汽车和汽油。这两种企业能发展得那么庞大，背后还隐着个搭配，车、油、路三位一体中的第三位。这一位却不是什么私人企业而是政府的事业。公路不像铁路。铁路和在铁路上运行的火车，都可以私有。造了公路，在公路上行驶的汽车却各有其主。要向这些汽车收费，当然并非做不到，比如现在有些高速公路是按车收养路费的，但是要每辆汽车买了票才上路，就会影响汽车大王的发展了。为了那两大企业的利益，最上算的办法是让联邦政府用国家的税收来建造这个需要投入大量资金的工程。这是谁出的主意，我们不用多问。这主意至少可以说正中了这两大企业的下怀。

在这三位一体中，其实最根本的和起决定作用的是公路。公路越长，汽车越多，汽油也消耗得越快。美国在 70 年代初汽车数目已达到近 9000 万辆，现在已超过 1 亿 4000 多万辆，汽油的消耗也已超过 2000 亿公升。美国大体上说来平均每家可以分到两辆汽车了。这是这两大企业的物质基础，而支持着这基础的正是这个大造高速公路的联邦政府。这个三位一体很能说明美国资本主义政治经济结构的本质。

城乡对流、南北对流

由于有了汽车，通了公路，很多以往住在市里的人搬到郊外去了。他们每天可以开车到机关里办公，到工厂里上工，到学校里教书。下了班，又开车回家。在郊外，花同样的钱可住得舒畅，而且环境清静，污染少。

这是一个大变化。上面说过，上次在美国我没有坐过高速汽车，那是因为我要见的朋友们都住在大学附近。我到学校去上班也是步行去的。如果要去市里买东西，吃中国饭馆，坐地道车或公共汽车就行了。这次在美国就不同了。约我去家里吃饭、叙谈的朋友都住在郊外，他们得用汽车来接我。这一点似乎并没有什么困难，他们都有汽车，而且都会开汽车。连 90 多岁的老教授赵元任先生，都自己开了汽车来往。他住的房子在山坡上，路很陡，我真替他担心，可是他却并不在乎。

住在郊外确是比住在城市里优越得多。我这次去登门拜访的大多是在大学里当教授的朋友们。他们住的房子，大致都有三四间卧室、一两间起居室、一两间书房、一间厨房、若干间卫生间和汽车房、堆房、小作坊等。这样一幢小楼房里住着夫妇两人和一些未成年的儿女。楼房四周是草地，有些还保留着相当古老的树木。绿阴如盖，杂花满庭，颇像乡村别墅。

这种独门独户别墅式的住宅，一幢幢地分布在每个城市的四周，离市中心大约在半小时快速汽车行程之内，一般要走一段高速公路。这种居住布局在飞机接近机场降低高度时可以从窗里看得很清楚：一小点一小点的住宅布满在城市的周围。有时原来的两个城市，现在被这类住宅区衔接了起来，连成一片。

人口从都市外流，据说是美国近二三十年来的普遍趋势。但是都市人口并没有显著的减少，那是因为有人出去，也有人进来；换了一批住在都市的人。出市的是那些有汽车的人，进市的却大都是没有汽车的人。没有汽车和有汽车的区别，当然也可以说是贫富之别，但是把贫富的界限划在有没有汽车这区别上并不够正确。在美国一辆汽车可以很贵，也可以很便宜。时式的高级汽车要上万元，而第二手的旧货千把块钱也可以买得到。所谓旧货并不是破烂货，凡是用过一年的车就被认为旧货了，有些人要时髦，又想避免维修的费用和麻烦，每年要换当年时式的新车，旧的给拍卖行出卖。中等收入的人家，讲究实用，就可以买这种价贱而物亦不坏的汽车。从收入的总数来计算，不到一个月的工资，按比例说来比我们的自行车还便宜。所以够不上称富裕的普通工人也可以占有一辆到两辆汽车，而且每天所消耗的汽油，在最近涨价之前，比了坐公共汽车还可以便宜些。

没有辆汽车的人当然不能住到郊外去，但有汽车而收入较低的人却并不都能离市。在郊外买个住宅目前大概要5万元，相当于高级教授和技术工人的一年工资。当然，买房子的人不必一下交这样一笔现款，可以先付一部分，比如说两万元，然后每年付几千元，多少年付清，利息加在总数里。换句话说，有房产公司做这种分期付款的买卖，买房子的人在一定期间是这公司的债户。这种吃利息的债主有房屋作抵押，没有多大风险。而且买房子的债务，还可由政府向银行保险，据说这是为了便利老百姓，解决住的问题。当然，这也是支持建筑企业的一项政府措施。由于这种种办法，一般中上人家也有条件到郊外去住。

谁来接替这些离市的人呢？这里要讲一下这30年来另一方面的变化了。这个变化发生在农村里。由于最近几十年来农业技术的改进，大量采用了机械耕种，同样一块土地，农业生产上所需的人力大大减少了。在30年代，美国一个农民可以生产10个人所需要的农产品，包括粮食和纤维；70年代初提高了4.5倍，到目前已到了6到7倍，就是说一个农民可以供给60到70人的需要。所以美国农业人口已大大减少，到1978年全国农村人口不到900万人，总人口的1/20都不到。原来住在农村里的人很多已进入都市了。

美国人口在这二三十年里发生了相当大规模的城乡对流。这里所说的“乡”指的不只是农村，也包括郊外的住宅区和5万人以下的小镇。

过去美国和我们中国一样把乡字、土字都看成是贬词，比如“乡巴佬”、“土头土脑”，总是表示文化低，生活穷苦，和“城里人”相对而言的。高贵、时髦、斯文、漂亮这些形容词都用在市民身上。现在的美国却正在反转过来，至少现在的“城里人”没有过去那样体面了。

人口流动里还有一种很显著的倾向是南北的对流。美国的社会、经济和文化的发展，在地理上说是由东及西，由北及南。东北部开发最早，所以地位也最高，西南部靠近拉丁美洲的一带多少有点蛮荒之区的意味。东北的新英伦是人文荟集之区，美国最早建立的高等学府就是麻省康桥的哈佛大学。至今这地区大学林立，也是我们这次访问的中心。芝加哥大学崛起于美国中部是第一次大战之后的事，西部海岸加州大学问鼎中原是在第二次大战之后，而南方的得克萨斯大学直到70年代才不甘落后，以太阳光和高薪为诱力，吸引大批学者，大有后来居上之势。学术的盛衰表示着社会经济的起伏。第二次大战之后，飞机、电子和太空工业的中心是在南方，因而改变了南北的差距。

70年代发展起来的新型工业，和早年工业革命初期兴起的工业不同的地方是前者依靠技术和科学，后者依靠机器和人力。所以这些在南方兴起的新型工业要吸收的是科学工作者和技术工人，一般说来是社会的中上层，而不是文化较差、从农村里出来不久的非技术工人。新型工业引起大批社会中上层的人由北向南的流动，同时却由于南部社会经济的发达，农业技术的改进，送出了大批多余的劳动力，特别是有色人种的少数民族，他们正在由南向北地流动。美国西南部墨西哥边界那边流入的拉丁美洲人和从西印度群岛美国属地上流入的波多黎各人，大量地集中在东北部的大城市里。以纽约一市说，波多黎各人多到100万，他们到处用他们的乡音说话，所以有人夸大地说，不久纽约要成为西班牙语的殖民地了。关于这方面的情况，在下面谈到民族问题时再细说。

城乡对流、南北对流的结果出现了许多前所未有的新情况，我在这次访美之前也听说过纽约市财政已濒临破产，乞求联邦政府挽救。我怎么也不能理解。这次亲自到了这地方才恍然大悟。原来市政府的收入主要靠居民的所得税分成。一个都市如果收入高的人多走了，进来了大批需要救济的人，这个地方的政府就容易入不敷出了。不仅纽约如此。我去美国钢都匹兹堡访问，从平坦的高速公路上下来进入市区，水泥大路上坎坎洼洼地车子颠簸得厉害。对照着宏壮的高速公路，市区道路未免有点寒伧了。

地道车和“涂抹”

我这次访美多少算是个“上宾”。当了上宾接触面就有了限制，整天忙着“学者派头的交流”，看到的不是学者教授，就是社会名流。我这个人生性不习惯这种儒林风雅，总是想到社会下层访问访问。我在纽约哥伦比亚大学里讲演完毕，向我相熟的一位人类学教授提出了个要求，至少得带我去坐一趟地道车。他欣然从命。

30 多年前我在这个大学里工作过一个月，其时住在纽约的一个名叫科罗纳的意大利移民住宅区里，每天坐地道车来上班。虽则时间上相隔已久，对这段地道车记忆中还留着些印象。

我们一进地道车站，那位朋友就掏出两枚 5 角的钱币按进自动化的售票机里。我一怔，好贵！因为我记得当时坐地道车只要花一个镍币，值 5 分钱，就可以进站，要到哪里去都行。30 年中票价涨了十倍。我口边流露了一个字“货币贬值”。我的朋友一听，先是点了一下头，接着又补充了一段话：过去 5 分钱票价是因为当时有市政府补贴，后来补贴取消了，票价就涨了。当然，票价不断上涨，确是出于通货膨胀，但是用地道车票价来衡量这 30 年的货币贬值率却未免过于简单化了。

当然，这些年来美国的货币贬值是众所周知的事实，但还没有到恶性膨胀的地步，每年据说还能控制在一位数字之内，直到最近才出现了两位数字。不论怎样，他们一面让物价涨，一面跟着调整工资。除了少数几种行业由于工会的势力强，工资得按物价指数上涨外，一般是工资在后面赶物价，中间总是存在着一个弥补不了的距离。这距离的存在给老板们一个剥削雇员的机会。这些对资本家有利而对拿固定工资和靠储蓄生活的人来说是倒霉的事，似乎都是没有多大办法予以制止和消灭的。

我的朋友看我在买票机前发呆还以为我对这自动化设备发生兴趣，就催促我快走，因而也打断了我们对货币贬值的讨论。

我进入车厢，举目一看，使我吃惊的是四壁都涂满了横七竖八的用油漆写的人名和数字。这是怎么一回事呢？我的朋友向我解释说，这叫 graffitti。请原谅我在这里用原文，因为我一时实在翻译不出来。他说，大约是在 1965 年有个青年名叫 Taki 的，在地道车车厢里用斗大的字签上他的名，并在名后写上 138 这个数目，据说是他家的门牌号码。谁也不明白他这样做是为了什么，表示什么意思。说也奇怪，像一阵风似的，在车站墙上、车厢壁上、厕所里以及许多公共场所，到处有人学样，签名画押，写门牌。起初管理地道车的卫生员还忙着擦刷，后来发展成油漆涂写，也就擦不胜擦，索性听之任之。一过 14 年，把个地道车搞得乌七八糟，对我这样旧地重游的人觉得新奇难解，对于天天坐地道车的人却已熟视无睹了。

这种涂名抹号的 graffitti，使我想起了我们自己国内名胜古迹到处也常见的“某某到此一游”的留念笔迹，甚至怕人擦掉，磨灭了游者永垂不朽的愿望，用刀刻在墙壁上、古木上、竹子上。回国后，我把这些新奇事儿讲给一位老朋友听，他为我找出了个有根有据的出典，说是在晚唐有个名叫薛逢的诗人，看不惯那些到处题诗签名的自名风雅之士，称他们作“东涂西抹手”，所以他建议 graffitti 不妨译作“涂抹”。他还说，唐代在驿亭和寺馆题诗成了风气，而所题的诗大多不堪卒读的多，搞得亭馆主人大伤脑筋，后来想出了个办法，专门备有一块木板，雅其名曰诗版，看到有些客人手痒了，立刻呈上请他挥毫发泄，等他走后，擦不掉的用刀刮掉。他说此法可供美国地道车卫生员参考。

我记下他的建议，但是我认为美国青年人的涂名抹号，和我们当代留名胜迹及唐代的题诗抒情所要发泄的情绪，可能毫无相同之处。

Graffitti 在我看来多少是在发泄鲁智深的那股憋不住的“鸟气”，来自对那宏伟的高速公路所象征的新社会和它所带来的社会两极化的反抗。这种情绪在现在美国的社会制度下是洗刷不清的。

我在这掠影中记下我在地道车里所见到的涂抹是出于好奇之感。至于它所反映的社会问题究竟是什么，那是可以议论的。我并没有深入调查，只能把我的直觉的感想作为杂话谈出来。杂话有如漫画，在关键处夸张一些也是允许的吧。

家务机械化

我从地道车里出来，又坐进汽车，捆住身子，走上高速公路，到了我朋友的家里。这种人家的外貌我上面已经讲过，现在可以讲讲这些人家的生活了。

我这位朋友是个快要退休的教授，年纪和我差不多。因为这几年有些大学把退休年龄推迟了，他才算没有打入冷宫。一般说来，在美国，人老了，一退休，在社会上就失去了地位，销声匿迹，被人遗忘了，所以我称之为打入冷宫。像我这样年纪的人，儿女们也都已成人。在美国成年的儿女劳燕分飞，除了“母亲日”很少还想到父母。即使感情好，又住得近，往来勤一些，也是走亲戚的意思。我还没有听说过美国人闹婆媳纠纷，因为她们根本不在一起住，闹不上。

我这位朋友的家里只有老夫妇两人，都有工作，各人一辆汽车，白天各走各的路。我们到家时女主人不在家，家里没有人。汽车开到楼下底层的车房前，突然车房门自动打开了。原来车内装有遥控设备，我没有注意主人怎样动了一下，车门就自动打开了。我们进了车房才下车，闭门上楼。

为了我说要看看他们的生活实况，所以我的朋友就让我到厨房里参观家务机械化。这应当说是一件大事，至少对我来说，意义特大，因为这些年来我身体力行，对家务之累，大有体会。我们为了吃饱肚子一天到晚要花多少时间，从排队买菜起，一直到洗碗添煤，忙得团团转。到了星期天，根本谈不上休息，搞卫生，洗大件。我有时插不上手，但是看着老伴、孩子那样劳动，心里也过意不去。我常说，如要落实 5/6，必须从家务机械化着手，只有这样才能把干部从生活七件事里解放出来，把劳力和精神用到工作和生产上去。要讲现代化，这是重要的一条。

到了厨房里，我的朋友打开冰箱，整整齐齐地安放着一盆盆已经准备好就可以下锅的鱼肉鸡鸭这类东西。他先倒了两杯桔子汁。我们坐下，他问我是否要学习一下美国式的厨房操作。他指导我在壁架上取下两个罐头，放在锅里一热，倒出来是一盆鲜红柿奶油汤。把鸡蛋打在捣搅器里，又从冰箱里取出新鲜的猪肉，塞在绞肉机里，开动电钮，肉心蛋饺的原料都已齐备，只要在平锅上一煎，加上作料，就可上桌。再从冰箱里端出一盘沙拉和一盘生菜。加上几片面包，不到 10 分钟，一顿丰富的午餐已经做好。我们一边吃，一边谈，那么轻松愉快，家务显然已不再是麻烦人的负担了。

喝过咖啡，他就给我表演洗衣机。只要把脏衣放入机箱，加上洗衣粉，关上盖，开动机器，你就可以袖手旁观，它会自动把洗干净的衣服送进干燥箱，你只要打开干燥箱，取出就可上身的衣服来好了。像衬衫、短裤、睡衣、袜子等等小件，几分钟就解决了。至于大件如何处理我没有看见。总之，不需要人工在搓板上横搓竖搓地折腾了。而且由于衣服原料的改变，一般也用不到人工烫熨。洗衣机的广泛普及，使得许多过去搞洗衣为业的华侨不得不改行了。

我们从厨房走到客厅，地面上全是长绒地毯。弄脏了怎么办呢？我的朋友就端出吸尘器来，一面表演给我看，一面解释说，美国就是人工贵，要请个人来帮着做些事都得花钱。那些有小孩的人家，父母有约会要出门，请个邻居的小姑娘在家里照顾一下孩子，都得按时付酬。最麻烦的是水管坏了，汽车出了障碍，要请人来修理一下，从他离家时算起都要按钟点给工资，修一次管子和汽车要花百元以上。他笑着说，如果天天有活干，一个修理工一个月的收入，比他当教授的还多。他说，也正是由于这个原因，人们生活在这个机械化了的环境里必须学会一些基本功，能自己动手，才能应付得了。

他说着把我引到了楼下的一间“小作坊”里去，这里木工、铁工、电工的各种工具一应俱全。推门出去，他指着正在修筑的一个花坛，告诉我说这是他最近动工的建设计划。美国知识分子喜欢动手搞体力劳动，这一点是值得我们学习的。我在初访美国时已经注意到，回国后还写过一篇文章，提倡“积铁”那种儿童玩具，因为我当时认为他们这种喜欢工艺的习惯是出于儿童时期的培育。这种看法并不错，我那位朋友自己和他的儿女们都是在这种“小作坊”里长大的，许多机械原理就是在玩具的实践里理解的。现在还可以说，美国人工贵也是养成自己动手这种习惯的一个原因。

我们一讲到机械化，脑筋里想到的总是些机器。没有机器当然说不上机械化，但是机器是要人去使用的，这个道理却不大注意。比如说，我们讲农业机械化总是用有多少拖拉机来表示，而我们究竟培养了多少在使用拖拉机的人，有多少拖拉机真的有人在使用，使用的效果怎样，关于这些在我看到的一些报告里，就不大提到的了。

家务机械化也是这样，我很羡慕我这位美国朋友有这么多听他使唤的机器，他不会陷入家务劳动中而心烦意乱，相反的，他还有那种兴致把修建花坛的劳动作为乐在其中的享受。但是再想一想，如果真的我一下也置身在这样一个机械化的环境里，我能像我朋友一样生活得那样自如么？一旦这些机器造起反来，不听我使唤，我又怎样办呢？铁牛不一定比黄牛强，黄牛不听使唤可以轰它、打它，死了还可吃它的肉；铁牛抛起锚来，不懂得修理，求它也不抵事。看来光是羡慕人家有机器使唤是不够的，还得练出一套会驾驭这些机器的本领，才谈得上改变我们这种被家务所困的现状。

殷实之家

汽车和公路的大发展，改变了美国的城乡面貌，出现了我30多年前没有见过的新型的郊外住宅区。在这种住宅区里生活的主要是美国的中产阶级。

我没有接触过美国的百万富翁，这种富翁据说有30万左右，他们怎样生活我不清楚。我这次访问中也没有机会去接触所谓贫困线以下的人家。我在上面说过，在地道车里也许曾和他们坐在一个车厢里过，但不认识他们，也没有和他们交谈过。

所谓贫困线，是由美国官方规定的。70年代初期，凡四口之家每年收入不超过3130元的称为贫困户，国家给予特别照顾，是一些福利计划的受益者。由于通货膨胀，规定的收入标准随着上升，现在已到6191元。大体上说来，这种福利计划受益者占美国家庭的1/6。

上述两端之间的所谓中产阶级，并没有严格的标准。在70年代初，他们每人平均的年收入（包括小孩及不工作的人在内）约2000元，四口之家约8000元，是贫困户的两倍以上。由于通货膨胀，他们现在的平均收入当在1.5万元以上。大学教授平均年收入在1967年约1.7万元，1978年约3万元。比上述平均收入高出一倍以上。大学教授的收入和技术工人的收入相近，有些行业的技工，如管子工，就比大学教授收入多些；也有些行业低些。但都在上述平均收入的一倍上下。这些人可以算是中产阶级中的上层，也就是住在我上面所说的郊外住宅区里的人物。

这些中上人家的生活，如我上面所描绘的那个轮廓，在物质生活上虽说不上豪华，也称得起殷实之家了。看来颐和园里展出的慈禧的寝室，和这些人家一比，还是相形见绌的。我看了我这位朋友家里的生活之后，总想知道一下他们的家计。所以我坐下来就和他的夫人谈起家常来了。她说，支出中最大的一项是纳税，所得税跟着收入增加税率，工资提高了，有时实惠不大。像她丈夫那样一年 2.5 万元工资的教授要交 35%的税。她自己是个讲师，1.5 万元。双职工的税率特别高。总的说来，各种税合在一起，占了收入的 40%。4 万元的收入就去了 1.6 万元。房子是前几年买的，分期付款，第一次付了 1/4，以后每月付 600 元，一年是 7200 元。汽车两辆，光是保险费，一年就要 500 元，汽油和维修约 1500 元。吃是比较便宜的，每月他们两口 300 元就够了，但不包括吃馆子，一年 2600 元。这位夫人年龄也近六十，不讲究时髦，全家衣服一年 1000 元。

我扳着手指算，有点乱了。那位女主人就递给我一只小小的采购时用的随身携带的电子计算机，我就一项一项地加起来，一看已近 3 万。她还在接着说，美国税高保险多。汽车要保险，房子要保险，人的健康、寿命都要保险。不保险，一出事就会倾家荡产，无依无靠。单说健康保险吧，保了险，生病时的医疗费用可以由保险公司支付。医疗费用之高是惊人的，住院费一天要 100 多元，医生来查一次病房就要向每个病人收几十元，医疗药物另外。反正普通人如果不保险，生一场比较严重的病，即使病治好了，也成了个穷措大了。保险就得按期交费，我刚要问女主人总共多少保险费，她就说大约共占收入的 12%左右，一年约 4800 元。然后她把话转到她孩子的教育费上去了。

她说，像她这样年纪，原本可以不必出去工作了，就为了她的小儿子在医学院还没有毕业，她还得熬上两年才退休。在美国，当医生是收入比较高的职业，一般靠工资生活的中产阶级都有把孩子培养成个医生的愿望。但是学医年份长，普通的大学是四年，医学院要七八年。美国大学收费按科不同，医科最贵。比较有名的医学院，单是学费一年就要七八千到一万元。

我听到这里也不想再把这家计调查继续算下去了，因为计算机上的数字已经快超过 4 万元了。我插了一句话，“按你这样说来，你怎么买得起家里这样的陈设呢？你们一家收入要维持日常门面也够紧的了，不是么？”

女主人一点不紧张，她笑了笑说，“瞧你这样性急。我们先吃了饭，我带你去看看超级市场和大型折扣商店，你就明白了。”我想我这个问题和这些新型市场有什么关系呢？一个人袋里的钱都快花完时，去市场去干啥呢？但是主人既然这样说，我也只好从命了。

新型市场

下午我就和我朋友夫妇两人驱车去参观新型市场。

我这次访美在生活上是很特殊的，那就是衣食住行一切都不必自己操心，按主人安排好的办事，除了有时候要我自己在账单上签个字之外，完全不接触财务，身边根本就不用带钱包。因此，我对美国的商场、商店几乎不发生关系。最后到旧金山，我想回国后总得给人送一些纪念品，所以自己上街去找百货商店。30 多年前，我要买日常用品时总是上那种联号商店，也叫 10 分钱商店，因为在这种商店里都是价钱便宜的东西，1 角钱就可以买上一件东西。有名的联号商店名叫伍尔沃思，那时每条比较大的街道上就有这家商店的分店。我按老皇历办事，还是想去找伍尔沃思。在旧金山市中心区打听了好几次，才找到。据说这种联号商店已经快被淘汰完了，代替它的是在郊区发展起来的新型市场。

想一想这也是理所当然的。郊外新型住宅区的扩大，具有较大购买力的中上层住户自应有为他们服务的市场。这种市场不能离开这种住宅区太远，而且它的规模和设备也必须适应这些住户的特点。

首先这些顾客都是以汽车代步的，所以这种市场四周必须有宽阔的广场以供停车之用。在郊外土地较多，没有必要像市中心那样建筑高楼大厦，所以这种郊外的新型市场一般是宽敞的平房，至多是加一层楼，可以在自动扶梯上升降。

这里要说明一下：我这里所说的新型市场，包括美国话里用两个名词来指的两种市场：一是他们称作“超级市场”，大体相当于我们的副食品商店或菜市，规模则大得多。一是所谓“折扣商店”，供应日用百货，它的特点是价廉，通行市价上打个折扣。它的商品价钱较低，是因为它已全部电子化，节省大量人员，管理费少，得以标榜打折扣来吸引买客，扩大销售额，谋取利润。

我们到了一个新型市场的广场上，广场上一行行停满了汽车。可以说场内有多少家顾客，场上就有多少辆汽车。没有汽车的人本来就不可能到这地方来买东西的。我们一进门，女主人就把事先已准备好的购货清单递给坐在柜台里的服务员。服务员一边看着清单，两手就在座前的一个带着荧光屏的打字机上打字。这是一个电子计算机的终端显像部分。她稍等一下，荧光屏上出现了一行行字号。她就向女主人点了点头，给她一个号目领货证。女主人告诉我，这个服务员通过电子计算机已经知道她所要的东西，仓库里都有，等她到交货部去领取了。

在领取货物之前，我的朋友就带我去参观这个市场。我在他家里看到的东西，这里可以说全有。换一句话说，要布置一个像我朋友那样的家，你可以把清单写下，一次在这里配备齐全。厨房里的各种机器，甚至整个卧室、客厅里的床铺、被褥、沙发、地毯等等，这里应有尽有。光是缝衣机就有多少种，有一种还能绣花。我突然想到，这里大有学问，我们的外贸部同志应当在这里考察考察，了解了解美国的消费者究竟要买些什么样的东西。有许多东西，在我们国内至多值几毛钱，在这里却标价 10 多元。我们必须改变“闭门造车”为“开门学样”才是。

我们走累了，就在陈列家具那部分挑了个椅子坐下。我就想起四川的竹椅和藤榻来了，如果在形式上改一个适合于美国人的胃口，这里的这些东西哪个能和我们相比。这种市场一打开，四川的农民的收入不是可以大大提高么？我想得出神，坐着发呆。女主人看了看表，催我快同她一起去领货。“你还是去研究研究怎样领货吧。”

到了领货部门，给服务员看了领货证，她把已经包装好的东西递给女主人。我觉得有点奇怪，包里的东西总得打开来看一看才放心。女主人明白我的疑虑，补了一句，“不用。”原来货物都是标准化的，保质保量，这是工厂的信用，可以信得过的，坏了信用，资本家受不了。至于你要什么式样，什么规格，什么颜色，早就在购货清单上写明，电子计算机也可以保证不会在传达、选货中发生错误。

我看我的朋友拿了货却不交钱，只从手提包里取出一叠塑料卡片，挑了一张给服务员。女主人告诉我，这是信用卡。那个服务员又在一架电子计算机上琢磨了一番，向我的女主人点点头，不到一分钟，手续完毕，我们提了包包向外走了。

在路上，女主人把信用卡的奥妙讲给我听。她说只要你有固定的职业，也就是有固定的收入，你就可以向你经常购买东西的商店登记，它就给你一张信用卡。这就是你在这商店里立了个户头，并把你的银行户头告诉它。凭这个信用卡，你就不必付现款了。商店会和你的银行结账，你就可以省很多事。我一听，这倒不新奇，在解放前我在清华教书，北京城里的稻香村就按我们电话通知送货上门，逢节算账。

再讲下去，那就和我的老经验不同了。信用卡不仅可以赊货，或者说直接由银行代为付款，而且还可以向商店搞分期信贷，只要你银行里的存款有保证，就可以拖长欠账的时期，分期慢慢拨清。用我们老话来说，买客是“寅吃卯粮”，商店是“放债盘剥”，但用现代名词来说却是预支购买力，扩大消费，刺激生产。

我们从小的教育是宁愿饿肚子也不要欠人债。这是一条教训，得自封建剥削制度下高利贷肆虐，把人搞得家破人亡的惨痛经验。资本主义的经济出现了所谓分期付款这种名堂，人们却把它看作是促进生产、提高生活的一项妙诀。它是否如此，还有待今后的历史来评说。但是已经明白的，就是在美国，包括房屋抵押贷款、购物分期付款信贷等等私人债务，今年3月底止，全国已超过1.2万亿美元，平均每个美国人积欠的债款已达5500美元。这个数目据说已相当于人们可供开支的收入（即纳税后的收入）的80%以上。欠债是要付利息的。美国资本家放的债，利息固然不像封建高利贷者那样重，但是债越滚越大，利息总有一天会积累到使人们不能继续这样放手消费的程度。到那时不是会走到刺激生产的反面去了么？这笔账让经济学家去计算吧。

我在这里要解决的还是上一节里留下来的问题：一个中上层的人家收支尽管相当紧，而生活设备为什么还能这样阔绰的问题。如果我上面所记下的观察和实际相差不太远的话，住在郊外新型住宅区的人们多多少少都是这些新型市场的债户。这个所谓“信用”的纽带把他们牢牢地绑上了这个近20多年里出现的“巨灵”。这些殷实其表、亏空其实的人家已成了这“巨灵”王国的俘虏了。

能源危机

汽车、石油、公路是三位一体，也许可以说是美国当前维持着它社会新面貌的基本三角。上面我已讲了许多关于汽车加上公路所引起的社会变化，而这种社会的高速活动一刻不能离开石油。没有石油，一切都要停顿。

美国人从这个世纪初年就有汽车，70多年来似乎没有人认真想到过如果没有了汽油他们的生活怎么办。早年如果有人提这个问题，还可能人人会说他杞人忧天或故意耸人听闻。但是时至如今，这已是一个现实问题。在我们离美前这个星期里，硬是亲眼看见加油站前排着几里路长的汽车队伍，标志着美国能源危机开始的信号。

美国这 2.4 亿辆汽车耗油量之大实在是惊人的。它所消费的石油总量在世界各国中首屈一指，一年达 9 亿吨。而且说来也确实不太公道，他们占全世界 1/20 的人口竟消耗了世界石油消费量的 1/3。当然他们消耗的石油并不都是用在开动汽车的，但是最大的部分还是花在这一项上。单以消耗在汽车上的石油来说，其中用来作旅游、娱乐之用的却又占了很大的部分，有些人说要占一半，那未免夸张了一些。但是周末开了车一家人去海滨、名胜远游一番则是极普通的事。过去在美国很少人把汽油的消费看成是一项负担。

美国是个得天独厚的国家，石油资源还是比较丰富的，年产 4.6 亿吨。但是像它这样的挥霍，资源再多也满足不了要求。自己国家生产的石油不够用，就得向别的国家买。它是世界上最大的石油进口国，差不多一半以上的石油是靠从国外输入的。从数字上看，美国人只要少开些汽车出去寻欢作乐，他们自己国产的汽油是足够使他们正常的活动运转自如的。但是尽管当家的能源部长口口声声地提倡节约用油，还是挡不住能源危机的发生。

这次能源危机的直接原因，据说是因为伊朗发生政变，一度中断了石油出口，使美国每天少进了几十万桶石油。这个数量原本也不难从其他产油国家补足，至多再动用一些库存也就过得去的。但石油危机却正是石油老板发财的好机会，他们怎肯放过。一闹石油供应少了，油价就可以高抬，大家再一抢购，大叠钞票就从消费者手上流入大老板袋里，储存的油转眼之间就能换得几倍的钱，何乐而不为呢？倒霉的还不是离了汽车寸步难行的住在郊外的这些住户吗？

我们到达加州洛杉矶的第二天，该州开始实行单双制供应汽油。所谓单双制，就是凡是汽车牌号最后一字是单数就只能在单数的日子去购油，是双数就只能在双数的日子去购油。如果你的汽车牌号最后一字是单数，1、3、5 等，这个月的 1 日那天排不上号，买不到油，就得等到 3 日去，那天有事不能去排队，那就得再等两天到 5 日去。这一下可把很多住在郊外的人急坏了。脾气大、性急的人也有竟动手伤人，闹起事来。报纸上、电视屏上，有了新题目，这几天可真热闹。

这次能源危机究竟怎样渡过我还不知道，我猜想大老板赚够了钱还是要收敛的，还是要用“硝酸甘油”使这个危机停下来的。我们也不值得为此而大惊小怪。值得我们深思的是这次能源危机所发出的信号。这信号暴露了整个美国社会的结构是建筑在一个日益枯竭的基础上的。它这种无计划的高生产和高消费，把人和自然的生态平衡给冲破了。毫无顾忌地消耗自然资源，固然可以显赫一时，但是自然的报复已经出现。资源的消竭，环境的污染，使这种社会正在走向繁荣富裕的反面。

这里提出的实际上是这样一个问题：科技知识的飞跃发展使人类具备了空前巨大的制服自然的力量。这个力量正在被用来做什么呢？谁掌握着和使用着这股力量呢？这股力量可以为人类造福，也可以为人类造祸。是祸是福显然不是决定于科技的本身，而是决定于谁掌握科技所给人的这种力量。对这种日益在增长中的力量发生畏惧和反感是开倒车，是没有出息的；但是听任这种力量被少数人用来把人类引向毁灭自己的道路也是不负责的、不应该的。

我自知多年和美国这样的世界隔绝，很多情况不了解，对许多问题没有研究，当然不具备发言权，但正因为这些，我想我有发问的责任。我问过几位有交情的朋友，他们对美国的前途怎样想法。有的很老实地对我说：我们这里对个人的前途想得多。像我们这些年老快退休的人，就得细细考虑退休之后怎么办。年轻一些的为买所住宅，争个收入较多、地位较高的工作岗位，煞费心计，好像是在定有谱法的棋盘上走棋，看不到棋盘之外的局面，很少去想那些人类社会的根本问题。在越南战争时，我们是有许多人把越南战争打下去会发生什么结果作为一个问题来思考的，因为这个问题牵连到自己的前途。越南战争一停，大家就惟恐不把这件倒霉的事忘得干净，有谁还在把这件事作为美国历史上的一个重大教训来研究呢？当然这些问题不是没有人想，但是想了又怎样呢？写文章，有哪个报纸和杂志会发表？写书，谁替你出版？在美国这样的社会里，除了那些传道说教的骗子外，对美国社会在向何处去的问题，还很少被作为现实的严肃的科学问题来对待的。

这些朋友所说的这种态度究竟有多大代表性，我无法答复。但是为当前变化很急速的美国社会作出全面的解释，提出有说服力的理论体系的学者，目前似乎还是不多的。

电子系统

细心的读者看到这里会发现我上面所说的话里有个问题没有说清楚。我把在对比两次访美中所见到的变化联系到了汽车和公路的发展。这样联系起来确是可以帮助我们理解许多现象：没有汽车的普及，没有高速公路的扩张，当然不会有大批原来住在都市的殷实人家搬到郊外去住，也就不会有现在郊外的那种新型住宅区和新型市场等那一套代表美国社会新面貌的新事物出现了。但是我也已说过，汽车和高速公路，以美国历史尺度来说原是些上一辈就早已有之的老东西了。这些老东西为什么会在近10年中突然发挥了这样大的作用，引起了这样大的变化的呢？

按这个问题寻根究底地追查一下，原来在我所掠得的浮光下面确有个表面上看不大见的新东西在起作用。这个新东西就是用电子传递消息来进行管理的自动控制系统，简称之为电子系统。有了它，前人无法控制的许多物与物、人与物、人与人之间错综复杂的相互关系可以纳入受人们管理的范围之内，听人使唤了。我在上面所讲到的飞机场、公路网、新型市场等等都是受到电子系统管理的。如果没有这个系统控制着它们的活动，满天飞的飞机、满街跑的汽车都会成为玩儿命的东西了。

任何到美国访问过的人不会不承认它是个高速度、高效率的社会。高速度是指人和物活动得快，高效率是指事务完成得快。许多高速度活动着的人和物要能高效率地完成一项牵涉到很多人和物的集体事务，必须要把无数的活动密切组织起来。活动的速度越高，牵涉的人和物越多越广，组织工作也就越复杂。美国的飞机场上不断地有飞机起落，成千上万的旅客，出出进进，上上下下。这样复杂的集体活动能有条不紊地进行，如果我们闭目想一想，真是不简单。这样一个瞬息万变的局面，怎么会这样容易指挥的呢？

控制着整个飞机场上一切活动的中心枢纽，一般旅客是看不到的。控制这样复杂的集体活动单凭人的脑力是做不到的。这里有着个电子系统即所谓电脑，帮助人脑在指挥。让我举一件我自己的经历来说明。我和代表团里的另一位同志去访问匹兹堡大学。我们约定分别活动之后同班飞机回纽约。飞机票是早就订好的，但飞机里的座位却要在上机前到入口处安排。那天我早到，已领了座号，我的朋友比我迟到了 10 分钟，去领座号时，向服务员说，我们两人希望坐在一起。这位服务员听着，随手在手边的电子系统终极打字盘上发出一些信号，盘后的荧光屏上出现了答复，她把我的座号收回，另外给了我们两个相连的座号。整个手续不到一分钟，不用吵嘴，不用生气，服务员微笑地满足了我们的要求。并不是我们进入了一个“君子国”，而是我们进入了一个利用电子系统进行管理的机场。通过这个电子系统，服务员瞬息之间掌握了飞机上还有哪些连号的空位，她很容易作出安排，适应了我们提出的新的要求。并不是这些服务员本领大，而是她们有电脑帮助，所以她们效率高，事情办得迅速利落。她们的服务态度也就容易受人欢迎了。

我们看到的飞机场其实不过是美国整个大社会的缩影。高速活动的无数可变因素组织配合起来完成多项关联的任务，是当前像美国那样现代社会的特点。由于电子系统的精益求精，人们活动的速度和工作的效率都不断提高，而且把越来越多的人组织进了相互配合的关系中去，他们之间的关系也越来越密切。这种现代的大社会和人类早期的简单社会一对比，它的特点就更容易明白了。

我早年是学社会人类学的。社会人类学是从研究简单社会起家的。早期的社会人类学家，像我的老师马林诺斯基那样，长期在孤立的、很少和外界接触的海岛上，和当地居民一起生活，调查研究他们的社会生活。当时这些岛民多少还生活于类似我们传说中的"桃花源"，与世隔绝，自给自足，聚族而居，人数不过几百几千人，形成一个集体生活的单位。这些人朝夕相处，人人相识，闭了眼都能以足音辨人。他们日出而作，日入而息，不用钟表计时。一年四季：春播、夏耨、秋收、冬藏，周而复始。男女老少，按性别、年龄，各有所务，不用临时商量决定。是非善恶，有规可循。在这种社会里，人和物、人和人的关系都可以靠传统的习惯俗尚来配合，世世代代这样绵续下去，千百年如一日。它是一个静止的乡土社会。

这种接近于与世隔绝的乡土社会在当前的世界上已经越来越少了。看来这是人类发展的历史必然。现在整个地球上的人都正在被吸进一个息息相关、彼此牵连的大网之中，形成了一个大社会。上面所说的美国的机场正是这个大社会的一角。这里每个人、每架飞机不是靠各自的习惯来活动的，他们是按着预先的约定来行动的。他们相互约定的办法，又可以按照任何一个因素的变动而调整。所以不是刻板的、静止的，而是可以不断改变的，是个所谓"动态的"系统。这个系统里如果各因素的活动速度加高，相互间约定和调整的组织活动也会更复杂，而且要进行得及时，以致到一个程度，单靠人的脑子就不够了。人的脑子记不住这么多在不断高速活动和变化着的因素，更来不及照顾到它们之间的牵扯和影响，结果就会控制不了，管理不好，事故频繁，效率低落，甚至搞不下去。自从电子计算机的发明和推广，人脑的限制才被突破。可变因素尽管多，变化尽管快，相互牵扯和影响尽管复杂，一到这电脑里都可以极迅速地处理得井井有条。这样就大大地提高人对复杂活动的控制和管理了。美国当前这样的现代化大社会才有出现的可能。

斗智的世界

也许应当先说明一下，谈到了美国当前社会的变化，无可避免地要提到这10年来飞跃发展中的电子技术，而我对这项技术却又一窍不通。作为一个现代科技的文盲，我确是十分苦恼。不谈，等于画龙不点睛；谈，又会是瞎子摸象。无可奈何，只能有啥说啥，作为杂话，想亦无妨。

电子技术大量和普遍地应用到组织管理上去提高效率据说是出于科技研究工作本身的需要。还在1957年，美国发现苏联在太空航行上领了先。他们认为这是一个有关国家安全的大问题，于是下了个决心，在这方面一定要赶上和超过苏联，提出了研制月球登陆规划的任务。他们认真地把我们嫦娥奔月的神话变成事实，而且不像我们那样忍心让嫦娥一去不返，一辈子在广寒宫里过着寂寞的生活，他们把人送上月球之后，还要接回到地球上来。这个任务是十分繁重的，有成千上万的具体的科技问题要解决，其中任何一个问题不能解决，“嫦娥”就会飞不到月球，飞到了也会回不来。而且各个问题都是互相关联的，一环扣住一环，设计时要面面顾到。比如，“嫦娥”本身有多重，住多少天，要准备多少什么样的营养食品，这些是决定登月卫星的重量的一部分因素。卫星有多重，送它上天的火箭就得有多大。凡此种种都是相互联系的可变因素。某一因素稍稍有一点变动，其他因素也跟着必须作出相应的变动，而每个因素都要经过实验才能找到它变动的规律，在分别研究有关各因素的问题时必须联系到其他因素的研究成果。因之这样一个庞大的研究计划本身，发生了极端复杂的互通情报、密切协调的需要。这种全面的管理工作绝不能单靠人脑来进行。在进行研究的实践中充分利用了电子通讯系统，并且发展了不断配合和协调经常处于变动状态的众多因素的活动的系统工程学。美国月球登陆计划的完成和实现，不仅标志了美国太空航行赶上了苏联，而且在科技研究的方法上、组织上大大地迈进了一步。

这门新学科很快被应用到其他生产过程，大大促进了生产效率，提高了生产力，受到了广泛的重视。电子计算机成了个活宝。在许多科技水平不高的群众，只看到各大商店、旅馆、机场、车站的服务员在打字盘上按信号，在荧光屏上看答案，迅速地解决服务上的问题，不免有点好奇，扩散着夸张的形容，说什么出现了神奇的“机器人”，电脑代替了人脑等等。这些当然是言过其实，但是我们也决不应轻视这个新工具。它确是现代生产过程中不能缺少的工具。它并不是为制造哪一种特定产品之用的工具，而是一切复杂的生产过程、管理系统里都需要的工具。控制一个宏大的飞机场需要它，控制一个自动找目标的导弹需要它。它到处在帮助人脑进行配合、调整人的活动和物的活动，使高速度、高效率的现代社会成为可能。

有人把一个国家拥有电子计算机的质量和数量来衡量它的国力。现在美国当权的政治家中有人对美苏争霸的形势抱着有恃无恐的态度，也是因为他们相信在电子计算机的质量和数量上远远超过苏联，苏联在科技上一直会被抛在后面。当然把电子计算机看得这么重要也许是过分的，而且还应当记住的，就是促进美国生产发展的是因为有了这工具而发展起来的一套如系统工程学那样的知识。所以有人认为最近 10 年里美国科技的发展，使科技知识在生产过程中取得了主导地位。有人指出过去的生产企业比资本、比规模，资本大，工人多，力量就大，大鱼可以吃小鱼。现在不同了，比创新、比知识，谁在技术上跑在前面，能突破技术上的难关，生产新的，就能淘汰旧的。比如有了彩色电视，黑白电视就被淘汰了。投资大，规模大，有时反而更新困难，被淘汰的机会也大。

知识在生产过程中的重要性，反映在美国新兴工业劳动队伍中科技和管理人员比例的增加。据说，1975 年这个比例已达 1/4，估计到本世纪末，科技和管理人员将占劳动队伍中人数最多的地位。这就是说脑力劳动将取代体力劳动的地位了。现在的工厂经理最关心的已是技术革新。以电子计算机本身来说，我们前几年在国内看到的那种占着几间房屋的大型装置，在美国早已成了古董。机身越来越小，真是日新月异地在变化。

在一次和一位以研究技术和社会关系著名的教授谈话时，他对我说：当前是个技术不断在革新的时期。从历史上看，技术上有所突破，引起一系列新的变化后，总有一段平稳的时期，现在好像是超过了这个规律，似乎将不断地突破、不断地革新。在这种状态下要赶上先进的技术水平，不能只靠引进，因为引进到投产总要一段时期，作为先进技术引进的东西到投产时已经陈旧了。不如采取小规模、多样性、试验性质的引进，在引进过程中建立自己能不断革新技术的科技队伍。有了这个队伍才能谈得到跻入先进行列。我听来很有启发，科技知识必须要做到能自力更新。不然，跟在人家屁股后面讲引进，就免不了“捡破烂”。不能专怪别人存心不良，给我们当上，而是自己不太争气。要争这口气，还是靠自己努力。

现在这个世界有一点成了“封神榜”里祭法宝的局面。强弱之分，不在蛮干比力气，而在斗智。“知识就是力量”这句话是很现实的。我们中华民族要在这个日新月异的世界里生存下去，不挨打，不受气，提高全民族的文化水平是最基本的条件。

一种新的社会纽带

电子系统正在为美国社会的集体行为提供一种新的纽带。它使得分散在天涯海角的人可以在瞬息之间组织起集体行动。这些集体行动又可以因事而兴，事终即止，并不需要固定的地点，也不需要长期的存在。一种新型的社会集体正在形成。这种新事物我是从打电话中体会到的，所以先得说一说美国的电话。

我到了美国，为了要和一些分散在各地的老朋友们发生联系，当天就发了好几封信。过了两三天我才陆续接到他们打来的电话。他们说收到了我的信很高兴，但是几乎都接着把他们的电话号码告诉我，并且补上了一句，以后请用电话联系，不要写信，邮政太慢。美国的长途电话已成了家常便“事”了。

我对电话一直没有好感。在北京打电话是够麻烦的。接通个电话就不太容易；接通了，有时声音像蚊子叫，听不清；放大嗓子叫，闹得四邻不安。要办事，附近的，我宁愿跑路，当面才说得清；路远的或是外埠的事，以通信为主，我很少打长途电话。因而养成了我不喜欢用电话的习惯。

我到了美国，我的朋友们多次告诉我，最方便是用电话办事，又快又利落。而且越是距离远的越是要用电话联系，信件是远远赶不上电话那样快，更不便对话商量。我有一位朋友知道我要到他的大学里去访问，为我安排一些活动，至少打了近百次长途电话。他还告诉我，美国别的东西都在涨价，而只有电话费却在跌价。目前每天美国全国各地间来往的长途电话，据估计要达到4000万次，以美国人口去平均，每天每五个人中就有一个人打过长途电话。

美国的电话成为人们这样普遍的交谈工具，据说是10多年来的新事，也是应用了电子技术的结果。由于技术革新，美国的电话不论接通到什么地方都一样又快又清楚。本市的电话不用说，国内的长途电话都可以直接拨号，自动接线，立刻可通。我问过一位朋友，为什么美国电话这样容易接通。他说，现在一条从甲地到乙地的电话线由无数细如头发的小丝编成，每根小丝利用不同波长的载波可以作为 700 多个通道使用，就是说同时可以有 700 多人在这根小丝上通话。现在芝加哥和波士顿市试用的激光电话还远远超过这个数字。所以一条电话线上同时通话的人数是极大的。如果要通话的人超过了这个极大的数目，还可以用通往其他地方的线路绕道通过去。比如甲地到乙地路线已挤满，就可以绕道丙地；丙地不通，就绕道丁地。每地和外地联系的线路，何止千百条，所以总是绕得通的。当然，这样复杂的绕道如果要用人工来处理，那就太费事了。有了电子计算机每秒钟之内可解决无数这样的问题，一点也不麻烦。

美国现有电话已超过 1 亿部，平均两个人就有一部电话。普通人家都装有电话，而且很多人家不止一部，书房里、卧室里，甚至浴室里都有电话。任何人在任何时候可以和任何人交谈，只要你知道对方在什么地方。不仅如此，在汽车、火车、飞机里同样可以用电话和外界联系。联系的范围可远到太空里的人造卫星。

我到美国后 10 来天，我们的主人建议我打个长途电话回家，免得患病的老伴挂念。那时我住在波士顿旅馆里，早上 9 时就从床头的电话机要了通往北京我家里的线路。不到 10 来分钟，我的电话铃响了，一听是我爱人的声音，清清楚楚完全像是在对面讲话。我问她北京什么时间，她说 9 点过了有一刻钟，大致上和我的表上一样，可是她说已吃过晚餐，准备睡觉了。我们相隔半个地球，也可以说是脚底对脚底。对答之间似乎既无空间之隔，又无时间之差。原来我们是利用人造通讯卫星在说话。

我放下电话，心情却一时平静不下来。从这部电话上我体会到一个相当深刻的社会变化正在开始。学过社会学的人总是喜欢讲人们的集体是依附着某种基本纽带结合起来的。人类最早的集体是血缘的结合，以亲子关系为核心构成整个亲属体系，依附着这个纽带形成家庭、家族、氏族、部落等等的血缘集团。在社会经济的发展过程中，单靠血缘来组织集体生活越来越捉襟见肘，不够应付日益复杂的社会生活上的需要，于是构成共同生活的集体成员不一定限于有亲属关系的人了。凡是住在同一地方的人必须结合起来经营共同生活，于是地缘的结合逐渐突出，由守望相助的邻里，扩大到村落，许多村落结合起来进行经济上的互通有无，又在保卫共同安全上团结在一起，形成邦国，直到现代国家，领土还是一个重要的基础。从过去的人类社会看来，血缘和地缘总是把人们组织到集体活动中去的基本纽带。

从这个角度看去，利用电子技术所构成的那个传递消息的系统，能不能说又提供了人们超越空间限制的一种新的社会纽带，通过这个纽带可以把分散在各地的人参加进一项共同的集体活动？现在已有所谓“电话会议”，人们可以不必坐在一个圆桌旁，或是一个会议厅里，进行讨论，并作出共同的决定，组织不同地方的人们互相配合的集体行动了。沿着这个方向发展下去，比如传形电话的普及，对人类集体活动的组织会起什么影响，确是一个值得思索的问题。

我们姑且不必想得那么远，即以当前的情况来说，电话的普及已使过去做不到或不容易做到的事，成了各工厂、企业、机关的日常的例行公事。就是以我们这次访问来说，我们这个 10 人代表团，各有各的学科，一起要访问 10 个地方，20 多个学校和机关，一共要见几千人，进行各种方式的活动，时间是一个月。总的看来，确是一项头绪多端、千嘴百舌的集体活动。而我们的主人在接到我们最后决定出发日期之后，在短短的十几天里，把我们到达美国首都那一刻起到离开美国国境那一刻止，每天每人的活动全部安排定当，我们也就按照着这约定的日程，像在工厂的传送带上一样，把一项项活动进行下去。且不说和我见面的几千人，分别要约定和我们会晤的时间和地点，而他们各人都有自己的活动日程，他们的日程要和我们的日程配合起来，才能在某一时间、某一地点，二者合在一起进行一项共同的活动——吃饭也好、谈话也好。这笔复杂的账目，我是连想都怕想。单说安置我们住宿的旅馆已经够复杂的了。每个旅馆都要尽力做到充分利用它们的设备，所以事前都要安排好，此人出、那人进，不使有人等着没有房间住，也要不使房间空着无人住。据说檀香山一地每天出进的旅客达四五万人，而这四五万人并非有组织的军队，而是来自五湖四海，萍水相逢的各自为谋的人。各地的旅馆管理得井井有条，来去自如，真是不简单。这样不简单的事能看上去似乎很简单，举重若轻，那就是因为有个包括电话和电子计算机等在内的现代信息系统在帮助服务员进行工作。

美国这个高速度、高效率的社会是有它的物质基础的，这 10 多年来飞跃发展的电子技术是形成这个物质基础的重要因素。

博闻强志的电脑

现在美国电子计算机的使用范围确是很广，我在上面讲到了飞机场、新型市场、大旅馆、电话系统中怎样在使用电子计算机，这些不过是举例说明之意。我到过的不少研究机关，许多大学，几乎都有这种设备在帮助研究工作。他们带我去参观，并给我讲解，但我基础知识差，很多还是不懂。这里讲一讲我有限的体会。

不论做什么科学研究工作，必须熟悉与研究课题有关的文献和掌握充分资料、数据。熟悉文献是要知道前人在这个课题上已做过多少研究工作，解决了些什么问题，还有哪些问题没有解决；也就是总结在这个课题上的研究经验。如果不熟悉有关文献，不仅不能利用前人的成就向前推进，而且还会重复已解决了的问题，作为练习固然也有好处，但在科学的总账上却添不上什么新的分数，白费精力。既然明确了自己要努力求得解决的问题，接着就要搜集解决问题所必需的资料、数据。有些资料、数据是现成的，可以加以利用，只有那些还没有人搞出来的资料、数据才必须自己动手进行试验或调查。科学知识是社会积累的产物，新的发明、创造都是在前人遗产的基础上得来的。这是做过研究工作的人都明白的道理。

我们的前人早就懂得这个“为学之方”，总结为“博闻强志”四字，就是见闻广博、记忆力强。所以要做学问就得多读书，多背书，要做到得心应手地把前人积累下来的知识用起来。我年幼时，家长总是逼着我背书，背错了还要受罚。我一直佩服陈寅恪老先生，听说他两眼失明后还能继续做研究工作，因为他不但早就熟悉前人的有关文献，而且研究时所需要的历史资料早都储存在他的大脑里，什么时候要用，什么时候就能记起来。他能随口说哪一段记载见于哪本书，哪一卷，哪一节，准没有错。大家公认这是过硬的真工夫，很少人比得过他。

如果一个学者只有“博闻强志”这一手本领，现在就逞不了能了。电脑一出世，在这项本领上，人脑是相形见绌的。

我在匹兹堡大学社会学系座谈会里，他们给我表演了怎样用电子计算机查文献、查资料。他们知道我研究过中国农村社会，所以向电子计算机提出要查研究中国农村家庭问题最近三年内有多少重要的文章。计算机的荧光屏上显示了一篇篇文章的作者、题目、发表在什么杂志上，哪一期，哪几页。于是再向它提出要看哪一篇文章的提要，荧光屏立刻出现该文的提要。看了之后觉得有参考价值，就可以按一下电钮，要这计算机把这篇提要印出来，带回去。还可以再问它要有关中国农村家庭的资料、数据。比如提出要有关农民家庭人口历年的平均数字，要有关农民家庭收入的数字，只要这电子计算机储存着这些资料的话，在几秒钟之间立刻会在荧光屏上显示出来，如果需要的话，立刻可以印出来。

这次表演确实开了我的眼界，使我深有感触。只要想一想我自己要想写一篇文章，要引用一次自己明明记得的资料，为了要核实一下，去图书馆借书查阅，不知要花多少唇舌，多少时间。有时生了气，文章也吹了。如果我们也能像美国学者那样有这样方便的条件，那该可以节省多少工夫！而且我年老了，记忆力越来越差。有时要找一些人名、地名、年份等都免不了要搜索枯肠，不知它们躲到哪里去了。人脑会衰老，而电脑却不受岁月的消蚀。

电子计算机当然不是什么神仙现世。它不产生知识，它所能显示出来的是人们预先装进去的，叫做储存。这是计算机的软件，我叫它知识库。把一项资料、数据储存进知识库里，要经过一定的经费，用一定的“语言”，这些我没有学，讲解员讲了一番，我还是不大懂。我所了解的是刚才我提到的那次表演，荧光屏上所显示的论文资料是匹兹堡大学社会学系自己储存的，来源是若干种重要的杂志。如果碰到某一个问题，在他们自己的知识库里没有可提供的资料，或是感觉到所提供的资料还不够，就可以用电话接通其他大学或研究机构的知识库，请它们补充。据说，美国各大学和研究机构已经组成一个全国性的研究资料网，瞬息之间可以遍索全国的知识库来寻到自己要的资料。比如说，任何机关要了解我这个人的履历，出版过什么书，写过什么文章，只要有一个地方花过工夫，把这些资料放进了知识库里，在几秒钟之间就可以找到。我到美国国会图书馆参观时，从他们的电子计算机的荧光屏上，看到了他们所收藏有关我的著作的书目，如果我提出要求，他们还可以同其他图书馆联系，把其他图书馆里所收藏的有关书目在他们的荧光屏上显示出来。但是如果美国所有各图书馆里都没有收藏我某一本书，或是虽则收藏了而没有把书名储存到知识库里，那么任何一部电子计算机的荧光屏上也显示不出这本书的书名了。如果储存的人把书名弄错了，又没有人复查改正，那么荧光屏上显示出来的也总是这错误的书名。电子计算机是个“驯服工具”，它是忠实的，但不会创新。

如果做学问只要“博闻强志”，那么我们可以由电脑来替我们搞学术了。以“博闻”来说，哪一个人脑都装不下全国，将来可以包括全世界，知识库里所储存的资料；以“强志”来说，哪一个人脑都不能不发生遗忘的作用。所以人脑比不上电脑。但是人类的知识是不断推陈出新的东西。电脑只能存而不能生，在这一点上，电脑和人脑在本质上是不同的，因而电脑永远不能代替人脑。做学问重在突破旧的，创造新的，促进知识的发展，单靠“博闻强志”是不行的，尽管“博闻强志”确是做学问的人必须努力去做到的条件。电脑之大大帮助了人类知识的发展也正在把人脑从“记忆”中解放出来，使它可以致力于创新的活动。轻视电子计算机，说它是“垃圾进去，垃圾出来”，那是不对的，但迷信电子计算机，认为从此人类思想都可以用机器代劳，那也是错误的。

上面说的只是电子计算机的一项功能，简单说就是可以帮助我们查资料。只就这一项讲，它对我的吸引力就很大。如果我有这样一个助手，我在研究工作上的效率一定能大大地提高。当然电子计算机的用处还不止这一项。它还有其他的本领，比如用极短的时间演算极为复杂的公式，确是人脑所不及的。它的这项本领使人们发展了我上面讲过的那门新学科——系统工程学。我不懂得这门新学科，在这里不能班门弄斧。但是我在下面还想提一提系统工程学对社会科学的影响，也是电子计算机在社会科学里的一项应用。

应用压倒理论

我这次去美国访问主要任务是学术交流。我感到最苦恼的是我碰到社会学和社会人类学里许多我不熟悉、不好理解的新名词。这是我和西方学术界长期隔离的结果，我跟不上他们在这 30 多年里的变化。

我要和他们交流，那就必须弄清楚这些新名词，这却不是这一个月蜻蜓点水式的访问所能做到的。如果对这些新名词不搞清楚，谈话也只能平行前进，流而不交。幸亏我见到了不少熟人，他们知道我的底细，我向他们请教一些基本概念并不致见怪。我也不肯放过这些机会，老老实实说清楚哪些字眼我不懂，请他们指教。

其实正是这些我不清楚的新名词给我提供了了解这几十年来美国这些学科变化的钥匙。举个例子来说，谈话中常常出现 model（“模式”）那个名词，我越听越糊涂。在伯克利的加州大学的社会人类学座谈会上，我就开门见山地捅出这个名词来要求他们讲解。我说 30 年代和 40 年代我们讲 type（“类型”）。我用我自己的研究为例，说明“类型”是怎样建立的，又怎样用比较方法找出不同的“类型”，然后研究它们之间异同的原因，即找出那些变数引起各类型的差别。我在过去的著作中所用“江村”、“禄村”、“易村”等等，都是中国的不同农村类型的名称。我所说“类型”，和现在西方社会学者所说的“模式”有什么不同呢？

经过在座的六七位同行的热烈讨论，我逐渐自以为领会了“模式”的意义。从字面上说“类型”和“模式”似乎是差不多的东西。它们都是研究者应用来进行寻找社会变化规律的手段；都是一种概念结构，从具体复杂的现象中抽象出来的一种概括。但是二者所用的方法不同。模式是从一套虚构的前提出发，用演绎法严格地推理，得出来的逻辑结构。简单地说，如果在某些事实的前提下，比如某某地方（它的条件是如此如此）引进了一个原子能工厂（它的条件是如此如此），这地方在某一方面（如人口结构）将会产生什么变化？在这个课题下，研究者就得分析其中种种可变因素之间的变动关系，得出种种可能的结果。从命题到结果整个是假设性的，以这种模式作为范型来测定现实的事例，推测它会出现的结果。在处理为数众多的可变因素的动态关系时，需要相当复杂的公式，只有利用电子计算机才能进行演算。所以相应地发展为数理社会学。

这显然和我早年用“类型”来进行研究的方法是不同的。类型始终是实有的，是以经验为基础的。类型是归纳的结果，是经验和实践的总结。通过比较各类型的异同找出其间的客观规律，用以指导人们按照客观规律行事。

前者，我认为，是实用主义的方法，而后者是实验主义的方法。实用主义本来是美国的产品，这种根深蒂固的思想在新的技术发展下进一步影响着当前美国的社会科学。上述那种所谓“模式”，实际上是用来解决具体问题的方法，在帮助企业及政治机关作出行政决定上是有用处的。比如探索各种能源的使用对社会可能产生的不同影响的系统比较，对能源选择是很具说服力的；又如测定行政效果的研究，对改进社会福利措施发生直接的作用。这些尽管是实用主义的性质，还是值得我们学习的。

我们到兰德公司参观时，他们特地为我安排了一个小型的讨论会，主要是介绍他们正在进行的测定医疗补助计划的效果的研究工作。医疗补助计划是美国联邦政府实行的一项社会福利工作，按这项计划的规定，凡在贫穷线之下的人，有疾病，可以得到政府补助，到公立医院治疗。为此联邦政府每年要支出几十亿美元。政府支出了这大笔钱，必须向国会作出交代，究竟收到多大效果。兰德公司承包了这项研究项目。这一类的研究并不需要多少高深的理论，但是牵涉的面广，疾病种类又多，要处理的资料、数据是很繁重的。他们一共只有几十个调查员，按规定要及时提出研究结果，没有电子计算机的帮助便做不到。

上述这类应用社会科学的发展，不能不说是电子计算机普及的结果之一，但同时却使知识商品化的风气日益深深地侵入了社会科学的领域。

最初，如上所述，在科技领域里，政府为了要实现各项有关国家安全的计划，动员全国科学家各就所长承担研究任务，研究费用自然由国家负担。这种由出资的方面提出任务，由科学家承包的办法逐渐改变科研的性质。过去是科学家提出研究课题，向各种基金会申请资助。基金会当然可以根据某个集团的要求，通过给不给资助，来左右科研的方向和内容。但这种控制是间接的，而且当时的学术界还标榜着崇尚独立研究。现在在应用科学的牌子下，这些也可以不再讲究了。知识实际上已成了商品，甚至有开公司，接受定单，按工议价。这些对我来说还是怪新鲜的事情。

回想起40年代我初访美国，当时罗斯福起用一些教授到政府里去当官，“智囊团”还是个新名词。这些“学而优则仕”的人物当时还被那些政党头儿侧目而视。罗斯福的“新政”后来被搞臭了一阵，那些新政人物灰溜溜地回到大学里去，流行着“书生论政，害大于利”的论调。现在谈起这些往事，当年的智囊人物不免有“白头宫女”之感了。

现在，以社会科学来说，实力最强，水平最高，人才济济，著作最多的学术机关，已经不是那些名牌大学，而是布鲁金斯学会、司密斯学会、威尔逊中心、兰德公司等等实际上为政府服务的研究机关了。这些高级研究机关当然至今还都自称不是营业性的，但是它们都承担约定的研究项目，接受约定机关的资助，其中政府“定单”占重要部分。兰德公司原是战时空军的研究机关，战后取得独立的法人身分，所以称为“公司”，实际上和前身究竟有多大改变，我并不清楚。它研究的项目都是与当前国防、外交相联系的重要课题，比如对苏联国防实力的估计、苏联发动战争的可能性等等。

社会科学与实际问题联系并非坏事，实用主义也要看为谁实用，但是应用科学冲淡或冲走了理论科学则可说是遗憾。当前美国社会科学的特点，也许可以说是见树不见林，重资料而轻理论，好“微观”而避“宏观”，搞具体实际问题而不接触全面、系统的根本问题。这些在我看来和知识商品化是有密切联系的。

社会研究成了一个新型的服务行业。它可以为政府服务，有如上述的这些名牌研究机关。也可以为政党竞选服务，有如那些民意测验机关为政客们提供资料来决定他们竞选的方针策略，甚至演说口径。它们也可以为那些饮料公司服务，提供广告效果测定。这一行道似乎正在走运看涨。据说美国的社会科学在60年代到70年代中期有过一个繁荣时期，最近才和美国经济一样有点走下坡路的趋势。

也许在这里要补充一句：我是从电子技术讲到社会科学的。电子技术对社会科学的直接影响当然是有的，也相当大，但是社会科学中应用压倒理论的趋势当然不应当由电子计算机来负责的。这里因素比较复杂，值得引起我们进一步的注意和分析。

黑人问题

美国社会科学界出现那种见树不见林、重应用轻理论的风气，以我看来，和美国当前的统治阶级头痛医头、脚痛医脚，用“硝酸甘油”防止发生致命危机的战略思想是有密切联系的。我想我说到这里应当转过来看看美国社会究竟存在着些什么问题，严重到什么程度，他们用来对付这些问题的“硝酸甘油”是什么配方了。

我明白，我在这次访问过程中，如果满足于贵宾的身分，天天在“水门宾馆”、“教授俱乐部”等场所跟名牌博士欢聚座谈，这次访问中所能得到的印象必然会是只见上层欢，不见下层愁了。因此，我总是想至少也得去看一看隐伏在繁华世界底下的情形。我尽管有此心愿，也尽力争取，但始终没有真的做到。如上所述，这次访美，只坐过一次地道车。我坚持要我的朋友带我去看看纽约的黑人聚居区哈兰姆，他只让我坐在车里去转了一圈。我在波士顿去看公助寓所区，也是在车里隔着玻璃参观的。除了这几次总算到了美国底层社会的边缘外，我成天在美国社会的中上层里浮动。所以要讲美国的社会问题，我未免缺乏感性知识，能讲的大多是从别人口上听来的话，在此我必须交代清楚。

讲起美国的社会问题，由于我这几十年经常接触民族工作，首先想到的很自然是美国的民族问题，话也不免要从此说起。

我们从小听惯了哥伦布发现美洲新大陆，其实这是白人的胡说。最早发现美洲的是从亚洲去的黄种人，也就是现在被称为印第安人的祖先。从现在已有的证据看来，他们是在距今 3 万年以前从西伯利亚越过白令海峡移入美洲的。那时他们的文化已进入旧石器的末期。至今美洲还没有发现过原始人的遗骨，也没有发现过初期旧石器的残迹。大概在 8000 年前，北美已到处有这种人的踪迹。

1492 年哥伦布从欧洲越大西洋到达美洲，当时他还以为是到了印度，所以把他所遇到的当地居民称作“印度人”，我们翻译作印第安人，以免和亚洲的印度人相混淆。那时，北美的印第安人大约有 100 万到 200 万。他们已有部落联盟，主要依靠狩猎和耕种生活。到了 16 世纪，大批白种人从欧洲移入，和当地的印第安人发生冲突。印第安人是个不肯屈服、酷爱自由独立的民族。在和白种人冲突中，由于武器的落后，大批死亡，残余下来被孤立在“保留地”里。本世纪里他们在保留地里过着被遗弃的屈辱生活，人口略有增长，至今还不过 79 万人。

17 世纪初年从欧洲去的第一批移民被称为 WASP，W 指白人，AS 指盎格鲁—萨克逊，是白种人中的北欧人，P 指基督教里的新教。他们先在北美东海岸北部定居下来。这些移民的后裔一直是美国文化的骨干，掌握政治和经济的大权。

白种人用民族屠杀政策占领了美洲，他们要开发这“新大陆”，却需要廉价的劳动力，因此很早西班牙的殖民者就从非洲去掳黑人运到美洲当奴隶。最早移民北美的盎格鲁—萨克逊人，先从西班牙人手里接纳黑奴。到1619年，北美的白人殖民地上已有大批黑人在种烟草和棉花等经济作物。我们幼年时所读到的林琴南翻译的《黑奴吁天录》就是一本反映当时北美黑人悲惨生活的写实小说，描绘了这种出现于北美资本主义社会里的奴隶制度。

美国独立后工业兴起，北部的工业集团和南部蓄奴的农业集团矛盾日益尖锐，引起了武装冲突。南北战争中林肯代表北方工业集团的利益，于1863年宣布解放黑奴，在美国历史上留下了美名。但是所谓“解放黑奴”并不是指黑人在美国社会上获得了平等。黑人仍然在政治上受压迫，经济上受剥削，社会上受歧视，继续过着黑暗的日子。即在30多年前当我初访美国时，南方诸州中还有不准黑人居住的旅馆，还有白人和黑人分厢而坐的公共电车，还有夜里蒙了脸聚众向黑人进行打、砸、抢的三K党。

这次我到美国，最初使我感到惊异的，这种情况似乎有了很大的改变。美国电视里的报告员很多是黑人，飞机上的服务员既有白人也有黑人。旅馆、饭馆黑人出出进进，昂首挺胸，无人阻拦。街上黑白男女并肩齐行，不以为奇。有些朋友向我指出这是美国这30年的一大社会革命，现在和美国历史一样长的种族问题已经解决了。如果这是事实，当然是件值得庆贺的天大好事。

我的朋友们告诉我说，这是从50年代开始的黑人运动和60年代末黑人大造反所取得的胜利。他们说，大约在1967年由反对越南战争引起的轰动全国的青年运动，带动了压迫已久的黑人进行暴力反抗。黑人学生携枪上课，在校舍里开枪射击，把教授们吓得不知所措。美京华盛顿一夜之间，起火有60多处。这股风席卷美国北部各大城市。电视荧光屏上不断显示各城在焚烧，黑人在暴动的镜头。当时各地警察不敢干涉，最后总统下令出动军队来维持秩序。这段时期，社会学者和心理学者纷纷条陈意见，各基金会出高价奖励研究黑人问题，也闹得够热闹的。

大约一年到一年半之后，风暴平息了。为平息这场大风大浪，政府采取一系列的措施来表示保护黑人的“平等权利”。它用立法手段规定政府机关、学校和企业必须雇请一定比例的有色人种，而且不少还安排在显著的位置上。这是为什么我们在访问各大学时常有黑人副校长出来接待我们，为什么电视上黑人的镜头特别多，为什么美国派到联合国的大使有黑人等等。全美国大约有 40 个大城小镇选出了黑人当市长、镇长，包括洛杉矶、克利夫兰和南方重镇亚特兰大。

政府也用立法来保障黑人在居住和教育上的平等权利。如果还有人以种族为理由不租和不卖房屋给黑人，或是餐馆戏院拒绝黑人入内，都可以牵入法庭判罪。为实现教育平等，也采取了不少措施。其中一项是用公共汽车运送学生，以调整各公立学校的黑白学生比例，使其符合于当地人口的黑白比例的规定。国家为落实这项规定，每年支出几十亿美元。

如果从每一项措施本身来看，不能不说是对黑人有利的。但是即使把所有的这些措施加在一起，是否真的实现了种族平等，消灭了种族歧视了呢？有一些数字是耐人寻味的。以失业率为例，美国在一般情形下，失业率是 6% 上下，而青年人的失业率加一倍，黑人的失业率再加一倍，那就是 24%；能就业的黑人中有 1/4 没有职业，以黑人青年来说几乎有一半找不到正当的劳动机会。这些数目，可以说明上述的种种措施实际上并没有根本改变种族不平等的事实。

我坐在朋友的车上到纽约黑人聚居区哈兰姆所看到的情况是十分凄凉的。许多楼房的窗户用木板顶住，看来很久已没有人住。有些窗户甚至残缺不修。路旁堆着垃圾没有清除，街头有些无所事事的人，低着头，闲呆着。路角上的小商店，门前冷落，看不到人出入。我示意我的朋友停车去看看，他当作没有听见，疾驰而去。后来明白，这是为了我的安全，即使在白天，像我这样穿着制服的外来客人，说不定会引起一些闲呆着的人的邪念，动起手来。据说，在晚上这些地方更是个不敢踩入的危险区。奇声怪叫的警车经常在这里穿行，报纸上耸人听闻的犯罪特写又多取材于这些地区。显然，这些像哈兰姆的地区是被“搞臭”了。

我到了波士顿，就打电话去找我初访美国时结识的一位人类学教授的女儿。这位教授已经去世，但当年他家里那位还梳着小辫子的姑娘，现在已在麻省理工学院当人类学教授了。她兴冲冲地来看我，并告诉我，她正在研究波士顿近郊公助寓所的问题。她邀我去看看。在车里，她把所研究的问题一五一十地讲给我听。很多确是我闻所未闻的。

原来联邦政府大建公路，把许多原来的贫民区给拆除了。政府为了安置这些住户，在近郊建造了一批公寓楼房，降低房租，由政府津贴，所以我叫它作公助寓所。问题是发生在寓所造好了，很少人愿意搬进去住。我亲眼看见七八层的高楼，只有下面两层有人住，上面的窗户全部紧闭。这是为啥呢？那位女教授说，在美国贫穷和犯罪总是被连在一起的。原来的贫民窟里住所相邻的人多年相处，互相信得过。现在老区破坏了，被安置到这些寓所里来的人互不相识，各怀猜疑。而最容易发生事件的地方是电梯。两层以上的房屋谁都不愿住。市政府觉得难办，所以要求麻省理工学院人类学系进行研究。这里所指的贫民绝大多数是黑人。

从我在美国下层社会边缘上，坐在车里看到的一些情况，似乎和那位告诉我美国进行了一场社会革命消灭了种族歧视的朋友的话对不上口。我那位朋友所说的也是事实，这些事实也是我亲眼看到的。70年代美国黑人问题上究竟发生了些什么变化呢？

五六十年代轰轰烈烈的黑人运动似乎是过去了，所谓黑人大造反是“平息”了。许多消除种族歧视的法律已经通过，而且是认真执行的。黑人中许多多才多艺的人才得到了一露身手的机会了。不少黑人已经取得政府里的显要地位。我们访问白宫时，就有一位黑人大法官为我们讲有关保障黑人权利的司法问题，我们每人都得到了一本他的著作作为纪念。这一切能不能说美国的黑人问题已经解决了呢？或者是否可以这样提出问题，这一切为谁解决了什么问题？

当我想到这个问题时，眼前出现了纽约哈兰姆和波士顿公助寓所的凄凉景象，似乎有点条件反射，在怀里摸到了随身携带的“保健匣”。也许是我的过敏，我想说，美国统治阶级又默默地吞下了一颗“硝酸甘油”。黑人的队伍被分裂了，黑人的上层确是解决了他们自己受歧视的问题了。而受苦受难的广大黑人群众的生活依然如故。所谓“社会革命”受惠的是谁呢？

民族拼盘

黑人问题只是美国的民族问题的一部分。它比较突出，一则是历史长，而且和美国历史上的重大事件如南北战争联系密切，二则是黑人人数多，至今占全国人口的11%，三则是斗争尖锐，在白人中甚至有以残杀黑人和压迫黑人为宗旨的三K党。因之我们一讲到美国的民族问题总是首先想到黑人问题。但是黑人问题之外还有其他的民族问题。

美国的白人也都是不同时期入境的移民和他们的后裔。第一批是17世纪从英格兰来到东海岸定居的，称为新英伦人，他们至今是美国人的骨干。同时还有来自荷兰和瑞典的北欧人。这些早期移民的后裔就是上面说到过的WASP。第二批是18世纪从苏格兰和德意志来的移民。第三批是南北战争前二三十年间移入的数以百万计的爱尔兰人和德意志人，其中大多数信天主教。其后到第一次世界大战止，进入的移民大多来自比较贫困的东南欧各国，如意大利人和波兰人等，这可说是第四批。第二次大战后由于工业化的进一步发展，又有大批移民进入，其中有很多来自东亚和拉丁美洲。从1820年到1969年，前后移居美国的人超过4400万，其中从东欧和南欧移入的达2800万，约占半数。

美国曾以“民族熔炉”自称，意思是不管什么民族的人到了美国就会熔成一个样子，这个过程叫做“美利坚化”，据说所有的美国人都已化成了一个统一的民族。这种看法逐渐被看成是一种神话了。美国人是由世界各地的许多民族的移民构成的。美国也是一个多民族国家，不是民族熔炉而是民族拼盘。

一个民族学者到了美国，如果想用原有的一套概念来理解美国的民族情况，不免会碰到许多难题。以黑人来说，他们能不能算是一个民族呢？他们的祖先是从非洲来的，现在已没有人会说非洲语言了。他们的生活习惯和白人并无什么民族上的差别。他们和白人在社会上却历来被隔开，而且人为地突出生理上的特点，首先是皮肤的色素，作为不得享受和白人平等社会地位的根据和标志。所以一般称美国的黑人问题为种族问题，我们把它包括在民族问题之内，是就民族一词的广义来说的。

黑人和美国的其他少数民族不同之处，在于他们虽然和其他美国人一样都是从别的地方来的移民的后裔，但是却和原来的民族已没有联系。美国的华人，尽管是出生于美国，和中华民族总是有千丝万缕的联系，黑人则不然。他们至多能说是非洲人的后裔，但究竟是非洲哪个民族的后裔则大多答不上来。在鼓励民族意识的风气里，黑人也有追源寻根的要求，但是即使追到了根，回到老家，老家并不认为这些是自己的“骨肉”。在这一点上，和美国的华人一比较，就很清楚地显示了黑人是断了线的风筝。他们和非洲已经丧失了血肉的关系。

美国的民族问题确是不能离开种族区别这个要素来讲的。不同的民族首先要划一条种族的杠杠，那就是白皮肤还是有色的皮肤，后者包括黑皮肤、棕皮肤、黄皮肤等等。用皮肤色素来作为种族的标志本来是人为的、虚妄的、不科学的。但在美国过去是，至今还是，决定个人社会地位的一个重要因素。有色人种，不论什么民族，生来都比白种人低一等。

白人中还有许多民族，它们之间也不平等。在美国社会上居于最高地位的，历来掌握政治和经济权力的，是上面已说过的WASP。他们就是最早移入的那一批北欧的盎格鲁—萨克逊人，信奉基督教的新教徒。他们是讲英语的，英语成为美国人的通用语言就表示了他们在美国各民族中的优越地位。其实美国即在独立之初英语也并非惟一的语言，南方有以说法语为主的地区，西南有以说西班牙语为主的地区，只是占少数地位罢了。19世纪中叶开始涌入美国的欧洲移民中民族成分是很复杂的，他们说着不同的语言，带来了不同的风俗习惯，而且到了美国大多在城市里聚居在一起，形成以若干街道为基础的民族聚居区，称小俄罗斯、小德意志、小意大利等等。

我40年代初在纽约就住在一个叫科罗纳的意大利人聚居区。这个区里当然并非全是意大利人，也有华人，我的一个老同学的丈人家就住在这里，所以我就在他们附近租了一间房住下。这些街道上小店里的那些又矮又胖、满口意大利土音的老板娘对我们这些东方顾客的殷勤接待，常给我非常深刻的印象，至今记忆犹新。她们自家人中，即在顾客面前，也讲意大利话，并不避讳。在那时，芝加哥大学的社会学系正当它的全盛时期，他们研究的项目中就有许多是这种保持着浓厚本乡色彩的移民区域的调查。

这次我到美国问起有关过去见过的小俄罗斯、小意大利等民族区的情况时，答案却各持一说。有人告诉我，我原来到过的那些民族区已经消失了，又有人告诉我，现在又有些民族区比过去的更民族化了。原来两说都是事实，旧的去了，新的又生了。

我早年接触到的满口意大利土音的女老板，如果还活着，也是老奶奶了。她们的儿孙们在家里都已讲一口流利的美国话，有些孙子连意大利话都讲不上口了。这些老奶奶的媳妇们不少并非意大利移民的后裔。在这些东欧、南欧的移民中，不同原籍间的通婚，从第二代起就非常普遍。有人告诉我，历史上有名的被称作 Ghetto 的犹太人区，在美国可以说已不再存在了。犹太人不再受人歧视了。这么讲来，美国确乎在发生“民族熔炉”的作用了。

这些老的民族孤岛即使已经被美利坚民族吸收掉了，新的孤岛却又产生了。那是发生在第二次大战之后的事。这时美国经济曾出现过一次工业发展的高潮，相应地又从南欧和东欧移入了一大批劳动力。比如芝加哥有个卫星城，新兴的钢铁业的中心，印第安纳州的加里城。城里一条条街道住着清一色的波兰人，他们中间竟有大部分不懂英语，生活中甚至工作上都用波兰话，在四周全是说英语的美国人中坚持他们的民族本色。这里的气氛和 40 年代我所接触的民族区据说很不同。那些老区的女老板当时是一心想说美国英文的，她们只在家里说意大利语。那些新区的移民说波兰话以表示他们不忘本，受到移民的支持，所以前者容易入“炉”，而后者今后是否也会跟着进去，现在还难说。

上面所说的只是种族界线的那“没有颜色”的一边，限于白人的民族情况。至于“有色”的一边又怎样呢？这一边有关黑人的情形上面已经说过；黑人之外，按美国目前的分类，还有两种人，一是说西班牙语的民族，一是东方民族。前者英文是 Hispanic，后者是 Oriental。其实还有印第安人，但他们好像被一般美国人所遗忘了似的。

西班牙语是拉丁美洲的通用语，那是历史上西班牙殖民者强占了这地区的结果。以说英语的殖民者为主而建立起来的美国，不断扩张，把一部分原属西班牙势力的地区并入了版图，所以美国西南部早就有说西班牙语的地区，而且不断有说西班牙语的人从墨西哥越境进入美国。但说西班牙语的移民大批地涌入美国，则是二三十年来的新现象。他们有两个来源，从两条路线进入美国的。其一是越过美墨边界，进入美国的西岸及西南部各州，已使得克萨斯、新墨西哥、加利福尼亚，以至路易斯安娜和佛罗里达等州都蒙上厚厚的一层西语民族色彩。加州和得克萨斯等州的城市都在搞双语教育，英语已非惟一语言，新墨西哥等地早就实行法律上的双语制，英文不是惟一的合法语言了。另一部分的西语移民来自波多黎各，进入美国东岸的各大城市。波多黎各是美国的属地，其居民有自由移居美国的权利。从 50 年代开始，这些会说西班牙语而不会说英语的波多黎各人大批移到纽约市和北部城镇，在纽约市现在已有 100 多万波多黎各人。我以前住的科罗纳区的意大利语居民，已经让位给这些年里来的西班牙语居民了。我的朋友对我说，如果有机会到现场去看一看，一定会觉得出了美国国境了，因为在这里商店、电影院的牌子和广告全是西班牙语，买东西时用英文还会发生困难。

我在纽约住在市中心的一家旅馆里，食堂里的服务员都是波多黎各人，皮肤是黑黝黝的，但面形和黑人不同。我到波士顿近郊去参观公助住宅区时，就经过好几条街道，商店的牌子全是西班牙文。所以有人说，由于波多黎各人生育率高，而白种人又正在从城市向郊区外移，所以一二十年后如果我还活着，又来纽约，也许必须带着西班牙的翻译才能进行访问了。

美国目前流行的所谓“东方人”，指的主要是华人、日本人、菲律宾人、泰国人、越南人等亚洲人。过去亚洲的黄种人和黑人一样受到种族歧视，凡是不准黑人进入的饭馆和旅馆，黄种人同样在排斥之列。自从黑人大造反，政府采取了许多所谓纠正种族歧视的措施后，东方人也得到了好处。比如规定了各公共机关、各学校必须有多大比例的有色人种的教职员后，有不少机关、学校宁愿招纳东方人以凑足定额，增加了东方人的就业机会，特别是知识分子。40 年代中国学者在美国大学里教书，很少能取得教授的地位，能被聘为终身职教授的屈指可数。可是目前很多大学里都有了华人教授，有些当上了系主任、教务长。

美国政府为了表示纠正种族歧视还放宽了从亚洲去的移民。中国人被准许入境的限额过去规定为每年 200 人，第二次大战结束后增至 2 万人。美国的华人已从 40 年代的七八万人增至目前的 60 多万人了。各城市的“唐人街”都大为扩张，旧金山、纽约这些地方的“唐人街”都像个“小香港”。

除了华人之外，在这二三十年里其他的东方人也大量涌入。其中有大批越南人并不算在移民摊额里的，因为在美国侵越战争期间，美国和南越这个傀儡政府算是联盟关系，所以曾由国会通过特别法案，并拨巨款，便利 12.5 万名越南“难民”入境，而且今后每年继续放一万几千名入境。所以这几年在各城市的街道上和超级市场里，到处可以见到他们的面貌。

日本人的大量移到美国也是很显著的。太平洋中间的夏威夷群岛现在是美国的一州，它的居民中按民族来说日本人首屈一指。有人说，40 年前日本偷袭珍珠港，破坏了美国海军，想用武力占领这个群岛，把太平洋变成一个日本海，战败后终于化为历史上的一个幻觉。但是目前美日建立了和平关系，日本人在这个群岛上的人口却大有增长，对这个地区的繁荣做出了贡献。我们这次到檀香山访问，受到夏威夷州长亲自接待，十分热情。这位州长是当地美籍日人。日本选民在选举中团结得紧紧地一致投自己民族成分的候选人。在绝对人数上虽然还没有超过全民的半数，但有这样多的可靠票数为基础，美籍日人当选州长的机会实际上可以压倒其他候选人的。

美国的华人

我们这次访美，受到所到各地华人同胞的热烈欢迎和招待。他们的处境确是比我在 30 年前看到的情形好得多了。自从 1965 年修改移民法以来，最近这 10 多年在华人移民美国的历史上出现了第二个高潮，每年以超过 2 万人的数目进入美国。第一次高潮是在从 1854 年到 1882 年，两次高潮大体上相隔一个世纪。

引起第一次高潮的是上一世纪 40 年代末在美国西海岸发现了金矿。当时美国西部大半还属印第安人的势力范围，自东海岸到西海岸不仅交通不便，而且旅途不靖。矿主们要从东海岸招募劳工，须取海道，绕南美南端，才能到达。合算起来还不如从中国来招工为便宜。所以发现金矿后不到 6 年，从中国广东及福建南部到美国加州招去的所谓“苦力”，据美国官方公布的统计，1854 年达 1.3 万人。由于金矿的发现，促进了横贯北美大陆的铁路建筑。为了造这条铁路，更多的华工被运入美国。在 60 年代，在这条铁路上使用的华工超过 10 万人。华人进入美国人数最高的年度记录是 1882 年的 39579 人。在此之前的 28 年中，华人入境超过 1 万人的有 10 个年头。从 1882 年以后的 80 多年中，因为受到排华法案的限制，合法进入美国的华人每年至多不过几千人。1965 年新移民法案通过后，才和其他国家一样得到“不得超过 2 万名”的所谓限额，而开始第二次移民高潮。

提起第一次高潮，那真是一把把辛酸泪。他们中间绝大多数以“猪仔”身分被骗去的。“猪仔”是当时对那些契约华工的侮称。他们由人贩子到农村里拐骗，有时甚至绑架有劳动力的男子，给一些“安家费”后，作为欠债的人运到“金山”去用劳动来偿还，经过规定的多少年后才能回乡。这完全是变相的奴隶劳动，当时曾引起各国舆论的指责。等到上个世纪 80 年代初，金矿告竭，铁路完成，这些勤劳耐苦的华工却成了当地居民的眼中钉，掀起了惨无人道的排华运动。很多为建成美国经济动脉流血流汗的华工被杀害、被驱逐。很多逃到东岸城市里，靠经营被认为低贱的行业，如开洗衣房和饭馆等过日子。纽约、芝加哥等“唐人街”就是这样开始的。

在禁止或限制华人移民的年头，事实上还是有被生活所迫，历尽艰险，非法越境的华人进入美国。我上次访美时，在纽约的一位朋友的丈人就是当“黄鱼”，伏在海轮的锅炉房里，潜入美国的。当然有很多人受不住折磨死在半途，又有很多人被发觉而被关在黑牢里送了命。那些侥幸进得美国的，没有不是埋头苦干，胼手胝足，经年累月地在洗衣房里、在厨房的炉火旁辛勤劳动，积得一点钱就托人带回家乡。很多这样的华工根本娶不到老婆，独身终生。其中能成家立业的实在是少数。这些人很多是一辈子为儿女做牛马，自己节衣缩食，把血汗换来的钱用来培养儿女，怎么苦也要把儿女送进学校，使他们能进入美国的社会。我上次访美时亲眼见到过这样的老人，也亲自听过他们自述的身世，曾经想把这些有教育意义的事迹记录下来，让后代人知道，我们的同胞怎样在海外艰苦立业，发扬了我们民族的优良风格。但流光易逝，匆匆已几十寒暑，而我的宿愿却依然未酬，奈何！

第二次高潮另有它的历史条件和特点。这次移民中很多是从台湾、香港等地方去的知识分子，只是从台湾去的留学生每年平均有 2000 人以上。这些知识分子学成后不愿回去，留在美国的总共不下 5 万人。如我上面所说的，到了 60 年代后期，美国为了要表示反对种族歧视，对过去被歧视的民族开放就业机会，所以这许多华人知识分子就被吸收进了各大学、各研究机关、各医院、各工厂，甚至许多政府部门。他们的聪明才智得到了优越的发展条件，在过去几年中，人才辈出，在美国的科学界、技术界做出了重要贡献。为人们所熟知的是在科学界里已经有三位华人教授获得了诺贝尔奖金。华人建筑师中已有人获得了美国最高的荣誉。在实现月球登陆研究计划的科学家队伍中有华人几千人。这些成就已为中华民族的优良品质做出了见证，而且也说明了华人在美国社会经济和文化的进一步发展中将是一个重要的力量。美国总统今年春节代表美国人民公开承认和表扬了美国华人的功绩。

但是美国的华人能不能说在社会、政治、经济各方面已得到了平等的地位了呢？这问题似乎还不能很快地做出肯定的答案。

出路总是会找到的

我在访问美国前曾经去找一位在北京工作的美国朋友，问他我去美国应当注意些什么。他想了一想说，你如果一个人出门，身边不要多带现款，但也不能不带一些，最好是带30美元。我觉得这个关照很有意思，所以一定要他解释为什么最好带这个数目的现款。

他说抽一次大麻要30美元。美国抽大麻的青年很多，大麻上起瘾来是很痛苦的。如果一个上瘾的青年，身边没有钱，路上碰着你，他实在熬不过时，就会打你的主意。他并不是对你有意过不去，素不相识，无冤无仇，只是想从你身上找到过瘾必要的30美元。你如果慷慨解囊，他不但不伤你一根毫毛，还会向你表示感激。可是如果他已经动了手，而又拿不到这笔钱，那就会火从中来，什么都干得出来了。很多命案是这样引起的。于是有人总结出一个处世之道，身带30元现款，作为保险金。

这番话当然不能太认真。那位诙谐成性的朋友，无非是要把美国的吸毒和犯罪问题说得有声有色罢了。而且我认真对待也没有用，因为我在这次访问期间不大可能一个人在街上去溜达。但是这句话在我脑中却印得很深。为什么被誉为最繁荣的国家会流行这种保险办法呢?

我问过一些朋友，都承认美国青年人确是有吸毒的，大麻是毒品中最轻的。至于普遍到什么程度，并没有一致的意见。有人说美国人中吸过大麻的有4300万人，占人口总数的1/5。今年1月份，吸这种毒品的还有1600万人。吸毒之风在青年人中较为盛行。每11个高中学生中，便有一人每天要吸大麻。有人统计，去年一年里，美国在国内外成交的兴奋剂和毒品共达450亿元之巨，相当于通用汽车公司和埃克森石油公司的营业额。

当然我并没有见过毒品和吸毒的人。以我的印象来说，这次访美中一提到吸毒问题都有点谈虎色变。据说最近几年似乎已经好了一些，过去毒品种类多、毒性烈，很多名称我从来没有听到过，听了也记不住。目前比较还相当普遍的是用大麻叶子当卷烟抽，据说毒性比过去那些是低一些。使我惊异的是说这些话的人口气里好像已相当满意似的。甚至有人还告诉我，近来有人提出大麻能否认为是毒品的问题。意思是说它的毒性是在淡巴古，即一般香烟的原料和鸦片里提出来的海洛因之间。香烟不算毒品，为何大麻要算毒品？毒品和非毒品之间的界限何在？这种论调显然是在为大麻争取合法化的舆论准备。据说已有几十个城市可以公开吸大麻。社会上容忍这种论调和事实，表明了在这些人看来吸毒之成为问题不在吸而在毒，不去研究为什么有人吸毒而着眼于吸了之后毒到什么程度，这倒是当前美国社会里存在着的一个值得思索的问题。

那位关照我身带保险金的朋友把犯罪联系到吸毒，对我也颇有启发。美国生产力高，国民收入高，在世界各国里名列前茅，这些是不容否认的事实。他们自称“富裕社会”。他们有力量可以采取种种社会救济，使得境内不致有人挨饿。他们把贫穷线划在一家每年收入在大约 6000 元这条线上，贫穷线下可以享受到政府的种种补助。失业的人在一定时期内有保险金可领，保险期过了还有救济金可领，总之饿得不能不铤而走险的人，在美国可能实在是不大有的。然而，犯罪又何其多也！“衣食足而后知荣辱”这句话似乎在美国不大能适用了。

我两次访美都没有遇到过小偷，更不用说别的了。但是这次访美却常常有人提醒我要提高警惕。比如说，一进旅馆的房间里，门上就挂着个“须知”，其中一条就是注意把门上的销链插住。门上有条销链在我们国内是没有见过的。它是一根铜的或铁的链条，一头钉在门边，把门关上后，另一头插在门框上的配搭里。有人打门，可以开条门缝，向外看一看那人是谁，有那条铁链挡着，外边的人不能顺势夺门而入。这条铁链给你最后拒绝不受欢迎的人进入你房间的保证。而且据说那些有意要偷窃的人都有万能钥匙，门上的锁只是防防君子而已。所以晚上必须插上销链，才能安睡。我对这些防盗设备，很不习惯，总是觉得有点故作紧张的味道，还认为是被靠惊人消息卖钱的那些小报制造出来的反常空气。但是有一次晚上同一位已退休的华裔朋友夫妇一起回他们家去，家里并没有人，但灯火不熄。我问他们为什么出门不关灯。那位女主人指着老高的一扇窗说，已有两次他们出了门有人从这窗里爬进去偷窃。现在把窗子钉死了，晚上还得记着不要灭灯。看来防盗是必要的。

我在这次访问中很少有机会在街上溜达。快离美前，在旧金山遇到了个老朋友，我们在中国饭馆里吃过饭，到他的旅馆里坐了一会儿。他催我回去，两人在街上走到半路，他说我向前走到我的旅馆是闹市，没有问题了，他却要早些回去，太迟了恐怕在这行人较少的街上会出事。我们真的就这样告别了。如果路劫不是常有的事，他决不会这样半途而辞的。

美国犯罪多看来是确实的。也许因为我本身没有受害，而被那些防窃防盗措施搞得神经好紧张，所以特别注意他们怎样对待这个问题的方针、态度。看来美国当前对付犯罪的办法是防和抓。在个人来说是防止自己受害，在这方面的花样真是不胜枚举，什么现代化的技术都用上了。在政府方面说就是见犯就抓。奇声怪叫的警车满街跑。警察的队伍越来越大，工资也越提越高，一个低级警官收入高于高级教授。即使这样，警察还要闹罢工，要加薪，因为他们的任务太危险。谁都看得明白，防不胜防，抓不胜抓，但是除了这种头痛医头、脚痛医脚之外，还能有什么办法呢？办法当然还有，但是我在这次访问中还没有看到苗头。我只能这样说：吸毒，不问为什么有人吸；犯罪，不问为什么有人犯——这是美国对付社会问题的特点。

为什么有人要吸毒？为什么有人会犯罪？这些问题是应当问的，但当然不是我能解答的问题。上面曾提到过我在纽约地道车车厢里看到的“涂抹”时，曾经提出过我当时直觉的反应是想到了鲁智深所说的那股“鸟气”。鸟气者即在心头涌来的那股对当前社会的无名之火。无名是指不知其由来之意。怒火出自不平，不平何起却搞不清楚。肚子里憋着这股气，实在难受，找个渠道发泄一通。于是有人在车厢壁上涂它个乌七八糟。有人吸一阵大麻，虚无缥缈地沉醉一时。有人拦路打劫，横行一下。如是种种，是否可以说，表现不同，其意一也？我说这几句，倒不在自作聪明，发人深省，只不过是希望美国同行多多指教罢了。

这次访美实在过于匆促，我多少接触到一些值得深入探讨的社会问题，但都是过眼烟云，无缘细察，甚至坐定了向朋友们详求指教的机会都没有。在这里不提吧，美国社会的这一方面付之阙如，未免有失全貌；提吧，也提不出个恰如其分的轮廓，更提不出个公正的评说。我写到这里，确是有点苦恼。

比如说，我听到一些议论，就是第二次大战之后，特别是60年代，美国社会最大最严重的是青年问题和两性问题。而似乎大多数人都同意的是，最近几年来社会风气已经比较正常了些。当时社会风气“不正常”到什么程度，很多人也不愿和我多谈。

我反过来问他们从哪些方面能说现在比较正常了呢？不少人指出街上那种男不男、女不女的青年少得多了。他们一提起，我也觉得前些年我在国内接待美国访华客人时所见到的那种满腮胡子、披发及颈的年轻人，在这次访问中我的确接触得不多。男男女女一般说是一眼就分得清的了。当然这是就我接触到的范围而说的。有人告诉我，如果我要看看还余留着的那种不男不女的标本，时报广场霓虹光下，还是满街都是。这句话是否确实，我没有去核对，因为没有人保镖，这种30年前的繁华中心，现在已成了洁身自好之徒不宜涉足之区了。

往者已矣，我们自可不必追问，但就目前已经比较正常的社会风气来说，从来没有人讳言的是离婚率已达到了50%。当一对男女结婚时，他们会不会白首偕老的机会是一半对一半。据说一“家”的孩子各有各的姓的情况，即使不说很普遍，也决不是个别的。没有父亲的孩子已成了一个严重的儿童教育问题。当然我也听到有人在引用不少统计数字来证明美国家庭基本上是稳定的，“核心家庭”，就是我们所说的“小家庭”，一直是，至今仍是美国家庭的基本形式。我并不怀疑这些统计数字，以及这些调查研究的结论，我感到有意思的是美国家庭稳定性已成了需要摆事实来说服人的事情了。

两性关系究竟有多大变化，在我这次访问所接触到的小圈子里，似乎也是难于深谈的问题。有一次有一位老教授无可奈何地吸了一口气说，这几年是好多了，有人宣传口服避孕药丸有导癌性，居然起了作用。还有一次在关于中国文学座谈会上有位女教授谈到了我国的旧小说《金瓶梅》时，引起了我国学者有点不太自然的神气。美国朋友中有人诙谐地在旁加了一句：如果中国这样的作品上不了讲台，当代欧美文学这一课就该休息了。

至于这些社会风气怎样变的，变得怎样，究竟表示什么社会意义，是不是《罗马衰亡史》的新版——这些还是留待今后去研究和讨论吧。我记得有人告诉过我：正当美国青年中盛行hippi（嬉皮士）之风时，有些来华访问的青年问过周总理对这种风气怎样看法。周总理和蔼可亲地向他们指出，“这不是表明青年人要寻找出路么？出路总是会找到的。”我并没有亲自听到周总理的话，我也不能保证我听到的是周总理的原话。但是我永远记得我从这句话里体会到的精神，我想就是，表面上看来有点乌烟瘴气的许多现象，正在透露着新生的消息。我们要相信每一个民族的人民，他们都会找到自己前进的道路。

信心危机

在我写这本《访美掠影》时，回国已两个多月了。从报上看到，美国的能源危机日益严重。据说，卡特总统在自己的山头别墅里，平心静气地思考了几天，发现美国真正的问题不是在能源危机，而是在信心危机。据所传的说法，信心危机就是广大人民对当前的政府以及政治制度丧失了信心，不相信政府里这些人按照现在政府里这套办法来工作，能解决得了当前一系列的危机；更严重的是，他认为群众对美国传统的价值标准发生了怀疑，这样下去，在他看来美国的前途是不堪设想的。他发了一通言，确是忧心忡忡。我没有机会读到他演说的原文。如果他果真发现了当前美国的社会制度已经不得人心，那应当说是件好事，因为至少表示了过去那种头痛医头、脚痛医脚的办法是行不通了。

其实，美国的广大人民对当前的社会制度丧失信心，并不是从能源危机开始的。美国这一二十年来科学技术的突飞猛进，生产力的不断提高，这些都是好事，但是他们的社会制度却并没有变，生产关系还是原来的资本主义性质。生产力和生产关系之间的矛盾不是削减了，而是加深了。统治阶级固然还有能力不断地采取各种措施来应付层出不穷的危机，但是广大人民却日益感到没头没脑地陷入了一个受着别人支配的命运中去，像是一只飞蛾扑入了蛛网，无法挣脱。不仅是哈兰姆的黑人明明有自食其力的能力，却不得不靠救济过着屈辱的生活，甚至在花园式的郊外住宅里居住的殷实之家，也是整天担心着一旦发生什么事故，顷刻之间会丧失目前暂时似乎是属于自己的一切。个人之间相互依赖的关系越来越深，而每个人的心理上却觉得这个社会对自己越来越靠不住。年年月月付出各种各样的保险费，谁都心里明白保险公司自己并不保险。它一倒闭，自己也就完蛋。保险公司倒不倒，这是件不由个人意志为转移的事。无怪有人感叹地说，人造了这文明，文明奴役了人。在美国这样的社会里这种情绪是很自然的。卡特把这种无可奈何的情绪称之为“信心危机”也未始不可，因为它确是对当前文化的怀疑。只是他应当知道的是这危机由来已久，陷入已深。

在这里插入一段关于美国宗教的话也许是合适的。对社会文化的信心不容易用数量来直接表达，有关宗教这方面的统计资料却在一定程度上也许可以反映出一些人们对现实社会丧失信心的地步。人穷则呼天，一个人在现实社会里心理上得不到安身立命的保证时，有宗教传统的国家里，很自然地会心向上帝，求个倚靠，求个着落。

美国是个有宗教传统的国家。最早从欧洲来的移民很多就是被排挤出来的新教徒。但是在我 30 年前访问美国时，我也好奇地问起过一些朋友关于他们的宗教生活。据说，至少在年轻的一代很少认真地过宗教生活，我所认识的人中没有见过他们在星期天到教堂里去做过礼拜。他们说，年幼时父母抱着他们到教堂里去受洗，结婚时要去找牧师证婚，朋友死了就去教堂送葬，此外很少和教堂打交道了。至于思想上受到多少宗教的影响，那就很难说了。至少《圣经》里有关伊甸园的那一套，大多只是作为民间传说来欣赏的了。

这次我又问过一些朋友关于这方面的变化。他们指出了两点要我注意：一是 30 年来教徒人数有显著的增加，二是宗教性的小组织盛行一时。我翻了一下美国的统计手册，在人口调查时登记为教徒的，1950 年是 8680 万人，1960 年突出增加到 11440 万人，1969 年是 12850 万人。50 年代开始有大批的原来不大信宗教的人参加了宗教组织。最令人注意的是“杂牌”的宗教徒从 1950 年的 14 万人增加到 1968 年的 218 万人。这些“杂牌”宗教就是指各种各样的以宗教名义组成的小团体。

从美国历史上说，最早的白人移民传入的是基督教里的新教这一派。这一派的基督教始终在美国占主要地位，现在拥有 7000 万教徒。后来从南欧、东欧陆续进入的移民带来了罗马天主教、犹太教和东正教，现在它们分别拥有 4700 万、500 万、300 万信徒。其他还有佛教徒和伊斯兰教徒等。据说世界上各种宗教，美国应有尽有。这句话是有点夸大，但是意思是言其五花八门，派别极多。

我在旧金山一家中国餐馆里吃饭，就看见一个穿着袈裟、剃光头的，大概是一种佛教的信徒，但是从他吃的是大鱼大肉，而且陪伴他的是一个白种女子，看来又不是一般的佛教徒。当我们私下议论时，当地的朋友说，美国这 10 多年来宗教界的一个倾向是越怪僻越有人着迷，着迷到几百人相约集体自杀。这件轰动一时的案件，除了富有新闻价值外，却并没有引起社会上严肃的反省。一个社会不得人心到这个程度，尽管丧命者不过几百人，却决不能掉以轻心。如果说美国当前确是发生了“信心危机”，这种事件应当可以说是有力的警报了。

美国的科学技术正在使神话变成现实，而美国的社会却在使其成员心向上帝、厌弃人间。

《访美掠影》的杂话说到这里应当可以结束了，但结束在“信心危机”上实在有违我的初衷。历史原是一泓流水，抽刀断水水更流。话不能不打断，历史还在滚滚东流。美国不可能停留在任何危机之上的。我们对伟大的美国人民有充分的信心，祝愿他们将不断为人类的前进做出更大的贡献。

我这次访问美国是为了促进两国人民之间的文化交流。尽管时间短、码头多，感谢现代化的交通工具，我还是从东海岸到西海岸，会见了许多多年不见的老朋友，又结识了许多神交已久的新朋友。作为一个重温旧谊的机会和一个今后互相学习的新起点，在主人们的殷勤款待和推诚相见下，一个月里经历了多少难忘的事迹，给了我无穷的鼓励。当然交流是为了进一步的相互了解，相互进一步的了解才能使双方都能取长补短共同前进。

我这些杂话，是凭我的直感写下来的，有许多事实没有机会核对，留待以后更正；有许多议论也缺乏推敲，颇有冒失之愆，留待以后讨论可也。我所做到的是畅所欲言而已，能起些抛砖引玉的作用，于愿足矣。

1979 年

访加巡回讲学纪要

我于1979年10月5日离首都去加拿大访问，共六个星期，于11月18日离温哥华返国，21日到达北京。这次访问加拿大的任务，主要是到各大学讲学，所以称作巡回讲学，顺便了解加拿大社会的基本情况及其社会学的特点。

一

这次访问是应加拿大麦吉尔大学的邀请。麦大在若干年前接受柯明斯氏的捐助设立“柯明斯讲座”，每年聘请社会科学方面有国际名望的学者到该校作公开演讲，以加强加拿大与国外的学术联系。1979年经该校东亚研究中心主任加籍华人教授林达光博士的推荐，决定聘请我担任本学年度柯明斯讲座。经我院领导批准，接受了此项聘约。这不仅是对我个人的鼓励与督策，亦是表示加拿大社会科学界对加强中加文化交流的愿望。

麦吉尔大学宣布聘约我访加讲学后，加拿大各大学纷纷与麦大联系要求我便道到各校访问讲学。麦大东亚研究中心取得我的同意后安排了另外10个大学的巡回讲学，按序是：蒙特利尔、魁北克、圭尔夫、约克、多伦多、曼尼托巴、里贾纳、卡尔加里、不列颠哥伦比亚、维多利亚。从麦吉尔起到维多利亚止，公开演讲共11次，听众共约1100人（从300多人到几十人）；座谈会15次共约125人；讲课17次，共约650人；同行会餐46次，接触外国教授进行交谈的100多人，华人教授36人，美国来加约晤的9人。

我到加后，即得到我国驻加大使王栋同志邀约到渥太华大使馆会晤及便宴；并由一秘刘靖华同志到蒙特利尔参预我在麦吉尔大学首次公开演讲，体现了我国政府重视中加两国学术交流，影响良好。

加拿大各大学亦重视我这次巡回讲学，招待规格较高，公开演讲时一般由校长或学术上有地位的教授主持，设宴与各校负责人及主要教授会晤，同行学者分别约定工作会餐及邀我到他们教室替他们讲课与学生见面交谈。圭尔夫大学授予我该校客座教授名誉，短期内享受该校教授的一切权利，并邀请美国知名学者，如美国社会学会会长怀特教授，前来参加公开讨论会。里贾纳大学安排加拿大电视台记录和放映该校经济学系教授与我的电视谈话。在约克大学被约参加正在该校举行的安大略省的社会学会年会，讲中国社会学研究的情况和设想。萨斯喀彻温省特别重视民族问题，省政府设宴招待，由公共福利部部长主持并发表欢迎词，颇为隆重。

公开演讲的论文题目是《中国的现代化与少数民族的发展》。内容讨论中国现代化过程中所要缩小以至消灭的在农业、工业、国防、科技等方面的两个差距：对外是我国和发达国家之间的差距，对内是国内各民族之间的差距，并指出这两个差距之间的关系和缩小以至消灭民族之间的差距过程中存在的问题。这些问题正触及加拿大在现代化过程中所遭到的困难，因而引起了加拿大听众的切身兴趣。有人在听讲后立即在场提出加拿大应向中国学习并交流有关解决民族问题的经验教训。

公开演讲的听众，除各校师生外，还有各地的侨胞，有些甚至从几十里外赶来参加，大多是来自台湾、香港、东南亚各国，尽管过去政治立场有所不同，但一致热烈要求知道国内情况，又因为很多人听过我的名字很想一见此人，并且为了我国学者登上加拿大学府的讲坛而感到振奋，他们增添了会场兴高采烈的气氛，并且在曼尼托巴大学公开演讲会上压住了预先在校刊上发表挑战性“读者来信”的极左分子企图捣乱会场及恶意提问的阴谋，充分表明了侨胞的爱国高于一切的感情。这种学术交流活动事实上确可发生增加侨胞向心力的作用。我这次访问得到各校华人教师的殷勤招待，至为感人。而我到各校讲学也被认为给华人教师撑了腰，对他们今后在各校的地位有一定的帮助。

二

这是我初次访问加拿大，过去对加拿大所知极少。访问前也没有时间准备。所以在了解加拿大情况这方面是很不够全面和深刻的，只是一些旅游观感罢了。

加拿大处于西方世界的边缘，发展的历史比较短，地广人稀，资源丰富，从农业、工业、科技等方面来说是现代先进的国家。70年代国民生产总值居世界第八位，1976年每人平均国民生产总值达7510美元，略次于美国。幅员广大占北美洲的一半，近1000万平方公里，1平方公里平均只有两人，而事实上已经开发的地区只是沿加美边界3000英里宽200英里纵深的一条地带。在这片土地上只用总劳动力的7.2%，出产1300万吨粮食（1971年），而国内消费400万吨已经足够。农场平均面积，除纽芬兰以外，东部在150英亩上下，中部平原诸省从420到686英亩。近年来石油、铀、钾等重要矿产的大量发现和采掘又展开了广阔的前景。但是这个农工科技发达的国家，在经济上却并没有摆脱殖民地的烙印，它的生产主要是采掘的初级工业，重要的制造业相形见绌。它依然主要是工业原料的提供者和工业制成品的输入者。就是以它已发展的工业而言，也没有取得独立自主的性质，当前至少一半以上的工业是受美资控制的（汽车业 96%，石油 90%，橡胶 90%，化工 80%，电气 66%，机械 60%）。而且设立在加拿大的许多公司和工厂是在美国注册的子公司和分厂，受美国法律的限制如禁运条例。这些公司、工厂的职员和工人参加美国的工会。这一切说明了加拿大在经济上的依附性和在政治上缺乏独立性。在这里我才初次看到第二世界的国家的特点，这些特点在加拿大表现得甚为突出。

加拿大的民族情况相当复杂，问题也很严重。从历史上说，北美这块大陆并不是人类的发祥地，这块大陆上的人都是从别处移入的。大约在 2 万 5000 年到 2 万年前开始有人类从西伯利亚越今白令海峡（冬季是可以步行通过的）进入北美，他们的后裔就是现在的印第安人。大约在 2000 年前，又有一些从亚洲大陆进入美洲北极地区，他们的后裔是现在的爱斯基摩人（近来因他们不愿被称为这个名字，改为伊纳伊特人）。大约在 1000 年前，欧洲的诺斯曼人在加拿大东部的纽芬兰岛建立过居民区。但是，欧洲近代的移民进入加拿大开始于 16 世纪中叶，17 世纪初才有较大的白人移民居住区。这些移民主要是以收购毛皮为业的。他们依靠当地善于狩猎的印第安人取得野兽的毛皮，贩运于欧洲市场。移民人数增长繁殖，才从事农业，生产粮食，当时采取了与印第安人“立约购地”的办法来占领北美土地。按这办法，印第安人把他们原来居住的土地“卖”给殖民者的国王，并由买主指定一块土地留给他们称“保留地”；此外，每年给他们一定的津贴以维持他们的生活。因此，至今法律上，印第安人并不是加拿大的公民，而是与英国国王订约的对手。这种关系既不同于奴隶社会的奴属关系，又不同于封建社会的臣属关系。它形式上是资本主义社会里的一种契约关系。实质上，最初是白人利用土人去猎取毛皮，低价收购，然后以“购买”名义掠夺了他们的土地，把他们圈在无从发展其经济的保留地里，给予微薄的救济金，让他们自生自灭。在实现这种民族绝灭政策的过程中，曾发生过印第安人的武装反抗，大量遭到镇压和屠杀。在过去200年中，原是这块广大土地的主人，现在已接近于消亡的边缘。据估计与白人最初接触时，印第安人总数约为20万，随后人口下降，直到近年来才有所增长，1974年登记为印第安人的共276436人。这些人分属在2200多个“保留地”中。按加拿大法律，凡与外族通婚即丧失其印第安人的成分，不得享受政府津贴。所以现有的人口统计数字只限于法定印第安人。

我曾访问过两个保留地。这些保留地既无农业，又无工业，保留地里居住的印第安人全靠政府微薄的津贴过活。我所接触到的“头人”和“干部”，精神状态都十分衰颓失望。据说，由于失去劳动生产的权利，保留地里的印第安人的酗酒和自杀已成为当前的严重问题。

印第安人的惟一出路就是脱离保留地，到城镇去谋生。虽然加拿大并不像美国那样歧视有色人种，但是在竞争的社会里，印第安人的就业机会很有限，安家立业更是不易。至于被称作Meti的混血，一般不被认为是印第安人，在白人社会里低人一等，处境困难。

近年来，由于移民中民族意识的高涨，加拿大政府不得不注意民族问题，因而对印第安人也采取了一些积极措施，尤其是一些印第安人较多的省，如萨斯喀彻温（印第安人占12%），对印第安人的教育与福利方面正在探讨一些较开明的政策。

当前，加拿大在民族问题方面感到最严重的，是法语居民要求分离独立的问题。这问题具有较深的历史根源。早期欧洲向北美移民主要来自西欧靠海的英、法两国，从法国去的移民以今加拿大的圣劳伦斯河流域为中心，后来称为“新法兰西”。英国去的移民大多聚居在其南，今美国波士顿一带，称“新英格兰”。英语移民逐步向北扩张，争夺毛皮资源，与法语移民发生矛盾。

北美欧洲移民间的地位是按各自祖国在欧洲势力的消长为转移。

尽管法语移民在加拿大中心地区占有主要地位，由于法国在欧洲大陆上被英国击败，1763 年的《巴黎条约》把法国在北美的领土全部划归英国统治。英语移民大批北上，进入今加拿大境内。1776 年北美发生独立运动，今加拿大地区的居民并未参加，而独立战争中美国的保皇派在失败后纷纷北徙，为数达 4 万人，进入加境，在加境内增加了英语居民的势力，与当地法语居民旗鼓相当。法语居民大多聚居于今魁北克省（当时亦称“下加拿大”），英语居民大多聚居于今安大略省（当时称“上加拿大”）。北美合众国独立后，上、下加拿大依然是英国统治下的殖民地，法语居民在政治、经济、社会上受到歧视，他们又不像后来移入的欧洲其他国家的移民甘心改习英语，而竭力保存其法语特点，因而构成了一个加拿大境内的少数民族。

自从第一次世界大战后英帝国力量削弱后，加拿大的自治权利日益扩大，于 1926 年获得自治领地位，在经济上法语居民的民族资本逐步成长，他们在其经济实力的基础上提出了政治上平等的要求。第二次世界大战结束，英国的势力实际上退出了美洲。加拿大在其纪念建成统一的联邦百周年的 1967 年，采用以枫叶为标帜的国旗，象征了它政治上获得主权国家的成熟。但是，在经济上却是前门驱狼后门引虎，比英帝国实力更强大的美帝国却接替了控制加拿大的地位，形成上面所提出的加拿大对美国的依附性。这个新的霸权有别于旧的帝国，因为它是无形的。表面上，加拿大保持着独立主权的地位，社会上繁荣景象无逊于美国。但实际上受控制的地位是令人窒息的，特别是历受遏制方得抬头的法语资产阶级对此反感更为深刻。这种形势助长了他们的“民族意识”。他们先是争取法语与英语的平等地位。70 年代，加拿大联邦政府提出了所谓双重语言和多元文化的政策。但是，国内语言和文化在法律上的平等，并不能摆脱政治上、经济上所受霸权的控制，达到民族独立发展的要求。近年来，在法语居民占 80% 的魁北克省发生了较严重的分离主义。据说，明年该省将举行公民投票决定是否继续留在加拿大联邦之内，将是80年代加拿大面临尖锐的民族问题。这是霸权主义控制下的第二世界民族问题日益严重的一个典型例子。

三

加拿大在地理上和文化上处于西方世界的边区和在政治上、经济上属于第二世界的事实，也反映在学术上的依赖性和最近正在兴起的独立自主的要求。这种趋势，至少在我所接触到的社会学界，是比较明显的。

加拿大的学术界，最早是受英国的影响，许多高等院校完全是英国式的，现在还留着一些如多伦多附近的皇后学院，保持着一定的贵族气氛。但随着英帝国势力的退出，加拿大的教育表现了明显的美国色彩。第二次世界大战后，加拿大高等教育有一度大幅度的扩张，当时各大学所增聘的大批教师几乎都是从美国请来的，课堂上用的也都是美国大学的教科书。直到现在，加拿大大学里当教授的学者绝大多数是美国大学里培养出来的、具有美国大学授予学位的，即使是加拿大土生土长的学者也须到美国去镀一下金，在美国学术杂志上发表论文，才能在加拿大学术界立足。这充分表现了加拿大学术的依赖性。

自然科学方面的情况我不太清楚，上述的依赖性似乎也是存在的。但在某些学科，加拿大是能和美国比美的，如麦吉尔大学的医学院在北美负有盛名，多伦多大学的理学院有若干专业也是受到称誉的。在社会科学，则似乎相形见绌了。以社会学来说，和在英国一样，它在早期并不受重视；到了60年代，在美国的影响下，才日见发达。现在加拿大各大学里的社会学教授，很多是美国芝加哥学派直接或间接培养出来的，这一学派至今还占有相当大的势力。最近已有一部分社会学者提出了建立“加拿大社会学”的口号，反映了加拿大当前反对霸权控制的倾向。他们已逐渐在社会学界里受到重视。这派的积极分子、不列颠哥伦比亚大学社会学女教授马尔查克，已当选为加拿大社会学会会长。她向我表示，今后各国社会学者应当研究本国社会的特殊性来发展自己的社会学。她赞扬我国联系本国的少数民族的实际开展民族学的研究。有些社会学者在讨论会上发言，认为加拿大社会学者研究加拿大社会所存在的问题时，中国的经验具有重要的借鉴意义，所以应当扩大两国之间的交流。这说明他们已经意识到第二世界和第三世界存在着共同的问题，这是反霸统一战线的客观基础。

加拿大各大学里现在还没有专门研究中国的机构，但在若干大学，如麦吉尔、多伦多、约克、蒙特利尔、不列颠哥伦比亚、维多利亚等，设有包括中国研究在内的东亚或东方研究中心。在其他大学，如曼尼托巴、卡尔加里等，都有专门研究及讲授中国历史或社会的学者。研究中国的学者中有些是华人。华人教授中较有地位的，除麦吉尔的林达光外，还是不多的。

加拿大的大学里，华人教师不少，但一般说来，他们的地位过去是受压制的，最近几年来才有一些华人教授受到重视，如圭尔夫大学地理系的陈国相，里贾纳大学政治系的谢培智，曼尼托巴大学社会系的黄泽倩，卡尔加里大学数学系的章国华等。他们十分热忱地接待我们，使我们意识到他们渴望祖国学者的联系和支持。我们也确实需要有计划地扶植一批华人教授，帮助他们提高在当地学术界的地位，使他们在两国学术交流中起更大的作用。

现在加拿大的华人教师大多数从台湾、香港、南洋各地来的。他们绝大多数也是爱国的，有许多已经有了良好的表现。近年来，华侨中知识分子的人数及影响已大为增加，在加强对外友好关系和争取华侨为祖国现代化做出贡献上，这些华人教师是可以起重要作用的。

1979 年 12 月

访澳杂记

一夜过了一夏

人们运动速度加快，地球似乎越来越小了。澳大利亚已不像我过去想像中的那样遥远和偏僻了。我这次访澳，从香港起程，直航飞行9小时，到达澳东海岸的布里斯班。我在澳期间打听过：如果坐船，这个旅程要花多少日子？有意思的是，我所问过的人竟然没有一个回答得出这个问题。对他们来说，这似乎已经是个历史研究的课题了。回国后我偶然遇见一位40年代在澳留学的朋友，他还记得那时从上海到悉尼一共坐了18天船。如果用时间来计算中澳之间的距离，不到半个世纪缩短了50倍。昔日的天涯海角已成了今天的比邻街坊了。

我这几年来虽则曾经在这个地球上打过几个圈，但总是跟着赤道平行的方位环行的。东西方向的高速旅行，对于我这种有了点年纪的人，时差所引起的"日夜颠倒"，还是难于习惯。这次到澳大利亚主要是由北向南的旅行。澳洲西海岸和我们北京在一条经度上。澳洲东西岸相距300多英里，时差是两小时，估计对我的作息习惯影响不会太大。南北方向的高速旅行，我还是第一次，不料又发生了"季差"问题。

我们中国和澳洲分别坐落在两半球，我们在北，澳洲在南，中隔赤道。同一时间，季节不同。北半球的春天是南半球的秋天，这就是季差。

我是4月11日离开北京的，正是山桃刚谢，丁香待放的晚春。在香港停了8天，有朋友邀我去郊游，曾在杜鹃花丛留念照相，应说是初夏时节。19日起程去澳，一夜9小时在飞机上度过了一个夏季。我在布里斯班入境，继续飞到悉尼，再转机到澳大利亚首都堪培拉。这个公园式的都市，沿街的枫树正在转色，淡黄到深紫，点缀得层叠多彩，一片秋色宜人。

时差和季差都会跟我们生活习惯所养成的生理规律发生矛盾，引起适应的问题。高速旅行去美国，初到那几天难免白天打瞌、黑夜难眠之苦，这是出于我们作息习惯养成的“生物钟”和当地时钟对不上号的结果。季差的周期比时差大，时差是日夜之别，季差是春秋或冬夏之别。由此而产生的问题也比较复杂，不仅是生理上要适应，还包括着心理上和社会行为上的适应。这些问题我过去是不明白的。

当朋友们邀请我去澳大利亚访问时，特别在时间上为我花费了一番心计。最初约我去年秋天，大约9月份去，我因事不得不延期。他们就把我的访问改到1981年的4月下半个月。他们规定这两个时期，因为在这两个时期北京和堪培拉的气温是相当的。他们知道如果我1月份去，就会从冰雪盖地的北国骤然进入烈日当空的南天，这种变化估计我未必吃得消。我这次访问确是避开了气温骤变的袭击。

当然，我还不敢说，季差对人的生理影响只是一个气温的因素。我在这个世界上经历了70多个寒暑，总是通过春夏秋冬这个时序活过来的。这个时序无疑是已成了我生理活动的习惯。现在我突然在空调的飞机里用了9个小时度过了一个夏季，这可说是对这习惯周期的严重突破。它能在生理上不引起反应么？这个问题我回答不了。有一点我感受到的是初到那几天，筋骨酸痛大有“变节气”时的味道。这在年轻人也许是不会发生的。

季差在我心理上却常常引起一种异样的感觉。比如说，明明日历上写着是5月，而在我寄寓的宾馆窗头正挂着长得丰满可爱的石榴，有些已经开裂，露出红喷喷的子实。我每次见到这种景象总有点困惑、迷惘，好像5月里不该有石榴结实的事。事实既然摆在眼前，那就一定在什么地方发生了点错失了。我得转一下念头才清醒过来，自己对自己说，怎又忘了季差。接着，耳边却似乎又听到了我幼年时妈妈常常喜唱的小调：《五月里来榴花红》。

在一本澳大利亚历史书上我读到有一段记载，说是早年欧洲来的移民埋怨这个没有诗意的地方。我经过了5月里石榴结实的启发，才懂得移民埋怨的根子。他们所埋怨的大概不是这地方出不了诗人。澳大利亚的土著居民里有的是诗人。移民们所苦恼的原是他们本乡所熟悉的许多诗篇，在这个大陆上格格不入，发生了一种无名的反感，竟错怪这地方没有诗意。

这种埋怨在澳大利亚土著居民里是找不到的。我并没有打听过在他们的日历中季节是怎样安排的。我并不知道他们有没有新年，把新年放在哪个季节里。他们根据本土的生活条件安排他们自己的日历，长期在一定区域里生活，感觉不到地理上的季差，也发生不了5月里石榴结实的异常之感。从北半球来的移民却不同，他们带着原有的日历来到这个大陆。英国的年月日全都搬到了澳大利亚。英国的1月1日也是澳大利亚的1月1日。不这样也不行，他们和本国还是千丝万缕地联系着，必须有一个共同计算年月日的历本。但是这么一来就发生了一年中季节的序列问题了。

南北半球要在年月日上取得一致，北半球一年中的季序是春夏秋冬，南半球就成了秋冬春夏了。当然也可以硬性规定继续使用一年从春季开始的序列，但是看来这样做法实际上会引起种种的不方便，原因在于人们的生活很多方面是紧密和气候联系的。把春夏秋冬等季节名称抽掉气候内容那就没有多大意义了。如果把春天作为大地苏醒，植物开始生长的季节，那么要在年月日的历法上和北半球取得一致的话，南半球不得不一年之始在于秋了。5月里不是榴花红，而是石榴结实绽晶珠了。

我没有时间去研究澳大利亚的欧洲移民由于季差而引起的种种问题。我心头常有这一个疑问：澳洲的儿童过圣诞节时正值高温的大热天，而他们的圣诞老人是不是还穿着皮袍呢？如果没有改装，儿童们心目中的这个老人会是怎样的一个怪物呢？朋友们好意地安排我在躲得开气候骤变的时期中去访问澳洲，也因此而使我对那些像圣诞老人装束的问题丧失了直接观察的机会了。

时差也好，季差也好，原本是亘古以来一直存在的自然现象。但是这些现象成为我们生活中必须予以适应的因素却是近年来的新事物。我在这随笔里首先记下我对这些新事物的感受，无非是想说明我们目前所处的世界和几十年前大不相同了。我们的思想必须跟得上这世界的变化。

我还记得当我在初小里念书时，老师用海面上先见船桅后见船身的事实来讲明地球是个球体，我那时的想像力实在跟不上去。后来还是靠我的哥哥用了个大皮球做实验，我才领会过来，我们所居住的这块土地并不像我奶奶所说的有个大乌龟背着的。但是那时我还觉得住在球面上没有让乌龟背着比较安全。说实话，相信这块土地是个球还是相信由乌龟背着，对我那时的实际生活并没有什么关系。现在这已不是信不信由你的问题了。大地是球形的事实已进入了我们日常生活了。你不在生活中记住这个事实，就会在午后打电话去纽约把你的朋友在半夜里叫起床来通话，打扰他的安眠休息；或者就会在澳大利亚的5月里见到石榴结实而错怪这地方没有诗意了。

要在这个变动的世界里生活下去，我们需要适应的不只是时差和季差这些旅行上的新问题。我们还得打开眼界，清醒地多看看这个似乎越来越小的地球上，人们越挤越紧的新世界的真实面目。我就抱着这个愿望，在澳大利亚访问了三个星期。

在世界中心之外

过去我对澳大利亚确是很陌生的。世界史的教科书里很少提到它。有关它的消息经常占不到头条新闻的地位。我总觉得它是在世界中心之外。这次访澳，上程时心里不免有点嘀咕。对这个陌生的地方，短短三个星期的访问能认识多少呢？如果单靠自己摸索，恐怕连边都沾不上，所以想，还不如先找个入门之道。我见到对这地方比较熟悉的朋友，一有机会就提出一个要求，要他们告诉我，怎样用简短的几个字说出澳大利亚的特点来。

有位朋友听了我的问题和为什么提出这个问题的原因后，反口问我："你倒说说，为什么你们这样忽略这个大陆呢？"我顺口回答说："它太偏了点，不在交通要道上，它是个世外桃源呀！"他说："对了，这是个 lucky appendage。"我高兴地记下了这两个字。

要把这两个字翻译出来不大容易。查字典，lucky 是运气好的、侥幸的；appendage 是附属品、悬挂物。把这两个字连在一起来形容澳大利亚，不加说明难以理解。至于提出这两个字来的朋友用意何在，我并没有细问。但是这两个字对我来说，却成了一把钥匙，用它去开门理解这个陌生的大陆。

让我为这两个字做一点注解，而且先从第二个字说起，第一个字留在下几篇再讲。

一说澳大利亚是个附属品、悬挂物，我眼前就出现了它在地图上的形象。它是有点像挂在欧亚大陆下面的一块不大不小的陆地。如果要讨好主人，说一些奉承的话，不妨把它比作垂悬在项链下的一块宝玉。一头从马来半岛起沿着印尼到帝汶，一头从我国台湾起沿着菲律宾到新几内亚，不正是构成了粒粒明珠的一个项链么？

可是提出这个字的人心目中并不一定把它作为一个褒词用，可能多少还带着无关重要、可有可无的意思，可说是个附件、题外之文、副册上的名目，总之是入不了正传，处于次等末座的东西，更坏一些就成多余的赘疣了。我说它不在交通要道上，引不起人的注目和关心，并不带有轻视之意，而且这种说法也许已不能反映它当前的情况。以过去的历史而论，我想有一个相当长的时期是可以这样说的。

澳大利亚原是从欧亚大陆漂流出去的飞地，据说在四五万年前，上面所说的那条项链穿得比较密，它和欧亚大陆还是藕断丝连。后来冰山溶化，海水上升，把那些可以步行的堤岸般的桥梁淹没了，澳大利亚才成了四面环海的大岛。这块大陆上最早的居民据说是 4 万多年前（有人还说得更确切些，是 3 万 8000 年前）从亚洲大陆，走路加摆渡，陆续移入的。这样说的根据是澳大利亚和美洲一样至今没有发现过原人的遗骸。最早移民到达这大陆的时期是由考古学者从已经发现的这些移民所用的石器测定的。在那个时候，马来半岛向南过印尼，再向西到新几内亚入澳大利亚，可能是一条“交通要道”。后来这条要道却断了。在几万年里，欧亚大陆的居民所创造的文化并没有继续被引进澳大利亚。在 200 年前欧洲人移入时，当地的居民还在用简单的石器，保持着他们祖先的生活方式。这说明了他们已经有很长的时期被隔绝于欧亚大陆了。它曾经是个超级的桃花源。

早期的人类怎样从亚洲大陆移入澳洲的呢？中间为什么又隔断了几万年？这段故事的内容留着将来的历史学家去补写吧。说澳大利亚是个“超级世外桃源”，那是因为在这段时期里，人类历史最热闹的舞台是欧亚大陆。被隔绝在这热闹舞台之外的澳大利亚是不是个桃花源，下面还要讲。在文化上发展得很慢是事实，相对地说他们是落后了。他们的后代似乎已忘了本。我还没有听说，现在澳洲土著居民中流行着向往“遗失了的故乡”的传说。但是欧亚的居民却一直流传着南方大洋里有个财宝遍地的大岛的“海外奇谈”。这些民间的奇谈在我们中国一定早已有之，后来才有人用来写成了《镜花缘》这部小说。在欧洲，那个“香岛”从希腊时代起一直成为人们梦想中的财源宝地。著名的托勒玫（Ptolemy）在他所画的地图上，在相当于今印度洋的“大池”南面留着一片空白的陆地称作 Terra Incognita（未明之地）。欧亚居民从不同的动机去探索这南方大陆的人也许历来并没有断过。到现在令人费解的，倒是为什么在18世纪以前，除了已成澳洲土著的早期移民外，一直没有外地的人进入过澳洲。在这几万年中，这个大陆的大门确实是关得紧紧的。

不妨回头看一看，有人说4000年前就开始有马来人从亚洲南部向南洋各岛移殖。但是澳洲大陆上却没有马来人的踪迹。大约2000年前印度南部信仰印度教的人为了寻找黄金和香料进入印尼诸岛，逐步西进，15世纪已到达今印尼的龙目地方。在接近澳大利亚的大门时，国内受到了伊斯兰教徒的袭击，从此停止前进。

我们中国人也是很早就向南洋移殖的，可惜很少留下文字的记录。到了明代初年，我国的科技条件已发展到了能作大规模的远洋航行。15世纪初“三宝太监”郑和率领的舰队活跃在我们的南海和印度洋上。我在堪培拉遇到一位澳大利亚的历史学家。他说，那时有许多中国人在南洋捕捞海参，到15世纪30年代，因为今印尼望加锡一带的海参供不应求，正要派人到被他们称作“海参之地”（Marega）的澳洲北岸扩大捕捞区域时，接到了北京下达的海禁命令，以致只能作罢。否则，亚澳间经过几万年的隔绝恢复交通的首功就会写在我们中国人的账上了。

历史学家喜欢作这类带着惋惜口气的推想，令人意味到某种偶然事件似乎会改变历史的轨迹。事实上未必如是。无论如何，历史并没有照顾到后人的惋惜，选择了它自己的道路，又给了澳大利亚200年不受外界的干扰。

把澳大利亚重新和外界沟通的首功终于在1606年落入悬着荷兰旗帜的“小鸽号”的水手们手上。这条船到达澳大利亚北岸约克半岛海角的日子较哥伦布到达美洲的1492年晚了114年。澳洲这个地名在航海史上出现得是比较晚的。欧洲航海者的到达澳洲并没有立即给澳洲带来什么变化。这些航海者不畏惊风险浪，出没于浩瀚的大洋之中，不能不引起我们的敬佩，但是他们之所以这样不怕死，主要还是为了黄金和香料。当“小鸽号”的水手们登上澳大利亚海岸发现既无黄金又无香料时，不禁大失所望，弃之如敝屣，回去说这地方“一无可取”。

“一无可取”一时竟成了欧洲人对澳大利亚流行的定论。如果说这是对澳大利亚的冤屈，这冤案又使它封闭了180多年。后来欧洲人移入澳大利亚并不是出于这“新大陆”的引诱，相反的，正是因为它是个“一无可取”的化外之区，才把一些无处安置的囚犯押送至此。关于这一点还得补说几句。

美国、加拿大、澳大利亚开始时都是欧洲移民把原来的土著居民赶走后建立起的隶属于欧洲国家的“殖民地”，后来都成为英帝国的一部分。这三个地方的早期移民性质上却有些不同。大体上说来，美国的早期移民中很多是在本乡受到当时政治、宗教的压迫，想到新大陆来“自由自主”生活的人，还有更多的是在欧洲各地生活不下去的农民。加拿大早年的移民大多是收买毛皮的法国商人和政府派去为这些商人做后勤工作的人。后来法国在大陆上被英国打败了，把加拿大割让给了英国，英国移民逐步从美国扩张到加拿大。当美国人闹独立时，加拿大没有参加，于是成千上万主张保皇的英国移民从美国北上进入了加拿大。美国获得了独立，加拿大还是英帝国的属地。

美洲13个“殖民地”对英帝国的独立宣言是1776年发表的。美国的独立对英帝国的影响当然很大，其中出现了一个小小的新问题，就是英国有许多原来可以流放到美洲殖民地上去的囚犯没处流放了。

英国的监狱里越来越拥挤，舆论哗然。1779 年就有人提出在澳大利亚开辟流放地，收容这些囚犯。1786 年英国政府才决定接受这个建议。1787 年 5 月 750 个囚犯共乘 11 条船，由 280 个官兵和扈从人员押送，航行 8 个月，于 1788 年 1 月 26 日到达澳洲东岸的“博塔内湾”（植物湾），不久就落脚在附近的杰克逊港，建立了澳洲第一个囚犯流放地，后来发展成澳洲的最大都市悉尼。

囚犯流放在法学上说是一种刑罚，把一些定了罪的囚犯输送到外地去进行劳动，一方面是把一些破坏社会秩序的人和原来的社会隔离，免得这些人再捣乱，一方面使犯人能从劳动中得到改造。这种刑法古已有之，名为流刑，俗言发配。实际上，这又是一种统治阶级获取无偿劳动的剥削手段。在欧洲移民开发美洲的过程中，产生了剥削黑人劳动的奴隶制度。在他们开发澳洲时，开始就采用了剥削囚犯的流放制度。对象和名义尽管不同，无偿劳动的实质是一样的。

看一看那些被判流刑的囚犯所犯的罪就可以明白这种制度的实质了。有记录可据的，1790 年有个流放到澳大利亚去的囚犯是因为他偷了价值 6 便士的棉布和价值 4 便士的印花布。这种小偷小摸在资本主义初期的城市里到处都是。英国政府就根据殖民地提出的要求，给他们输送这类囚犯去做无偿劳动。流放地起初是用这些囚犯建筑房屋，开垦土地。但是澳洲这个流放地经营无方，奴隶劳动效率不高，粮食都不能自给，还得靠外来的接济。后来以节省政府开支为名把囚犯发配给私家去使用，也就出现了变相的奴隶买卖。这个制度当然是相当复杂的，我不能在这里多说了。

为了要说明澳大利亚早期的社会特点，引用一些数字也许是有帮助的。1819 年，欧洲人移入澳大利亚大约 30 年之后，新南威尔士州的人口达到 2.6 万人，其中 1 万人是囚犯，占总人口的 38.3%；在现今的塔斯马尼亚岛（当时称“万典曼”的地方）的人口达到 4270 人，其中 2190 人是囚犯，占总人口的 47.1%。1828 年，新南威尔士的人口增加到3.6万人，囚犯比例高达48%；塔斯马尼亚人口增加到2万，囚犯比例是38%。如果加上刑满释放的囚犯和囚犯的子女，这个数目要占总人口的3/4，恰巧和1788年最初这批移民中囚犯和押送人员的比例相当。

用强迫性的无偿劳动来进行生产，效率是很低的，而且又由于囚犯中的男女比例悬殊（1828年，新南威尔士囚犯中男女的比例略低于10:1）引起了严重的社会问题。这不是一个有发展前途的经济，也不是一个健全的社会。也许这时的澳大利亚才真的适用得上“一无可取”的评语。

与此同时，19世纪的20年代，英伦三岛，特别是爱尔兰，出现了大量失业现象，而澳大利亚利用囚犯劳动的弊病在实践里已充分暴露。所以从30年代开始，英国政府就资助那些愿意到海外谋生的人移居澳大利亚，在20年里达到20万人，大大超过澳大利亚已有的居民。就是这股移民的浪潮冲垮了囚犯劳动制，改变了澳大利亚的经济基础。英国政府宣布停止输送囚犯到澳大利亚是1840年，但是事实上到1868年才全部落实，与美国解放黑奴（1863年）几乎是同时。但这不能说是巧合。这类历史前进的步伐并不是出于某些人的慈善和高明，主要还是社会经济条件所决定的。用权力强迫人进行无偿劳动的剥削制度在澳大利亚移民社会里实行了半个多世纪，一共从英国输入了10万个囚犯。这个历史事实给澳大利亚留下的烙印，可能到今天还不能说已经完全消失。

上面我说了一段澳大利亚的早期历史，目的是想找出为什么它很早就没有成为人类活动和发展中心之一的由来。这段历史很容易使人得出一个印象：它似乎是悬挂在某一个主体上的附件。我那位朋友选用appendage这个字来点出澳大利亚的特性，至少对我来说是富有启发的。

这是好运带来的吗？

Lucky appendage 是招待我的那位朋友用来描绘澳大利亚的谑词。它曾使我联想起陶渊明的《桃花源记》。但细味一番，还是联得不切。陶渊明对遗世独立的世界，淳朴真挚的民情，具有虔诚的向往。而给澳大利亚的这个谑词却不然。一口把它说成是个独立不了的附件，又在前面加上了个“侥幸得到了好运”的形容词。当然，现在用了简笔字，侥幸不分，这个形容词的尖刻性也冲淡了些。全词之意等于是说：这是个不知怎么地交上了好运的小子，是句酸溜溜的话。汰去酸味，说的是澳大利亚靠它地处偏僻，不搅在这多事的漩涡里，倒能独善其身，免遭灾祸，享到了康泰之福。经过了两次世界战争之后，这种看法在澳大利亚据说是相当普遍的。

这种看法在肯定澳大利亚当前的繁荣这方面说是带着甜味的。这似乎也反映澳大利亚人对当前的生活相当满意的意思。我在去澳之前，曾问过香港的朋友对澳大利亚的观感。他说：“澳大利亚没有香港那么紧张，人们似乎很安于其位，不那么热衷于向上爬。说得不好听一些，有点懒洋洋的劲儿。”这个考语的前半句澳大利亚的朋友们大多能表示同意，后半句引起的议论却不少。从我这个第三者看来，那种你死我活、不进即退的气氛在澳大利亚似乎是轻淡些。我在澳大利亚的大学里没有听到过中年教师为保不住讲席而发愁。这是和美国不同的。我私下里也向华人教授询问过，他们同意澳大利亚的生活比较稳定。至少社会的中上层对现状一般是满意的。也许正因为他们看到物质生活比他们为优裕的世界没有他们自己的社会那么安定，所以发生了身在福中之感，说自己的运道不坏。幸与不幸原是出于比较的。

甜味背后常存在着苦味。他们把当前相当满意的生活看成是得之于消极性的条件，地理上的偏僻，幸免于劫难等等。这些当然是事实。

以澳大利亚的欧洲移民来说，除了1942年2月19日日本空军轰炸达尔文港之外，并没有在这个大陆上遭到过敌人的袭击。有人把澳大利亚说成是免受入侵的大陆，这当然是不符合历史事实的。200年前英国大批移民来到这个大陆，把原来在这土地上居住的土人，赶走的赶走，打死的打死，不是入侵是什么？自从欧洲移民侵入以后的200年里确是没有任何人用武力打进过这个大陆，占领过这个大陆。日本人在空中扔了炸弹，并没有下降到地面上来。

苦味是来自这一个问题：保得住今后澳大利亚一直是个免受入侵的大陆么？即使我们不提战争的事，澳大利亚能一直保持它这样的好运道么？如果把澳大利亚的今天只看成是侥幸的结果，那么对未来的澳大利亚就难免忧心忡忡了。这种被动的、消极的看法如果确是相当普遍的话，这里也就存在着甜味变成苦味的可能了。

为什么会有这种看法呢？容许我顺着我的想像力说下去。我首先想到的是澳大利亚特有的历史烙印。我在上篇提到现代的澳大利亚是从200年前建立的囚犯流放地上发展起来的。在早年的欧洲人心目中，美洲和澳洲是不同的；前者是个充满着自由的新大陆，而后者是个被迫劳动的受罪地。在受罪地上能生存下来，能生活下去，能得到好过的日子，对那些不敢对前途存有希望的囚犯们来说，除了“侥幸”二字之外，还能说什么呢？侥幸是预料不到的收获、喜出望外的好事。

说到喜出望外，让我复述一个澳大利亚人所乐道的历史事件：最初在澳大利亚建立的流放地有1000多人。他们的粮食原是指望能靠囚犯们开垦土地来自给的。但是强迫劳动效率太差，过了两年还得靠从英国运粮接济。1790年3月，一艘运粮船半途触礁，已经储粮不足的流放地发生了断粮的威胁。该年4月每人每星期只能配给4磅面粉。正在这绝望的关头，6月3日，远在地平线上出现了一艘挂着英国旗帜的粮船。这条救命船的到达，真正使饿得快死的人喜出望外，永远留在澳大利亚人的记忆中。这条粮船名“朱立阿娜夫人”。

“朱立阿娜夫人”是个救星，但是她之成为救星，正因为那个流放地不能自力更生。救星的背后就是灾难。这应当作为历史的教训传给后代。但囚犯们看不到此，他们额手相庆的是“运道真好”——lucky appendage 这个谑词能说不是同样流露出这种得之天助的心情，反映了这流亡地的历史烙印么？

事实上，澳大利亚的历史当然不是一连串好运的累积，它和其他地方一样，一切成就都是劳动人民双手创造的。但是回头看看，澳大利亚的历史上却并不缺少像在地平线上出现“朱立阿娜夫人”号那种山穷水尽疑无路，柳暗花明又一村的事迹。这是说，澳大利亚的经济发展的过程中在困境里出现过多次及时的突破。

先说第一个突破。欧洲移民在澳洲东海岸登陆建立了囚犯流亡地之后，要生存下去，不能老是靠外来的粮船接济。发展农业种庄稼要土地，而东海岸宜于种植的土地却不多。紧靠东部的海岸线有一条山脉，名叫大青山，离海岸近的不到 50 公里，远的也不过 400 公里。人口日增的移民被这高墙关闭在狭长的海边上，越来越感到窒息。1813 年，定居后 25 年，终于在悉尼山坳找到了越过大青山的缺口。1815 年道路筑通。这是经济上的一个重要突破。山外的沃地千里不仅提供了粮食的产地，而且为第二个突破提供了必要的条件。

第二个突破是在解决用什么特产去换取海外供应的生活必需品。最初澳大利亚输出的只是些像鲸鱼、海豹一类的海产，不仅数量有限，而且也不易持久。移民的社区在 30 年里增长到了 3 万多人，靠自力来制造日常用品是有困难的，要到老家去购买又用什么东西去换呢？正在两难之际，他们试验成功了有名的“美利奴”绵羊。这种羊是非洲种和欧洲种杂交成的，特别适应于澳洲内地干旱高温地区，毛厚质高。大青山通道开辟后，山外这片平原正是放羊的好地方。所以到 1831 年，每年输出的羊毛达到了 134 万公斤。至今羊毛还在澳大利亚输出品中占着首位，1978—1979 年达 15 亿澳元，占输出的

11.2%。19世纪的第一个50年里这两项突破，使人口从1820年的3.4万发展到1850年的40万，增加了十倍多。

刚刚踏进19世纪的50年代，又发生了第三个突破。那就是在新南威尔士的巴瑟斯特发现了金矿。这是紧接着美洲加利福尼亚发现金矿之后震动当时世界的特大消息。这消息传到我国，成千上万的闽广农民远涉重洋，投身到这个淘金热浪中去。由于澳洲出了个“新金山”，美洲的金山加上个“旧”字。至今美国加州的圣弗朗西斯科还用旧金山作为它的中文地名。其实新旧之间，只差了三年。关于到新金山去的侨胞，我还要另写专篇，在此不多说了。

据说澳大利亚的金矿确是会令人着迷的。从岩石里迸出来的金块有的可以和石卵一般大。当然有多少人拾得到这样的金块谁也不知道，但是只要有人拾到了，那就会激动着人们去碰运气了。四面八方、成千上万的人奔向有人拾到金子的地方，形成一股热潮，所以被称为淘金热。金矿的发现在经济上的突破，可能还没有它所引起人口流动的影响为大。澳洲金矿分布较广，1892年西部的卡尔古利金矿的发现对澳洲西部的开发起着很大作用。

19世纪的淘金热并不能看作是科技发达的结果，所以它总是裹着一层浪漫的色彩。真正在澳大利亚经济上发生突破作用的矿产发现是发生在本世纪的50年代。这个突破却没有造成什么热，而是静悄悄地在改变澳大利亚的经济结构，事实上形成澳大利亚人“运道不坏”的物质基础，也可能会成为由甜转苦的引线。

50年代以来，澳大利亚通过科学的地质勘察，逐年发现了许多丰富的矿藏，有煤、铁、铜、镍、镁，特别是原子能的原料铀等等。矿产总值，1978年比1966年增加了七倍。现在矿产品已占输出总额的30%，而60年代只占7%。单以铁矿石的输出额来说，澳大利亚已占世界第一位，1978年达9亿澳元；以产量来说是世界第三位，1978年达8300万吨。澳大利亚的铁矿是日本钢产原料的主要来源。

现在在澳大利亚流行着的诽语说，这些矿井都已成了日本的飞地。

澳大利亚经过这几次经济上的突破，人民的生活一步步地提高。它曾经在各国每人平均国民收入的比较表上占过领先的地位。那是从1860年，发现金矿后的10年开始的。这个地位它保持了半个世纪，到1910年才被美国和加拿大超过。到70年代又被法国抢了先。目前在这些大国的行列里，它还站在联邦德国、日本和英国的前面。这样看来，澳大利亚的中上人家一般感到生活不坏是有物质基础的。而几次经济上的突破又比较来得及时，容易使人们感到时来运到。这样也就产生了那种顺运遂生的心理，给人家一种懒洋洋安于其位的印象。

谑语有如漫画，一针见血，点出了当前澳大利亚人的那种特有的心理，也就在听者的心头挑起了一个问号，用澳大利亚的话说是，Will she be right?——这样下去，她还行么？这问题正在绞澳大利亚人的脑筋。我相信问题一旦提出，答案总会有的。

翻过这不光彩的一页

如果按历史顺序写澳大利亚，讲到这个大陆上的人，就得先写土著居民，他们是最早居住在这地方和最早开发这地方的人。我是写旅游随笔，当然可以不必拘泥于这个顺序。同时，我做客方回，澳洲给我的美好印象犹历历在目，加上主人们对我的殷勤优待，余情未已；到了家，自然不会开口就提不愉快的旧事。这是人情之常。

这也许是出于我的多心。我在介绍澳大利亚时，写下这段不愉快的旧事，很可能非但不会引起朋友们的见怪，而且会得到他们的鼓励。他们的先人和我们的先人一样都在历史上留下过值得纪念的功绩，但也做过许多令后人惋惜的错事。前人之过，后世之师，用不着掩饰。在这次访问中，只要一提到澳洲土著过去的遭遇，我所接触到的朋友们没有不深感痛心的。事实上，自从第二次世界大战以来，澳大利亚人民在对待土著居民的态度上已有很大改变，反映在政治上的是政府对土著居民开始采取所谓“保护政策”。这种改变无论怎样应当肯定它是进步的。在这种情况下，对土著居民问题提出意见，进行讨论，会受到群众的欢迎和注意。一般来说，澳大利亚人民存在着一种对不起土著居民的心理，愿意做一些多少带一点赎罪味道的事，来减轻自己的内疚。这是近年来议会里通过不少对土著居民救济措施的背景。

写到这里，我想起了我的老同学斯坦楠教授。1936 年到 1938 年我和他一起在伦敦经济政治学院读人类学。课后在茶室里聊天时，他喜欢讲澳洲土著的情况。他经常用最尖刻、猛烈的言词攻击当时澳洲的民族绝灭政策。他不仅在茶室里高谈阔论，而且写文章在报纸上暴露当地的实情，还向伦敦政府提出申诉。这个为被压迫民族抱不平的青年学者受到班里同学的赞许。我们这个班里的“老大哥”是后来被誉为非洲肯尼亚“国父”的肯尼雅塔。我和斯坦楠于 1938 年分别后一直没有过联系。我只是知道他回到澳大利亚去了。

这次我访问澳大利亚，一到堪培拉就打听我这位老同学的下落。他在澳大利亚学术界是个老前辈，已退休好几年了。朋友们告诉我，他从伦敦回国后没有几年就发生日本轰炸达尔文港的事件。他投笔从戎，参与北部领地的防御工作。这并不是偶然的，因为在北部领地土著居民在国防上还占一定的重要地位。他多年在土著居民中调查研究，同他们建立了友好关系。他在团结土著，共同抗日的工作上做出了贡献。战后，他回到学术工作岗位，在澳大利亚国立大学任人类学教授。他以学术上已有的权威地位和在抗战中赢得的声望，为土著居民争取平等权利数十年如一日。几年前在一次讨论土著问题的学术会议上，他突然中风，虽经医治，但说话和行动至今不能恢复自如。

我和这位老同学相隔 43 年，能再度握手言欢，对双方都是喜出望外。他潮润的眼睛，哆嗦的双手，喃喃的语音，流露着激动的心情。他的话很多我并不能辨别，但是这并不妨碍我们相互的心领神会。我明白他要告诉我的是当年他在伦敦茶室里许的愿，现已成了历史事实。他确是为澳洲土著工作了一生。值得安慰的是，他的辛勤劳动取得了一定的效果。临别时，他赠送我一本新出版的论文选集《他们没有梦想》。这本书记录下了澳洲土著的苦难遭遇，同时也记录下了澳大利亚各族人民在民族关系上的觉醒。《他们没有梦想》是土著居民对白种移民的深刻评语。这个评语对斯坦楠说是不适用的，因为他是有梦想的，想要实现一个民族平等的澳大利亚。当然这只是个梦想呢，还是将实现的前景，现在还不是作出答复的时候。

有些为澳洲土著抱不平的朋友倾向于把他们在和白种人接触之前的生活描写得美好些，以此来突出白种人所做的坏事是有意义的；但是实事求是地分析这个悲剧，我们也应当看到澳洲土著社会长期不发展，以致在骤然和西方的现代文明相接触时，无以自保的一面。我们固然反对人和人之间讲“优胜劣败”，但同时也要提倡自强不息。我这样说是因为我认为在当今世界上要真正消灭以强凌弱的局面，弱者必须团结起来自力更生地赶上强者；只有在各民族达到事实上的平等时，才能实现一个各民族共同繁荣的和平世界。我们在澳大利亚土著的遭遇里应当得到这个教训。

澳洲土著在这块大陆上已经有3万年的历史。学者们一般都同意，他们是最后冰川期从亚洲移居这个地方的。这时他们已进入了石器时期。这就是说，当他们的祖先到达这个地方时，已经懂得制造石器来进行简单的生产活动，经营狩猎和采集的经济。到目前还没有令人满意解释的是，为什么自从澳大利亚这块大陆和欧亚大陆之间交通断绝后，在这样长的时期里，澳洲土著社会经济基本上没有发展。17世纪初欧洲的航海者“发现”这个大陆时，他们还是“用石器生活的人”。19世纪英国有1000多人到这里建立囚犯流放地时，他们依然用石器生活。以一个个人说，澳洲土著天赋的智力并不低于其他民族，他们传统的艺术更表现了深厚的造诣。但是由于现在我们还没有明白的原因，他们的农业、工业、科学技术都停滞在原始的阶段，结果在现代火器面前他们无力保卫自己而走上了绝灭的道路。

据估计，在白种人来到之前，澳大利亚的土著大概有 30 万人，到 1901 年只剩 6.6 万人，1921 年又减少了 0.6 万人。从第二次世界大战后才开始回升：1947 年是 7.3 万人，1971 年达到 10.6 万人。最近 1976 年的普查达 16 万人，占澳大利亚总人口的 1.2%。他们的人口增长率目前是 0.2%，如果按这个速率增长，大约 32 年后可以达到 32 万，恢复 200 年前的数字。

在人类学的课堂上讲到民族绝灭时经常被引用的例子是澳大利亚南端的大岛塔斯马尼亚岛（这岛在澳大利亚的位置，有点类似海南岛之在我国）。该岛在 1804 年英国人建立囚犯流放地时有土著 2500 人。大约 30 年后，当地政府决定把这岛上的土著集中起来送到另一个小岛上去，这时只找到了 200 人。这些人中最后一个是在 1876 年死去的，正是白种人移民澳洲百年纪念的前 12 年。

大体上说来，澳洲土著在和白种人接触后的 150 年中死亡了 4/5。如果澳大利亚对土著的政策一直不变，按过去的消亡率计算，现在应当已经绝灭了。

澳洲土著绝灭的过程和北美印第安人似乎有点区别。在北美印第安人和入侵的白种人打过仗，硬是一批一批地死在战场上。在澳大利亚据说没有发生过类似的情形。他们的土地是一寸一寸地被白种人侵占去的；他们是一个人一个人被枪杀或是自己贫病而死的。这是一场没有声音的战争，一年一年地到处是战场，到处是死亡。

澳大利亚土著怎样会发生这种形式的绝灭过程的呢？话得分两头说起。澳洲的自然条件，对只能利用石器进行生产的土著来说，既不富裕，也不贫瘠。这大陆的大部分地区比较干旱，以狩猎和采集为生的土著并不能长期定居在一个地方，他们经常要按水源的变动而移动。天然的蔬菜和果实可以随地采集，加上不难捕捉袋鼠和鸵鸟等可充野味，一般说来，日子是容易过的。但是这种经济基础不可能发生人数众多的群居生活。他们分成无数小群，每群不过十人到百人上下，占有一定的土地。随地理上的山川河流的形势，若干小群松松散散地联系成一个地方性的大群。这种大群并没有集中的权力，所以实际上并不能说是一个有组织的、能发挥集体力量的部落。这几万个小群分散在768万平方公里的大陆上，确是地广人稀。他们和平共处，各自谋生，形成了一个帝力于我何有哉的世界。就是这种建立在极低的生产力基础上的原始共产主义社会引起过许多在现代资本主义社会里搞得焦头烂额的人们的无穷幻想，把他们形容得像陶渊明所描写的桃花源那样美妙。

澳洲土著对他们传统生活是否满意那是另一回事。白种移民一进入这个大陆，他们就遇到了一种使他们这种生活无法继续下去的压力，而且这种压力也显然不是他们原有的传统社会组织和保卫力量所能抵得住的。

据说，押送囚犯到澳大利亚来建立流放地的长官们在出发前受到过训令，必须与当地土人和平相处。但是这些外来的移民不是些自带粮食的游客，他们不但要在这地方自谋生活，而且还要世世代代繁殖下去。他们不能没有土地。主客之间发生了土地之争。土著居民跟他们生于斯、长于斯的土地是分不开的，离开了他们原来的土地就不能按熟悉的方式生活下去。如果他们有较强大的社会组织，他们必然会用武力来保卫他们的土地，因而发生战争，和我们在北美和南美所见到的一样。但是澳大利亚的土人没有这样强大的组织，他们一小群一小群地被外来的白种人从他们原有的土地上撵走了。个别的人企图抵抗，被枪杀了。大多是被抛在陌生的地方，飘泊无依，饥寒贫困，一个个无声无息地折磨死去。

最近的30年，澳大利亚人民已有所觉醒，否定了过去那种对土著的民族绝灭政策。澳大利亚的联邦政府和还有较多土著居民的北方领土的地方政府已采取了一系列“保护”政策，保证土著居民对他们现在居住的保留地具有土地所有权，就是说防止有人再掠夺土著的土地。同时还拨款配给他们生活必需品和允许他们享受澳大利亚一般的公民权利，不加歧视。

在法律上承认土著的平等权利并且能在政府收入中拨出一部分经费，用来维持他们的生活，当然应当说是件好事，特别是对照了过去那种民族绝灭政策，更应当欢迎这30年来的转变。但是从长远看这些慈善性质的“保护政策”果真能使土著居民在澳大利亚社会里取得平等地位和发展机会么？这是值得考虑的问题。

现在澳大利亚土著里有两种人：一种人是还在偏僻的地方保持他们小群的聚居生活，留恋他们原有的生活方式，但生活上已经日益西化，依靠政府的配给和资助过日子。另一种人是已经散居在城市里，脱离了他们原有的社会，但事实上也进入不了白种人的社会，在就业上竞争不过白种人，只能以廉价出卖劳动，成为目前澳大利亚都市社会里最贫困的底层。

我的澳大利亚朋友中有不少怀疑政府执行的政策能根本扭转土著绝灭或同化的趋向，认为不靠自己的劳动而依赖救济过日子只能造成一些寄生虫，对个人和对社会都没有好处。但是怎样才能帮助土著居民克服当前文化和经济上的差距，自力更生地发展起来呢？那就是既要帮助又不要包办代替地为土著居民建立起一个经济上能自给，政治上能自治的基础，一个向前发展的台阶，用我们的话说，就是一个民族自治地方。至于怎样实现这个目标，那正是斯坦楠教授下一代人的任务了。我相信澳大利亚的朋友们中一定会有人勇于把澳大利亚历史上这不光彩的一页真正地翻过去。

尽是他乡之客

如果想用“尽是他乡之客”这句成语来表达澳大利亚社会的一个特点，前面还必须加上半句限制词，那就是“除了少数土著居民之外”。澳大利亚土著其实也是外来移民的后裔，但几万年究竟为时太久了。他们被称为土著就意味着土生土长的本地产物。土著是客籍的对称，我在上篇所写的是一回喧宾夺主的故事。所以从现在说来，除了只占总人口1%的土著外，澳大利亚是个移民及其后裔所组成的社会。

这话如果说到这里为止，很难说已道出了澳大利亚这个社会的特点。现代社会哪个不是由来自五湖四海的人聚集在一地子子孙孙繁殖起来的呢？我们如果要说出澳大利亚这个移民社会的特点，还得表明它为期尚短，他乡之客还在不断进入。这是个既年轻又尚未成熟的移民社会。

澳大利亚的历史好就好在起讫分明，段落清楚。以欧洲人进入澳大利亚这个大陆来说，第一批定居的移民到达的日期，有记录可查，毫不含糊：1788年1月26日，共1030人。有了这个日期，我们就可以推算：以30年为一代，最早的这一批传到现在还不到七代，那就是说当前60岁以上的老辈还可以听到他们的老祖父传达初建囚犯地的人的亲身经历。这等于我在幼年听老祖母讲她的老辈所目睹的乾隆皇帝下江南的故事，绘形绘色，絮絮入微，至今难忘。

在澳大利亚要找个早期移民的后裔，是不容易的事。我在这次短期访问中所遇到的朋友们，如果计算一下，出生在澳大利亚的竟占少数。这固然是我的特殊条件使然，我接触到的大多数是大学里的学者，其中还有不少华人，许多是从国外请去的。但是以人口统计来说，现在的澳大利亚人，出生于海外的，也就是说本人是移民，竟占人口总数的 1/5，大约 300 万人。这些移民的儿女（父母中有一人是移民的），大约有 150 万人，占过去 25 年出生的 600 万人中的 1/4。

澳大利亚现有的人口 99%是在过去大约 200 年里从外地来的移民和这些移民的子孙。从 1788 年起，以后的 150 年中，入境的移民超过 740 万人。有计划地大规模吸收移民则是从第二次世界大战结束后开始的。从 1947 年起入境移民达 350 万人。澳大利亚从这年起人口增长率是 1.8%，其中 0.8%是得自移民。

我在上面几篇里已经讲过早年澳大利亚并不是一块具有吸引力的乐土，甚至被说成是“一无可取”的地方。欧洲人移入后 30 年还只有 3 万人。到了 19 世纪中叶才第一次出现移民高潮，20 年中达 20 万人。20 世纪初年人口总数不过 370 万；又过了半个世纪，增加一倍多一些，1950 年是 800 万；直到 60 年代才超过 1000 万的大关。由于人口基数过低，所以澳大利亚的人口增长在绝对数字上讲是很慢的。到目前，768 万平方公里的这个广阔的大陆上，平均 1 平方公里不到两人。

澳大利亚和加拿大一样确是称得上现代发达国家中地广人稀的突出例子，但是这片可以容纳大量人口的地方，却并不是人人可以搬进去的旷野。英国人把它们的国旗插上了这片大陆，英帝国就认为有权占有，守着门、把着关，放多少人和放哪些人进去都得由它决定了。后来澳大利亚成了独立自治的国家，移民入境一直受着政府的控制。

我在前几篇里已经讲过，澳大利亚早年曾是英国流放囚犯的地方。这时的移民是强迫进入的。后来英帝国的统治阶级利用囚犯的无偿劳动开辟了这个“殖民地”；又改良羊种，发展牧业，为英国本土毛纺工业提供优质原料，加上金矿的发现，澳大利亚开始需要更多积极性较高的劳动力进入这个地区。这样才让英国大量普通老百姓移居这个地方，并给他们一部分旅费和谋生的土地。移民人数因此大增，使它的人口从 1851 年的 43 万，在 10 年中增加了一倍多，突破百万大关。但是从百万大关到千万大关却用了 100 年。这就表明了移民的多少是决定于门开得多大；门开得多大又决定于把门的人的利益。地广人稀只是移民的潜在条件罢了。

英帝国的和后来澳大利亚的统治阶级把守着澳大利亚的大门，放进来的首先是英伦三岛的人，其次是帝国属地的人。在第二次世界大战结束之前，从这些地方来的人占澳大利亚总人口的90%以上，其余的人中除去大约1%的土著外，是从门缝里挤入的非盎格鲁—萨克逊人，包括我国去的华人。华人最多时超过3万人。他们大多是在19世纪中叶淘金高潮里，被当地矿厂主人转折拐骗来的。中间经过了半个世纪不愉快的历史，到1901年澳大利亚议会公开实行白澳政策，排斥有色人种移入这个大陆。

第二次世界大战的结束，在澳大利亚历史上是一条重大的分期线。移民政策也从那时起发生了重大的改变。普通都说，日本在达尔文港投下的炸弹惊醒了澳大利亚人安心自处世界中心之外不受干扰的美梦。睁开眼睛一看，北面尽是些人口拥挤的国家，而自己却以这样少的人拥有这样多的土地。他们不禁要问，这还能保得住多久？再一看，替澳大利亚守了有一个半世纪门的“大英帝国”，在这次战争中已经自顾不暇了。这时他们才觉得人太少了。在舆论界发生了一片告急之声。加快移民成了议会里的主调。

表面上看来澳大利亚在移民问题上从关闭到开放，又在移民的种族成分上放宽尺度，是出于它的安全感。但是仔细看看，却并不尽然，甚至主要原因并不在此。用武力破门而入的做法，在澳大利亚确是发生过，但这已是200年前的事了，在以后的历史里重演的可能性是极小的。但是这个题目是唬得住人的，所以容易不翼而飞，成为舆论之风。在这种舆论背后还有更实际的原因使一些人感到澳大利亚需要更多的人口，那就是战后的经济发展。

澳大利亚在第二次世界大战中固然受到一定的损害，在战场上和俘虏营里死亡的达5万个指战员。这数目不能算大。由于澳大利亚本身不是战场，所以也说不上物质上的破坏。另一方面为了支援盟国的军备和受破坏的国家的日用品，它成了一个盟国的供应基地，那就促进了当地的工业发展。我们可以不说他们发了“战争财”，却也不应否认这次战争推动了他们的经济成长。在这个基础上，澳大利亚的经济在战后确是繁荣过一时的。它的经济结构起了根本变化。农业从 1946 年到 1979 年增产 78%，但是农业人口却逐年降低，现在只占总人口的 15%。工业也迅速现代化。战后 30 年里采掘工业从 20%～30%降到 10%，制造工业提高到 25%，特别是服务性工业达到了 65%。这样的发展必然引起劳动结构相应的变化。原来的劳动队伍随着工业的发展大量地被吸收到技术性和收入都较高的工种中去，留下许多非技术的和需要重体力劳动的工种要人接替。这些劳动力不可能单靠人口自然增长来供应，所以必须到海外去招工。应用外来的成年工人是件占便宜的事，因为这个国家并不要负担培养这些工人成长的费用。在本国培养一个工人的成本远较到别国去招一个工人为高。那些大量吸收移民的国家都在这方面沾了别国的光。澳大利亚的企业老板们对此颇有经验。

澳大利亚的工业底子薄，在技术上竞争不过欧美先进国家，在劳动成本上又较东方那些小老虎高，所以在国际市场上，澳大利亚的工业品势必处于劣势。他们只有靠保护关税来开展国内市场，但人少油水就不大。这也是为什么新兴的工业势力不顾国内还有失业队伍而依旧高唱要吸引移民的另一个动机。

这些新兴的经济势力打着国防安全的旗帜把澳大利亚移民的门开大了。1969—1970 年度移民人数达到了历史上的最高纪录，18.5 万人。嗣后，虽则逐年下降，去年度还是 7 万人。这是澳大利亚按计划引入的数目，说明了用移民来加速人口增长还是他们的政策，看来还要继续下去，所以我说澳大利亚这个移民社会还在生长中，尚未成熟。

战后的移民在民族成分上出现了新的特点。战前澳大利亚移民主要来自英伦三岛和英帝国的属地。战后，这些地方供应不上澳大利亚的移民要求了，因此不能不向其他地区吸收移民。首先还是向欧洲的白种人开门，接着也向亚洲有色人种开了一点门缝。以人口统计来看，从 1947 年到 1974 年的移民中只有 45% 来自原属英帝国的白人国家；从欧洲其他地方移入的人占 46.3%，其余的 8.7% 是从亚非拉地区来的。现在澳大利亚人中有 140 个不同的民族成分，90 种不同的语言。

移民的民族成分的变化使澳大利亚人对待移民的态度也相应地发生了变化。过去的移民中虽则有少数信天主教的爱尔兰人一直感到受信基督教的英格兰人的歧视，成为澳大利亚内部政治上不协调的因素，但是他们的生活方式基本上是一致的，所以澳大利亚人总是把他们看成是一个澳洲的盎格鲁—萨克逊国家。他们要排除有色人种，而且对一切移入澳大利亚的人都要进行同化，同化于 90% 以上的英国人，使所有在澳大利亚的白种人都成为 Dinkum Aussie（好样的澳仔）。

战后大批不同语言、不同风俗习惯的人涌入澳大利亚，情况也就不同了。这些人并不像浮萍一样一个个不相联系地漂进来的。他们进入后也不像过去一样很多分散在乡村里各自谋生的。他们入境后往往和自己同一地方来的人几十家几百家地一起住在城市里的一个地区。立住了脚跟就到本国去招引亲戚朋友，人数因之越来越多，形成一个保持自己原来语言和生活习惯的社区。现在澳大利亚每一个大的城市里都有同一民族成分聚居的区域。悉尼的马耳他人的聚居区从 1947 年的 750 人，现在已超过 1.5 万人，意大利人聚居区从 1000 人达到了 2 万人，南斯拉夫人聚居区也从 300 人达到 2 万人。墨尔本的情形也是这样，马耳他人、意大利人和南斯拉夫人都是从几百人发展到了两三万人。战后移入的各个民族的 350 万人大多就是这样分别聚居在各大城市里。在这种情况下要再提“同化”，那就不太容易了。

1966 年有个名叫 James Jupp 的作家写了一本书《进入的和离去

的人们》，公开承认对移民进行同化是做不通了。他提出了澳大利亚面临的是“少数民族问题”。澳大利亚已经不是个民族熔炉，而是个民族拼盘，那就不能再讲民族同化，不得不找一个不同民族和平共处的办法了。

澳大利亚政府适应新情况的要求，1977 年成立了澳大利亚民族事务局，作为移民和民族事务部的顾问机构，以促进和发展澳大利亚各民族成分之间的团结。各政府部门设民族联络员处理有关民族关系的事务，雇用翻译人员提供语言服务，帮助不能使用英语的移民。广播电台有多种民族语言广播，我在布里斯班就遇到一位华人教授在协助广播电台播送华语新闻。

澳大利亚这个移民社会还正在发展之中。

1981 年 5 月

英伦杂感

我这次到英国去，主要是接受赫胥黎纪念奖章。赫胥黎一生捍卫达尔文的进化论。达尔文发现了进化论，但由于当时宗教的势力很大，他还不敢明目张胆地讲人不是上帝造的。赫胥黎年轻，出来公开和主教辩论，是历史上一次有名的论战，奠定了以科学态度对待人类的基础。进化论传到中国相当早，赫胥黎的名著 *Evolution and Ethics* 是严幾道先生翻译过来的，他译作《天演论》，译名也很好。在此我们回想一下严复的一生很有意思，有许多经验教训。严复早年和伊藤博文都是在英国学海军的，伊藤博文回国后建立日本海军，使日本成了强国；严复回中国没有建军打仗，却翻译了一套书。他翻译这套书，看来是有选择的：亚当斯密的《原富》、孟德斯鸠的《法意》、穆勒的《名学》、斯宾塞的《群学肄言》和赫胥黎的《天演论》，这一套著作奠定了人类历史的一个时代——资本主义时代的理论基础。赫胥黎《天演论》里讲的“优胜劣败，物竞天择”，用现在的话来说，就是我们不能落后，落后了就要被淘汰。这个很简单的道理，鼓动了我们上一辈的知识分子，如梁启超等，发扬民主意识，探索强国之道，从而引起了中国的维新运动。再过 50 年全面回顾我国的现代化过程时，我们应该把这些知识分子掀起的维新运动也写进去。赫胥黎的学说对我们中国是有相当大的影响的。

赫胥黎在世时，正是大英帝国到各处殖民之时，接触到各地的非白种民族。那时，对这些非白种民族有两种态度，一种是看不起，要消灭他们；一种是要平等相待，帮助他们发展起来。赫胥黎虽然对于生物发展史认为是优胜劣败，但对于现有的人类却主张平等相待。他的教育主张是承认差别，再消灭差别。在这个问题上，本来英国有个种族主义的学会，赫胥黎起来反对，另外成立了英国皇家人类学会，主张种族平等，这在当时是个进步的力量。

1900年，为了纪念第一个会长赫胥黎，创立了一个纪念演讲，并颁发了奖章。人类学会是会员们自己掏腰包来办的，请我吃饭还得由大家凑份子。为了我去领奖章的费用就商量了好久，后来还是把它作为英国科学院同中国社会科学院交流计划的一部分，让我到伦敦去访问两周，路费还得由我国自理。

皇家人类学会每年由理事会选出一位赫胥黎纪念讲演员接受奖章。为此要专门召开一次讲演会。1900年以来接受奖章的，早年如戈尔登、《金枝》的作者弗雷泽、赫顿等都是著名的英国学者；后来才有法、德、美等国的学者，东方学者只在60年代有一位印度的人类学者，去年他们才又选举了我这个东方学者去接受1981年的奖章。

我这次到英国住了半个月，中间有一个周末，他们让我到曼彻斯特和利物浦附近——英国的腰部地方去休息两天。这里是英国的农业发达地区，早年文化比较高，有点儿像我国的苏杭。我以前认识一位英国的学者林赛勋爵，他原是牛津大学贝利奥学院的院长，在我国抗日战争和解放战争时期一直反对当时国民党的独裁，所以，我1946年去英国时，他对我特别殷勤。他在上议院发表过一篇有名的关于中国问题的发言。上院进行辩论之前，他曾约我到他家里去商量过这件事，所以我对他的印象很深。战后他主张英国教育制度必须改革，不能走老路，也不能走美国的路，要走出自己的新路子来。他在牛羊成群、绿草如茵的农牧地区——基尔办了一所大学。我的主人在这个周末休息期间特别为我安排到这个大学去访问。我虽没有进行调查研究，但也感觉到这所大学与别的大学的确有所不同。

在基尔大学附近有个市镇，是英国传统的陶瓷之乡。镇上有许多陶瓷制造厂，其中最大的是埃奇伍德公司，据说也是世界最大的陶瓷公司。我的主人为我安排去参观这个公司。他们对我的欢迎仪式很隆重，还升了中国国旗。

这个地区原来是污染最严重的地方，现在烧瓷禁止用煤，全部用电，所以空气已变得很干净了。他们带我看陶瓷公司的陈列室，表现这家公司从创办至今的变化。一个橱里陈列着早年英国普通日用粗瓷，和我们家乡农村里所用的土制碗碟很相似。第二橱一看就知道英国早年的细瓷完全是模仿中国的。这里陈列的茶壶同我老家的完全一样，画的也是一个公子、一个娘子，只是画中人穿上了洋服罢了。可见英国制造瓷器的技术原是从我国引进的，所以至今英语瓷器还是叫China（中国）。

接着陈列的是公司创业人埃奇伍德一生改进英国陶瓷的经过，从模仿中国到自出心裁，创造独特风格，从日用品发展到高级的艺术品。这里还展出了他的日记，记着一次一次做的实验。他开始应用温度计，清清楚楚记下每次实验的温度、加料的成分、出品的颜色等等。后来，埃奇伍德丢了一条腿，像潘光旦先生一样，但瓷器实验和研究工作还是继续进行，一直到死。这个公司的陈列室的橱窗记录下他一生的事业。

最后展出的是一幅大油画，画着埃奇伍德的合家欢。他的大女儿是达尔文的妈妈。埃奇伍德家族不仅有陶瓷专家，而且有科学家和人类学家。听说埃奇伍德、达尔文、高尔登等等英国18和19世纪的知识界名人，大多是亲亲戚戚。他们都是英国士大夫阶级，从埃奇伍德到赫胥黎四代人，相当于中国的乾嘉时代。中国的乾嘉时代也是我们中国人聪明才智开花的时代，是中国人引以为骄傲的盛世。我们乾嘉盛世的士大夫搞些什么呢？他们继承了明末清初大学者王夫之与顾亭林等人的搞考据、搞版本的传统，最后修成了四库全书。我们那时的学者同他们的学者一样都是封建制度里出来的人物，他们那里出埃奇伍德、达尔文、赫胥黎等等。他们重实验、重调查、周游世界、知识渊博，形成一股风气。这个风气开了花。我们也有一个风气，书中出书，“万事惟有读书高”，“书中自有颜如玉”，“书香人家”，书，书，书，离不开书，很少到实践里去。我很崇拜的严幾道先生也没有脱离这么个传统，他没有把真正科学的、实践的精神带回来，带回来的是资本主义最上层的意识形态的东西。当然这也是应当引进的，但只有理论破不了封建。

我从这里想开去，想了很多问题：我们知识分子中间，要真正做到眼睛从书里边转出来很不容易，到现在有多少人是转出来了？看见了经典著作就崇拜，觉得引几句别人的结论就可以解决问题，这样的风气，似乎还没有结束。中英两国的知识分子，在这个上面有点分道扬镳了。这一分道扬镳，不过两三百年，就出了这么大的差距！

对这个问题，我们还应当多想一想。他们有这样的学风，有这样的人物，才能从封建主义发展出资本主义，把人类带进新的阶段。很多人曾为它花了功夫，有很多人曾为它而死，才创造出一种新的社会制度。这个制度现在已进入消亡的阶段了。历史在向前发展，我们要进入一个新的社会主义的社会了。但是社会主义的社会不会从天上掉下来，一定要经过人们去创造。这个过程比从封建到资本主义还要复杂。因此，我们还得要学习他们早年的这一批人所代表的学风，搞实验，搞调查研究，不能靠坐在房里说话，不能靠书本来解决问题。这是我参观了英国的陶瓷之乡的感想。

在英国科学院的招待宴会上，我的老师雷蒙德·弗思问我：你1946年来后写过一本《重访英伦》，拿现在同那时比一比，你有什么感想。我说：这本书我已没有了，但我还记得这本书的第一句话："这是很痛苦的，当一个骄傲的灵魂，活在一个瘫痪的躯体里。"我指的就是当时的英国。1946年世界大战刚结束，英国疮痍满目，许多事要做而不能做，丘吉尔说他主持的是一个为完成帝国解体的内阁。到现在为止，英国能一直在维持着安定的局面之下结束西方最庞大的帝国，这是不容易的。那位教授插话道："不，没有麻痹！"我一听，直觉地接口："是呀，这不是骄傲灵魂的声音么？"这一点是值得骄傲的。他们没有服输啊！你看他们还在埋头苦干。

有一天我去拜访一位92岁的老太太。当我28岁写完论文后，曾请她给我润饰原稿。当时她是讲师，49岁，现已退休。我们谈了一上午，她留我吃午餐，自己烧菜给我吃。她给我一本刚出版的书——《维多利亚时代的童年》，描写她早年的英国社会情况，凭她的记忆，刻画入微，细腻惊人，对当时印象写得历历在目。她这样的脑筋是罕见的。我的老师弗思，81岁，现在他已封了爵位，在上议院里有他的座位。他每年要出一本书。不久要出一本大洋洲他早年调查过的一个民族的字典，是硬工夫。我还去看过一位80多岁的老太太，也是我当学生时的讲师。她行动已经不大方便，但是她又送了我几本新出版的著作，而且说她要把她所知道的一切都留在这个世界上。

这个盛着骄傲的灵魂的躯体，的确不能说已经麻痹了。它的情况怎样呢？当然，不能不承认：不那么灵活了，不那么强壮了。在上面提到过的陶瓷之乡，过去一直没有过失业问题，但是最近三年却不行了。那个城市的市长请我吃饭时，就抱怨政府允许台湾的瓷器进口，以致他们的市里也发生了工人失业。我又遇到一位社会工作者，告诉我说他们现在发生了和我们同样的待业青年问题。在英国，失业不要紧，失业工人有救济金，每月有40到60英镑，生活可以过得去。但是如果一个青年找不到职业的话，他就得不到社会保险和社会福利，也就成了"待业青年"，现在社会上出现许多严重问题，不少就是这一种青年搞的。因为紧缩教育经费的缘故，今年大学教师要有上千个失业，因此我在那里的时候，电视里出现了教师上街的镜头。在他们那里，过去社会上有不少没有固定职业的知识分子，靠写稿、画画等过着自由自在的生活。我有个表弟，40 年代是徐悲鸿的学生，去英国留学，没有回国，靠一支笔，每年开开展览会就可以活下来了，不要什么职业。可是他说现在不行了，他的画不容易卖出去了。不用再找很多数字，就可说明是经济萧条的原故。整个社会是这样的空气。

英国在战后搞“福利国家”，财政负担很重。失业救济、医疗津贴、儿童免费教育，以及各式各样的社会保险，甚至老年公民坐公共汽车都免费。这一切都得要国家负担下来。财政越来越紧，工党政府搞不下去了。保守党“铁夫人”上台，要想改变这种情况，但改变不容易。所以他们是在一个入不敷出的严重局面之下过日子的。民族问题也搞得很紧张，爱尔兰问题是大家知道的。“北爱尔兰民族自卫军”，杀人、闹事、搞恐怖活动。我在那里时，一个议员被北爱尔兰民族自卫军暗杀了。政府的保安人员怕他们有一天会搞到女王头上，所以劝女王出门不要再坐马车了，换个防弹汽车吧。女王回答说：“我们英国王室不能在恐吓面前低头。”这不又是骄傲的灵魂在说话么？话是不错的，有气魄。可是能行么？无论怎样，英国骄傲的灵魂的确还存在，她的躯体却究竟不如当年了。

骄傲二字在英文里并不是坏名词，也可以译作有志气。英国人民是有志气的。他们比以前是穷了，至少也可以说紧了。但这 30 年，有一点我觉得值得佩服的是他们的社会秩序一直很平稳、很安定。美国固然比英国有钱，但是在社会安定上差得远。两国的地下铁道、电车的对比就很明显，英国的地下铁道，今天还是我在英国做学生时候的样子，一切如故，好像四五十年前就是昨天一样。可是，美国纽约的地铁，乱得不成话，乌七八糟，简直不敢去坐了。英国的海德公园还是照样可以随意出入，随意讲话；美国纽约的中心公园你就不能去，去了可能出不来啦。英国的特雷福高广场，照样鸽子满天飞，而美国的时代广场呢？我也不好意思说了。

所以英国同美国还是有点不同，究竟是老牌。“老牌”不是在经济上，而在有个骄傲的灵魂。在知识分子里边表现得很清楚，像我的老师们，80 岁、90 岁还在刻苦钻研。他们没有生命快要结束、世界就要完了的感叹。他们不是为个人一世的虚荣，而是要为人类积聚知识。他们要通过实验去观察，去理论联系实际。这些方面我觉得我们不如他们，我们要向他们学习。

这次在英国只有两个礼拜，观察不深，就是同一些朋友谈谈话。可是碰着的人，很多方面还是我的老师。

1982 年 1 月于北京

脚勤

三年前我重访美国时，有一件当时觉得怪新鲜的事，那就是常常看到大小城市不太热闹的街道两旁的行人道上，三三两两，男男女女，络绎不绝，缓快不同地在跑步；不是比赛，不是赶路，是怎么一回事呢？旁人告诉我，这叫 jogging。查字典这个字的意思是轻撞、颠簸、磨蹭、缓进。用它来指这种活动是原意的衍生，指的是为了健身而进行经常性的慢跑快步。中文里没有现成的对词，翻译困难，我试用“脚勤”二字，以其音近，义亦可通。

在美国脚勤成为时行的风尚，据说是近 20 多年来的事。40 年代我初访美国时没有见过，难怪我觉得新鲜，引起了我不少想法。首先使我高兴的是“我道不孤”。近年来我一直主张慢跑快步的经常锻炼。脚勤和慢跑快步相类似，但它是以跑为主，不是快跑，是一种快慢自由的跑步。年岁增长，我近来已步多于跑了。我养成这种习惯，可以溯源于十年动乱时期的“牛棚”生活。那时一清早就得起来跑步，起初对这种带着放风性质的强制活动颇有反感。但也无可奈何，日子久了，习以为常。出了“牛棚”，并没有放弃这个习惯，觉得清晨跑步确能使人神清气爽，做起事来劲头足些。这样，反感变成了好感，被动变成了主动，坏事变成了好事。当然，我虽然没有风雨无阻地坚持不断，可只要有条件时总要跑一跑，甚至出差在外住旅馆也要找机会小跑一阵。效果如何固然难说，我臃肿身态并未因此改形，但这些年来病假确实很少。说不上延年益寿，也不能不说有助健康。当我看到美国近年来风行脚勤，不免联系上我自己的经验，更增加对这种健身之道的偏好了。

为什么此道在美国会风行起来？我问过不少美国人，回答是一致的，都说是为了锻炼身体。作为健身之道，脚勤有它方便易行的长处。早晨也好，傍晚也好，甚至工间休息时刻，无时不能上街脚勤。一般城市，除了闹市，不乏林阴大道，宽阔平坦，都是为脚勤准备下的优良跑道。脚勤的人既可个别行动，不受牵扯，也可邀个伴侣，并肩而行，或三五成群，鱼贯成队。他们可以快慢自如，无妨落后，不必争先，既不紧张又不迫促。脚勤并无一定服饰，天热则背心短裤，天寒则绒衫线裤，并无规格。其实，脱下上衣，解除领带，卷卷袖子，开步就跑，亦无不可。

方便易行固然是脚勤容易普及的长处，但是要能普及成风，却还要脚勤者具备主观条件，那就是要有锻炼身体的决心。脚勤之异于普通跑步者在于它是经常性的体育活动，不是一时兴起，跑它一阵，也不是季节性的运动，跑一时，停一时。脚勤的人都说，“贵在坚持”。我试用脚勤二字作这种活动的译文，着重就在这个“勤”字。勤就是坚持某种活动，脚勤指的是“两脚坚持经常跑路”。没有决心就坚持不了。是什么使那么多人自觉地要用这个方法来锻炼身体的呢？

作为一个学社会学的人，我总是会先想到美国这些年来社会结构的变化，而且想看一看这些变化和脚勤的风行有没有联系。这一看，对我来说，看出了不少道理。美国从第二次世界大战结束以来，社会结构上起了很大的变化，就是从事第三产业即服务行业的人越来越多了。而且就是在第一产业，即采掘业，和第二产业，即制造业，设计和管理等第二线的人员也是越来越多。总的说来，在整个生产活动中体力劳动的比例越来越少了，脑力劳动已取代体力劳动在生产活动中的优先地位了。

如果套用我们的老话来说，美国这种社会里“四体不勤”的人在总人口中所占的比例日益上升。他们出门坐车，工作中坐多站少，全身活动更少。回家，家务劳动有机器作助手。吃饱了，在沙发里一坐，看看报，读读书，谈谈天。房里有收音机、电视机，要听音乐、看影片，扭扭开关——如果按这种生活模式活下去，结果是体形臃肿，百病丛生，文明的好处向反面转化。

人原是动物，动物要动才能活。动得少就活不了。这是生物规律。但是人要发展生产，不能停留在靠体力劳动来谋生的水平上。很早交通耕作就用“犬马之劳”，行船张帆就借风力，接下去用机械帮助体力，再进一步就只要看看仪表，扭扭开关就能指挥庞大机器。这是一个以脑力劳动代替体力劳动的历史过程，文明的表现。这个历史过程和基本的生物规律发生了矛盾。四体不勤，身心羸弱，其后果不是会导致人类体质的退化了么？

在这个矛盾上出现了人们自觉锻炼身体的体育活动。体育活动是为了健身的目的而进行的体力活动，用来防止以脑力劳动为主的人们因四体不勤而发生身体上的各种不健康的后果。

美国当时那种社会劳动中体力部分越来越少的情形正是激起广大人民以体育活动来作为健身之道的社会背景。在体育活动成为群众的迫切需要时，脚勤这种方便易行的方法也就不胫而走，蔚然成风了。

我也曾把这个意思征求过美国朋友们的意见。他们说，一般脚勤的人固然可以说是自觉的要锻炼身体，而促进这种锻炼的动机却很多是在“怕生病”。在美国这种社会里，医疗是件极为费钱的事。门诊挂一次号就得几十美元，而且在诊断之前要做各种检查，项目繁多，价格昂贵。住院动手术可以成为一个普通劳动者倾家荡产的大事。我多次出国，在朋友们面前一提起生病，总觉得有谈虎色变之感。在学校里工作的人，都要在工资里扣除医疗保险费。保了险的人生病时由保险公司付医疗费用。但是保险公司目的是在赚钱，所以规定的条件十分苛刻，结账时结果病人还是要贴上不少钱才能出院。于是疾病成了生活的威胁。脚勤是在这种威胁之下逼出来的“自觉”活动，怪惨的。

还有一些朋友更尖刻地指出：现在美国人已经发现最可靠的只有自己这个肉体了，其他的东西全靠不住，全不会为自己的好处着想的。这话也许带着一种气愤味道的夸大之词，但在像美国那样的资本主义社会里，一个异化于社会的个人到了极端免不了会有这种人生观的。如果说“人不为己，天诛地灭”，真的成了处世立命的箴言，那个社会里的人自然不能相信身外任何一个人是可靠的了，那么可靠的不只有自己这个肉体了么？怎样保持这个惟一可靠的宝贝也就成了这种人的注意焦点了。这样说就可以更深一层明白为什么美国风行脚勤的原因了。

这种说法固然有点对美国社会的讽刺，有如漫画，却不失为一针见血之论。我听来，却另有启发，就是我们讲健身也确有一个动机问题。我不应当“无限上纲”，把好事偏要“搞臭”。一个人肯经常锻炼，搞好身体，不论怎样总是件好事。不能硬扣“自私”、“为己”等等帽子。另一方面，我们也应当提高一点来想一想：我们究竟为什么要有个健康的身体？有些人是怕生病，生了病经济上会遭受打击；有人认为身体健康可以多享受些生活的乐趣；当妈的，怕自己病了，孩子没有人照顾；还有不少人怕身体软弱不能坚持职务，工作做不好，我想这些不同的想法表现了不同的人生境界，后者比前者要高。那是因为人是靠社会才能生活的，社会是由能“推己及人”的成员组成的。社会的成员人人能为了别人的好处去健全自己的身体和思想，这个社会的团结就强了，力量就大了，发展就快了。社会主义社会里讲求健身之道，应当站得高一点，身体好是为了工作好。

我们不应当因为社会主义社会没有那种生了病会倾家荡产的经济威胁，就觉得不必强迫自己每天锻炼。我们身在福中要知福，必须爱惜我们社会主义制度里的公费医疗，因而要多多锻炼身体，以少花公费而心里感到平安。

看得长远一些，在我们中国城市里，生产工作中脱离体力劳动的脑力劳动者也会日益增加的。随着城市的现代化，我想，脚勤一类方便易行的体育锻炼也会逐渐传播开来。我偶然在早上路经大学区的公路两旁也看到有不少青年人在跑步，这就是脚勤的开始。整天趴在书桌上或是办公桌上的人养成一种类似脚勤的习惯，我想是大有裨益的。

至于我们这些老年人，脚勤只能取其意而行之，以步代跑为宜。我们传统的健身之道就有一条是“多步行”。每天有时间就动动腿，走走路，这种平凡的运动对身心健康可能比激烈的运动强得多。老年人最忌怕动。脚勤正是治理怕动的对症良药。在这个意义上我想脚勤是值得提倡的。

1982 年 10 月

访日杂咏

1984年12月，由中国对外友好协会安排，我应日中文化交流协会的邀请去日本访问。从该月1日出发，同月15日返京，一共半个月。同行者有张君秋、谢铁骊、浩然等同志共八人，各有专长，行当不同，所以自称“八仙过海”。时间虽短，所到的地方不少，这固然由于现代交通便利，节省了航时，增加了幅地，但也因此比走马看花更是过眼烟花，稍纵即逝。调查研究自然谈不到，甚至记日记的时间也很不易得到。为了记下一些印象，我采取了利用在候客或在车上、机中的片刻，随口即景写下一些顺口溜，称之为杂咏。归来后，趁记忆犹新，按所积12首为纲，略加记述，以留鸿爪。

12月1日　于赴日飞机途中

清晨，尚未破晓，即赴机场。夜雾迷茫，逐渐开朗。同行“七仙”均已先到，干劲很足。记得幼年常听先父讲早日留学日本时，从离家时起，到达东京，一路经过，就以口述也要半天。现在上了飞机，一个小时就到了上海，办过出国手续，再坐两小时就在成田机场降落。只隔一代人，科技发达的结果，已有异世之感。而这些国际旅行现在已是家常便饭，不足奇怪了。星际旅行的时代即将来临，我在机上，看着窗外像地毯一样软绵绵的白云，一望无际，写下：

朝辞京国雾方开，穿透云层似出埃。
乘风九天揽日月，瞬间瀛岛会友来。

12月2日

抵东京后，住新大谷旅馆。我国与日本复交后，我国的大使馆在馆址肯定前，曾暂住此旅馆，因此双方关系友善，国内代表团到东京大多寄寓于此。我在1979年初次访日亦住此旅馆，所以感到很熟悉。晨起，踞窗下望，正是该馆的后花园。入冬以来树叶色泽变化不同，有青翠如故的松柏，艳红如血的枫叶，还有橙黄深浅不同的其他树木，织成一片锦缎似的画面。小桥架在碧绿的池塘上，还添上人工瀑布，潺潺流水。我举目瞭望，层楼高耸，远接天际。据说这一片建筑，尽是30年里从清理了废墟堆的基地上造起来的，感触特深。

橙黄红绿冬园景，日照池塘波皱轻。
莫道卅年如过隙，羡他先我得中兴。

12月4—5日　访能登半岛姬村

在东京住一晚，得东京大学教授中根千枝的协助，为我安排去日本内地参观。她知道我近两年来在故乡江苏进行农村与小城镇调查，所以特地介绍我到日本传统农村面貌保留较多的能登半岛去观光。能登半岛在日本中部，面西向日本海，突出海中，较为偏僻。由于它传统古迹较多，又不属军事要地，所以上次战争中，免于美军轰炸。这个半岛属石川县，县城在金泽市。金泽市在日本也是以鱼米之乡闻名，沿海产鱼，平原及山地均出五谷，而以大米著名。近年已与我家乡苏州市结为姊妹城，因此多了一道关系。

从东京去金泽，乘电气火车需 5 小时 16 分，但乘飞机从东京羽田机场到石川县小松机场只需 1 小时 05 分。我们于 2 日下午乘飞机至小松，转公路去金泽，已晚。歇该市。翌晨乘面包车访能登半岛。一路参观羽咋农村，晚达姬村。

姬村是一个小渔村。背山靠海，实际上是利用一个狭小的山坡筑村，背山面海，有良好的渔港。全村现在还不到 100 户人家，几乎全是农民。传说是一个贵族带了家属漂流至此。其女艳丽，因而被称为姬村，即美人村之意。早年这个渔村有山坡作障，出入不便，有如世外桃源，近年凿通了一个隧道，交通方便，汽车可以直达海边。50 年代经济发展，人口也增加了 1/3。这固然是局部的现象，而实际上也代表了日本起飞的一般情况。换一句话说，至少在 50 年代日本和我国在经济水平上还是差不多，差距不大。

这次去姬村条件是很好的，中根教授有两位学生在金泽大学当教师，他们都在姬村调查过，对当地情况很熟悉，而且和当地的人有了交情。另外还有一位中国留学生跟他们在姬村一起工作过。当地的人对他印象很好，对中国人也就不感到陌生了。这次中根教授亲自陪同我们去访问，受到当地政府分外的重视，不仅和我们礼尚往来，而且还加上一点尊重的味道。我和中根是英国伦敦经济学院前后同学，论年次我长她近 20 年，所以当得“学长”。日本人也讲究辈分，而且对学者是敬重的，石川县知事是中根的熟人，她事前已和他联系，他特地派了一位助理，一路照料，十分礼貌周到。

在姬村我们过了两天“日本日”，就是一切按照日本生活进行。到达时已近晚，稍坐，就进日本式的浴室洗澡。说起来并不完全是

"日本式"，因为男女是分两班入浴的。浴后穿和服，晚上举行日本式的宴会。这次宴会是乡村风格，也许也已和传统形式有别，是大家围着一个大桌子席地而坐的。这与后来在回程中，路过和仓温泉时，在加贺屋旅馆的午餐排场就不同，按古老的规矩各人有各人的小桌子，不搞大桌面的，吃的几乎全是海味，而且有一半是生的：生鱼生虾，还有生海参。关于日本的"食道"在这里不细说了。当晚我们全体睡榻榻米，即地铺。睡得很香，但我肚子太大，早上要从地上爬起来却十分狼狈。

翌晨告别，主人准备了笔砚，要我留书，我写了条幅，以答雅意。

> 晨霞出水访姬村，"榻米"鱼鲜待客情。
> 远海渔航归正早，满载欢乐入新春。

12 月 5 日　赠金泽大学社会学系师生

从姬村返金泽路上，我们又参观了一些小工厂。这些工厂和我国的乡镇工业一样办在乡村里或小镇上，有些是"夫妻厂"，比如我们看到的有一家织布厂，10 多台自动的织布机，只由夫妇二人轮流照顾。但是这些小工厂实际上都是大企业下的蛋，原料和市场都是由大企业包下的。

我们回到金泽访问了金泽大学。陪同我们去姬村访问的两位教师和一位中国留学生，都是该大学文化人类学系的师生。我们就在一个没有受过美军轰炸、还保留了百年古树的公园里聚餐。这个公园就在金泽大学的对门。金泽大学的大门也就是原有古城的城门。这个公园原是这地方领主的后花园，一望而知是我们苏州亭园的翻版。金泽凭这些亭园和苏州结拜姊妹多少是够得上的。

席间，主人要我留字，我写了下面一首：

祖龙早岁觅神仙，东海瀛蓬渺若烟。
震泽而今友金泽，丝绸鱼米兄弟间。

太湖旧时只称震泽，后来曾是今吴江县一部分的县名。今松陵镇的城内过去曾经有两个县衙门，一是吴江，一是震泽。现在只有靠近太湖的一个市镇还称震泽。我用此名指苏州一带。

12月6日　在京都访周总理纪念碑

周恩来总理早年在日本时曾经在京都小住，两访该市郊外的岚山。1919年4月5日写了一首诗，后来流传甚广。1978年11月，廖承志同志写了这首诗，镌刻在岚山的一块大卵石上。翌年4月，邓颖超同志亲自去日本参加竖立这块周恩来总理纪念碑的开幕式。我们来到京都，驱车到岚山龟山公园瞻仰敬爱的总理的诗句刻石。山下有一桥，桥名渡月。归程上我写了一首：

总理雨中访岚山，我辈骄阳再度攀。
红叶成诗浑如画，松风徐渡月桥还。

12月7日　云仙山景

主人建议在访问期中去一风景区游览休息。因之我们离开京都飞抵长崎机场后，不立即进市，而岔道到云仙一游。云仙这名称就很雅，是国家保护的森林区。而且以高温的温泉著名。泉水几达沸点，所以四处泉源蒸气腾升，实属奇景。到达后，同人都争出游山，而我因体胖丧失爬山条件，只能在室内静坐观山景。多日奔波有此半日闲逸，亦属难得，口占一绝：

温泉云起出深岫，翠柏青松绕四周。
闻道云仙红叶俏，犹留残艳过深秋。

12月8日　赴长崎途中登仁田台远眺

在云仙住一宵，翌日坐车绕山赴长崎市。途中遇风景绝胜处即停车眺赏。山青海绿，远山出云上。岛屿点点，白浪滔滔，确似仙境。导游在仁田台远眺时，遥指一岛，名汤岛，如浮海一叶，绕以浪花。说是早年西方传人天主教，当时执政者，犹想闭关自守，对这些天主教徒进行迫害。日本首先对外开放的长崎，成了矛盾的中心。矛盾激化，实行武斗。抗暴的群众最后据汤岛不屈，以致全部被屠杀。我没有机会查对史实，作为传说，亦颇动人。日本导游每到此处，必说此故事，亦足发人深思。在车上得四句：

云浮海上峰，飘渺太虚中。
汤岛涌波急，当年血染红。

12月9日　访长崎和平公园

日本军国主义的侵略战争受到全世界人民的反对，以失败告终。对日本人民来说并不是一件坏事，因为从这次战争中醒悟了军国主义对外侵略实际上也是对日本人民的侵害。在这次战争中日本人民受到的损失是严重的。即以最后受到两次原子弹的轰炸，其惨状也是骇人听闻的。为了使世世代代铭记这个教训，他们于战争结束后就在长崎受炸的地区建立了一个和平公园，意思是表示反对战争，力保和平的决心。

我们到长崎的翌日，就去访问这个公园。我写了一首五古作纪念：

腊月长崎暖，好花迎佳宾。
船通寰宇远，市享盛繁名。
回首卅年前，黑雨惊人间。
万家灯火灭，顷刻成尘烟。
扩张非国策，从此弃刀兵。
立像记此训，世代永和平。

12 月 11 日　参观冲绳岛水产博物馆

我们从长崎坐飞机去冲绳。冲绳岛即琉球。我们受到当地官民的热烈欢迎，当我们到达的晚上，就邀请我们去出席当地民间歌舞表演会。我们到会略迟，节目告一段落，立即广播中国文化交流的代表团莅会，引起了全场的掌声。主持这表演会的负责人亲自向我们解说，今晚将表演古时迎接天朝使节时的歌舞，言下之意，这是对我们特别安排的欢迎节目。冲绳县知事接见我们时也一再讲到冲绳和我国历史上深刻的文化联系。这一点，即使是我们这些初次来访的客人也很容易体会到的，因为到处都有具体的物证，连知事招待室桌面玻璃下所压着的一张图案，恰巧和我们团里的一位女同志所穿的蓝底白花的花纹一致，都是从我国少数民族蜡染的图案演化来的。

冲绳岛在日本来说是极南的边区。在上次战争中，美军就在这个岛上登陆，一直控制了这个地区的行政，直到 1972 年才归还日本，但是美军基地还占有该岛一半的面积，我们在公路上行车，就能看到坦克大炮和各种飞机。日本为了促进这边区的繁荣，1975 年在该岛举行了一次世界海洋博览会。会后就把已有的建筑和设备开办了个规模很大、水平很高的水族馆，吸引旅游者，每年达几十万人。在馆里陈列着深海里活的大鲨鱼，这据说是世界上仅有的特色。水底琳琅满目，犹如进入了水晶宫。

冲绳岛的首府称那霸，我们就住在这市里。气候近半热带，入冬还是很暖和，沿路有一种名为“扶桑”的鲜花正盛开，我又即景写了一首：

八仙飞渡过南海，那霸扶桑正盛开。
白浪碧波天际静，琉璃水底玉成堆。

12月14日　与日本社会学同人聚餐

这次出访，以多交朋友，增进友谊为目的，不是学术访问，所以到快结束这次访问，重访东京等待返国的几天里，才和同行的日本社会学家相接触。我即席写了一首，亦所以自嘲也。

海外访知己，暮年日益稀。
相逢如相问，老骥试霜蹄。

12月14日晚　辞行

时间在旅行中过得特别快，犹如一刹，已到归期。临行前夕，与日中文化交流协会诸位招待我们的工作人员话别告辞。我写了一首辞行词：

中日本同根，叶茂根日深。
一衣带相隔，相见兄弟称。

友谊世代传，永结姊妹城。
八仙同过海，传说竟成真。
把手毋相忘，推心出至诚。
聚会总有期，珍重约来春。

1984年12月17日于北京

能登三日记

这是一篇访日杂记。我参加中国对外友好协会组织的访日友好活动，从去年12月1日起到15日返国，共半个月。这是我第三次访日，这次访日主要任务是交朋友、叙友谊。但是我私自有个打算，想趁此机会了解一些日本的农村和乡镇企业的情况。在出国前就给一位老朋友，东京大学的中根千枝教授去了信，请她为我安排一些农村访问。我到达日本的第二天，就由她陪同一起去游访能登半岛。这位教授也和我一样是个忙人，她能在百忙中抽出三天为我们做向导，那是十分令人感激的。

中根教授带我们去能登参观是经过考虑的。首先这是一个农业区，有小型乡镇企业，符合我所提出的要求。其次，能登是在日本列岛中最大的那个本州岛西岸，伸向日本海的一个小小的半岛。地属石川县。石川县的首府是金泽市。金泽是我故乡苏州的姊妹市。这样又攀上了一点关系。第三，金泽市有个大学，这所大学里有个社会人类学系，系里有几个中年教授是中根教授的门生。石川县的知事又是中根教授的好友。这样在人际关系上就有了门路。所以中根教授事先已为我们这次短促的"调查"铺好了道路。我们所走的路线是金泽大学那几位教授调查过的熟门熟路，而且这个系里还有一位中国留学生，他曾跟着这几位教授下过乡。乡人对中国人有比较好的印象。最后，也许也得提一下的是这个地区在上次大战中没有遭到破坏，那是美军公开声明保留的日本传统文化区。

从地图上看，东京是在本州岛中部南岸，向西北，飞行一小时就到金泽附近的小松机场。东京、金泽、京都正形成一个三角。我们这次访日的第一步，就是从东京去金泽，参观了能登半岛后，回到京都，一共前后往返包括在内是四天，在能登半岛旅游三天。我来去匆匆，原想在日本时就把这段旅行的观感写下来，但主人太殷勤，朝出晚归，无片刻闲，实难动笔。返国后曾就沿途杂咏，凑成一文，给《中国老年》为老朋友消遣。时隔两个月，我才抓紧补写此记。年老了，有许多事已记不住了。

能登半岛地形像只水鸟的头，嘴伸向东方。金泽在它的喉咽背脊上。我们从小松机场到达金泽已经入晚。第二天就从金泽沿着半岛颈部朝北驶向它的嘴尖。中途在羽咋这个小镇附近的一个农村里停了两次，访问了该地的农协和老贺町的坂井助七家。

羽咋市有 2.9 万人，是个丘陵地带，山坡上树木密集，入秋来红叶夹杂其间，景色秀丽。坡间平地全是耕地，乡间镇上房屋四周常是农田，不失其为农业地区。我们第一次停车是为了参观一个蔬菜收购站。询问之下，我们得知这地方的农户的农业经营产前产后都依赖农协。农协是农民自己的组合，据说成员是自由参加的，但事实上没有不参加农协的农民，因为农民生产过程中处处要靠农协。农民通过农协取得信息，决定他们种什么作物，而且向农协购取种子，耕作时需要农协的技术指导，机器、农药要委托农协去购置，机器坏了要请农协派技术员来修理，收获后又要由农协去推销，这时按产品价格给农协 2%的报酬。

我们参观的是蔬菜收购站，是农协专门收购蔬菜的地方。我们到达时，主要是在收卷心菜，这个市的农协只是为蔬菜就设立了四个收购站。但是这个地区主要农产品不是蔬菜，而是西瓜。西瓜收成后才种上萝卜或卷心菜。也有一部分土地用来种水稻。各种产品分别有农协设立的收购站。普通农户一般种稻田 10 亩，自给之外有一部分剩余出售。农产品中，西瓜最值钱。但是如果不会经营，也会赔钱。我们随后访问的坂井家，就是这样。今年总的说来是个丰收年。每户平均收入 320 万日元（约人民币 10 万元），人均收入约 80 万日元。每户平均耕地约 1 公顷。

以我们现在流行的词汇来说，我们在羽咋市看到的农户可说大多是西瓜专业户。西瓜是商品作物，出产后供应各大城市，质量规格要求得十分严格，同时价格变化大。所以如果经营不善，就会赔钱。因此，对集体的农协依赖性很大。在一定意义上，农协操纵着农户的生产活动。这可以说是个体所有制上的集体经济实体。我们没有时间钻研这个问题，但是他们的经验，对我们怎样发展专业户和促进专业户的集体化上是很有参考价值的。

第二次停车是去访问坂井家。主人坂井助七 73 岁，小我一岁。在战时曾到过中国汉口，老妻 65 岁。我们去访问时只有老夫妇在家。访问这家的原因是这地方有一种著名的土产，依我们的话说是柿饼，就是把柿子晒干成为干果。他们的柿饼和我国的柿饼有所不同。我们的柿饼是平扁、色黑、外裹一层白色霜花。他们的柿饼保持深黄色，无皮，不那么干，较软，形状也与鲜果相似。味道我觉得不相上下，对我这样牙齿不好的老人来说，日本柿饼略优于我国的土产。坂井家已有几代从事此业了，可能在当地是有点名气的，所以招待我们这些贵宾去参观他家并品尝当地土产。

据说柿饼制作在日本由来已久，是否从中国引进已无从考证。但在维新以前各家大多自己植树，结了柿子，吃不完就穿起来在屋檐前晒干，用以保存。到了这个世纪 20 年代，才出现专业户，作为商品生产。那是因为城市发达了，城里人自己不种柿子树，吃不到柿饼，而愿意出钱买来吃。过去自给的产品，转化成了商品。因此在老贺町出现了不少柿饼专业户。坂井家是其中之佼佼者。

坂井家成为柿饼专业户是从坂井助七的上一代开始的。战时停了业，到战后1947年才由助七重建旧业。现在已有柿园四亩半，老两口从事经营，去年收成好，达3万斤，扩大了专用晒柿的两层木屋，新建一套，贷款500万日元。他们就在新建的木屋里招待我们。木屋里生着炭火，保持一定温度，使大串大串的柿子得以风干。过去去皮是用手剥的，全家老少都得出动。现在已机械化了，每天可以剥3000个。坂井家也出现了家庭内部的专业分工。柿饼是老夫妇的专业。大儿子和媳妇主要种西瓜，次子出外找工作。两个女儿都已出嫁，两个孙子在上学。年轻人对柿饼这一行不沾手。

按日本的传统，长子继承父业，几乎是不可改变的习俗。而坂井家却破旧了。我就故意向老夫妇表示同情，并问他这个产业准备传给谁呢？他说他大儿子原在外地工作，去年才回来种西瓜，一则是不大会种，年成也不好，去年亏了本，今年才赚回来。所以他说农业太不稳定，不如到城里去挣工资好。他不赞成孙子这一代再继承父业了。这个地区在日本来说是传统势力较强的地方，但是那种向城市集中的人口流动也已开始。在坂井老农的思想里能坚守农业岗位已只有他这一代人了，现实可能比他所说的变得还要快一点。

坂井这一家人，除了次子出门，两女出嫁，其他的成员都还住在一起，可说是个“三代家庭”。这家在日本农村里可能算得上殷实之家。15年前盖了现在的住房，花了4000万日元，现在除柿园外有1.7公顷田（约25亩）主要种西瓜，但是值得注意的是他们还留着6亩地种水稻，为的是他们的粮食还是要自给自足。在生产技术上是够现代化的，小型拖拉机一台，手扶拖拉机一台，水稻插秧机一台，还有大小卡车各一辆，轿车一辆。这一带的农户平均收入是600万日元，约合人民币20万元。我仿佛看到了我国将来普及了万元户之后的农村景象。

12月3日晚宿于能都町姬村。

我在《访日杂咏》里已提到过，我和中根千枝教授有过约言：这次旅行全部或尽可能是要日本式的。我所说的日本式其实是指日本传统式的。但这一点却已不容易做到，因为日本人的生活本身变得很大。譬如说，这几年我去过日本两次，每次住的旅馆都和美国、香港的一个样子。房里有床、有桌子、有沙发，有浴室和厕所。听说日本传统式的旅馆是有的，但是日本的主人不会招待像我们这样的客人去住。这次我们到金泽过夜，住的还是西式的旅馆。但主人既然知道我要有几天日本式的生活，所以在姬村就改变了常规，在衣、食、住上特地安排好让我尝一尝普通日本人的生活方式。说实话这只是略略品尝品尝而已。尽管这地区曾作为日本传统的文化区免于美军的轰炸，实际上传统生活的改变看来也并不比其他地区为缓慢。

姬村在能登半岛的尖嘴下唇。背靠岩石小山，面对大海，全村只有一条狭长的沙滩，一排房屋和一条街。逐年填海，现在有些部分已经在街对面筑起房屋。过去这村出进都得爬过那个岩石小山，山有几十米高，因此是个比较隔绝的世外桃源。现在凿通了一个隧道，汽车可以穿山出入，和外地交通已畅通无阻。因为这个缘故，这个村的经济近年来大为发达。它靠海只有吃海，全村几乎全是捕鱼为业。但是这个半岛的渔业远不如北海道，因为近海鱼源很少。自从开展了远航捕鱼之后，这个村子就腾飞了。能登半岛别处人口在下降，而姬村却在增加，50年代初只有180多户，现在已有289户。

经济发展也改变了它的传统面貌。我们住在该村渔业组合前几年才盖起来的老人俱乐部里，备有洗澡池和健身房，还有餐厅和休憩室，楼上还有卧室。建筑是西式的。为了满足约言，就利用西式楼房安排了一些日本传统的生活给我们尝尝。我们到村已经靠晚。坐在招待室里闲话一会儿天就黑了。招待室是西式的，有转动的皮沙发，又大又软，我体胖坐下了站不起来。准备用餐前，我们开始按日本生活方式进行。大家先去洗澡，但还是掺了一个中国礼教的沙子，让我们男女分前后入浴。浴后大家都穿和服。说起和服我想到在日本街头看到不少招牌上写成“吴服”。这一字之差可能反映了一点历史渊源。但对此我没有想出答案。

穿上了和服，我们就入座用餐。女的跪地，男的盘膝。这就难为了我这身形，只能乞求照顾，允许伸腿坐地，不作失礼论。吃的全部是日本土产。日本土产中原多生鱼和海鲜。在这个渔村里，这特点也自然格外突出了。我竟吃到了新鲜的生海参，算是生平初尝。在餐桌上我学会了惟一到现在还记得住的一句日语：Oishe，好吃。以后这个词很有用处，因为这次友好访问，主人们多用日本式的菜招待我们，我这句日语也就大有用武之地了。

我不善饮酒。但是既说要遵守日本方式行事，那就也得举杯对饮。日本酒有一点绍兴酒的味道，这和上面所说吴服是否有关，我又不得而知了。

饭后，主人引导我进卧室，出于我的要求，请本团的翻译同志同住一室。室中除正墙下有各类摆设及壁上有画幅外，只有两个席地打开的铺盖，安放在光洁的“榻榻米”上。另外有几个准备跪坐的垫子。我想到日本人中不会没有胖子，不知他们怎样适应这样的睡具，因为我一躺下，没有人拉我一把，也就起不来了。幸亏我们两人同宿一室，我不至于连连打滚。

第二天清晨，我贪看海边日出，所以很早就爬了起来。没有上泰山之巅，在这里同样欣赏到太阳出海的奇景是出我始料的。大概是由于人眼对突然射来的强烈光线的反应，看来这个天体像是跳出地平线来的。太阳刚一露面，水面上迅速展开它的反光，在浪头上变成了满海琉璃，闪烁流动，回顾屋后，翠松高岩正如一幅庄严的锦屏，迎着朝阳如欲飞翔。我这支笔还够不到写此美景。

这样一个海滨胜地，确是不会缺乏耐人寻味的传说的。我在早餐桌上就顺兴向主人提问，为什么这个村子命名姬村？姬字在日本是否作美丽的少女解？答复是关于姬村这个名称有好几个传说。一种是就地形说的。当隧道未开时，一般用小船与外村往来。从水面远望村后岩石有如少女，所以称姬村。姬确是少女之意。我没有去水面核实这个形象是否属实。另一种是就历史说的。在古时有一个官人，被朝廷贬谪，驾了一条船，漂流到这个海滩上住下。这位官人有个美丽的女儿，名扬四方。她的后代还继承她的风姿，成为美人村。我听去这位官人很像是个中华人士，东吴出美人，又在思想上联上了“吴服”。这段历史固然难于考证，至于姬村女子是不是美这一点我因在村时间太短，所接触的多为男子，所以也只能存疑不论了。

值得一提的是，这个村的自然条件促使村里的人的亲密团结。在过去这是个天高皇帝远，封建势力鞭长莫及的地方，所以他们的社区一直保持着高度自治的传统。他们的专业也要求他们全村各家合作互助。能登半岛近海渔产不丰，要捕大量的鱼必须出海远航。渔场在北海道附近。所以出航一次就得以月计。出航的多是青年男子，留在村里的多是些老弱妇孺。为了保卫和生存，不加强团结互助是不行的。他们就有一个名义上叫渔业组合，而实际上是个地方自治机构。有记录的年代一直可推到明治四十二年（1909 年）。第一任组合长任职达 28 年之久。我们在他的故居前听向导讲他的故事。听来确是个能人。接待我们的现任组合长也已任职 15 年。在这些为群众信托，真正为全村服务的人辛勤工作下，这个村的渔民从帆船改用了机帆船，再进而购置汽轮、油轮，现在已经基本上都用机器捕鱼，鱼在船上冷冻了。当然，日本政府在渔业的改造和发展中也起了支持和引导作用。1958 年农民中央金库直接向这个村的组合发放贷款，发展远洋渔业。第二年就得到全国渔联的表彰。1961 年建造了渔港，先后三次填海扩建，我们去时正看到他们在兴修渔市场。跟着生产的发展许多公共设备，像招待我们居住的老人俱乐部，都是这几年里兴建的。

姬村的渔业组合是个体户和国家之间的中间环节。渔轮是属于个体户所有的。全村50吨以上远航渔轮一共有37只，其中99吨的有23只。许多渔船所有者就是出海捕鱼的船主。他们一般雇用一些渔工，一条渔轮大约6个或7个人。打鱼的收入，60%归船主。雇工保证得到每人基本工资最低15万日元。如果渔船收入的40%超过雇工基本工资总额，多余的分给雇工。因此雇工积极性较高。船主是个经营者，一般向银行贷款购置渔轮，逐年还本付息，同时负担风险，年成好时，很能赚钱。

我们在姬村散步时，经过一家十分辉煌的住宅，完全是我国的宫殿式，琉璃瓦，大青砖。主人邀我们入户参观，里面摆设极为华丽，当然不免有一点暴发户的俗气。这一家拥有3条远航渔轮。早年这家主人是亲自出海的，现在年老了，已不再在海上颠簸了。这家主人的儿子，按日本传统是应当继承父业的，但是这家收入多了，儿子就去大城市经营其他事业了。现在这3条渔轮是出租给别家经营的。

远航捕鱼主要鱼种是鲑、鳟、墨鱼，多做生鱼片之用，是日本的畅销食品。捕后不用加工，就冷冻包装，返航后交渔业组合贮藏、出售。渔业组合提供渔业服务，如建有储油库、仓库等，近年更设计扩建渔港和渔市场。这些公共建设所需费用大体上是国家出50%、县出25%、町出15%、受益者（即渔民）出10%，可见主要是各级政府出资建设，这是为了日本要发展渔业，适应人民对这种基本食品的需要。个体渔户尽管是渔轮的所有者，实际上一面倚靠国家的贷款和渔业建设，一面倚靠集体的渔业组合的服务，离开渔业组合就寸步难行，所以全村渔户都是组合成员，组合也实际上是地方的村一级的政府机关，只是组合长是民选的不是任命的。

我们在姬村住了一晚，次日上午在村里走了一圈，访问了大小渔户，就上车南行，返金泽。在中途安排我们参观两个乡镇企业。这里我用乡镇企业这个名词只是指设立在乡镇或农村里的企业。我们所参观的两个纺织厂都是设立在村子里的，厂房四周全是农田。这两个工厂一个较大，是个公司性质，日本人称株式会社，另一个是夫妻工厂，是家庭机器工业。这和当前我们生产队集体所有的乡村企业是不同的，后者相当于我们的专业户。

第一个工厂现在称得上村株式会社。创办人名叫丹后德藏，在厂内花园里还有他的铜像。他在 1900 年办厂，1918 年才组成公司，称株式会社。开始是手工织机，到大正年间才改用动力机械。在战争期间征为军用。战后一蹶不振，只生产一些生铁的锅盆用具。1947 年重新生产纺织品。到 1955 年才采用大型纺织机，1970 年废旧更新才飞跃起来。最近又全面更新了一次。我提出这些年份是想说明日本经济起伏和发展的大体过程。在 50 年代日本刚刚从战争的破坏中喘过气来。这个较偏僻地区要到 70 年代才开始现代化，最近这 15 年是个飞跃发展时期。以日本全国来讲，经济发展最早也早不过 60 年代中期。我这样说自然是有和我们中国相比较的意思。现在我们不能不承认经济上我们比不上日本了，但是关键是在 60 和 70 年代。差距就是在这段时期里拉大的。

这个纺织厂名义上是个独立的经济实体，但是自从 1975 年以化纤为原料后，实际上这个工厂的性质已有了变化。日本的化纤工业是个大企业，它通过大的公司组织，把产品分配到各地大大小小的纺织厂，要它们按市场需要的规格生产，产品由大的公司包销，这大大小小的工厂都成了化纤企业大公司的加工厂，在原料供应和产品销售上完全落入大公司的控制网内。

我当时就想到，如果我们中国在大大小小的乡镇工业的基础上能联合组成一个原料供应和承包销售的经济机构，在经营方式上不是可以仿效于日本现有的形式么？为了这个问题，我回到东京曾请教两位有实际经验的日本经济学家。他们说，现在日本的工业有分散到小单位去制造的倾向。零部件都在小厂里制造，大厂只做装配工作。信息则集中在大公司手上，它按市场的变化，决定大大小小的制造单位生产什么商品，商品要什么规格等等。从实质上，我看，日本的大小企业正在形成若干大系统，每个系统都有相当复杂的组成部分。这是现代企业发展的趋势。我联系到国内情况，苏南乡镇企业正在纵向、横向、同业和兄弟企业之间建立联系和挂钩，实质上也反映着这个趋势。我们确是应当使国家、集体、个体不同性质的大小企业密切协调和组合起来，形成一个社会主义性质的企业网络。解剖日本企业的发展过程应当对我们是有启发的。

我们访问的第二个夫妻纺织厂实质上也是同一企业网中的一个成员。名称是丹后家庭纺织工场，有 14 台宽幅织机，由夫妇两人经营。这种形式的家庭机器工场的效率是极高的。14 台机器只有一个人看管。夫妇两人日夜轮流值班，机器不停。当然，这种高度劳动只有在一定的家庭形式中出现，而且应当看到并不是常态。因为年轻夫妇的家庭生活完全被工场的劳动所代替了，而且我想这对夫妻如果生了个娃娃，这种形式的工厂也维持不住了。但无论如何，当我们去看时，确是如此。女管家在值班，男管家匆匆忙忙地招呼了我们一下。我们也识相，不愿意占去他宝贵的时间，我曾向日本陪同人员询问过他们对这种夫妻工厂的意见。他们说这些年轻夫妇有个猛劲，就是想趁年富力强的时候，把家底打结实，他们并不是想这样干一辈子的。一般是先贷一笔款，盖个厂房，购置一套机器，然后接受大公司的定货，可说是来料加工。所取得利润往往比一般在工厂里当工人的高出一倍，发一笔财，然后改业。挣钱快这是完全可以理解的，他们劳动的时间就比一般工人长，而且不肯浪费一点一滴。从大公司的立场来说，只要保证产品质量，按规定价格收货，它才不管这些产品是怎样做出来的。

我也问过陪同人员，为什么这些小厂办在乡村里。他不假思索地说，成本低。他举第一个工厂作例子，过去从外地招工，要为工人准备宿舍，还要管理他们的生活，增加工厂支出。70 年代开始，城市里的第三产业大发展吸收去了大批劳动力，工厂招工不容易。这个厂就想出了把厂房分散，一个工厂分在三处建厂房，而且招收年龄较大的本地女工。分厂最大的也只有 100 人。这样，工厂不必管理工人的住宿和生活了！工资提高些也不碍事，因为成本低了。这厂的工人女的每月可以拿 11 万到 12 万日元，男的 16 万到 17 万日元。

值得注意的是，日本的工业似乎是从先集中然后走上分散的路上去的。如果这代表日本企业现代化的一种趋向，我们的新兴企业中至少有一部分可以不必走他们的路子，一上来就分散，然后在经营上集合起来，形成一个企业网。结果也一样能实现现代化的经营。

金泽是苏州的姊妹市，都是以传统手工艺品著名的古城。石川县的知事赠送我的一本介绍手册中，关于当地传统文化有下面这段话：

“江户时代（1603—1867 年），在我国最大的领主前田家族的财力及其治理之下，加贺领地内以金泽城为中心，建起了独自的文化圈……收藏在石川县美术馆里的古九谷，是加贺领地管下的大圣寺领地第一代领主前田利治等人在 1655 年前后建窑制作的彩色瓷器。这一名器在国际上享有盛名，而其传统的技巧为现代的九谷烧所继承。此外，具有高度的传统工艺技术的加贺友禅、轮岛漆器、金箔等制作，从产业方面滋养着本县的文化土壤。”

我们限于时间没有去参观石川县美术馆，但是由于主人深知我的脾气，不喜欢只看产品而特别对生产过程有兴趣，所以在我离金泽去京都之前利用一个上午安排了一个节目，去访问加贺友禅印染工场。

加贺是这个地区的传统地名，一个封建领主前田家族的领地。在东京和京都的街道上常可以看到以加贺料理作招牌的菜馆，有点像我国四川菜、扬州菜一般意思。友禅是一种花绸，在坯绸上印染花鸟山水以及人物图像。历来的用途只限于女子和服及其腰带，但最近还被用来制作连衣裙、领带、手提包、桌布之类。

在日本大城市街道上，现在已很少看得见妇女穿着和服上市，有之也只限于中老妇女。年轻的中学生全穿制服，一律短裙白袜。稍长即穿西式服装。我认识的老朋友中常常喜穿和服进入社交场合的只有上智大学的女教授鹤见和子。她到中国来访问时也穿和服，尽管她出自以最早接受西方文化著名的世家，她的打扮却成了国际性学术会议上富有民族特色的典型，一般说来是不多见的。

如果说日本的现代化在生活上变动得最快的也许是衣着服饰这一项。我问过中根教授，为什么日本妇女的衣着变得这样快。她先是说：那是由于穿西装比较方便，后来又加了一句：便宜得多。方便是容易理解的，日本女装的那条腰带不是从小练习，就围不像样。我在日本访问时，还在电视里看到教观众怎样围结腰带，看完了我惊叹这完全是一项手艺工程，更不用提梳头拢发了。对于一个从事现代职业的妇女，这一套服饰实在太不方便了。但是怎么说西服较便宜呢？这次我去参观了友禅印染工场才有了体会。

日本妇女穿的和服和围的腰带大有考究，一般说来实在都是手工艺术品。高级的全部由艺术家一件件分别绘制叫做手描友禅。殷实人家嫁个女儿，结婚时用的礼服，一般属于这一类，一件和服价值几十万日元，合人民币万元以上。我有一天晚上回旅馆，正逢有家在旅馆里办喜事，刚刚结束，主人列队送客，我就在旁观察。来客中中年以上的妇女都穿黑色和服，那些穿着鲜艳夺目淡色和服的，据说都是未婚少女。在这么多客人中我没有看到一个穿西服的妇女。而且她们穿的几乎都是用手描友禅制成的。在这里我才明白，在石川参观时曾担心这种手工艺术品能有多大市场是不现实的。日本妇女日常已经很少穿和服的了，但几乎人人家里有几套和服，每逢赴宴之类的场合，不穿考究的和服出场是会觉得丢脸的。新娘按西式披纱短袖地行了婚礼，还得换了和服出来迎送客人。

话还得说回来，我们住的是高级旅馆，在这种地方举行婚礼的家族和他们所往来的亲戚朋友不应当认为可以代表日本人民的多数。高级的手描友禅不太可能是人人皆可有的奢侈品。我们在参观加贺友禅印染工场时，也看到一种绘好了花样，制成套板用手工一层层套印的友禅，称作坂场友禅。这种友禅成本较低，价钱便宜些，一般妇女都可以买得起。但是这种友禅还是手工艺品，谈不上是机器工业品。所以和西服相比，还是较贵。

从我们所参观的印染工场来说，是由 25 家小工场组成的。工场就设在市镇的民房里，一间房里可以有七八个男女工人在描花绘图。另外有小工厂共同建立的印染作坊，房间较开阔，一条条长板，铺着待染的坯绸，有蒸箱，水洗和调整的设备。这 25 家小工场组合成一个集体，要使用公共的设备时，分别交费。这样小场大的有 20 多人，小的只有两个人。每年他们搞一个展销会，在会上商店前来定货。一般是来料加工。小工场主人自负盈亏，他可以付工资雇工。

我们去访问了一家著名的友禅大师，是个日本人所说的“人间国宝”，就是高级艺术家。这次参加我们友好访日的张君秋同志，日本人就称他为人间国宝。我们所访问的那位友禅大师，在 1927 年从师学艺，经过 10 年的学徒生活才出师，独立门户。在这学习过程中很多人半途被淘汰了。据他说同学有 50 多人，成才的只有 7 人。各个艺人都各有专长，自成一格。我们所访问的那一位是擅长古典人物描绘。当他观看了中国京剧，就设计了多幅描画，其中有一幅是手持孙悟空面具的演员，惟妙惟肖，确是珍品。这些传统艺术家还是有长子继承的家法。这位艺人的儿子虽则继承了友禅家业，但是却擅长花卉设计。我好奇地问他为什么不传父亲的专长。他说他们有“易子而教”的习惯，那就是他不直接从父亲学艺，而是向父亲的师兄弟学艺的。

据说原因是学艺必须严格，和亲子关系是有矛盾的。我真想不到在日本还在实行我国古代的传统。

能登三日，真像一瞬。顺着记忆，纵笔杂记，不讲章法，仅作茶余谈屑。

1985年2月10日追记

港行漫笔

人造石林

飞机下降，接近地面。初访香港的一位朋友眼望窗外，惊叹地说：这简直是人造石林。石林，我到过，在昆明市路南县的乡下，彝族阿细人地区。平地耸立千百个大小石柱，排列得相当紧密，参差不齐，高低不等，犬牙相错，确是天下奇观。我这位朋友的香港初瞥，作此比拟，新鲜贴切，十分形象。我也凑上去观望，半年暂别，一眼就看出闹市东头又耸出一片新建高楼，人造石林还在增长、扩大。

香港对我不是个陌生地方。30 年代去广西调查，负伤回粤治疗，能行动时就到香港去观光。那时香港人口还不到 100 万，给我的印象酷似广州而不如广州繁荣；满街都是广东人，赤脚穿木板拖鞋。沿海拥挤不堪的街道和码头似乎老是又湿又滑，一片脚踏板噼啪之声，扰人听觉。

40 年代，日本投降后我重访英伦，归途路经香港。由于我是英方的文化贵宾，受到香港大学校长和香港主教的殷勤招待，往来于居住在半山别墅里的上层人士之间。这里见到的是香港另一世界，英国绅士派头比不列颠更不列颠。这个世界在社会生活上和早年看到的那个木拖鞋阶层是隔绝的。论市面，我看还赶不上上海。当时由于大批大陆移民进入，人口增至160万人，其中几乎有50万人流离失所，露宿街头。

一隔几十年，我再来香港已是80年代了。最近这几年，我几乎每年都到过这地方，不是承邀专访，就是过路中转去美、去澳、去印度。每次停留时间不长，但多少也亲眼看到一点香港的新面貌。就说人造石林吧，它就是70年代兴起的。这10多年来，它不断增长扩大，联成一片。现在城市中心还遗留着一些30年代的建筑，当年的大厦被夹在摩天楼中间，显得特别寒碜，但却提供了反映香港发展的标志。

香港在150年前是个无名的小岛，只有20多个渔民村落，不到4000人。1842年英国仗其炮舰的威力，胁迫清廷订城下之盟，大概出于当时紫禁城里谋士们的逆料，要求割让的却是这区区一小块四面环海的弹丸之地。他们疑惑洋人怎会看中这个荒岛？！给就给吧。要求那些没见过世面的庸臣们预料这个荒岛100多年后竟会是个世界金融中心和东亚工商中心之一，当然这也太不近情理了。其实就是今天，在现实已摆在人们眼前时，又有多少人能真正如实地理解香港的地位的来由呢？正是这样，我们对这个人造石林，除了惊叹它所表现人力的雄伟外，自然不免要想一想：人间怎么会出现这个奇景？将来又会怎样？ 50年、100年以后的事不说，12年以后的事总得多想一想吧。

要思考这些问题，首先要认识香港的现实。这是这次专程访问的目的。时间虽短，20天里所见所闻，所思所议，却有不少。说是参观，也许还是言过其实，观看有之，参预则未。有点想法，随笔写下，不讲起承转合，不求全貌完形，只是片断鳞爪而已，故称之为“漫笔”。

万里星海

白天看石林只见外形，一片兀然耸立的巨厦，几十层的高楼，看不到甚至不觉得这正是蜂房蚁穴般万头攒动的巨大立体人群。到了晚上或午夜，如果登上山顶，俯视全港，灯火灿烂真是万里星海。这时，就会冒出世外来客之感，似乎看到了每一盏灯下都聚着一堆人。那岂是星海，实是人海。天下怎么会有这些多人密密麻麻、紧紧地挤在那么小的一个空间里呢？

从空间来说香港真是个弹丸之地，一共只有约1000平方公里。就在这只有四位数字的面积上却住着七位数字的人口——540多万。如果把这么多人均匀地摊放在这片土地上，每一平方公里就有5500人。这样的人口密度，还不到摩肩接踵的地步。而事实上这里是个山冈起伏的岛屿，可供人们建屋居住的主要是一条纵深不能以里计的狭窄海岸。这540多万人如果挤在这海岸上，那就会出现有如海滨游泳场的场面了。人们要居住、要生产、要工作，只得向立体空间要面积，寸土之上重叠它几十层。这样，每个人不就可以有几尺方圆之地可以容身了么？于是乎人工石林拔地而起。这几年来，人们已觉得沿海平地太少，凿山填海，扩大面积。新近扩建的石林和飞机跑道都是这样搞起来的。

当初英国殖民者攫取香港这个被称作“杳无人烟的荒芜小岛”时，对人口集聚之速是估计不足的。他们看中的是这个不冻的深水港口。以海上霸权为基础的英帝国是想在这里扼住印度洋进入太平洋的商道咽喉。这点可说他们是看准了，因为至今这个港口仍是东西方之间物资吞吐的枢纽。去年香港外贸总值在3500亿港元以上。这可是个天文数字。从物资运输来说，它在东亚也是数一数二的商港，仅集装箱运输量，已在世界上名列第三。据说到80年代末，现正在扩建的工程完成后，将首屈一指。

攫取香港之初，这个殖民帝国预料不到贸易发展、人口汇集之后，这个小岛承受能力不足。光是淡水的供应，岛上的雨水能养活多少人呢？于是魔掌又伸向香港对岸的九龙半岛南端，1860年用不平等条约把这块土地割去。但还是不满足，1898 年再次拓展香港的范围，把深圳河以南的地区作为租期 99 年的租界，称为新界。1997 年收回香港的协议是以这个年限推算的。香港岛、九龙、新界合称香港。

如果香港仅仅满足于成为东方海运贸易中心，大概只能形成上述 30 年代和 40 年代的面貌。香港经济的起飞是近 30 年来的事，工业发展是这个时期的特点，主要依靠的是移民的智慧和劳动。在第二次世界大战后，成了一只和南朝鲜、日本、台湾、新加坡并称的东亚经济“老虎”。它的兴起是有时代、地理和人力的多种因素，今后它在世界经济中还将起着重要作用。如果天时、地利、人和都搞得好的话，它的前途是不能不令人侧目的。

头重脚轻

到达香港适逢周末。主人建议我们不妨利用这休息期间，绕香港一周，心里好有个全貌。我们从香港的跑马地出发，穿过海底隧道，到九龙；再穿过狮子山隧道入新界，过沙田（即中文大学所在地），经大埔、粉岭，如果直往东北即是深圳，往西北即沙头角，隔山可遥望珠海。我们折向东南，到元朗用了午餐，席上海鲜极为可口，然后沿海岸向西南，返香港岛。

香港地处南海，草木四季常青。一出九龙便进入丘陵地带，高速公路蜿蜒曲折，两旁有山有海，一路风景宜人。汽车每行走一二十分钟就有一堆高耸的建筑群，自成一体。主人指点着说，这是香港近几年来推行新市镇发展计划的结果。1972 年开始按计划公私投资兴建这类为疏散聚居市中心人口的居住区。在 80 年代中期，建成 3 个新市镇，为 180 万人提供了居所。现在正在伸展，准备到 90 年代，增至 7 个新市镇，届时可容纳居民 300 万人，所以我们一路看到许多地方都在大兴土木。尽管工程浩大，但就近一望，施工现场干干净净，不像内地一些建筑工地那样嘈杂凌乱。

我印象特深的是，一路上除了少数菜圃外，竟看不到一块长粮食的农田。后来一查香港的统计资料才知道全区可耕地只占 7%，主要用来种植蔬菜和果树。50 年代这里还有 9000 公顷稻田，80 年代已减到 10 公顷以下。偏僻村落附近的水稻田，多已荒置退耕了。可见殖民者扩张新界，目的不是在香港搞小而全的自给经济。香港是永远不能成为一个经济上自给的社区的。

香港各项产业的比例，和我们大陆相对比刚刚倒了个头。开发自然资源的渔农矿等第一产业，可以说根本没有成长起来。农业上面已说过，渔业稍好一些，有 5000 艘渔船供应本市的咸水鱼，所以沿海小镇上有极可口的鲜鱼可吃。但是淡水鱼 88%是从大陆运去的，广州附近很多渔村就靠此致富。矿业如果包括开山凿石在内，这几年来填海运动搞得很起劲，也许可以和渔业比一下。把渔农矿统统算上，在生产总值中所占的比例不超过 10%，只有一位数字，有人甚至估计只有 1%，可说微乎其微了。

香港的第二产业，即原料加工的制造业和建筑业，虽然开始较早，但是成为香港的经济支柱却是近 20 年的事。去年统计已有近 4.7 万家工厂，职工达 85.5 万人。工业产值占总产值近 30%，形势还在看涨。香港有这样多工厂，但自己一无原料，二无能源，三少空地。它能发展的就是些轻工业，包括纺织、服装、电器、电子、钟表、玩具等劳动密集和智力密集型的小工业。原料和能源全靠岛外提供，在本港加工后，再把成品卖到外地去。香港产品中接近 90%是外销的。所以这种工业是和外贸分不开的。在这一点上，是近 20 年来东亚勃兴的几只经济小“老虎”共同的特色。

香港在经济结构上和大陆的最大区别就在它第三产业的比重特别大，高达 69%。商业发达本是商埠的特点。问题在于它主要不是为本地居民服务，而是为世界各地的生产者和消费者服务。这里真是世界各地物资流动的中转站。去年香港入口总值约2000亿港元，其中800亿只在香港过一过手。如前所述，香港的工业其实主要也是加工性的中转活动，就是从外地进了原料，经过加工制造，又卖到外地去。这一转手，一加工，香港人就得到了油水，除了本身的消费和享受外，还能积累资本再生产。油水大，利润高，尽管外地的人看得眼红，香港仍把大门打开，拱手相迎，殷勤服务，把外资源源不断地引了进来。去年一年共接获830宗来自世界各地有关工业投资的询问，其中有490宗已表示积极考虑成交。外商投资的工厂生产总值占香港产品出口总值的18%，其中以美资为最多，占一半以上。

香港是个对外汇不加限制的自由港。各国资本家都可以随意在香港进行各国货币的倒卖，因而成了一个资本大量流通的金融中心。一个电报就可以把上亿的钱输入或输出香港。我这次访问还是没有去参观香港的交易所，只听说其规模在国际上是可以名列前三名的。

从总的来看，香港的经济结构：金融、贸易占六，工业占三，其他占一，是个头重脚轻的模式，和大陆刚刚倒了个头。

取个吉利

70年代东亚冒出来的几只“经济老虎”都具有香港那种头重脚轻的特点。但不能因为它们一时的繁荣就看不到它们的脆弱本质。我们以“农业为基础、工业为主导”的方针本来是重视根基，比较稳妥的。问题出在把农业看得太狭了，只搞“以粮为纲”，排斥了第一产业的其他部分，成了“独脚”。第二产业又重重轻轻，把主力放到了收效期长的大型重工业方面，加上缺乏经营大企业的经验，不算经济账，搞得不但无利可图，还要年年补贴，成了国家的包袱。更严重的是贬低了第三产业的地位，不仅不去发展，还要打击。幸存者奄奄一息，恢复都很困难。结果头脚两弊，一时赶不上头重脚轻的几只小“老虎”了。

其实，如果我们能够按照“无农不稳、无工不富、无商不活、无才不兴”的公式办事，就能纠正贯彻“农业为基础、工业为主导”方针中出的偏差，再把发展第三产业加上去，也就可以头脚并重，稳步前进了。香港这只小“老虎”之所以能头重脚轻地发展起来，是靠了有人供给它粮食、原料，还有人买它的工业产品，整个经济过程中它只抓中段，也可以说最肥的一段。原料供应和产品市场，全仗经济规律来保证，使得卖者肯卖，买者肯买。说得更透彻些就是用低价买进原料，高价卖出产品，取得了市场优势。要做到这一点，非靠掌握中间这一段不行，就是要有低价的劳力，能抓住消费市场，还要善于经营，发挥各个成员的积极性和创造性。

不能不承认香港的企业家和劳动人民是努力和灵活的，而且事实上也是做出了成绩的。问题仍在于这种头重脚轻的模式是否能耐久。我曾看过一本名叫《油断》的小说。描写日本如果一旦断了石油的供应，会出现怎样可怕的情况。这虽然是一篇科学幻想故事，但却说明了在原料和能源不能自给的国度和地区发展起来的工业是脆弱的。我们当然不希望会发生像小说里所说的那种景象，但是即使不发生那种非常事件，市场这一头还是潜伏着危机。这几年资本主义世界虽然没有出现严重的不景气和经济危机，尽管有些乐观的经济学家认为资本主义经济已找到克服经济危机的灵丹妙药，但是我还是不大相信，至少得承认资本主义市场波动很大，而且这种波动又是经常的。一旦有事，香港就会首当其冲。70年代初石油危机发生时，如果不是祖国及时支持，香港就有点吃不消了。

实际上香港的企业家有如在严厉的婆婆手下当媳妇，心里明白，尽管巧也度不过无米的日子。他们战战兢兢一分一厘地计较，哪能像内地有些爷儿们那样大手大脚地花国家的钱。香港决不是地面上撒着钞票尽人去捡的“天堂”。到了香港才能真正尝得到优胜劣败的滋味。

在这个竞争场上的失败者，只有怪自己没用，怪不得别人，而这种失败者有的是，只是不见报纸，不传人口罢了。我就有个早年的同学，多次到港都打听不出他的消息。这次才偶然从别人嘴里知道他的下落。他正是市场失意人，到台湾传教去了。风尘中被淘汰的人物岂止是这位老同学一人！

香港人心里最明白旦夕祸福的意义。你到处得小心，时刻得留神，不要在无意中露出那些不吉利的字眼来讨没趣。比如宴会上连“干杯”都犯忌，袋里干瘪了不是坏了么？内蒙古草原出一种发菜，广东口音念起来是“发财”，因此香港人很喜欢这种菜。在香港市场价钱可高了。总之，香港人什么都要讨个吉利。据说如果有歹徒持刀向你要钱，你赶紧给他 100 元一张的红钞票，就能免于见血。这类事例说不完，只要问任何一个香港人，他都能说出一大堆。

讨个吉利，严格说来不是属迷信一类，更和宗教有别，它是一种提心吊胆的心理反应。人们怎么会搞得神经这样敏锐，把命运看得这样不能主动，一切都得碰运气的呢？我想根源就是这头重脚轻的经济模式在作怪。

蜂窝厂家

我最关心的自然是香港新兴的小型工业。于是，主人便带我去观塘参观。观塘是九龙靠东头的一个市镇，也可说是老的卫星镇，离九龙老街闹市还有一段路。由于建镇的时间较久，不像新建的市镇那样有计划、有规模。观塘是香港的主要工业区。

看惯内地工厂的人到此会感到新奇。内地的大工厂往往占着一大片土地，四面围墙，有些墙上面还圈有铁丝网，表示“工厂重地”，而且烟囱耸立，很有气魄。在香港，也许由于我见识有限，似乎很少有这样气派轩昂的工厂。这里大多数工厂和居民住宅一样，挤在一座座被称作多层工业大厦里。在这些几十层高的大建筑里，有的一层一厂，也有一层多厂，很少一厂多层。我无以名之，名之为“蜂窝厂家”。

这些多层工业大厦许多是公家建筑好了，分层分间地卖给或租给商家去经营各式各样的制造业。它可以适应各种规模大小不同的企业。当然私人同样可以建造这种大厦，留着自己用，或卖或租给别人用。我上面已说过香港现在已有4.7万多工厂，如果每个厂都要自己建成一个小王国，香港这么小的地方怎样挤得下呢？蜂窝厂家应当说是香港的新创造，因地制宜形成的特点。现代建筑广泛装置电梯，高层运输已十分方便。

香港的工厂小型居多，平均每个厂不到20个职工。我起初看到这几个统计数，还不大相信。后来到观塘去一看，才觉得这些数字是合乎事实的。我们内地讲工厂的发展，大多是指规模越搞越大，人数越来越多。香港并不如此，而有点类似于细胞分裂，一个厂可以发展成为两个厂，甚至许多厂。所谓一个厂是指一个核算单位。一个老板可以拥有许多各自核算的厂，形成一个有总管的工厂群。一窝蜂可以有许多蜂房嘛。

我在观塘参观了一个针织厂。这个厂设在一座多层工业大厦里，运货汽车可以一直开进大厦，停在电梯前卸货。这座大厦有10多层楼，都从一个大门出入，每层是一个厂。每个厂有一套管理机构。管理室连着车间，车间里很多工人在操作，每一立方空间都得到充分利用，有的成品就在车间里打包；出厂前就存放在车间。楼下有一层是仓库，但是这些厂却不愿意利用这仓库，因为仓库是要收租钱的。能省一分钱，就得省一分钱，只有这样才能使成本压低下来。

这座楼里的各层厂家都属于一个老板。老板在总经理室里只管各厂每天报来的生产情况和出现的问题。他只按规定的数目提取各厂的利润，并替各厂解决不是一个厂能解决的问题。他陪同我到厂房里去参观，有一家厂进门就见财神龛，龛前轻烟缭绕。他看我注意这种景象，立刻说："这些我全让他们自己去决定，要奉什么神就奉什么神，只要按计划、按合同办事就行。"总老板对这些是放手的，他说，"这样他们才肯出力干。"用我们的话说，放权才能调动下层的积极性。看来这位老板并没有学习过"文件"，也没有学过"管理学"，实践指导他，使得他懂得怎样使他的企业发展起来，从70年代几十万元的本钱，到现在已拥有几亿的财产了。这就是生意经。我看我们也要读这个经，才能把我们的企业从亏转盈，从僵转活。

从观塘的蜂窝厂家出来之后，我突然产生一个奇特的念头：如果我有孙悟空的本领，真想一口气把这密密麻麻挤在多层大厦里的许多工厂，吹散到内地广大的农村去。那么，这些蜂窝厂家不就成了无数的乡镇企业了么？我们除了无需建筑多层工业大厦之外，香港的小型工业在经营上确实是我们乡镇企业的一个范本。这范本里写着乡镇企业下一个发展阶段的文章。

居民小镇

从观塘参观回来，我又想到了一个问题：这些工厂里的职工们的生活是怎么解决的呢？内地大企业的厂长们，有关职工的吃、喝、拉、撒，结婚、生育、老病、火化，样样都得管，而且这些费用都得出在工厂账上。他手上的政治账、社会账、经济账都得算，就是企业效益账算不清。真是厂厂都有一本难念的经。这样的厂长我看香港的企业家是干不来的。可是我们也要问问：香港的厂长不管职工生活，由谁去管呢？

香港的企业情况当然不尽相同，这些蜂窝厂家在安排职工生活上却和我们的乡镇企业有点接近。当然城市里的工人究竟和乡村里的工人不同。单讲住所，乡村人家一般都有祖传的房屋，修修补补，添添造造，有屋可住。香港居民大多数是从外地来的，自己有房子的是少数，在工厂当职工的有房子的更少。如果工厂不管，那就会出现如解决前上海杨树浦那样的“贫民窟”，就是用木板挡墙、洋铁皮盖顶那种窝棚了。

香港原来也有不少类似杨树浦那样的区域，但是现在几乎看不到木板窝棚了。市民的居住问题近10年来受到社会重视，已作为市政建设的重点项目。解决办法是公私并举，建筑高层楼群的居民小村。许多大厦是由公家投资建造，以成本价格售给符合某些规定条件的中下收入的家庭。同时，鼓励私人投资建筑新村，以稍高价格出售。从1978年以来，已出售4.4万个住宅单位，其中有37%是公家出售的廉价房屋。这些公建房屋的购买或租赁者只限于月收入在6500港元（去年提高了1000港元）以下的家庭。租金约占家庭收入的7%～8%。售价从10万到30万港元不等，但可分期付款。私人投资建造的房屋任何人都可购买或租赁，价格较高，租金约占家庭收入的20%。收入较低的家庭可享受优惠，由政府免费提供土地。香港这些措施值得内地各大城市参考。

我有位亲戚住在美孚新邨。这是最早的一个由私人投资建立的这类居民小镇。这个新邨的兴建者是美孚油行的老板。他原来在九龙西部沿海有个油库。九龙市面扩张，油库势必迁移。他就把这块土地用来建筑新邨，那是在70年代初期。每年增建，分8期完成，现已有99幢，每幢20层，共容纳10万人。这种新邨规划合理，布局得当，每幢大楼的基层都是为生活服务的设施，诸如菜场、商店、菜馆、银行、邮局等等，还有专用的公共会场、电影院、娱乐场、小学、中学和业余学校，以及停车场——凡是生活上需要的一切服务行业在这里应有尽有。为了使居民有良好的居住环境，高楼之间的空地布置得如公园一般，老年人可以在此散步、练功，孩子们可以在此游戏，年轻人有公共长椅可以休息看书，或谈情说爱。公家又通地下车道，便利新邨居民的交通。这种新邨的指导思想，旨在使居民感到这是他们自己的家园，生活方便、舒适。他们有了这种归属感，在别人问起他们住址，以某某新邨作答时，脸上便会有光彩。这样居民也会爱护自己的居住环境，公共场所都搞得十分清洁。这给我很深的印象。

像美孚新邨这样的居民小镇已在香港推广，有些已经建成，而且比美孚新邨更新、更舒适。到90年代这样的居民小镇计划增加到7个，容纳居民300万人。我想这是香港人民的创造，在全世界上做得也是出色的。

工作之余

香港人的工作效率是很高的，人均产值达5.2万港元。我接触的产业工人不多，但在工厂参观时，分秒必争的气氛很感动人。机关、学校的办事人员，眼明手快，做事利落。我带了几篇杂志上最近刊出的文章要给朋友们看，上午借去，下午已复制多份，人手一篇了。对工作认真负责也是不能不承认的。当然不是说香港人生来就特别勤奋，我想他们这种办事精神是在不好好干就得卷铺盖的压力下锻炼出来的。日子久了，不抓紧工作就不舒服了。这种压力的滋味，吃惯大锅饭的人是体会不到的。

工作认真，工作之余怎样呢？是不是一下班就懒倦了呢？看来并不如此。他们的生活节奏很紧张，早晨一般没有我起得早，但没有午休，晚上却大多善于熬夜。他们的生活琐事又没有我们那样繁重。八小时之外的时间是怎样打发开的呢？

我们刚到香港的周末，坐车去郊外观光，半途在鹿颈地方停车休息。公路旁扯着一条红布横幅，上面有字：某某地区华人长跑比赛，正在此时有些赛跑的人到达终点了。一问，他们都是中年的普通市民，这是参加民间团体组织的周末活动。

车过海滨，傍水依山的树林下，看到不少男女老少，一家子一起席地野餐。在这些风景幽美的地方，公家砌着小土灶，供应游人使用，只在树林旁挂着谨防火灾的牌子。沿途还看到一簇簇青年男女骑着自行车使劲儿往山坡上冲。香港市区的路上看不到自行车。这些自行车是在郊外专门租给人们游玩的。

这些周末景象令人羡慕。哪一天北京郊外也能如此，那就好了。但是这些人可能还是少数。多数人工余时间还是在室内活动。这是他们进行社交的机会。香港的大小菜馆不计其数，哪条街上都有。居民小镇的基层菜馆鳞次栉比，中西俱全、各色皆备。看来这些菜馆天天客满，生意兴隆。除了挂牌营业的菜馆之外，还有种种俱乐部和民间团体的内部馆子，专供会员请客吃饭，过去是“吃在广州”，现在是“吃在香港”了。这并非虚言，而是世界公认的定论。你想吃什么，在香港就有什么，而且风味地道。

这不是说香港人特别馋，或是胃口特别好。请客吃饭可能已成为社交的必要手段，在商业社会里信息是财神，香港菜馆之特别发达颇类似早年重庆的茶馆，到处都是。这样讲来，至少香港人中做生意挣钱的，八小时之外，正是他们业务活动的好时光。

其实，利用八小时之外进行社交不论什么社会都是极重要的。人和人不能只在工作上接触，要推动各行各业的创新和发展，就有赖于思想和信息的交流。英国各大学里学术空气最浓的不是在课堂上，而是在下午的茶室里。我想，把社会交际视为畏途的人，对此听来也许不太容易入耳。

赛马场上

香港有一家报纸，在我去港之前，发表了一篇响应我《港胞三愿》的文章，题目是《马场四愿》，最后说如果我再去香港，务必去参观一次赛马。主人听我说起这件事，欣然约我去马场实践一次。我说实践，并不是说去骑马参加赛马，那不是我今生能做的事了。我所说的实践是像普通香港人一样去参与“赛马”，就是到马场去投注赌博。

这是我生平第一次看到的新鲜事，要我说出它究竟是怎么一回事，还觉得困难。能说的首先是这是香港人中绝大多数群众都参与的活动。一星期一般有两次赛马。到赛马之日，可以说吸引了全社会的注意力。真如《马场四愿》所说的，不懂得马会就不懂得香港人。

我翻开香港政府出版的《香港一九八五年》这本类似年鉴的书，在看完经济、就业两章之后就见到六幅《马会百年》的彩色插图。所附的说明很有意思，标题是《造福社会，惠及市民》，下面说："1984年，适逢英皇御准香港赛马会100周年纪念。该会服务社会，成绩斐然，历年秉承不牟利宗旨，拨出所得盈余资助各项饶有意义的发展计划——教育、卫生、康乐、社会福利以至艺术方面的均有。拨款由香港赛马会（慈善）有限公司分配支付，1983—1984年度内，共捐款2.66亿元，赞助各项慈善及社区建设计划。自赛马于1971—1972年转为专业化至今，该会先后拨出慈善款达15.6亿元。1983—1984年度内，马会资助逾94项慈善及社区建设计划，惠及社会每一阶层。"

这里讲的确是事实，无须怀疑。赛马原是一种竞技运动，在这个意义上，香港的赛马并不有别于内蒙古那达慕大会上的赛马。作为一种文体活动，赛马是可借以锻炼，有益身心。同时观众们在场观看，看哪些马匹和骑手奋勇争先，拍手助威，也是一项有益的娱乐。香港马会来自英国，英国原是牧业民族，赛马可能也就是这样开始的。

英国经济发展，进入了工业社会，牧马已失去其经济价值，但是赛马作为一种体育运动依然为人民所喜爱。于是他们组成赛马会，成为一种俱乐部，称马会。平时有人饲养和训练马匹，马主人要骑马运动时就可以从马厩里牵出来。爱好马术的人，定期比赛，也成为观众娱乐的机会。

观众在赛前不免对赛马结果有种种猜测，有人说这匹马跑得快，有人说那匹马才好，他们就下开赌注了。猜中了就赢，猜不中就输。赛马者的胜负，变成了观众的输赢。这种个人之间赌输赢原是不足为奇的。在商业社会里有人看中了这是谋利的机会，就出来组织观众下注赌博。赛前各人下注买定哪匹马会跑第一，比赛结果把猜错的人下的注统统合起平分给猜中的人，组织者自己扣下一笔服务费用。于是赛马会成了一种企业，它的重心不在骑马者锻炼身体，而转化为观众的赌博。有人专门养马来作比赛，马主人根本不必自己上马背，而是雇用骑术好的骑师来驾驭马匹。赌博下注的方法也越来越多，不仅猜测哪匹马会跑第一，还可以猜哪匹马是头三名，或是哪两匹马会跑第一二两名，等等，猜中的机会越少，猜中后分的钱也越多。可见，赛马会吸引人的已不在看马术表演而是在赌博了。组织这种赌博的人是稳拿钱的，而且公开规定佣金的比例。

现在香港的赛马是由一个“赛马会有限公司”承包的，它规定群众下注总数中作三股分：一是分给猜中的马票持有者，二是马场自己的经营费用，三是给政府的税。具体比例我不清楚，只听说每一场赛马政府要得到几亿元的收入，一年要有几百亿元。政府拿到这笔收入后，有一部分就用来做所谓“慈善事业”和“社区建设”。“造福社会，惠及市民”是指这一点施舍。

到了赛马那一天，香港真是万人空巷，其中有一部分挤到马场上，更多的人在电视前用电话下注。赛一次马卖一次票，只要几十分钟，一次马赛下来，输赢就定，赢家就可以分到钱了。下注多少是观众自定的，十元、百元、几千、几万元都可以。赢家一下子就可以收回成倍的钱，有时真是一本万利。人们都争着传说某某人一场赛马成了百万富翁。这自然不是虚构的。但总的说来，因为要扣去经营和税款，最后分发给赢家的总数大大少于全部下注的总数，所以算总账，买马票的人总是要输的。但是从一个个人来说却有运气好坏的问题，有赢有输的机遇。靠这一点侥幸心理，人们像发了狂似的去买马票。

从资金集中上看，这倒是一个方便的办法，但是这种赌博在社会上引起的后果是十分严重的。“惠及社会”是从有形的、局部出发来说的。对每个市民来说不仅物质上每星期要抽一次血，而且抽得又不平均，集中在一些“运气不佳”、死心眼儿想侥幸发财的人。人们并不是不明白这个道理，所以流行的看法是：马票富不了人，却可以把人搜干。尽管这样，人们还是掏钱去买马票。

买赛马票当然还不同于在澳门时我们看到的赌场。赌场周围是银行和当铺，据说还有放“驴打滚”的高利贷者在场里等人上钩。在那里倾家荡产的，比比皆是。

为什么香港马会这么兴旺，为什么澳门的赌场闻名天下。这里让我留下这些问题给读者自己去回答吧。

1985年6月24日

英伦曲

1986年6月访问西欧四国，首先在英国伦敦着陆。英伦是我旧游之邦，屈指算来，这是第四次，和初次相隔恰好50年。1936年9月开始我在英国的留学生活，为期两年。1962年4月应家兄之约为政协《文史资料》写《留英记》，在《选集》发表。

1938年离英时正值第二次世界大战爆发前夕。经过了8年在后方的抗战生活，于1946年11月，我应邀去英讲学，为期一个季度，翌年3月返国。访英期间，为《大公报》写访英通讯，后以《重访英伦》为题出版。重访之时，英国战争的疮痍未复，人心思变，工党应运执政。其奋发图强之志，令人侧目。而我国抗日胜利后，在朝者却转矛反共，发生内战。对比之下，感慨无穷。

又隔了多事的35年，1981年12月，全国进入振兴之际，我应英国皇家人类学会之约，赴英接受赫胥黎奖章，逗留旬日，归来在民盟1982年1月召开的一次会议上，谈论了我这次访英的感想，整理成文以《英伦杂感》发表。离这次访问又是5年了。

英国在这50年里发生的变化是极为深刻的，但在外表上却还是极力保存传统风格。方场圆市，大街小巷，大多还是本来面目，纪念民族英雄纳尔逊的华表，丝毫无损地依然耸立在有四个铁狮围护的屈拉法尔加广场中央。国会大厦的墙面虽已清洗去污，塔顶的“大本”依然按时发出沉着悠扬的钟声。甚至我走进母校 LSE 的校门时，门右那个当我在学时常去用餐的小店，门面如旧，令人惊喜。这次访问住海德公园旅馆，室内摆饰保存了维多利亚的风采，那张高及我半身的卧床，难为了我这加重级的躯体。这一切很易使人得到错觉，今日的英伦还是昔日的英伦；说这是错觉，乃是英国实已大变。

我没有忘记《重访英伦》这本书的第一句话：“这是痛苦的，麻痹了的躯体里活着个骄傲的灵魂。”那是我看到战后帝国瓦解后的英伦时所捕捉的印象。

已是时近 300 年前的事了，英国从西班牙的手上接过了海上霸权。伊丽莎白和维多利亚两个女王奠定了太阳不落的帝国，在 20 世纪里经历的两次大战中，终于在庆祝胜利声中解体。谁也逃避不了历史决定的命运。英国人心里明白，正如丘吉尔自己宣告是个清算帝国的首相。如果这个帝国并不真是像英国人所喜欢说的“是无意中诞生的”，那么它的告终不能说不是有意识的排布。我这次访问印象最深的倒是那“骄傲的灵魂”，在接受帝国解体上表现得那样镇定、自若、从容。帝国的创建事实上固然不会真的如他所说那样顺当、自如；这个帝国却结束得那么洒脱、漂亮。

我在《重访英伦》里记下的印象显得太仓促和肤浅了。骄傲的灵魂顶得住躯体的收缩。依靠向殖民地抽血来维持的生命，原是卑鄙和虚弱的。抛弃这寄生的生活，自力更生，这才够得上骄傲、自豪。

《重访英伦》里对工党新政的期望，没有成为历史事实，可是他们在战后所开创的种种社会福利，在这几十年却已融入了英国的传统。铁娘子的收缩政策，还是挖不掉已长入了泥土的草根。一旦经济康复，繁荣来临，及时的春雨，还是会使繁花把茵茵草坪点缀得美锦一片。

这次访英，极为仓促，只过了四夜。离英后在旅途上，回忆三岛，写了下面一首《英伦曲》：

纵笔天下不知艰，负笈西游一少年。
名师一代风骚著，后学五洲衣钵传。
蓦地战火遍欧陆，无情铁雨浇桑田。
从戎乏术徒自恼，弦歌未绝赖诸贤。
劫后重访英伦日，瓦砾未收窟未填。
今朝随槎使旧邦，三岛新貌惊归燕。
帝国体解生机敞，康复更生意志坚。
举杯同祝和平久，友好常青谊不迁。
芳草茵茵年年绿，往事重重阵阵烟。
皓首低徊有所思，纸尽才疏诗半篇。

1986年7月28日

访日记吃

一

一连有半年多没得几天休闲，人困马乏，很有点难以为继之势。朋友们劝我出国改改环境，为我安排了旬日去日本访问。名为讲学，憩息其实。时在深秋，天高气爽，不冷不热。住东京国际文化会馆，人丁不杂，宁静不喧。庭院杂树，松枫相映，别有情趣。这次访日，既无任务，又不问政，归来有何可记？有之，其惟吃乎？

吃亦有道，乡有乡品，族有族味，作为人类学者不容忽略。但我这些年来出国访问，都受人招待，住大旅馆，参加宴会，世界各地几乎千篇一律，难分欧亚。没有熟人引导，普常人家一日三餐吃些什么，怎么吃法就难知道。前年访日，约游金泽姬村，主人虽则同意按本地习俗招待，但还是特备盛馔，饱尝了日本海滨的鱼鲜，还享受了一顿传统席地而坐，下女专侍的宴会，对日常用餐仍是漠然。这次经我再三央求，固然吃到了一般教职工的伙食，并到乡村民宿和传统小店去品尝了一番，但对日本吃道的知识还是增加得不多。

前年偕同我去姬村的中根千枝教授原定在她家里吃家常便餐。但临时因为她的妈妈刚从医院返家，不宜劳累，所以改变了计划，到她公寓大楼前街一家小饭馆去吃一般职工午休时的饭盒。这类小饭馆在大街小巷里是常见的。铺面的玻璃窗里陈列着各色各样的饭盒吸引过客。饭盒是指装饭菜形色不同的盒子。有一层的，有多层的。最简单的是一层米饭上盖一层菜，鱼、肉、菜蔬之类，有如我国的盖饭。比较复杂些的饭盒，盒内分成好多格，每格里安放一小点荤的或素的不同的菜，玲珑精致。这些饭盒盖紧了都可以携带或递送，十分方便。我们在这小店前观看时，就见到一个小伙计，端着一叠饭盒，往公寓大楼送去。

我们进入一家名叫天麸罗的小店。店里前部是一般的便座，靠里有一玻璃屏隔，背后是厨房，炉灶前有一个长桌，靠桌有一排凳子，那是传统形式的座位。炉灶一端陈列着鱼虾菜蔬等原料，任凭客人挑选。厨司身旁就是一锅沸滚的油。客人点什么，他就把什么下锅，经过这样一炸，不论鱼虾，其味也就相差无几了。厨司把炸就的菜，安放在饭盒里，端给客人。这是个有多格的饭盒，格子里除主菜外，还有各种泡菜，另一较大的格子里放着一圆筒米饭。饭盒外另外给一碗日本人日常用餐时都有的也最喜欢的酱汤，和一小碟作料。作料比我们国内的一般酱油要鲜美些，但酱汤则我不敢领教了。这些就够你一餐了。

我们吃的那一餐，每份值1300日元，我又看了一下价目表，有高至1600日元的。心里一算相当人民币40～50元，未免觉得太贵了。可是陪伴我同行的女儿却提醒我，要我问问东京普通职工的工资。我得到的答案是公司里的低级职员一月的工资大约在15万上下。我们这样的一餐约占他们每天收入的15%。如果午夜两餐都在馆子里吃，就要占他们收入的1/3上下，单身汉还不算多，要养家的就比较紧了。所以一般职工都是自己带饭盒的多。家里买菜煮饭，成本就低了，即便出门要上馆子，也吃便宜的饭盒，大约500日元，在日本只要有工做，养一家人在吃上面不是一个负担。在旁的朋友听到了我同女儿在议论此事，插口说现在东京的居民最费的不是吃而是住。在他的口气里，一般职工一家的吃已不用愁，只在居住上还感到相当大的压力。这和我国职工的情况刚刚相反，一个月得来的工资一大半都花在吃的上面。

这种饭盒是日本职工普通便餐的方式。除了在家吃饭或是社交宴会外就是吃这类饭盒，可以在小店里买，可以在车站上买，也可以自己家里做好了携带了去上工。这次访问期间，我曾在各大学参加了多次讨论会。会后如逢正午，他们就端出饭盒分发各人，既不需特设的饭堂，在讨论会的圆桌上就解决了这一餐的吃的问题，真是又方便又省时间。这使我不能不想到日本传统的勤俭之风。他们能充分发挥花费最少，收益最多的生活原则。我早就注意到他们在解决住的问题上，空间利用得这样经济真是惊人。空空的一间屋，用能移动的木壁，不论何时按需要可隔成大小不同的房间。晚上作卧室，白天把卧具收起即可作起坐之用。就地而眠，席地而坐，无需床椅桌凳。家具陈饰都简化了，既易清洁，尤见朴实。这次又见到他们在吃的问题上也存在着同一作风。据说，普通农民平时就是一团米饭，一些泡菜，一碗酱汤。如果有一条小鱼就算是丰餐了。使我迷惑的是他们吃得这样少，劳动强、效率高，在营养上不知是怎样平衡过来的？这小小饭盒，令人深思。

二

朋友们知道我早年访问过广西大瑶山，发表过一些文章，建议我花上一天去东京附近的山区看看。这个山区在东京西的山梨县，有个上芦川村是东京大学人类学系的调查点，我的朋友和当地的居民都熟悉。说是在东京附近，在高速公路上走了近两小时才进入山区。山区里公路四通八达，交通还是方便。说是山区其实是个丘陵区，并无大瑶山里那样的陡峰峻岭。真正比得上大瑶山的地区还在往南二三百公里的富士山区。我这次没有去成。

山虽不高又不险，路却也曲折盘旋。我们在车上穿行过不少山村。村子不大，十多户，或几十户人家。靠坡建屋，山谷里一层层稻田一眼看去相当秀丽。日本近年来米谷产量已超过自给的需要，已加限制。所以山区里很多土地已改种经济作物，一路上看到不少标着某某农场的果园，秋末正是橘子丰收时节，我们吃到了时鲜。他们的橘子确实可口，胜过我家乡洞庭山的名产。他们告诉我，这几年他们在改良品种上费了不少工夫。他们橘子的原种很可能来自大陆，经过科学培植，个大味酸甜，而且核很少，已近于无核，因而占领了国际市场。我国的水果改良更新的不多，变质衰退的却不少，言下不免心酸。

我们的车停在有一块招牌上写着“君影草民宿”的附近。我不懂日文，但日本店铺名号多用汉字，所以可望文生义。“民宿”是旅店的意思。偏僻的农村里有旅店是出于我意外的。原来日本这 20 年来经济发展得迅速，人口大量集中到东京等大城市里。在这个期间，许许多多像日本电视剧里看到的阿信那样的乡下人大批进入了拥挤的大都会。这种变化对这些人来说生活和文化上固然是现代化了，但看来变得太突然了一点，在日常吃住的习惯上不会那么容易适应。在那么紧张的城市生活里搞得厌倦的时候，总是会回想起幽静的村居，可人的乡味。也许就是这种心情，把成千上万的市民，在周末假日送往像上芦川村那样还多少保存着一些旧时风貌的乡间。他们找家“民宿”，吃一顿火锅，会觉得像满身臭汗冲一次凉那样爽人心神。

这家“民宿”原是一户普通的农家。他们有菜园子，以种地为主，只把旧屋的上层楼房改造一下，搞得整齐些，加上一小间现代化的洗手间，办了个旅店。有大小四五间房子可以招待来客。没有客人时也可自宿。这个村子比较古老，据说这所房子也已有 100 多年的历史，接待我们的这位女主人的祖父就出生在这里。这个村子现有 70 户，据说她祖父时已有50多户，三代人的时间里，人口增加不算多。这是因为近年来不断有人离村外出。她家的三个孩子长大后都走了。现在老夫妇两人都已经60来岁了，办个民宿，收入可以多一些。

我们按日本规矩，脱了鞋进屋。秋末山地比较寒冷，所以主人就招呼我们在一个可以暖脚的小炕桌周围坐下。原来日本山村里农民的房屋和我在大瑶山里见到的颇有相似之处。在正房靠右边有个火炕，火炕里烧木柴，是煮水、煮饭的地方。现在这地方的农家已经不用木柴做燃料了，有煤气罐从镇上运来。取暖也不用生火，而用电炉装在炕下。炕上面加上矮桌，盖上绒单。客人就可以沿炕坐下，把脚伸到桌底下，暖乎乎的，很舒服。我太肥胖，弯腰平坐，坚持不住。他们特为我设一个有靠背的座位，真感谢他们的照顾。

坐下来就和男主人闲谈这地方的风俗习惯，家常杂事。女主人在炕的那一头的一间小屋里替我们准备午餐。她有专用的煤气炉，还有冰箱等家用电器。不久先端来一大碟的一块块黑乌乌棕色的东西，这是这地方的土特产，汉文名叫"鬼芋"，有点像我们家乡的玫瑰芋头，酥松香糯。接着上了一盘酸菜，是我们家乡叫雪里红那种蔬菜泡制成的。大家吃得爽口称好。陪我来的中根教授想起了她的妈妈喜欢吃这种酸菜，在城里买不到这样好的，赞口不绝。我们临走时，这位女主人给中根教授送了一大包酸菜，还加上一大包他们自己制的酱。可见这些日本人最基本的下饭的佐食在乡间还保持它们的特味，不是城市里食品公司的商品所能相比的。

主菜是四种不同的菌类，另外加上白菜、胡萝卜和白萝卜等煮在一起的火锅子。火锅子下面的火是用煤气做燃料的。这些香菌都是主人自己当天一早在山上采集来的，新鲜肥嫩。其中一种名叫"老鼠脚"，大概可以和云南有名的鸡棕菌比一比，可是我没有吃着过新鲜的鸡棕菌，所以当不了评判员。

火锅子看来是日本烹饪里极为普遍的料理方式。我没有打听过它的来历。推想起来不大可能从温暖的地区传入的。有人告诉我，日本人的祖先有许多是从大陆上过去的，有两路，一路是从朝鲜半岛南下，只要渡过对马海峡就进入了日本。据说这部分移民为数较多。另一路是跨海漂洋而来，其人多中国大陆的滨海居民，为数也不算太多。这样说来通行中国北方的火锅是从前一路传入日本的可能性较大。我对这方面的历史知识不足，无法多说了。

我们从这家民宿出来，又去访问了这村子里的一家大户。这家大户以它房子的柱子在村子里最为粗大而出名，算是旅游的一景。我们对这根被村民引以自豪的方柱鉴赏了一番，大约有半米见方，穿过一层楼板，直通屋顶，木质结实，有点近于我们的红木。据说这根木材是几百年前从这个山坡上砍伐来的。主人用了传奇式的口吻叙述当年动员了多少村子里的人把它运到这个地方。在我们听来，正是日本封建时代农村社会结构的描写。一个大户和普通农民的封建关系至今还有残余。民宿的主人告诉我们这个大户是他们的“认亲”。这个村子“自古以来”普通农民必须和一家大户建立“认亲”的关系，借以得到它的保护，同时要接受一定的义务，比如那家大户搬运那根大木材所动员的劳动，就是出于那些认这大户为亲的农民。现在年轻人到城市里去找工作了，也就不再履行认亲的义务了。

当我们在这家大户里和女主人攀谈时，她一面同我们讲话，一面指使几个帮工，整理她们刚从菜地上摘回来的菠菜。碧绿的菜叶，粉红的菜根，娇嫩挺实。这些菠菜都已洗得干干净净，她们把五六棵用纸带绑成一束，纸带上印着“山区菜蔬”字样。然后安放在纸匣里，门前有一辆中型运输汽车等着，当天要送到东京。她很骄傲地说，现在城里人就是喜欢我们山区的菜蔬，又提高了嗓门说，这些是不用化肥，没有污染的自然食品呀。我没有问她，这些帮工是不是她家的认亲户，但是反正现在帮工都要付工资，不是造这座房子时运木材的时候了。社会关系的实质已经变了，形式上留些旧时的烙印也无妨，甚至还有点古色古香，增加些引人的味道。

在暮色苍茫中，我们离开了这山村，重返百里洋场的大都市，山菌的余味不仅还留在口里，城乡对照触动了我的心情，久久不得安静。写此“记吃”，作《中国烹饪》的简报。

1987 年 12 月 26 日追记

清水人形

从东京乘高速火车到京都已经过午。连日晴朗，这天却变了，多云转阴，阴又转雨。旅馆里出来走向故宫，已须撑伞。我来游京都，因为它不像东京那样西化，多少还保留着一些东方气息，这次雨中观赏，多了一层淡描韵色，更见得古雅宜人。但路滑扶行，步武艰缓，耽搁了不少时间，从故宫出来已近黄昏。

按原定计划还要去清水寺，以便居高临下，览赏京都暮色晚景。日本大城市里的寺庙，有些像上海的城隍庙，周围多市集，沿街小商店密如梳栉，行人相挤，热闹非凡。车子只能停在街巷外的场上。雨却越下越大。主人看看天色，改变了主意，不主张我仰行上坡，建议就近去拜访一家名叫清水人形的艺术品商店。清水是寺名，也是地名，又成了店名。人形是各色人像物像的小型陶器，原是玩具，后来成了艺术品，以供室内摆饰，有点像江苏无锡的泥娃娃，是具有地方特点的传统手工艺。这家商店兼作坊，门面虽已西化，格局还存古色。店面大玻璃窗里很讲艺术地摆着出售的样品，招徕顾客。进门一侧靠壁排着一列精致的玻璃柜，俨然是个陈列馆。柜里安放着该店历代的代表作，非卖品，仅供鉴赏，以表本坊水平。店后通小作坊，艺人们正在现场操作，来客可进入参观，评论手艺。这是塑型作坊，烧陶则在另处。

这家商店兼作坊的主人名叫高桥千鹤子，四十上下的妇女，丰腴热情，开朗好客。见我们入店，立刻招呼我们到店后坊前那方待客场所。这里匀称地排着一行矮座。我们方坐定，她即按日本礼节跪着向我们献茶。陪同我们往访的鹤见和子教授向我们介绍这位店主人，说是她多年来的好友。回头向她介绍我时说我是从中国来访的社会学教授。我注意她的神态，听到我是社会学家，立刻热情洋溢地向我频频点头微笑。

我写到这里，还得补一笔说一说那位邀请我访日的鹤见教授。她出生于东京的书香门第。有人告诉我，她的父亲是“日本的胡适”，意思是最早把西方文化输入日本的桥梁。和子是长女，现已年逾花甲，未嫁，大学时代就在美国学习，后任普林斯顿大学教授，讲国际关系，回国后在上智大学任教。上智大学类似我国过去的燕京大学，亦称英语大学。这样说来，她必须是个西化的学者了，其实不尽然。自从我和她相识以来，没有见她穿过西装，一身称身的和服，出入于各种学术会议，引人注目。她能写一手秀丽的汉字，著有好几本有关日本民俗的书。更出于我意外的，去年她来江村访问，宴会上表演了日本艺伎的舞蹈，原来她曾师从过著名的艺人，在日本尊称“国宝”。和她对照，我自己就显得干瘪单调了。我们一向知道，日本的现代知识覆盖面较广，但对他们知识界文化的深度还缺乏认识。一个在讲堂上讲国际关系，在学术会议上讲文化内力论，写日本民俗的著作的女教授，还能深入民间艺人，结交清水人形的女店主，这样广阔的接触面，值得我们用来做反省的镜子。

经过介绍、用茶道，鹤见对店主人用日语讲了一段音调很激动的话。她又突然想到把我丢在一边似乎失礼，所以回头用英语向我解释：有个好消息要告诉店主人，美国普林斯顿大学的社会学教授李维来信说，不久就要来京都，要我告诉店主人。我又注意到那位店主人听了这消息，正在抑制她兴奋的反应。其中究竟是怎么一回事呢？下面是鹤见向我叙述的一段20多年来的故事。

1960年鹤见接待她的美国同事李维教授来访清水寺，偶然的机会，闯进了这家清水人形的小店。他一下被陈列柜里的一件小小的作品迷住了，这个作品是一个用象征手法塑出的日本少女的人形，即陶像，作者为它命名为“阳炎”（kagero），意思是初升的太阳。这位教授站着久久不忍离去。他把身旁站着的一位姑娘当作了店员，问道：“这个作品要多少钱？”这位姑娘就是高桥千鹤子，当时还只是十七八岁，是这家作坊主人的长女。她摇了摇头，很有礼貌地说，“这是非卖品。”原来这是她的处女作。她从这位教授的表情和行动中领会到他真的赏识了她的作品了。她心里多么欣慰，但是怎能出卖呢？

这位教授实在舍不得和这个不知怎样会打动了他的心的艺术品分手，留恋不走。依依之情反过头来打动了初出茅庐的少女之心。天涯有知己，这对艺术工作者是多么值得宝贵的机遇。她转身向站在旁边的鹤见说：“请他带着走吧，这是我送给他的礼物。”鹤见感动得用手帕擦着眼睛，把这句话翻译给了李维教授。“阳炎”去了美国。

日子若无其事地过了22年。1982年，李维又到东京来找鹤见，约她同去京都。他们一下车就直奔清水寺，找到清水人形小店。当年的小姑娘已入中年，成了商店和作坊的主人。李维见到她，把手提包里带着的一件礼物，递到店主人的手上。打开一看，一点不错，是“阳炎”，“阳炎”又回来了。她怔住了，不知怎样才好。李维紧紧地握住女主人的手，郑重地说：“归根到底，这个娃娃是属于你的。”他这次是专程送阳炎回家的。不知道在他作出这个决定之前，翻腾了多少夜晚。鹤见在旁边，一言不发，看着店主人把阳炎放入陈列柜里。再后，着重地告诉店主人，李维真是位社会学家，意思是他是懂得人的学者。

我听完了这段故事，心里才恍然，为什么店主人听说我是社会学教授时，表现出那种喜悦亲切的表情。我们临别时，她又紧紧偎着我，同我一起照了一个像，留作纪念，并送了我一个阳炎的复制品。在她心里，社会学是门懂得人的学问。我沾了光，但愿她的信念是真的事实。不，至少我应当说，我们应当做到像她心目中的社会学者。

在大雨中，我们离开了清水人形这个值得我永远纪念的小店。

1988 年 1 月 14 日于香山饭店

席间谈絮听引起的

我一向不善于应酬语言，每逢赴宴难免感到局促、拘谨。这次纽约受奖宴会上，却侥幸地就坐在一位谈吐如流水的哈代夫人座右。我一言，她十句；只要我随口出题，就能领教到一篇耐人寻思的议论。

比如说：我在上生菜时，只说了一句“美国的生菜真不错”，她接口的谈絮却引起了我一系列的思索。她说：“这些生菜确实比早年的好得多，又厚实，又新鲜。这是近年来朝鲜人的贡献。”她紧接着又加了几句：“这一行给他们包了。哪一家不吃他们种的蔬菜？那些朝鲜人来时是难民，现在可全都富了。你们不是叫‘万元户’么？他们很多是万元户了。”

我故作惊奇的神态以引她继续谈下去。“他们怎么能不富呢？半夜3点钟就起身了，一清早蔬菜已到了市面上，其他的美国人睡得正香，有些还刚上床哩。”

记得我在70年代末写的《访美掠影》里曾称美国是个“民族拼盘”。这个拼盘最近的10年又起了些变化。70年代引我注意的还只是纽约市里那100多万的波多黎各人。我在40年代寄寓的科罗纳区当时是意大利移民的聚居区，70年代已让位给波多黎各人了。这区街道上的商店、电影院的牌子和广告全是西班牙文字，问路时用英语得不到答话。所以我说“一二十年后如果我还活着，又来纽约，也许必须带着西班牙语的翻译才能进行访问了”。这句话我是否言中，不敢说，因为这次到纽约时间太短，没有去追踪旧迹。从哈代夫人的口气里，当时在这个“民族拼盘”里还不那么惹眼的“东方人”，一别8年后，似乎正在突出起来了。

50年代朝鲜战争和60年代越南战争中引入美国的这两个地区的难民，现在已在新大陆生了根，当时的孩子都已成人。他们勤劳耐苦的东方本色，在新的土壤里开花结果，脱贫致富了。

哈代夫人的话已岔到别的题目上去了，但是我在一刹那间，浮想起了上一天留下的还没有褪色的印象。上一天，我的一位老同学特地从远地赶到纽约机场来迎接我。他不是别人，我在《初访美国》一开卷就引用的那封长信，就是他在30年代写给我的。他在这封信里把美国人的生活方式看作是“人生的另一道路”。他在这条道路上走了半生。现在我们都老了。过了一晚，我约他在我旅馆里，两人开了瓶红酒，相对闲话了半天，直到大家昏昏地都睡着在软绵绵的沙发里。

他告诉我，如果我迟到两天，我们就不能在纽约见面了，因为他和夫人已报名参加一个夏威夷避寒的旅游团，下一天就要出发了。他的游兴似乎不小，去年不仅到北京来了一次，还去过阿拉斯加。他又说，他夫人也退休了，所以可以到处走动。现在匹兹堡的那个前有草坪、后有花园的住宅已经卖去，住入了一个老年的康复中心，生活上一切都有现代化服务，出外旅游没有后顾之忧。听来他已经在“人生的另一条道路”上走到最后的一段，这一段的日子里的生活也已经安排妥帖了。

我从朝鲜菜农半夜起身联想到我的老同学的晚年旅游，似乎看到了这条道路的首尾两端。其间一段也正是“东方人”怎样进入这“民族拼盘”的过程，它正在改变着美国社会的人的结构。

写到这里我想起了去威斯康星机场，准备启程返国的路上，送行的一位华人教授和我在车上讲到我那位老同学时的一段话："他总算最后赶上这一班车。不然他还是出不了头的。"他最后赶上的这一班车指的是60年代末期美国黑人的反抗风暴带来的对有色人种在就业上平等权利的立法。我那位老同学在美国呆了有40年才算当上了教授。

那位送行的朋友带着一点感叹地加上了一句："在这个竞争的世界里，哪个人心里不是绷得紧紧的？到能宽松时，已经老了。"我接口说："心头紧，生活多少是宽裕的吧。"他笑了一笑，汽车刚要转弯，没有接话。

生活宽裕对上面提到的两位教授来说还不能说过分。但是我的那位老同学真是感到宽裕时还只有最近这几年。我8年前去见他时，他的夫人虽则已超龄，但还是不能退休，原因是他们有一个孩子学法律的刚大学毕业，一个孩子还开始学医。学法律和学医的学费都很高，不是一个当教授的爸爸能负担得起的，所以还得妈妈出把力。前年小儿子也毕业了，妈妈才退休，老夫妇才能到处旅游。说来也很巧，那位送行的教授也遇到了这个问题，有个孩子开始要学医，孩子的妈妈就得工作。爸爸要来中国讲学，妈妈不能跟着一起来了。

我在《初访美国》和《访美掠影》中都讲过美国华人的特点。他们要经过几代人的接力，才能改变在"民族拼盘"底层里的苦力地位。以我那位老同学来说，他的夫人从父系说是第二代，从母系说已是第三代。他的父亲是躲在船舱底下混进美国的，一生关在洗衣房里劳动。他把自己的血汗转化成第二代的智力。当他年老时，已有一个当教授的儿子和一个当教授的女婿。这个儿子、这个女婿他们血液里还是流着中国人的传统，眼睛望着下一代，接力棒还得传下去。无论怎样劳累，也得把孩子送到社会上最有面子、生活上最有保障的职业里去。在当时向华人开放的就是律师和医生这些智力密集型的工作岗位。这是第三代和第四代美国华人的一般出路，所以有人说美国的华人已包揽了科技工作岗位。看来这不仅限于华人，美国的所谓“东方人”可能都在走这一条“人生的道路”。本世纪初期关在闷热的洗衣房里的华人不就是80年代半夜3点钟起床的朝鲜菜农？

怎样去理解这一系列的事实？美国的“民族拼盘”不仅是成分更多了，而且底层正在向上渗透。在席间我突然涌起一个念头：美国原来的那些WASP（信新教的西欧白种人，即17世纪初年从欧洲去的第一批移民）的社会地位看来正在被架空了。再看现在美国家庭里，从厨房、卧室到客厅里，所有的家具、电气用具和装饰品，在美国公司的商标底下，几乎十之八九有一行××制造的小字标记，××又几乎全是东方小龙的名号。美国在经济上是不是可以说正在被小龙们掏空了？架空也好，掏空也好，美国社会经济和结构正在起着内在的变化，这个变化的意义，我还捉摸不住。

当我用架空和掏空这些带着警告性的名词来描述上述情况时，有些朋友却要我注意：美国原是个移民们的新大陆，现在不过向东方口子开得大一些，用不着大惊小怪。美国能在半个世纪里青云直上，历史上的机遇固然是重要的，但是对人才的开放才是关键。原子能的发明者哪些是美国老移民的后裔？还不是从欧洲和东方这一期引进的人才？远亲繁殖是培植优良品种的不二法门。美国在智力发展上引用了这一条法则。开放才能引起竞争，有了竞争，就会有人半夜3点钟起身下菜圃，社会上才能有又厚实、又新鲜的蔬菜享受。你看到了四小龙劳动产品在美国的泛滥，却忘记了骑在小龙背上的那个无形的金融势力，这个势力又掌握在谁的手上呢？

我听了这番话，不得不转向自己提出一个问题：8年没有飞渡太平洋了，我的头脑是不是还停在《访美掠影》上没有进入80年代？

1988年3月11日于北京

红场小记

年来一连串突发的变动，对年迈的人来说，真有点应接不暇，如入雾中。有的来得惊人，有的来得喜人，大多是始料所不及的。今年8月初应苏联科学院之约，轻装简从来到莫斯科小住一周，亦是得之偶然。

20年前，这对我还属于该批斗的非分之想。记得那时在干校劳动，休息时躺在棉田埂上，仰望飘着白云的蓝天，神游意放，不知怎的漏嘴，说出了要走遍天下，漫步红场的宿愿。

“这样的人现在还做这样的梦，想放毒天下，该批！该批！”于是便引起了“茶杯”里的一场小小的风暴。事犹如昨，没想到而今竟然坐在了红场边的石墩上，我不得不产生了“庄生梦蝶”孰真孰幻的心境。

这是我抵达莫斯科第二天的事。

其实头天晚上从机场入市经过林阴道时，我已从树隙中窥见了远处一个个金顶圆塔。座旁的主人指点说：这就是克里姆林宫。久仰的“圣地”果真出现在眼前。摆弄了我一生的风暴，不就是从这里起源的吗？把它称之为“圣地”，谁曰不宜？

相隔一晚，时差还没有完全调过来，我却已踏进了克里姆林宫的宫门。这里曾经一度是统治俄罗斯帝国的中心，和北京的故宫一样，如今已成为人民的博物馆。游人接踵，从甬道仰望过去，确似潮涌。所谓甬道其实是夹在用红砖砌成堞形的短墙内、缓缓向上的、用石块铺就的道路，有几百米之长，通向宫门。但是，到达门口，我的两腿却向我发出了“暂停”的信号。所以我便建议入门后取道偏左的斜径前行，那条道显然平坦些。可惜快走到一尊称为“炮王”的巨型铁炮前，我实在难以支持，央求留下，目送同伴们前去登堂入室，参观遗址故物。

同伴们走后，我独自挑了一方深浓的树阴坐定，等待他们兴尽归来。我则乘此畅览游人。广场楼高，游人渐行渐远渐小，有如蚁聚，往来蠕动。其中有男有女，有老有少，肤色不同，服装各异，不失为展览对象。当然，经过“炮王”驻步者亦不少。他们把“王”团团围住，听导游高声解说。我在旁听其声闻其音而不明其意，但就其抑扬顿挫的音调，亦能体会其激昂自豪的情绪。由此推想，这尊特大的铁炮大概是当年在冰天雪地里击败拿破仑时大显神威的功臣。我本拟等同伴回来予以征询，但是见到他们之后，又因更急切地想知道怎样去红场，此事就被挤掉了。所以伴我半小时之久的炮王到底有什么辉煌经历，对我来说至今仍是个谜。

我一到莫斯科就不辨方向了。在我的感觉里，这尊炮王的炮口似乎应当是指向西方的。由此推想，几个世纪前是否已是东风西风谁压倒谁的时代了呢？（有位朋友看了我这篇短文后，笑着向我说，这门炮太大了，根本没有使用过，只是个“好大喜功”的象征罢了。这话不知是否可靠，不妨附注于此。）

我停下稍息，是因为当时已感体力不济，但心里还是惦记着红场，自思应当节点余力，免于力竭而使此行的主题失之交臂。我原来想像的红场，有如天安门，游完故宫，出门便可登场。我不敢说我想像的格局错了，但是对游客们来说，宫、场之间并无公开的通道，必须返回宫门，绕宫而行，转向侧道上坡才能入场。同伴说此道不算远，但对我来说确实不算近。幸亏沿路有长椅可以靠背而坐，且行且歇，且游且赏，就像逛公园似的。

事实上克里姆林宫的外围就是不需要买门票的公园。游人多在此处憩息。路旁长椅，虽然不至于坐满，但也并不是虚设的。坐着的虽有青年男女，但大多是带着孩子全家出游的小家庭。有些还把婴儿车搁在座边，这使我感到这里大有周末气氛。但是屈指一算，这天还是星期五，而这些游客看来亦非全是“外宾”，怎么不是假日而这里会有这么多闲散的人群？我有点纳闷。同伴带点幽默的音调对我说：我们的周末是从星期五下午就开始了。如果再提早一点也可以。

各国作息制度不尽相同，各有特色。接待我们的一位主人是苏联科学院的研究员，他说他就不需要坐班，每年按计划写成一本书就行了。平时去院里走走，主要是为了和同事们见见面，聊聊天罢了。后来，我去参观了好几个研究机关，除了负责人的办公室有些很有气派之外，研究员的办公室即使是专用的房间，屋内的陈设都相当简陋，甚至零乱、邋遢，特别引人注意的是书籍不多。可见他们的工作场所不在院内办公室，而是在其他地方，不是图书馆，就是家里。研究员的作息当然可以不同一般。那么，一般工作人员的作息又如何呢？在招待所，我们在与服务员的交谈中了解到，我们住的一层楼是由三名服务员承包的，日夜有人值班，平均分摊，一人做一天工，休息两天，周而复始。谈起工作效率，我们的主人总是笑着摇摇头，用流利的汉语说：“不行，不行，简直不行。”沿着宫门侧道走了近五六百米，我们来到有警察站岗的铁门前，也许这是环宫公园的出入口。离铁门不远处，我看见许多人围聚在一个红色的石台四周。石台内燃着一盆火，火焰远远就可以看到。这就是莫斯科阵亡战士纪念台。没有华表，没有石碑，只有燃着火焰的平台和台上军帽和步枪的雕塑。

使我感到惊讶的是，平台周围的人群里有若干披着白纱的新娘

（披纱还长长地拖在地上），由穿着黑色礼服的新郎牵挽，旁边还有一对对戴着红色披肩的傧相。我们走近一看，有些新夫妇正在台前献花。看来，这里正在举行婚礼。陪同我们的主人解释道：莫斯科的婚礼也是多元的。这几年去礼拜堂举行婚礼的又多了起来，但仍有不少人到阵亡战士台前来行礼。当然，还有一些人是什么仪式都不举行，登记一下就够了。看来，复旧的、革新的，什么都有。这就是当前的苏联。我想不必去斤斤计较在上帝面前起誓与在阵亡战士台前献花哪种先进，更不必去讨论举行仪式和不举行仪式哪样算革新。然而，有一点是清楚的：苏联正在变化之中。

出了铁门，右转即是走上红场的坡道，对我来说是相当陡的，因此也相当费力，两只脚越来越沉重，呼吸越来越急促，竟至气喘如牛，勉力前进，最后总算踏进了红场，望见了列宁的陵墓。然而，我至此已不能不停下了脚步……若是早来几年，一定还能更走近几步，去向一代英豪致敬的。而今老矣，见到陵墓，心愿已偿，聊可自慰了。

喘定下坡，驱车返回，一路思绪如潮。花开花落，逝者如斯，但恨年迈我来迟。

1990年8月16日于莫斯科十月广场科学院招待所